国家社科十五规划项目优秀成果

中国俄苏文学研究史论

陈建华 主编

重庆出版集团 · 重庆出版社

Проект в области социальных наук в рамках госпрограммы

история исследования русской и советской литературы в Китае

Главный редактор:

Чэнь Цзяньхуа

Издательская группа Чонь Цинь

Издательство Чунцин

National Project under the "Tenth Five-year" Plan for Social Science

The Critical History of Russian-Soviet Literature Studies in China

Edited by Chen Jianhua

Chongqing Publishing Group

Chongqing Publishing House

谨以此书献给
2006 中国"俄罗斯年"和 2007 俄罗斯"中国年"

Книга посвящена
Году России в Китае в 2006 году
и Году Китая в России в 2007 году

This book is dedicated to :
the "Russian Year" in China in 2006
& the "Chinese Year" in Russia in 2007

中国俄苏文学研究史论

История исследования русской и советской литературы в Китае

卷三

目　录

第五编　中国对俄国古典作家的研究

第六编　中国对俄苏现当代作家的研究

第五编

中国对俄国古典作家的研究

第二十一章
中国的普希金研究

普希金(Александр Сергеевин Пушкин, 1799—1837),另有中译名伯是斤、普式庚、朴思硞、蒲轩根、普希庚、普稀金等。在中俄文化交往史上,中国的普希金研究开风气之先。在俄国作家中,普希金的名字最早为中国读者所知晓。在俄国文学名著中,普希金的《上尉的女儿》最早被译成中文。经过几代学者的努力,普希金研究从浅显的介绍到深入的探讨,从声调单一到众声喧哗,中国的普希金学初步形成。

一、初识普希金

19世纪末20世纪初,中国出现了最早的介绍普希金的文字。最初的几段文字都为译文。1897年6月《时务报》第31册上刊载的日人撰写《论俄人之性质》一文,提及诗人"伯是斤"(即普希金)和他的名著《叶甫盖尼·奥涅金》中的主人公"埃务剧尼"(即奥涅金)。1900年,上海广学会发行的《俄国政俗通考》(译自英文)一书中再次出现普希金的名字,称他为俄国"著名之诗家"。1903年出版的《俄罗斯史》(译自日文)称普希金是"文学界中首屈一指"的9位名家之一[1]。

1903年,上海大宣书局发行了普希罄(即普希金)的《俄国情史》(即《上尉的女儿》),由戢翼翬据日文译出[2],这是进入中国的第一部俄国文学名著,译文采用文言章回体形式。虽然译者在书名、人名、人称、篇幅、情节、体式等方面对原著有不少改写和误译,但是戢氏的译文在主要情节上与原作是基本吻合的,而且译笔晓畅优美,无怪乎译作一出即备受赞扬。黄和南在译本绪言中写道:译作"能以吾国之文语,曲写他国语言中男女相恋之口吻,其精神靡不毕肖。其

---

① 有关材料可具体参见本书第一卷第一章。
② 有关该译本发现的经过和相关的史料,可参见戈宝权《中外文学姻缘》,北京出版社1992年版。

文简,其叙事详。其中之组织,纡徐曲折,盘旋空际,首尾相应,殆若常山之蛇"①。顾燮光也曾在《译书经眼录》中称赞该书"情致缠绵,文章亦隽雅可读"。黄和南为《俄国情史》写的700余字的绪言,是中国文坛对普希金作品的第一篇评价文字。

中国最早对普希金作比较全面介绍的文章是鲁迅的《摩罗诗力说》(1908)。这篇文章中有关普希金的文字约1 000多字,作者在撰文时有所取舍地引述了日本八杉贞利的《诗宗普希金》和丹麦勃兰兑斯的《俄国印象记》两书中的某些观点,并阐述了自己的见解。作者首先高度评价了普希金对俄国文学的贡献:普希金"初建罗曼宗(即浪漫派)于文界,名以大扬。""俄自普式庚,文界始独立"。鲁迅又在比较中凸现了普希金创作的特色。如在与拜伦比较时指出,普希金早期创作受拜伦影响,"思理文形,悉受转化","尤著者有《高加索累囚行》(即《高加索俘虏》),之与《哈洛尔特游草》(即《恰尔德·哈洛尔德游记》)相类",《及泼希》(即《茨冈》)中也可见到拜伦影响的痕迹。但是,这两首诗又有自己鲜明的特色:"凡厥中勇士,等是见放于人群,顾复不离亚历山大时俄国社会之一质分。"也就是说,普希金长诗中的主人公虽然同样被世人放逐,但又离不开那个时代俄国社会的特征,表现出"易于失望,速于奋兴,有厌世之风,而其志至不固"的性格特点。诗人对主人公的弱点"不与以同情","悉指摘不为讳饰","故社会之伪善,既灼然现于人前"。在《茨冈》一诗中,诗人赞扬的是茨冈人的"朴野纯全"。可见,普希金所爱已"渐去裴伦式勇士而向祖国纯朴之民"。此后普希金的创作"渐离裴伦,所作日趣于独立;而文章益妙,著述亦多"。鲁迅还将普希金的创作与莱蒙托夫和密茨凯维奇等人的创作进行了比较。文章特别推崇"巨制"《叶甫盖尼·奥涅金》,称其"诗材至简,而文特富丽,尔时俄之社会,情状略具于斯";主人公更加真实,"不凭神思,渐近真然,与尔时其国青年之性质肖矣"。同时,鲁迅也指出了普希金后期一度对沙皇政权存有幻想,"立言益务平和",并在《俄国之谗谤者》(即《给俄罗斯的诽谤者》)和《波罗及诺之一周年》(即《波罗金诺纪念日》)等诗篇中"美其国之武功"的沙文主义倾向。鲁迅早期大力提倡文学上的"摩罗诗派",赞美积极浪漫主义的热烈的抗争精神。正因为这样,鲁迅在论及俄国文学时,选择了俄国文学中"摩罗诗派"最杰出的

---

① 关于此中文译本与原著的对比研究,可参见陈建华《20世纪中俄文学关系》一书(学林出版社1998年初版,高等教育出版社2002年新版)。对黄和南文的评价,可参见本书第一卷第一章。

中国俄苏文学研究史论
История исследования русской и
советской литературы в Китае

代表普希金和莱蒙托夫的诗歌加以重点介绍,热切地希望黑暗中国也能出现这样的"立意在反抗,指归在动作","求索而无止期,猛进而不退转"的精神战士。

二、对普希金认识的调整

在初识普希金之后,普希金逐渐成为中国读者喜爱的作家。不过,中国学界对他的认识的深化经历了一个相当长的阶段,期间有过几次调整,在这种调整中包含着深刻的文化内涵。

(一)小说家普希金

尽管在中国最初介绍普希金的文章中已明确了他的诗人身份,但是在普希金的名字进入中国后的将近 30 年间,人们只是见其小说而未见其诗歌。

辛亥革命前后,除戢翼翚首译的小说《上尉的女儿》外,中国译者还译出了普希金的另外 3 篇小说:《俄帝彼得》(即《彼得大帝的黑奴》),冷(即陈景寒)译;《神枪手》(即《射击》),毋我、冷译;《棺材匠》,毋我译。这 3 篇作品分别刊载在 1909 年至 1913 年的《小说时报》上。"五四"高潮时期至 20 年代中期,沈颖、胡愈之和郑振铎等译者又先后译出了普希金的一系列小说,如《驿站监察史》(即《驿站长》)、《雪媒》(即《暴风雪》)和《承办丧事的人》(即《棺材匠》)等;1921 年,上海商务印书馆出版了安寿颐据俄文较为忠实地译出的小说《甲必丹之女》(即《上尉的女儿》);1924 年,上海亚东图书馆出版了赵诚之据俄文译出的《普希金小说集》,内收《情盗》(即《杜勃罗夫斯基》)和《铲形的王后纸牌》(即《黑桃皇后》)等 9 篇中短篇小说。

由此可见,中国文坛当时感兴趣的是普希金的小说,不仅将他的主要小说基本译出,而且个别小说有了多种译本,有的还直接译自俄文。那么,以诗著称的普希金为何却首先以小说家的身份为中国文坛所接受呢?究其原因,大概不外乎以下几个方面:

一是当时的社会对小说的重视超过诗歌。晚清维新派人士梁启超等人曾大力鼓吹"小说界革命",他们的倡导有力地推动了当时的小说创作和翻译。黄和南为戢翼翚所译《俄国情史》写的绪言中谈到:该译作"非历史,非传记,而为小说"。"夫小说有责任焉。吾国之小说,皆以所谓忠君孝子贞女烈妇等为国民镜,遂养成一奴隶之天下。然则吾国风俗之恶,当以小说家为罪首。是则新译小说者,不可不以风俗改良为责任也。"可见,译者与评价者在译介这部作品时都是有明确指向性的。戢氏译本中显示出来的这些特点在清末民初中国的俄国文学名著的翻译中有一定的代表性。而这种风气的影响一直延伸至民国初年乃至"五四"时期。

二是当时的文坛对富有人道色彩的俄国现实主义作品的重视超过浪漫主义作品。鲁迅在 20 年代回忆他当年对拜伦和普希金等浪漫主义诗人的介绍时说:"他们的名,先前是怎样地使我激昂呵,民国告成以后,我便将他们忘却了。"(《坟·题记》)鲁迅的这种喜好上的变化其实正反映了辛亥革命以后文坛趣味的变化。如耿济之在为安寿颐所译小说《甲必丹之女》所写的对话形式的序言中,先以友人的口吻强调介绍外国文学"当以写实派之富有人道色彩者为先",而后耿氏虽指出在写实派和浪漫派之间"并不能截然划一鸿沟",但肯定的还是这部小说的现实主义精神:"能将蒲格撒夫(即普加乔夫)作战时代之风俗人情描写无遗,可于其中见出极端之写实主义。"瞿秋白当时也认为,普希金的成就与诗歌和小说均与"写实有的生活"分不开,他的作品"描写俄国的现实生活,取材于平民的环境,适应当时社会的精神上的需要"[1];他的《驿站长》的魅力在于"作者对于贫困不幸者的怜悯之情,深入心曲"[2]。

三是当时的文坛对普希金诗歌的魅力缺乏足够的了解。在那个时代,不少人把普希金仅仅看做是一个"社会的诗人",对他的诗歌的丰富的思想内涵和卓越的艺术价值了解不多。关于这一点,我们在后面还会作进一步分析。同时,译出形神兼备的诗歌具有相当的难度,当时的中国翻译界在总体上尚不具备这样的实力。诗歌翻译中存在的这些问题并非局限于普希金这位诗人,其他外国诗人作品的翻译上也具有相似的现象。

这种情况在 20 世纪 20 年代后期和 30 年代初期稍有变化。《文学周报》1927 年第 4 卷第 18 期发表了普希金的诗作《致诗友》,译者为孙衣我。1933年,哈尔滨精益书局出版的《零露集》一书中收入普希金《致大海》和《一朵小花》等 9 首诗歌,译者为温佩筠。但是,"诗人普希金"真正为中国读者所了解一直要到 30 年代中后期,即中国文坛首次大规模纪念这位俄罗斯诗人之时。

(二)革命诗人普希金

如果说译界最初提供给中国读者的是小说家普希金的形象的话,那么评论界对普希金的诗人身份一开始就十分明确。但是在其后的相当长的一段时间

---

① 瞿秋白:《俄罗斯文学史》(下篇),创造社出版部 1927 年版。
② 瞿秋白:《序沈颖译〈驿站监察史〉》,《瞿秋白文集》文学编第 2 卷,人民文学出版社 1986 年版,第246 页。

里,他们为中国读者描绘得更多的是革命诗人普希金形象。

普希金的这种形象在中国"五四"时期的介绍中已初露端倪。李大钊的《俄罗斯文学与革命》(1918)是当时较早谈到普希金的文章。文章介绍说,俄人称普希金为"俄国诗界无冠之帝王",他有一诗,"题曰'自由歌'(Ode to liberty)。其诗一片天真,热情横溢,质诸俄国皇帝,劝彼辈稽首于法律之前,倚任自由为皇位之守卫。"显然,出于题旨的需要,文章并没有全面评价普希金,而仅提及《自由颂》一篇,强调的是诗歌的思想内涵。其他几位前期诗人,作者列举的也都是一些为自由而呐喊的诗篇,如莱蒙托夫的《诗人之死》、雷列耶夫的《沉思》和奥加廖夫的《自由》等。文章反映了那一时期中国不少进步知识分子对普希金的基本认识,其褒贬的尺度与他们的政治观和文学观是一致的。

当然,"五四"时期一些研究者在强调普希金是"社会的诗人"的同时,也比较注意他在艺术方面的成就,如田汉在《俄罗斯文学思潮之一瞥》(1919)中认为:普希金的伟大"首在表现俄国之社会倾向与要求,次在造出能活现国民思想感情之用语"。不过,他对后者的评述较为深入:普希金"将俄国民间活语信手拈来,任描写何种纤细之印象、幽微之波动,意无不达,始其创作后世奉为国语之宝藏、文章之圭臬焉。又与俄国民生活之真相、自过去现在之状态、迄言语风俗习惯之末,靡不细心研究。故其作品于俄国之自然、生活、国语、国民性,如镜中之映物,无微不显。读《罗丝兰与绿德密拿》(即《卢斯兰与柳德米拉》)、《士官之女》(即《上尉的女儿》)、《优格尼阿内金》(即《叶甫盖尼·奥涅金》)诸作,可以知矣"[①]。瞿秋白当时关于普希金的一些评述在衡量尺度上也与田汉相似。

这一时期介绍普希金生平与创作的文章还有西曼的《俄国诗豪朴思砼传》[②]、К.Н.的《普希金评传》[③]、郑振铎的《俄国文学史略》、钱杏邨的《俄罗斯文学漫评》和侍桁译的克鲁泡特金的《俄国文学初期的二诗人》[④]等。1929年,上海生活书店还出版了茅盾等人翻译的《普式庚研究》。西曼详细介绍了普希金的生活经历以及不同时期的创作情况,史料翔实,行文流畅,虽然许多问题尚未

---

① 田汉的上述文字中可以见到日本学者升曙梦的影响,参见1921年9月《小说月报》12卷号外(俄国文学研究)上升曙梦的《近代俄罗斯文学底主潮》(陈望道译)。该文称赞普希金"能将俄国民间底活语信手拈来,无论描摹怎样纤细的印象,怎样幽微的波动,都很巧妙。所以他底创作,就是现在也还是国语底宝库"。

② 《少年中国》,第1卷第9期,1920年3月15日。

③ 《学灯》,1923年2月21日—3月1日。

④ 《华北时报副刊》,1929年8月13—23日,北平。

展开。钱杏邨认为普希金的《情盗》(即《杜勃洛夫斯基》)"表现了当时俄罗斯帝国的两种对抗的力：大地主的穷凶极恶，与农奴们不屈服的抗斗。他写出来了当时俄罗斯人命运的全部，用缩写的方法，说出最后的胜利归与有产者，无产者只有悲愤和失望"①。

中国的普希金作品译介经过 1925—1936 年将近 12 年的相对沉寂后，20 世纪 30 年代中后期至 40 年代进入了新的活跃期。1935 年和 1936 年的《译文》杂志就译出普希金抒情诗和长诗 20 多首，以及小说和剧本多种。这两年的《译文》中还刊出了陀思妥耶夫斯基的《普式庚论》(丽尼译)、涅克拉索夫的《普式庚略传》(孙用译)、涅克拉索夫的《欧根·奥涅庚导言》(孙用译)、阿胥金的《普式庚怎样写作》(陈冥译)、雪纪衣夫斯基的《高尔基论普式庚》、史洛尼姆斯基的《论普式庚的童话》(克夫译)、升曙梦的《普式庚与拜伦主义》(雨田译)等重要文章。

30—40 年代，中国举办的 3 次纪念活动进一步扩大了普希金的影响。3 次活动分别是 1937 年纪念普希金逝世 100 周年②、1947 年纪念普希金逝世 110 周年③和 1949 年纪念普希金诞生 150 周年。当时，与纪念活动相应，一些协会、刊物和出版社纷纷推出纪念专刊或纪念集，如《普式庚特辑》、《普式庚逝世百年纪念号》、《普式庚逝世百周年会集》和《普希金百年祭纪念册》等。此外，《普式庚创作集》、《普希金文集》、《普式庚研究》、《普式庚论》、《普式庚论集》、《普希金评传》，以及刊物上的各种著译文字也大量出现，包括《叶甫盖尼·奥涅金》④在内的普希金的许多重要作品在这一时期被译介到了中国。这是普希金作品在中国的一次大普及。

随着中国进入急风暴雨式的社会革命阶段，以及中国左翼文化运动的迅速

① 《俄罗斯文学漫评》，载《小说月报》，第 19 卷第 1 号(1928)。
② 1937 年中国文化界举行了声势浩大的纪念普希金逝世 100 周年的活动，在上海竖起了普希金铜像，放映了据普希金小说改编的电影，译介了普希金的大量作品，被称为"普希金年"。就研究译文而言，有吉尔波丁《普式庚纪念与文艺的气质》(铁弦译)、犹劲的《普式庚的受伤与死亡》(劳曼译)、日本改造社编《普式庚年谱》(雨田译)等，也有国人(蔚明)就中国译者的翻译 (赵诚之、立波、孟十还译《杜勃洛夫斯基》的不同译本)谈《关于普式庚的翻译》的文章。
③ 1947 年，中苏文化协会上海分会等团体联合举行了纪念普希金逝世 110 周年的活动，集资在上海重建了普希金铜像(原像在"二战"时期被日寇毁坏)，出版了《普希金画传》和《普希金文集》等书籍，出版了普希金作品的俄汉对照本等。
④ 这些版本包括 1937 年孟十还译出片断，1942 年甦夫据世界语译出的《奥尼金》，吕荧 1944 年译自俄语的《欧根·奥涅金》。

发展,文坛对普希金的评价开始出现逐步拔高的趋势,"革命诗人"普希金的形象开始凸现出来。

在译介中可以见到这样的倾向,如抒情诗中被反复译出的是《致西伯利亚的囚徒》、《致恰达耶夫》、《纪念碑》、《阿里昂》、《自由颂》和《致大海》等几首反暴政、争自由的"革命"诗篇。在文章和演说等文字中更可以看到类似的观点①,以1947年为例,茅盾认为:"诗人的一生就是一首革命的史诗②。"郭沫若称普希金有几点最值得中国读者学习:"第一是他的为人民服务的精神;第二是他的为革命服务的志趣;第三是在两种生活原则之下,他发挥尽致了'富贵不能淫,贫贱不能移,威武不能屈'的大丈夫的气概③。"当然,在郭沫若的演说中,或在这一时期的其他文章中,并非没有对普希金的多方面的分析,但其基调是被明显拔高了。胡风对普希金的评价基本上也属"革命诗人"的框架,但语调有所降低。他认为,普希金是"一个反抗旧的制度而歌颂自由的诗人,一个被沙皇俄国虐待、放逐、以致阴谋杀害了的诗人";是"民主革命运动底诗人,旗手"④。这样的观点似乎在当时更为大多数人所接受⑤。

这种现象的出现,其根本原因与大环境有关,这里包括社会的和文学自身的环境。胡风在上文中这样解释中国左翼文坛只接受"革命诗人"普希金的原

---

① 如容舒认为正是因为普希金"抨击朝廷的虚伪、贪鄙、腐败和紊乱",引起了沙皇的仇恨,沙皇才假借丹特士之手杀害了普希金(《沙皇是怎样杀死普式庚的》,《世界知识》,第5卷第10期,1937年2月),黄源认为普希金是"爱自由"的,他"不屈服于沙皇朝廷而终为沙皇所杀"(《普希庚的一生》,《月报》,第1卷第2期,1937年2月15日),施谊以诗歌的形式讴歌了普希金向往自由、追求光明、背叛贵族、最后被阴谋杀害却永远活在人民心中的不朽生命(《一百年了,阴谋的决斗——为普希金百年祭作歌》,见《光明》第2卷第5号,1937年2月10日),蒲风认为普希金的诗作"对十二月党人作了赞颂,对自由作了颂词,对专制政治投下了讽刺,尤其是对检查官投下了冷嘲"(《普式庚在歌唱》,载《普式庚诗钞》,广州诗歌社,1938年)。

② 取自1947年2月茅盾为苏联普希金博物馆题字的首句。

③ 郭沫若:《向普希金看齐》(1947年在上海普希金逝世110周年纪念会上的演说)。

④ 胡风:《A.S.普希金与中国》,见《普希金文集》,时代出版社1947年版。

⑤ 有些论文仍就某些问题进行了认真研究,如徐中玉的《普式庚的生平和艺术》提出了普希金的思想矛盾、普希金与拜伦、普希金与民间传说、关于奥涅金的解读等重要问题(《东方杂志》,第34卷第3号,1937年);依然的《苏联为什么纪念普希金》探讨了普希金"用俄国的题材,俄国的民族意识,俄国的语言文字"进行创作的问题(《苏俄评论》,第11卷第2期,1937年2月);白木在《读欧根·奥尼金走笔》就奥涅金性格形成的国际与国内的环境做了认真分析(《苏俄评论》,第11卷第2期,1937年2月);此外,戈宝权的《普式庚逝世百年祭》(苏联通讯)、芜萌的《普希金的作品在中国》、苏芹孙的《普希金百年纪念》、冰菱(即路翎)的《〈欧根·奥尼金〉与〈当代英雄〉》(《文学》第8卷第1号,1937年;《读书与出版》,第2年第2期,1947年;《新中华》,1937年4月;《希望》,第1集第1期,1945年12月)等文章也值得关注。

因:"新的人民的文艺,开始是潜在的革命要求底反映,因而推动了革命斗争,接着也就因而被实际的革命斗争所丰富所培养了。中国新文艺一开始就秉赋了这个战斗的人民性格,它底欲望一直是从现实的人民生活和世界的人民文艺思想里面争取这个性格底发展和完成。从这一点上,而且仅仅只能从这一点上,我们才不难理解为什么普希金终于被当做我们自己的诗人看待的原因。"就总体而言,中国左翼文坛过于浓厚的政治倾向和功利色彩,阻碍了自身对这位俄罗斯诗人的更为全面和客观的了解和接受。

新中国成立后,中国大地上再次掀起了译介普希金的热潮,除了有大量的译作出现外①,介绍和研究普希金的文章也不少。有一些学理性较强的学术论文,如戈宝权的《普希金和中国》和《谈普希金的〈俄国情史〉——翻译文学史话》。前者以时间为序,详细论述并评价了普希金对中国的兴趣、17—18世纪的俄国接受中国文化的情况,以及中国接受普希金的始末,史料详实,具有相当的学术价值;后者详细介绍了发现《俄国情史》的经过,以及译介和译者的情况②。查良铮的《漫谈〈欧根·奥涅金〉》一文,从美学的角度分析了普希金作品的艺术特征③。匡兴的《论"奥涅金"是多余人的典型》和陆凡的《关于奥涅金是"多余人"的形象问题》讨论了国内外学者的不同观点,以实事求是的态度缜密地论证了奥涅金是多余人的观点④。

不过,当时介绍和研究普希金的文章学理性大多不强,普希金仍有被人为拔高的倾向,如称普希金"虽出身贵族,与人民血肉相连,不向沙皇屈服,不向王座低下'英雄头颅'"⑤;普希金是"为真理而斗争的坚强不屈的战士"⑥等。有些文章过于注重"阶级分析",影响了对普希金及其作品的客观评价。如《论普希金的〈欧根·奥涅金〉的思想意义和人物形象——兼评教学中的资产阶级思想》一文认为:讨论奥涅金"教养"与"天资"的做法是腐朽的"资产阶级人性论思想"的反映;达吉亚娜虽然受"人民的影响",但"缺乏政治观念和社会实践",和

---

① 详见张铁夫《普希金与中国》,第102页,岳麓书社2000年版。

② 前文见《人民日报》1959年6月6日,又见《文学评论》,1959年第4期。该文经修改又重新发表在1980年12月22日《光明日报》上。后文见《世界文学》,1962年1、2月号。

③《文艺学习》,1957年第7期。

④ 分别见《北京师范大学学报》,1962年第2期;《文史哲》,1962年第3期。

⑤ 田间:《普希金颂——纪念俄罗斯文学之父普希金诞生154周年》,《光明日报》,1953年6月7日。

⑥ 王亚平:《诗人普希金在中国的影响》,《说说唱唱》,1953年第6期。

社会政治生活脱节①。《普希金的童话诗〈渔夫和金鱼的故事〉》一文依据阶级
论的观点,对老头和老太作了阶级划分②。

因政治原因拔高普希金及其作品的结果,不仅使当时的评价扭曲变形,而
且当 20 世纪 60—70 年代政治风向发生逆转时,普希金在中国地位也因此而一
落千丈,从被偶像化的"革命诗人"变为遭唾弃的"反动诗人"。

三、新时期以来的普希金研究

崇拜也罢,唾弃也罢,普希金还是原来的普希金。"文革"以后的拨乱反正,
带来了中国文坛的繁荣,也使中国的普希金译介和研究走上了健康发展的道
路。中国文坛开始为读者提供一个真实的普希金形象。

20 世纪 80 年代至今,普希金作品的翻译与出版数量之多、规模之大、品种
之全,超过了以往任何时期③。特别是 90 年代中后期又相继推出了一系列多卷
本文集或全集,如安徽文艺出版社的四卷本《普希金文集》、人民文学出版社的
七卷本《普希金文集》、浙江文艺出版社的八卷本《普希金全集》、上海译文出版
社的 10 卷本《普希金文集》和河北教育出版社的 10 卷本《普希金全集》等。数
量之多,令人叹为观之,以至俄驻华大使罗高寿先生不久前感叹道:"除了俄罗
斯以外,我们很难找到另一个国家能够如此经常地、如此大量地出版普希金的
作品。"④同样,中国的普希金研究也出现了一个前所未有的高潮;而且,研究者
的思路更加开阔,态度更加客观,方法更加多样,出现了不少引人注目的研究著
作和文章。

除了翻译、介绍了国外研究普希金的不少著作外⑤,国内学者撰写的著作
和论文集不断出现。易漱泉和王远泽编的《普希金创作评论集》(漓江出版社,
1983)是 1981 年在长沙召开的"普希金学术讨论会"的论文选集。22 篇论文涉
及范围很广,包括普希金生平思想中的重要问题、普希金各个时期各种文体的

---

① 《内蒙古师范学院学报》,1959 年第 1 期。
② 《语文》(西南师范学院),1959 年第 4 期。
③ 详细情况见张铁夫主编《普希金与中国》,第 106—108 页,岳麓出版社 2000 年版。
④ 《罗高寿大使在"普希金在中国"学术研讨会上的发言》,见《国外文学》1999 年第 1 期。
⑤ 如格罗斯曼的《普希金传》(王士燮译)、亨利·特罗亚的《普希金传》(张继双等译)、伊凡·诺维
科夫的《普希金在流放中》(史慎微译)、阿·库兹涅佐娃的《我更爱你的心灵——普希金夫人的故事》
(杨衍松译)、果戈理等的《回忆普希金》(刘伦振译)、安娜·凯恩的《普希金情人的回忆》(张铁夫译)等,
另外还有论文集《普希金评论集》(冯春编选)。

代表作品、普希金在俄国文学史上的地位、普希金与中国的关系等。文集中多数文章思想解放、观点鲜明、学理性较强。王智量在《论普希金、屠格涅夫、托尔斯泰》(光明日报出版社,1985)一书中,通过细读文本观照《叶甫盖尼·奥涅金》,其中对于作品独特的结构形式的分析以及关于"奥涅金诗节"的探讨等颇有新意。陈训明的《普希金抒情诗中的女性》(贵州人民出版社,1993)根据普希金的诗文及其同时代人的回忆录、书信和日记等文献,对普希金生命中的女性,以及这些女性对普希金创作的影响进行了研究。张铁夫等的《普希金的生活与创作》(北京燕山出版社,1997)以普希金的生平经历和思想发展为经线、以各个阶段的文学创作为纬线,对普希金作了全面和系统的观照。孙绳武和卢永福主编的《普希金与我》(人民文学出版社,1999)一书,以中国学者的不同视角阐述"普希金与我",文章感情真挚,对于探讨中国学人接受普希金影响的心路历程,具有一定的史料价值。张铁夫主编的《普希金与中国》(岳麓书社,2000)介绍了普希金对中国的向往及其笔下的中国形象,梳理了普希金作品在中国的传播与接受情况,并从比较文学的角度,分类论述了普希金对 20 世纪中国文学的影响。刘文飞的《阅读普希金》(人民文学出版社,2002)分"普希金面面观"、"阅读的阅读"(关于国外普希金研究著述的读解)、"普希金著名诗译释"和"二百岁的普希金"等几辑,颇具学术创意和新见。查晓燕的《普希金——俄罗斯精神文化的象征》(北京大学出版社,2001)勾勒了俄罗斯普希金学发展的概貌,考察了普希金作为俄罗斯精神与理想象征的原因,并从普希金的历史观、启蒙思想和宗教文化观等方面入手,对普希金与俄罗斯文化的关系作出了自己的思考。张铁夫等的《普希金新论——文化视域中的俄罗斯诗圣》(中国社会科学出版社,2004)一书,就普希金的文学人民性思想、自由理念、死亡意识、伦理指向、女性观念、圣经情结和叙事艺术等国内普希金研究中的薄弱环节,展开了认真探讨,"新论"不虚。尽管上述著作中也存在种种问题,如某些问题的研究尚可深入,某些方法的运用尚欠娴熟,某些提法尚可推敲等,但就总体而言,这些著作的出现已充分表明中国的普希金研究已开始步入成熟期①。

① 这时期还有一些关于普希金的著作,如刘雅文和李湘云的《普希金》(辽宁人民出版社,1984 年)、康林的《俄罗斯文学之父——普希金》(北京出版社,1988 年)、吴晓都的《俄罗斯诗神》(海南出版社,1993 年)、郑体武编著的《普希金传》(台北业强出版社,1995 年)、朱宪生编著的《普希金》(辽海出版社,1988 年)、顾蕴璞等编选的《纪念普希金二百周年诞辰文集》(《俄罗斯文艺》特刊,1999 年)、左贞观的《普希金的爱情世界》(作家出版社,1999 年)、徐鲁的《普希金是怎样读书和写作的》(长江文艺出版社,1999 年)等。

这一时期,有关普希金的研究论文数量惊人。据不完全统计,20 世纪 80 年代以来,见于全国主要报刊的普希金研究文章在 500 篇以上。这些论文涉及到普希金研究的各个领域。以下从学术论文层面看看这时期普希金研究的状况。

(一)自由探讨的风气逐步形成

这一时期的学术空气比较宽松,在新材料不断被发掘的情况下,普希金研究中出现了各种观点和见解,形成了自由探讨和争鸣的风气。

例如,关于普希金思想中的民族沙文主义。徐允明的《鲁迅、普希金与 1830 年波兰起义》、鲁效阳的《评普希金后期抒情诗中的沙文主义》、张铁夫的《普密之争的由来及其实质》等文章对此进行了详尽的分析[1]。这一问题以前也有人提及,但上述研究更为深入。

关于"诗人之死"。翟文奇和李世钦编译的《重新评价普希金的妻子娜塔丽雅·尼古拉耶夫娜》一文,通过新发现的娜塔丽雅写给她哥哥的信件,反驳了那种把她看做一个轻浮、虚荣、没有精神追求的女人的观点。许凤才编译的《普希金之死——来自丹特士档案馆的最新报告》列举了丹特士写给其养父的信件,提供了丹特士和娜塔丽雅之间感情关系的材料。这两篇文章间接地对"诗人之死"发表了不同看法[2]。

关于《普希金秘密日记》。余一中和陈训明都明确指出,这是一本伪书,并做了有说服力的论证[3]。

关于奥涅金和达吉亚娜形象。有人认为,奥涅金不是"多余人"而是"中间

---

① 分别见《文学评论丛刊》第 2 辑,1979 年版;《普希金创作评论集》,漓江出版社 1983 年版;《湘潭大学学报》,1983 年第 4 期。

② 分别见《俄苏文学》,1982 年第 1 期;《俄罗斯文艺》1999 年第 4 期。关于这一类主题的研究论文还有都钟秀的《是谁杀害了普希金》(《外国史知识》,1984 年第 6 期)、章瑞华的《杀害普希金的凶手是谁》(庄锡章等主编《世界文化之谜》,文汇出版社,1989 年第 12 期)、张捷的《普希金研究中的新发现》(《文汇读书周报》1999 年 5 月 1 日)等。沙安之的《世界天才普希金为什么死于非命》等文章也针对这一问题发表了不同观点。

③ 分别见《作者死了,可以为所欲为了——〈普希金秘密日记〉是一本伪书》,《俄罗斯文艺》,2000 年第 2 期;《话说〈普希金秘密日记〉》,《俄罗斯文艺》,2000 年第 2 期。另外,《普希金〈一号日记〉真相如何》(庄锡章等主编《世界文化之谜》,文汇出版社,1989)、赵晨钰《〈普希金秘密日记〉真伪待考》(《中华读书报》1999 年 6 月 9 日)、红玉《八十年代发现的〈普希金秘密日记〉真伪待考》(《旧书交流信息》1999 年 12 月 6 日)也对这一问题进行了深入的探讨。

人",或一个夭折了的十二月党人①;有人则坚持奥涅金是多余人的观点,并从各个侧面展开了论证②;也有人提出了一些新的见解,如智量在《论〈叶甫盖尼·奥涅金〉形象体系与创作方法》中认为,应该从人类的一个根本矛盾,即作为个体的人的自然特征与作为群体的人的社会性特征之间的矛盾冲突中去寻找答案,奥涅金是个体特征与群体特征分裂的典型;而潘一禾的《解读奥涅金的被"拒绝":兼论"多余人"形象的重新评价》从奥涅金向达吉雅娜求爱而"被拒绝"的行为表现,论述了他真爱的复苏以及企图与社会和解、甘愿向卑微无聊的生活投降的性格复杂性③。大部分观点认为,达吉雅娜是作者理想的结晶④,也有一些文章提出了不同见解,如沙安之称达吉雅娜是"多余人",邱欣敏则从达吉亚娜的性格演变论述了她蜕变的过程以及和奥涅金的心灵差距,陈敏的《达吉雅娜的"拒绝"新解》和彭体春的《边缘人》等文章也提出了不同看法⑤。

关于普希金作品的新解。陈训明《普希金〈自由颂〉与〈同亚历山大一世的假想谈话〉》一文,试图探明《自由颂》一直以来被遮蔽的真正含义,并结合《假想谈话》的俄文通行本对中译本的某些处理方式提出了自己的不同意见。之明的《关于〈驿站长〉研究中的两个问题》从人性化的角度解读了驿站长及其女儿都尼亚,探讨了驿站长的抗争精神及都尼亚甘愿出走的真正原因⑥。不少文章力图在旧作中读出新意。

(二)重要专题的研究有所加强

----

① 分别见刘奉光《是中间人物,不是多余人——谈叶甫盖尼·奥涅金形象的社会意义》,《齐鲁学刊》1986年第2期;周敏显《先进贵族的青年——论奥涅金》,《普希金创作评论集》,漓江出版社1983年版。

② 分别见卢兆泉《论奥涅金形象的两重性》,《杭州师范学院学报》,1981年第2期;施用勤《"多余人"问题之我见》,《长沙水电师范学院学报》,1987年第2期;刁绍华《〈叶甫盖尼·奥涅金〉和俄国文学中现实主义的形成》,《普希金创作评论集》,漓江出版社1983年版。

③《文艺理论研究》,1997年第1期

④ 如璩冬梅《纯洁的心灵,可悲的命运——形象分析》(《外国文学刊》,湖南省外国文学研究会和常德师专合编,1981年);徐家荣《普希金理想的俄国贵族妇女形象——达吉雅娜形象浅析》(《兰州大学学报》,1984年第3期);谭绍凯《普希金理想的俄罗斯妇女形象——达吉雅娜》(《贵阳师范学院学报》1984年第3期);王璧城《漫笔达吉雅娜的爱情悲剧》(《外国文学欣赏》,1985年第2期);王士燮《评达吉雅娜的形象》(《俄罗斯文艺》,1999年第2期)。

⑤ 分别见《达吉亚娜也是"多余人"》,《外国文学研究》,1981年第3期;《无法改变的命运——试述〈叶甫根尼·奥涅金〉中达吉亚娜的形象》,《南京理工大学学报》,2001年第4期;《张铁夫、张少雄主编〈湖湘文化与世界文学——'99湖南比较文学与世界文学论坛〉》,中南工业大学出版社,2000年4月;《张家口师专学报》,2003年第1期。

⑥ 分别见《俄罗斯文艺》,1999年第2期;《吉林师范学院学报》,1986年第2期。

一些重要专题的研究颇具新意。例如,程正民的《论普希金艺术思维的特征》一文,论述了普希金艺术思维开放性和创造性的特点,以及这种特点对于形成普希金创作个性的重要性①。林精华的《从俄国文学到苏联文学的诗学转换——关于普希金对白银时代小说诗学影响的研究》从叙事这一角度,研究了普希金的贡献及其对白银时代小说诗学的影响②。余献勤的《波尔金诺之秋——普希金文体的转折点》和《从激情到沉静——论普希金流放生涯中的创作转型》动态地研究了普希金的创作转型问题③。谷羽的《思接千载视通万里——普希金抒情诗的时空结构》从"阻隔与超越"、"变形与反复"、"转换与过度"等角度论述了普希金抒情诗的时空结构④。谭绍凯的《瑰丽的南方诗篇》、倪宗豪的《普希金流放时期长诗创作主题管窥》、徐稚芳的《歌颂自由的伟大诗人——论普希金的自由诗》、宋德发和肖艳丹的《"我从禁欲主义者那儿退伍"——简论普希金爱情叙事诗中的道德指向》、赵开立的《浅谈普希金的爱情诗》、邓建中的《"纵然死,也让我在爱中死去"——普希金爱情诗歌对死亡的思考》、王庚年的《谈谈普希金献给巴库妮娜的一组哀歌》等文章,分别从不同的角度探讨了普希金的南方诗篇、自由诗和爱情诗的创作⑤。张洪德的《普希金小说空白艺术的魅力》、严永通的《朴素、清新、淡雅——小谈普希金的语言》、杜春荣的《普希金短篇小说探艺》等文章,分析了普希金小说艺术的特点和魅力⑥。张铁夫和黄弗同的《普希金文艺思想简论》、查晓燕的《论普希金对俄语流变的认识》、陈训明《普希金关于文学民族性与人民性的论述》、张铁夫《再论普希金的文学人民性思想》和《没有艺术的艺术——普希金书信简论》等,分别介绍了普希金的一系列文学主张⑦。林精华的《从西欧主义到斯拉夫主义——对普希金认识的研究》和《斯拉夫主义:俄国视野中的普希金》,涉及了斯拉夫主义精神出

---

① 《外国文学评论》,1989 年第 4 期。

② 《外国文学》,1998 年第 4 期。

③ 分别见《外国文学评论》,1995 年第 4 期;《解放军外国语学院学报》,1999 年第 3 期。

④ 《俄罗斯文艺》,1999 年第 4 期。

⑤ 分别见《普希金创作评论集》,漓江出版社 1983 年版;《杭州师范学院学报》1988 年第 1 期;《北京大学学报》,1980 年第 5 期;《俄罗斯文艺》,2003 年第 6 期;《大连教育学院学报》,2000 年第 3 期;《常德师范学院学报》(社会科学版)2003 年第 1 期;《俄苏文学》,1985 年第 3 期。

⑥ 分别见《俄罗斯文艺》,1996 年第 3 期;《广西民族学院学报》,1987 年第 1 期;《辽宁师范大学学报》,1991 年第 6 期。

⑦ 分别见《华中师院学报》1982 年第 6 期;《俄罗斯文艺》,1999 年第 2 期;《国外文学》2002 年第 2 期;《外国文学评论》,2003 年第 1 期;《俄罗斯文艺》,1999 年第 2 期。

现的社会文化背景,以及其在普希金创作中的表现①。任光宣的《普希金与宗教》和《普希金与〈圣经〉关系初探》、王挺的《那片星空上飘逸着天国的旋律——俄苏文学中的宗教情结》、邓建中的《普希金与东正教精神浅论》等文章,论述了以普世精神为主导的俄罗斯东正教文化对普希金思想和创作的影响②。

(三)比较研究受到关注并广泛运用

在普希金研究中比较研究运用得非常广泛。

有的文章侧重于事实联系。李明滨的《普希金和他的中国情结》、查晓燕《"异"之诠释:19世纪上半期俄国文学中的中国形象》、黎跃进的《普希金影响中国现代戏剧的途径》和季水河的《普希金与20世纪中国文论》等文章,分别探讨了普希金与中国文化的联系,作家及其作品对中国文学的影响③。阎笑雨的《由"百科全书"到"抒情悲剧"》比较了柴科夫斯基作曲的歌剧《奥涅金》与普希金的诗体小说《叶甫盖尼·奥涅金》的差异,并分析了造成这种差异的原因和意义④。董星南的《三个不同类型的故事》将《渔夫和金鱼的故事》与俄国和德国的另两部民间故事做了比较,指出了普希金的创造性吸收⑤。赵宁的《普希金与希腊罗马神话》介绍了普希金运用希腊罗马神话于创作之中的三种方式:直接移植神话题材、用神话比照现实或者历史,神话作为一种意志和精神渗透于作品之中。⑥王英佳的《普希金对法国文化的接受》分析了法国文化对普希金的影响及普希金对法国文化的态度⑦。胡日佳的《普希金与司各特——普希金在历史小说领域的师承与创新》和李俊升的《普希金与司各特:在历史与小说之间辛勤探索——〈上尉的女儿〉与〈艾尼赫〉比较谈片》,从不同角度阐述了司各特对普希金创作的启示⑧。

---

① 分别见《解放军外国语学院学报》,1999年第3期;《俄罗斯文艺》,1999年第2期。

② 分别见《国外文学》,1999年第1期;《俄罗斯文艺》,1999年第2期;《社会科学辑刊》,2003年第1期;《零陵师范高等专科学校学报》2002年第4期。

③ 分别见《国外文学》,1996第3期;《俄罗斯文艺》,2000年第1期;《湖南工程学院学报》(社会科学版),2001年第1期;《湘潭大学社会科学学报》,2000年第5期。这类文章还有李明滨的《草原上的朋友卡尔梅克人——普希金的中国情结》(《文艺报》,1996年6月21日)和蔡兴文的《普希金向往中国》(《人民日报》,1980年12月22日)等。

④ 《齐鲁艺苑》(《山东艺术学院学报》),2003年第2期。

⑤ 《域外文丛》,江西人民出版社,1983年版。

⑥ 《国外文学》,2001年第1期。

⑦ 《法国研究》,2001年第1期。

⑧ 分别见《贵州大学学报》,1990年第2期;《泰安教育学院学报岱宗学刊》,1999年第1期。

中国俄苏文学研究史论
История исследования русской и
советской литературы в Китае

有的文章侧重于没有事实影响的平行研究。董象和诸燮清的《神、魔、人母题与普希金的〈加甫列颂〉》，从神、魔、人之间的关系升降与易位过程这一角度，比较研究了《加甫列颂》、弥尔顿的《失乐园》、莱蒙托夫的《恶魔》①。金留春和黄成来的《两个浮士德——普希金〈浮士德一幕〉和歌德〈浮士德〉比较》比较研究了普希金和歌德对于相同题材的不同创造②。徐志啸的《屈原与普希金》多侧面地分析了两位爱国诗人的心声以及相似的浪漫主义风格③。

有的文章侧重于译介学的角度。高莽的《略谈普希金抒情诗在中国》分不同时期详细介绍了中国翻译和出版普希金诗歌的情况④。常谢岚的《从〈叶甫根尼·奥涅金〉的翻译看外诗格律的传达问题》比较研究了吕荧、查良铮、王士燮、冯春和智量在翻译中对诗歌形式(特别是诗歌格律)的不同处理方法⑤。谷羽的《普希金与查良铮》论述了查良铮翻译普希金诗歌的独特贡献⑥。李春林的《恩格斯对〈奥涅金〉的研究》则分析了恩格斯翻译《叶甫盖尼·奥涅金》部分章节时在词义、典故、人名等方面的精确注解，以及译文语言等方面的特点⑦。

(四)关于普希金研究的学术史受到重视

一是关于中国普希金学。李明滨《普希金学在中国的进展》一文介绍了普希金研究在中国的进展⑧。查晓燕《论普希金研究中的比较文学方法》从比较文学的角度，梳理并总结了普希金研究的部分成果⑨。张铁夫《近年来我国的普希

① 《扬州师范学院学报》,1982 年第 2 期
② 《文艺论丛》第 18 集,上海文艺出版社,1983 年。
③ 《国外文学》,1987 年第 3 期。此类论文还有:王璧成:《夕阳晚霞,遥以心照——谈奥涅金、贾宝玉形象及其悲剧意义》《武汉师范学院汉口分院学报》,1983 年第 1 期;夏卫平:《试比较侯方域和奥涅金的悲剧形象》,《零陵师专学报》,1984 年第 1 期;高金萍:《意象的魅力——普希金与郭沫若诗歌意象之比较》《中国文学研究》,1999 年,第 3 期;高文艳:《自由精灵的飞翔——李白〈梦游天姥吟留别〉与普希金〈致大海〉之比较》《太原教育学院学报》2004 年,第 1 期等等。
④ 《俄罗斯文艺》,1999 年第 2 期。
⑤ 《外国文学研究》,1987 年第 1 期。这一类文章还有余振的《谈谈普希金的几个译本》(《雪莲》,1983 年第 2 期)和米中原的《试析〈致恰阿达耶夫〉的译诗同原诗意境上的差异》(《牡丹江师范学院学报》,1984 年第 2 期)等。
⑥ 《俄罗斯文艺》,1999 年第 2 期。
⑦ 《俄苏文学》,1985 年第 3 期。
⑧ 《国外文学》,1999 年第 1 期。
⑨ 《广西大学学报》(哲学社会科学版),1999 年第 3 期。

金研究》则着重介绍了 80 年代以来普希金研究的新气象与新成果①。

二是关于国外普希金学。(1)俄苏的普希金研究。查晓燕的《现象与思考：
20 世纪初叶俄国普希金研究管窥》一文总结了 20 世纪 40 年代前普希金在本国
被接受的阶段性特征②。赵桂莲的《俄罗斯白银时代普希金研究概观》论述了俄
罗斯思想家罗赞诺夫、别尔嘉耶夫、梅烈日科夫斯基、维舍斯拉夫采夫对普希金
的研究③。陈训明的《俄罗斯普希金崇拜的形成与影响》介绍了俄罗斯的普希金
崇拜对于作家研究的影响④。此类文章还有张铁夫《俄苏普希金学述评》、赵亚
莉《"我的普希金"——勃留索夫对真正的亚历山大·谢尔盖维奇·普希金的探
索》、张杰和康澄《叙事文本的"间离"：陌生化与生活化之间——析洛特曼对
〈叶甫盖尼·奥涅金〉的研究》、赵桂莲《普希金，失而不再的天堂——论"白银
时代"的普希金印象》等⑤。(2)西方的普希金研究。张铁夫的《普希金在国外
的接受》、黄山的《八九十年代西方学者视野中的普希金》、林精华的《走向比较
文学：八九十年代美国普希金研究》、陈训明的《西方的普希金研究：事实与启
示》等文章，从不同角度介绍了普希金在德国、法国、意大利和美国的研究情
况⑥。《西方学人眼中的普希金》一文引用美国乔治·华盛顿大学彼得·罗尔伯
格教授的书评，介绍了英国牛津大学 T.J 比尼恩的《普希金传》⑦。不过，中国目
前对国外普希金研究的最新动态及最新成果的介绍和研究仍尚欠充分。

普希金的作品具有强烈的艺术震撼力，他的影响在中国继续扩大，如今艺
术家普希金更加受到人们喜爱。一位名叫张炜的当代作家这样谈到普希金：

----

① 《外国文学研究》，1988 年第 3 期。此类文章还有李明滨的《中国的普希金研究》(《俄罗斯文
艺》，1999 年第 2 期)、李明滨的《普希金在中国》(《泰安教育学院学报岱宗学刊》，1999 年第 1 期)、张铁
夫的《20 世纪上半叶普希金在中国的接受》(张铁夫、张少雄主编《湖湘文化与世界文学——'99 湖南比
较文学与世界文学论坛》，中南工业大学出版社，2000 年 4 月)、王永生的《鲁迅论裴多菲、普希金和密茨
凯维支》(《艺潭》，1984 年第 2 期)、章星的《追踪诗魂——陈训明的普希金研究》(《贵州文史丛刊》，
2000 年第 5 期)、李明滨的《戈宝权与普希金研究》(《岱宗学刊》，2000 年第 1 期)、张铁夫的《别求新声于
异邦——鲁迅与普希金》(《广东社会科学》，1999 年第 6 期)等。

② 《泰安教育学院学报岱宗学刊》，1999 年第 1 期。

③ 《国外文学》，2000 年第 2 期。

④ 《贵州社会科学》，2001 年第 3 期。

⑤ 分别见《湘潭大学社会科学学报》，1997 年第 3 期；《湘潭大学社会科学学报》，1997 年第 4 期；
《外国文学》，1998 年第 4 期；《外国文学研究》，2003 年第 6 期；《外国文学》，1998 年第 4 期。

⑥ 分别见《外语与翻译》，1996 年第 4 期；《外国文学》，1998 年第 4 期；《国外文学》1999 年第 1 期；
《贵阳师范高等专科学校学报(社会科学版)》，2002 年第 5 期。

⑦ 《外国文学评论》，2004 年第 2 期。

"他有点像中国唐朝的李白,更像个仙人,而不像我们所熟悉的现实生活中的一代又一代人。这种神奇感,来自他的无数超乎常规和经验的天才创造。……普希金的诗总有最奇妙的发现——当我们被这种发现的辐射所击中时,总是浑身一战,久久凝视篇章。"①中国作家在谈论俄国作家对他们创作的直接影响时,往往提到果戈理、屠格涅夫和托尔斯泰等人,似乎较少提到普希金的名字,但是很少会有人否认曾受到过普希金作品的艺术陶冶,这种陶冶也许是一种更为内在和持久的影响。在普希金诞辰 200 周年之际,中国大地上再次出现了"普希金热"。这一纪念日成了中国文化界的一件大事,其风光不亚于中国对任何外国文学巨匠的纪念。北京人民大会堂和上海大剧院等不少著名的文化场所都举行了隆重的纪念活动,此外还有多种形式的诗歌朗诵会和根据原作改编的剧目演出。电台、电视台、学校、报刊和出版社等文化机构也均有所动作。群众参与十分踊跃,其中包括许多年轻人。对于这位卓越的诗人,一切在中国社会发展的风雨历程中受过他的作品感染乃至影响的读者,心中自有一块无形的但却是不可摇撼的丰碑。

中国的普希金研究已经走过了近百年的历程。在新世纪,研究视域的扩展与文本分析的深入当是题中之义,凭借心灵体悟和理性思考去研究普希金已经成为一个很现实的问题。

[相关研究成果要目]

1. 黄和南:《〈俄国情史〉绪言》,上海大宣书局,光绪二十九年(1903)。

2. 令飞(鲁迅):《摩罗诗力说》,《河南》月刊,第 2、3 号,1908 年。

3. 李大钊:《俄罗斯文学与革命》,《人民文学》,1979 年第 5 期。

4. 田汉:《俄罗斯文学思潮之一瞥》,《民铎》,第 1 卷第 6、7 号,1919 年。

5. 瞿秋白:《论普希金的〈牟尔金小说集〉》,《瞿秋白文集》第 2 卷,人民文学出版社 1953 年版。

6. 瞿秋白:《序沈颖译〈驿站监察吏〉》,《瞿秋白文集》第 2 卷,人民文学出版社 1953 年版。

7. 西曼:《俄国诗豪朴思砼传》,《少年中国》,第 1 卷第 9 期,1920 年 3 月 15 日。

---

① 转引自陈建华编《凝眸伏尔加——俄苏书话》,江西教育出版社,1999 年版,第 111 页。

8. K. H.:《普希金评传》,《学灯》,1923 年 2 月 21 日—3 月 1 日。

9. 容舒:《沙皇是怎样杀死普式庚的》,《世界知识》,第 5 卷第 10 期,1937 年 2 月。

10. 黄源:《普希庚的一生》,《月报》,第 1 卷 2 期,1937 年 2 月。

11. 杨骚:《普式庚给我们的教训——纪念普式庚百年忌》,《光明》,第 2 卷第 5 号,1937 年。

12. 思琦:《一个热爱自由反抗横暴的人》,《中外月刊》,第 2 卷,第 2 期,1937 年 3 月。

13. 王任叔:《叛徒的灵魂》,《中苏文化》,第 2 卷,第 2 期,1937 年 2 月。

14. 苏芹孙:《普希金百年纪念》,《新中华》,1937 年 4 月。

15. 蒲风:《普式庚在歌唱》,《蒲风选集》下册,海峡文艺出版社 1985 年版。

16. 胡风:《A. S. 普希金与中国》,《普希金文集》,时代出版社 1947 年版。

17. 郭沫若:《向普希金看齐》,《天地玄黄》,大孚出版公司 1947 年版。

18. 徐中玉:《普式庚的生平和艺术》,《东方杂志》,第 34 卷第 3 号,1937 年。

19. 依然:《苏联为什么纪念普希金》,《苏俄评论》,第 11 卷第 2 期,1937 年 2 月。

20. 白木:《读欧根·奥尼金走笔》,《苏俄评论》,第 11 卷第 2 期,1937 年 2 月。

21. 戈宝权:《普式庚逝世百年祭(苏联通讯)》,《文学》,第 8 卷第 1 号,1937 年。

22. 芜萌:《普希金的作品在中国》,《读书与出版》,第 2 卷第 2 期,1947 年。

23. 冰菱(路翎):《〈欧根·奥尼金〉与〈当代英雄〉》,《希望》,第 1 卷第 1 期,1945 年。

24. 雷成德:《论普希金的〈欧根·奥涅金〉的思想意义和人物形象——兼评教学中的资产阶级思想》,《内蒙古师范学院学报》,1959 年第 1 期。

25. 管珑:《〈俄国情史〉的发现》,《光明日报》1959 年 6 月 6 日。

26.《苏联学者关于奥涅金是否是"多余人"的讨论》,《文学评论》,1961 年第 2 期。

27. 戈宝权:《谈普希金的〈俄国情史〉——翻译文学史话》,《世界文学》,1962 年 1、2 月号。

28. 匡兴:《论"奥涅金"是多余人的典型》,《北京师范大学学报》,1962 年第 2 期。

29. 陆凡:《关于奥涅金是"多余人"的形象问题》,《文史哲》,1962 年第 3 期。

30. 王忠淇:《〈驿站长〉的思想和风格》,《外语教学与研究》,1963 年第 1 期。

31. 徐允明:《鲁迅、普希金与 1830 年波兰起义》,《文学评论丛刊》第 2 辑,1979 年。

32. 张铁夫、黄弗同:《普希金文艺思想简论》,《华中师院学报》,1982 年第 6 期。

33. 金留春、黄成来:《两个浮士德——普希金〈浮士德一幕〉和歌德〈浮士德〉比较》,《文艺论丛》第 18 集,上海文艺出版社 1983 年版。

34. 余振:《谈谈普希金的几个译本》,《雪莲》,1983 年第 2 期。

35. 易漱泉、王远泽编:《普希金创作评论集》,漓江出版社 1983 年版。

36. 刘雅文、李湘云:《普希金》,辽宁人民出版社 1984 年版。

37. 李春林:《恩格斯对〈奥涅金〉的研究》,《俄苏文学》,1985 年第 3 期。

38. 王智量:《论普希金、屠格涅夫、托尔斯泰》,光明日报出版社 1985 年版。

39. 常谢岚:《从〈叶甫根尼·奥涅金〉的翻译看外诗格律的传达问题》,《外国文学研究》,1987 年第 1 期。

40. 张铁夫:《近年来我国的普希金研究》,《外国文学研究》,1988 年第 3 期。

41. 康林:《俄罗斯文学之父——普希金》,北京出版社 1988 年版。

42. 朱宪生编:《普希金》,辽海出版社 1988 年版。

43. 程正明:《论普希金艺术思维的特征》,《外国文学评论》,1989 年第 4 期。

44. 胡日佳:《普希金与司各特——普希金在历史小说领域的师承与创新》,《贵州大学学报》,1990 年第 2 期。

45. 吴晓都:《俄罗斯诗神》,海南出版社 1993 年版。

46. 陈训明:《普希金抒情诗中的女性》,贵州人民出版社 1993 年版。

47. 余献勤:《波尔金诺之秋——普希金文体的转折点》,《外国文学评论》,1995 年第 4 期。

48. 潘一禾:《解读奥涅金的被"拒绝":兼论"多余人"形象的重新评价》,《文艺理论研究》,1997 年第 1 期。

49. 张铁夫等:《普希金的生活与创作》,北京燕山出版社 1997 年版。

50. 黄山:《八九十年代西方学者视野中的普希金》,《外国文学》,1998 年第 4 期。

51. 林精华:《从俄国文学到苏联文学的诗学转换——关于普希金对白银时代小说诗学影响的研究》,《外国文学》,1998 年第 4 期。

52. 查晓燕:《现象与思考:20 世纪初叶俄国普希金研究管窥》,《泰安教育学院学报岱宗学刊》,1999 年第 1 期。

53. 李明滨:《普希金学在中国的进展》,《国外文学》,1999 年第 1 期。

54. 任光宣:《普希金与宗教》,《国外文学》,1999 年第 1 期。

55. 查晓燕:《论普希金对俄语流变的认识》,《俄罗斯文艺》,1999 年第 2 期。

56. 张铁夫:《没有艺术的艺术——普希金书信简论》,《俄罗斯文艺》,1999 年第 2 期。

57. 陈训明:《中国与西方对普希金态度的差异问题》,《中国比较文学》,1999 年第 4 期。

58. 张捷:《普希金研究中的新发现》,《文汇读书周报》,1999 年 5 月 1 日。

59. 顾蕴璞等编:《纪念普希金二百周年诞辰文集》,《俄罗斯文艺》特刊,1999 年。

60. 孙绳武、卢永福主编:《普希金与我》,人民文学出版社 1999 年版。

61. 左贞观:《普希金的爱情世界》,作家出版社 1999 年版。

62. 徐鲁:《普希金是怎样读书和写作的》,长江文艺出版社 1999 年版。

63. 查晓燕:《"异"之诠释:19 世纪上半期俄国文学中的中国形象》,《俄罗斯文艺》,2000 年第 1 期。

64. 赵桂莲:《俄罗斯白银时代普希金研究概观》,《国外文学》,2000 年第 2 期。

65. 张铁夫:《普希金与中国》,岳麓书社 2000 年版。

66. 黎跃进:《普希金影响中国现代戏剧的途径》,《湖南工程学院学报》(社会科学版),2001 年第 1 期。

67. 赵宁:《普希金与希腊罗马神话》,《国外文学》,2001 年第 1 期。

68. 王英佳:《普希金对法国文化的接受》,《法国研究》,2001 年第 1 期。

69. 查晓燕:《普希金——俄罗斯精神文化的象征》,北京大学出版社 2001 年版。

70. 吴晓都:《俄罗斯诗神——普希金诗歌》,时代文艺出版社,海南出版社 2001 年版。

71. 陈训明:《普希金关于文学民族性与人民性的论述》,《国外文学》,2002 年第 2 期。

72. 刘文飞:《阅读普希金》,人民文学出版社 2002 年版。

73. 张铁夫:《再论普希金的文学人民性思想》,《外国文学评论》,2003 年第 1 期。

74. 张杰、康澄:《叙事文本的"间离":陌生化与生活化之间——析洛特曼对〈叶甫盖尼·奥涅金〉的研究》,《外国文学研究》,2003 年第 6 期。

75. 嵇立群:《普希金》,中国少年儿童出版社 2003 年版。

76. 阎微编著:《普希金诗歌小说诠释与解读》,中国少年儿童出版社 2003 年版。

77. 张铁夫等:《普希金新论——文化视域中的俄罗斯诗圣》,中国社会科学出版社 2004 年版。

第二十二章
中国的莱蒙托夫研究

莱蒙托夫(Михаил Юрьевич Лермонтов,1814—1841),另有中译名来尔孟托夫、勒梦托夫、莱门忒甫、雷芒托夫、娄蒙妥夫等。莱蒙托夫为后人留下了丰富的文学遗产,他的作品为中国读者所喜爱。近一个世纪来,中国学界在翻译和研究莱蒙托夫及其作品方面做了大量的工作。

一、早期的莱蒙托夫研究

阿英在《翻译史话》一文中写道:"吴梼最早的敦请了密克海·莱芒托夫东来。他所译的,是莱芒托夫的小说《银钮碑》。这书是光绪三十三年(1907)由商务出版,为'袖珍小说'之一。中国读者,知俄国文坛有莱芒托夫其人,实自此始。"①《银钮碑》(即《当代英雄》中的《贝拉》)不仅是莱蒙托夫作品在中国的最早的译本,也是"五四"以前唯一的译本。这是吴梼据日译本转译的,著者译为"莱门忒甫",译文采用白话文。

就在《银钮碑》出版的同一年,鲁迅在论文《摩罗诗力说》中介绍了莱蒙托夫,并盛赞莱蒙托夫对俄罗斯文学的贡献:"俄罗斯当十九世纪初叶,文事始新,渐乃独立,日益昭明,今则已有齐驱先觉诸邦之概,令西欧人士无不惊其美伟矣。顾夷考权舆,实本三士:曰普式庚,曰来尔孟多夫,曰鄂戈理。"鲁迅以千余字的篇幅,较全面地介绍了莱蒙托夫的生平和创作,其中提到《神魔》(即《恶魔》)、《谟哜黎》(即《姆采里》,现译为《童僧》)、《诗人之死》、《并世英雄记》(即《当代英雄》)、《伊思迈尔培》(即《伊斯梅尔—贝》)等重要作品。鲁迅一再将普希金与莱蒙托夫作了比较:"二人之于裴伦(即拜伦),同汲其流,而复殊别。普式庚在厌世主义之外形,来尔孟多夫则直在消极之观念。故普式庚终服帝

---

① 阿英:《小说四谈》,第233页,上海古籍出版社1981年版。

力,入于平和,而来尔孟多夫则奋战力拒,不稍退转。"①莱蒙托夫的诗风"初虽摹
裴伦及普式庚,后亦自立。且思想复美德之哲人勖宾赫尔(即叔本华)",而这种
思想皆"寄意于二诗"(《恶魔》和《童僧》)。莱蒙托夫的爱国主义有别于普希
金,"凡所为诗,无不有强烈弗和与绰厉不平之响者,良以是耳。来尔孟多夫亦
甚爱国,顾绝异普式庚,不以武力若何,形其伟大。凡所眷爱,乃在乡村大野,乃
村人之生活;且推其爱而及高加索土人。此土人者,以自由故,力敌俄国者也;
来尔孟多夫虽自从军,两与其役,然终爱之。所作《伊斯迈尔培》一篇,即记其
事"。鲁迅还谈到了莱蒙托夫的悲观主义,认为它来自于对俄国现实社会的憎
恨:"如勇猛者,所遇无不庸懦,则生激怒;以天生崇美之感,而众生扰扰,不能相
知,爰起厌倦,憎恨人世也。顾后乃渐即于实,凡所不满,已不在天上人间,退而
止于一代;后其更变,而猝死于决斗。"

　　上述文字是国内最早对莱蒙托夫及其诗歌的评价,文字虽然简短,却相当
准确地阐明了莱蒙托夫的思想和创作的特点。鲁迅重点介绍莱蒙托夫这一类
诗人,是热切地希望黑暗中国也能出现这样的"刚健不挠,抱诚守真;不取媚于
群,以随顺旧俗;发为雄声,以起其国人之新生,而大其国于天下"的精神战士。
在莱蒙托夫的作品刚刚介绍到中国,许多人还不知道莱蒙托夫为何人的情况
下,鲁迅的评价显得尤为珍贵。莱蒙托夫的作品最先介绍到中国来的是小说,
而在《摩罗诗力说》中,鲁迅把莱蒙托夫作为"立意在反抗,指归在动作","不为
顺世和乐之音,动吭一呼,闻者兴起,争天拒俗,而精神复深感后世人心,绵延至
于无已"②的"摩罗诗派"诗人之一来介绍,显示了鲁迅独到的文学眼光,对中国
读者全面认识莱蒙托夫起到了极其重要的作用③。

　　1918 年,李大钊在《俄罗斯文学革命》中论及俄罗斯抒情诗,其中也提到莱
蒙托夫。他认为俄罗斯抒情诗之所以感人最深,关键不在于"其排调之和,辞句
之美"和"诗人情意恳挚之表示",而在于"其诗歌之社会的趣味,作者之人道的
理想,平民的同情。"其中例举了 19 世纪前期作品中为自由而呐喊的诗篇,有莱
蒙托夫的《诗人之死》。文章称"大诗人 Lermontov,于 Pushkin 氏失败于悲剧的

---

　　① 《鲁迅全集》第 1 卷,人民文学出版社 1981 年版,第 91 页。
　　② 《鲁迅全集》第 1 卷,人民文学出版社 1981 年版,第 66 页。
　　③ 鲁迅曾计划翻译莱蒙托夫的《当代英雄》,准备在《域外小说集》中发表(1909 年 3 月出版的《域
外小说集》第 1 册书后所附的"新译预告"中有"来尔孟多夫:《并世英雄传》"的预告),可惜小说未及译
出,《域外小说集》已停版。

决斗之后,有所著作,吐露其光芒万丈之气焰,以献于此故去诗人高贵血痕之前,痛詈贪婪之群小环绕于摧残自由与时代精神之皇位侧者"。但他认为诗篇中关于自由的概念尚不十分清晰①。从李大钊和鲁迅等人的评价中可以见到,"五四"以前中国现代文化的先驱对莱蒙托夫已不陌生。

"五四"时期,大量的俄国古典作家的作品被译介到中国,但莱蒙托夫的汉译却显得"冷清"。据《民国时期总书目》(1911—1949)记载,1919—1929 年的10 年间出版的莱蒙托夫的汉译作品仅 2 种,而且都是收在多家作品的合集中:1925 年 12 月,由李秉之选译、上海亚东图书馆出版的《俄罗斯名著》(第 1 集)中,收入"列芒沱夫"的诗《歌士》,这是中国读者第一次读到莱蒙托夫诗歌的中译②;1929 年 5 月,水沫社编译、上海水沫书店出版的小说集《俄罗斯短篇杰作集》(第一册)中,收入"莱尔蒙托夫"著、戴望舒译的《达芒》(即《塔曼》);1929 年 10 月 30 日《华北日报》副刊载了莱蒙托夫的《〈当代英雄的再班(版)〉原序》一文(译者为寿山)。这一"冷清"现象可能与当时重小说轻诗歌有关。如阿英所说,莱蒙托夫"和普希金一样,在俄国,是作为'诗人'而存在的,可是他们的诗,却来得极迟"。20 世纪前 30 年仅有李秉之译的一首诗,这种状况直到 30 年代中期以后,随着《译文》杂志的出版,莱蒙托夫的诗歌被大量翻译,情形才得以改变。

这一时期莱蒙托夫的汉译虽然"冷清",但是学界对他的介绍却没有停止。1921 年 9 月,《小说月报》第 12 卷号外《俄国文学研究》专号中,有多篇论文论及莱蒙托夫。沈雁冰《近代俄国文学家三十人合传》一文介绍的第一个"创作文学家"就是"莱芒托夫"。文中对诗人生平的叙述较鲁迅的《摩罗诗力说》详细,也提到《诗人之死》、《伊色马童子》(即《伊斯梅尔一贝》)、《恶鬼》(即《恶魔》)、《密殊利》《姆采里》(即《童僧》)和《我们一时代的英雄》(即《当代英雄》)等重要作品,同时明确指出莱蒙托夫"是继承普式庚的最大的诗人","是俄国国民文学的创立者";"他和普式庚一样,是俄国浪漫派文学与写实派文学的转枢";莱蒙托夫"文字的矫健,处处深含不平之气,不特是普式庚所完全没有,便是郭克里也不及,和现代诸家比较起来,恐怕须得合了高尔该和安特列夫两人的气

---

① 此文当时未刊出,转引自《中外文学因缘——戈宝权比较文学论文集》,北京出版社 1992 年版,第296 页。

② 李秉之译的《歌士》后来又被收入施落英编的《旧俄小说名著》中,该书于 1937 年 6 月由上海启明书局出版。

概,方才能和他仿佛呢"。茅盾与鲁迅一样,强调了莱蒙托夫诗风中"不平之气",同时还对莱蒙托夫的独特气质和文学成就予以高度评价。文中还引用了俄国文学批评家克鲁泡特金和沙洛维甫的评论①。

除沈雁冰外,周作人的《文学上的俄国与中国》和明心的《俄罗斯文艺家录》也提及莱蒙托夫,虽寥寥数语,也属难得。其中周作人提到俄国十二月党人起义失败后,俄国社会"不免发生一种反动,少年的人虽有才力,在政治及社会上没有活动的地方,又因农奴制度的影响,经济上也不必劳心,便养成一种放恣为我的人,普式金的阿涅庚(奥涅金),来尔孟多夫的《现代的英雄》里的沛曲林(毕乔林),就是这一流人的代表,也是社会的恶的具体化。"这是第一次对"沛曲林"性格形成的社会原因而作的简单而又准确的分析。明心在"莱芝芒夫"小传中则用了《恶魔》这个现在通用的译名,《当代之英雄》也与现在通用的译名非常接近。

该专号中还收有不少外国评论家的文章,其中陈望道翻译的日本学者升曙梦的《近代俄罗斯文学底主潮》就是一篇很重要的论文。文章把"来尔孟多夫"与"普式金"、"果戈尔"合为一章评述,认为莱蒙托夫的"作风是与普式金一样地属于纯艺术派;但性质上却不像普式金那样赞美和平底感情,却是鼓吹着杀伐底风气。……来尔孟多夫这种充满着厌世悲愁的反抗的精神,要之就是他高尚的灵性被世上追慕虚荣幻影的人们压迫着的苦痛里发出的反动。他底作品所以常有强烈的不平与不安底喊声,就是这个缘故。他这诗歌都像暴风雨下面翻腾的大海,有灵光所至天地毕显之趣"。如此透彻的见解和简洁、流畅的文风,在当时中国文学评论中尚少见。

这一时期值得一提的还有瞿秋白于1923年以前写成的《十月革命前的俄罗斯文学》。文中用2 000余字的篇幅对"列尔芒托夫"其人其文作了介绍,特别是从家庭环境出发,分析了诗人性格的形成,指出正是由于对人心的失望,"列尔芒托夫不期而成为忧时愤世的诗人",成为与拜伦一样的"腐朽世界里的畸零人",自觉超越凡欲,并和拜伦同样向往自由。瞿秋白第一次对"柏雀林"(毕乔林)性格中的弱点和"高出于庸俗的环境万丈"之处作了深入透彻的分析,并第一次提到莱蒙托夫的戏剧《假面具》(即《假面舞会》)。瞿秋白在这里

① 见1921年《小说月报》第12卷《俄国文学研究》专号影印版,北京书目文献出版社,1981年版。本段引用文字均见此版本。

明确指出了抒情诗在莱蒙托夫作品中所占的重要地位，"一大半是研究他自己个性的好材料"，同时其"文辞的美不让普希金；而列尔芒托夫简短的'铁'诗更能镂入读者的心灵，使人感受他深切沉痛的情感；诗人的情感细腻而且繁复，他的诗境当然亦是如此"。同时，他还把莱蒙托夫和果戈理进行了对比："歌歌里在卑污尘俗的人心里，看见他那人性的根苗，列尔芒托夫，却自觉超越凡俗。列尔芒托夫的为人是如此，他著作里的'英雄'亦是如此。"①瞿秋白通晓俄语，出访莫斯科期间，翻译过莱蒙托夫的诗歌。他在评论时强调诗人的个性，这是不同于以往评论者之处，恐怕也是他高出以往评论者之处②。

1930 年，杨晦据英译本转译了《当代英雄》，该书于同年 5 月由上海北新书局出版。这是《当代英雄》在中国的第一个全译本，并首次采用了与现在的通译名一致的名字，译文也比较忠实。

二、莱蒙托夫研究的展开与沉寂

从 20 世纪 30 年代开始，特别是 1934 年《译文》杂志创刊以后，莱蒙托夫诗歌的汉译不断增多，有些还直接译自俄文。莱蒙托夫被还以诗人本色。1933 年，温佩筠在哈尔滨自费出版了他译的俄苏作家诗文集《零露集》，其中收有莱蒙托夫的两首诗：《铁列河的赠品》《金黄色的禾田波动了》。此后几年，他又陆续译出了长诗《高加索之囚》、《恶魔》、《伊兹麦尔·拜》等。1933 年 11 月 23 日，《申报·自由谈》发表了穆木天翻译的《帆》。穆木天是当时为数不多的通晓俄语的译者，选择《帆》这首莱蒙托夫精神的象征之作来首译，表明了他对莱蒙托夫认识的深度。1934 年 4 月 1 日，《春光》又发表了他翻译的《囚徒》和《天使》；同年，《译文》第 1 卷第 6 期载傅东华翻译的莱蒙托夫诗 3 首，并有 D. 勃拉果夷所作《莱蒙托夫》一文③。

40 年代是莱蒙托夫作品汉译的重要时期，包括《当代英雄》、长诗和抒情诗在内的莱蒙托夫的主要作品在这一时期被大量译介到中国。1943 年，重庆星球

---

① 《瞿秋白文集》第 2 卷，第 165—169 页，人民文学出版社 1986 年版。

② 此外，田汉的论文《俄罗斯文学思潮之一瞥》(1919) 和郑振铎编的《俄罗斯文学》(1924) 等，也简短提及莱蒙托夫的创作。

③ 另，1937 年《译文》新 2 卷第 5 期载孟十还译的莱蒙托夫的诗歌《且尔克斯之歌》，新 3 卷第 1 期载孙用据世界语译本转译的诗歌《鲍罗狄诺》，新 3 卷第 4 期载孙用以"列尔蒙托夫"《诗人及其他》(包括《诗人》、《梦》、《哥萨克儿歌》3 首)。1934—1937 年，单《译文》上发表的莱蒙托夫汉译诗歌就有 9 首。此外，孙用还在《奔流》和《黄钟》等杂志发表了 9 首译诗。

出版社出版了小畏翻译的《当代英雄》。著者译名"莱蒙托夫"和主人公名字"毕乔林"成为以后通用译名①。1942 年 4 月,星火诗歌社出版了由路阳据英译本转译的长诗《姆采里》(即《童僧》),书末附有戈宝权的《诗人的一生》一文及译者后记;9 月,重庆文林出版社出版《恶魔及其他》,内收《姆采里》、《关于商人卡拉西尼科夫之歌》、《恶魔》等 3 部叙事长诗,书末附有戈宝权的《关于〈姆采里〉等诗篇的介绍》一文;11 月,中国第一份俄苏文学译介专刊《苏联文艺》创刊,发表了余振(李毓珍)直接从俄文翻译的长诗《逃亡者》。至此,莱蒙托夫的 4 部主要的长诗都已有了汉译。1946 年 4 月,昆明东方出版社出版了梁启迪重译的《逃亡者》,收入包括《逃亡者》在内的莱蒙托夫诗歌代表作 18 首。该书卷首有译者序和艾亨鲍姆的《莱蒙托夫评传》,书末附有莱蒙托夫年表。1948 年,余振翻译的《莱蒙托夫抒情诗选》由上海光华出版社出版,内收莱蒙托夫在 1828—1841 年间创作的抒情诗 100 余首。这是 1949 年以前收录最全,也是最重要的一部莱蒙托夫抒情诗集②。

30—40 年代,中国学者介绍和研究莱蒙托夫的文章,可分为自撰的和翻译的两部分。自撰的文章一是刊登在译本前后的译序和译后记以及附录的文章,如戈宝权的《诗人的一生》和《关于〈姆采里〉等诗篇的介绍》等;二是散见于《中苏文化》、《文艺阵地》、《文化批判》和《希望》等刊物上的文章,如适夷(楼适夷)的《纪念莱蒙托夫》③和戈宝权的《俄国大诗人莱蒙托夫的生平及著作》④等,主要作者还有茅盾和冰菱(路翎)等,文章内容以介绍性的文字为主。译文是当时介绍和研究莱蒙托夫的另一个重要渠道,如茅盾化名谢芬在《译文》上译介的勃

---

① 1944 年 6 月,重庆星球出版社重版该译本。与杨晦译本比,小畏译本无论从结构、内容到细节,都更为详实,更加忠实于原著,这个译本可以说是 1949 年以前《当代英雄》最好的中译本。

② 20 世纪 40 年代出版的俄苏诗歌选集中,有不少收入了莱蒙托夫的诗歌。1944 年 6 月,由黄药眠翻译、重庆峨嵋出版社出版的《沙多霞》(苏联抗战诗歌选),附录莱蒙托夫和普希金的诗 4 首;1946 年 4 月,大连海燕书店出版了之分辑译的诗集《列宁是我们的太阳》,分"苏联诗选"和"莱蒙托夫诗选"两辑,后者包括《生命的杯子》(现译《人生的酒杯》)、《孤帆》等寓情于物、含意隽永的抒情诗 6 首,系据英译本转译;1949 年 1 月,上海杂志公司出版秦似翻译的《少女与死神》,收入莱蒙托夫的长诗《姆采里》。把莱蒙托夫的诗歌与苏联抗战诗歌、革命诗歌结集出版,表明当时中国的俄苏文学译介者对莱蒙托夫诗歌中的革命性和强烈的反抗精神的关注倾向。秦似的译本把《姆采里》与高尔基的爱情诗《少女与死神》以及别雷、阿赫玛托娃、古米廖夫等诗人的作品合集,则显示了选译者的审美趣味。

③《文艺阵地》,1939 年第 4 卷第 2 期。

④《中苏文化》,1939 年第 4 卷第 3 期。

拉果夷的《莱蒙托夫》①和戈宝权翻译的罗果夫的《纪念伟大的俄国诗人莱蒙托夫》②等。此外，荆凡编著的《俄国七大文豪》③所收多为外国评介文章的译文，其中有莱蒙托夫的评传和年表。这一时期出版的数量众多的俄苏文学史或文学思潮译著中，大多都有莱蒙托夫的专章介绍，如俄国克鲁泡特金著（韩侍桁译）的《俄国文学史》、英国贝灵著（梁镇译）的《俄罗斯文学》、日本米川正夫著（任钧译）的《俄国文学思潮》等。上文提及的艾亨鲍姆的《莱蒙托夫评传》等译文也是颇有价值的。这些著述或侧重介绍莱蒙托夫的生平和总体创作面貌，或着眼于莱蒙托夫诗风的把握，或详细比较莱蒙托夫与拜伦和普希金等的异同，其中不乏佳作。中国读者将这些介绍和研究性的文字作为阅读莱蒙托夫作品的参考，互相印证，使莱蒙托夫其人其文更加深入人心。

尽管30—40年代，中国学者自撰的研究文章大大少于译著，但是这些文章却体现了中国莱蒙托夫研究的进展。当时除了一般性的介绍外，专题研究也开始出现。例如，1935年，茅盾在《汉译西洋文学名著》中著文《莱蒙托夫的〈当代英雄〉》，在国内第一次较深入地分析了这部名著。文中不仅说明阐述了这部作品中浪漫主义和写实主义相融合的特征、孤独与消沉的主调、作家和这部作品之间的关系，并详细分析了主人公毕乔林的性格。"《当代英雄》可说是莱蒙托夫的自画像。主人公皮丘林是一个活厌了的人。""他感到到处是平凡灰色，总想找些什么事来激动一下生活的死波，然而在平凡灰色的环境中，什么伟大的事都没有法子找到。"虽然，茅盾在这里未用"多余人"来界定毕乔林，但他已鲜明地指出了毕乔林的生活状态。他还说道："大批评家别林斯基分析《当代英雄》的主人公心理，以为这不过是'磨练一个前途远大的青年人的凶恶的病痛'。而这'病痛'就是对于那时候的卑琐无耻的人生的鄙夷和痛恨，所有俄国30年代的最好的人都忍受过的。在莱蒙托夫这消沉活厌了的表面下，我们看见一个30年代血性男子的最好代表的莱蒙托夫。"④1936年，杨耐秋在《文化批判》上也发表了《〈当代英雄〉研究》⑤。这两篇文章开启了我国研究《当代英雄》的序幕。

1945年，冰菱的《〈欧根·奥尼金〉和〈当代英雄〉》是我国第一篇通过作品，

---

① ［苏］勃拉果夷著、谢芬（茅盾）译：《莱蒙托夫》，《译文》，1935年第1卷第6期。
②《新华日报》，1939年10月15日。
③ 该书分上下册，1943年10月桂林理知出版社出版。
④ 茅盾：《莱蒙托夫的〈当代英雄〉》，载《汉译西洋文学名著》，亚细亚书局1935年版。
⑤ 杨耐秋：《〈当代英雄〉研究》，《文化批判》，1936年第3卷第3期。

中国俄苏文学研究史论
История исследования русской и
советской литературы в Китае

比较普希金和莱蒙托夫异同的评论文章。文中指出了普希金和莱蒙托夫作品风格的不同,前者广大深沉,后者深邃。在对两部作品比较时,冰菱认为两位主人公虽不是作者本身,但都寄寓了作者的情感,表达了他们的人生迷惑及痛苦。"普希金坚信美好的未来,但处于当代,遭遇着各种现实的文化的精神的问题,敏感的诗人要比一切人都觉得痛苦,由痛苦就产生了迷惑。所以'奥尼金'是热烈地表现了他的痛苦的作品,在对于他的主角的描写及检讨里,诗人回忆了自己的身世,生活,并且温柔地凝视了未来。"而"莱蒙托夫较为冷酷的,不自觉地指出他的客观上的、历史的孤立性以及其他的他所以灭亡的根据。""普希金完成了现实主义的史诗,而莱蒙托夫则写成了美丽的、深邃的、颓废的挽歌","莱蒙托夫有着更大的矛盾。""普希金吸收广大的人民生活来创造他的艺术,用这来较量自己的痛苦……诗人的胜利,是在于诚实的、伟大的表白、批判、悲悼和希望。""当显得孤立带着更深的失望的色彩的莱蒙托夫所渴望的自由,充分的带着原始的山林的性质,他用这样的武器来攻击暴君及崩溃的社会……对于打击暴君他是顽强的,但对于自己的矛盾及痛苦他是无能为力的,恐怕只有'遗弃'一途。"冰菱还认为,"奥尼金除了热情的骚扰之外,没有理想及批判自己的力量";而"颓废的毕乔林有着虚无主义的倾向"[①]。文章分析细致深入,在当时实属难得。

这里还应该提一下的是戈宝权在这方面所做的工作。他从俄文译出了莱蒙托夫的不少抒情诗和长诗,编辑了"莱蒙托夫125年诞辰纪念特辑"(《中苏文化》1939年第4卷第3期)和"莱蒙托夫逝世百年纪念特辑"(《中苏文化》1941年第8卷第6期),还撰写了《莱蒙托夫的诗》[②]等多篇关于莱蒙托夫的评价文章。戈宝权在当时众多莱蒙托夫译介者中成就显著。

建国伊始,1949年11月,时代出版社出版了孙绳武译的《莱蒙托夫传》,原书作者安德罗尼科夫是苏联著名的莱蒙托夫研究专家。1950年,上海平明出版社出版了翟松年据俄文译出的《当代英雄》。1951年,时代出版社出版了余振译的《莱蒙托夫诗选》,他在1948年译本基础上又增加了4篇长诗。余振译风严谨,译文准确生动,深得莱蒙托夫诗歌动人之神韵。

20世纪50年代莱蒙托夫作品翻译取得了突出成绩,但是莱蒙托夫的研究

① 冰菱:《〈欧根·奥尼金〉和〈当代英雄〉》,《希望》1945年第1卷第1期。
② 戈宝权:《莱蒙托夫的诗》,《中原》,群益出版社1943年创刊号。

却没有明显进展。从 50 年代初到 60 年代初这 10 多年的时间里,报刊上刊登的大都是译介苏联学者的文章,少量的我国评论者撰写的文章基本上仍运用社会学的批评方法,沿袭前一个时期的观点,强调莱蒙托夫的反抗和叛逆,不过对毕乔林现象的态度逐渐变得严峻起来。1959 年,石璞在《论〈当代英雄〉中毕乔林的形象》一文中尚将毕乔林这一人物形象称之为矛盾性格的统一体,具有积极意义和消极意义两方面[1];而第二年,合肥师范学院中文系 1956 级学员的文章《论毕乔林形象的个人主义本质》则全盘否定了毕乔林形象的积极意义,称必须"揭露他行为的卑鄙,玩弄女性的骗术,自我分析的虚伪性"[2]。此后近 20 年间,由于众所周知的原因,我国没有出现过一篇有关莱蒙托夫的研究文章,中国对莱蒙托夫的译介和研究都进入沉寂阶段。

这种状况直到 70 年代末才重新出现转机。1978 年,上海译文出版社出版了草婴 60 年代翻译的《当代英雄》,这是中国对莱蒙托夫作品的译介进入新阶段的标志。这时期出现的关于莱蒙托夫的研究文章很少,但内容相对较前充实,只是或多或少地仍留有阶级论的痕迹,如罗岭的文章《试论皮却林》认为莱蒙托夫对毕乔林资产阶级个人主义的批判是软弱无力的,作家是"以资产阶级人道主义美化资产阶级个人主义"[3]。戴屏吉的《试论长篇小说〈当代英雄〉》一文较为详细地评价了莱蒙托夫的这部代表作,但也有上述痕迹[4]。

三、莱蒙托夫研究的深入

从 20 世纪 80 年代开始,中国的莱蒙托夫及其作品的翻译和研究形成了一个小小的高潮。

在译介方面,选材范围进一步扩展,如 1985 年重庆出版社出版的李秉勋译《莱蒙托夫小说选》,收小说 3 部,其中《里戈夫斯卡娅公爵夫人》、《瓦吉姆》从前没有译介。《小说界》1982 年第 4 期刊载了王智量译的诗体小说《唐波夫财政局长夫人》。1980 年,上海译文出版社出版余振译的《莱蒙托夫诗选》,其中译诗增加到 140 多篇。此外,1985 年,浙江文艺出版社出版了余振译《莱蒙托夫抒情诗集》上下册,其中收译诗 455 篇,这是我国出版的第一部外国诗人抒情诗

---

① 石璞:《论〈当代英雄〉中毕乔林的形象》,《四川大学学报》,1959 年第 4 期。
② 中文系 1956 级学员:《论毕乔林形象的个人主义本质》,《合肥师范学院学报》,1960 年第 4 期。
③ 罗岭:《试论皮却林》,《武汉大学学报》,1979 年第 4 期。
④ 戴屏吉:《试论长篇小说〈当代英雄〉》,《山西大学学报》,1979 年第 2 期。

的全集;1985 年,湖南人民出版社出版顾蕴璞译的《莱蒙托夫诗选》;1994 年,译林出版社出了吕绍宗的译本;1997 年,人民文学出版社出版余振等人译的《莱蒙托夫诗选·当代英雄》合本;2004 年,浙江文艺出版社出版力冈翻译《当代英雄·莱蒙托夫小说》的最新译本。同时,俄苏学者撰写的关于莱蒙托夫的文章和传记作品也继续被译介进来。

这一时期,有关莱蒙托夫的研究文章达 80 多篇,另有专著一部。仅 1981 年(莱蒙托夫逝世 140 周年)和 1984 年(莱蒙托夫诞辰 170 周年),我国报刊上就刊出了 20 多篇译介和评论文章,掀起我国新时期莱蒙托夫研究的第一波浪潮。如 1984 年《文艺理论研究》首期集中对苏联的《莱蒙托夫百科全书》进行了详细介绍①,这对国人了解国外莱蒙托夫学的新成果是大有裨益的。

与以往的研究相比,这一时期的研究无论在广度上还是深度上都有所拓展。

我国学者在宏观研究方面比较关注的是莱蒙托夫的诗歌。例如,余振、顾蕴璞、吕宁思等人都曾撰文从整体上对莱蒙托夫诗风和人格进行分析。顾蕴璞高度赞扬莱蒙托夫的人格,指出正是这"气度不凡的人格产生了他那独树一帜的艺术风格"。文章详细地分析了莱蒙托夫诗歌作品的风格特征:哀伤——反叛的琴弦上的音符、自我成为时代的焦点、爱与憎——感情的指南针上的两极②。余振对莱蒙托夫前后期诗篇的特点分别作了总结,认为前期诗作"都是他的真实体验和真实思想的纪录",并以《沉思》和《不要相信自己》两诗为例,通过与早期诗作抒情主人公的对比,分析了莱蒙托夫后期抒情诗的特点③。吕宁思主要从抒情主人公这一角度分析了莱蒙托夫诗歌创作的特点,作者清晰地勾勒了诗人前、后期诗作抒情主人公的形象特征,认为"这个艺术典型——抒情主人公形象不但是世界文学史中又一个'拜伦式的英雄',而且是个更加复杂、丰富、特殊的形象,并且具有民族特性"④。

作品研究方面,学界关注较多的仍是《当代英雄》,特别是其中的主人公形象。研究者大多侧重于分析主人公的性格特征。夏中义用图示法演示了毕乔

---

① 苏联《莱蒙托夫百科全书》条目选译(5 篇),《文艺理论研究》,1984 年第 1 期。
② 顾蕴璞:《非凡的人格,独特的风格》,《外国文学研究》,1984 年第 3 期。
③ 余振:《〈莱蒙托夫诗集〉前言》,《俄苏文学》,1985 年第 6 期。
④ 吕宁思:《莱蒙托夫的抒情诗》,《外国文学研究》,1985 年第 3 期。

林与小说中 4 个女人的关系,指出毕乔林性格中最可宝贵的核心①。张德林通过 4 个女性与毕乔林之间不同关系的比较,解读毕乔林的特征,称其是双重人格的复杂典型②。张建华深入人物内心发掘作品的启示意蕴,即作家通过对毕乔林灵魂变异历程的揭示,表现了人性中双重自我的存在,富有哲学意味地体现了人的灵魂世界的真实③。有一些学者关注《当代英雄》的创作方法和艺术手法,多数评论者认为这部作品兼有浪漫主义和现实主义两种特征。冯瑞生在认真分析了作品的艺术特色的基础上,认为这是一部充满"浪漫主义诗情的现实主义珍品"④。顾蕴璞在他的《莱蒙托夫》一书中用较多笔墨分析了《当代英雄》的艺术特色,称其结构扑朔迷离,是"现代小说主要特征——对叙事技巧和程序的试验的超前性实践";二律背反的深层心理开掘独具魅力,开启了俄国小说史上心理描写的先河;语言具有诗意美,即"诗的弹性美、朦胧美、空白美、暗示美、对称美";小说"既有浪漫主义的空灵与激情,又有现实主义的朴实和深刻"⑤。也有一些学者从文化层面切入,如陈松岩从《当代英雄》中的《贝拉》的中心冲突入手,阐明莱蒙托夫的自然人类观。文章认为,莱蒙托夫"否定了原始社会生活形态是人类的理想天地和发展方向","肯定了人的认识能力和能动作用,强调了在人类向最终的完美和谐发展过程中人的主体意识的重要性"⑥。

此时,也有一些研究者将视角投向了莱蒙托夫的其他作品和莱蒙托夫研究的其他领域。刁在飞从长诗《恶魔》创作过程、思想内容和风格特征切入,分析了诗人的浪漫主义诗歌的特征⑦。徐稚芳从文本出发,分析了长诗《恶魔》的放逐、孤独、爱情主题,赞扬此诗"是一部感人至深、耐人寻味的成功之作"⑧。谷羽则对学界关注较少的莱蒙托夫的长诗《哈志·阿勃列克》作了评析⑨。顾蕴璞从

---

① 夏中义:《从"皮氏性格四边形"看〈当代英雄〉主题》,《名作欣赏》,1981 年第 3 期。
② 张德林:《怎样认识毕乔林——读〈当代英雄〉》,《书林》,1983 年第 1 期。
③ 张建华:《洞察社会、凝视灵魂、解读人生的艺术杰作——开启莱蒙托夫〈当代英雄〉新的审美空间》,《外国文学》,2003 年第 2 期。
④ 冯瑞生:《现实主义的珍品,浪漫主义的诗情——莱蒙托夫〈当代英雄〉艺术特色》,《南京师院学报》,1983 年第 3 期。
⑤ 顾蕴璞:《莱蒙托夫》,华夏出版社 2002 年 5 月版。
⑥ 陈松岩:《从〈贝拉〉的中心冲突看莱蒙托夫的自然人类观》,《国外文学》,1995 年第 4 期。
⑦ 刁在飞:《从长诗〈恶魔〉看莱蒙托夫浪漫主义诗歌的特征》,《兰州大学学报》,1983 年第 1 期。
⑧ 徐稚芳:《歌唱否定精神,还是追求和谐美好的人生——析长诗〈恶魔〉的主题思想》,《国外文学》,1993 年第 2 期。
⑨ 谷羽:《悲剧源于仇杀——评莱蒙托夫的长诗〈哈志·阿勃列克〉》,《俄罗斯文艺》,1994 年第 6 期。

中国俄苏文学研究史论
История исследования русской и
советской литературы в Китае

个性特点、创作特征、创作心理、艺术思维、描写手法等方面,对普希金与莱蒙托夫作了详细的比较研究,指出莱蒙托夫不仅是"普希金传统的继承者",又是"传统的挑战者与超越者",而这种超越主要表现在"对内心矛盾探索的深化",在这个意义上,莱蒙托夫是普希金与俄国现代派之间的中介[①]。顾蕴璞从意与象的组合模式、时空的转换模式、虚实相生的机制、意象群的总体效应、意象的对比、特征性意象的复现等 6 个部分,重点研究莱蒙托夫诗歌的意象结构[②]。在莱蒙托夫逝世 150 周年之际,李万春对我国自 1907 年至 80 年代的翻译与研究情况作了详细梳理[③]。陈新宇注意到莱蒙托夫诗中蕴含的深厚的独特的高加索情结,认为这是作家童年时的美好记忆、成年后的大胆梦想,更有"流放后的新的感悟和认识"[④]。王珂从莱蒙托夫诗风的转变——由个人的生活抒情诗到大众的政治抒情诗入手,考察当今中国诗坛流行的个人化写作,期望纠正这一极端世俗化、轻浮化的诗风[⑤]。

　　华夏出版社 2002 年出版的顾蕴璞的《莱蒙托夫》一书,是我国莱蒙托夫研究史上第一部专著。该书运用社会批评和审美批评相结合的方法,从成才、诗歌、小说、戏剧和其他 5 个方面对莱蒙托夫做了一次综合研究。书中梳理了作家的成才轨迹,并将重点放在探讨莱蒙托夫在文学各领域中所取得的成就。第二章是诗歌论。作者通过抒情诗与长诗两大体裁的划分,按照诗人创作的先后顺序,对一些具有代表性的作品进行分析,总结出莱蒙托夫诗歌创作的情感主旋律——"忧伤、忧患、忧愤"这 3 种变奏。同时,重点分析了莱蒙托夫"最费人猜详和自相矛盾的"作品《恶魔》。作者从逆反的和常态的、政治的和文化的、作家的和读者的等多种视角把握主题,认为该诗是真善美的悲剧,是"'真'的厄运、'善'的扭曲、'美'的幻灭"互相交织在一起的悲剧链,这一锁链结构为长诗留下无限的审美空间。第三章是小说论。作者先介绍了莱蒙托夫的小说创作的基本面貌,接着用较多的篇幅分析了长篇小说《当代英雄》,称该作"是一部得益于以诗的功力深掘人物心理的小说,是一部借助于浪漫主义笔法来塑造深刻反映时代矛盾的典型的现实主义作品"。第四章是戏剧论。作者先阐明莱蒙托

① 顾蕴璞:《普希金与莱蒙托夫》,《俄罗斯文艺》,1999 年第 2 期。
② 顾蕴璞:《试论莱蒙托夫诗的意象结构》,《国外文学》,2002 年第 3 期。
③ 李万春:《中国的莱蒙托夫文学翻译与研究》,《外国问题研究》,1991 年第 4 期。
④ 陈新宇:《莱蒙托夫的高加索情结》,《浙江大学学报》,2000 年第 6 期。
⑤ 王珂:《论莱蒙托夫诗风的巨变及对中国诗坛的启示》,《四川外语学院学报》,2003 年 3 月。

夫在戏剧领域取得的成就,接着以诗剧《假面舞会》为例分析了作家在戏剧领域进行的艺术探索,称该作是"娱乐舞台与人生舞台的交叠"。第五章涉及了与莱蒙托夫相关的其他内容。一是比较莱蒙托夫与普希金;二是介绍莱蒙托夫的美学思想,其中涉及美感的认识、二元对立的艺术思维,作者选取 5 对主题对莱蒙托夫的思维特征作了精彩的阐述。该书代表了国内莱蒙托夫研究已达到的水准,并为以后的研究拓展了道路。

[相关研究成果要目]

1. 鲁迅:《来尔孟托夫》(1907 年),见《鲁迅全集》第 1 卷《摩罗诗力说》第 7 节,人民文学出版社 1981 年版。

2. 茅盾:《近代俄国文学家三十人合传》,《小说月报》,1921 年第 12 卷号外《俄国文学研究》。

3. [苏]勃拉果夷著、谢芬(茅盾)译:《莱蒙托夫》,《译文》,1935 年第 1 卷第 6 期。

4. 茅盾:《莱蒙托夫的〈当代英雄〉》,《汉译西洋文学名著》,亚细亚书局 1935 年版。

5. 杨耐秋:《〈当代英雄〉研究》,《文化批判》,1936 年第 3 卷第 3 期。

6. 戈宝权:《俄国大诗人莱蒙托夫的生平及著作》,《中苏文化》,1939 年第 4 卷第 3 期。

7. "莱蒙托夫 125 年诞辰纪念特辑",《中苏文化》,1939 年第 4 卷第 3 期。

8. 适夷:《纪念莱蒙托夫》《文艺阵地》,1939 年第 4 卷第 2 期。

9. [苏]罗果夫著,戈宝权译:《纪念伟大的俄国诗人莱蒙托夫》,《新华日报》1939 年 10 月 15 日。

10. "莱蒙托夫逝世百年纪念特辑",《中苏文化》,1941 年第 8 卷第 6 期。

11. 戈宝权:《莱蒙托夫的诗》,《中原》,1943 年创刊号。

12. 冰菱:《〈欧根·奥尼金〉和〈当代英雄〉》,《希望》,1945 年第 1 卷第 1 期。

13. [苏]屠雷林著,葆全译:《莱蒙托夫与普希金》,《苏联文艺》,1947 年第 31 期。

14. 石璞:《论〈当代英雄〉中毕乔林的形象》,《四川大学学报》,1959 年第 4 期。

15. 合肥师范学院中文系 1956 级学员:《论毕乔林形象的个人主义本质》,《合肥师范学院学报》,1960 年第 4 期。

16. 戴屏吉:《试论长篇小说〈当代英雄〉》,《山西大学学报》,1979 年第 2 期。

17. 罗岭:《试论皮却林》,《武汉大学学报》,1979 年第 4 期。

18. 王忠琪:《〈当代英雄〉是浪漫主义小说——介绍莱蒙托夫研究中的新观点》,《苏联文艺》,1980 年第 2 期。

19. 夏中义:《从"皮氏性格四边形"看〈当代英雄〉主题》,《名作欣赏》,1981 年第 3 期。

20. 张德林:《怎样认识毕乔林——读〈当代英雄〉》,《书林》,1983 年第 1 期。

21. 刁在飞:《从长诗〈恶魔〉看莱蒙托夫浪漫主义诗歌的特征》,《兰州大学学报》,1983 年第 1 期。

22. 冯瑞生:《现实主义的珍品,浪漫主义的诗情——莱蒙托夫〈当代英雄〉艺术特色》,《南京师院学报》,1983 年第 3 期。

23. 苏联《莱蒙托夫百科全书》条目选译(5 篇),《文艺理论研究》,1984 年第 1 期。

24. 顾蕴璞:《非凡的人格,独特的风格》,《外国文学研究》,1984 年第 3 期。

25. 余振:《〈莱蒙托夫诗集〉前言》,《俄苏文学》,1985 年第 6 期。

26. 吕宁思:《莱蒙托夫的抒情诗》,《外国文学研究》,1985 年第 3 期。

27. 刘保端:《俄罗斯的人民诗人——莱蒙托夫》,北京出版社 1985 年版。

28. 冯昭玙:《莱蒙托夫的语言艺术》,《杭州大学学报》,1986 年第 16 卷增刊外国语言文学专号。

29. 林瀚、黄玉光:《莱蒙托夫》,辽宁人民出版社 1988 年版。

30. 李万春:《中国的莱蒙托夫文学翻译与研究》,《外国问题研究》,1991 年第 4 期。

31. 徐稚芳:《歌唱否定精神,还是追求和谐美好的人生——析长诗〈恶魔〉的主题思想》,《国外文学》,1993 年第 2 期。

32. 谷羽:《悲剧源于仇杀——评莱蒙托夫的长诗〈哈志·阿勃列克〉》,《俄罗斯文艺》,1994 年第 6 期。

33. 陈松岩:《从〈贝拉〉的中心冲突看莱蒙托夫的自然人类观》,《国外文学》,1995 年第 4 期。

34. 顾蕴璞:《普希金与莱蒙托夫》,《俄罗斯文艺》,1999 年第 2 期。

35. 陈新宇:《莱蒙托夫的高加索情结》,《浙江大学学报》,2000 年第 6 期。

36. 顾蕴璞:《试论莱蒙托夫诗的意象结构》,《国外文学》,2002 年第 3 期。

37. 顾蕴璞:《莱蒙托夫》,华夏出版社 2002 年 5 月版。

38. 王珂:《论莱蒙托夫诗风的巨变及对中国诗坛的启示》,《四川外语学院学报》,2003 年第 2 期。

39. 张建华:《洞察社会、凝视灵魂、解读人生的艺术杰作——开启莱蒙托夫〈当代英雄〉新的审美空间》,《外国文学》2003 年第 2 期。

果戈理(Николай Васильевич Гоголь,1809—1852),另有中译名顾谷儿、郭克里、哥格里、戈果里、郭歌里、果格里、郭戈里、郭果尔等。果戈理为后人留下了丰厚的文学遗产,这些文学遗产的价值已经超越了时空,果戈理不仅深刻地审视"人类不朽的庸俗"(梅烈日可夫斯基语),而且"创造了别具一格的对庸俗的净化"(巴赫金语)。果戈理在中国也是家喻户晓的作家,中国文坛曾经对果戈理产生过浓厚的兴趣,透过中国学界对果戈理及其作品的解读历程,可以清晰地看到果戈理与 20 世纪中国文化的种种关联。

一、进入中国批评视野的果戈理

中国学界对果戈理的介绍始于 20 世纪初。1903 年,梁启超在《论俄罗斯虚无党》[①]一文中首先提到果戈理:"一八四五年,高卢氏(即果戈理)始著一小说名曰《死人》(即《死魂灵》)写隶农之苦况。"1904 年《赫辰传》(即《赫尔岑传》[②])在介绍赫尔岑时,称其与古格尔(即果戈理)等人"共称自然派",称其《谁罪》(即《谁之罪》)与果戈理的《死人》等作品"皆主张废奴隶论"。

1908 年,鲁迅以"令飞"为笔名发表的《摩罗诗力说》[③]中再次提到果戈理。由于这篇文章主要谈的是浪漫主义文学,关于果戈理的文字不多,仅有两处:"俄之无声,激响在焉。俄如孺子,而非暗人;俄如伏流,而非古井。十九世纪前叶,果有鄂戈里(即果戈理)起,以不可见之泪痕悲色,振其邦人,或以拟英之狭斯丕尔(即莎士比亚),即加勒尔(即卡莱尔)所赞扬崇拜者也。""俄罗斯当十九世纪初叶,文事始新,渐乃独立,日益昭明,今则已有齐驱先觉诸邦之概,令西欧

---

① 《新民丛报》,1903 年第 40 和 41 合号本。

② 《赫辰传》一文收在金一著的《自由血》中,金一原名金松岑,是《孽海花》前五回初稿的原作者,清末具有进步思想的知识分子。

③ 《河南》月刊,1908 年第 2,3 号。

人士,无不惊其美伟矣。顾夷考权舆,实本三士:曰普式庚(即普希金),曰来尔孟多夫(即莱蒙托夫),曰鄂戈里。前二者以诗名世,均受影响于裴伦(即拜伦),惟鄂戈里以描绘社会人生之黑暗著名,与二人异趣,不属于此焉。"

值得注意的是,尽管当时中国对果戈理的介绍刚刚起步,但是"自然派"作家("称自然派")、以客观描写(作者的"泪痕悲色"是"不可见"的)和批判现实("描绘社会人生之黑暗"、"主张废奴隶论")为创作特色、作品具有为人生的主旨("振其邦人"),这3点意象在鲁迅的文章中已十分明确。这种评价在当时无疑是重要的,它们给中国读者留下了关于果戈理的最初印象。文字虽然简单粗疏,但与果戈理的文学地位和创作特色基本相符。

辛亥革命以后至"五四"高潮以前,田汉的《俄罗斯文学思潮之一瞥》①是一篇详尽介绍俄罗斯文学的长篇论文。这篇文章是以思潮流变为主要着眼点的,但对一些重要作家也均有论及。文章认为,"俄国写实主义由勃施钦(即普希金)启其蒙,鄂歌梨(即果戈理)建其业。"果戈理"不以徒追美之理想为能事,于国民文学发达开新生面","其艺术的写实主义之秀逸,与心理学的观察之深刻,皆俄国社会渴待之久而未得者也。故其大作一出,不独唤起国民之绝大同情与反响,亦遂成为代表社会意识之有力机关也"。果戈理的《检查官》(即《钦差大臣》)和《死去之众人》(即《死魂灵》)等重要作品"皆觉醒社会之感情之作,一切之社会现象莫不供其文学描写之资料。其描写法不徒以艺术的兴味指导社会,而以社会的正义、人类的同情指导社会。""自鄂歌梨后,诗歌小说遂异常发达,有支配社会之力焉"。从19世纪40年代至世纪末,"俄国肩背相望之文豪皆依鄂歌梨所示之周行而进,其如火如荼之文学乃称雄于世界焉"。文章涉及"以社会的正义和人类的同情指导社会"的创作宗旨、"有支配社会之力"的创作效果、深刻的心理描写、"秀逸"等美学特征。文章强调了果戈理创作的社会意义,并对他对于俄国现实主义文学大潮的最终形成所起的巨大作用作了充分肯定。

果戈理的名字虽已为中国文坛所知晓,但是他的作品却迟迟未见译介。在众多俄国文学名家中,果戈理的作品是较晚进入中国的一个。这种情况到了"五四"高潮以后有了变化。在文学革命运动的推动下,俄国文学的翻译受到特别重视,过去从未译过的重要作家的作品开始问世,果戈理的作品也在这时首次译成中文。首译是短篇小说《马车》,译者为耿匡,收入北京新中国杂志社

① 《民铎》第1卷,1919年第6、7号。

1920 年 7 月出版的《俄罗斯名家短篇小说》(第 1 集),篇首有作者简介。

"五四"高潮时期至 20 年代中期,中国文坛关于果戈理的评论文字有所增加①。《小说月报》第 12 卷号外《俄国文学研究》(1921)刊载的文章中有多篇涉及果戈理,大多数文章继续探讨果戈理创作的为人生、为社会的写实特色。其中,最值得注意的是耿济之的文章《俄国四大文学家合传》。在这篇评论郭克里(即果戈理)等作家的文章中,果戈理部分篇幅较大,用了 7 千字。作者较详细地介绍了果戈理的生平和主要的作品,并且第一次明确了果戈理作品的"含泪的笑"的特色:"他的作品仿佛没有什么理想的任务,只是讨人家的欢笑。但是读的时候,固然可以欢笑,而读完以后,不由得令人生无限悲切之感。因为所描写的生活自然是可笑,同时却又可痛,可悲,可歌,可泣。'笑中之泪'——实在是郭克里(即果戈理)作品的特色。"

这一时期,中国学者撰写并出版的几本俄国文学史和作家传略方面的著作对果戈理也多有评述,如郑振铎的《俄国文学史略》(商务印书馆,1924)、蒋光慈和瞿秋白的《俄罗斯文学》(创造社出版部,1927)、胡愈之和沈雁冰等人编的《近代俄国文学家论》(商务印书馆,1923)等。所述内容尽管有详尽或简略之分,但上述关于果戈理的基本定位没有发生变化。以两部文学史为例。郑振铎的著作中有专章介绍果戈理,但文字相当简洁,对他的几部重要作品用的都是点评式的语言。如《塔拉史蒲巴》(即《塔拉斯布尔巴》)"描写哥萨克人的刚强性格极为动人,叙事也极活泼而真切";《狂人日记》"描写狂人心理极为细腻动人,开辟后来心理分析的小说先路";《外套》"描写虽是带着笑容,却是含着不可见的泪珠的惨笑";《巡按》"叙述非常滑稽,……但滑稽中却含着隐痛;使读者于笑时即起了厌恶那些黑暗的心";《死灵》(即《死魂灵》)叙述契契加夫(即乞乞可夫)旅行的情形非常活泼生动,"他所遇见的人,无论什么样的品格与情性都有,而歌郭里都能很逼真地把他们表现出来"。蒋光慈和瞿秋白的《俄罗斯文学》一书中的果戈理部分由瞿秋白撰写。文字虽然也颇为简略,但某些局部的分析较前者深入。如在谈到《旧式地主》这一类作品时,作者写道:"著者对于自己小说中的人物,千方百计地开玩笑;老地主的迂阔,爱请客爱到肉麻……然而最终却来了一个问题:人生的意义,——那些小说里的'英雄'为什么这样庸

---

① 比如路易:《郭果尔与其作品》,《时事新报》,1922 年 3 月 4 日;蒋启藩:《郭果尔》,《近代文学家》,上海泰东书局 1923 年版。

碌,为什么这样自以为'得劲',实际上他们一概是只知道今天,只知道平庸的日常琐事,究竟为什么活着?"作者超越了狭隘的阶级论的观点,从人生与人性的层面论述了更具普遍意义的人生状态。作者也提到了果戈理作品的风格特征是"活泼的滑稽",而"滑稽的性质其实是哭不出的笑,或者所谓'泪里的笑'"。果戈理在《钦差大臣》和《死魂灵》里对主人公的讽刺"是要将这类'英雄'置之于'万目昭彰之地',歌歌里的笑,实在是堕落者的冤"①。

在中国接受果戈理的早期,比较多的是一般性的介绍文章,就作家思想和作品个案作深入分析的较少见,文字大多也比较简略,其中还存在因介绍者不熟悉果戈理作品而在转述时出错的现象。但是,应该说,关于果戈理的最基本的信息这时已经被传达到了中国。

果戈理对中国作家创作的影响也开始显示出来,这一点在鲁迅身上表现得尤为明显。鲁迅在谈到自己喜爱的俄国作家时列举过不少作家的名字,而其中果戈理无疑占据了突出的位置。他在《我怎么做起小说来》②一文中,将果戈理置于自己"最爱看的作者"之列,他对果戈理的讽刺艺术也有极高的评价。果戈理对鲁迅小说创作产生的深刻影响就发生在这一时期,《狂人日记》、《阿Q正传》和《孔乙己》等作品中都融入了果戈理的艺术精神③。

二、研究视野的拓宽与批评中的误读现象

20世纪20年代后期至40年代末,果戈理的作品开始全面进入中国。

中国文坛对果戈理的研究,这时期也更加有力地开展起来。这方面的文章有些是译者附记和杂感一类的文字④。鲁迅评述果戈理的文字尤其值得注意,他除了"译后记"外,还写有《几乎无事的悲剧》、《论讽刺》和《死魂灵百图小引》⑤等文章,篇幅一般不长,但见解独到。如在《几乎无事的悲剧》一文中,鲁迅高度评价果戈理《死魂灵》的艺术成就,称其"创作出来的脚色,可真是生动极

---

① 文中的"英雄"虽加了引号,但显然在转换外文材料时有误,俄文中"repoй"一词在这里更贴切的译法应是"主人公"。

②《南腔北调集》,《鲁迅全集》第4卷,人民文学出版社1981年版。

③ 这方面的研究文章很多,其中包括具体作品之间的比较研究,后文还会对有关的研究进行评述,这里不再展开。

④ 如李秉之译的果戈理作品集《俄罗斯名著二集》附有译者序和《郭歌里传略》、沈佩秋译的《巡按》附有前言和译者小引,以及韦素园的《〈外套〉的序》、鲁迅的《鼻子·译后记》和《〈死魂灵〉第二部残稿译后记》等。

⑤ 均见《且介亭杂文二集》,《鲁迅全集》第6卷,人民文学出版社1981年版。

中国俄苏文学研究史论
История исследования русской и
советской литературы в Китае

了,直到现在,纵使时代不同,国度不同,也还使我们像是遇见了有些熟识的人物。讽刺的本领,在这里不及谈,单说那独特之处,尤其是在用平常事,平常话,深刻的显出当时地主的无聊生活"。这种描写的意义在于:"这些极平常的,或者简直近乎没有事情的悲剧,正如无声的言语一样,非由诗人画出它的形象来,是很不容易觉察的。然而人们灭亡于英雄的特别的悲剧者少,消磨于极平常的,或者简直近乎没有事情的悲剧者却多。""几乎无事的悲剧"很好地概括了果戈理创作的美学特征,但当时的鲁迅是带着"为人生"的目的关注果戈理的,因此,关于审美特征的论述同样带有浓厚的服务于人生的色彩。鲁迅还从作品的价值及作者的矛盾来透视果戈理"含泪的微笑":"听说果戈理的那些所谓'含泪的微笑',在他本土,现在是已经无用了,来替代它的有了健康的笑。但在别地方,也依然有用,因为其中还藏着许多活人的影子。况且健康的笑,在被笑的一方面是悲哀的,所以果戈理的'含泪的微笑',倘传到了和作者地位不同的读者的脸上,也就成为健康:这是《死魂灵》的伟大之处,也正是作者的悲哀处。"

这一时期,散见于报刊上和书籍中的关于果戈理的文章逐渐增多①。这些文章大多取社会学批评的角度,对作家的思想、创作风格以及作品个案进行了深入的研究,研究水准有所提高。

周扬在《果戈理的〈死魂灵〉》中认为,小说是"封建俄罗斯的化身的展览会",并在指出作家批判现实的精神的同时不忘强调果戈理的"小地主贵族的世界观"。胡风的《〈死魂灵〉与果戈理》论述了果戈理在俄国"可怕的淤泥"般的

① 如钱杏邨:《果戈理的小说》,《作品论》,上海沪淀书店,1929 年版;冯瘦菊:《顾谷儿》,《十九世纪俄罗斯文学家的传略和著作思想》,上海大东书局 1929 年版;魏东明:《果戈理的悲剧》,《解放日报》,1941 年 11 月 28 日;孟十还:《果戈理论》,《文学》,第 5 卷第 1 号,1935 年;杨思仲:《关于果戈理》,《解放日报》,1941 年 11 月 20、21 日;李辉英:《含泪的微笑》,《新中华》,第 3 卷第 8 期,1935 年;陈北欧:《哥格里与写实主义》,《师大月刊》,第 14 期,1934 年;周扬:《果戈理的〈死魂灵〉》,《文学》,第 4 卷第 4 号;胡风:《〈死魂灵〉与果戈理》,《文学》,第 6 卷第 5 号;常风:《死魂灵》,《国闻周报》,第 13 卷第 3 期,1936 年;姚克:《从"铁肺人"说到"死魂灵"》,《中流》,第 2 卷第 7 期,1937 年;薛543吾:《〈死魂灵〉读后》,《中学生文艺季刊》,第 2 卷第 4 号,1936 年;周立波:《谈果戈理和他的〈外套〉》,《外国文学研究》,1982 年第 3 期;李广田:《说果戈理的〈外套〉》,《文艺春秋》,第 6 卷第 3 期,1948 年;李广田:《"少年果戈理"》,《创作月刊》,第 1 卷第 3 期,1942 年;吴往:《〈两个伊凡的故事〉及其手法》,《新华日报》,1942 年 10 月 7 日;茅盾:《果戈理的〈巡按〉》,《汉译西洋文学名著》,中国文化服务社 1935 年版;未名:《怎样看钦差大臣》,《生活常识》第 1 卷第 3 期,1935 年;秋远:《由〈巡按〉谈到果戈理的写实主义》,《新华日报》(华北版),1941 年 7 月 29 日;晓征:《〈巡按〉演出的意义》,《新华日报》(华北版),1941 年 7 月 29 日;铁耕:《我们为什么要公演〈巡按〉》,《华北文艺》,第 1 卷第 4 期,1941 年;梅行:《果戈理与〈巡按〉》,《俄国七大文豪》,理知出版社 1943 年版;林默涵:《关于果戈理的〈婚事〉》,《大众文艺》,第 1 卷第 3 期;何其芳:《果戈理的〈婚事〉》,《新中华报》,1940 年 6 月 14 日;汪倜然:《俄国文学 ABC》,世界书局 1929 年版等。

现实面前的痛苦与追求,作家用"自卫的本领和向'善'的欲求"切肤地体认贵族阶级没落的命运。果戈理希望拔出社会中的毒草,替地主官僚们净罪,但是这是扭转历史的工作,需要超人的神力不可。因此,果戈理悲壮地失败了。他的失败是理想和现实冲突的结果,他转向宗教世界,恰恰是他严守现实主义的结果。

孟十还《果戈理论》一文认为,果戈理的思想是忠实于他所在的那个社会的,"他看见他们的堕落现象覆亡底危机,于是运用他的笔唤醒他们,要他们取一种改良的趋向",但是他的工作却得到了相反的结果,唤起了人们对于农奴制的憎恨。因此"他不自觉地做了那个时代的新人"。

汪倜然的《俄国文学 ABC》在论及果戈理创作风格时提出了不随俗的见解:"他的天才中含有一种强烈的非写实的性质——一种浪漫的、辞藻的、怪奇的性质。……他的小说多含有幻想的成分。……现实在哥郭尔眼底不过是便于他创造怪异人物的材料;他表现现实和描写现实都和写实派作家不同。"

梅行的《果戈理与〈巡按〉》一文除了分析作品外,对果戈理本人及其创作作了颇有见地的评价:"毫无疑问,果戈理对于当代的生活是极端愤懑的,但在他的作品中,那幽默又是那样平静,……这是纯然充满了朴质的散文的调子,诗一般的东西。也正因为如此,它更能完成它讽刺的目的,我想这是由于他那深刻的忧郁的心情的缘故吧。""他正是一个勇于正视生活的丑恶和卑劣的人,然而他失望了,除卑劣和丑恶以外,什么也找不到;于是他在理想的前面停下来,走回到现实世界中去。更黑暗的生活,对光明更大的失望,这不能不使果戈理感到极大的悲哀。由于这,在他最后,毁去了他那充满了虚伪的语言的《死魂灵》的第二部,仅仅留下了可贵的俄国人全部的邪恶的历史。"[①]

从这些文章中可以见到,果戈理的创作特征、创作心理、思想矛盾等,研究者均有所涉及。虽然对这些问题的探讨还不够深刻,但与前一个时期主要把果戈理当作反抗社会黑暗、呼唤社会变革的战士的观点比较起来,中国学界对果戈理的研究在走向深入。

这一时期,中国文坛开始注意到鲁迅与果戈理的关系问题。1936 年 2 月,萧军在《读书生活》半月刊上撰文赞扬鲁迅在《死魂灵》翻译中体现出来的译风:"译笔无比地尖锐。译者几乎是用了尖锥的带了须钩的笔把这浮图所有的

---

① 此文收入《俄国七大文豪》一书,理知出版社 1943 年版。

折角、缝隙、凸凹、窿孔……所积藏着的奥秘,毫无容情地剔拨出来,才能使这浮图鲜明而原样的呈现在人的眼前。"作者不仅形象而又准确地点出了鲁迅"硬译"风格的特征,而且简略地探讨了译者和果戈理之间在创作宗旨,以及"处境上,文章的笔致上"的相似。20世纪40年代初出现的林林的《鲁迅和果戈理》①则是国内文坛专题论述两位作家关系的首篇文章。文章认为,鲁迅与果戈理的关系"极密切",两人的文学因缘"特别浓厚";果戈理作品中具有的"构思底质朴"、"人生完善的真理"、"民族性"、"动人的喜剧性"和"永远被压服着悲哀与忧郁底深刻之感"等特点,"鲁迅亦具备"。因此,作者称鲁迅为"中国的果戈理"。文章的分析虽然尚欠深入,但却开了后来大量的同类文章的先河。

不过,在当时的关于果戈理的评述文章中,也出现了明显的误读现象。

首先是批评的道德化倾向。有些文章不恰当地夸大了别林斯基对果戈理批评的范畴,认为果戈理一生都在"恭维官场"、谄媚政府,作品只讽刺小官,从而贬低果戈理的价值。这种倾向甚至在耿济之这样的优秀译者身上也有所表现②。出现这种情况主要有两种因素在起作用:一是受苏联早期极"左"思潮中否定古典作家的错误言论的影响;二是在中国文坛存在道德泛化的文化背景。对此,鲁迅曾一再提出批评。这种观点的片面性是显而易见的:(1)作家评价不能等同于道德评价;(2)别林斯基对果戈理晚年思想的批评不能等同于对果戈理一生的评价;(3)要充分考虑作家所处的历史环境,"那时的检查制度又是多么严厉,不能说什么","攻击大官的作品,也就更难以发表"③。果戈理有弱点,有偏见,有矛盾,不足为奇,但评价要客观。上面提到的梅行的文章也批评了这一倾向:"一个批评家,没有权利把一位历史上伟大的艺术家生硬地装进现代社会主义的观点里面去,或者对于他的思想上的保守和落后作片面的曲解;而应该从他所处的时代,所反映的生活,以及艺术创造的价值和对全人类的贡献全般的见地上去估价,得出适当的完美的结论来。"

其次是评价中的简单"拔高"的倾向。比较典型的是陈北欧的《哥格里与写实主义》④一文。文章称果戈理是"社会主义的写实主义的先进",他的创作是"社会主义的写实主义的泉源","在世界文学史上,从旧社会制度承继的遗产之

① 林林:《崇高的忧郁》,文献出版社1941年版。
② 参见耿济之在1935年《译文》终刊号上发表的文章。
③《鲁迅书信集》下卷第894页,人民文学出版社1976年版。
④《师大月刊》,1934年第14期。

中,哥格里的艺术价值当是最巨大的了。"与契诃夫相比,果戈理是"写实主义的伟大建设者",而契诃夫只是"站在崩毁过程最后线上的","比神秘的象征主义进一步而已"①。这种误读(把写实主义推向极致、简单化的比较和不恰当地套用新名词)同样是对果戈理艺术精神的极大损害。

三、果戈理研究的模式化

20 世纪 50 年代至 60 年代初期,在文学研究与政治联系过于紧密的氛围中,中国的果戈理研究少了色彩纷呈的学术形态,研究视野变窄,研究成果模式化。

50 年代初果戈理研究出现过一个小高潮。那是 1952 年果戈理逝世百周年之时,中国作家纷纷撰文纪念果戈理,发表的有关文章和译文达数十篇之多,如茅盾的《果戈理在中国》、郭沫若的《为了和平民主与进步的事业——纪念雨果、达·芬奇、果戈理和阿维森纳》、曹禺的《参加果戈理纪念会归来》、丁玲的《果戈理——进步人类所珍贵的文化巨人》、曹靖华的《果戈理百年忌》、沙汀的《我们永远珍爱果戈理的艺术遗产》、孙犁的《果戈理》、绀弩的《〈死魂灵〉在中国》、陈白尘的《〈巡按〉在中国》、黄药眠的《重读果戈理的〈巡按使〉》、贾植芳的《果戈理和我们》、陈涌的《向果戈理学习什么》、桴鸣的《伟大的俄国作家果戈理》、史东山的《从戏剧电影工作的回忆中纪念果戈理逝世 100 周年》和冯雪峰的《鲁迅和果戈理》等②。

建国初期中苏友好的大背景促成了这一盛况。除了应景的文章外,不少作家诚挚地表达了他们与果戈理的精神联系,如沙汀认为,果戈理的艺术遗产值得中国作家珍视,丁玲认为,中国作家应该学习果戈理"对光明的追求、对未来

---

① 载《师大月刊》,1934 年第 14 期。

② 可参见茅盾:《果戈理在中国》(《文艺报》,1952 年第 4 期)、郭沫若:《为了和平民主与进步的事业——纪念雨果、达·芬奇、果戈理和阿维森纳》(《文艺报》,1952 年第 9 期)、曹禺:《参加果戈理纪念会归来》(《文艺报》,1952 年第 8 期)、丁玲:《果戈理——进步人类所珍贵的文化巨人》(《文艺报》,1952 年第 8 期)、曹靖华:《果戈理百年忌》(《新华月报》,1952 年第 3 期)、沙汀:《我们永远珍爱果戈理的艺术遗产》(《人民日报》,1952 年 5 月 4 日)、孙犁:《果戈理》(《天津日报》,1952 年 3 月 2 日)、绀弩:《〈死魂灵〉在中国》(《光明日报》,1952 年 5 月 4 日)、陈白尘:《〈巡按〉在中国》(《人民日报》,1952 年 3 月 4 日)、黄药眠:《重读果戈理的〈巡按使〉》(《新建设》,1952 年第 5 期)、贾植芳:《果戈理和我们》(《大公报》,1952 年 3 月 4 日)、陈涌:《向果戈理学习什么》(《人民文学》,1952 年第 3、4 期)、史东山:《从戏剧电影工作的回忆中纪念果戈理逝世 100 周年》(《人民日报》1952 年 3 月 4 日)、冯雪峰:《鲁迅和果戈理》(《新华月报》1952 年 3 期)等。

中国俄苏文学研究史论
История исследования русской и
советской литературы в Китае

的信心",冯雪峰则强调了鲁迅在文学精神对果戈理的创造性吸收。从作家们的表述中可以见到,果戈理与"五四"以来的中国文坛确实血脉相连。

1952年的纪念年以后,关于果戈理的评论文章数量上有所减少,但当时文坛仍然对果戈理保持着一定的热情,也有一些认真写就的文章①,但同时受当时的政治氛围的影响,思想僵化、模式单一的问题日渐突出,误读现象比较严重。在有些文章中,果戈理的"革命性"被不恰当地强化了,作为"封建制度掘墓人"的果戈理成了仅次于高尔基、别车杜的"准革命家";在对果戈理创作的评论中,强调其暴露黑暗的作用和现实主义特色,而忽视果戈理创作风格的多样性;往往只从社会批判激情和人道主义情怀解读"含泪的笑",而剥离了它的美学风格的层面,一个丰富复杂、深刻多元的果戈理被遮蔽了。

这一时期,我国学者译介了数本俄国果戈理研究专著,其中有斯捷潘洛夫的《果戈理》(北京作家出版社,1957年)、赫拉普钦科的《果戈理的〈死魂灵〉》(上海新文艺出版社,1957年)、斯捷潘洛夫的《果戈理的戏剧创作》(上海新文艺出版社,1958年)等,这些译著对于当时的中国读者了解果戈理颇为有益。

在当时的大背景下,不仅果戈理研究走向式微,而且中国作家对果戈理讽刺艺术的借鉴也变得谨小慎微。老舍在1956年写出一部讽刺剧《西望长安》,但是不成功。同年,老舍在总结自己"讽刺得不够"的原因时表示:主观上想"尽量躲开《钦差大臣》"②。"我的写法与古典的讽刺文学作品(如《钦差大臣》等)的写法大不相同,而且必须不同。《钦差大臣》中的人物是非常丑恶的,所以我们觉得讽刺得过瘾。……我能照这样写吗? 绝对不能!"理由是:"我拥护我们的新社会制度",而且"我们的干部基本面是好的",能讽刺的只是"他们的某些错误"③。可是,老舍又在另一个场合谈到了客观原因:"社会上的阻力很大,一篇作品出来就遭到多少多少责难",作家自然就"望而生畏,不敢畅所欲言了"。熟谙艺术规律并深切了解社会现实的老舍指出:"事实上,我们社会里该讽刺的

---

① 这10年左右的时间里,代表性文章有王西彦:《读果戈理和契诃夫零札》(《从生活到创作》,新文艺出版社1954年版)、谷田:《从〈果戈理的手稿〉说起》(《文艺月报》,1955年第4期)、孙维世:《果戈理的爱和憎》(《人民日报》1956年5月16日)、高乌贪:《果戈理焚稿》(《北京日报》1957年1月3日)、巴人:《果戈理——封建制度的掘墓人》(《世界文学》,1959年第4期)、彭克巽:《纪念伟大的俄罗斯作家果戈理诞生150周年》(《北京大学学报》,1959年第2期)、满涛:《〈狄亢卡近乡夜话〉译后记》(人民文学出版社1955年)、满涛:《〈彼得堡故事〉译后记》(人民文学出版社1957年)和《〈果戈理小说戏剧选〉译本序言》(人民文学出版社1963年)等。
② 《老舍谈〈西望长安〉的创作经过》,《文汇报》1956年3月14日。
③ 老舍:《有关〈西望长安〉的两封信》,《老舍的话剧艺术》,文化艺术出版社1982年版。

人与事的毛病要比作家们所揭发过的还要更多更不好。""既要讽刺,便须辛辣"①。然而,在现实主义精神被大为削弱、歌功颂德的要求压倒揭露社会黑暗的要求的年代里,中国作家对以"不可见之泪痕悲色振其邦人"的果戈理只能逐渐敬而远之了。直至60年代中期,果戈理及其作品被打入"封资修"之列,从中国读者的视线中完全消失。

四、走近真实的果戈理

20世纪70年代末80年代初,在拨乱反正的大潮中,果戈理重新成为中国文坛高度关注的对象。1978—1982年短短5年间,评论界就出版了3本研究著作和多本译著,发表了60多篇论文。

这3本研究著作分别是:钱中文的《果戈理及其讽刺艺术》(上海文艺出版社,1980年)、胡湛珍的《果戈理和他的创作》(北京出版社,1982年)、王远泽的《果戈理》(辽宁人民出版社,1982年)。这些著作侧重点虽有不同,但均以果戈理的生平和创作为线索,文字简洁,篇幅都在10万字以内。钱著以果戈理创作中的讽刺艺术("笑")为主要的着眼点。作者认为,果戈理的"笑"有一个发展过程,一开始只是幽默和嘲讽的笑,后来逐渐发展成为具有深刻社会意义的幽默与讽刺。书中从情节选择、人物形象塑造、生活场景设置等多个方面较充分地论述了果戈理的讽刺艺术。胡著结合当时俄国的社会、政治、思想和文化等方面的背景,将对果戈理及其创作的研究置于较宏观的视野之中。王著先有果戈理生活与创作情况的简述,后有具体作品的分析。3本著作对果戈理的后期思想均持否定态度。俄苏学者的一些重要的研究成果也在此时被介绍进来,如魏列萨耶夫的《果戈理是怎样写作的》(天津人民出版社,1980年)和佐洛图斯基的《果戈理传》(天津人民出版社,1982年)等。

就研究论文而言,总数不少,也出现了一部分具有相当力度的成果,如童道明的《关于"笑"——略谈果戈理的一个艺术见解》②、王富仁的《果戈理对鲁迅前期小说创作的影响》、马家骏《果戈理〈钦差大臣〉的情节构成》、杜宗义的《论果戈理的讽刺艺术》、彭克巽的《果戈理的"写真实"观》、温儒敏的《外国文学对鲁迅〈狂人日记〉的影响》等,但是不少文章的视线仍停留在几个传统的研究领

---

① 老舍:《谈讽刺》,《文艺报》,1956年第14期。
② 《光明日报》1978年5月1日。

中国俄苏文学研究史论
История исследования русской и
советской литературы в Китае

域。5年间,专题分析《死魂灵》的文章有21篇[①],分析《钦差大臣》的文章有9篇[②],比较研究果戈理和鲁迅两篇同名小说《狂人日记》的文章有12篇[③]。这些文章分析有详略,水平有参差,但观点比较接近,雷同感强烈。如作比较研究的文章大多从思想和艺术两个角度着手谈两者的"同中之异",并得出后者较前者"忧愤深广"的结论。尽管如此,这些文章毕竟标志着学理性的果戈理研究的开始。

80年代中期以来,中国文坛对果戈理的热情有所减退。就发表的论文而言,年均数不及前一阶段的一半,而且还有递减的趋势。与中国文坛研究普希金、屠格涅夫、托尔斯泰和陀思妥耶夫斯基等俄国作家成果迭出的状况相比,果戈理似乎正在淡出当代中国批评界的视野。这种状况与果戈理曾有的巨大影响形成了极大的反差。造成这种现象的原因也许与人们多年来对果戈理形成的心理定势(它被某些意象和定位强化)导致的逆反心理有关,作为"封建制度掘墓人"的社会批判家,果戈理拉开了与当代人的心理距离。而"从现在看来,格式是有些古老了"[④]的果戈理的作品似乎又少了些在其他经典作家中常见的、仍能引起新一代兴趣的浪漫情爱、优美女性、曲折情节,或深邃的哲理思考和病态心理的剖析。

不过,问题似乎没有这么简单,数字更不能衡量一切。其实,从研究成果的质量来看,近十多年正是中国的果戈理研究最有成绩的时期。此时出现了一些总结性、争鸣式、反思性的研究文章。研究领域扩大了,思想更加解放,观念更为活跃。它突出表现在以下几个方面:

---

① 如康林:《〈死魂灵〉中泼留希金的形象》(《教学与研究》,1979年第3期)、许国经:《漫谈泼留希金形象表现手法》(《外国文学研究》,1979年第4期)、王远泽:《〈死魂灵〉人物谈》(《广西民族学院学报》,1980年第2期)、汪靖洋:《〈死魂灵〉的形象体系和思想倾向》(《南京师院学报》,1981年第2期)、张晓岩:《〈死魂灵〉的主要成就是什么?——与汪靖洋同志商榷》(《山东师大学报》,1982年第2期)等。

② 如郝铭鉴:《重读〈钦差大臣〉漫笔》(《书林》,1980年第4期)、王远泽:《论讽刺喜剧〈钦差大臣〉》(《俄苏文学》,1981年第2期)、马家骏:《果戈理〈钦差大臣〉的情节构成》(《陕西戏剧》,1981年第6期)、杨胜群:《此处无声胜有声——浅谈〈钦差大臣〉的哑场结尾》(《俄苏文学》,1982年第2期)等。

③ 如王富仁:《果戈理对鲁迅前期小说创作的影响》(《鲁迅研究年刊》,1979年)、韩长径:《鲁迅与果戈理》(《鲁迅与俄罗斯古典文学》,1981年版)、高长舒:《鲁迅与果戈理》(《外国文学研究》,1983年第4期)、彭安定:《鲁迅的〈狂人日记〉与果戈理的同名小说》(《社会科学战线》,1982年第1期)、袁少杰:《两篇〈狂人日记〉的比较》(《社会科学辑刊》,1982年第2期)、温儒敏:《外国文学对鲁迅〈狂人日记〉的影响》(《国外文学》,1982年第4期)等。应该指出,一些从事中国现代文学研究的学者进行的比较研究已颇见深度,如温儒敏和王富仁等人的文章。

④ 鲁迅:《译丛补·〈鼻子〉译后记》。

（一）关于果戈理与宗教关系

这是以往许多研究者不愿或不敢涉足的领域。因此，任光宣对这一问题的探讨尤为引人注目。他在《果戈理现象》一文中指出，基督精神是果戈理的人生的最高理想，他的宗教道德观的重要内容是基于基督教信仰的善恶观。这些在他的创作中表现得十分明显：《死魂灵》的结构框架和人物处理就与他的宗教观有关。在作者的构思中，小说的3个部分分别体现俄国的地狱、炼狱和天堂，展现的是芸芸众生从恶走向善、从黑暗走向光明的历程。如乞乞科夫，按照果戈理的构思，这个人物将经过"炼狱"中道德完善和复活，从庸俗和卑劣的"地狱"升入理想的"天堂"。基督教的博爱思想和报应惩罚观都在其中得到反映。这部作品是"作家宗教意识的艺术演绎"。但是，果戈理并不是一个宗教神秘主义者，"他信奉基督但却不逃避现实世界，他通过对现实的认识和分析去寻找与探索通往基督之路"。"他用自己的艺术创作再现出一个完整的宗教道德世界观体系，并以此去回答复杂多变的俄国现实所提出的各种问题"[①]。任光宣的《论果戈理创作中的宗教观念》一文分析了《与友人书信选》所体现出来的个人道德完善的内涵，即服务社会、热爱俄国、恪尽职守、自我限制、心灵坦诚等等——果戈理认为，只有按照上述途径完成了个人改造，才能把俄国引上基督化的至善至美的道路[②]。李志强的《美是梦还是真——果戈理的宗教审美观》一文认为，果戈理的宗教理想不仅仅是一种修身的信仰，它是神权政治乌托邦：沙皇以上帝的代言人的身份高居在宝座上，用东正教的思想教化万民，以宗法制维系社会；而万民则俯首听命。果戈理希望靠这个建立在信仰和爱的基础上的神权政治乌托邦来拯救世界[③]。周启超的《徘徊于审美乌托邦与宗教乌托邦：果戈理文学思想刍议》是探讨果戈理宗教思想与文学关系的又一重要论文[④]。对果戈理宗教思想的研究无疑有助于深化对这位作家及其创作的认识。

（二）关于果戈理晚期思想的评价

关于果戈理后期思想的讨论大多集中在《死魂灵》第二部和《与友人书信选》两部作品上，杨海明不同意果戈理后期思想反动的传统观点，认为尽管果戈

---

① 《俄国文学与宗教》，世界图书出版社1995年版。
② 《外国文学评论》，1993年第4期。
③ 《俄语语言文学研究》，2004年第4期。
④ 参见《外国文学评论》，2004年第4期。近期此类文章还有：刘洪波：《从宗教情结到宗教的道德探索——漫谈宗教道德语境下的果戈理创作》，《国外文学》，2003年第2期；徐乐：《果戈理的精神之旅》，《俄罗斯文艺》，2004年第2期等。

中国俄苏文学研究史论
История исследования русской и
советской литературы в Китае

理对于俄国出路的探讨是错误的,但他对专制农奴制的批判是深刻的,自始至终的①。刘伯奎认为,与《死魂灵》第一部相比,第二部展示了地主们更加凄楚悲凉的结局和乞乞科夫更加高明的诈骗手段,是"瑕不掩瑜"、更见批判力的"宏伟宫殿"②。缑广飞强调,小说中的人物不是"政治和经济意义上的人",而是"宗教和道德意义上的人";果戈理虽然"主张改良农奴制的弊端",坚持用"宗教信仰的方法拯救俄国";他的理想尽管"只是一个现实社会中没有的,将来也不可能实现的乌托邦",但他的探索是万分真诚的③。此外,周启超撰文介绍了莫斯科科学出版社 1995 年出版的《俄罗斯哲学小百科全书》一书中关于果戈理的最新评价,该书强调果戈理作为思想家的独特的历史观、社会观和艺术观④。

《与友人书信选》是果戈理晚年的一部曾经受到广泛批评的著作。这样的文字人们不陌生:"作者公开为沙皇专制制度和农奴制度辩护。这本书获得了反动文人的大声喝彩,而进步人士却一致反对。"别林斯基在《给果戈理的一封信》中"义正词严地谴责了果戈理,深刻地批判了他的反动观点"⑤。这一时期看到了重新评价这部著作的较为深入的文字。杨海明从"面对现实"与"憧憬未来"两个方面分析了果戈理在《与友人书信选》中体现出来的思想倾向。作者认为,作家在该书中对于专制农奴制现实的批判是深刻的,对它的否定是彻底的,为探求祖国的未来所做的努力是真诚的。不过,他的救国方案中有空想的、甚至是有害的成分,如"普遍和解"原则抹杀了阶级矛盾;"恢复古老的宗法传统",无异于希望反动势力放下屠刀、立地成佛;让教会承担"平息纷争"、"启迪人们心灵的重要责任"也很荒谬,但这只是支流⑥。

对《与友人书信选》作出更全面和深刻的评价的,是周启超为安徽文艺出版社出版的《果戈理全集》第 8 卷(书信卷)所作的题解。题解谈到了这些书信在展示作家精神探索的轨迹和风韵独具的艺术手法方面所起的作用,阐述了果戈理与别林斯基之间的分歧由来,指出其实质是保守主义的个人"心灵完善"与激

① 杨海明:《从〈死魂灵〉第二部看果戈理后期的思想探索》,《外国文学研究集刊》,第 13 集。
② 刘伯奎:《瑕不掩瑜 弃而未毁——〈死魂灵〉第二部残稿探索》,《外国文学研究》,1986 年第 1 期。
③ 缑广飞:《俄罗斯的出路何在? ——论〈死魂灵〉第二卷以及其他》,《外国文学研究》,1989 年第 2 期。
④ 周启超:《"思想家"果戈理颇受推崇》,《外国文学评论》,1997 年第 3 期。
⑤ 易漱泉等:《俄国文学史》,第 181 页,湖南文艺出版社 1986 年版。
⑥ 杨海明:《对果戈理晚期思想的再评价——评果戈理〈与友人书信选〉》,《中国社会科学院研究生院学报》,1987 年第 4 期。

进主义的整个"社会变革"之间的冲突。作者认为,果戈理与别林斯基之间关于文学与生活、文明与教育,以及社会发展历史运行等方面的对话具有很高的文化品格,他们敏锐地捕捉到的某些问题,超前地关注到的某些焦点,在当代仍有其价值。任光宣还专题论述了基督徒的眼光如何影响了果戈理在《与友人书信选》中对于文学艺术的认识①。刘洪波撰文追溯了俄国 19 世纪 40—50 年代因《与友人书信选》一书引起的风波的来龙去脉,为读者提供了重要信息②。

(三)关于果戈理的创作心理

以往研究者很少深入探究这些问题:个性忧郁的果戈理为什么能写出欢乐浪漫的《狄康卡近乡夜话》和令人捧腹的《钦差大臣》? 创作《死魂灵》第一部时疾病缠身的果戈理为什么会出现创作高潮? 这些问题涉及的是作家气质与作品题材的关系,作家生命力、精神力量和创作激情的关系等颇有价值的研究课题。程正民从文艺心理学的角度对此展开了别开生面的研究。如他在谈到作家气质与作品的关系时,引用了作家本人的有关表述:"为了使自己快乐","病态和忧郁的心情却成了我早期作品中表现快乐情绪的原因";引用了同时代人的有关评价,如普希金称其为"愉快的忧郁者"、别林斯基将其的创作特色定位为"被深刻的悲哀之感所压倒的喜剧性的兴奋"。在进行了细致的文本分析的基础上,作者指出:"果戈理忧郁的气质对他一生的创作都有影响",不过早期"主要是通过欢快抒情的作品来发泄心中的苦闷和忧郁",后期"他的苦闷和忧郁已升华为全民的苦闷和忧郁"③。从这个角度来反观果戈理的"含泪的笑",也许可以对这一美学风格有更多一层的了解。

(四)关于果戈理作品的艺术形式

过去,果戈理被定位为一个严格意义上的写实派作家,因此缺乏对其艺术形式多样性的研究。新时期"重读果戈理"的一个重要方面就是"高扬果戈理艺

---

① 任光宣:《虔诚的信仰 深邃的思想——果戈理的〈与友人书简选〉中的文学思想》,《外国文学》,2001 年第 5 期。

② 刘洪波:《"误解的旋风"——俄国 19 世纪 40—50 年代对果戈理〈与友人书简选〉批评综述》,《国外文学》,2002 年第 2 期。相关的文章还有:童道明《"灵魂因为震栗而归于寂静"——关于果戈理的"遗嘱"》(《外国文学动态》,1993 年第 6 期)、任光宣《分歧由何而来——评别林斯基与果戈理就〈与友人书简选〉一书的论争》(《俄罗斯文艺》,2001 年第 3 期)、任光宣《果戈理的精神遗嘱——读〈与友人书简选〉》(《国外文学》,2001 年第 4 期)、马宏《果戈理后期创作浅谈》(《洛阳工学院学报》,2001 年第 3 期)等。

③ 参见程正民:《俄国作家创作心理研究》第 2 章,百花文艺出版社 1990 年版。

术的历史哲学品味,强调果戈理诗学中的怪诞、夸张、魔幻、象征品质"①。钱中文等研究者在这方面作了积极的努力,或对果戈理"怪诞现实主义"的特色在作品中的表现作了深入的分析,或着重考察果戈理作品中的"象征"手法的运用,或从修辞学的角度解读果戈理的作品,或推介国外在这方面的研究成果等,从而深化了对果戈理创作风格的认识②。钱中文的《怪诞现实主义》、龚善举的《象征:果戈理艺术思维的"原型"批判》、季明举的《〈死魂灵〉与流浪汉小说》、王加兴的《析果戈理笔下人物姓名的修辞特征》等文章,都颇具新意。

此外,也有学者尝试从新的视角探讨果戈理的艺术形式和艺术手段,克冰的《果戈理与魔幻现实主义》比较研究了果戈理创作中与魔幻现实主义相似的艺术特色:融合民间神话传说与宗教故事、打破人鬼界限,以及运用夸张、隐喻、象征、梦幻、预言等手法③;裴善明的《讽刺小品 怪诞杰构——果戈理〈鼻子〉的符号学解读》则用符号学的理论解读了果戈理小说《鼻子》的怪诞色彩④。

(五)关于果戈理与中国

这一阶段仍有不少人就两部《狂人日记》发表专题评析文章,有的写得很认真,如罗以民的《中俄两篇〈狂人日记〉创作意图探源》等。但是,扎实而有新意的文章还是比较少见。有个别文章刻意"出新",通过与果戈理比较,在缺乏说服力的论证的情况下,竟得出鲁迅的《狂人日记》是其败笔的结论。

相比之下,王富仁的《鲁迅前期小说与果戈理》⑤一书和王志耕的论文《果戈理与中国》⑥是值得赞许的研究成果。王志耕的文章以开阔的视野和深入的文本分析为基础,对果戈理与鲁迅、张天翼、沙汀、鲁彦、陈白尘和老舍等中国现代作家的关系作了颇有理论色彩的分析,推进了国内在这一领域的研究。这一阶段,老子、巴金、老舍、吴敬梓、陈白尘、冯骥才、沙汀等众多作家进入了与果戈理比较研究的视野。如周绍曾的《〈升官记〉与〈钦差大臣〉》、李振潼的《试论社会主义讽刺剧——对老舍、果戈理、马雅可夫斯基讽刺剧的系统思考》、王海涛的《〈淘金记〉与〈死魂灵〉比较分析》、陈元恺的《吴敬梓与果戈理》、刘传铁的

---

① 周启超:《果戈理全集·总序二》,安徽文艺出版社 1999 年版。
② 分别参见《果戈理全集》,安徽文艺出版社 1999 年版;《外国文学研究》,1993 年第 3 期;《解放军外语学院学报》,1996 年第 5 期;《外语教学》,1998 年第 1 期。
③《内蒙古师大学报》,1994 年第 3 期。
④《名作欣赏》,2003 年 12 期。
⑤ 陕西人民出版社,1983 年版。
⑥《俄国文学与中国》,华东师范大学出版社 1991 年版。

《浑言则同析言有别——〈儒林外史〉与〈死魂灵〉讽刺艺术之比较》、刘晓林的《〈寒夜〉与〈外套〉心理刻画的比较探索》、刘登东的《〈儒林外史〉与〈死魂灵〉的比较研究》、赵秋长和赵建国的《果戈理的〈鼻子〉和冯骥才的〈三寸金莲〉》、毛德富的《两个吝啬鬼 一副讽世心——严监生与泼留希金的性格模式浅论》、胡星亮的《果戈理和中国现代喜剧》、刘洪波的《老子的"道"与果戈理的"道"——中俄文化对话的一种途径》等①。刘洪波的《20世纪80年代以来中俄果戈理研究动态综述》介绍了这一阶段两国果戈理研究的动向,也颇有价值②。

有一些文章对果戈理与俄国作家或西方作家进行了比较研究,如许志强的《布尔加科夫与果戈理:文学史的对话》、何光明的《简论乔伊斯〈尤利西斯〉对果戈理小说的继承与创新》、缑广飞的《从果戈理到乔伊斯》和《完整地揭示人 揭示完整的人——乔伊斯、果戈理比较研究》等③。许志强的文章从《死魂灵》与《大师和玛格丽特》的潜在对话入手,分析了后者在艺术样式上对前者的模仿与创造,并阐释了果戈理艺术样式的实质及其意义。

这一阶段出现的一些译著也值得注意,如斯捷潘诺夫的《果戈理传》(黑龙江人民出版社,1984年)、屠格涅夫等的《回忆果戈理》(天津人民出版社,1985年)、赫拉普钦科的《尼古拉·果戈理》(上海译文出版社,2001年)和袁晚禾、陈殿兴编选的介绍国外果戈理研究的《果戈理评论集》④等。

在世纪之交的今天,果戈理已不再成为人们关注的热点,但是果戈理不会真正淡出中国批评界的视野,1999年安徽文艺出版社和2002年河北教育出版社分别推出的《果戈理全集》就是最好的证明。这是迄今为止,国内出版的规模最大的两套果戈理作品集,包括了果戈理的小说、戏剧、文论和书信,并吸取了近年来果戈理遗产中新的发现和新的研究成果,显示出厚重的文化品位。果戈理小说和戏剧有真实的描摹和辛辣的讽刺,有怪诞的形态和象征的意蕴,也有

----

① 分别参见《天津师专学报》,1985年第2期;《剧艺百家》,1986年第1期;《研究生报》(华中师大),1986年第4期;《二十世纪中国文学与世界》,陕西人民出版社1987年版;《外国文学研究》,1987年第3期;《青海师范大学学报》,1987年第3期;《重庆师院学报》,1987年第4期;《河北师大学报》,1988年第4期;《郑州大学学报》,1989年第1期;《南京大学学报》,1991年第3期;《俄罗斯文艺》,2003年第3期。

② 《俄语语言文学研究》,2004年第4期。

③ 分别参见《外国文学评论》,2005年第5期;《陕西师范大学继续教育学报》,2000年第1期;《中州学刊》,1997年第1期;《信阳师范学院学报》,2002年第3期。

④ 分别出版于:黑龙江人民出版社1984年版;天津人民出版社1985年版;上海译文出版社2001年版;复旦大学出版社1993年版。

热烈的抒情和哲理的思考,充满了诱人的艺术魅力。他的文论和书信也极具价值,从这些文字中可以见到作家独到的思考,把握他的思想脉络,了解他的政治观、宗教观和文艺观,可以真切地感受到作家的痛苦、矛盾和追求。对于果戈理独特的心灵史的持续研究,将会使我们不断走近真实的果戈理,走近那个熟悉而又陌生的俄罗斯。

[相关研究成果要目]

1. 梁启超:《论俄罗斯虚无党》,《新民丛报》,第 40 和 41 合号本,1903 年。

2. 令飞(鲁迅):《摩罗诗力说》,《河南》月刊,第 2、3 号,1908 年。

3. 田汉:《俄罗斯文学思潮之一瞥》,《民铎》,第 1 卷第 6、7 号,1919 年。

4. 耿济之:《俄国四大文学家合传》,《小说月报》,第 12 卷号外《俄国文学研究》,1921 年。

5. 路易:《郭果尔与其作品》,《时事新报》,1922 年 3 月 4 日。

6. 蒋启藩:《郭果尔》,《近代文学家》,上海泰东书局 1923 年版。

7. 胡愈之、沈雁冰:《近代俄国文学家论》,商务印书馆 1923 年版。

8. 郑振铎:《俄国文学史略》,商务印书馆 1924 年版。

9. 李秉之:《〈俄罗斯名著二集〉译者序》和《郭歌里传略》,亚东书局 1925 年版。

10. 沈佩秋:《〈巡按〉小引》,启明书局 1926 年版。

11. 韦素园:《〈外套〉的序》,未名社 1926 年版。

12. 蒋光慈、瞿秋白:《俄罗斯文学》,创造社出版部 1927 年版。

13. 钱杏邨:《果戈理的小说》,《作品论》,上海沪淀书店 1929 年版。

14. 冯瘦菊:《顾谷儿》,《十九世纪俄罗斯文学家的传略和著作思想》,上海大东书局 1929 年版。

15. 汪倜然:《俄国文学 ABC》,世界书局 1929 年版。

16. 陈北欧:《哥格里与写实主义》,《师大月刊》1934 年第 14 期。

17. 茅盾:《果戈理的〈巡按〉》,《汉译西洋文学名著》,中国文化服务社 1935 年版。

18. 孟十还:《果戈理论》,《文学》,1935 年第 5 卷第 1 号。

19. 李辉英:《含泪的微笑》,《新中华》,1935 年第 3 卷第 8 期。

20. 未名:《怎样看钦差大臣》,《生活常识》,1935 年第 1 卷第 3 期。

21. 周扬:《果戈理的〈死魂灵〉》,《文学》,第 4 卷第 4 号。

22. 胡风:《〈死魂灵〉与果戈理》,《文学》,第 6 卷第 6 号。

23. 常风:《死魂灵》,《国闻周报》,1936 年第 13 卷第 3 期。

24. 薛期吾:《〈死魂灵〉读后》,《中学生文艺季刊》,1936 年第 2 卷第 4 号。

25. 萧军:《死魂灵》,《读书生活》(半月刊),1936 年 2 月第 4 期。

26. 姚克:《从"铁肺人"说到"死魂灵"》,《中流》,1937 年第 2 卷第 7 期。

27. 何其芳:《果戈理的〈婚事〉》,《新中华报》1940 年 6 月 14 日。

28. 林林:《崇高的忧郁》,文献出版社 1941 年版。

29. 魏东明:《果戈理的悲剧》,《解放日报》1941 年 11 月 28 日。

30. 杨思仲:《关于果戈理》,《解放日报》1941 年 11 月 20、21 日。

31. 秋远:《由〈巡按〉谈到果戈理的写实主义》,《新华日报》(华北版)1941 年 7 月 29 日。

32. 晓征:《〈巡按〉演出的意义》,《新华日报》(华北版)1941 年 7 月 29 日。

33. 铁耕:《我们为什么要公演〈巡按〉》,《华北文艺》1941 年第 1 卷第 4 期。

34. 吴往:《〈两个伊凡的故事〉及其手法》,《新华日报》1942 年 10 月 7 日。

35. 李广田:《"少年果戈理"》,《创作月刊》,1942 年第 1 卷第 3 期。

36. 梅行:《果戈理与〈巡按〉》,《俄国七大文豪》,理知出版社 1943 年版。

37. 林默涵:《关于果戈理的〈婚事〉》,《大众文艺》,第 1 卷第 3 期。

38. 李广田:《说果戈理的〈外套〉》,《文艺春秋》,1948 年第 6 卷第 3 期。

39. 冯雪峰:《鲁迅和果戈理》,《新华月报》,1952 年 3 期。

40. 耿济之:《〈钦差大臣〉的写作经过》,《厦门日报》1954 年 8 月 14 日。

41. 王西彦:《读果戈理和契诃夫零札》,《从生活到创作》,新文艺出版社 1954 年版。

42. 彭克巽:《纪念伟大的俄罗斯作家果戈理诞生 150 周年》,《北京大学学报》,1959 年第 2 期 。

43. 童道明:《关于"笑"——略谈果戈理的一个艺术见解》,《光明日报》1978 年 5 月 1 日。

44. 钱中文:《果戈理及其讽刺艺术》,上海文艺出版社 1980 年版。

45. 韩长径:《鲁迅与果戈理》,《鲁迅与俄罗斯古典文学》,1981 年版。

46. 马家骏:《果戈理〈钦差大臣〉的情节构成》,《陕西戏剧》,1981 年第 6 期。

47. 杨胜群:《此处无声胜有声——浅谈〈钦差大臣〉的哑场结尾》,《俄苏文学》,1982 年第 2 期。

48. 周立波:《谈果戈理和他的〈外套〉》,《外国文学研究》,1982 年第 3 期。

49. 温儒敏:《外国文学对鲁迅〈狂人日记〉的影响》,《国外文学》,1982 年第 4 期。

50. 彭克巽:《果戈理的"写真实"观》,《锦州师院学报》,1982 年第 2 期。

51. 胡湛珍:《果戈理和他的创作》,北京出版社 1982 年版。

52. 王远泽:《果戈理》,辽宁人民出版社 1982 年版。

53. 王富仁:《鲁迅前期小说与俄罗斯文学》,陕西人民出版社 1983 年版。

54. 刘翘:《欢笑·苦笑·嘲笑——论果戈理作品"笑"的艺术》,《吉林大学学报》,1984 年第 6 期。

55. 梅希泉:《论果戈理的笑的艺术》《外国文学研究》,1984 年第 2 期。

56. 王永生:《鲁迅论果戈理》,《江西社会科学》,1984 年第 1 期。

57. 龙飞、孔延庚编著:《讽刺艺术大师果戈理》,商务印书馆 1984 年版。

58. 刘伯奎:《瑕不掩瑜 弃而未毁——〈死魂灵〉第二部残稿探索》,《外国文学研究》,1986 年第 1 期。

59. 杨海明:《对果戈理晚期思想的再评价——评果戈理〈与友人书信选〉》,《中国社会科学院研究生院学报》,1987 年第 4 期。

60. 陈元恺:《吴敬梓与果戈理》,《二十世纪中国文学与世界》,陕西人民出版社 1987 年版。

61. 赵秋长等:《果戈理的〈鼻子〉和冯骥才的〈三寸金莲〉》,《河北师大学报》,1988 年第 4 期。

62. 程正民:《俄国作家创作心理研究》,百花文艺出版社 1990 年版。

63. 王志耕:《果戈理与中国》,《俄国文学与中国》,华东师范大学出版社 1991 年版。

64. 胡星亮:《果戈理和中国现代喜剧》,《南京大学学报》,1991 年第 3 期。

65. 龚善举:《象征:果戈理艺术思维的"原型"批判》,《外国文学研究》,1993 年第 3 期。

66. 任光宣:《论果戈理创作中的宗教观念》,《外国文学评论》,1993 年第 4 期。

67. 杨海明:《从〈死魂灵〉第二部看果戈理后期的思想探索》,《外国文学研究集刊》第 13 集。

68. 克冰:《果戈理与魔幻现实主义》,《内蒙古师大学报》,1994 年第 3 期。

69. 任光宣:《果戈理现象》,《俄国文学与宗教》,世界图书出版社 1995 年版。

70. 季明举:《〈死魂灵〉与流浪汉小说》,《解放军外语学院学报》,1996 年第 5 期。

71. 周启超:《"思想家"果戈理颇受推重》,《外国文学评论》,1997 年第 3 期。

72. 王加兴、张俊翔:《析果戈理笔下人物姓名的修辞特征》,《外语教学》,1998 年第 1 期。

73. 钱中文:《怪诞现实主义》,《果戈理全集》,安徽文艺出版社 1999 年版。

74. 周启超主编:《果戈理全集》,安徽文艺出版社 1999 年版。

75. 任光宣:《虔诚的信仰 深邃的思想——果戈理的〈与友人书简选〉中的文学思想》,《外国文学》,2001 年第 5 期。

76. 王燕、李莉编著:《果戈理与〈钦差大臣〉》,中国少年儿童出版社 2001 年版。

77. 沈念驹主编:《果戈理全集》,河北教育出版社 2002 年版。

78. 刘洪波:《从宗教情结到宗教的道德探索——漫谈宗教道德语境下的果戈理创作》,《国外文学》,2003 年第 2 期。

79. 周启超:《徘徊于审美乌托邦与宗教乌托邦:果戈理文学思想刍议》,《外国文学评论》,2004 年第 4 期。

80. 许志强:《布尔加科夫与果戈理:文学史的对话》,《外国文学评论》,2005 年第 1 期。

第二十四章
中国的丘特切夫研究

丘特切夫（Федор Иванович Тютчев，1803—1873），另有中译名为邱采夫等。我国对俄国丘特切夫诗歌的翻译与研究已有 80 多年的历史。综观这 80 多年丘诗研究的历史，大约可以分为 4 个阶段。

一、序幕阶段：20 世纪 20 年代初期

1922 年初，瞿秋白在《赤都心史》中，第一次向国人介绍了丘特切夫——当时译为"邱采夫"①，并翻译了两首丘诗②。一首题为《一瞬》③，以五言古体译出，重在传情达意，得原诗神韵。但翻译过于中国化，且添加了一些原诗未有的意象，如"鹿为何去远"，在语言上则文白夹杂，未曾融为一体，如"萧萧高树杪，天鸟语我前"、"梦意盈此心，佳时会有缘"，简洁、古朴、充满诗意，而"鹿为何去远"等则太口语化，节奏、风格也前后不谐。另一首题为《寂》④，翻译亦太中国化，易使人想到道家哲学，译文也与原文有出入。但瞿秋白当时在苏俄行程匆匆，能注意到丘诗，已属不易；且所选择的两首诗，颇能体现丘诗特征，很有眼光。

---

① 这一译名比现今通用的"丘特切夫"，更符合俄语中两个辅音并列出现，前一辅音不发音的读音规则，现今通用译名把"ТЮТЧЕВ"读音全译，可能是为了使其更像外国名字。

② 李大钊在 1918 年写的《俄罗斯文学与革命》一文中最早提到丘特切夫："Nekrasov（涅克拉索夫）后，俄国诗学之进步衍为二派：一派承旧时平民诗派之绪余，忠于其所信，而求感应于社会的生活……；一派专究纯粹之艺术而与纯抒情诗之优美式例以新纪元，如 Tuttchev（丘特切夫）、Fete（费特）、Maikov（马伊可夫）、Alexis Tolstoy（阿历克赛·托尔斯泰）等皆属之。但纯抒情诗派之运动，卒不得青年之赞助而有孤立之象。"可惜直到 1965 年才在胡适的藏书中发现这份遗稿，《人民文学》1979 年第 5 期首次发表全文。详见《李大钊文集》上，人民出版社 1984 年版，第 587 页。

③ 原诗无题，首句为"Так，в жизнь есть мгновения"，查良铮译为《在生活中有一些瞬息》，朱宪生译为《生活中会有些瞬息》。

④ 原诗标题为《SILENTIUM》，是拉丁文，意为"沉默安静"，查良铮译为《沉默吧》，朱宪生译为《要沉默》，飞白译为《沉默》。

瞿秋白同时也写下了我国第一次介绍丘特切夫的文字："邱采夫,俄国斯拉夫派的诗人,一生行事,没有什么奇迹,可是他的诗才高超绝伦。当代评论家白留莎夫(即勃留索夫)称他继承普希金的伟业。邱采夫的人生观,东方式得厉害,亦饶有深趣。他崇拜自然,一切人造都无价值而有奴性,自然当与人生相融洽;承认真实的存在,只在宇宙的心灵,而不在个性的'我'。——和那后来流入德俄的印度哲学不约而同(邱采夫曾屡为驻德外交官,为席勒的好友)。'自然'对于他一切神秘:爱,欲,浑朴的冲动;所谓'抽象的思想,都虚讹无象'。"①这段文字简短而珍贵,它把丘特切夫的生平、思想、才能介绍得简明扼要,而且深中肯綮。其中只有一个错误——丘特切夫并非席勒的好友,而是海涅的好友。席勒死于 1804 年 7 月,丘特切夫当时还不到一岁,而且,他是 1822 年 6 月才去德国,时间上根本不可能。而丘特切夫与海涅感情甚笃。

随后,瞿秋白在写于旅俄期间(1921—1922)的《俄国文学史》中再次提到丘特切夫:"纯粹艺术派的观念,虽说貌似所谓'希腊式的异教文明',而在俄国却反有偏于东方文化派的;譬如邱采夫(Tuttchev 1803—1873)。他的诗恬静到极点,'一切哲理玄言——都是谎话'。纯任自然,歌咏自然,——他的人生观亦偏于斯拉夫派。"②

郑振铎在其 1924 年完成的《俄国文学史略》中也谈到丘特切夫:"邱采夫(T. H. Tuttchev)(一八〇三年生,一八七三年死),是'纯美派'诗人的很好的代表。屠格涅夫非常称赞他。他的诗虽受普希金时代的影响,却到处都显出独创的精神。他的诗的遗产虽少,却都是很宝贵的奇珍。他的诗一部分描写自然,一部分是哲理的。有时他也写关于政治的诗,但大家却以为是反动的,不表同情于求自由的时代的。"③

瞿秋白等人在 20 世纪初拉开了我国丘特切夫诗歌译介的序幕,可惜此后中国的历史风起云涌,波翻浪卷,丘诗的译介被搁置了 40 来年。

---

①《瞿秋白文集》(一),人民文学出版社 1954 年版,第 175 页;或见《瞿秋白文粹·俄乡纪程》,太白文艺出版社 1995 年版,第 157—158 页。

② 1927 年蒋光慈出版其所著《俄罗斯文学史》时,收入瞿秋白该书作为下卷,由上海创造出版部出版,但有所删削,并改题为《十月革命前的俄罗斯文学》。亦可见《瞿秋白文集·文学编》第 2 卷,人民文学出版社 1986 年版,第 226 页。

③ 郑振铎:《俄国文学史略》,商务印书馆 1933 年版,第 65 页。

二、"秘密"进行阶段:20世纪60年代初期

由于丘特切夫被俄国象征派奉为祖师,而俄国象征派在苏联长期被视为资产阶级颓废派,受到批判,丘诗在20世纪30—40年代的苏联未受到应有的重视。50年代中期—60年代初,苏联重又掀起丘特切夫热潮,丘特切夫的各种诗选、书信选乃至全集纷纷出版,一系列丘氏研究专著接连问世。

由于政治方面的原因,我国俄苏文学翻译界、学术界未注意到这一热潮。但九叶派诗人、著名翻译家查良铮却独具慧眼地发现了丘特切夫,并在受到不公正待遇的恶劣条件下,编译了一本《丘特切夫诗选》,于1963年底,在未告知家人的情况下,寄给人民文学出版社①。遗憾的是,该书直到1985年才由外国文学出版社出版,查良铮的整个译介工作因而显得似乎是"秘密"进行的。

作为一个重感性更重知性的现代诗人,查良铮此时创作与翻译俱臻炉火纯青之境,因而该译本不仅是他本人翻译作品中的精品,也是至今为止丘特切夫诗歌翻译中的精品。它具有以下几个突出的特点:

一是眼光独到,选择精良。丘特切夫一生写诗400来首,除去50多首译诗及部分政治诗、应酬诗,真正精良的作品不到200首,查良铮从中精选出128首译成中文,丘特切夫那些风格独特、思想深邃、精美动人的诗歌大体已网罗其中,这128首诗堪称首首精品。

二是译笔传神,韵律生动。丘诗十分难译。这是因为:第一,它把哲学、诗歌、绘画、音乐完美地融为一体,类似于我国唐代诗人王维的诗,稍不小心,即损失其神韵;第二,形式、手法、语言既古典又现代,既精美又自然,既雅致又深邃,如只注意或突出一面,必然伤及另一面。查良铮却把以上问题处理得几乎天衣无缝,足见其功力深厚。

当然,查译也并非完美无缺。某些诗或某些地方的理解和译法似乎还可商榷。如《杨柳啊……》一诗,他把原诗的10行压缩成8行,诗意的理解也较为表面,似乎变成了只是一幕落花有意、流水无情的单相思痴恋场面。实际上,这首诗写的是人生的悲剧、个性的悲剧:一股溪流从身旁经过,杨柳俯身也不能触及它,其实,并非杨柳想要俯身,而是某种外在的力量迫使它俯身,又使它够不到水流。在社会上、在人世间,人及人的个性不也如此? 当然,从总体来说,这只

---

① 穆旦:《蛇的诱惑》,珠海出版社1997年版,第194页注释①。

是白璧微瑕。

值得一提的是,查良铮还综合一些俄文资料,写了一篇17 000余字的《译后记》。文章第一部分概述了诗人的生平经历、创作发展,以及性格和思想上的双重性。第二部分阐析了诗人性格与思想双重性的根源——是当时新旧交替的时代和社会影响的结果,并具体论述了这一双重性在其诗歌中的体现。第三部分指出泛神论思想对丘诗的影响:"丘特切夫的诗通过泛神主义表现了他的奔放的心灵","在他和自然景物的某一瞬间的共感中,他往往刻绘出了人的精神的精微而崇高的境界";进而指出:"丘特切夫从泛神论观点出发,把人和自然结合为一个整体,这是他的写景诗的一大特色。屠格涅夫和托尔斯泰在小说中所使用的人景交融的描写手法,受到了这些诗篇的影响。"在此基础上,诗人关切人的生活目的及性格发展,但他既否定了俄国的沉重现实,又否定了西方的个人自由。第四部分结合作品具体论述了丘特切夫如何由浪漫主义过渡到现实主义,着重分析了"杰尼西耶娃组诗"是怎样把爱情关系与社会关系结合起来而具有的深深感人的艺术魅力。第五部分介绍了丘特切夫所具有的独创性的艺术手法,即消除事物之间的界限,把自然和心灵状态完全对称或融合的写法,以及由此产生的多种感觉的杂糅及印象主义色彩,最后,通过费特、屠格涅夫、托尔斯泰、陀思妥耶夫斯基、杜勃罗留波夫等对丘特切夫的评价,指出了诗人在俄国文学史上的重要地位。这是我国第一篇较为详尽的丘特切夫评介资料,尽管它在某些地方尚有不足(如丘特切夫不只是由浪漫主义过渡到现实主义,实际上,他的诗歌是融浪漫主义、现实主义、唯美主义、古典主义、象征主义等等于一体),但他对诗人性格、思想、艺术特色、艺术独创性的把握相当准确,堪称丘氏评介的一份力作。

三、逐步展开阶段:1980—1988 年

1980 年,中国权威的诗歌刊物《诗刊》当年 2 月号发表了王守仁译的《丘特切夫诗三首》,向我国读者介绍了 3 首有名的丘诗:《无题》("无怪乎冬那么肆虐",查良铮译为"冬天这房客已经到期")、《思想与波浪》、《无题》("在闷热的空气里一片沉默"),并配有丘特切夫的画像,还附有译者前记:"费奥多尔·丘特切夫(1803—1873),十九世纪俄罗斯著名抒情诗人,以风景抒情诗和爱情诗著称。列夫·托尔斯泰对丘特切夫给予很高的评价,把他称为自己'最喜爱的诗人',说他不读丘特切夫的诗就'无法生活'。丘特切夫的诗寓意深刻,富有哲

理,大部分是借助大自然的景物抒情,笔触细腻,情景交融。他对俄罗斯抒情诗的发展起过很大影响。"这是新时期以来,我国广大读者第一次了解丘特切夫其人其诗,产生了较大的影响,拉开了新时期我国介绍丘特切夫的序幕。

飞白在《苏联文学》1982 年第 5 期发表了《阴影汇合了青灰的阴影》、《昼与夜》、《夜的天色啊多么郁闷》、《昨夜,耽于迷人的幻想》、《两个声音》等一组大体以夜为题材的丘诗,并撰文《丘特切夫和他的夜歌》评介丘诗。文章指出,丘特切夫厌恶文明,向往自然,越过中古而向往原始,在人性方面也总在追求人性底层被掩盖的东西,追求返璞归真,重返混沌。因此,他认为,代表自然及原始粗犷的夜和混沌比金线编织的白昼文明更富生气。这样,他一再抒写夜。进而指出,这种境界,源自德国哲学家谢林的同一哲学,不过,与同一哲学要求一切矛盾复归调和不同,丘特切夫的混沌孕育着悲剧性的叛逆精神。

1983 年 8 月,飞白又在《西湖》当年第 8 期发表了所译丘特切夫的一组爱情诗:《在稠人广众间》、《朋友,我爱你的双眼》、《离别中含有崇高的意义》、《最后的爱情》、《我认识她已经很久》、《我又伫立在涅瓦桥头》,并且撰文《诗国的一束紫罗兰》介绍丘氏的爱情诗,着重分析了俄国抒情诗的珍品——丘氏后期的爱情诗(即"杰尼西耶娃组诗"),探讨了他的悲剧性、象征境界、含义上的多层结构、深刻的心理分析,以及丘氏思想上追求原始性在爱情诗中的体现等等问题。飞白先生的译诗,语言简洁自然,格律严整,并较好地体现了丘诗的现代手法。他关于丘诗的文章,从"夜"和"爱情"入手,观点鲜明,论析透辟,对艺术方面的把握尤为独到。

几乎与此同时,《苏联文学》1983 年第 4 期发表张学增翻译的《丘特切夫诗两首》:《人间的泪水啊,泪水》、《初秋的日子》,并附有编后:"丘特切夫(1803—1873),俄国诗人。他的诗大多为哲理、爱情、风景诗。本刊 1982 年第 5 期曾介绍过他的《夜歌》。他的风景诗善于刻画季节的变化和内心的感受。杜勃罗留波夫认为,费特的诗只能捕捉自然的瞬息印象,而丘特切夫的诗则除描写自然外,还有热烈的感情和深沉的思考。"

此前,由于极"左"思潮的影响,文学变成了政治宣传的工具,外国文学,尤其是外国古典文学基本上被当做资本主义的毒草,被排斥在"社会主义文学"之外,人们几乎与探索人性的真正文学作品绝缘。新时期的改革开放,解放了人们的思想,人的个性、主体性也渐渐得到恢复。人们渴望阅读独具个性、思考自身生存而又富有艺术性的文学作品,尤其是外国文学作品。丘特切夫的作品对人身生存的关注与深刻思考、高度的艺术性,切合了新时期人们的接受心理。《诗刊》、《苏联文学》对丘特切夫的译介,尤其是飞白等名家一再翻译、评介丘诗,增加了人们对丘特切夫的兴趣,并推进了我国丘诗的翻译与研究工作。此后,国内多种文学刊物接连刊载丘诗译文,丘特切夫这个名字渐渐为国人所知。

1985年,外国文学出版社出版查良铮译的《丘特切夫诗选》,使丘诗的知名度进一步提高。1986年,漓江出版社出版了陈先元、朱宪生合译的《丘特切夫抒情诗选》。这本诗选有3个特点。一是选择的丘诗较多,共169首,比查译多41首,译文朴实流畅;二是一些诗下附有注释,提供了有关的创作背景或相关资料,对理解和研究丘诗十分有益;三是写有万余字的《译后记》,较为详细地介绍了丘氏和丘诗,并首次附上了"丘特切夫简要年表",为深入研究丘诗,提供了宝贵的材料。诗选不足的是,译文不够凝练有力(因采用闻一多提倡的每行字数相等的格律形式,不少地方为凑字数而添加一些多余的字或减少一些必需的字),丘诗的一些现代技巧未表现出来,一些诗句的诗味不够。

四、系统深入阶段:1989年至今

20世纪80年代末90年代初,丘特切夫在俄国诗歌史上的地位在我国得到公认。人民文学出版社出版的《致大海——俄国五大诗人诗选》一书,在我国首次正式把丘特切夫列为与普希金、莱蒙托夫、费特及茹科夫斯基齐名的俄国五大诗人之一。与此同时,徐稚芳的《俄罗斯诗歌史》、朱宪生的《俄罗斯抒情诗史》,均像对待普希金、莱蒙托夫一样,列专章介绍丘特切夫及其创作。丘诗的翻译更加广泛,各种文学刊物尤其是外国文学刊物,纷纷刊载丘诗译文,各种世界抒情诗选、爱情诗选、风景诗选、哲理诗选及俄国诗选,各种世界名诗鉴赏辞典,无不选入一定数量的丘诗,飞白、顾蕴璞、张学增、张草纫、黎华、陈先元、朱宪生等成为丘特切夫诗歌译介的主力军。

随着丘诗译介的广泛与普及,系统、全面地译介所有丘诗的问题也提到了议事日程。1998年,漓江出版社推出了朱宪生翻译的《丘特切夫诗全集》。该书包括了绝大多数丘诗,仅删除了丘特切夫所译法国、德国、英国、意大利诗人的部分诗,及个别篇幅太长、艺术性一般的诗(如《乌刺尼亚》),或格调过于低沉的晚年之作。这样颇为全面、完整的译介,在我国尚属首次,它填补了我国此前尚无丘诗较完整译介的空白,为广大诗歌爱好者,也为俄国诗歌尤其是丘诗研究,提供了较为系统、完善的样本。这是一部总结性的译著——是对20世纪

以来我国丘诗译介的一个总结,在某种程度上结束了我国尚无丘诗全集的历史,其特点是颇为完整、朴实、优美。它的不足主要是未收入所有的丘诗、语言不够凝练有力(同样还是为了凑成字数大致相等的诗行)、现代技巧体现不够、一些诗句的诗味较淡、某些诗句的理解可以商榷等。

1989 年以后,丘氏的研究也逐步走向深入和系统。朱宪生的论文《自然世界的沉思 爱情王国的绝唱——略论丘特切夫的诗》①着重研究了丘特切夫的自然诗和爱情诗。关于自然诗,文章指出,丘特切夫认为自然是一个充满活力的生命,但其描写并未停留在大自然的活力与生命上,而是由此深入其中,揭示其内部的运动和斗争,并发现了大自然深处存在的能吞没一切的力量——神秘、不可捉摸、有无比威力的"混沌"。这样,一方面是对大自然美妙活力的赞颂,对生活的热爱,另一方面是对大自然神秘力量的疑惑与恐惧,形成了丘诗大自然交响曲的二部和声。

文章探讨了建立在大自然基础上的丘诗的哲理与心理深度,指出其与谢林哲学的关系。对丘氏爱情诗,尤其是"杰尼西耶娃组诗"的论述是文章最具特色的部分。它首先指出,在爱情方面,丘氏哲学家的深邃思想,因熔铸了个人对爱情极为独特和真切的体验,而显得格外充实丰满,他的诗人的敏锐感受,又因沐浴着哲理性之光,而变得尤其纯净和深沉,因而他的情诗格外动人而深沉,是俄国情诗的一大奇观,也是世界情诗的瑰宝。文章进而阐析了包括 22 首诗的"杰尼西耶娃组诗",认为其特点是:真诚、坦白、执著、深沉。既充满着炽烈的感情,又不乏冷静的理性;既有绵绵不断的倾诉和表白,又有严格无情的自我剖析和反省;既是爱的颂歌,又是爱的挽曲。它类似一部交响乐,其第一乐章的主题是乞求,第二乐章是搏斗,第三乐章是沉思,第四乐章是怀念。从音乐尤其是西方交响乐的角度来研究丘诗,不仅显示了论者本身的良好艺术文化修养,及独到、敏锐的眼光,而且颇富神韵地捕捉住了丘诗的本质特点。这是该文新颖、深刻、富有魅力的原因。

曾思艺的《丘特切夫的哲理抒情诗与谢林哲学》②较深入地探讨了丘特切夫对谢林"同一哲学"的创造性接受。文章指出,作为当时新思想的谢林"同一哲学",对丘特切夫有着深刻的、决定性的影响——深深影响了诗人的世界观,使

---

① 《外国文学研究》,1989 年第 1 期。
② 《湘潭大学学报》,1989 年第 4 期。

丘诗把自然泛神论化，并通过自然追索心灵、生命之谜，谢林的审美直觉、永恒瞬间、无差别的绝对同一及两极对立的辩证色彩，也对丘诗有较大影响；而丘特切夫又以自己独特的气质和感情熔铸谢林哲学，突破、超越了谢林哲学，实现了创造性的背离，形成了独特的诗与哲学的结晶品——哲理抒情诗。这是我国乃至中俄丘氏研究中，第一篇专门探索丘诗与谢林哲学关系的论文。

朱宪生的文章《俄罗斯心中不会把你遗忘——俄国抒情诗中的瑰宝：丘特切夫和"杰尼西耶娃组诗"》①介绍了丘特切夫，论析了"杰尼西耶娃组诗"。

此后，有关丘氏的文章不断出现。据笔者掌握的资料，这些论文有（那些涉及到丘氏或丘诗，但非专论的文章未包括在内）：余国良的《丘特切夫与李贺诗歌的变异感觉》，郑体武的《丘特切夫的自然哲学诗》，曾思艺的《风景与哲理的结晶——诗人丘特切夫对画家列维坦的影响》、《异国文化背景中的丘特切夫》、《丘特切夫诗歌中的多层次结构》、《在诗意的自然中探索人生之谜——丘特切夫对屠格涅夫的影响》、《俄罗斯诗心与德意志文化的交融——试论丘特切夫哲理抒情诗的形成》、《细腻独特的体察　深刻悲沉的探寻》，周如心的《浅议丘特切夫诗歌》，曾思艺的《试论丘特切夫对俄国诗歌的贡献》，顾蕴璞的《中俄诗苑中的两株奇葩——浅谈丘特切夫与陆游的爱情绝唱》，曾思艺的《丘特切夫诗歌的现代意识》、《内心的历史　精致的形式——丘特切夫对海涅的借鉴与超越》、《20世纪中国丘特切夫翻译与研究综述》、《自然诗人：王维与丘特切夫》，朱宪生的《走近紫罗兰——旷世之作"杰尼西耶娃组诗"解读》，曾思艺的《丘特切夫诗歌的意象艺术》等②。

2003年，是丘特切夫诞辰200周年、逝世130周年，我国一南一北两家刊物刊发了丘氏纪念论文专辑。北方的《俄罗斯文艺》（因故到2004年第1期才发出）组织了一组文章，还配发了10首丘特切夫爱情诗珍品——"杰尼西耶娃组诗"，文章中包括朱宪生的《古典的"现代诗人"——纪念丘特切夫诞辰200周

---

① 《文艺报》，1989年12月2日。
② 上述论文分别刊载在：戴剑龙主编的《中外文化新视野》，黄山书社1991年版；《外国文学评论》，1992年第4期；《天津师范大学学报》，1994年第2期；张铁夫主编的《多元文化语境中的文学》，湖南文艺出版社1994年版；《俄罗斯文艺》，1994年第6期；《外国文学研究》，1994年第4期；《国外文学》，1994年第4期；《宁德师专学报》，1995年第4期；《山东大学学报》，1995年第4期；《湘潭大学学报》，1995年第6期；《俄罗斯文艺》，1996年第5期；《湘潭大学学报》，1997年第1期；《俄罗斯文艺》，1998年第4期；《湘潭大学学报》，2000年第2期；《衡阳师范学院学报》，2000年第2期；《名作欣赏》，2002年第1、2期；《常德师范学院学报》，2002年第5期。

年》、曾思艺的《丘特切夫与托尔斯泰》。南方的《湘潭大学社会科学学报》在
2003 年第 6 期发表了 4 篇论文:徐稚芳的《走近丘特切夫》,朱宪生的《放眼世
界的"地球诗人"——纪念"世界文化名人"丘特切夫诞辰 200 周年》,曾思艺的
《"对立——和谐"与"变化——永恒"——丘特切夫诗歌中两组重要的哲学观
念》,陈世旺的《论"杰尼西耶娃组诗"对〈安娜·卡列尼娜〉的影响》。此外,《国
外文学》2003 年第 4 期的《试论丘特切夫的悲剧意识》(曾思艺)、《上海师范大
学学报》2003 年第 5 期的《从古典到现代——纪念丘特切夫诞辰 200 周年》(朱
宪生),也是为纪念丘特切夫而发表的文章。

以上论文,大体可分为四类。

(一)第一类:对丘诗本身的研究

这一类文章包括探讨丘诗的贡献。

郑体武的《丘特切夫的自然哲学诗》论述了丘特切夫的自然哲学诗与谢林
哲学的关系,指出丘特切夫具有深刻的哲学思想,他的每一首诗几乎都以各种
不同的方式重复着一个思想:必须把人同大自然的融合作为人类生存的目的;
并探讨了丘诗中形象并列的手法在其诗歌结构方面的作用、两种对立的形象所
构成的象征意义、神秘主义情调后隐藏的博大精深的思想;以及丘氏对理性与
语言局限性的思考等问题。

曾思艺的《丘诗的多层次结构》指出,丘特切夫受谢林"同一哲学"影响,在
创作中把自然与精神融为一体,无意间与象征派的诗歌理论与创作暗合,出现
了客观对应物,形成了象征,产生了多层次结构。其多层次结构在诗歌中大体
通过 3 种方式体现出来:出现客观对应物——让自然景物与思想情绪构成诗歌
结构中两条平行的脉络,交错出现,形成"对喻";运用通篇象征造成多层次结
构,形成诗歌内涵的多义性;把思想巧妙地隐藏于风景背后,形成诗歌的双重结
构。曾思艺的《试论丘特切夫对俄国诗歌的独特贡献》认为,这种贡献表现在内
容方面为:最早使自然作为独特的形象在文学中占据重要地位;对个性与社会
的矛盾以及人的异化问题率先进行了深刻全面的探讨;最先在抒情诗中进行心
理分析。表现在形式方面:把哲理诗发展为哲理抒情诗,并把深邃的哲理、独特
的形象(自然)、丰富的情感、瞬间的境界完美地结合起来,奠定了俄国文学中哲
理抒情诗的基础;较早在诗歌中做到情景交融;较早大量使用象征与多层次结
构。因此,丘特切夫在俄国文学史中的地位,应与普希金、莱蒙托夫并驾齐驱。
曾思艺的《丘特切夫诗歌的现代意识》认为,丘诗深刻系统地探索了自然、生命、

心灵的奥秘,充分表现了现代人骚动不宁的内心世界,积极参与了当今时代对世界和人的认识,用抒情诗回答了哲学问题,具有强烈的现代意识。表现在内容方面:(1)在永恒自然面前的矛盾与困惑;(2)人在宇宙中无所适从的尴尬局面;(3)异化的主题;(4)矛盾的两重心理与生命的悲剧意识;(5)拒绝扰攘的现实世界,向往永恒、纯净的天界。在形式方面,则表现为非理性、潜意识、直觉、瞬间境界、多层次结构、通感手法等等。曾思艺的《丘特切夫诗歌的意象艺术》认为,丘诗的意象艺术具有独特的个性,他运用意象最为常见的方式有3种:寄托式意象象征、对喻式意象并置和情感式意象组合。其诗的意象体系包罗万象,大体可分为空中意象、大地意象、无形意象、文化意象等几种类型。他还常用金色、白色、蓝色、黑色、铅灰等色彩构成各种丰美的意象。

朱宪生的《放眼世界的"地球诗人"——纪念"世界文化名人"丘特切夫诞辰200周年》在丘特切夫和普希金的多方面比较后,分析了丘诗的全球性内容在自然诗与爱情诗中的多种表现,独到而又恰如其分地指出了丘特切夫的地位:放眼世界的"地球诗人",这标志着我国丘特切夫研究又深入了一个层次。

(二)第二类:影响研究

它又可分为两种。

一种是探讨丘特切夫所受的影响。曾思艺的《俄罗斯诗心与德意志文化的交融》深入探索了丘特切夫哲理抒情诗的四个特点——深邃的哲理、独特的形象(自然)、瞬间的境界、丰富的情感——与德国文化的关系。文章指出,丘氏受德国浪漫派崇尚自然及谢林"同一哲学"的泛神论观念影响,又以俄罗斯民族的超越意识及俄罗斯美丽的自然与之结合,进行突破,形成了诗中独特的形象——自然;在以对工业文明的反思和批判为重要标志的德国古典哲学及席勒的影响下,综合俄罗斯民族注重心理分析、探索心理之谜、反思抽象问题的文化心理特征,形成了诗歌深邃的哲理;他综合了德国文学及谢林哲学中审美直觉、重瞬间,魏玛古典主义完整、和谐的形式,海涅富有现代气息的手法等等,又大胆创新,使感觉变异,运用通感手法,把平淡无奇的事物变成充满诱惑力的新感知对象,把艺术形象的有限性与无限性统一起来,形成了诗歌的瞬间境界这一特色;德国古典哲学强调天才、解放自我从而释放感情,德国浪漫主义重视感情,尤其是海涅通过迸涌的内心历史而体现丰富感情的方法,与俄罗斯民族所具有的深沉感情融合,则形成了丘诗丰富的情感。

曾思艺的《内心的历史 精致的形式》论述了丘诗与海涅的关系。文章指

中国俄苏文学研究史论
История исследования русской и
советской литературы в Китае

出,海涅早期的诗歌对丘特切夫产生了相当的影响,主要表现为描写内心的历史,以及构建精致的形式。而丘特切夫又以独特的个性、气质,综合融化了海涅及其他各种影响,实现了对海涅影响的超越:他不仅学会了海涅的通过展示内心的历史呈现复杂情绪和丰富感情的方法,而且进而揭示了矛盾复杂的两重心理,表现了深刻的生命悲剧意识;他综合接受了海涅及古典主义的影响,形成了高度纯净、完整、精炼、短小的诗歌形式,而且极具音乐性;他综合海涅人景交融与谢林"同一哲学"的影响,在俄国文学中第一次使自然在文学中占据独特地位,并透过自然来追索心灵、生命、宇宙的奥秘;他学到了海涅的现代手法——对光、影、声、色及细致感觉的准确捕捉,突出形象和意象,采用寓意修辞,通体象征,以及从崇高到卑贱思想的跳跃,从现实到幻象的转折,并推进一步,使诗歌具有多层次结构和多义性。这样,丘诗在诗歌的深度与技巧上都超越了海涅,更富哲理性,更深邃,更炉火纯青,更具现代性,在俄国诗歌史上影响广泛而深远。

第二种是探讨丘氏对他人的影响。曾思艺的《风景与哲理的结晶》指出,丘诗最大的特点是风景与哲理的结晶,它对喜爱丘诗的列维坦产生了巨大的影响,使他不仅在绘画中揭示出隐藏在每一处俄罗斯风景中的淳朴和隐秘的东西——它的心灵、它的魅力,而且深刻地揭示了思想,表达了对人生的思索;进而从抒情性、简练性、哲理性等方面及自然意象选择的相同方面,具体探讨了诗人对画家的影响,并得出结论,正是这一影响,在某种程度上使列维坦达到了俄国风景画的高峰。文章首次探讨丘特切夫与列维坦的关系。

曾思艺的《在诗意的自然中探索人生之谜》论及了屠格涅夫接受丘诗影响的几个方面,并论述了丘诗中诗意的自然(自然像人一样,是一个有着自己的灵魂、独立的生命的活的有机体;善于捕捉光、影、声、色,描写运动变化的大自然,情景交融的写作手法)对屠格涅夫的影响,最后谈到丘氏在诗意的自然中探索人生之谜及对死亡的强烈兴趣等对屠格涅夫的影响。曾思艺的《丘特切夫与托尔斯泰》主要探讨了丘特切夫的自然诗对托尔斯泰小说创作的影响:明确形成了人与自然统一的观念,并且把人与自然结合起来描写,善于通过光、影、声、色栩栩如生地描写自然景物,思考人与自然的关系,表现生于斯的矛盾。文章还指出,在借鉴丘诗的同时,托尔斯泰又以自己独特的博爱、道德自我的自我完善等观念充实、深化了自己的自然描写,从而超越了丘特切夫,使自己的作品更显丰厚和深刻。

（三）第三类：中俄诗歌对照比较研究

此类主要有 3 篇论文。

余国良的《丘特切夫与李贺的变异感觉》指出，俄国诗人丘特切夫和我国唐代诗人李贺，在诗歌中不仅杂糅了各种不同类型的感觉，而且在感觉方式的运用和感觉种类的选择上，有很多共同的爱好和兴趣，他们不愿停留在一般地对客观物象光影声色的描写上，而着力在一般人望而止步的艺术感觉上下工夫，注重感觉的变异，对客观物象进行肢解变形，或将视觉美变异为听觉美，或将听觉美变异成视觉美，或将听觉变异成其他感觉，语言也颇为奇拗，从而把平淡的事物变成充满诱惑力的新感知对象，并表现了时代精神。

顾蕴璞的《中俄诗苑中的两株奇葩》着重探讨了丘特切夫的爱情绝唱"杰尼西耶娃组诗"与陆游的爱情杰作"唐婉组诗"（或"沈园组诗"）的同异：两者的时间跨度都很长，从美满恋爱到死后悼亡；两者都是相当独特、极富启示力的爱情故事的诗意表现，都饱含社会内涵；但两者的爱情故事各不相同，且各因性格而有不同的结局；两者的表达方式不同，所达到的审美效果也不同——丘特切夫采用西方爱情诗以事譬喻感情的传统，是一种以思想为经、意象为纬的以智慧和感情逻辑的力量取胜的较为直露的抒情方式；陆游采用的是中国古典诗歌传统的只用景语，不用或少用情语，以景物烘托感情的比较含蓄的抒情方式。进而得出结论：陆游对唐婉的爱和丘特切夫对杰尼西耶娃的爱所以如此打动人心，除了他们对恋人经受着良心考验的炽热的爱和深沉的情而外，他们的特殊遭遇升华了他们的思想境界——注入了对恋人作为一个人的社会地位的思考，使他们的爱情成为性爱、友爱和人爱高度融合的人类崇高的爱情。因此，抒发这样的爱情的诗篇便成为传诵千古的绝唱。

曾思艺的《自然诗人：王维与丘特切夫》首先指出，唐代诗人王维与俄国诗人丘特切夫的诗歌风格，都清新优美而又含蓄深沉，喜用明月、白云、落日等自然意象，具有"诗中有画"的艺术特征，他们都创作意象并置的无动词诗，且都表现出早年热爱人生、渴望有所作为，中晚年比较消极悲观的人生内容，他们都是自然诗人、哲理诗人，试图透过自然探索人生之谜。接着，推寻了两者相似的原因：社会文化与家庭环境的影响；个性、经历、人生态度的近似；禅宗思想与谢林哲学的近似。

（四）第四类：综述类

这一阶段颇为重要的研究成果有两项。

中国俄苏文学研究史论
История исследования русской и
советской литературы в Китае

　　一项是曾思艺的《丘特切夫诗歌研究》(湖南文艺出版社,2000 年)。该书
共 40 万字。导言部分简短地介绍了丘特切夫探寻人生出路的一生和社会政治
思想,并对其创作进行了分期,然后分 7 章对丘诗进行系统和深入的研究。第
一章丘诗与现代人的困惑,从自然意识中的矛盾与困惑、社会意识中的异化与
孤独、死亡意识与生命的悲剧意识 3 个方面,论析丘诗的现代意义;第二章丘诗
分类研究,分自然诗、爱情诗、社会政治诗、题赠诗、译诗 5 类对丘诗加以研究,
指出了每类诗的发展及特点;第三章丘诗艺术研究,首先从丘诗的意象艺术、多
层次结构、通感手法几方面,深入探索了丘诗具体的艺术技巧,接着,论述了丘
诗的总体特征及其流派归属;第四章丘特切夫与俄国诗歌和东正教,从丘特切
夫与俄国传统诗歌、与茹科夫斯基、与普希金、与东正教几个方面阐析了丘诗与
俄国文学、文化传统的关系及其超越;第五章丘特切夫与外国文学和哲学,从 5
个方面探索了丘诗对外国文学与哲学的创造性接受:丘特切夫与古希腊罗马文
学和哲学、与法国等国的文学与哲学、与谢林哲学、与魏玛古典主义和德国浪漫
派、与海涅;第六章丘特切夫的影响,分别论述了丘特切夫对诗人费特、涅克拉
索夫、尼基丁及俄苏现当代诗歌的影响,论述了丘切特切夫对小说家屠格涅夫
和画家列维坦的影响;第七章丘特切夫与中国,第一节综合分析了 20 世纪中国
的丘诗翻译与研究,第二节探讨了丘特切夫与王维诗歌的异同,并从文化的角
度挖掘了同异的原因。在结语部分,从内容与形式两方面,论述了丘特切夫对
俄国诗歌的独特贡献。书后有 3 个附录,第一个附录为丘特切夫生活与创作年
表,这是我国第一份比较翔实、细致的丘氏生活与创作年表;第二、第三两个附
录为作者翻译的两篇俄国学者关于丘氏的比较有见地的论文,一篇为列夫·奥
泽罗夫的《丘特切夫的银河系》,另一篇为别尔科夫斯基的长达 4 万余字的论文
《丘特切夫论》。张铁夫称赞该书把丘诗研究中的难点(包括"学术界并无定
论"的难点)当做重点,——去加以攻破,"所有这些,使这部著作成为一部富于
创见和具有相当深度和广度的学术专著"。

　　另一项是曾思艺的博士论文《丘特切夫诗歌美学》,30 余万字。导言部分
综合评述了俄罗斯关于丘特切夫的研究和中国对丘氏的翻译与研究。第一章
丘特切夫的美学观,指出丘特切夫创造性地接受了谢林同一哲学的影响并以自
己的人生经历与深刻思考加以融会发展,从而形成了自己独特的哲学观:建立
在"对立—和谐"与"变化—永恒"基础上的一切皆变与和谐思想;带有朴素生
态学意识的回归自然、顺应自然观念。第二章丘特切夫的美学观,结合诗人谈

论诗歌的有关言论及有关诗歌,归纳了丘特切夫在哲学观影响下形成的美学观:包括奋斗与宿命感、孤独感、心灵分裂、悲悯情怀在内的悲剧意识;以及诗必须植根于大地、诗是心灵的表现的美学主张。第三章丘诗的抒情艺术,从第一人称主观式角度、第二人称对话式角度、第三人称客观式角度、多种人称变化式角度等方面研究了丘诗多变的抒情角度;从精致、即兴、完整等方面探讨了丘诗的完整的断片形式。第四章丘诗的结构艺术,从意象分列、意象象征、意象叠加3个方面研究了诗人个性化的意象艺术;从出现客观对应物、运用通篇象征、把思想巧妙地隐藏于风景背后等方面阐析了丘诗的多层结构与多义之美。第五章丘诗的语言艺术,从以视觉写听觉、以触觉写视觉、以嗅觉写视觉,化虚为实、多重感觉沟通等方面论述了丘诗中的多种感觉的沟通;从采用多种修辞手法、大量使用古语、大胆地以两个现有的词组合成一个新词等方面归纳了丘氏多样的语言方式。第六章丘特切夫的创作个性与艺术风格,则概括了诗人那强调诗是心灵的表现、个性的表现的创作个性,和自然中融合新奇、凝练里蕴涵深邃、优美内渗透沉郁等多方面综合的艺术风格。结语部分首先论述了诗人、作家的哲学观、美学观与职业哲学家、美学家的哲学观、美学观的区别;接着,分析了诗人、作家的哲学观、美学观与其创作的复杂关系;最后指出丘特切夫的哲学观与美学观对其诗歌创作的指导作用与误导作用。该书首次概括了丘特切夫的创作个性和艺术风格,比较全面、深入、具体地论述了诗人的哲学观、美学观以及抒情艺术、结构艺术、语言艺术,试图回归文学的本体研究。

不过,迄今为止的丘诗翻译与研究,还存在着一些较为严重的不足。(1)至今尚无一本囊括所有丘诗(包括译诗、早期不太成熟而又较长的诗、中晚年的应酬之作、晚年的情调低沉之作)的诗歌全集问世;(2)至今尚无一本颇为权威的丘特切夫的传记译本问世;(3)丘诗研究的方法还不够多样,神话原型、结构主义的一些方法似可汲取。这些不能不说是我国丘特切夫翻译与研究的遗憾。我们期待着丘氏翻译与研究的进一步发展,期待着丘氏翻译与研究的更新、更辉煌的局面出现。

[相关研究成果要目]

1. 朱宪生:《自然世界的沉思 爱情王国的绝唱——略论丘特切夫的诗》,《外国文学研究》,1989 年第 1 期。

2. 曾思艺:《丘特切夫的哲理抒情诗与谢林哲学》,《湘潭大学学报》,1989

年第 4 期。

3. 朱宪生:《俄罗斯心中不会把你遗忘——俄国抒情诗中的瑰宝:丘特切夫和"杰尼西耶娃组诗"》,《文艺报》,1989 年 12 月 2 日。

4. 余国良:《丘特切夫与李贺诗歌的变异感觉》,收入戴剑龙主编之《中外文化新视野》,黄山书社 1991 年版。

5. 郑体武:《丘特切夫的自然哲学诗》,《外国文学评论》,1992 年第 4 期。

6. 曾思艺:《风景与哲理的结晶——诗人丘特切夫对画家列维坦的影响》,《天津师范大学学报》,1994 年第 2 期。

7. 曾思艺:《异国文化背景中的丘特切夫》,收入张铁夫主编之《多元文化语境中的文学——中国比较文学学会第四届年会暨国际学术讨论会论文集》,湖南文艺出版社 1994 年版。

8. 曾思艺:《丘特切夫诗歌中的多层次结构》,《俄罗斯文艺》,1994 年第 6 期。

9. 曾思艺:《在诗意的自然中探索人生之谜——丘特切夫对屠格涅夫的影响》,《外国文学研究》,1994 年第 4 期。

10. 曾思艺:《俄罗斯诗心与德意志文化的交融——试论丘特切夫哲理抒情诗的形成》,《国外文学》,1994 年第 4 期。

11. 曾思艺:《细腻独特的体察　深刻悲沉的探寻》,《宁德师专学报》,1995 年第 4 期。

12. 周如心:《浅议丘特切夫诗歌》,《山东大学学报》,1995 年第 4 期。

13. 曾思艺:《试论丘特切夫对俄国诗歌的贡献》,《湘潭大学学报》,1995 年第 6 期。

14. 顾蕴璞:《中俄诗苑中的两株奇葩——浅谈丘特切夫与陆游的爱情绝唱》,《俄罗斯文艺》,1996 年第 5 期。

15. 曾思艺:《丘特切夫诗歌的现代意识》,《湘潭大学学报》,1997 年第 1 期。

16. 曾思艺:《内心的历史　精致的形式——丘特切夫对海涅的借鉴与超越》,《俄罗斯文艺》,1998 年第 4 期。

17. 曾思艺:《丘特切夫诗歌研究》,湖南文艺出版社 2000 年版。

18. 曾思艺:《20 世纪中国丘特切夫翻译与研究综述》,《湘潭大学学报》,2000 年第 2 期。

19. 曾思艺:《自然诗人:王维与丘特切夫》,《衡阳师范学院学报》,2000 年第 2 期。

20. 朱宪生:《走近紫罗兰——旷世之作"杰尼西耶娃组诗"解读》,《名作欣赏》,2002 年第 1 期、第 2 期。

21. 曾思艺:《丘特切夫诗歌的意象艺术》,《常德师范学院学报》,2002 年第 5 期。

22. 曾思艺:《试论丘特切夫的悲剧意识》,《国外文学》,2003 年第 4 期。

23. 朱宪生:《从古典到现代——纪念丘特切夫诞辰 200 周年》,《上海师范大学学报》,2003 年第 5 期。

24. 朱宪生:《古典的"现代诗人"——纪念丘特切夫诞辰 200 周年》,《俄罗斯文艺》,2004 年第 1 期。

25. 曾思艺:《丘特切夫与托尔斯泰》,《俄罗斯文艺》,2004 年第 1 期。

26. 徐稚芳:《走近丘特切夫》,《湘潭大学社会科学学报》,2004 年第 6 期。

27. 朱宪生:《放眼世界的"地球诗人"——纪念"世界文化名人"丘特切夫诞辰 200 周年》,《湘潭大学社会科学学报》,2004 年第 6 期。

28. 曾思艺:《"对立—和谐"与"变化—永恒"——丘特切夫诗歌中两组重要的哲学观念》,《湘潭大学社会科学学报》,2004 年第 6 期。

29. 陈世旺:《论"杰尼西耶娃组诗"对〈安娜·卡列尼娜〉的影响》,《湘潭大学社会科学学报》,2004 年第 6 期。

第二十五章
中国的冈察洛夫研究

冈察洛夫(Иван Александрович Гончаров,1812—1891),另有中译名江且路福、孔查鲁辅、岗察洛夫等。冈察洛夫是俄国 19 世纪的重要作家,他的文学成就以及与中国的关系引发了中国学者持续的研究兴趣。

一、20 世纪上半期的冈察洛夫研究

中国关于冈察洛夫的最早文字记载出现在清末。1897 年 6 月,《时务报》《论俄人性质》一文写道:"俄人自托言云,昔邬那尔美路皇,设立国教,谓俄人以饮酒为至乐,故后世善守其俗。俄国文豪江且路福尝叹息云,邬那尔美路皇一言,竟误后代,使俄人深中此毒岂不然哉[①]。"文章在批评俄国人嗜酒的习性时提到了"江且路福",这是冈察洛夫的最早中文译名。1903 年,《俄罗斯史》中再次提及"孔查鲁辅"(冈察洛夫的又一译名),称其为俄国"文学界中之首屈一指者"之一[②]。

1919 年,田汉在《俄罗斯文学之思潮一瞥》中介绍了冈察洛夫,称其"虽与屠格涅夫同时,而与个性、人生观及创作之态度等,全与屠格涅夫相异者也"。在谈到冈察洛夫的代表作《奥勃洛莫夫》时,作者写道:"《阿蒲乐莫夫》一篇与社会之教训又至伟大,则其描写国民性之入妙也。此篇假阿蒲乐莫夫之生活,实写大改革前社会停滞之状态,深刻入骨。"大批评家杜勃洛留波夫"为之解说",写下"《何谓阿蒲乐莫夫气质'oblomolsichia'》一文"。从此,奥勃洛莫夫气质就成了"俄国国民最大弱点之代用语"。该小说不仅让俄人明白,俄国社会存在弊端,"并明白各人心中皆有"奥勃洛莫夫气质的某些成分,从而试图根除之。

---

① 《时务报》第 31 册,第 22 页,光绪二十三年(1897 年)六月初一日版,译自《东京日报》,5 月 26 日。

② 山本利喜郎所著、麦鼎华译:《俄罗斯史》卷下,广智书局 1903 年 7 月版,第 71 页。

该小说被称为"新时代之兴奋剂",对 19 世纪"五六十年代俄国人心之由静而动、由钝而锐"起了重要作用①。这短短数百字,可谓国内冈察洛夫研究的起点。

1921 年,《小说月报》第 12 卷号外《俄罗斯文学研究》专号中收入了克鲁泡特金的《阿蒲罗莫夫主义》(夏丏尊译)一文。文章对"阿蒲罗莫夫主义"(即奥勃洛莫夫气质)的解读有独到之处。

1924 年,郑振铎在《俄国文学史略》中概述了《奥勃洛莫夫》的情节,如"阿浦洛摩夫是一个有六七百个农奴的贵族,生长在使奴唤婢的家庭",后来进入了大学,但难改"懒惰昏睡的态度"。"他也具有同时代青年的热诚感与理想",可惜习已"深入骨髓",他的朋友"希托尔兹想尽办法也不能引导他向活动的路上走去",与"女子亚尔加"的恋爱无果而终,因"他的惰习终不能除去"。作者认为,"懒惰"是奥勃洛莫夫气质的核心所在,"俄国每个人自己的血管里"都含有"阿蒲罗莫夫的分子"。由于"每个人都忧虑着都努力想从懒惰的海里挣扎起来。这一帖兴奋剂实在是俄国当时最对症的良药。"这一看法与田汉相近。郑振铎在书中介绍国外批评家的观点,将冈察洛夫的这部作品与屠格涅夫的《父与子》、托尔斯泰的《战争与和平》和《复活》并列为 19 世纪后半期俄国文坛最伟大的产品②。

1927 年,瞿秋白在《俄国文学史》中有对冈察洛夫的专章介绍,并以对奥勃洛莫夫的多余人性格分析为主体。作者将奥勃洛莫夫放在多余人形象的群体中,分析了造成奥勃洛莫夫形成"不能实践,只会空谈"的性格的教育根源和家庭背景:奥勃洛莫夫按照"旧式的老法子"养大,从小就"觉得自己是人上人",在幼年时期都没有遭受过劳苦。而当时他们所受到的所谓大学的教育也并没有提供他们实践的经验,从而造成"多余人们"对加入现实的生活斗争的能力欠缺。"他们萌发了创造美好的生活的理想",却无法克服在"现实中感到的不适应和遭受到的挫折"。瞿秋白并没有否定奥勃洛莫夫们的存在价值。他说:"俄国文学中向来称这些人存在是多余的,说他们实际上不能有益于社会。其实有些不公平,他们的思想确是俄国社会历史发展过程中所不能避免的。"③瞿秋白强调了奥勃洛莫夫存在的历史必然性。

---

① 田汉:《俄罗斯文学之思潮一瞥》,《民铎》第一卷,1919 年第 6、7 号连载。
② 《俄国文学史略》第 42 页,商务印书馆 1924 年版。
③ 《瞿秋白文集》(文学编)第 2 卷,人民文学出版社 1986 年版,第 178 页。

"五四"高潮期过后,批评界对冈察洛夫的关注减弱[1],这种情况到了 20 世纪 40 年代有了改观。1941 年,上海文化生活出版社出版的"译文丛书"收入李林译的冈察洛夫小说《悬崖》三册。译本问世后,评论随即出现。谢狱在《薇拉及其他》一文对作品的主题评价不高,认为"除了故事的漂亮外,作者并没有揭示出较有意义的较新鲜的'爱和死'之外的其他的主题"[2]。范敏在《为'激情'所灼伤的人——读冈察洛夫的〈悬崖〉》一文中对小说中的人物进行了分析,将小说主题解释为道德训诫,他认为青年男女应该因小说的女主人公薇拉被"激情吞噬"而提高"警惕"。"《悬崖》指导了我们一些生活上的态度,是我们人生感情的指针。"[3]君平的《冈察洛夫的〈悬崖〉》一文对小说评价较高。他认为,《悬崖》"总使我们感到一种新的生活气息,它反映出当时俄国社会已经开始发生变化,旧社会中渐渐出现了新的人物,于是展开给我们一幅新旧冲突的图画"。该文认为,"马克在当时是一个非凡的人物,他有坚强的性格,勇敢而直爽,……马克的思想正显示出在极端专制主义下所产生的极端的社会主义思想";薇拉是一个"卓越的女人,她具有独立的人格和自由的意志"[4]。

在《悬崖》中译本问世后不久,《奥勃洛莫夫》的中译本出现。"1943 年,《艺业》刊出了林产伦所译的一些章节。1944 年,桂林远方出版社出版了由齐蜀夫翻译的《奥勃洛莫夫》第一、二部。" 1946 年 2 月,《奥勃洛莫夫》的第三、四部在上海新知书店出版。同年 10 月,全译本问世。20 世纪 40 年代,国内诸多报刊如《国民新报》、《上海正言报》、《上海时代报》、《新湖北报》、《新华日报》等,都刊载了译文或评析文章介绍冈察洛夫的作品[5],如升曙梦[日]的《关于奥薄洛摩夫》和杜勃罗留波夫[俄]的《什么是奥勃洛莫夫性格》,《新华日报》还为杜文加了编者案,认为作品"深刻地分析和批判了俄国当时的知识分子"。此文译者上官弗表示,"我们也可能从这篇论文中读到对于我们今日这一代知识分子的

---

① 需要说明的是,20 世纪 30 年代和冈察洛夫有关的译介活动仍在继续。1940 年《文学集林》发表了由方逸之翻译的《奥勃洛摩夫》的第一章。方逸之说:"四年前从 C 兄处得到潘莫华先生翻译的奥勃洛摩夫的手稿,想起他的际遇与不幸的死,这份稿子就感到有点沉重。C 兄想把它放到某世界民著的丛书里去,叫我找日文校对一下,知是节译,是根据英译的节本译出的……"根据在序言中所述,可以了解在 30 年代国内就有人已经根据英文开始翻译小说《奥勃洛莫夫》。

② 谢狱:《薇拉及其他》,《现代文艺》,第 4 卷第 4 期(1942 年)。

③ 范敏:《为'激情'所灼伤的人——读岗察洛夫的〈悬崖〉》,《文潮月刊》,1948 年第 5 卷第 1 期。

④ 君平:《冈察洛夫的〈悬崖〉》,《世界文艺季刊》,1945 年第 1 卷第 1 期。

⑤ 转引自张洪榛著《冈察洛夫和他的长篇小说》,北京出版社 1986 年版,第 130 页。

鞭策的意义了"①。方逸之也认为："奥薄洛摩夫型的中国同胞怕也不少。""奥勃洛莫夫性格"成了我国国民性之鉴。

二、20 世纪下半期的冈察洛夫研究

20 世纪 50 年代至 60 年代中期，冈察洛夫的 3 部小说相继被重译或首译。《古典文艺理论译丛》还在 1958 年、1961 年和 1962 年分别刊载了冈察洛夫的文论《万般苦恼》、《迟做总比不做好》和俄国理论家谢德林的论文《街头哲学——关于冈察洛夫的长篇小说〈悬崖〉的第五章第六节》的译文。

奥勃洛莫夫性格的社会批判价值受研究界的重视。1954 年，吴淳在《文艺报》上用冈察洛夫作品中的文学形象批评了在现实生活中存在的"奥勃洛莫夫气质"。他认为，"像奥勃洛莫夫这样的人，在我们今天的社会里恐怕是不会有的了，但是奥勃洛莫夫的气质也许还或多或少地存在于我们中间有些人的身上。"②辛未艾认为，"冈察洛夫的可贵之处就在于通过这个人物，揭露了农奴制的腐朽。③"也有的学者看到了奥勃洛莫夫性格的复杂性。钱谷融在《论文学是人学》中指出，奥勃洛莫夫是一个有地主阶级的共性、他的个性和普遍人性的典型人物④。

这时期，有的研究者注意到了《巴拉达号三桅战舰》的历史文献价值。丁则良撰文指出，冈察洛夫关于上海小刀会起义的记录很值得注意，它是对在小刀会起义之前，清政府就已经开始与英法侵略者有了勾结的证明，也是对外国人所一再宣称的"严守中立"的假象的揭露⑤。戈宝权则认为：这部游记"对勤劳的中国人民给予了很高的评价；对他们所遭受到的压迫和痛苦有着深厚的同情；对英国的侵略和罪行表示了无比的憎恨和谴责⑥。"在 1962 年纪念冈察洛夫诞辰 150 周年以后，受大环境影响，国内对冈察洛夫的译介和研究已难以为继。这种局面直到维持到"文革"结束。

1979 年，国内对冈察洛夫的译介又重新展开，他的重要作品都重新翻译出

---

① 升曙梦著、黄伯昂译：《关于奥薄洛莫夫》，《文学集林》（第 1 辑）1940 年。杜勃罗留波夫：《关于〈什么是奥布洛莫夫主义〉》《新华日报》，1944 年 4 月 5 日。

② 吴淳：《奥勃洛莫夫气质》，《文艺报》，1954 年第 9 期。

③ 辛未艾：《冈察洛夫和他的〈奥勃洛莫夫〉》，《光明日报》1962 年 6 月 18 日。

④ 钱谷融：《论"文学"是人学》，《文艺月报》，1957 年第 5 期。

⑤ 丁则良：《俄国杰出作家冈察洛夫论中国》，《光明日报》1955 年 9 月 1 日。

⑥ 戈宝权：《冈察洛夫和中国》，《文学评论》，1962 年第 4 期。

中国俄苏文学研究史论
История исследования русской и
советской литературы в Китае

版。1979 年,辛未艾翻译的《奥勃洛莫夫》出版;1980 年,周朴之翻译的《平凡的
故事》和翁义达翻译的《悬崖》相继出版;1982 年,《巴拉达号三桅战舰》中译本
出版。20 世纪 80 年代初出版的《俄苏文学名家》和《外国名作家传》等著作中
均有关于冈察洛夫的介绍。1986 年,北京出版社出版了张洪榛编著的《冈察洛
夫和他的长篇小说》,这是迄今为止国内冈察洛夫研究仅有的一部带有普及性
的专著,书中用十余万字的篇幅介绍了冈察洛夫的生平和他的创作。易淑泉等
人编写的和曹靖华等人编写的两本俄国文学史也全面介绍了冈察洛夫的文学
创作活动。与此同时,专题论文明显增加。这时期中国的冈察洛夫研究主要表
现在以下几个方面:

(一)作品主题研究

20 世纪 80 年代初出现的文章大多采用阶级分析法研究《奥勃洛莫夫》的
主题。熊玉鹏认为,"小说惟妙惟肖地刻画了一个没落地主阶级的典型——奥
勃洛莫夫,绘声绘色地揭示了产生这个典型的俄国农奴制社会,从而提供了一
份批判农奴制的生动的教材"①。徐玉琴则强调,"作者通过这个人物批评的不
仅仅是农奴制而造成的典型,而是具有更加广泛的社会意义的寄生现象"②。也
有的研究者认为作家在批判旧时代时传达出对新生活的召唤:时代需要实干精
神。他们在和奥勃洛莫夫性格对立的人物希托尔兹身上解读作者的新人理想。
"冈察洛夫还塑造了一个比较能干,比较有点作为的人物,即希托尔兹,⋯⋯他
好像是一个浑身充满活力的人物"③。这部作品反映反对农奴制度的主题,但在
具体分析时较前内涵有所扩大。

关于《平凡的故事》的主题,张洪榛认为,作家用"主人公亚历山大阿杜耶夫
贵族浪漫主义幻想的破灭,最后变成一个讲求实际的资产阶级分子和平庸的俗
吏的事实说明,由农奴制造成的代表着落后和停滞的贵族浪漫主义必然失败,
而代表进步和有活力的资产阶级实干精神一定会胜利。"张文将小说的正文和
尾声中的情节,解释成两次有不同指导思想的寻求。第一次寻求的指导思想是
浪漫主义者的失败三部曲,尾声中的寻求则是走实干家的发家之路。这两条道

---

① 熊玉鹏:《一个没落地主阶级的典型——评冈察洛夫的〈奥勃洛莫夫〉》,《世界文学名著选评》,江
西人民出版社 1981 年版,第 234 页。
② 徐玉琴:《"奥勃洛莫夫"性格及其他》《苏联文学》,1982 年第 3 期。
③ 辛未艾:《〈奥勃洛莫夫〉译本序》,上海译文出版社 1979 年版 。

路的对比突出了"代表进步和有活力的资产阶级实干精神一定会胜利的主题"①。易本《俄国文学史》和曹本《俄苏文学史》也大体持相同的看法。

关于《悬崖》的主题，研究者认为，"小说继续展示了与停滞的农奴制生活、与各种"奥勃洛莫夫精神"斗争的主题，反映出 19 世纪 40—50 年代农奴制的深刻危机与宗法式生活道德基础的崩溃。《悬崖》不只是写出了停滞，而且也写出了觉醒，这就使得小说"在反农奴制度的主题上前进了一步"②。

（二）人物形象研究

20 世纪 80 年代中期开始，研究者注重在文本中挖掘奥勃洛莫夫性格形成的根源。曹本《俄苏文学史》对此分析较为透彻：作家通过小说第一部中插入的"奥勃洛莫夫的梦"介绍了奥氏的故乡，这是一个停滞、封闭、死寂的世界，奥勃洛莫夫的天性被环境压抑，人物性格的发展建立在童年时期的"衰颓"的基础上③。徐玉琴分析了奥勃洛莫夫性格的逻辑结构，认为人物一生的命运表现出这一性格的破坏力，它将人物逐步推向死亡。小说第一部在静态生活中展现奥氏性格的本质，第二和第三部以奥氏的爱情失败等来表现这一性格顽固性，第四部则是以奥氏最后的归宿来说明这一性格的破坏力④。刘平清从叙事学的角度观察人物。奥氏对希托尔兹的光临从"喜见"到"羞见"，最后发展到"烦见"，奥氏的懒惰性格的发展也经历了从渴求改变懒惰到安于懒惰，最后到为懒惰辩护 3 个阶段。这样的情节安排可以避免平铺直叙。整体上看，这部作品是以作者第三人称的全知叙述来讲述故事，希托尔兹和奥勃洛莫夫的相见，则开辟了描述人物性格的另外的视角，这种视角的改变可以深化小说的主题⑤。

有的学者指出，小说通过奥尔伽之口，说奥勃洛莫夫"有一颗正直、忠诚的心"，说明了作者对他笔下人物的不无同情和偏爱，这些赞美之词和贯穿全书的批判精神相抵触，说明冈察洛夫的贵族偏见和反农奴制立场的不彻底⑥。有的学者则认为，奥勃洛莫夫身上有很多使人眷恋的美好的品质，他有善良的心灵，有纯洁的激情，只是他的美好的想法都无法实现。这些美好的品质和他的懒惰

---

① 张洪榛：《〈平凡的故事〉的结构和人物配置》，《外国文学研究》，1983 年第 4 期。
② 易淑泉等编：《俄国文学史》，湖南文艺出版社 1986 年版，第 366 页。
③ 曹靖华主编：《俄国文学史》，人民文学出版社 1989 年版，第 316 页。
④ 徐玉琴：《"奥勃洛莫夫"性格及其他》，《苏联文学》，1982 年第 3 期。
⑤ 刘平清：《奥勃洛莫夫性格发展的三个阶段》，《中文自学指导》，1992 年第 9 期。
⑥ 熊玉鹏：《一个没落地主阶级的典型》，《世界文学名著选评》（第三集），江西人民出版社 1981 年版。

并立,是他性格中的内在的矛盾。这种矛盾不是冈察洛夫的贵族偏见造成的,它恰恰说明,不是因为个人品格的高低和天赋才能的大小,是因为农奴制的寄生生活将奥勃洛莫夫逼向了无药可救的悲惨境地①。

　　奥勃洛莫夫是否是多余人形象的尾声,学界有不同看法。张伟在《多余人论纲——一种世界性文学现象讨论》一书中指出,奥勃洛莫夫和他的多余人前辈相比,有诸多区别。前辈多余人还没有完全地丧失行动的能力,他们在困顿和惶惑中还在痛苦挣扎,他们身上还闪现着理想主义的荧光。而奥勃洛莫夫的出现则将多余人从美丽的高台拉入了柔软的沙发,他奄奄一息,精神上严重退化。金留春也持相同的看法,认为冈察洛夫“所塑造的道德上安于寄生地位的奥勃洛莫夫,可以说是‘多余人’的微不足道的末代;他对‘多余人’的这种盖棺论定,使俄罗斯文学结束了对这一文学典型的诗意描写”②。但有的学者不赞同将奥勃洛莫夫视作俄国文学史上最后一个多余人形象。他们认为在奥勃洛莫夫之后还有多余人的形象,如冈察洛夫《悬崖》中的主人公莱斯基,“莱斯基的形象属于‘多余人’行列中的一员”。“他和奥涅金、毕乔林、罗亭等的确是嫡亲兄弟,同属‘多余的人’画廊里的典型”③。有的学者甚至否定了奥勃洛莫夫的多余人性格。徐玉琴认为,奥勃洛莫夫性格是在腐朽农奴制社会形成的没落性格;而多余人则有俄国思想发展的过渡时期的烙印,是明显的矛盾性格。所以,在她看来,奥勃洛莫夫并不具备多余人的性格特征。

　　新时期批评界也研究了冈察洛夫小说中的其他人物形象,如《平凡的故事》中的小阿杜耶夫、老阿杜耶夫以及他的妻子丽莎;《奥勃洛莫夫》中的希托尔兹、查哈尔、奥尔伽;《悬崖》中的莱斯基、马克、薇拉、杜新、祖母、玛芬卡等。《〈平凡的故事〉的结构和人物配置》一文采用不同形象间对比的方法,分析了阿杜耶夫叔侄在对待婚姻、爱情、友谊、金钱、事业等问题上存在的观念上的差异。有研究者对《悬崖》中的两个女性形象也作了对比分析。妹妹玛芬卡和姐姐薇拉的相互映照,薇拉是“黑夜,是闪光”,玛芬卡却是“太阳,是热,是光”;薇拉美得带有神秘意味,玛芬卡则美得单纯、明朗;薇拉有丰富的内心世界,有追求,玛芬卡的内心跟她的外表一样的单纯,没有什么精神的追求。《奥勃洛莫夫》中,希

----

① 易淑泉等编:《俄国文学史》,湖南文艺出版社 1986 年版,第 366 页。
② 金留春:《梦:奥勃洛莫夫性格的导引——写在〈奥勃洛摩夫〉问世 130 周年之际》,《上海师范大学学报》1990 年第 3 期。
③ 易淑泉等编:《俄国文学史》,湖南文艺出版社 1986 年版,第 368、369 页。

托尔兹在性格上和奥勃洛莫夫也形成鲜明对照。希托尔兹从小就爱劳动,他多次为奥勃洛莫夫打抱不平,帮助了奥勃洛莫夫改善田庄的生意,督促奥勃洛莫夫出来活动,介绍他认识奥尔伽等等。希托尔兹身上的实干家作风正是通过和奥勃洛莫夫性格的比照生动地表现了出来[①]。查哈尔和他的主人之间也形成对应关系。研究者认为,从某种意义上说,查哈尔也是一个奥勃洛莫夫。虽然查哈尔身上体现出旧时代的特征:撒谎、顶撞、揩油、编派主人等,但是他的性格中有明显的奥勃洛莫夫气质的烙印,一主一仆的彻头彻尾的惰性相得益彰[②]。3 部小说的男主人公之间同样存在着对应关系。《冈察洛夫思想创作再认识》一文认为,《平凡的故事》中小阿杜耶夫抱着极大的勇气,远离了死气沉沉的乡村世界来到了彼得堡。但在冷酷的现实面前他碰得满眼金星,终于才不得不向社会妥协,成为另一个实干家老阿杜耶夫。但是,他完全可能由于无法面对惨痛的现实,无法忍受嘈杂的人群而最终放弃一切成为一个奥勃洛莫夫。《悬崖》中的莱斯基尚未躺在沙发上,还能走动走动,但他和奥勃洛莫夫一样除了不时喷出热情的言辞、美丽的谎言外,不能做什么,从小所受的全部的教养只能使他成为一个多余的人。

(三) 小说艺术特色研究

新时期以来,中国学界在冈察洛夫小说艺术的研究方面有进展,研究的问题涉及到作品中的景物描写、环境描写、形象刻画、细节描写、语言风格等。

黄海澄比较了冈察洛夫小说和中国古典小说在艺术上的差异,中国古典小说由"说话"发展而来,强调故事情节玲珑有致;而冈察洛夫的小说中体现的是"细节的真实性、生活画面的完整性与典型性的统一"[③]。易本《俄国文学史》认为,冈察洛夫善于将人物放在典型环境中来展现其个性和心理的形成与发展,"奥勃洛莫夫卡"、"奥勃洛莫夫的睡房"、"房东太太的小窝"都是作者用来塑造人物形象的典型环境。冈察洛夫的高超之处在于,他采用对细节的精微描写的手法来再现客观现实。作家能够从各个视点来观察对象,不厌其烦地描写琐碎的生活细节,用他所创作的环境和气氛将读者包围,让读者清楚地看到作家提供的生活场景、典型性格、人物的全部外貌和他的整个灵魂。《论冈察洛夫生活场景描写初探》一文挑选冈察洛夫小说中最富表现力的场景,如奥勃洛莫夫卡

---

① 辛未艾:《奥勃洛莫夫》译本序,上海译文出版社 1979 年版。
② 易淑泉等编:《俄国文学史》,湖南文艺出版社 1986 年版,第 373 页。
③ 黄海澄:《从〈奥勃洛莫夫〉的艺术特点谈起》,《光明日报》,1980 年 4 月 9 日。

中国俄苏文学研究史论
История исследования русской и
советской литературы в Китае

的午后时光、普希钦妮娜的家庭陈设、奥勃洛莫夫的书桌、玛芬卡的闺房和薇拉的卧室等,分析了作家环境描写的技巧,即善于抓住典型的生活场景、场景描绘细腻、环境具有俄国风情、场景描写与性格塑造相配合等。《论冈察洛夫人物心理描写》一文以奥勃洛莫夫听奥尔伽歌唱、两人分手时奥尔伽的面容、小阿杜耶夫眼中的彼得堡、对生活产生感悟时的奥勃洛莫夫、引诱玛芬卡之后的莱斯基为例,分析了冈察洛夫在心理描写方面的成就,如善于采用动作、肖像和情感的描写,富有表现力的自然景物,比喻手法和内心独白等技巧来表现人物的内心世界。

有的研究者注意到冈察洛夫语言的风格具有少辛辣、多幽默、叙述语调平稳、节奏缓慢、对话从容而自然的特点。常谢枫还在《冈察洛夫语言的音乐性》一文中,根据俄文原著发现了冈察洛夫语言的特殊节奏形式的两方面来源:作家的语言体系内部存在着大量的音乐性要素,冈察洛夫的语言句法结构本身具有许多造成语言音乐性的特点。也有的研究者讨论了冈察洛夫语言对于揭示作品主题和塑造人物性格的作用,认为这种语言风格适宜于表现农奴制停滞的生活和主人公的消极性格。

有的研究者肯定了冈察洛夫对情节的独特把握,认为冈察洛夫的着眼点并不在于以情节的曲折或声势取悦读者。"平凡的故事的确十分平凡。小说中充满普通的生活琐事和浓厚的生活气息,正是在这种平凡中,冈察洛夫却表现出一个重大的生活主题,到底应该怎样对待当代的生活制度和传统习惯。"研究者认可杜勃罗留波夫对《奥勃洛莫夫》故事情节的分析:"虽然在《奥勃洛莫夫》中的故事情节十分简单,而冈察洛夫却把它写成一部洋洋数十万字的巨著。这是因为作者力图再现平淡无奇的生活现象,所以并没有费心于渲染和任性的虚构①。"也有研究者认为,冈察洛夫善于提炼情节的艺术才华在《悬崖》中表现得最为明显。故事中的生活现象看似平淡,但作家在从容不迫的故事进程中,将生活的复杂性、新与旧的冲突、进步和保守的矛盾等融会在一起,展现了俄罗斯社会历史发展的某一特定阶段的真实面貌。

(四)文艺思想研究

冈察洛夫的文学评论文章《长篇小说〈悬崖〉序》、《长篇小说〈悬崖〉的意图、任务和思想》、《迟做总比不做好》、《万般苦恼》等对解读作家本人的作品具

---

① 易淑泉等编:《俄国文学史》,湖南文艺出版社1986年版,第378页。

有特殊的意义,因此它们成了批评界的理论来源。如评论者在谈及希托尔兹形象塑造得苍白无力时,往往用作家自己的话来佐证,"作家自己也承认,这一形象是'不现实的,不是活生生的……','他过于赤裸裸地表达着一种思想'"①。新时期以来,国内这方面的研究主要为《俄国文学史》(曹靖华主编)和《俄国文学批评史》(刘宁主编)中的相关内容,以及冯春的《冈察洛夫 屠格涅夫 陀思妥耶夫斯基 柯罗连柯 文学论文选》一书的后记等。

冯春在考察冈察洛夫文艺思想的来源时指出,冈察洛夫的文艺观受到普希金的现实主义文艺思想的影响,冈察洛夫反对自然主义的文学观,以及他本人对形象思维的自觉性的研究则和别林斯基有师承关系。同时,研究者概括了冈察洛夫文学观的基本要点、坚持现实主义的创作原则、批评自然主义创作方法的弊端、关于典型问题的论述(典型和时代、典型和环境的关系,典型的类型和精神继承性问题,以及"距离说"等)。研究者充分肯定了冈察洛夫文艺思想的价值,认为他的"现实主义文学理论对于我们今天的文学创作和文艺理论研究仍然是宝贵的,它们将提供给我们许多有益的借鉴"②。研究者还指出,作家本人能塑造出奥勃洛莫夫这样成功的艺术典型,与他的成熟的文艺思想不无关系。

国内学界对作家文艺思想中的某些观点也提出了不同的看法,如冈察洛夫过分强调作家创作的本能性,忽视了作家的主观色彩和倾向性;作家将艺术目的解释成劝善惩恶的道德教育显得过于局限;冈察洛夫对典型创造中的"距离说"的坚持过于偏激。关于后者,研究者赞同冈察洛夫将人物形象典型性和时代性紧密联系的说法,但不同意冈察洛夫认为只有定型下来的生活和沉积为典型的人物才能成为艺术的描写对象的观点。研究者指出,过于强调描写定型的生活,就不会重视描写正在发生的现象,这会造成作家无法敏锐地反映现实。研究者还用冈察洛夫作品的新女性形象来说明,他的观点和他本人的创作不能相符。冈察洛夫在文论中回应了批评界对他的小说创作的批评。研究者认为,作家在"反批评"时既表现出新的思想,也表现出他在思想上的迷误。如对"妇女堕落"问题的讨论体现出了作家尊重女性自由,提倡男女平等的进步思想,但是作家关于农奴制改革后俄国社会的改造已经基本完成的认识是错误的。

---

① 翁文达:《悬崖·译后记》,上海译文出版社1983年版。
② 冯春:《〈冈察洛夫、屠格涅夫、陀思妥耶夫斯基、柯罗连柯——文学论文选〉后记》,上海译文出版社1997年版。

中国俄苏文学研究史论
История исследования русской и
советской литературы в Китае

（五）游记研究

新时期学界对游记《巴拉达号三桅战舰》颇为关注,认为这部作品除历史文献价值外还有多学科的研究价值。如孙复撰文介绍这部游记的第一个中译本时,强调了它的审美价值,称"冈察洛夫的每一次写景都是一段优美的散文诗"①。20 世纪 90 年代,这部游记出现新的译本,名为《环球航海游记》。学界读出了其中蕴涵的更丰富的内容。译本序言写道:"作家像一个渊博的学者,熔史地知识和现状、政治与经济、景物与风俗、人物与事件于一炉。"②游记的知识性除了表现在内容的浩如烟海外,还在作品的景物描写的"科学性"中表现出来。研究者以作品中对于"爪哇榕树"的描写,来说明游记中景物描写的特点:舍弃了浪漫主义的传统手法,而着意于科学分析。研究者认为作家对于生活现象的感受中不乏真知灼见,对于重大的历史事件的记录有很强的认识价值。有些旅游学学者探讨了这部游记的旅游学价值,认为冈察洛夫"已经从旅游原理、旅游动机、旅游方法以及旅游史多方面涉及旅游学",作家在记叙环球游历过程时,充分体现出了"吃、住、行、游、购、娱"的现代旅游六要素③。

游记中的中国形象和作家对中国的态度研究是中国学者最为关注的。20 世纪 50 年代,研究者在冈察洛夫对中国的友好态度上存在共识,这一观点在一定程度上受到了当时中苏之间政治关系的影响。

新时期以来的研究者对此提出了新的见解。陈建华的《识见和偏见:19 世纪俄国作家的中国纪实》一文,以深入的文本阅读为基础,将冈察洛夫笔下的中国形象分成:中国人的外貌、服饰和精神面貌,中国人的生存状况和文化传承,中国的城市环境和社会危机等方面,并从中解读了冈察洛夫的复杂的思想倾向。在列举了冈察洛夫大量的关于中国人的形象的描述文字后,作者写道:"读着这样的文字,笔者的心情也不免变得沉重起来,因为从中实在无法得出冈察洛夫'对勤劳的中国人民给予了很高的评价'的结论。这里,负面的评价占了主导的地位。虽然客观地说,作为一位旁观者和文化素养很高的作家,冈察洛夫确实在一定程度上看到了中国人国民性的弱点,对晚清时期中国人的精神面貌

① 孙复:《一部珍贵的游记——介绍冈察洛夫的〈巴拉达号三桅战舰〉》,《外国文学季刊》,1982 年第 4 期。

② 黄倬汉:《环球航海游记·序言》,海洋出版社 1990 年版。

③ 许宗元:《论冈察洛夫〈环球航行游记〉及旅游文学》,《北京第二外国语大学学报》,2003 年第 5 期。

的某些方面观察细致而敏锐。然而,由于作家对中国人和中国社会的了解始终停留在印象式的和道听途说的层面,文化的隔膜感同样相当明显,因此他的结论主观色彩强烈,识见、误读和偏见同时存在。"在结束对"中国人的生存状况和文化传承"这部分的分析时,作者写道:"在冈察洛夫关于中国人的劳作和生存状况的观感中主要体现的是一种人道的精神,虽然有时显得有点漠然。与此同时,冈察洛夫对中国人的习俗和文化传承作了相当仔细的观察,作品中涉及了中国文化的许多方面,诸如饮食、殡葬、宗教、雕刻、钱币、乐器,以及刮痧等等。相比之下,这些描写显得更为客观和平实,甚至为今天的人们保留了那一时代的中国人(包括海外华人)的许多原生态的生活情景。当然,从他的好恶中也可看出中俄文化的差异,以及于前所述的他对中国民族精神的基本评价。"

在详细记述了冈察洛夫关于中国的城市环境和社会危机的看法后,作者写道:"冈察洛夫不可能为中国社会指点真正的'意义重大的'出路。不过,必须承认冈察洛夫对中国晚清社会的观察是敏锐的,他清楚地看到了鸦片战争以后中国社会的尖锐矛盾和深刻危机,以及正在发生的变化。西方列强的入侵给中国人民带来了巨大的苦难,晚清封建锁国的格局也由此被彻底打破。冈察洛夫来到中国,所目睹的正是处于重要转型时期的晚清社会。自然,由于他所持的官方心态和基督教文明的立场,使他在评价一些重要的现象时尺度失衡。在19世纪俄国作家中,冈察洛夫与官方向来比较接近,此行后不久,他即接受沙皇任命,出任沙俄政府的书报检查官一职。由此看来,他有上述言论不足为奇。"

在文章的最后,作者指出:"当然,这并不应妨碍我们对冈察洛夫在《巴拉达号三桅战舰》中所表现出来的识见作出客观的评价。冈察洛夫对当时危机重重、积贫积弱的中国社会作了多侧面的描写,尽管其中表现出鲜明的倾向性;他对中国人民的不幸抱有出于人道主义感情的同情,尽管其中蕴涵着居高临下的怜悯和某些鄙视;他对晚清中国社会的风土人情的详尽记录为后人保留了可贵的史料,尽管他对中国社会的出路的看法失之谬误;他对英国入侵者的谴责充满义愤,对毒品等问题的分析颇有力度,尽管其中有官方因素的制约。也许正是透过这种种矛盾,我们才更清楚也更真切地看到冈察洛夫这样的19世纪俄国作家与中国文化之间的那种独特的联系。"①这些评价体现了新时期中国学者严谨求实的治学态度。

----

① 陈建华:《识见和偏见:19世纪俄国作家的中国纪实》,载《悠远的回响——俄罗斯作家与中国文化》,宁夏人民出版社2002年版,第83—97页。

中国俄苏文学研究史论
История исследования русской и
советской литературы в Китае

有的学者还注意到游记和冈察洛夫小说创作的关系。研究者发现了作家的环球航行的经历和作家的长篇小说《奥勃洛莫夫》创作的时间存在交叉。《一部珍贵的游记》的作者指出，当局的禁令严重妨碍了作家对《奥勃洛莫夫》的构思。所以，他选择了可以改变环境的环球航行之旅，在这部游记中可以找到这次环球航行给作家创作《奥勃洛莫夫》带来的启发。《环球航海游记》译序认为，作家通过环球航行之旅，塑造出贯穿全书的"当代英国人形象"。环球航行结束后，"在'清理英国给我（冈察洛夫）留下的印象'时，他（冈察洛夫）又刻意地描写了两个形象——一个是精明强干、富于进取的英国资产阶级形象，一个是在'故乡奥勃洛莫夫卡的泥土中'产生的……俄国地主形象，两者形成了鲜明的对比。"研究者认为，"当代英国人形象"是小说《奥勃洛莫夫》中的形象苍白的实干家"希托尔兹"形象的来源和俄国农奴制废除之后作家新生活理想的思想根源。

[相关研究成果要目]

1. 田汉：《俄罗斯文学思潮之一瞥》，《民铎》，1919 年第 1 卷第 6、7 号。

2. 克鲁泡特金著、夏丏尊译：《阿蒲罗摩夫主义》，《小说月报》，1921 年 12 卷号外。

3. P 生：《奥勃洛摩夫主义》，《民国日报》，1921 年 6 月 21 日。

4. 郑振铎：《俄国文学史略》，商务印书馆 1924 年版。

5. 蒋光慈、瞿秋白：《俄罗斯文学》，创造社出版部 1927 年版。

6. 升曙梦著，黄伯昂译：《关于奥薄洛摩夫》，《文学集林》，1940 年（第 1辑）。

7. 谢狱：《薇拉及其他》，《现代文艺》，1942 年第 4 卷第 4 期。

8. 君平：《冈察洛夫的悬崖》，《世界文艺季刊》，1945 年第 1 卷第 1 期。

9. 范敏：《为激情所灼伤的人——读冈察洛夫的〈悬崖〉》，《文潮月刊》，1948 年第 5 卷第 1 期。

10. 李希凡：《典型人物的创造——从〈奥勃洛摩夫〉里的〈斯托里兹〉谈起》，《文史哲》，1951 年第 1 卷第 4 期。

11. 吴淳：《奥勃洛莫夫气质》，《文艺报》，1954 年第 9 期。

12. 丁则良：《俄国杰出作家冈察洛夫论中国》，《光明日报》，1955 年 9 月 1日。

13. 钱谷融:《论"文学"是人学》《文艺月报》,1957 年第 5 期。

14. 戈宝权:《冈察洛夫和中国》,《文学评论》,1962 年第 4 期。

15. 辛未艾:《冈察洛夫和他的〈奥勃洛摩夫〉》,《光明日报》,1962 年 6 月 18 日。

16. 张少康:《一个"多余人"的典型——谈谈奥勃洛摩夫这个人物》,《外国文学评论》,1979 年第 1 辑。

17. 胡湛珍:《冈察洛夫》,载《外国名作家传》,中国社会科学出版社 1979 年版。

18. 黄海澄:《从〈奥勃洛摩夫〉的艺术特点谈起》,《光明日报》,1980 年 4 月 9 日。

19. 常谢枫:《冈察洛夫语言的音乐性》,《南开学报》,1981 年第 1 期。

20. 熊玉鹏:《一个没落地主阶级的典型——评冈察洛夫的〈奥勃洛摩夫〉》,《世界文学名著选评》第 3 辑,江西人民出版社 1981 年版。

21. 张秋华:《冈察洛夫》,《中国大百科全书·外国文学》卷一,1982 版。

22. 徐玉琴:《"奥勃洛摩夫"性格及其他》,《苏联文学》,1982 年第 3 期。

23. 刁绍华:《冈察洛夫的长篇小说〈奥勃洛摩夫〉》,《外国文学名著欣赏》,1982 年第三辑。

24. 孙复:《一部珍贵的游记——介绍冈察洛夫的〈巴拉达号三桅战舰〉》,《外国文学季刊》,1982 年第 4 期。

25. 田仲济:《从奥勃洛莫夫到阿 Q》,《新华文摘》,1982 年总第 38 期。

26. 翁文达:《悬崖·译后记》,上海译文出版社 1983 年版。

27. 常谢枫:《冈察洛夫形象思维管窥》,《津门大学论丛》,1983 年第 4 期。

28. 张洪榛:《〈平凡的故事〉的结构和人物配置》,《外国文学研究》,1983 年第 4 期。

29. 伯衡:《冈察洛夫》,载《俄苏文学名家》,黑龙江人民出版社 1984 年版。

30. 叶予:《巴拉达号三桅战舰·译序》,黑龙江人民出版社 1984 年版。

31. 潘晓生:《奥勃洛摩夫的睡衣和其他》,《泉城》,1984 年第 8 期。

32. 张洪榛:《冈察洛夫和他的长篇小说》,北京出版社 1986 年版。

33. 舒安娜:《奥勃洛摩夫性格》,《外国文学名著欣赏》,1986 年第 2 期。

34. 曹靖华主编:《俄国文学史》,人民文学出版社 1989 年版。

35. 金留春:《梦:奥勃洛莫夫性格的导引——写在〈奥勃洛摩夫〉问世 130

周年之际》,《上海师范大学学报》,1990 年第 3 期。

36. 黄倬汉:《环球航海游记·序言》,海洋出版社 1990 年版。

37. 刘平清:《奥勃洛摩夫性格发展的三个阶段》,《中文自学指导》,1992 年第 9 期。

38. 蒋路:《俄国文史漫笔》,东方出版社 1997 年版。

39. 冯春编选:《冈察洛夫、屠格涅夫、陀思妥耶夫斯基、柯罗连柯—— 文学论文选》,上海译文出版社 1997 年版。

40. 陈建华:《20 世纪中俄文学关系》,学林出版社 1998 年版,高等教育出版社 2002 年新版。

41. 陈建华编:《凝眸伏尔加——俄苏书话》,江西教育出版社 1999 年版。

42. 刘宁主编:《俄国文学批评史》,上海译文出版社 1999 年版。

43. 蒋路:《俄国文史采薇》,东方出版社 2003 年版。

44. 许宗元:《论冈察洛夫〈环球航行游记〉及旅游文学》,《北京第二外国语大学学报》,2003 年第 5 期。

第二十六章
中国的涅克拉索夫研究

涅克拉索夫(Николай Алексеевич Некрасов,1821—1878),另有中译名尼克拉梭夫、涅克拉绍夫、聂克拉索夫等。涅克拉索夫是 19 世纪俄国伟大的革命民主主义诗人,他一生主要的文学成就是诗歌。他的诗作广为流传,并受到中国学界的关注。

一、20 世纪上半期研究的基本面貌

早在"五四"时期,中国的进步知识分子就已经注意到涅克拉索夫的诗歌及其在俄国社会历史进程中的重大意义。1918 年,李大钊在《俄罗斯文学与革命》①一文中,热情赞颂了走在革命斗争前列的俄国诗人,其中关于涅克拉索夫的评介占据了较多的篇幅。李大钊对于他的诗歌创作给予高度评价,称"俄国之平民诗派,由涅克拉索夫达于最高之进步,其所作亦属于不投时好之范围"。针对当时围绕诗人才华问题的争议,李大钊指出:"是等议论,几分起于其诗之比喻的说明极重写实主义,但彼不欲认识文学之诗化的俄罗斯,而欲认识施行农奴制时与废止此制最初十五年之实在的俄罗斯者,必趋于涅克拉索夫之侧。""其所为诗抑或稍有所失,然轻微之过,毫不足以掩其深邃之思想,优美之观念。俄诗措辞之简易,尤当感谢此公。"应该说,这样的评价是比较公正的。李大钊尤其强调了涅克拉索夫的诗歌对于俄国社会的巨大影响:"涅克拉索夫之影响于俄国社会,自其生前已极伟大,死之时,执绋从棺而吊者千万人。一诗人之葬仪,乃成壮大之典礼。彼读者之后裔,常于其著作中寻得人道主义之学派,虽属初步,而能以诚笃真实著。"

1924 年,郑振铎在其所编《俄国文学史略》中为涅克拉索夫专列一章②,对

---

①《人民文学》,1979 年第 5 期。

②《俄国文学史略》,商务印书馆 1924 年版("尼古拉莎夫及其同时代作家")。

作家及其创作做了详尽的评介。郑振铎肯定了涅克拉索夫的文学史地位及其在下层民众中间的巨大影响力："在他的墓上，'尼古拉莎夫是否与普希金及李门托夫同样的伟大'的问题，开始热烈地辩论着，这个问题直到后来，还没有论定。但尼古拉莎夫之为一伟大的诗人，则为无人能否认之事实。尼古拉莎夫称他的诗神为'复仇与忧愁的诗神'。这句话是确实的。尼古拉莎夫是一个悲观主义者。但他的悲观却与别人不同；他所写的虽是俄国群众的悲惨境况，但他所给予读者的印象却不是失望而是愤慨。他在悲苦的现实之前并不低头匍匐，却进而与之奋斗，而得到胜利。所以读过尼古拉莎夫的诗，在不满足现实的感想里，同时且种下恢复或奋斗的种子。他的诗大概都是关于农民及其痛苦的。他对于民众的爱成了一线红丝，串着他的全部作品，有时他偶然也弹着失望的歌，但这种声音在他的作品里实不常见。……他的诗歌的一部分已成了全俄国的财产。读他诗的人，不仅是知识阶级，而且是最贫苦的农民。读普希金他们的诗，非有些文学的修养，不能领略它的好处，至于读尼古拉莎夫的诗，则只要认识几个字，知道看看书的人都能懂它的意思，受它的感动。尼古拉莎夫实是一个最成功的民众诗人。"

1925 年，《小说月报》刊登了刘延陵的论文《一个白衣素冠之客——奈克弱索夫和他的诗》①。在这篇长达二十余页的论文中，作者详尽地介绍了涅克拉索夫的生平与创作，尤为难能可贵的是以学术批评的眼光，在很多方面提出了深刻而独到的见解，即使在今日看来，仍然不失为一篇有分量的研究论文。文章首先从文学史的角度评价了涅克拉索夫及其创作："俄国文学史上第一位写实诗人普希金，他的文笔非常秀丽，他的作品仿佛是在社会门楣上镂花而涂尽，所以曾被称为'撰著的珍珠'，极为俄人推重。但他是贵族，对于下级社会的经验不深，所以他的诗如是写实，也只及于当时俄国社会之上层，不曾听到最深处的叹息。那个听到最深处的叹息而用蓄音收了下来传给我们听的，乃本篇起头所引的一首诗的作者奈克弱索夫。""他是贫民的诗人，第四阶级的诗人。他笔端所到比普希金触到的深，而笔致之鲜明生动则又非但不如。所以如果普氏之诗乃是搏泥沙而化为珍珠，则奈克弱索夫之诗乃是调血液而凝为宝石。"文章称涅克拉索夫为"痛史的作家"，因其集中且深刻地描绘了俄国底层民众的深重灾难："把奈克弱索夫的两厚本诗一句一句地译出，这就成为俄国的一幅地图或一

---

① 《小说月报》，1925 年 11 月 10 日，第 16 卷 11 号。

张图,可以把贫民与贵族的生活,以及城市的繁华,乡村的劳苦的一切细微事项全都表现出来。这张画的细致详尽与其中景象的触目惊心将令看的人眼痛。奈克弱索夫是记述一般痛苦的诗人,而尤其注意俄国妇女的痛苦;但他的文章又是怎样严肃而没有浮虚的感情啊!这幅画之严肃而无虚浮的感伤正和当时俄国的实际生活一样。画里充满着简切,鲜明而且给人以有力的刺激的形状与色彩:这是因为作者对于腐败与罪恶有痛恨与反抗的深情,所以表现得这样警惕。"

　　文章高度肯定了涅克拉索夫诗歌中的现实主义特色:"他说的话语就是正在许多人心里发酵的那个'将要发生的某事'……这个发酵的某事乃是大家希望在文学里表现出实际的生活与民众的心情的要求。奈克弱索夫就是首先回应这个要求的。他拾起俄国以前某几位诗人所遗的写实主义的丝线,和在他较后的一代解放运动搓成一条。……这就是些描写车夫、园丁、印工、兵士、妓女、罪犯、农夫、肩挑负贩与流汗的报馆文人,以及他们的种种艰苦的故事;也就是些街道、火灾、丧葬与不幸的婚姻、可怜的堕落、官僚的腐败以及城市生活的叙述。而这些东西在俄国文学史上却是初次出现。"关于评论界对涅克拉索夫写实主义的争议,作者认为,"无论怎样,他的诗里实质之胜过文采以及有时竟掩盖了纯粹的抒情的美,这总是无可疑的事实。但算作他的诗的缺点而同时又算作优点的这一层性质,也不过是'有时'这样,在别的时候,他的描写的鲜明生动也不下于他的观察的细致诚恳。""他的精细的观察和对于民众的痛苦的深厚怜悯之情,和他的文字里纯粹俄国式的话语,俄国大多数的人民,到如今还当做国宝。他称他的诗神做悲哀与仇恨的诗神;而当他说到俄国的贵族政治,笨拙的慈善事业,和富人的堕落,与蓄奴的主人被判决了死刑以后的情状之时,他的那几行文字就同箭一样的尖锐。他的讽刺从不作抽象的论调,而都以事实,事实,事实为根据——精确得和照片一样。""他所以能得极多数的俄国人的崇拜,乃是因为他对于实际生活有充分的知识与诚恳的同情。诚恳所以切实。凡是读者无不了解他的诗句,在他的诗里没有一句教人起模糊游疑的感觉,也没有一句专供人玩享的浮华的形容。"文章的后半部分,作者详细介绍了《谁在俄罗斯能过好日子》和《俄罗斯女人》两部长诗的故事情节,使当时还无缘阅读全文的中国读者对涅克拉索夫的创作有了比较感性直接的认识。刘延陵兼具诗人和评论家的双重身份,他的这篇论文对于涅克拉索夫在中国知识界的传播起到了积极的促进作用。

瞿秋白在1921—1922年旅俄期间写了《俄国文学史》,在"俄国的诗"一节中对涅克拉索夫作了阐述[①]。作者写道:"十九世纪下半期俄国平民的运动激励猛进的时候,差不多'大家不喜欢诗,可是独独宽容一个涅克拉梭夫',——这就显然是因为他最能鸣'公民的怨'。涅克拉梭夫是'民间苦的歌者'。当四五十年代,农奴制还没有废除,涅克拉梭夫所经受的痛楚,——不但是诗人的,而且还是公民的。尼古拉第二解放农奴的时候,俄国隐隐有了希望,涅克拉梭夫的声音便更勇猛了。他虽然极端地表示同情于农奴,然而却也不遗忘地主。并非地主的物质生活要他关心,专注意的,却在于贵族的有思想的青年。他理智的评判,以为这些青年智识阶级可惜都是'多余的人','当代的英雄',只会啮着书本,实际上找不到切实实行的机缘,其实他们放着能做的不做……他只信仰真正的平民农夫里,有新的力量凸现,才能切切实实地为平民事业而牺牲——农夫农妇诚朴勤恳的劳动和力量,枉然消磨在久已'忘了的乡村里',——那正是涅克拉梭夫愤慨、高歌,不能自已的。"

20世纪30年代起,涅克拉索夫的主要作品开始被陆续介绍到中国来。这一时期,正值我国内忧外患、国难当头之际,涅克拉索夫的诗歌由于其革命性和战斗性,一经介绍,立即在我国知识界和民间激起了强烈的反响。1934年,巴金主持的上海文化生活出版社出版了孟十还翻译的《严寒,通红的鼻子》。这一译本是根据俄文原作所译,译文较为忠实可信。在后记中,译者对于诗人一贯的现实主义风格做了如下评论:"俄国人民,尤其是农人们和他们的痛苦,就是涅克拉绍夫底诗歌的主要题材。他对于下层民众的爱,好像一条绳子拴系住他的全部作品;他一生对这种爱始终是忠实的。但我们在涅克拉绍夫笔下所看到的人物,并不是常流泪的,而是沉静、善良,有时候且是极愉快的工作者,他很少用自己的想象去渲染他们,他只依照原样,从生活本身里,取出他们来。这个诗人对于俄国人民和农人的魄力,是怀着紧固的深信的。"

涅克拉索夫的另一部重要长诗《谁在俄罗斯能过好日子》在抗战时期与我国读者见面。高寒[②]在1934年根据英译本翻译了这部作品,1937年由商务印书馆出版。译者在《题记》中高度评价了涅克拉索夫的艺术成就及其革命精神:

---

① 这篇文章1927年曾作为蒋光慈、瞿秋白著的《俄罗斯文学》之下篇由创造社印行,1929年又收入在泰东图书局出版由华维素编的《俄国文学概论》中。2004年,复旦大学再次出版了瞿秋白的《俄国文学史及其他》一书。

② 高寒,即著名翻译家、社会活动家楚图南。

"他的一生的杰作《谁在俄罗斯能快乐而自由》,不单是在作风上采用俄国民歌的形式,说出了俄国农民的忧患和辛苦,刻画了俄国农民的真挚而伟大的灵魂,且也在诗歌史上,第一次以荷马歌咏英雄和战争的那热心和深情,那种史诗之作者所稀有的大力和气魄,来歌诵了平凡人——农民、劳动者、乞丐、游方僧和流浪人——的生活和不幸。所以,在这意味上谈作者的这篇长诗,可以比之于荷马,且殊胜于荷马,当是无人否认的。"此外,涅克拉索夫的一些短篇抒情诗也被译成中文。翻译家孙用在 1934 年《译文》杂志(第 1 卷第 3 号)发表了译自英国人 J. M. 沙斯基司的评介文章《尼古拉·奈克拉索夫》,并附有 3 首涅克拉索夫的短诗:《母亲》、《城市中散布着》、《盐之歌》。女作家彭慧于 30 年代初从苏联回国后,也陆续从俄文直接翻译了一些涅克拉索夫的短诗,发表在《文学》、《文学季刊》等杂志上。

1931 年,北新书局出版了由韩侍桁翻译的克鲁泡特金著的《俄国文学史》①,该书提出了涅克拉索夫的诗是否具有诗意的问题。"每一个诗人在他的最多底诗里是具有一种目的的,问题只是在于他是否能照出美丽底外形来表现它。读涅克拉索夫的诗,就在他最好底诗歌里,有些段因为它们的无活气底拙劣底外形的关系,总是使人不快;但是你们要感觉到,这些不幸底诗,只要变换一些词句,而不有伤于那表现着的情感的意象的美,便可以改善了。涅克拉索夫是一个极不平衡的作家,以极贫穷的词句写极无诗意的诗",但是,作者认为,"当他接触到工人痛苦的一瞬间,便把诗底意向底美与音调底协调,和它们的内部力量结合了,这在俄国文学中是很少有对比的。在涅克拉索夫的一般底内容上,它是比其他诗人优越的。有一种内在底力。""他的对于主人公的爱,像一条红线似的通贯了他的全作品。他的俄国农民并不是一个只流眼泪的人。他是沉静,有时幽默,有时是一个极端欢快底工作者。很少时候涅克拉索夫把他的农民理想化了:在最多地方,他只是正如他们原样地,从生活的本身里,取出了它们来。"该书还肯定了涅克拉索夫是一个人民诗人的特点:"他的诗的一部分,已经成为全俄国的遗产了。他是被广泛底读者所读,不只是被教育阶级,而同样是被贫穷底农人。实际上,要想理解涅克拉索夫,只要是简单会读书的农民便足够。"

1947 年,海燕书店还出版过一本由裘柯夫斯基著、俞鸿模译的《尼古拉梭夫

---

① 本书的另一版本为郭安仁的译本,重庆书店 1931 年 4 月版。

中国俄苏文学研究史论
История исследования русской и
советской литературы в Китае

传》,对当时的读者了解涅克拉索夫及其创作颇有帮助。在译介涅克拉索夫的诗作和国外学者的研究著作的同时,中国学者也写了评论文章,但数量很少。1934 年,《清华周刊》42 卷 2 期发表了徐安洁的论文《尼古拉索夫之生涯与艺术》,对诗人的生平和创作给予介绍。

二、20 世纪 50 年代以来研究的基本面貌

建国以后,对于涅克拉索夫作品的翻译工作持续开展。50 年代初,《人民文学》刊登了陈微明(沙可夫)翻译的《未收割的田地》,满涛翻译的《在伏尔加河上》和《沉默吧,复仇和忧伤的缪斯》;1953 年,上海平照出版社出版了林念松翻译的长诗《俄罗斯女人》;1956 年,作家出版社出版了魏荒弩重译的《严寒,通红的鼻子》。60 年代,人民文学出版社出版了飞白翻译的长诗《货郎》。总的来说,这一时期的研究特点是以译介为主,译者在前言或后记中对诗人及其作品做出评价,通常起到导读的作用,基本上代表了当时主流的观点。

1964 年,人民文学出版社出版了杨周翰和赵罗蕤等人所著的《欧洲文学史》。该书对涅克拉索夫的诗歌创作按 19 世纪 40—50 年代和 60—70 年代分别进行了分析,文中还提到涅克拉索夫的诗歌对俄国进步的绘画和音乐产生的作用。这个时期发表的单篇论文仍很少。安旗的《读外国叙事诗笔记(片断)》[1],其中谈到了《在俄罗斯谁能快乐而自由》,但不过千余字。作者称该诗为"俄国农民生活的史诗",把它的主题归纳为"只有人民起来战胜了黑暗,彻底推翻了压迫和剥削的社会制度以后,真正的快乐而自由的生活才会出现"。文中谈到了诗歌的人民性和民间艺术特点、长诗与俄罗斯民歌的关系、它的浓郁的生活气息。作者从现实主义原则出发,强调作品强大的生命力在于生活,通过"卓越的艺术描写"、"真挚的抒情"、"美妙的语言"表现出来的丰富的生活。

经过 10 多年的中断,涅克拉索夫的创作在"文革"结束后再度受到我国翻译界和学界的关注。1979 年,出现了 3 篇关于涅克拉索夫的评论,它们是宋惠仙的《谁在俄罗斯快乐而自由——评长诗〈在俄罗斯谁能快乐而自由〉》[2]、章其的《〈俄罗斯女人〉简介》[3]和魏荒弩《涅克拉索夫与马雅可夫斯基》[4]。1980 年,

---

[1]《世界文学》,1962 年 10 月。
[2]《世界文学名著选评》第 1 辑,江西人民出版社 1979 年版。
[3]《外国文学研究》,1979 年第 2 期。
[4]《外国文学研究》,1979 年第 3 期。

上海译文出版社出版了魏荒弩译的《涅克拉索夫诗选》。1985 年,该书出版了增订本;同年,湖南人民出版社出版了丁鲁译的《涅克拉索夫诗选》。与翻译数量相协调,在 1979 年到 1988 年的 10 年之间,发表了将近 20 篇关于涅克拉索夫的论文,还出版了两本研究专著,它们是甘雨泽的《涅克拉索夫》和魏荒弩的《涅克拉索夫初探》。这些著述说明我国的涅克拉索夫的研究有了新的进展①。

　　章其的《〈俄罗斯女人〉简介》介绍了《俄罗斯女人》的创作经过,分析了这部长诗的艺术特点,并回击了俄苏文坛一些自由主义的或"左"视的理论家对它的非难。刘国屏在《感人至深的"俄罗斯灵魂"——长诗〈俄罗斯女人〉简评》中介绍了长诗的创作经过和诗的两个组成部分,着重分析了长诗的两个主人公形象,给长诗以极高的评价。文章认为,长诗前半部分《图鲁别茨卡雅公爵夫人》慷慨悲凉,是一出"时代的悲剧"。通过图鲁别茨卡雅公爵夫人"去西伯利亚途中与沙皇当局的刁难作坚决斗争的事迹,表彰了这位俄国贵族妇女的高尚情操,她对正义事业的支持和正义必胜的信念,也歌颂了她坚贞不渝的爱情"。这位妇女被赋予"俄罗斯女人"的称号,是因为她身上附丽着一种俄罗斯的民族性格,就是普希金所赞美的那种"俄罗斯的灵魂"。长诗的第二部分《伏尔龚斯卡雅公爵夫人》重点放在女主人公与父亲的冲突上,"她战胜了父亲的留难,表达出对丈夫坚贞不渝的爱情,带有更加浓厚的抒情的色彩,从而构成一个极为动人的抒情的篇章"。作者论述了历史题材的作品必须忠实于历史真实的理论,指出涅克拉索夫的长诗《俄罗斯女人》"无论状人叙事,毫无虚饰成分,也不凭想象取胜,讲求格外的质朴与真实"。诗人"以娴熟的技巧,以纯净的叙述的手法,对故事作了真实动人的描绘,让女主人公的美好情操化作诗的激情,从字里行间悠然流露,……给人以崇高的美感享受"②。应该说,这种评价是极高的,也是恰当的。甘雨泽的《涅克拉索夫》(辽宁人民出版社,1984)是一部小册子,书中介绍了涅克拉索夫的生平和创作道路,并简要分析了几部代表作。

　　魏荒弩在涅克拉索夫的译介和研究方面都作出了突出的贡献。70 年代末 80 年代初,他发表了一系列有关的研究文章,这些论文从不同角度论述了诗人

---

　　① 80 年代初,台湾中国文化大学出版社出版的欧茵西著《俄国文学史》(1981)中,也有关于涅克拉索夫的评价。作者认为,"尼克拉索夫是出色的诗人"和"俄国重要的出版家","19 世纪后半叶因潮流影响,越来越多的诗人也将笔触向俄国的现实社会,这些写实诗人中,尼克拉索夫是唯一的佼佼者"。涅克拉索夫书写"人民的痛苦"并没有使他自己的作品走向伤感,"他仍能以一个写实作家的姿态出现"。
　　②《世界文学名著选评》(第四辑),江西人民出版社 1982 年版,第 278—281 页。

中国俄苏文学研究史论
История исследования русской и
советской литературы в Китае

在俄苏文学中的重要地位和深远影响。《涅克拉索夫与马雅可夫斯基》一文指出,尽管两位处于不同历史条件下的作家各有自己的行动纲领,但他们的前进方向和基本原则是极其相近的。"诗人与公民"这一主题在涅克拉索夫的诗歌中获得了广泛而深刻的发掘,为千百万俄罗斯农民的苦难生活而感到的震惊和悲痛,构成了他诗歌的主旋律;马雅可夫斯基将自己的创作融入人民的斗争和劳动中,表现了苏维埃政权与人民的血肉关系。马雅可夫斯基所擅长的招贴画似的讽刺诗,其根源在某种程度上就是涅克拉索夫。涅克拉索夫诗歌所固有的雄辩的激情、口语化的特色,在马雅可夫斯基那里也都得到了相应的发展。《涅克拉索夫与屠格涅夫》一文认为,两位作家各自以不同的方式和技巧刻画出俄罗斯民族性格的典型特征:智慧明睿,精神宏富;两人在作品中都塑造了一系列俄国文学中的著名形象,包括官僚和贵族地主、善良的乡村孩子等,并且都是"创造俄罗斯妇女形象的大手笔","他们歌颂了俄罗斯妇女的忠贞、坚强和原则性"。《涅克拉索夫与苏联诗歌》一文较为全面地论述了涅克拉索夫对苏联文学的影响,并从美学角度评价了诗人的贡献:"涅克拉索夫赋予自己的创作以通俗而质朴的形式,从而使自己的诗歌大大接近了人民和人民的口头创作。涅克拉索夫对苏联诗人别德内依、马雅可夫斯基、伊萨柯夫斯基和特瓦尔多夫斯基等人均产生过深刻的影响。"①

　　1985 年,北京大学出版社出版了魏荒弩的《涅克拉索夫初探》。这部著作从中国研究者的角度,对诗人的生活道路、思想及文艺创作进行了多方面的探索,对诗人不同时期的作品均有所涉及,材料翔实,运笔细致,是多年来我国仅有的一部涅克拉索夫研究专著。书中介绍了诗人的生平,但重点是研究他的诗歌。作者在强调其创作的进步意义的同时,分析了涅克拉索夫在题材、语言、创作手法等方面"显著的突破和创新",称他是俄国城市诗的创始人,他的讽刺诗成就极高,他的爱情诗纯朴自然。"散文语言与诗歌语言的结合,不仅没有减少涅克拉索夫诗歌的美,反而赋予它以独特性和新奇感"。作者还提到了涅克拉索夫对我国老一辈诗人艾青、田间和臧克家等人的影响。在完成《涅克拉索夫初探》后,魏荒弩又陆续写了一些文章,其中比较重要的是 1989 年为三卷本《涅克拉索夫文集》所做的序言,该文重新梳理了涅克拉索夫的文艺思想和创作②。

----

① 分别载:《外国文学研究》,1979 年第 3 期;《国外文学》,1983 年第 4 期和 1983 年第 1 期。
② 2000 年,北京大学出版社出版了魏荒弩的论文集《论涅克拉索夫》,该书收录了包括《涅克拉索夫初探》在内的论著和以往发表的多篇论文,是作者多年来研究成果的总集。

上述论文和论著关注的重点是诗人的叙事诗,但也有谈到了他的抒情诗。如马家骏的论文《一首深沉的叙事抒情诗》评介了涅克拉索夫的杰作《大门阶前的沉思》,对诗歌的结构和语言风格详加分析,并特别分析了诗中各类形象的典型性和叙事抒情诗的特殊意味:既写出客观生活的形象,又写出抒情主人公的形象。作者认为,涅克拉索夫的"沉思"生自"大门阶前"而开阔在祖国大地河川。主观与客观两个方面有机地统一于俄罗斯大地和人民的命运这个形象中,使这首诗达到了应有的思想性与艺术性①。仇振声对涅克拉索夫的抒情诗特别是"情诗"有独到研究。1986 年,仇振声在《传记中易被忽略的几个问题》一文中,就对学界讳莫如深的涅克拉索夫的爱情生活有所提及。1988 年,他的长篇论文《涅克拉索夫的"情诗"和"情史"》,又对涅克拉索夫与巴纳耶娃的爱情经历和他们的爱情的果实——大量的情诗作了详细的介绍,从而令人信服地说明,涅克拉索夫不仅是"公民诗人",也是伟大的"爱情诗人"②。

80 年代末,涅克拉索夫在我国学者编写的多部文学史中得到重点介绍。易漱泉等人编写的《俄国文学史》有专章介绍涅克拉索夫③。书中介绍作家生平和创作,对其作了客观的评价:对待劳动人民,诗人是"哀其不幸,怒其不争"的;诗歌揭示了俄国社会生活中新的矛盾——劳资矛盾;在描写大自然的方式上,涅克拉索夫虽不似普希金和莱蒙托夫那么细腻,但他善于揭示大自然同社会生活的联系,诗人对自然的了解同农民的观感是一致的。1989 年,北大出版了徐雅芳的《俄罗斯诗歌史》,涅克拉索夫是该书的重点章节。作者认为,涅克拉索夫在他的诗歌中塑造了新的诗神形象。他首先关心人民的疾苦,适应时代的要求;其次才是诗歌艺术技巧的问题,这具有与纯艺术派论战的性质。《大门前的沉思》与"朱门酒肉臭,路有冻死骨"有异曲同工之妙。他的抒情诗往往充满真诚的羞愧,责备自己是"片刻的骑士",而不是一往无前的战士。作者认为,由于19 世纪 70 年代俄国革命运动出现高潮,诗人在作品中极鲜明地表现革命的主题,他当时写的长诗虽是历史题材却并不脱离现实,带有宣传鼓动性。作者还着重介绍了《谁在俄罗斯能过上好日子》,认为该诗"对人民生活的描写的广泛和深刻在俄国文学中没有任何一部作品可以比得上",涅克拉索夫继承并发扬了十二月党人的传统。1989 年,曹靖华主编的《俄国文学史》也辟专章介绍了

① 《外国文学研究》,1981 年第 2 期。
② 《俄苏文学》(武汉),1988 年第 3 期。
③ 易漱泉、雷成德等编:《俄国文学史》,湖南文艺出版社 1986 年 7 月版。

涅克拉索夫,并就几部作品作了具体分析。该书对诗人的创作进行了分期,并分别展开了论述:诗人在 19 世纪 40 年代的创作题材主要是城市生活,当一些贵族自由派作家还仅止于谴责农奴制度的某些畸形现象时,涅克拉索夫却已在抗议那建筑在农奴制基础上的整个社会制度了。19 世纪 50—60 年代,涅克拉索夫的创作不仅题材转向农民,而且还提出劳动和社会斗争的新主题,并塑造了新的正面人物平民知识分子革命家的形象。涅克拉索夫是革命的农民民主主义者,他创造了许多关于农民,特别是农村妇女的诗,所以世人称他为"妇女命运的歌手"。19 世纪 70 年代俄国国内革命运动高涨,诗人的抒情调子日益高昂,"写当代现实"永远是诗人的一个基本口号。该书认为《谁在俄罗斯能过好日子》是诗人的创作高峰,可与普希金的《奥涅金》和果戈理的《死魂灵》相映成辉①。

20 世纪 80 年代是涅克拉索夫在中国的"黄金时代",但即使在"黄金时代",对他的研究也不能与托尔斯泰、屠格涅夫等相提并论,1990 年后,对涅克拉索夫的研究总体处于不很活跃状态。1992 年,上海译文出版社出版了魏荒弩翻译的三卷本《涅克拉索夫文集》。此时,有两篇论文值得一提。魏荒弩的《涅克拉索夫在中国》②提供了大量翔实的资料,为后人从比较文学角度研究涅克拉索夫打下了良好的基础。李萌《涅克拉索夫早期诗歌创作中的几个转折点》③分析了涅克拉索夫创作生涯的头 10 年(1838—1847)的诗歌,从《思维》到诗集《理想与声音》,中间经过《摇篮曲》和《在途中》等诗作,终于到达"我是否夜半行进在黑暗的街上",也就是从浪漫主义走到比较成熟的现实主义。作者还分析了促成这个历程的社会与个人的原因(诸如与别林斯基的交往等)。

1999 年,上海译文出版社出版的刘宁主编的《俄国文学批评史》对涅克拉索夫作为文学批评家的成就作了介绍。该书认为,在涅克拉索夫身上批评家和艺术家不仅交替出现,相互促进,而且达到了抽象思维与形象思维的相互交融、

---

① 1993 年,北师大出版社出版的李兆林和徐玉琴的《简明俄国文学史》有专章介绍涅克拉索夫。2001 年,李赋宁主编的《欧洲文学史》第 2 卷提及了涅克拉索夫;同年,吴元迈等人编著的《外国文学史话》从"奔驰在黑夜中的涅克拉索夫"、"涅克拉索夫与伏尔加河"和"伟大友谊产生的伟大作品"三则故事着眼介绍了涅克拉索夫。2004 年,中国社会科学出版社出版的马晓翔和马家骏合著的《俄国文学史略》中也有关于涅克拉索夫及其作品的分析,该书从诗人作为革命民主派作家所具有的主要创作倾向着手,指出了其特色和不足。

②《国外文学》,1993 年第 2 期。又见:魏荒弩《论涅克拉索夫》(论文集),北京大学出版社 2000 年版。

③《国外文学》,1996 年第 1 期。

美学批评与社会批评相互补充的境界。19 世纪 40 年代中期,涅克拉索夫已经形成了现实主义美学纲领,他高度评价敢于写真实和揭露社会的"自然派"作家。在主编《现代人》杂志期间,他写了一系列出色的评论文章,批判"纯艺术论",捍卫文学的思想性、人民性和现实主义的原则。涅克拉索夫成熟时期的文学批评,不仅自觉地遵循别林斯基和车尔尼雪夫斯基创立的革命民主主义和唯物主义的美学纲领,而且善于创造性地运用它们,补充和修正其中的某些片面性和不足之处。涅克拉索夫首次揭示了丘特切夫作为一位富于独创性的天才诗人在俄国文学史上的地位和作用,他的诗歌评论促进了俄国诗坛创作的振兴和繁荣。涅克拉索夫既反对脱离现实、粉饰和歪曲现实的伪浪漫主义倾向,也反对一味注重实际利益、满足于生活细节的真实而忽视或贬低崇高理想的鼓舞作用的实证主义倾向。涅克拉索夫坚决反对把所谓"普希金倾向"和"果戈理倾向"割裂和对立起来,对于果戈理的评价的全面和深入,这在很大程度上应当归功于车尔尼雪夫斯基和涅克拉索夫的探讨和研究。在关于"多余人"的评价问题上,涅克拉索夫采取了比较客观的历史主义态度;在屠格涅夫和托尔斯泰的评价方面,涅克拉索夫也作出了独特的贡献。

新世纪出现的关于涅克拉索夫的论文依然不多。赵真的《普希金、莱蒙托夫、涅克拉索夫诗作中祖国的形象》一文,从 3 位诗人的世界观和时代背景的不同,对比分析了他们心目中的祖国:普希金诗中的俄罗斯不仅有人民的疾苦,也有对彼得式开明君主的期盼;莱蒙托夫对祖国的爱则首先是对俄罗斯人民的爱,涅克拉索夫的诗则充满了对劳动人民的伟大的爱和对压迫者的深刻的恨[①]。李锡胤《从篇章语言学角度读〈豪门外的沉思〉》分析了《豪门》诗的篇章结构,认为"开篇、叙事、痛斥权门、反诘、抒情"5 个段落构成了诗的"起承转合",并特别就第 2 段和第 5 段作了内部结构分析。虽然诗中也引用了屈原、杜甫等人的诗句,提到了俄罗斯社会"遍地哀鸿"的事实,但作者关注的重点是"文学篇章的能指和所指"[②]。这就使论文的语言学意义高于其文学意义。

总结一个世纪来中国的涅克拉索夫研究,可以说取得了一些成绩,但是与这位作家的文学地位相比,仍显得不足,特别是缺乏系统深入的研究论文和专著。除了某些文学史的介绍性文字外,为数不多的论文亦集中在《谁在俄罗斯

---

① 《内蒙古师范大学学报》社会科学版,2001 年 S1 期。
② 《外语学刊》,2004 年第 2 期。

能过好日子》、《大门前的沉思》、《俄罗斯女人》等少数作品的分析和介绍上。这也许表明在传统的研究模式下,涅克拉索夫已经进入"历史",已不再能为当代读者提供丰富的审美想象,不能为当代学者提供足够广阔的阐释空间。看来,要想在涅克拉索夫的研究上取得新的突破,必须找到其作品与当代社会生活相关联的兴奋点。

[相关研究成果要目]

1. 李大钊:《俄罗斯文学与革命》(1918 年),见《人民文学》,1979 年第 5 期。

2. 郑振铎:《俄国文学史略》,商务印书馆 1924 年版。

3. 刘延陵:《一个白衣素冠之客——奈克弱索夫和他的诗》,《小说月报》,1925 年 11 月 10 日,第 16 卷 11 号。

4. 蒋光慈、瞿秋白:《俄罗斯文学》,创造社出版部 1927 年版。

5. 克鲁泡特金著,韩侍桁译:《俄国文学史》,北新书局 1930 年版。

6. 徐安洁:《尼古拉索夫之生涯与艺术》,清华周刊 1934 年 42 卷 2 期。

7. 安旗:《读外国叙事诗笔记:在俄罗斯谁能快乐而自由》,《世界文学》,1962 年 10 月号。

8. 杨周翰等:《欧洲文学史》,人民文学出版社 1964 年版。

9. 宋惠仙:《谁在俄罗斯快乐而自由——评长诗〈在俄罗斯谁能快乐而自由〉》,《世界文学名著选评》第一辑,江西人民出版社 1979 年版。

10. 章其:《〈俄罗斯女人〉简介》,《外国文学研究》1979 年第 2 期。

11. 魏荒弩:《涅克拉索夫与马雅可夫斯基》,《外国文学研究》,1979 年第 3 期。

12. 魏荒弩:《痛苦和愤怒的歌手涅克拉索夫》,《诗刊》,1980 年第 3 期。

13. 欧茵西:《俄国文学史》,中国台湾中国文化大学出版社 1981 年版。

14. 垦夫:《艰难的起步(涅克拉索夫早年的文学生活)》,《语文园地》,1981 年 3 月版。

15. 马家骏:《一首深沉的叙事抒情诗——涅克拉索夫的〈大门前的沉思〉》,《外国文学研究》,1981 年第 2 期。

16. 刘国屏:《感人至深的"俄罗斯灵魂"——长诗〈俄罗斯女人〉简评》,《世界文学名著选评》第四辑,江西人民出版社 1982 年版。

17. 姚中岫：《漫谈涅克拉索夫的长诗〈在伏尔加河上〉》，《牡丹江师院学报》，1982 年 4 月。

18. 马肇元、冯明霞译：《托尔斯泰与涅克拉索夫通信选》，《江城》，1982 年 6 月。

19. 罗岭：《涅克拉索夫的少年时代》，《滇池》，1982 年 6 月。

20. 魏荒弩：《涅克拉索夫与苏联诗歌》，《国外文学》，1983 年第 1 期。

21. 魏荒弩：《涅克拉索夫与屠格涅夫》，《国外文学》，1983 年第 4 期。

22. 甘雨泽：《涅克拉索夫》，辽宁人民出版社 1984 年版。

23. 飞白：《涅克拉索夫悲歌的力和美：谈谈〈红鼻子雪大王〉》，《外国文学欣赏》，1984 年 1 月。

24. 魏荒弩：《涅克拉索夫初探》，北京大学出版社 1985 年版。

25. 章珊：《现实和文学家的爱与恨：托尔斯泰和涅克拉索夫之一》，《作品与争鸣》，1985 年 5 月。

26. 仇振声：《传记中易被忽略的几个问题：纪念尼·阿·涅克拉索夫诞辰 165 周年》，《俄苏文学》（武汉），1986 年 6 月。

27. 李岳南：《泪血浸纸背，爱憎化诗魂：〈涅克拉索夫初探〉》读后漫议，《国外文学》，1988 年 3 月。

28. 仇振声：《涅克拉索夫的“情诗”和“情史”》，《俄苏文学》（武汉），1988 年 3 月。

29. 魏荒弩：《涅克拉索夫在中国》，《国外文学》，1993 年 2 月。

30. 李萌：《涅克拉索夫早期诗歌创作中的几个转折点》，《国外文学》，1996 年 1 月。

31. 刘宁主编：《俄国文学批评史》，上海译文出版社 1999 年版。

32. 魏荒弩：《论涅克拉索夫》（论文集）北京大学出版社 2000 年版。

33. 徐雅芳：《俄罗斯诗歌史》（第二版），北京大学出版社 2002 年版。

34. 赵真：《普希金、莱蒙托夫、涅克拉索夫诗作中祖国的形象》，《内蒙古师范大学学报》（社科版），2001 年第 1 期。

35. 李锡胤：《从篇章语言学角度读〈豪门外的沉思〉》，《外语学刊》，2004 年第 2 期。

第二十七章
中国的屠格涅夫研究

屠格涅夫（Иван Сергеевич Тургенев，1818—1883），另有中译名的伽涅夫、缁格尼弗、尔克纳夫、杜瑾拿夫、屠尔格涅甫、杜仅纳甫、脱坚勒夫、都介涅夫、屠吉涅夫、都格涅夫、戴真纳夫等 20 多种。屠格涅夫的作品中跃动着时代的脉搏；他是爱情、女性和大自然的歌手，柔和、抒情，却又动人心魄；他的小说结构紧凑简洁，语言纯净优美，有一种诗意的美。他的作品的独特魅力吸引了世界各国众多的读者，尤其是 20 世纪中国读者的视线。于是，也就有了屠格涅夫与中国学界的种种联系。

一、从"知之者少"到"被译得最多"

屠格涅夫的名字和作品在中国的出现晚于克雷洛夫、普希金、莱蒙托夫、托尔斯泰和契诃夫等俄国作家。1903 年，中国读者首先在中译的日文著作《俄罗斯史》和梁启超的《论俄罗斯虚无党》一文中见到了"的伽涅辅"和"缁格尼弗"（即屠格涅夫）的字样，后者还称其小说"《猎人日记》写中央俄罗斯农民之境遇"。1904 年，金一在《赫辰传》中再次提到"郅尔克纳夫"和《猎人日记》。1907年，周作人节译了克鲁泡特金的一篇文章，译文对屠格涅夫的小说《父与子》中的主人公巴扎洛夫的虚无主义思想有所评述。

直到 1915 年夏天，屠格涅夫的作品才首次有了中译本。刘半农在 1915 年7 月 1 日出版的《中华小说界》上，用文言根据英文转译了屠格涅夫的《乞食之兄》（即《乞丐》）等 4 首散文诗，并在前言中对作者作了简要介绍。文中称杜瑾纳夫（即屠格涅夫）"诗文小说并见"，"文以古健胜"，"与托尔斯泰齐名"，因"立言不如托氏显，故知之者少"，但二氏成就"实不能判伯仲"；并说所译介的 4 篇"措辞立言，均惨痛哀切，使人情不自胜"。1915 年 9 月至 1916 年 10 月，《青年杂志》（《新青年》前身）从创刊号开始连载屠格涅夫的中篇小说《春潮》和《初恋》，译者均为陈嘏。译者在介绍屠格涅夫时，称其为"俄国近代杰出之文豪"，

"欧洲近代思想与文学者,无不及屠尔格涅夫之名",作品"咀嚼近代矛盾之文明,而扬其反抗之声",而《春潮》"为其短著中之佳作,崇尚人格,描写纯爱,意精词赅,两臻其极"。陈独秀也撰文称屠格涅夫是"近代四大代表作家"之一。这些评价固然不乏溢美之词,但屠格涅夫的文学地位被凸现了出来,引起了读者普遍关注。

1917 年 3 月,《欧美名家短篇小说丛刊》的下卷"俄罗斯之部"中刊出周瘦鹃用文言根据英文转译的屠格涅夫的小说《死》。周瘦鹃写的作者小传中首次提到了他的全部重要作品:《猎人笔记》、《露亭》(即《罗亭》)、《贵人一窠》(即《贵族之家》)、《海伦娜》(即《前夜》)、《父与子》、《烟》和《处女之土》(即《处女地》);还述及屠格涅夫的生平,尤其提及屠氏因"昌言自由主义"而被"幽之狱中"一事。虽然不甚准确,但说明文坛对屠格涅夫有了更多的了解。此后,一些书刊中继续刊出屠格涅夫的作品,译文质量也有所提高。这一点只要比较一下刘半农前后两次翻译的屠氏散文诗作即可看出。1918 年《新青年》5 卷 3 期刊出的屠氏散文诗《狗》和《访员》(即《记者》)与译者 3 年前的译作《乞食之兄》等相比已有明显的变化。前译文虽说文字老到,但用的是文言,且属意译之列,作者译名和译作文体均不准确,误将散文诗认作小说,作者名据英文译成杜瑾讷夫;而后译文已用白话直译,文字顺畅准确,风格与原作接近,作者名已通译成屠格涅夫,文体也明确为散文诗。

在"五四"高潮来到之前,田汉在长文《俄罗斯文学思潮之一瞥》中对屠氏的生平、作品特色,及文学影响给予了多侧面的介绍。文中这样谈及罗亭与巴扎洛夫:《罗亭》中的主人公是沙皇政府"暴压出之畸形儿",他"大言壮语滔滔若悬河",可惜为"清谈之人,而非实行之人也";《父与子》"则与近代思想意义最深,描写六十年代之虚无主义 Nihilism 者也",主人公巴扎洛夫"代表新思想即否认旧有文明之虚无主义者"。"屠氏以四十年代理想主义之人比父,以六十年代虚无主义之人比子,则此期之争斗,要即父与子之争斗也。大改革之初期,具体的父与子之争斗即成一种社会现象"。文中这样谈到屠格涅夫小说的特色,即"对于社会大气之动摇一种敏锐之感觉,其作物对于时代精神,如镜之映物"。作者对屠氏及其作品的把握已基本到位。

随着俄国文学热的出现,屠格涅夫作品的译介呈现大幅度跃升的态势。屠格涅夫在中国"知之者少"的局面很快改观。进入 20 世纪 20 年代,他后来居上,很快成为"被译得最多"(鲁迅语)和广受欢迎的俄国作家。沈颖是较早直接从俄文翻译屠格涅夫作品的译者,他既译长篇和短篇小说,也译戏剧和散文诗,他译的《前夜》是屠格涅夫长篇小说的第一个汉译本,影响很大(巴金《家》中曾多次引用此译文)。

这一时期,屠格涅夫的 6 部长篇小说,《猎人笔记》,剧本《村中之月》(即《村居一月》)和《在贵族长家里的早餐》,散文诗,论文《Hamlet 和 Don Quichotte》(即《哈姆雷特和堂·吉河德》),以及中短篇小说《唔唔》(即《木木》)、《九封书》(即《浮士德》)、《约阔派生克》(即《雅科夫·巴生科夫》)、《尺素书》(即《书简》)、《战士》(即《爱决斗的人》)、《野店记》(即《客栈》)、《畸零人日记》(即《多余人日记》)、《薄命女》(即《不幸的姑娘》)、《爱西亚》(即《阿霞》)和《安得列依克洛索夫》(即《安德烈·科洛索夫》)等主要作品,在短短 10 年里均被译成中文,有的还有了多种译本,这在中国的文学翻译史上是比较罕见的现象。这种现象的出现也许与屠格涅夫的作品不仅具有"为人生"的特点,而且在思想倾向、叙事情调和艺术品位等方面的多向度,能为不同的读者群所接受有关。同时,出色的译者队伍(其中有耿济之、郭沫若、郁达夫、赵景深、沈颖、曹靖华和黄药眠等)保证了译作的质量,这应该也是屠格涅夫作品广受欢迎的原因之一。

当然,对屠格涅夫的评介也逐渐增多,如 20 年代初沈颖写的《屠尔盖涅夫的散文诗》,谢六逸写的《屠格涅甫传略》和耿济之写的《猎人日记研究》,愈之、雁冰、泽民写的《近代俄国文学家论》中的《屠格涅夫论》,20 年代末黄源编写的《屠格涅夫生平及其作品》[①]等。

而关心屠格涅夫的远不止上述诸人,鲁迅、茅盾、郑振铎、瞿秋白、成仿吾、钱杏邨和胡愈之等人也是屠格涅夫的热心推介者,并都对这位作家及其作品发表过各自的见解,他们共同推动了中国对屠格涅夫研究的深化。鲁迅接触屠格涅夫的作品当在 1907 年之前,日译本是主要渠道。他一再谈到屠格涅夫,包括两人在作品之间的联系(如《药》与屠格涅夫的《工人和白手的人》[②])。在《〈奔流〉编校后记》(一)中,他强调《哈姆雷特和堂·吉河德》对于认识屠格涅夫有特殊重要的意义,批评了中国对于堂·吉河德流行看法的谬误,说明鲁迅赞同

---

① 黄源在 1933 年还编译了《屠格涅夫代表作》。
② 参见孙伏园:《鲁迅先生的小说》,《宇宙风》,第 30 期(1936)。

屠格涅夫的观点①。茅盾高度评价屠格涅夫作品中表现出来的过人的才华、"平民的呼吁和人道主义的鼓吹",以及屠格涅夫作品的社会意义,"活活地把俄国社会的形状现出,写新思想(少年思想)和旧思想(老年思想)的冲突,更把自己的灵魂和观察灌到新青年的脑里去"②。郑振铎认为:《父与子》以其"思想之明了,艺术之宏伟,情节之简明,全部小说之平稳而贯串,戏剧力之丰腴,随处给屠格涅甫以更高的艺术的威权"③。他在1923年发表的《俄国文学史略》中也有关于屠格涅夫的章节,盛赞屠格涅夫小说"艺术的结构与文词的精美",是同时代的许多作家实无一能够得到它的,并指出30年里"俄国的社会与青年的思想急骤变动的痕迹,都一一反映在屠格涅夫的作品里"④。郭沫若在《〈新时代〉序》(1924)中,一方面认为《处女地》"这部书所能给我们的教训只是消极的","我们所当仿效的是屠格涅甫所不曾知道的'匿名的俄罗斯',是我们所已经知道的'列宁的俄罗斯'";一方面,又从作品的真实描绘生发开去,引出了这样的见解:"我们假如把这书里面的人名地名,改成中国的,把雪茄改成鸦片,把弗加酒改成花雕,把扑克牌改成麻将(其实这一项不改也不要紧),你看那俄国的官僚不就像我们中国的官僚,俄国的百姓不就像我们中国的百姓吗?"由屠格涅夫的作品谈到中国的现实,忧国忧民之情溢于言表。

这时期,胡愈之的文章和瞿秋白关于屠氏形象的分析尤其值得一提。1920年,胡愈之撰写的《都介涅夫》是中国首篇专门评价屠格涅夫的文章。此文认为,屠格涅夫和托尔斯泰在近一世纪以来的俄国作家中最为重要,因为"有了他们两人以后,俄国文学才真的变成世界文学了"。不过,如果从艺术的角度看,屠格涅夫则更应该受到中国文坛的重视,"托尔斯泰是最大的人道主义者;都介涅夫是人道主义者又是最大的艺术天才。……我想文学到底是一种艺术,思想不过是文学上所应必须的一种东西。要想吸收西洋的近代文学,确立我国的国民文学,艺术方面实在比思想方面,更应该研究。"文章称屠格涅夫的作品中"主观情绪是很丰富的",但这种主观绝不是理想的空洞;"具有真诗人的能力","能活画实生活";"是写实主义的浪漫派",又是"浪漫主义的写实派";"诗的天

① 原载《奔流》,第1卷第1期(1928),另见《鲁迅全集》第7卷,人民文学出版社1981年版,第157—158页。
② 《俄国近代文学杂谭》(上),《小说月报》,第11卷第1期(1920)。
③ 《〈父与子〉序》,商务印书馆(1922)。
④ 《俄国文学史略》(三),《小说月报》,第14卷第7号(1923)。

才的丰富,结构印象的美丽,在俄国作家中,谁也及不上来的";"能用哲学的眼光、艺术的手段,把同时代思潮变化的痕迹,社会演进的历程,活泼泼的写出来,而且是富于暗示和预言性的"等①。这些评价颇有见地。

瞿秋白关于屠格涅夫笔下的"多余人"和"新人"形象的分析十分出色。结合对罗亭和拉夫列茨基等形象的分析,瞿秋白指出:"俄国文学里向来称这些人是'多余的',说他们实际上不能有益于社会。其实也有些不公平;他们的思想确是俄国社会意识发展中的过程所不能免的:从不顾社会到思念社会;此后才有实行。——他们的心灵的矛盾性却不许他们再前进了;留着已开始的事业给下一辈的人呵。"作者对被后来的文学史视作"新人"的巴扎罗夫形象分析道:"前辈和后辈的思想界限,往往如此深刻,好像是面面相反的,——实际上呢,如《父与子》里的'英雄'巴扎罗夫等,虽然也是些'多余的人',却是社会的意识之流里的两端而已。""巴扎罗夫以为凡是前辈所尊崇所创立的东西,一概都应当否认:对于艺术的爱戴、家庭生活、自然景物的赏鉴、社会的形式、宗教的感情—— 一切都是非科学的。然而他的实际生活里往往发出很深刻的感情,足见他心灵内部的矛盾:——理论上这些事对于他都是'浪漫主义'。屠格涅夫看见巴扎罗夫是一种暂时的现象,——社会的人生观突变的时候所不能免的。然而巴扎罗夫之严正的科学态度、性情的直爽而没有做作、实际事业方面的努力,——都是六十年代青年的精神。"②这些分析相当到位。瞿秋白在他的《赤都心史》中还提及他自己的思想与《罗亭》的关系。他先引用《罗亭》中语:"不论你生存多久,你只永久寻你自己'心'的暗示,不要尽服从自己的或别人的'智'。"而后,他分析自己的心与智的矛盾:"现实与浪漫相敌,我竟成'多余的人'呵! 心与智不调……然而,宁可我溅血以偿'社会',毋使社会杀吾感觉。我要'心'! 我要感觉!"③

二、批评的魅力与悲哀

20 世纪 30—40 年代,"新俄文学"受到读者普遍的关注,但作为古典作家

① 胡愈之:《都介涅夫》,《东方杂志》,第 17 卷第 4 号。

② 瞿秋白:《十月革命前的俄罗斯文学》,收入蒋光慈和瞿秋白合著的《俄罗斯文学》(创造社出版部,1927 年版)。

③ 瞿秋白:《赤都心史》,《瞿秋白文集·文学编》第一卷,人民文学出版社 1985 年版,第 218—220页。

的屠格涅夫的作品仍吸引着不少中国读者。一些功底扎实的作家和译者,如巴金、丽尼、陆蠡、蒋路和丰子恺等,依然钟情于屠格涅夫,重译他的作品。期间,他的《父与子》有新译本 3 种,《贵族之家》有新译本 4 种,《散文诗》有新译本 5 种。自 1936 年至 1944 年,文化生活出版社陆续出版了包括屠格涅夫 6 部长篇小说在内的《屠格涅夫选集》,弥补了鲁迅先生生前的遗憾①。如杨晦当时所言:"屠格涅夫和托尔斯泰的小说,在中国的读者之多,恐怕只有高尔基的才比得上②。"这时期的屠格涅夫研究就是在这样的基础上展开的。

这一时期专论性文章逐步增多。屠格涅夫逝世 50 周年之际,多家刊物还设特辑或专栏,集中发表纪念文章。这一阶段,沈端先的《屠格涅夫》、钟兆麟的《什么叫虚无主义》、艾芜的《屠格涅夫和契诃夫的短篇小说》、于道元的《屠格涅夫的新散文诗》、胡依凡的《屠格涅夫的"罗亭"》、李子骏的《屠格涅夫底创作艺术》、李健吾的《福楼拜和屠格涅夫》、卢蕻的《从奥布洛莫夫、罗亭论中国知识分子的几种病态生活》和郁天的《屠格涅夫和他的〈父与子〉》等文章都是颇有特色的。如胡适在《宿命论者的屠格涅夫》一文中认为,屠格涅夫的作品"显示了不可理解的人生,在这个人生下,又潜伏着一个无情的运命之神"。文章用作家本人关于哈姆雷特和堂·吉诃德的观点对其作品中的人物进行分析,并指出,正是由于屠格涅夫的宿命论思想的影响,他作品中的人,"自私自利的也好,信仰真理的也好,他们的人性逃不了命运的支配"③。刘石克的《屠格涅夫及其著作》一文也有自己的见解,认为屠格涅夫"是一个转换期的作家,他能够了解的祇限于农奴解放以前的世界。他窥视着悲惨的农民小屋的内部,但是他在贵族心理的三棱镜下祇可以做小品文或短篇小说的素材。他缺乏强烈的叙事的冲动,他所有的造型力和造型爱祇能够从事于比较短的制作。他所描写的男性完全是 Hamlet 型的,几乎没有例外地拜跪于女性之前,而且在叙事终结的时候,这些人物所走的出路也祇是现实的或精神的死亡"④。

30 和 40 年代,不少随笔、短论、译序和后记写得同样精彩。不少作家坦言自己的写作得益于屠格涅夫。如郁达夫在《屠格涅夫的〈罗亭〉问世以前》

---

① 鲁迅 1934 年致孟十还信:"屠格涅夫被译得最多,但至今没有人集成一部选集。"另见《鲁迅全集》第 12 卷,人民文学出版社 1981 年版,第 582 页。

② 杨晦:《屠格涅夫的〈父与子〉》,《新华日报》,1944 年 10 月 23 日。

③《中央大学半月刊》,第 1 卷第 7 期(1930)。

④《中华月报》,第 1 卷第 8 期(1933)。

中国俄苏文学研究史论
История исследования русской и
советской литературы в Китае

(1933)中生动地谈到了屠格涅夫对他的影响:"在许许多多的古今大小的外国作家里,我觉得最可爱,最熟悉,同他的作品交往得最久而不会生厌的,便是屠格涅夫。……我的开始读小说,开始想写小说,受的完全是这一位相貌柔和,眼睛有点忧郁,绕腮胡长得满满的北国巨人的影响。"屠格涅夫常通过爱情的考验来揭示人物的性格,巴金曾说起他对这一艺术手段的借鉴,"我也许受了他的影响,也许受了别人的影响,我也试从爱情这关系上观察了一个人的性格,然后来表现这性格"①。沈从文写《湘行散记》时,有意"用屠格涅夫写《猎人日记》方法,糅游记散文和小说故事而为一,使人事凸浮于西南特有明朗天时地理背景中"②。丽尼在《〈贵族之家〉译者小引》(1937)中对人物和作家的小说艺术作了细致的分析,表现出出色的艺术鉴赏力。此外,巴金关于《处女地》基调的见解,黄药眠对《烟》中的两位女性形象的分析,赵景深对罗亭以及罗亭型的俄国思想家的评述,席涤尘关于屠格涅夫爱情小说与作家创作个性的联系的看法等,都颇为独到,有的至今不失其价值。

40年代后期,中国文坛对屠格涅夫的评价出现明显的分歧。如1948年,刊物上相继刊出了莫高的《屠格涅夫和〈处女地〉》、林海的《〈父与子〉及其作者》、常风的《屠格涅夫的〈父与子〉》和王西彦的《论罗亭》等文章。

常风在谈屠格涅夫对巴扎洛夫形象的塑造时认为:"青年人认为巴扎洛夫是屠格涅夫对于他们的一个恶毒的讽刺,殊不知屠格涅夫对这个'子代'的典型却充满说不出的温情的爱慕。他在子代中发现了自己,发现那个渴望而不能实践的自己。屠格涅夫生长在贵族的绅士阶级,他却憎恶这个阶级,与这个阶级中人的虚伪,妄自尊大,矫揉造作。他爱野蛮粗鲁的巴扎洛夫正因为巴扎洛夫恰好具有他所缺乏的一切素质。巴扎洛夫的创造正是他的'理想的自我的一个实践与完成'。"③

王西彦这样看待罗亭的价值:"他的漂亮的言辞,为自己招来无穷的不幸,不过对人类对祖国可绝不是没有用处的。他以一个宗教家的热情,带着理想的种子,风尘仆仆,从一处到另一处,随时随地散播。没有种子,怎样能有果实呢?没有理想,怎么能有实行呢?正因为有他们这些不幸的先驱者,才有继起的轰

---

① 巴金:《〈爱情三部曲〉作者的自白——答刘西渭先生》,天津《大公报》,1935年12月1日。
② 沈从文:《新废邮存底》之22,《沈从文文集》(12)第67页,花城出版社1984年版。
③ 《文学杂志》,第3卷第1期(1948)。

轰烈烈的实行者。""无论从哪一方面看,罗亭绝不是一个可诟骂的名字。"①

　　然而,有人对屠格涅夫却不以为然,林海把屠格涅夫的作品比作"烟":"屠格涅夫的小说再像烟不过了,而且是轻烟。它漂亮,活泼,然而大风一吹,立刻化为乌有,因为它又稀薄,又虚幻。具有这样性质的作品,如果它的内容只限于批风抹月,谈情说爱,那也罢了,偏偏屠氏的小说又都含有一些严肃的意义,尤其是《父与子》。"在作者的眼中,《父与子》歪曲了"这场大转变时期中父子两代的斗争",据巴扎洛夫的种种作为看,"他并不是什么革命党,而只是如书中一位老佣人所痛斥的'骗子'和'暴发户'。"由于"老派和新派原来是一丘之貉",因此作品的主题就变得"毫无意义"②。这样的指责看似"革命",其实离真正的学术研究很远。

　　50 年代及 60 年代的一段时期,中国读者对苏联文学表现出极大的热情,但是,俄国古典文学仍为一部分译者和读者所关注。由于 1949 年前屠格涅夫的作品已基本译出,所以这一时期出版界主要是推出原译者的修订本,也有一些重译本。比如,文化生活出版社等出版了《猎人日记》的耿济之译本、丰子恺译本和黄裳译本;文化生活出版社等再版了陆蠡、丽尼和巴金的 6 部长篇小说译本;人民文学出版社等出版了屠格涅夫中短篇小说译本;平明出版社等出版了屠格涅夫的戏剧。翻译出版的还有屠格涅夫传记和研究论著,如斯特拉热夫的《屠格涅夫的生活和著作》、巴甫罗夫斯基的《回忆屠格涅夫》、诺维科夫的《猎人笔记鉴赏》、彼得罗夫的《屠格涅夫》、普斯托沃依特的《屠格涅夫评传》、比亚雷等的《屠格涅夫论》等。但是,在 1957 年的"反右"斗争以后,屠格涅夫作品的译介随着大环境的变化开始呈递减趋势。

　　50—70 年代,中国对屠格涅夫的研究大幅度滑坡。这 30 年间,如果不计有些译本的"前言""后记"一类文字的话,报刊上的有关文章不足 10 篇,如羊引的《十九世纪一个反对农奴制度的艺术家——纪念屠格涅夫逝世七十周年》③、郑谦的《屠格涅夫〈父与子〉中主人翁巴札洛夫研究》④、付荣辉的《屠格涅夫是怎样写作的》⑤、徐永瑞的《从巴札洛夫的日记所想到的——谈〈父与子〉》⑥和叶乃

①《文艺春秋》,第 7 卷第 3 期(1948)。
②《时与文》,第 2 卷第 22 期(1948)。
③《新民晚报》,1953 年 9 月 3 日。
④《人文科学杂志》,1957 年第 4 期。
⑤《中国青年报》,1959 年 3 月 20 日。
⑥《雨花》,1961 年第 9 期。

方的《屠格涅夫小说〈前夜〉的思想和艺术特点》[①]等,大多泛泛而谈,谈不上真
正的研究,而且其中还包括了对屠格涅夫的无端指责。例如,有一篇名为《〈前
夜〉人物批判》的文章这样分析《前夜》中的主人公形象:"叶琳娜向穷人施舍,
既是一种自我麻醉,又是一种麻醉被剥削者的表现";"叶琳娜是爱情至上主义
者";"我们必须剥下作者为她披上的、经过精心创作的迷惑人的外衣,挖出她自
私的和庸俗的灵魂,帮助读者认清她的阶级本质";"英沙罗夫是属于剥削阶级
的而不是被剥削阶级的。反对土耳其人对他有切身利益,因而他的态度是很鲜
明的";英沙罗夫"和俄国的贵族阶级水乳交融,对地主剥削农民的残酷行为无
动于衷,对俄国的农奴制度从未表示过不满,这样的人就在当时来说也不是很
先进的";伯尔森涅夫"对解放农奴这样的大事毫无兴趣,对他们的命运无动于
衷。……伯尔森涅夫是研究哲学和法律的,更直接为沙皇制度服务,是沙皇的
一个得力工具"[②]。按照上述逻辑,所有的古典文学遗产都应归入扫荡之列。

三、重受青睐的"北国巨人"

"文革"风暴过去以后,如同所有杰出的文学大师一样,屠格涅夫再次受到
中国读者和研究者的青睐。屠格涅夫的作品被大量重译,20世纪80年代虽未
推出多卷本的中译文集,但以各种方式出版的中译作品很多。他的6部长篇中
有5部有了新译本,《猎人笔记》在上述3种译本的前提下,又新出了黄伟经的
译本,中短篇小说和散文诗以集子形式出版的就有十多种。对他的研究也出现
了新的高潮,研究成果在数量上和质量上都是空前的。

中国的俄国文学研究的重新起步是在70年代末。在这起步阶段虽然还只
是局限在少数作家和作品上,但在总体数量上已形成一个小小的势头,并且由
于一些专家学者的复出,也使刚起步的研究很快显示出了一定的学术性。

1978年,报刊上发表的研究俄国文学的论文主要集中在别车杜、托尔斯泰
和屠格涅夫身上。关于屠格涅夫的评论共有4篇:巴金的《〈处女地〉译后记》、
陈燊的《一幕动人的哑剧——读〈木木〉》、雷成德的《〈父与子〉的中心人物及人
物之间的关系》和叶乃芳的《评屠格涅夫的小说〈处女地〉》。

次年,又相继出现了8篇评论屠格涅夫作品的论文。新创刊的《外国文学

---

① 《南开大学学报》,1963年第4卷第1期。
② 《〈前夜〉人物批判》,《外语教学与研究》,1965年第5期。

研究》杂志还就巴扎洛夫形象等问题展开了学术争鸣。在这些文章中,陈燊的那篇以"译本序"形式出现的评论《前夜·父与子》的长文尤为严谨而扎实。例如,作者在谈到屠格涅夫创作的艺术特点时写道:"屠格涅夫的简洁,不是粗犷,是细腻而又不流于纤巧;他的朴素不是古拙,是淡雅而又保持其深度。"屠格涅夫的风景描写"色、声、香兼而有之",许多画面"清奇、轻灵而迷人",但这些描写又"严格服从于性格刻画或情节开展的需要"。他不追求表面的效果,"不写复杂紧张的情节,不写引人入胜的故事,不写过分感伤的甜腻的场面,不写回肠荡气的哀伤的插曲。写爱情主要是理想的激情,写决斗却带有喜剧味道,写死也显得平平常常。"在语言上,"他不乞灵于奇僻的词汇,不追求鲜明的色彩,他摒弃雕琢的表现法,避免冗长的复合句。他的语言是那么平易近人,而又那么生动、优美和清新。"他的抒情笔触"独擅胜场"又"很有分寸",在人物中洋溢着抒情气息的是"屠格涅夫的少女",在自然画面中"他的抒情也总是同人物的感受密切相关","带有一种淡淡的哀愁,一种悲观的情调"。作者用优美而又到位的文字凸现了屠格涅夫作品的独特韵致。

80 年代上半期,中国的屠格涅夫研究全面展开。短短 5—6 年的时间里,报刊上发表的论文和译文就超过 200 篇,另有多本著作①、论集和译著。这股热潮的出现与恰逢 1983 年屠格涅夫逝世百年、中国首次召开屠格涅夫学术讨论会有关。那次会上选出的几十篇论文后由上海译文出版社结集为《屠格涅夫研究》出版(1989)。这些论文多侧面地分析了屠格涅夫的世界观、文艺观、创作风格、小说艺术、与同时代作家的关系、与中国的关系等,总体上代表了这一阶段中国屠格涅夫研究所达到的水准。

王智量的《论小说家屠格涅夫的艺术特点》②一文在欧洲小说发展的历史背景上,细致分析了屠格涅夫小说艺术的成就与不足。这里不妨看看作者关于"不足"的见解:"屠格涅夫的作品是优美的,但多少给人一种重量不足之感,他

---

① 1981 年,辽宁人民出版社和北京出版社分别出版了王思敏的《屠格涅夫》和张宪周的《屠格涅夫和他的小说》,两者是侧重于对屠格涅夫进行知识性介绍的小册子。

② 此文有 12 节,在论文集《屠格涅夫研究》中只选了其中 6 节,全文收入王智量的著作《论普希金、屠格涅夫、托尔斯泰》(光明日报出版社 1985 年版),并易名为《"小说家之中的小说家"——屠格涅夫小说艺术特点散论》。该著作除上文外,还收有《屠格涅夫〈散文诗〉的艺术风格特征》、《关于屠格涅夫的〈门槛〉》、《从〈门槛〉谈象征》、《论屠格涅夫思想的两个方面》、《从屠格涅夫笔下的自然界谈起》、《伟大的爱国主义作家屠格涅夫》、《〈猎人笔记〉与屠格涅夫的人道主义》等文章,是这一阶段中国屠格涅夫研究的一个重要收获。

笔下的色彩偏淡,偏浮。屠格涅夫尽管一生从头到尾都能紧紧抓住时代的中心问题,但是在他反映时代生活的篇章中,总好像缺乏一种庞大的力量。当他批判和揭露那些丑恶人物时,总好像有点怨而不怒的味道。屠格涅夫的作品绝不能说是不深刻,但是他的深,好比一把锥子或刀子尖尖地扎进一件东西里去,而不像是深沟大壑或江河湖海。屠格涅夫的作品简练得有时让人觉得过于压缩,因而显得宽度不足,厚度也受了影响。我们说,屠格涅夫的作品像一株疏密有致的大树,它并不单薄,自有其茁壮处,但是它们绝不是参天的古木;我们说他的作品像一座百花盛开的大花园,但是也正因为是一个花园,所以难免让人觉得人工的痕迹稍多一些。"他不是那种"把全部身心、全部生命都凝聚在一部作品中的作家",他的"某些艺术特点是可以学习和模仿的,而托尔斯泰则几乎是不可学的。这中间便有一层高下"。作者尽管在这里用了许多比喻性的文字,但是基于对所分析对象的深入了解和科学态度,屠格涅夫小说艺术存在的不足被清晰地揭示了出来,分析是客观的,分寸感极强,显示了中国的屠格涅夫研究正在走向成熟。

对于屠格涅夫现实主义的创作方法,研究者大多给予肯定。朱宪生的《论屠格涅夫的现实主义特征》一文,把屠格涅夫的现实主义特征高度概括为敏锐的现实主义、心理的现实主义、抒情的现实主义和简洁的现实主义。可见,学术界已注意到将研究作品与研究作家思想有机结合起来。

对屠格涅夫作品的艺术特色的探讨更加细致。王金陵的《屠格涅夫作品的音乐性》强调"音乐早已进入屠格涅夫的日常生活和创作领域",并分析了屠格涅夫在作品中"非常精确的描绘大自然之声",以及"运用音乐塑造人物性格",借助音乐结构使自己的作品富于节奏感和韵律感的特点。陈守成等人的《屠格涅夫描写笑的艺术》认为屠格涅夫通过描写笑,"显露了人物的外貌和内心世界",使"人物笑出了自己的性格"。刘文飞的《屠格涅夫的早期抒情诗》对屠格涅夫的早期抒情诗作了分类,并认为可以从中窥见屠格涅夫"从浪漫主义迈向现实主义的轨迹,发现一些诗歌在散文中的沉淀物"。

80 年代发表在各刊物上的许多文章也颇有特色。李延龄的《屠格涅夫诗歌在俄国文学史上的地位》把屠格涅夫的诗歌创作和小说创作联系起来,认为屠格涅夫"长于描写一种矛盾心理及一种薄情者的苦闷"的抒情诗,"实际上为罗亭式或其他'多余人'形象的最后形成做了文学上的准备"①。金留春和黄成来的《心理剧的倡导者屠格涅夫》、沈渝来的《屠格涅夫的戏剧创作》、李黎的《论屠格涅夫戏剧的现实主义特质》和张洪榛的《屠格涅夫的戏剧创作》都是较早涉及屠格涅夫戏剧研究的论文②。朱宪生的《俄罗斯抒情心理剧的创始者——屠格涅夫戏剧创作简论》高度评价屠格涅夫以"独具的心理表现手法丰富了俄罗斯戏剧艺术",认为作家在戏剧创作中通过"人物的对话和动作来刻画心理"的艺术手法后来在他的长篇小说中也得到广泛应用③。程正民的《屠格涅夫:特殊音调和特殊构造的喉咙》运用文艺心理学研究屠格涅夫。这里的"特殊音调"是指作家独特的创作个性,而"特殊构造的喉咙"是指作家的心理素质和才能。强烈的时代气息、人物心灵的颤动、生活迷人的诗意的"高度融合便形成屠格涅夫特殊的音调",而"作家善于敏锐地、真诚地、细腻地和富有诗情地感受生活和表现生活的能力"就是屠格涅夫"具有特殊构造的喉咙"④。卢兆泉运用德国格式塔心理学的理论来解读屠格涅夫长篇的美学意蕴。他认为,由于作家有意在作品中造成空白,而读者的格式塔心理效应驱使读者进一步"整合完形",从而使长篇收到了言有尽而意无穷的美学效果⑤。有些学者,如姜椿芳主张不能说罗亭"是个'多余人'",不能说"生在这个时代的罗亭只尚空谈,不进行实际活动",罗亭一生的命运是由于"时代、环境、阶级决定的"。李金奎的《罗亭不是"多余人"》和吴嘉佑的《俄罗斯需要罗亭》也认为罗亭不是"多余人"⑥。

20世纪90年代至今,屠格涅夫作品的翻译取得了新的突破。除单部作品不断有新译推出外,1994年河北教育出版社首次在中国出版了12卷本的《屠格

---

① 《齐齐哈尔师院学报》,1984年第1期。

② 前二文载于王西彦等著《屠格涅夫》,贵州人民出版社1987年版;后二文分别载于《牡丹江师院学报》1983年第3期和《河北戏剧》1983年第9期。

③ 《上海师范大学学报》(社科版),1998年第1期。

④ 程正民:《俄国作家创作心理研究》,百花文艺出版社1990年版,第59—86页。

⑤ 卢兆泉:《从格式塔看屠格涅夫六部长篇小说的蕴藉美》,《外国文学评论》,1988年第3期。

⑥ 分别参见《屠格涅夫研究》第172页,上海译文出版社1989年版;《外国文学研究》,1987年第3期;《俄苏文学》,1988年第6期。这一观点在90年代继续有人支持。如陈远明的《罗亭形象新论》(《西南师范大学学报》,1996年第2期)认为:"罗亭对当时和嗣后的人们起了启蒙的作用",如果没有罗亭一类人,就"不会有六七十年代的知识分子革命家,不会有六七十年代的革命运动",所以"罗亭绝不是'言论上的巨人,行动上的矮子'。"朱鸣磊的《罗亭是"多余人"吗》(《佳木斯大学社会科学学报》,1999年第1期)指出:罗亭一生追求崇高目标,既宣传真理,又积极行动,他实际上是个斗士,是个悲剧英雄,"罗亭对真理的追求,体现出历史的必然要求";认为罗亭是"多余人",既不符合作品的实际,又贬低了罗亭形象的审美价值。

涅夫全集》,屠格涅夫依然为许多译者和读者所钟爱。

国内对屠格涅夫的研究也有新的进展。尽管报刊上发表的有关屠格涅夫的研究论文数量明显减少,但研究视角却多有创新,并出现了几部有分量的研究专著。

1988 年,学林出版社出版的孙乃修的《屠格涅夫与中国》是一部写得相当扎实的学术专著。这本书不仅系统梳理了屠格涅夫在中国的接受史,而且主要从影响研究的角度对屠格涅夫与中国 14 位著名作家(鲁迅、郁达夫、郭沫若、瞿秋白、巴金、沈从文、丽尼、田汉、王统照、艾芜、陆蠡、孙犁、王西彦、玛拉沁夫)的关系展开了详尽的论述。贾植芳先生在序言中称誉它"不仅对我国的现代文学研究有着重大的开拓意义,对我国的比较文学研究来说,也开辟了一个新鲜的研究天地;同时,它对于世界性的屠格涅夫研究,也是一个很有价值的贡献"①。同年,上海文艺出版社出版了罗岭的《屠格涅夫的现实主义》,这本著作通过分析《猎人笔记》和 6 部长篇小说,突出了作家的现实主义创作成就。作者认为屠格涅夫最好的作品是"现实主义的胜利和'同现代人交往的果实'",而他的失败之作"则是背离进步思想和脱离俄国现实的产物"。

1991 年,朱宪生的《论屠格涅夫》(香港新世纪出版社)的出版值得重视,这是国内从作家作品的角度比较系统地研究屠格涅夫的第一部专著,它涉及了屠格涅夫思想和创作的诸多方面,不过最引人注目的还是对作品的艺术形式和作家的艺术风格的探讨。1999 年,朱宪生又推出过一部名为《在诗与散文之间——屠格涅夫的创作和文体》的著作,对屠格涅夫作品的体裁和风格作了更为深入的研究,涉及了屠格涅夫所选择的艺术形式的演变和发展轨迹及其内在的原因、屠格涅夫所运用的各类艺术形式的特点、屠格涅夫艺术风格的主要特征、屠格涅夫所创造的艺术形式对俄罗斯文学的意义和对世界文学的贡献②。专著中有不少精细的艺术分析,这种分析有它特殊的魅力和意义,因为只有这样才能真正揭示屠格涅夫作品的人文价值,才能全面评价这位文学大师对人类文化进步所作的贡献。朱宪生在这方面所作的努力,为中国的屠格涅夫研究拓

---

① 孙乃修另编著有《屠格涅夫传——贵族庄园的不和谐声》,世界图书出版公司 1994 年版;《诡奇的初恋:屠格涅夫作品导读》,世界图书出版公司 1999 年版。

② 朱宪生:《在诗与散文之间——屠格涅夫的创作和文体·作者序》,陕西人民出版社,1999 年版。

开了一条新路①。

这一时期发表的学术论文也有不少新见。如阎吉青的《屠格涅夫的少女形象的美学品格》,主要从审美属性方面阐述屠格涅夫笔下的少女形象的特点,认为她们具有崇高美,是理想的化身;具有诗意美,富有感伤的朦胧色彩;具有自然美,显得质朴而又鲜活;具有阴柔之美,但心灵中又包含着刚强而坚韧的成分,因而柔中有刚。这些美的少女形象实际上"集中体现了作者对美的追求与向往"②。缑广飞的《浅论屠格涅夫的少女少妇对立原则》和刘绿宇的《论"屠格涅夫家族"的少女与少妇形象》则在比较两组形象之后得出相反的结论。缑文认为屠格涅夫歌颂少女厌弃少妇,其原因在于"屠格涅夫的温和的禁欲主义立场"。刘文认为"屠格涅夫在描写这些少女和少妇的形象时,并没有偏袒任何一方",但从艺术欣赏价值和对人性深度的认识价值来看,"少妇形象应高于少女形象"③。屠格涅夫所塑造的人物形象含蕴丰厚,给人们提供了多种解读的可能。

比较研究方面的文章主要包括三个方面:

第一,与俄国作家的比较研究,如曹丹和魏敏的《两种不同的心理描写艺术——托尔斯泰、屠格涅夫心理分析方法之比较》和王立业的《"两山也有碰头的时候"——论屠格涅夫与陀斯妥耶夫斯基小说创作的心理分析》等。两文通过对比凸显屠格涅夫的心理描写艺术,王文提出的屠氏和陀氏互为影响的观点颇有新意④。

第二,与欧美作家的比较研究,如王圣思的《同一爱情悲剧的不同变奏:屠格涅夫的〈阿霞〉和亨利·詹姆斯的〈丛林猛兽〉比较》、祝玲凤的《超越者的悲剧精神及其文化内涵——哈姆雷特和罗亭之比较》和王勇的《人与社会的抗争:罗亭与哈姆雷特形象之比较》等文章,均在欧洲社会和文化背景下评说屠氏创作上的得失⑤。王圣思文较为深入地论述了所比较对象的异同关系,文章分析

---

① 这时期另有两书出版:刘莉莉的《忧郁诗神的夜莺:屠格涅夫与维阿尔杜》,社会科学文献出版社1998年版,该书描述了屠格涅夫与法国歌唱家维阿尔杜的情缘,以及她对屠格涅夫创作的影响;傅地红的《屠格涅夫》,该书属普及性的作家简介,天津新蕾出版社2000年版。

② 《俄罗斯文艺》,2003年第6期。

③ 分别参见:《俄罗斯文艺》,2003年第4期;《外国文学研究》,1999年第2期。

④ 分别参见:《天中学刊》,1997年第1期;《内蒙古大学学报》(人文社科版),2003年第1期。

⑤ 分别参见:《哈尔滨师专学报》,2000年第5期;《遵义师范高等专科学校学报》,1999年第4期;《佳木斯大学社会科学学报》,2001年第5期。

中国俄苏文学研究史论
История исследования русской и
советской литературы в Китае

了两位作家在作品构思和布局上、在爱情经历和人生态度上的相似之处,以及在人物形象和艺术风格等方面的区别。

第三,与中国作家的比较研究,这方面的论文较多。从影响研究的角度切入的研究成为不少学者感兴趣的课题。如卢洪涛、公炎冰的和施秀娟分别探讨了屠氏散文诗对 20 年代的鲁迅和 80 年代的敏歧的影响[1];傅正乾主要从"诗人表现永恒的主题和运用象征主义艺术表现方法这两个层面上比照、分析屠格涅夫和郭沫若散文诗中某些同类型的作品",论述郭沫若的借鉴和创新之处[2];而任国权、王泽龙和李君从不同侧面对屠氏和鲁迅的散文诗进行比较研究,阐明两位作家在不同的人生观和世界观影响下,各自创作出不朽的篇章[3]。徐拯民、刘久明、赵小琪和吕沙东分别阐述了屠格涅夫对我国现代文学史上几位著名小说家所起到的多方面的作用。徐拯民认为,巴金像屠格涅夫一样关心女性命运,描摹下层女性和新女性形象;刘久明证实屠格涅夫的《多余人日记》为郁达夫"塑造零余者形象提供了范例";赵小琪强调"在自然景物的处理上",屠格涅夫和沈从文"将自然看成与人同等地位的有生命有思想的实体",并"展现了一个自然和社会背景相契合的诗意化世界";吕沙东则指出,屠格涅夫《猎人笔记》与沈从文《湘行散记》中表现出相近的抒情风格,既委婉恬淡又哀怨忧郁[4]。

赵明从接受研究的角度剖析托尔斯泰、屠格涅夫和契诃夫被 20 世纪中国文学接受的 3 种模式及其深层原因。赵明认为,屠格涅夫的小说"对时代问题的敏锐关注正是中国新文学发展中文学意识高涨和小说功利观所最需要的";"他小说中的知识分子出路问题和乡村世界的蛮荒与贫瘠正是中国新文学的基本主题;而他小说中优美的抒情世界对中国文人来说,意味着一种个体愉悦心境的达成"。屠格涅夫不像托尔斯泰那样高不可攀,而是成为"中国新文学能够

① 卢洪涛、公炎冰:《影响与超越:鲁迅〈野草〉与屠格涅夫散文诗比较论》,《陕西师范大学学报》(哲社版),1999 年第 2 期;施秀娟:《爱之路,荒原的苦恋——试比较敏歧和屠格涅夫的散文诗》,《河池师专学报》1998 年第 4 期。

② 傅正乾:《郭沫若与屠格涅夫散文诗比较论》,人大复印资料《外国文学研究》1993 年第 1 期。

③ 分别参见任国权:《迷人的忧郁与愤激的忧郁:屠格涅夫与鲁迅散文诗艺术风格比较》,《温州师专学报》(社科版),1986 年第 4 期;王泽龙:《屠格涅夫与鲁迅散文诗的悲剧美》,《外国文学研究》,1988 年第 2 期;李君:《〈爱之路〉与〈野草〉的艺术比较》,《河北师范大学学报》(社科版),1993 年第 3 期。

④ 徐拯民:《巴金与屠格涅夫笔下的女性形象》,《俄罗斯文艺》,2000 年第 1 期;刘久明:《郁达夫与屠格涅夫》,《外国文学研究》,2000 年第 4 期;赵小琪:《屠格涅夫和沈从文小说中的自然人文景观》,《外国文学研究》,1992 年第 3 期;吕沙东:《诗意化写景与民族文化的浸润——试论〈猎人笔记〉和〈湘行散记〉的创作特色》,《广西社会科学》,2004 年第 1 期。

借鉴和学习的最好的文学范本"，"中国作家群体的社会愿望和个体的审美需求在屠格涅夫身上得到了完美的体现"。中国新文学无形中对屠格涅夫或多或少的"误读"，在本质上"消解了屠格涅夫作品的多层面性而只使之被纳入到一种既定的认识模式中"。新时期以来中国所接受的屠格涅夫，"已不光是拥有六部著名长篇的屠格涅夫，而是以他晚年的《散文诗》为代表的屠格涅夫"，这种认识的变化至少表现了某种"接近屠格涅夫本真的努力"①。

屠格涅夫对我国新时期作家的影响的角度有所变化，这种影响开始更多地体现在屠格涅夫的人道主义思想的影响上，而不是对他的现实主义的创作手法具体借鉴。这其实并非一件坏事，反而说明了中国当代作家的某种进步。如孙乃修所言："屠格涅夫如此长久地对中国现代文学产生影响，这恰好从一个侧面显示出中国现代文学发展进程中的某种迟滞性。"②这方面的研究文章不多。吴小美和常立霓的《"人性"与"兽性"的深度艺术表现：读余华〈我没有自己的名字〉兼及屠格涅夫的〈木木〉》、姜智芹的《张炜与外国文学》，两文分别论及了屠格涅夫对余华和张炜的影响③。

另外，张本彪的《来自心灵世界的"音乐般的哭泣"——试论曹雪芹和屠格涅夫创作心理的同构对应》从创作心理的角度，分析和比较两位作家的作品，挖掘出它们共同的精神内涵。文章指出：曹雪芹和屠格涅夫都"把爱情悲剧作为表达生命体验和审美意识的载体"，这"与他们的生存方式和情感经验有着必然的联系"；他们爱情观上的矛盾同样表现为"唯美主义与享乐主义的对立，精神与肉体的冲突以及虔诚之爱与世俗之爱不可兼得的痛苦"，而这种矛盾通过他们各自小说中人物结构的基本模式"黛玉—宝玉—宝钗"和"丽莎—拉夫列茨基—瓦尔瓦拉"展示出来；他们"现实主义创作中的浪漫主义精神"，则可以通过作家的自恋情结加以解释，"他们的作品基调和主要人物结构关系与作者本人的生命形式相对应，他们笔下女主人公的精神实质与作家自身的人格结构也是吻合的"④。

在这一阶段发表的百余篇论文中，有不少新的视野和见解，但也存在着种

----

① 赵明：《托尔斯泰·屠格涅夫·契诃夫——20世纪中国文学接受俄国文学的三种模式》，《外国文学评论》，1997年第1期。

② 孙乃修：《屠格涅夫与中国》，学林出版社1988年版，第389页。

③ 分别参见：《名作欣赏》，1998年第4期；《青岛海洋大学学报》（社科版），2002年第4期。

④ 《外国文学研究》，1992年第2期。

中国俄苏文学研究史论
История исследования русской и
советской литературы в Китае

种遗憾和不足,有待于中国的研究者在新的世纪作出新的开拓。

[相关研究成果要目]

1. 胡愈之:《都介涅夫》,《东方杂志》,第 17 卷第 4 号(1920)。

2. 胡适:《宿命论者的屠格涅夫》,《中央大学半月刊》,第 1 卷第 7 期(1930)。

3. 沈端先:《屠格涅夫》,《现代》,第 3 卷第 6 期(1933)。

4. 刘石克:《屠格涅夫及其著作》,《中华月报》,第 1 卷第 8 期(1933)

5. 杨晦:《屠格涅夫的〈父与子〉》,《新华日报》,1944 年 10 月 23 日。

6. 林海:《〈父与子〉及其作者》,《时与文》,第 2 卷第 22 期(1948)。

7. 王西彦:《论罗亭》,《文艺春秋》,第 7 卷第 3 期(1948)。

8. 羊引:《十九世纪一个反对农奴制度的艺术家——纪念屠格涅夫逝世七十周年》,《新民晚报》,1953 年 9 月 3 日。

9. 郑谦:《屠格涅夫〈父与子〉中主人翁巴札洛夫研究》,《人文科学杂志》,1957 年第 4 期。

10. 付荣辉:《屠格涅夫是怎样写作的》,《中国青年报》,1959 年 3 月 20 日。

11. 徐永瑞:《从巴札洛夫的日记所想到的——谈〈父与子〉》,《雨花》,1961 年第 9 期。

12. 叶乃方:《屠格涅夫小说〈前夜〉的思想和艺术特点》,《南开大学学报》,1963 年第 4 卷第 1 期。

13. 黄纬经:《浅论屠格涅夫的散文诗》,《花城》,1981 年第 4 期。

14. 王思敏:《屠格涅夫》,辽宁人民出版社 1981 年版。

15. 张宪周:《屠格涅夫和他的小说》,北京出版社 1981 年版。

16. 李黎:《论屠格涅夫戏剧的现实主义特质》,《牡丹江师院学报》,1983 年第 3 期。

17. 张洪榛:《屠格涅夫的戏剧创作》,《河北戏剧》,1983 年第 9 期。

18. 李延龄:《屠格涅夫诗歌在俄国文学史上的地位》,《齐齐哈尔师院学报》,1984 年第 1 期。

19. 王智量:《论普希金、屠格涅夫、托尔斯泰》,光明日报出版社 1985 年版。

20. 李金奎:《罗亭不是"多余人"》,《外国文学研究》,1987 年第 3 期。

21. 王西彦:《屠格涅夫》,贵州人民出版社 1987 年版。

22. 王泽龙:《屠格涅夫与鲁迅散文诗的悲剧美》,《外国文学研究》,1988 年第 2 期。

23. 卢兆泉《从格式塔看屠格涅夫六部长篇小说的蕴藉美》,《外国文学评论》,1988 年第 3 期。

24. 吴嘉佑:《俄罗斯需要罗亭》,《俄苏文学》,1988 年第 6 期。

25. 孙乃修:《屠格涅夫与中国》,学林出版社 1988 年版。

26. 罗岭:《屠格涅夫的现实主义》,上海文艺出版社 1988 年版。

27. 陈燊、李兆林、叶乃方编:《屠格涅夫研究》(论文集),上海译文出版社 1989 年版。

28. 朱宪生:《论屠格涅夫》,香港新世纪出版社 1991 年版。

29. 张本彪《来自心灵世界的"音乐般的哭泣"——试论曹雪芹和屠格涅夫创作心理的同构对应》,《外国文学研究》,1992 年第 2 期。

30. 孙乃修:《屠格涅夫传》,台北业强出版社 1992 年版。

31. 赵小琪:《屠格涅夫和沈从文小说中的自然人文景观》,《外国文学研究》,1992 年第 3 期。

32. 李君:《〈爱之路〉与〈野草〉的艺术比较》,《河北师范大学学报(社科版)》,1993 年第 3 期。

33. 孙乃修编著:《贵族庄园中的不和谐声:屠格涅夫传》,世界图书出版公司上海分公司 1994 年版。

34. 陈远明:《罗亭形象新论》,《西南师范大学学报(哲社版)》,1996 年第 2 期。

35. 赵明:《托尔斯泰·屠格涅夫·契诃夫——20 世纪中国文学接受俄国文学的三种模式》,《外国文学评论》,1997 年第 1 期。

36. 曹丹、魏敏:《两种不同的心理描写艺术——托尔斯泰、屠格涅夫心理分析方法之比较》,《天中学刊》,1997 年第 1 期。

37. 朱宪生:《俄罗斯抒情心理剧的创始者——屠格涅夫戏剧创作简论》,《上海师范大学学报》,1998 年第 1 期。

38. 吴小美、常立霓:《"人性"与"兽性"的深度艺术表现:读余华〈我没有自己的名字〉兼及屠格涅夫的〈木木〉》,《名作欣赏》,1998 年第 4 期。

39. 刘莉莉:《忧郁诗神的夜莺:屠格涅夫与维阿尔杜》,社会科学文献出版社 1998 年版。

40. 朱鸣磊：《罗亭是"多余人"吗?》，《佳木斯大学社会科学学报》，1999 年第 1 期。

41. 刘绿宇：《论"屠格涅夫家族"的少女与少妇形象》，《外国文学研究》，1999 年第 2 期。

42. 卢洪涛、公炎冰：《影响与超越：鲁迅〈野草〉与屠格涅夫散文诗比较论》，《陕西师范大学学报(哲社版)》，1999 年第 2 期。

43. 祝玲凤：《超越者的悲剧精神及其文化内涵——哈姆雷特和罗亭之比较》，《遵义师范高等专科学校学报》，1999 年第 4 期。

44. 朱宪生：《在诗与散文之间——屠格涅夫的创作和文体》，陕西人民出版社 1999 年版。

45. 徐拯民：《屠格涅夫作品研究》，辽宁民族出版社 1999 年版。

46. 徐拯民：《巴金与屠格涅夫笔下的女性形象》，《俄罗斯文艺》，2000 年第 1 期。

47. 刘久明：《郁达夫与屠格涅夫》，《外国文学研究》，2000 年第 4 期。

48. 王圣思《同一爱情悲剧的不同变奏：屠格涅夫的〈阿霞〉和亨利·詹姆斯的〈丛林猛兽〉比较》，《哈尔滨师专学报》，2000 年第 5 期。

49. 王勇：《人与社会的抗争：罗亭与哈姆雷特形象之比较》，《佳木斯大学学报》，2001 年第 5 期。

50. 姜智芹：《张炜与外国文学》，《青岛海洋大学学报(社科版)》，2002 年第 4 期。

51. 王立业：《"两山也有碰头的时候"——论屠格涅夫与陀斯妥耶夫斯基小说创作的心理分析》，《内蒙古大学学报(人文社科版)》2003 年第 1 期。

52. 缑广飞：《浅论屠格涅夫的少女少妇对立原则》，《俄罗斯文艺》，2003 年第 4 期。

53. 阎吉青：《屠格涅夫的少女形象的美学品格》，《俄罗斯文艺》，2003 年第 6 期。

54. 吕沙东：《诗意化写景与民族文化的浸润——试论〈猎人笔记〉和〈湘行散记〉的创作特色》，《广西社会科学》，2004 年第 1 期。

第二十八章
中国的陀思妥耶夫斯基研究

陀思妥耶夫斯基(Федор Михайлович Достоевский,1821—1881),另有中译名杜司妥益夫斯基、道司托夫斯基、杜斯朵逸夫斯基、独思托爱夫斯基、朵斯托也夫斯基、杜斯退夫斯基、道斯托夫斯基等 30 来种。陀氏是随着俄国文学的传播来到中国的,他的艺术个性的某些特质强烈地打动了中国读者。近一个世纪来,陀氏以独特的姿态参与了中国文学发展的进程。本章将回望这段历史,考察中国学界对陀氏的研究。

一、初入中土"为人生":1907—1949 年

1907 年 1 月,日本东京出版的《民报》第 11 期刊载了《虚无党小史》(日本烟山专太郎著《近世无政府主义》第三章),谈到陀思妥耶夫斯基因参加彼特拉舍夫斯基小组而遭迫害这一史实,是为中文文献首次提到陀思妥耶夫斯基。《虚无党小史》(渊实译)在历数尼古拉一世时期文学革命的盛况之后,介绍了圣西孟(即圣西门)等人的空想社会主义在俄罗斯的传播和毕勒艰(即彼特拉舍夫斯基)领导的革命小组被破获、其成员被判刑事,最后说:"其中有工兵中尉陶德全 Dostoyevskii 者(即陀思妥耶夫斯基),即其后负文学之大名者也。"①译者"渊实"即清末革命家廖仲恺(1877—1925)。译文随后指称尼古拉一世赦免他们是"千虑一失",建议"利用其贪生怕死之公性,言者必杀,则闻者自足戒",或者"官之以消磨其怨望心,使知深仁厚泽",不再革命。真正把陀思妥耶夫斯基作为文学家来介绍,是"五四"新文化运动之后的事。

我国从 1918 年到 1949 年的陀氏评论②(其中包括欧美和日本的译文、俄苏

---

① 《民报》,第 11 期(1907 年 1 月)。
② 参见李万春编《陀思妥耶夫斯基作品中译目录及研究资料索引》,《外国文学研究》,1986 年第 2 期。

的译文、中国作家和学者撰写的评论)按年代粗略划分:20 年代为第一时期;三四十年代为第二时期,其中 30 年代可视作第一阶段,40 年代为第二阶段。

在陀氏研究的领域内,我们可以看到陀氏以他对人生真相的揭示,以他强烈的人道主义色彩对中国新文学"为人生"主潮的发展起了某种推波助澜的作用;反过来,新文学主潮的文学观点也成为评价陀氏的方法尺度,肯定了他作品中对人道主义的发现和对人生现实的反映。文学研究会的成员周作人、沈雁冰、郑振铎、耿济之、王统照等在介绍、翻译、评论陀氏中起了重要作用。文学研究会的文学观点在他们翻译对象的选择上表现了出来[①],在他们介绍、评论陀氏时也或多或少地发生作用。

我国对陀氏评论的译介早于对陀氏作品的译介。1918 年,《新青年》发表了周作人翻译的文学论文《陀思妥夫斯奇小说》[②](作者英国人 W. B. Trites),拉开了作为文学家陀氏的评论的序幕,了解他在西方"复活"、声誉鹊起的现状。据 1922 年发表的资料可知[③],懂英文的中国学者有可能翻阅、参考有关陀氏的英文书约八九种以上,多为英、美、日、德人所著或所编;也有俄人评论,但均系旧俄现代评论家所著,大多由英国伦敦出版社 1916 年前后出版。20 年代译成中文的陀氏评论屈指可数,中国最初对陀氏及其评论的了解主要来自西方,或者是西方所译俄国评论。这些观点无疑对刚刚接触陀氏的中国读者会产生影响。

我国读者首次读到陀氏作品中译本是在 1920 年。是年,上海《民国日报》副刊《觉悟》发表了乔辛煐翻译的短篇《贼》[④]。译作附有一篇约 200 字的"译者志",介绍了陀氏被判刑服苦役事,并称:"此四年中,他底精神上受一大刺激,遂表同情于痛苦无告之人。所著小说都描写这类人的情形,如破屋记(*Memories of a Dead House*)、虐待和压制(*Downtrodden and Oppressed*)等,是最出名的。一八六六年,又著犯罪与受罚(*Crime and Punishment*),此书虽结构少欠简捷,终不失为十九世纪有名小说之一,将来当陆续译出来。此篇是脱胎于写实家鼻祖哥各尔所著的衣一篇(*Gogol's the Cloak*),而其怜悯苦痛之心、与其感化力之大,是

---

① 鲁迅在《上海文艺之一瞥》(《二心集》鲁迅全集卷 6)里指出:"文学研究会……是主张为人生的艺术的,是一面创作,一面也看重翻译的,注意介绍被压迫民族文学的,这些都是小过渡,没有人懂得他们的文字,因此几乎全都是重译的。"

② 周作人译,《新青年》,第 4 卷第 1 期(1918 年)。

③ 资料《关于陀思妥以夫斯基的英文书》,《小说月报》,第 13 卷第 1 期(1922 年)。

④ 上海《民国日报》,1920 年 5 月 26—29 日。

有过之而无不及的。"乔辛煐的这篇"译者志"把介绍的重点放在《死屋手记》、《被侮辱与被损害的》、《罪与罚》(即文中"破屋记""虐待和压制""犯罪与受罚"),并且强调了他对哥各尔(即果戈理)《外套》(即文中的"衣")的继承,可以说是预示了后来的陀氏评论和陀氏作品翻译的方向,而"结构少欠简捷"云云,更是民国时代中国翻译界和评论界的普遍看法。1920 年 11 月,《东方杂志》第 17 卷 11 期刊出铁樵译的《冷眼》(即《圣诞树和婚礼》),该篇也附有"记者志",相当简明地指出了陀氏创作的特点:"他的文学,人道主义的色彩最鲜明;他的小说中所描写的,多是些堕落社会的事情;心理的分析,更是他的特长。"[①]"记者志"对陀氏作了简短的介绍,是为第一篇中国人写的评论文字,概括如下:陀氏出身穷苦,他的文学人道主义色彩最鲜明,描写多为堕落社会的事,特长是心理分析。这几点几乎在以后的陀氏评论中详略不一地被论及。

1921 年正好是陀氏生辰百年纪念,我国报刊集中发表了近 10 篇中国作家学者写的陀氏评论,次年又发表了三四篇。这些文章一般都注意交代生平和创作,在谈及陀氏的思想艺术风格时,往往或引用外国读者的观点,或用自己的语言和理解解释外国论者的观点,或列举几种不同的看法,择其中赞成的一种阐发开去。总的来看,他们对陀氏都推崇备至,对他的作品和艺术都给予了充分的肯定。

沈雁冰是我国当时撰写陀氏评论最多的一位,也是对陀氏介绍得最详尽的一位。他的文章《陀斯妥以夫斯基的思想》[②]是 1949 年以前陀氏评论中篇幅最长(万余字)、分量最重的论文。此文引用、介绍了西方学者观点和俄国批评家的观点,结合作品论述了陀氏思想的几个方面,如性善论、宗教信仰、陀氏的政治思想等等,是当时国内陀氏研究较高水平的体现。文章对陀氏的思想论证得相当客观充分,展现了研究作家思想较为广阔的视野,即使在今天仍没有失去它的参考价值。当然,有些看法还可以进一步探讨,例如陀氏是否始终笃信性善论、他对人性的善恶究竟如何表现的等,但沈雁冰至少按照自己的理解,紧紧抓住人道主义来全面评价陀氏,在当时这种观点是颇有代表性的。沈雁冰还介绍了国外评论家的不同看法,不少评论家认为,西伯利亚的苦工生活使陀氏思想发生了极大的转变,因而有流放前后的两个陀氏之分;也有极少数评论家如

---

① 《东方杂志》,第 17 卷第 11 期(1920 年)。
② 《小说月报》,第 13 卷第 1 号(1922 年)。

瑞典批评家玛丁·格兰认为,只有一个陀氏,"像陀思妥以夫斯基那样的天生才能,那样的伟大品性,决非什么境遇——不论这境遇是怎样的可怕——可以把他改变,成为前后截然两个人的"①。这两种意见相左,足以引起人们的思考和探讨,但当时却一点没有引起特别重视,因为对这位作家的认识还刚刚处于启蒙阶段,一般读者无法跟随评论家去与作家对话。

沈雁冰的一些文章涉及面比较广,但他最终都归到陀氏博大精深的人道主义思想和感情。这与沈雁冰的文学观点是紧密相关的,几乎就在这个时期,他提醒中国的文学创作者:"新思想要求他们注意社会问题,同情于'被损害与被侮辱者'"②,并指出有些人的不足:"国内创作小说的人大都是念书研究学问的人,未曾在第四阶段社会内有过经验,像高尔基之做过饼师,陀斯妥夫斯基之流过西伯利亚。印象既然不深,描写如何能真? 所以反映痛苦的社会背景的小说不能出现了。"③从沈雁冰对中国现代小说的要求,可以看到陀氏给予他的影响在于陀氏对社会问题的关注、陀氏反映"痛苦的社会背景"的真切、陀氏对被侮辱与被损害的人们的同情,以及陀氏对社会底层生活的亲身体验。

郑振铎也是一位介绍陀氏的重要评论家。20 年代中期,我国出版了俄国文学史类的书,郑振铎编著了《俄国文学史略》④。他指出陀氏艺术上的缺点,如粗率、凌乱、结构无序等,但同时认为他的伟大不在艺术方面,乃在于博大的人道精神。郑振铎对陀氏的评价基本上符合他编译外国文学的原则:"无论自己编或译取别国的著作,他的精神必须是平民的。并且必须是带有社会问题的色彩与革命的精神的。"⑤陀氏作品正包含了这些特色。

另一本谈及陀氏的文学史著作,是蒋光慈根据瞿秋白原稿编著的《俄罗斯文学》⑥。文中也指出了陀氏的不足:文字艰涩、冗长,掺杂着不少长篇议论,人物的见解都相仿,显然是作家自己的思想。但陀氏的伟力在于心理分析细察毫毛,在于艺术的真实,反映俄国社会之"沉痛的心灵",表现病态的人和社会问

---

① 《小说月报》,第 13 卷第 8 期,《海外文坛消息》,1922 年。

② 《自然主义和中国现代小说》,《中国新文学大系·文学论争集》二集,上海良友图书公司 1935 版。

③ 《自然主义和中国现代小说》,《中国新文学大系·文学论争集》二集,上海良友图书公司 1935 版。

④ 上海商务印书馆 1924 年版。

⑤ 《光明运动的开始》,《戏剧》,第 1 卷第 3 期(1921 年)。

⑥ 上海创造社出版部 1927 年版。

题。

如果说 20 年代初的一些评论文章对陀氏推崇备至,反映了介绍一位外国作家的迫切心情的话,那么,这类文学史著作在肯定陀氏的同时指出他的欠缺,也同样是文学批评和作家介绍必不可少的一面。当然,今天对其中有些批评可以重新评价,如陀氏的凌乱、无序的结构是缺点还是优点? 是否真是无序? 无序是否也是有序的一种形式? 与陀氏看待世界的审美角度是否有关? 人物的见解是否真的都相仿、并与作家的思想究竟有何联系与区别? 不过,在当时这些批评陀氏的观点是比较普遍的,从中可以看出评论者在指出他艺术上不足的时候,更为强调的是他的人道主义和反映社会真实的这一面。

1926 年韦丛芜译的《穷人》由未名丛刊出版,鲁迅为之作了小引。鲁迅抓住了陀氏艺术的主要特点——显示灵魂的深——来作评论,辩证而递进地剖析了陀氏如何在人的灵魂中展示善恶。他的评论要比一般评论泛泛而提陀氏的心理分析要准确、犀利、透彻得多。而鲁迅有别于一般评论和国外评论的精到之处,更在于他从"显示灵魂的深"这点出发所作的引申意义,即对我们民族审美心理的内省,这点人们却从未注意。

整个 20 世纪 20 年代中国的陀氏评论约 20 余篇,它们有这样一些特点:(1)相当部分的文章是生平创作介绍。在中国读者对陀氏尚无了解的情况下,这些传记式介绍是十分必要的,是陀氏研究这块处女地上的最初开垦。(2)一般评论都参考西方陀氏评论的观点和俄国陀氏评论(包括俄国文学史)的观点。这也是新文学在外国文学介绍中比较普遍的一种情况。参考需要选择,这是基于对陀氏理解的评价选择,选择的结果体现了选择者的审美眼光,因此参考也是一种审美。(3)这些评论都采用了总论或泛论的形式。对陀氏以肯定为主,也有批评,基本上是客观的。主张"文学为人生"的中国评论者主要从文学反映人生这个角度来认识陀氏。人生是一个大题目,它能囊括与人有关的一切生活现象,包容的内涵比较丰富。从这个角度去评价陀氏作品,也就涉及了陀氏艺术的内涵、思想、风格、手法等诸多方面。当然,大多数文章尚嫌不够深入。(4)在这样的前提下,中国评论者显示出自己的审美侧重点。被经常重复提到的是:陀氏的人道主义情感、博爱思想、平民精神、社会现实因素等等,有些评论甚至已明确提出他对城市无产者的同情,对畸形社会的反抗。而"被侮辱与被损害的"这一哀怨动人的书名更是成为社会底层人民的代名词,从 20 年代开始在中国文坛上流传开来。这正是因为新文学前期受到西方人道主义思想的影响,以此作为理论武器来评价文学作品,介绍外国文学。不少评论者对人生作出更为直接的理解,将人生贴近社会现实,表现在文学审美方面,把文学与社会现实紧密联系起来,"为人生"的文学倾向朝着更为具体的反映社会现实的文学倾向逐渐靠拢,成为评论作品的重要出发点。

30 年代初有一篇介绍陀氏的文章①透露了陀氏"在他的故国失掉地位"这一最新消息。尽管中国现代文坛在 30 年代前后"无产阶级文学"倡导期间,部分文学观点受苏联"拉普"的影响,但 30 年代的陀氏研究领域并未与这些现象完全同步发展。这里不仅存在着时间的落差,即苏联最新的批判观点介绍到中国来需要时间,直到 40 年代的后期,我国才看到苏联 30 年代的一些批判观点;而且存在着现实的社会制度的差异,中国在那时候不可能完全跟着苏联亦步亦趋。

1929 年被称为社会科学"翻译年"。30 年代以后,外国的社会哲学思想理论、外国文学理论的译介越来越多。中苏文字之交为俄苏文学直接介绍到中国来提供了便利的条件,陀氏研究领域有关陀氏的评论译介和作品译介也多了起来。30 年代评论译文总数比 20 年代增加了四五倍,约有近 20 篇,其中苏联陀氏评论译介激增,与其他国家(英国、日本、丹麦等)的陀氏评论译文是二与一之比。浏览一下此时的苏联评论译文,可以看到,大多是苏联 20 年代研究陀氏的成果,而不是 30 年代否定陀氏的回声。这些文章有的从陀氏艺术的样式和方法来阐述,有的从陀氏创作的独特性来分析,有的从陀氏的小市民性来把握。应该说这些不同侧面的论述比 20 年代的陀氏评论译文多样丰富,而且比较扎实。30 年代下半期抗日战争爆发,待到 40 年代,评论译文总数减少到 10 篇左右,比例则照旧。

我国的陀氏评论在三四十年代总计 30 余篇。观点由 20 年代发展过来,第一时期的侧重点在第二时期得到加强。评论者相对更为注重陀氏作品的社会性和阶级性,从文学反映人生的广角镜逐步收拢到文学反映社会现实的窄角镜,采用了一些新方法、新理论,如社会学批评、阶级论的分析。这与 30 年代广为传播的社会学、哲学、文学思潮和马克思主义理论不无关系。新方法、新理论的引进令人耳目一新,恰如我们今天对某些新方法和新理论产生兴趣一样,由于符合当时的社会需要,很快为评论者所接纳。需要指出的是,在陀氏研究领

---

① 杜若:《关于道斯退易夫斯基幼年的一部重要著作》,《东方杂志》,第 28 卷第 20 期(1931 年)。

域内,新方法、新理论的运用并不排斥其他的研究方法和角度。

这个时期的第一阶段 30 年代,我国学者撰写的 10 余篇评论中,评介长篇小说《罪与罚》的文章占了十分之四。这与 1930 年至 1931 年未名丛刊出版了韦丛芜译的《罪与罚》有关。从 20 年代的泛论发展到此时的具体作品分析,照理应该是研究深入的标志,可惜一般具体分析的文章大多未能见出评者的功力,往往只是作家生平简介加上故事情节简述,评论视野不及 20 年代。值得一提的是韦素园为其弟韦丛芜的译本写的《写在书后》①一文。韦素园是陀氏的知音,并不是所有读陀氏作品的人都能把内心分裂、精神矛盾作为陀氏全部作品的题解的,韦素园则读出了"地狱",读出了阴凄的寂寞,也读出了共鸣和安慰来。在写完这篇文章的一年后,这位评论者就离开了人世。

沈雁冰在 30 年代撰写的陀氏评论是《陀思妥耶夫斯基的〈罪与罚〉》②,在仍然肯定陀氏爱"被侮辱者和被损害者"的同时,指出在《罪与罚》中陀氏对现实的态度是二重性的,隐含批判意味。与茅盾以前的评论相比,这篇文章失去了原来开阖自如的思想光彩,而变得拘谨慎言。

同样,鲁迅在 30 年代论及陀氏的文章中也出现了一些新变化。他为日本三竺书房《陀思妥夫斯基全集》普及本所作的短文《陀思妥夫斯基的事》③中运用了社会学和阶级论的观点。鲁迅并不是使用单一的观点,在他的评论中与 20 年代一脉相通的独特之处仍然是对中国人读陀氏作品的审美心理的探源。这在今天仍然没有失去意义。

20 世纪 40 年代作为这个时期的第二个阶段,陀氏评论扩至介绍、分析《被侮辱与被损害的》、《卡拉马助夫兄弟们》、《白痴》等其他几部长篇小说。在 10 余篇评论中,具体作品评论文章占了十分之七。一些译者将他们翻译陀氏作品时感受最深的体会写成《序》或《译后记》式的评论。《被侮辱的与被损害的》译者邵荃麟在译这本小说时激动得彻夜难眠。他对这部作品有着特殊的爱好④,他"是想通过书中悲剧世界的揭露和控诉来激起人民的反抗,推翻那吃人的旧社会"⑤。

---

① 《罪与罚》,未名丛刊(25),上海北新书局 1931 年版。
② 茅盾《汉译西洋文学名著》,亚细亚书局 1935 年版。
③ 《且介亭杂文二集》,《鲁迅全集》卷6。
④ 《被侮辱的与被损害的·译后记》,文光书店 1947 年版。
⑤ 邵小琴:《写在爸爸遗译重版的时候》,《被侮辱和被损害的》,浙江人民出版社 1981 年版。

中国俄苏文学研究史论
История исследования русской и
советской литературы в Китае

陀氏作品的译者大多从英文转译,耿济之则直接从俄文翻译了《卡拉马助夫兄弟们》,他写的《译者前记》①今天读来仍很有见地。他抓住了这部作品的主旨——上帝存在与否的问题,分析了作家由此安排的各色各样的典型。他尤其介绍了陀氏小说的结构方式:哲学思想的充分表白和情节的引人入胜,两种相反相成的笔法成为这部作品的结构特点,而哲学、宗教的思想占着中心地位成为圆轴,复杂错综的故事顺着这个圆轴而进行,外在的生动趣味的情节补偿了哲理的冗长枯燥。王统照在回忆耿济之及其译著时十分赞同译者对作品的见解②。只是以后时代的陀氏评论的发展并未更多地对陀氏艺术作出细致而科学的研究,而是沿着社会学评价方向越走越远。

何炳棣的文章《杜思退益夫斯基与俄国民族性》③也不失为一种独特角度。看来,他受到丹纳的启发,运用广义的社会学批评方法,既从陀氏作品的人物身上,也结合俄国人的种族、环境、地理、气候、时代等因素来归纳俄罗斯的民族性,如生命力的雄厚、对精神生活的重视、宗教信仰之浓厚、容易接受外来思想、好走极端、具有"复活"的观念和伟力等等。

纵观第二个时期三四十年代的陀氏评论,可以看到:(1)具体作品评论占据主要地位,标志着陀氏研究的范围有所扩大,但总的评论水平比较一般。(2)外国陀氏评论对中国的陀氏评论仍然存有影响,因而评论的方法和角度还不算过于单调。评论者依据自己的感受,表现出不很雷同的评论特色,有的作社会学批评,有的侧重艺术把握,有的着眼于形象分析等,也有若干尚好之作。(3)主要的评论观点承接了20年代的审美侧重点,并且有所发展。一方面,仍然重视陀氏的人道主义;另一方面,运用社会学、阶级论的观点和方法,比较强调平民和贵族、被压迫者和压迫者的阶级冲突,以及社会底层人民对俄国专制现实的不满和反抗等,从而在总体评论倾向上更为注重陀氏作品的社会现实内容,相对忽略了那些深刻的人性内容及其艺术表现。而陀氏恰恰是通过人性的多棱镜来揭示社会的畸形和人内心的深度的。

由此看来,1920—1940年代中国的陀氏评论受到外国陀氏评论的多方影响,有一定程度的多样化表现,但是接受者的审美选择决定了接受陀氏的侧重点。新文学在提倡"人的文学"、"为人生的文学"过程中呼唤人道主义,陀氏博

----

① 《卡拉马助夫兄弟们》,上海晨光出版公司1947年版。
② 王统照:《耿济之和他的〈卡拉马助夫兄弟们〉》,《大公报》1947年12月25日。
③ 《新中华》复刊,第2卷第5期(1945年)。

大深厚的人道主义特质与此正好合拍,在这方面施予影响和接受影响趋于一致。"文学为人生"的倾向在中国现实的土壤中发展为文学反映社会现实的倾向,崇尚科学理性思维的中国评论者对陀氏的认识也就相对集中在社会写实的层面。由于陀氏作品过于丰富复杂,中国不具备全面理解它的主客观条件;而作者个人的身世也很特殊,他被中国评论者看成是平民出身,遭受过沙皇政府的流放,以表现穷人、平民为主,因此与屠格涅夫、托尔斯泰这样的贵族作家又有阶级之区分,因此,在 1920—1940 年间的中国,他基本上是被肯定的,甚至很少引起什么争论或明显的批判。

二、社会学语境中的"两面人":1950—1989 年

20 世纪 50 年代是三四十年代的继续,但失去了容纳各种批评方法的条件,对陀氏的研究发展为更加片面的理解。

1953 年,上海文光书店印行的 9 卷本《陀思妥夫斯基选集》卷首有一篇前言,对陀氏作了简介:"近年来,苏联批评家曾严格地批判了陀思妥夫斯基。他的作品中所表现的思想有一部分是不大健康的,特别是他晚年的作品中的正教宣传是应该抛弃的,但是作为一位伟大的艺术家,作为一位资产阶级社会罪恶的暴露者,作为一位主张推翻反动势力的煽动家,作为贫苦不幸的人的伟大的辩护士,他是不朽的。"接着引用苏联作家爱伦堡的话说:"除了《魔鬼》一书有些偏差而外,陀思妥夫斯基的作品大抵都是极好的作品。……在苏联,批判地接受世界古典文学的遗产已经成为一件公认的应当的事情了。我们要特别告诉读者,在读陀思妥夫斯基的伟大作品的时候,要特别欣赏他的一泻千里的艺术手腕,他的深刻的灵魂分析,他的伟大的胸襟,他的对于无产者的同情,他的对于反动的贵族和资产阶级社会的反抗,他的关于十九世纪下半期的俄国社会生活的逼真的描绘,而必须要扬弃他的一部分不健康的思想,他的偶尔的描写的歪曲,和正教的宣传。"这篇简短的序文反映了一个新的时代风尚——由出版者来教导读者如何"批判地继承"文学遗产,而从前的版本是没有类似介绍的。这套选集的另一个特点是,除了《群魔》因"思想上有偏差"未被收录外,《少年》似乎因为"艺术上"的问题未受到应有的重视。

1956 年 2 月是陀氏去世 75 周年,世界和平理事会作出决定,把陀氏列入是年纪念的世界十大文化名人之一,中国各地报刊上发表了 10 余篇介绍陀思妥耶夫斯基的文章,中国人民对外文化协会对外联络局编辑出版了一本小册子

《1956年纪念的世界文化名人迦梨陀娑—海涅—陀思妥耶夫斯基》;同年,人民
文学出版社出版了舒章译的《陀思妥耶夫斯基》(苏联大百科全书选译),上海
新文艺出版社出版了欧阳文彬著的《陀思妥耶夫斯基和他的作品》——一部介
绍性的小册子。这些文章和论著都称赞陀思妥耶夫斯基是"伟大的俄罗斯作
家"、"不朽的艺术天才"。从文章的来源看,苏联的陀氏评论的译文此时占了绝
对优势,西欧的陀氏评论译文在中国报刊上已几乎绝迹。

这个时期陀氏评论有以下一些特点:均以总论的形式出现,采用鲜明的阶
级分析方法,对作家个人政治定性:世界观是矛盾的,流放前相信革命,流放后
皈依宗教;宣扬忍耐,是反动的。运用唯一的社会学标准,表现在作品评价上,
只肯定《穷人》和《死屋手记》,对其他作品批判地吸收其真实反映社会和揭露
资产阶级金钱关系等内容;把别林斯基对《二重人格》的批评作为评判这部作品
的主要依据;把《地下室手记》主人公的思想与作家画上等号;认为《群魔》是最
反动的作品,歪曲革命者形象;否定陀氏的病态描写,批判其开出的宗教药方
等。

50年代后期,陀思妥耶夫斯基在中国日益走下坡路。1962年,人民文学出
版社出版陀氏的《冬天记的夏天印象》(满涛译)。此后至1978年,陀氏作品的
翻译和研究在中国大陆完全停止。

70年代后期,文学在中国复苏,新时期文学充当了传递人们心声、表现社会
变化的先行官,社会学批评驾轻就熟地找到了施展自己才能的地方。陀氏研究
恢复得要比新文学研究慢一些,人们小心翼翼地靠近这个对象,直到80年代,
研究才获得较大进展。上海译文出版社和人民文学出版社各自出版了一套陀
氏选集,新译再版了陀氏的6部长篇小说,大多数中短篇小说都翻译出版了。
还出版了大量的回忆录及其他研究资料。主要有:《陀思妥耶夫斯基——陀氏
夫人的日记和回忆录》(吕千飞译,浙江文艺出版社,1983);《回忆陀思妥耶夫斯
基》(陀氏夫人著,陕西人民出版社,1984);《陀思妥耶夫斯基夫人回忆录》(北
京大学出版社,1987);《回忆陀思妥耶夫斯基》(人民文学出版社,1987);《陀思
妥耶夫斯基夫人回忆录》(北京出版社,1988);《残酷的天才》(回忆录,上海译
文出版社,1989)。

在开过托尔斯泰、屠格涅夫、普希金等学术讨论会之后,1986年2月,在上
海召开了我国有史以来第一次全国陀氏学术讨论会,形成我国陀氏研究的热
潮。向这次大会提交的论文有60余篇,涉及的议题之广也是半个多世纪以来

中国陀氏评论前所未有的。还出现了研究陀氏的专著,如刁绍华《陀思妥耶夫斯基》(辽宁人民出版社,1982)、刘翘《陀思妥耶夫斯基创作论稿》(吉林大学出版社,1986)、李春林《鲁迅与陀思妥耶夫斯基》(安徽文艺出版社,1986)。这些著作和论文的发表,一方面表现了中国人民了解世界优秀文化产品的强烈愿望,另一方面也暴露了中国学者对于同时代国外学者的研究成果仍相当陌生。

刁绍华的《陀思妥耶夫斯基》是一部7万多字的小册子。书中介绍了陀思妥耶夫斯基的生平和创作道路,《罪与罚》《白痴》《卡拉马佐夫兄弟》3部长篇杰作的内容、特点,以及作家的3个主要艺术特色:虚幻的现实主义、残酷的天才、独特的社会哲理内涵。但这部处于开放初期的著作,有其独到的贡献,但观点基本上停留在苏联批评家叶尔米洛夫所处的那个时代。如书中称《地下室手记》"是他最反动的作品之一,矛头所向也完全是车尔尼雪夫斯基及其《怎么办》",他在这部作品中"尽情地倾吐了绝望的颓废和疯狂的呓语,恶毒地攻击唯物主义哲学和空想社会主义,把理性说成是利己主义的根源"[①]。关于《魔鬼》,作者称它"最充分地表现出陀思妥耶夫斯基的反动思想倾向",对革命"进行了恶毒的攻击和诽谤"[②]。在分析《罪与罚》等杰作时,作者批评陀氏把犯罪与革命暴力混为一谈,宣扬忍耐顺从,而对作品艺术特色的分析则过于简略。

刘翘的《陀思妥耶夫斯基创作论稿》共分7章,着重分析了陀氏的7部小说,对政治上比较敏感的《群魔》和《地下室手记》只字不提。在分析《二重人格》时,刘翘认为,应该正确理解别林斯基的评论,高略德金是人格分裂的典型,是人性异化的结果,是作家对导致人性异化的社会现实的批判,"幻想的色调"不应完全排斥。同时,作者表示不同意西方某些评论家关于《二重人格》"写出人类天性中的原罪感和人物潜意识"的观点[③]。作者借鉴了英国作家弗斯特"圆形人物"和"扁平人物"的理论分析陀氏小说中的人物形象,借鉴了弗洛伊德的潜意识理论分析陀氏作品中人物的变态心理。作者还提到了"多声部"等术语,并举纳斯塔西娅·菲里波芙娜的生日晚会为例,说它是一场"多声部的交响乐,所起效果是多层次的,给人强烈的立体感"[④]。显然,作者对于多声部之类的概念缺乏理解。从总体上看,作者是运用社会学的方法分析陀思妥耶夫斯基的作

---

① 刁绍华:《陀思妥耶夫斯基》,辽宁人民出版社1982年版,第40—41页。
② 刁绍华:《陀思妥耶夫斯基》,辽宁人民出版社1982年版,第49页。
③ 刘翘:《陀思妥耶夫斯基创作论稿》,第29页。
④ 刘翘:《陀思妥耶夫斯基创作论稿》,第172页。

中国俄苏文学研究史论
История исследования русской и
советской литературы в Китае

品,把他放置在现实主义的模式下解读。例如,在分析《白痴》主人公梅诗金的
"未卜先知"的预感时,刘翘归之为作家的"一种高超的艺术技巧",批判精神分
析的方法,强调陀氏"跟弗洛伊德很难粘带上什么关系",由于《白痴》通篇采取
了沿着心理冲突这样内在线索向外辐射的结构来开展情节,因此那些富于象征
意味的预感和猜测,就容易为资产阶级研究者错觉成或曲解成"潜意识"之
"流"①。这种现象暴露了"过渡时期"中国学者的矛盾。

　　李春林的《鲁迅与陀思妥耶夫斯基》阐述了陀氏与鲁迅之间的影响—接受
(借鉴)关系,从4个方面对比分析了鲁迅与陀氏的创作道路和创作风格。许子
东的论文《陀思妥耶夫斯基与张贤亮:兼谈俄罗斯与中国近代文学中的知识分
子"忏悔"主题》(文艺理论研究1986.1)从作家比较研究入手,涉及了深层次的
"忏悔"主题,表现出了更多的现代眼光。

　　20世纪80年代的评论在论述的深度和广度方面有了提高,一些总论性质
的文字不再仅仅是社会背景、生平创作简介,而是较为详细地联系他所处的时
代、社会、个人经历、心理、病理、思想和创作以及艺术效果等给予评价。有些文
章对他的社会政治观、哲学宗教观等作了分析,有的则从陀氏作品的主题、小人
物形象系列、现实主义风格等方面作了探讨。当然,具体作品的分析仍占评论
的主要部分。有些评论开始涉及曾被冷落的作品,如夏仲翼《陀思妥耶夫斯基
的〈地下室手记〉和小说复调结构问题》、徐振亚的《重评〈同貌人〉》、刘亚丁
《〈两重人格〉浅探》、赵秀敏《迷失了路途的人——浅析陀思妥耶夫斯基的小说
〈群魔〉》等②。刘亚丁在上文中认为,"文学与精神病并不绝缘",陀氏晚年擅长
的"把握人的心灵的两极的手法是从《两重人格》开始的"。不过,《群魔》则大
体上仍然维持原判。陆人豪撰文评述了苏联学界关于《群魔》的论争,并批评苏
联学者重新评价《群魔》的努力③。陀氏与西方现代派文学的关系也受到关注,
如彭克巽《陀思妥耶夫斯基小说与动荡的二十世纪》和王圣思《陀思妥耶夫斯基
的现代性》④。不同观点的出现表明了思想的活跃和研究水平的提高。

　　巴赫金的复调理论于20世纪80年代被介绍到中国,引起评论界的热烈讨

　　① 刘翘:《陀思妥耶夫斯基创作论稿》,第167页。
　　② 分别载于:《世界文学》,1982年第4期;《华东师范大学学报》,1987年第1期;《外国文学研究》,
1986年第2期;《抚顺师专学报》,1987年第3期。
　　③ 陆人豪:《苏联近来关于〈群魔〉的论争》,《外国文学研究》,1986年第2期。
　　④ 分别见:《读书》,1983年第12期;《读书》,1986年第10期。

论,加深了中国学者对陀氏小说艺术的认识。1982 年,《世界文学》第 4 期发表了巴赫金的《陀思妥耶夫斯基诗学问题》第一章(夏仲翼译)。1988 年,三联书店出版了《陀思妥耶夫斯基诗学问题》全译本(白春仁等译)。继上述夏仲翼的论文之后,当时还出现了刘虎《巴赫金和复调小说理论》、何茂正《复调小说理论与陀氏小说的鉴赏》、宋大图《巴赫金的复调理论和陀思妥耶夫斯基的作者立场》和钱中文《复调小说:主人公与作者》等论文①。这些论文主要是介绍巴赫金的理论,创造性研究还不多。陈建华《长篇结构模式的突破:谈陀思妥耶夫斯基与托尔斯泰长篇的"对位""对映"结构与戏剧处理》②一文,显然受到了巴赫金的启发却又企图独立地探索两位伟大作家不同的小说诗学。倪蕊琴《托尔斯泰和陀思妥耶夫斯基对长篇小说创作的拓展》③分析了两位作家的小说结构,指出他们之间史诗性与悲剧性的巨大差异,但是一旦与屠格涅夫对比,他们就立即显示出巨大的相似:结构的开放性。这类研究表明,中国批评家正逐步走出传统的社会学批评,向比较精深的结构诗学领域迈进,陀氏研究即将大步走进新时代。

三、走进新时代的"先知":1990—2005 年

1990 年以来,陀氏研究超越了文学的领域,进入宗教哲学和一般文化领域,吸引了一些本来并不研究文学、亦非研究俄罗斯文化的人的目光④。这一阶段,中国发表的有关论文数以百计,研究专著也有 10 余部,如何云波《陀思妥耶夫斯基与俄罗斯文化精神》、季星星《陀思妥耶夫斯基小说的戏剧化》、赵桂莲《漂泊的灵魂——陀思妥耶夫斯基与俄罗斯传统文化》、王志耕《宗教文化语境下的陀思妥耶夫斯基诗学》等⑤。这些著述研究范围相当广阔,不仅涉及陀氏与中国

---

① 分别见:全国陀氏学术讨论会论文、《东北师大学报》,1986 年第 6 期;《外国文学评论》,1987 年第 1 期;《外国文学评论》,1987 年第 1 期。

②《华东师范大学学报》,哲社版 1986 年第 3 期。

③《外国文学评论》,1987 年第 2 期。

④ 主要有刘瑞新编著:《陀思妥耶夫斯基》,四川少年儿童出版社 1997 年版;陈惠玲编著:《陀思妥耶夫斯基》,台北"国家"出版社 1997 年版;屠茂芹编著:《残酷的天才:陀思妥耶夫斯基》,太白文艺出版社 1998 年版;胡狄著:《探索心灵奥秘的人——陀思妥耶夫斯基》,长春时代文艺出版社、海南出版社 2001 年 2 版;曾嘉著:《炼狱圣徒》,河北人民出版社 1999 年版;何怀宏著:《道德·上帝与人——陀思妥耶夫斯基的问题》,新华出版社 1999 年版。

⑤ 分别出版于:湖南教育出版社 1997 年版、首都师范大学出版社 1999 年版、北京大学出版社 2002 年版、北京师范大学出版社 2003 年版。

中国俄苏文学研究史论
История исследования русской и
советской литературы в Китае

文学、中国文化的关系，陀氏与俄罗斯传统文化包括东正教的关系也得到比较深入的探讨。受巴赫金复调理论的影响，对陀氏诗学的探索也取得了可喜的成果。

1. 陀思妥耶夫斯基与中国关系的研究

1991 年，华东师范大学出版社出版的《俄国文学与中国》一书中有专章"陀思妥耶夫斯基与中国"（王圣思作），对陀氏在中国评介概况、陀氏创作对中国现代文学的影响等，作了全面精到的分析论述；另有"俄国文学翻译在中国"（李定作）一章对陀氏作品在中国的译介情况作了介绍。稍后，冒键《双重艺术世界与"摩天祭坛"：鲁迅与陀思妥耶夫斯基小说创作之比较》、李春林等的《论路翎的〈谷〉：兼及鲁迅与陀思妥耶夫斯基在〈谷〉中的印痕》、徐肖楠《忏悔中的人性：陀思妥耶夫斯基小说与中国先锋历史小说的比较》等①，都涉及陀氏对中国作家的影响。陈建华《20 世纪中俄文学关系》（学林出版社，1998）对陀氏在中国的翻译与传播有不少介绍和分析，并论述了陀氏对某些当代作家的影响。

进入新世纪以来，陀氏与中国作家关系的研究有了突破。孙亦平《寻找"立人"与文化救赎之道》分析了鲁迅与陀氏的孤独意识，指出他们都是孤独的先觉者，所不同的是鲁迅孤独的内涵具有鲜明的社会批判色彩，而陀氏孤独的内涵则具有浓重的人性批判的色彩。刘久明《郁达夫与陀思妥耶夫斯基》分析了郁达夫接受陀氏影响，侧重于痛苦的宣泄以及病态心理的表现，不同于一般的"为人生派"作家②。

相比之下，对陀氏的译介学研究显得薄弱。李春林《复调世界——陀思妥耶夫斯基其人其书》（安徽文艺出版社，1999）对陀氏的中译本有简略的介绍。谢天振主编的《中国现代翻译文学史》（上海外语教育出版社，2004）专节分析了在现代中国特有的文化语境中陀氏作品的译介。对陀氏的译介学研究还零散地见于一些论文之中。克冰的《陀思妥耶夫斯基的"случайные семейства"》论述了偶合家庭的翻译问题，并通过这个议题阐述了对陀氏作品中家庭的理解③。李今《陀思妥耶夫斯基在三四十年代的中国》分析介绍了陀氏在中国翻译

---

① 分别载于：《江苏社会科学》，1991 年第 4 期；《河北学刊》，1996 年第 1 期；《湛江师范学院学报》（哲社版），1997 年第 2 期。
② 分别载于：《江西社会科学》，2003 年第 11 期、《江汉论坛》，2003 年第 5 期。
③《语文学刊》，1996 年第 3 期。

的历史,并对韦丛芜等翻译家的坎坷命运和翻译风格做了评述①。田全金的《文学翻译的政治》借鉴安德列·勒菲弗尔(André Lefevere)的"操纵理论",分析了陀氏在中国的译介。作者认为,王维镐的《地下室手记》的中译本(1948)通篇都是错译误译,这不仅仅是翻译的质量问题,也是翻译的文化问题。显然,译者对"地下人"的自相矛盾的供述感到无所适从,极力想把不合理性的东西译得合乎理性。"地下人"处于人格分裂的边缘,正在跟自己辩论,正在向理性发起猛烈的攻击,这是1940年的中国人难以理解的②。

　　总体上看,陀氏对于中国文学和文化的影响还没有得到深刻的阐发。只是可以从批评家的解说中看到中国学者和中国批评家们对于陀思妥耶夫斯基博大精深的诗学的向往。例如王晓明的《走出文学困境和精神困境》一文,在历数"20世纪中国文学"的精神困境之后,不禁感慨《卡拉马佐夫兄弟》的丰富和深邃,甚至期望它能帮助我们"最终走出那不仅仅是文学的精神困境"③。

　　2. 陀思妥耶夫斯基与俄罗斯文化传统关系的研究

　　高旭东《重估陀思妥耶夫斯基的文化价值》要求放在基督教文化语境下评价陀氏。他认为,对上帝死后的怪诞世界与荒谬人生的表现,使得陀氏成为基督教文化中的先知、西方现代主义文学的先驱④。何云波的《陀思妥耶夫斯基与俄罗斯文化精神》对陀氏创作与俄罗斯传统文化的联系作了分析阐述,他从文化角度切入论题,既考察了陀氏的心路历程,又从横向角度分析了陀氏的文化心理构成,揭示了陀氏文化心理的3个基本方面:人道主义、东正教信仰和民族精神⑤。冯川《忧郁的先知》称陀氏为精神分析的巨擘、存在主义的先驱,并且借助于精神分析学的方法给予"斯特拉霍夫事件"以新的解释:"斯特拉霍夫没有真正读懂陀思妥耶夫斯基的著作",因而"对陀思妥耶夫斯基的人品或人格产生了怀疑"。作者将陀氏的思想矛盾与"复调"联系在一起,复调式写作乃是救赎之道。陀氏是要通过写作向相互冲突的声音敞开自己,使写作成为基督意义上

----

①《鲁迅研究月刊》,2004年第4期。

②《中文自学指导》,2005年第1期。

③《读书》,1997年第10期。

④《外国文学》,2004年第6期。

⑤ 湖南教育出版社1997年版。书中谈到"炼狱"里上帝与魔鬼的交战,不够准确,因为在东正教的观念里没有"炼狱"这个概念,只有天堂与地狱,以及为挣脱堕落(地狱)走向真理(天堂)而进行的救赎行为。

中国俄苏文学研究史论
История исследования русской и
советской литературы в Китае

的受难和献身①。这种分析可以给陀氏写作与基督教的关系以有益的启发,但从总体上看,该书对陀氏的研究尚欠深入。

赵桂莲的《漂泊的灵魂——陀思妥耶夫斯基与俄罗斯传统文化》一书较好地吸收了当代俄罗斯学者的研究成果,对陀氏作出了较深刻的阐释。如该书借助于对俄罗斯文化,特别是俄罗斯宗教和民俗方面的了解,对陀氏创作中出现的"恶"的形象,以及"恶"的意义进行了独到的分析;又如,该书引证别尔嘉耶夫等宗教哲学家的论述,对俄罗斯文化背景下的独特的俄罗斯的"知识分子"作了界定,并在此基础上分析了陀氏笔下不同类型的"知识分子"式的主人公形象②。

3. 对陀思妥耶夫斯基诗学的探索

长期以来,中国学术界习惯于社会学的方法解释文学现象,通过作品描写的事实挖掘作家对社会事件的态度,对文学的艺术性缺乏兴趣,或者虽有兴趣却找不到合适的理论工具分析艺术性方面的问题。陀氏研究也不例外。巴赫金的著作于20世纪80年代被介绍到中国,他的"狂欢化"、"复调"、"共时性"、"对话"和"全面对话"旋即成为当代中国批评家频频使用的关键词③。在这种背景上,近年产生了研究陀氏诗学或审美叙事模式的专著。

季星星《陀思妥耶夫斯基小说的戏剧化》在巴赫金"共时性诗学"的基础上,通过小说发展史的考察和陀氏本人的小说分析,论述了陀氏小说的戏剧化。作者认为,在陀氏的作品中,人物与事件的激变性、急剧性、突转性使得其小说具有异常紧张的气氛,读者的视角立即切入人物与事件之中,并直接参与其间,为小说陡然的旋风式的情势所统摄。这完全是戏剧性的东西了。陀氏小说的戏剧化既是一个小说体裁与戏剧体裁融合与演化的历史必然,又是与陀思妥耶夫斯基本人的艺术开拓精神休戚相关。他的小说的戏剧化表现在4个方面:小说风格上的紧张、人物语言的对白化、情节和描写的趋于淡化、小说时间和空间的高度集中。对这4个方面,作者都有相应的论述。比如,情节和描写的淡化一向被认为是小说散文化的一种表现。作者却对此给予不同的解释,认为其中

① 《忧郁的先知》,四川人民出版社2000年版,第176页、第179—180页。
② 赵桂莲:《漂泊的灵魂》,北京大学出版社2002年版。
③ 与此同时,批评家们也频繁地寻找突破巴赫金世界的途径,对其诗学概念频频提出修正。例如,青江在《阐释与首倡:关于〈陀思妥耶夫斯基作品中的思想〉》(《国外文学》,1995年1月)中就试图证明,不是陀思妥耶夫斯基首创了"全面对话小说"或"复调小说",而是巴赫金依据对陀氏小说的阐释首创了"全面对话理论"。

融进了戏剧诗学的展示性与呈现性,这包括叙述视角的旁观化、环境与人物肖像描写的提示化、人物心理的展示化①。

胡日佳《俄国文学与西方——审美叙事模式比较研究》一改"社会哲理小说"的传统判断,将陀氏小说命名为"心理小说",并把它放在欧洲和俄国小说发展的历史背景上加以考察。作者用较多篇幅将陀氏小说与西方的心理小说进行了类型学的比较,阐明了从奥古斯丁的《忏悔录》直到克尔凯郭尔《一个诱惑者的日记》与陀氏之间的联系,显示了开阔的文化视野。作者分析了陀氏心理学的特点:(1)把心灵的意识功能和头脑的思维活动相区别;(2)还先验的事物为内心经验的事物;(3)化心物的单纯或抽象统一为真正实在的具体统一。如作者引入相位概念,将人的意识分成不同的相位层,以此分析陀氏作品中复杂的精神活动,这种分析新颖有趣,也可以颇为有效地解释陀氏小说的文本。以《罪与罚》为例,如果在作案之前,拉斯柯尔尼科夫的意识是作为单一体而分裂,那么,在他作案之后,他的意识分裂具有相位意识的特质,变意识单一体为复合体,这使他意识近似分裂而又具有双向转化的可能性。在他内心转变规律的制约下,在索尼娅爱的感召和索尼娅道路的吸引下,使他终于投案自首。其他重要人物都与他的主角互为补充、说明和映衬,可以说,他们就是拉斯柯尔尼科夫的"幻象",而他的主体意识则裂变而分别投射到他们身上。他最先向索尼娅坦白他的罪行时,用"他"指代他本人。这表明,拉斯柯尔尼科夫之所以犯罪,是由于他意识中的"他者"所致。这个"他者"具有客体性,在他人身上也存在。在《罪与罚》中,具体表现为卢仁和斯维德里加依洛夫两个形象。斯维德里加依洛夫自称与主人公为"一丘之貉",后者则以为前者是他的"幻觉"。这种"他者－幻觉"在陀氏后期作品中有更进一步的发展,那就是把本原化为现象,化"事物的存在"为"影像的存在"。这是一种内心体验到并表象出来的直觉预感意识。作者把《白痴》称为直觉象征体小说。《白痴》的题目本身和主人公形象已经鲜明地突出了理性和心灵的对立。梅诗金的人格美就在这最高存在与最低存在、高扬的自我意识与"白痴状态"、高度的自我感觉与朦胧的无意识,以及"再没有时间"的时间和日常生活时间的相交接处表现出来②。

王志耕近年来连续发表了多篇论文,并出版专著《宗教文化语境下的陀思

---

① 分别见该书第 46 页、第 54—55 页、第 141—149 页。
② 分别见胡日佳:《俄国文学与西方》,学林出版社 1999 年版,第 609 页、第 617—619 页。

妥耶夫斯基诗学》,广泛涉及陀氏创作与基督教文化的密切关系。王志耕阐述了陀氏作品中对恶的追问与欧洲历史上神正论的关系。陀氏将"现实"视野拓展到人的心灵之恶,只能走向两种结果:一种是无神论,一种是神正论。陀氏在感情上不能否定上帝,在理智上却又找不到充足有力的证据,所以无法做出抉择,这就在他的作品中留下了意味深长的对话:恶与自由、苦难与幸福、无辜者受难与怀疑论①。在不少中国学者受巴赫金的强烈影响,纷纷就陀氏诗学的共时性发表评论时,王志耕则从基督教文化语境论述了陀氏的"历时性"诗学,认为陀氏形成了类似于但丁《神曲》的"堕落—受难—复活"的历时性诗学原则。陀氏在创作中运用这种结构的方式有两种,一种是在同一个艺术形象中历时地展现精神的辩证发展历程,如拉斯柯尔尼科夫在索尼娅的引导下走向复活的精神历程;一种就是以不同的艺术形象代表不同的发展阶段,共时地展现历时内容,最典型的例子就是卡拉马佐夫三兄弟的形象,他们恰好组成了这样一个完整的结构:德米特里是一个地狱品相的人,伊凡所具有的是炼狱品相,而阿辽沙则以其天使般的面貌闪耀着天堂的光芒。在这 3 个人物之间客观地形成了一种承续性,尽管他们也构成对话关系②。

王志耕还借助于弗莱的"原型"理论,分析陀氏作品中女性形象的文化意蕴,将她们归入"中介新娘"原型:他们是堕落的,但并不邪恶,她们"爱多"的品质成为拯救——自我救赎和拯救他人——的条件。"肉体之爱"这一行为中包含了"中介新娘"的多重本质特征:(1)这是一种肉体堕落的标志,因为它触犯了上帝的戒律;(2)这是一种无辜获罪的标志,并非精神或神性的堕落;(3)这是一种象征性的给予行为,与"爱多"相关,因此,它隐含着救赎。《罪与罚》中的索尼娅、《白痴》中的纳斯塔霞、《卡拉马佐夫兄弟》的格鲁申卡,堕落而不失其纯洁本色,都是典型的"中介新娘",是她们把堕落的男人引向复活③。

王志耕借助于对陀氏宗教修辞的分析,试图说明俄国宗教文化语境对陀氏诗学本质的构成性制约。"从人类学的角度看,俄罗斯始终保持着对人与上帝的相似性的追求。因此,俄罗斯文学在描绘人的苦难处境、家庭危机、精神变异等现象时,却把总体的价值取向定位于通过苦难走向救赎。因此,19 世纪的俄罗斯文学总体上看来是一种宗教的转喻文体,而不是世俗的'寓言'文体。"陀氏

---

① 《神正论与现实视野的开拓——陀思妥耶夫斯基诗学综论》,《外国文学评论》,2000 年第 2 期。

② 王志耕:《基督教与陀思妥耶夫斯基的"历时性"诗学》,《外国文学评论》,2001 年第 3 期。

③ 《堕落与救赎:陀思妥耶夫斯基的"中介新娘"》,《河北学刊》,2002 年第 4 期。

文本中主要有两种转喻:直接转喻和间接转喻。直接转喻就是作者借助于复调式的争辩(喻体),将讨论引向对上帝(喻本)的皈依,如伊凡与阿辽沙的对话;间接转喻则是通过否定上帝的表达形式达到肯定上帝的目的,如伊凡与梦魇中的魔鬼的对话。只是从认识论的角度看,陀氏的语言是一种复调;而从本体论的角度看,在缺失了作者声音的复调之中,实际上存在着一种转喻的辩证法。因此,复调本质上是"整体价值之下的自由对话"。也就是说,复调本身以相似的方式指向整体性——一个无需证明的形而上的存在,也就是超验的上帝①。这里继续的仍然是关于历时性诗学的思考,不过是进一步争取与复调理论达到兼容。

4. 关注陀思妥耶夫斯基的文艺思想

陀思妥耶夫斯基的批评文章和日记、书信虽然在 80 年代就翻译过来,但直到 90 年代末,陀氏作为批评家才开始受到重视。刘宁主编的《俄国文学批评史》(上海译文出版社,1999)列专章介绍陀氏的文艺观,称他虽然不是逻辑十分严密的理论家,却是"极富个性的批评家",在文学的许多问题上,都提出了相当精辟的见解。他"是一个思想独特而从不轻易改变自己的思想和观念的人,也许,连他的矛盾都是始终一贯的,找不到哪怕是暂时的调和。他立论往往偏颇,却更显出他批评的个性,……他的观念始终如一,十分明确,不带一点模棱两可的含糊"②。但也只是在这类历史类的著作中才有如此多的关注,大多数评论家并没有注意到陀氏当年所写的那些批评"时文"。

1999 年,蒋孔阳、朱立元主编的《西方美学通史》第 5 卷《十九世纪美学》(张玉能等著)也把陀思妥耶夫斯基列专节介绍,称他的文艺思想是"现实主义美学的新拓展"。也就是说,"他把现实主义的美学原则向人的心灵深处方面,向人的心理的艺术表现方面拓展了",追求人类心灵深处的艺术真实,正是他的现实主义美学的独特特征。这一特征使他成为现代派艺术的先驱。在作者看来,陀思妥耶夫斯基关于文学的人民性和倾向性的观点,与革命民主主义美学家别林斯基等人的观点是一脉相承的,但他既反对"为艺术而艺术"的倾向,同时又批判功利主义,"要求有艺术性的现实主义",把"艺术性"规定为主题思想与形式之间的完全一致。从美学思想上来看,陀氏对功利主义的批评应该说是

① 《转喻的辩证法:陀思妥耶夫斯基的宗教修辞》,《国外文学》,2004 年第 2 期。
② 刘宁主编《俄国文学批评史》,上海译文出版社 1999 年版,第 524 页。

正确的,有利于纠正革命民主主义美学和后来的苏联美学的偏差①。

回顾上述研究概况,我们可以说,中国学者迄今取得的成就是巨大的,但也存在着明显的不足:(1)研究者从社会、宗教、艺术结构、诗学等方面阐明陀氏的本真状况的努力尚待继续和加强;(2)从中国文化视角审察陀氏尚显薄弱;(3)陀氏的创作与宗教哲学的关系值得进一步关注。我们期盼着陀思妥耶夫斯基在中俄不同的文化语境下得到更加广泛深入的研究。

[相关研究成果要目]

1. 沈雁冰:《陀斯妥以夫斯基的思想》,《小说月报》,1922 年第 13 卷第 1号。

2. 鲁迅:《穷人》小引,《语丝》,1926 年第 83 期。

3. 鲁迅:《陀思妥夫斯基的事》,《海燕》,1936 年第 2 期。

4. 何炳棣:《杜思退益夫斯基与俄国民族性》,《新中华复刊》,1945 年第 2卷第 5 期。

5. 王统照:《耿济之和他的〈卡拉马助夫兄弟们〉》,《大公报》,1947 年 12 月25 日。

6. 钱谷融:《陀思妥耶夫斯基和〈舅舅的梦〉》,《名作欣赏》,1980 第 1 期。

7. 夏仲翼:《窥探心灵奥秘的艺术》(陀思妥耶夫斯基艺术创作散论),《苏联文学》,1981 年 1 月。

8. 冯增义:《陀思妥耶夫斯基早期作品中的"小人物"》,《俄苏文学》,1981年 1 月。

9. 关山:《关于陀思妥耶夫斯基研究的一些情况》,《外国文学研究》,1981年 3 月。

10. 臧仲伦:《伪君子及其崇拜者》(谈谈陀思妥耶夫斯基的小说《斯捷潘奇科沃村及其居民们》),《国外文学》(北京大学)1982 年 1 月。

11. 刁绍华:《陀思妥耶夫斯基》,辽宁人民出版社 1982 年版。

12. 夏仲翼:《陀思妥耶夫斯基的〈地下室手记〉和小说复调结构问题》,《世界文学》,1982 年 4 月。

13. 彭克巽:《陀思妥耶夫斯基的小说与动荡的二十世纪》,《读书》,1983 年

---

① 张玉能等著《西方美学通史》第 5 卷,上海文艺出版社 1999 年版,第 432—444 页。

12 月。

14. 彭克巽：《陀思妥耶夫斯基创作道路的开端》，《外国文学研究》1984 年 2 月。

15. 刘虎：《"民族是上帝的躯体"：陀思妥耶夫斯基的历史哲学初探》，《南开学报》哲社版，1985 年 2 月。

16. 刘虎：《陀思妥耶夫斯基小说中人物性格的意识分裂性》，《文史哲》，1985 年 4 月。

17. 冯增义：《陀思妥耶夫斯基的艺术观初探》，《苏联文学》，1985 年 6 月。

18. 许子东：《陀思妥耶夫斯基与张贤亮：兼谈俄罗斯与中国近代文学中的知识分子"忏悔"主题》，《文艺理论研究》，1986 年 1 月。

19. 刘翘：《陀思妥耶夫斯基创作论稿》，吉林大学出版社 1986 年版。

20. 李春林：《鲁迅与陀思妥耶夫斯基》，安徽文艺出版社 1986 年版。

21. 刘亚丁：《〈两重人格〉浅探》，《外国文学研究》，1986 年第 2 期。

22. 陈建华：《长篇结构模式的突破：谈陀思妥耶夫斯基与托尔斯泰长篇的"对位""对映"结构与戏剧处理》，《华东师范大学学报》哲社版，1986 年 3 月。

23. 王圣思：《从〈罪与罚〉看陀思妥耶夫斯基的现代性》，《华东师范大学学报》哲社版，1986 年 5 月。

24. 徐振亚：《重评〈同貌人〉》，《华东师范大学学报》，1987 年第 1 期。

25. 陈建华：《〈两重人格〉与陀思妥耶夫斯基的艺术探索》，《上海教育学院学报》社科版，1987 年 1 月。

26. 倪蕊琴：《托尔斯泰和陀思妥耶夫斯基对长篇小说创作的拓展》，《外国文学评论》，1987 年第 2 期。

27. 李火森：《陀思妥耶夫斯基笔下的病态心理刻画》，《湖南师范大学社会科学学报》1987 年 2 月。

28. 蓬生：《陀思妥耶夫斯基的世界：巴赫金论陀思妥耶夫斯基》，《文艺报》，1987 年 9 月。

29. 丁放鸣：《陀思妥耶夫斯基小说结构的二重性》，《长沙水电师院社会科学学报》1988 年 2 月。

30. 何茂正、李万春：《陀思妥耶夫斯基在中国》，《东北师大学报》哲社版，1988 年 4 月。

31. 李万春：《陀思妥耶夫斯基与中国文学》，《社会科学战线》，1989 年 1

月。

32. 王圣思:《陀思妥耶夫斯基与中国的社会学批评及其突破》,《外国文学评论》,1989 年 3 月。

33. 王圣思:《陀思妥耶夫斯基与中国现代文学创作》,《外国文学研究》,1990 年 2 月。

34. 张唯嘉:《论陀思妥耶夫斯基笔下的偶合家庭》,《外国文学评论》,1991 年 1 月。

35. 何云波:《道德需要与情感愉悦:陀思妥耶夫斯基宗教皈依心理之分析》,《外国文学评论》,1991 年 3 月。

36. 戴卓萌:《复调与戏剧性:论陀思妥耶夫斯基小说的艺术特点》,《国外文学》,1991 年 3 月。

37. 冒键:《双重艺术世界与"摩天祭坛":鲁迅与陀思妥耶夫斯基小说创作之比较》,《江苏社会科学》,1991 年 4 月。

38. 薛兴国:《陀思妥耶夫斯基的宗教村社社会主义之构想》,《外国文学评论》,1991 年 4 月。

39. 冯文成:《综合艺术家:陀思妥耶夫斯基与福克纳比较研究》,《外国文学评论》,1992 年 1 月。

40. 乔雨:《陀思妥耶夫斯基作品中的宗教象征》,《外国文学评论》,1992 年 2 月。

41. 王钦峰:《陀思妥耶夫斯基对小说叙事时间的革新》,《外国文学评论》,1992 年 2 月。

42. 方坪:《陀思妥耶夫斯基与精神分析学说:试论陀思妥耶夫斯基笔下的两重人格》,《上海师范大学学报》,1993 年 2 月。

43. 张柠:《陀思妥耶夫斯基小说的寓言风格》,《华东师范大学学报》哲社版,1993 年 4 月。

44. 赖干坚:《陀思妥耶夫斯基对现代派的启示》,《外国文学》,1994 年 1 月。

45. 李尚信:《陀思妥耶夫斯基与"残酷的天才"小议》,《社会科学战线》,1994 年 2 月。

46. 张柠:《希望,虚妄与信仰:论陀思妥耶夫斯基的审美理想》,《河北师院学报》社科版,1994 年 2 月。

47. 张胜难:《托尔斯泰与陀思妥耶夫斯基心理描写技法之比较》,《辽宁教育学院学报》,1994年4月。

48. 徐雪梅:《浅论陀思妥耶夫斯基的人道主义宗教文艺观》,《国外文学》,1994年4月。

49. 傅景川:《高山流水觅知音:简评现代派的陀思妥耶夫斯基论》,《长白论丛》,1994年6月。

50. 青江:《阐释与首倡:关于〈陀思妥耶夫斯基作品中的思想〉》,《国外文学》,1995年1月。

51. 范一:《陀思妥耶夫斯基小说的社会哲理传统》,《福建师范大学学报》哲社版,1995年2月。

52. 陈建华:《陀思妥耶夫斯基传》,台湾业强出版社1996年版。

53. 薛兴国:《人是什么:陀思妥耶夫斯基的人性观在〈卡拉马佐夫兄弟〉中的体现》,《解放军外语学院学报》,1996年2月。

54. 克冰:《陀思妥耶夫斯基的"случайные семейства"》,《语文学刊》,1996年第3期。

55. 赵桂莲:《白银时代的陀思妥耶夫斯基研究》,《国外文学》,1996年3月。

56. 季星星:《试论托尔斯泰和陀思妥耶夫斯基的叙事文风》,《俄罗斯文艺》,1996年3月。

57. 何云波:《陀思妥耶夫斯基与俄罗斯文化精神》,湖南教育出版社1997年版。

58. 冯川:《忧郁的先知:陀思妥耶夫斯基》,四川人民出版社1997年版。

59. 徐肖楠:《忏悔中的人性:陀思妥耶夫斯基小说与中国先锋历史小说的比较》,《湛江师范学院学报》哲社版,1997年2月。

60. 施军:《陀思妥耶夫斯基小说的现代性》,《湛江师范学院学报》哲社版,1997年2月。

61. 张竹筠:《论陀思妥耶夫斯基小说的危机意识与共时艺术》,《河北师范大学学报》社科版,1997年3月。

62. 陈荣贵:《分裂与回归:论陀思妥耶夫斯基笔下的性格分裂现象》,《杭州大学学报》哲社版,1997年3月。

63. 管海莹:《论陀思妥耶夫斯基小说创作中的心理现实主义艺术》,《外国文学研究》，1997 年 3 月。

64. 沙湄：《信仰启示录：浅析陀思妥耶夫斯基〈卡拉玛佐夫兄弟·宗教大法官〉》，《西南民族学院学报》，1998 年第 1 期。

65. 傅景川：《陀思妥耶夫斯基与现代派》，《东北师大学报》，1998 年第 2 期。

66. 胡日佳：《俄国文学与西方——审美叙事模式比较研究》，学林出版社 1999 年版。

67. 季星星：《陀思妥耶夫斯基小说的戏剧化》，首都师范大学出版社 1999 年版。

68. 曾嘉：《炼狱圣徒——陀思妥耶夫斯基传》，河北人民出版社 1999 年版。

69. 李春林：《复调世界——陀思妥耶夫斯基其人其作》，安徽文艺出版社 1999 年版。

70. 何怀宏：《道德·上帝与人——陀思妥耶夫斯基的问题》，新华出版社 1999 年版。

71. 冯川：《忧郁的先知：陀思妥耶夫斯基》，四川人民出版社 2000 年版。

72. 王志耕：《神正论与现实视野的开拓——陀思妥耶夫斯基诗学综论》，《外国文学评论》，2000 年第 2 期。

73. 梅兰：《论陀思妥耶夫斯基的现实主义——兼评巴赫金复调理论的局限性》，《华中师范大学学报》，2001 年 3 月.

74. 王志耕：《基督教与陀思妥耶夫斯基的"历时性"诗学》，《外国文学评论》，2001 年第 3 期。

75. 赵桂莲：《漂泊的灵魂——陀思妥耶夫斯基与俄罗斯传统文化》，北京大学出版社 2002 年版。

76. 王志耕：《质询与皈依：陀思妥耶夫斯基的约伯》，《俄罗斯文艺》，2002 年第 3 期。

77. 王志耕：《陀思妥耶夫斯基正教诗学中的人》，《国外文学》，2002 年第 3 期。

78. 王志耕：《堕落与救赎：陀思妥耶夫斯基的"中介新娘"》，《河北学刊》，2002 年第 4 期。

79. 田全金：《陀思妥耶夫斯基与性问题——对两个情结的文化阐释》，《俄罗斯文艺》，2002 年第 5 期。

80. 王志耕：《"聚合性"与陀思妥耶夫斯基的复调艺术》，《外国文学评论》，2003 年第 1 期。

81. 王志耕：《宗教文化语境下的陀思妥耶夫斯基诗学》，北京师范大学出版社 2003 年版。

82. 林精华：《去民族性特色与扩展全球性价值——西方 20 世纪视野中的陀思妥耶夫斯基形象》，《俄罗斯文艺》，2003 年第 2 期。

83. 周启超：《论陀思妥耶夫斯基小说的复调性——巴赫金访谈录》，《俄罗斯文艺》，2003 年第 2 期。

84. 周丹：《神性的诗意——浅论陀思妥耶夫斯基的宗教思想兼与何云波先生商榷》，《俄罗斯文艺》，2003 年第 2 期。

85. 刘久明：《郁达夫与陀思妥耶夫斯基》，《江汉论坛》，2003 年第 5 期。

86. 阎美萍：《陀思妥耶夫斯基小说中犯罪问题探源》，《俄罗斯文艺》，2003 年第 6 期。

87. 孙亦平：《寻找"立人"与文化救赎之道》，《江西社会科学》，2003 年第 11 期。

88. 谢天振主编《中国现代翻译文学史》，上海外语教育出版社 2004 年版。

89. 赵桂莲：《陀思妥耶夫斯基创作思想探源》，《国外文学》，2004 年第 2 期。

90. 乔占元：《陀思妥耶夫斯基与他的"斯芬克斯之谜"》，《俄罗斯文艺》，2004 年第 2 期。

91. 王志耕：《转喻的辩证法：陀思妥耶夫斯基的宗教修辞》，《国外文学》，2004 年第 2 期。

92. 卢群：《死亡边缘的思考——析陀思妥耶夫斯基的"灵魂不死"观》，《西安外国语学院学报》，2004 年第 2 期。

93. 徐田秀：《论陀思妥耶夫斯基"原罪"与"救赎"的悲剧色彩》，《求索》，2004 年第 3 期。

94. 李今：《陀思妥耶夫斯基在三四十年代的中国》，《鲁迅研究月刊》，2004 年第 4 期。

95. 孙亦平：《生命哲学的文化观照——鲁迅与陀思妥耶夫斯基死亡意识比较》，《江西教育学院学报》，2004 年第 4 期。

96. 卢群：《陀思妥耶夫斯基笔下的彼得堡》，《俄罗斯文艺》，2004 年第 4

中国俄苏文学研究史论
История исследования русской и
советской литературы в Китае

期。

97.高旭东:《重估陀思妥耶夫斯基的文化价值》,《外国文学》,2004 年第 6 期。

98.朱虹:《"罪人"与"恶人":对陀思妥耶夫斯基作品的主要人物形象的再审视》,《宁波大学学报》人文科学版,2004 年 6 月。

99.施津菊:《罪感中的救赎与冤怨中的消亡——歌德、陀思妥耶夫斯基与鲁迅的救赎观比较》,《鲁迅研究月刊》,2004 年 6 月。

100.田全金:《文学翻译的政治——论陀思妥耶夫斯基在中国的译介》,《中文自学指导》,2005 年第 1 期。

101.李胜清、何巧红:《确证人性的前提——论陀思妥耶夫斯基创作的问题意识》,《西南交通大学学报》社会科学版,2005 年第 1 期。

102.陈思红:《艺术家心理学家陀思妥耶夫斯基创作个性的形成》,《国外文学》,2005 年第 1 期。

103.彭克巽:《陀思妥耶夫斯基小说艺术研究》,北京大学出版社 2006 年版。

第二十九章
中国的奥斯特洛夫斯基研究

奥斯特洛夫斯基（Александр Николаевич Островский，1823—1886），另有中译名阿史德洛夫斯基、奥斯托洛斯基、阿史特洛夫斯基、阿斯德洛夫斯基、奥史特洛夫斯基等。奥氏是俄国伟大的剧作家，他的作品在俄国戏剧史上构成了一个时代。他的剧作传入中国后，对中国的戏剧创作产生过深刻的影响，并引起中国学界的关注。

一、20 世纪 20—40 年代的研究

中国对俄国戏剧的介绍要晚于小说的译介，第一个把俄罗斯作家的剧本译成中文的是瞿秋白。他在 1920 年 4 月出版的《曙光》杂志上发表了根据俄文翻译的果戈理的剧本《仆御室》。在瞿秋白的倡导下，耿济之和郑振铎等人编译的"俄国戏曲集"10 册于 1921 年 2 月由上海商务印书馆出版。奥氏的《雷雨》（即《大雷雨》，耿济之译）作为共学社"俄罗斯文学丛书·俄国戏曲集 2"第一次进入中国。郑振铎还在附录里为奥氏等 6 位俄罗斯作家写下了相当详细的小传[①]。此后不久，奥氏的其他作品也逐渐被介绍进来。1922 年，郑振铎翻译的 3 幕喜剧《贫非罪》，由商务印书馆出版；同年，柯一岑翻译了奥氏的 5 幕悲剧《罪与愁》。

在译介奥氏作品的同时，我国文学界对作家的思想和创作进行了研究。1923 年，《小说月刊》上发表了耿济之撰写的文章《阿史德洛夫斯基评传》，拉开了中国奥斯特洛夫斯基研究的序幕。文中，耿济之对奥氏的一生与创作作了相当全面的评述，对他的风格和特征归纳也比较到位。他认为，"人生一切的琐细

---

① 该集子收录了 6 位俄国作家的 10 个剧本：托尔斯泰的《黑暗的势力》（耿济之译），契诃夫的 4 部多幕剧《伊凡诺夫》、《万尼亚舅舅》、《樱桃园》（均由耿济之译）和《海鸥》（郑振铎译），奥斯特洛夫斯基的《雷雨》，屠格涅夫的《村中一月》（耿济之译），果戈理的《巡按》（贺启明译），史拉美克的《六月》（郑振铎译）。

部分都逃不过阿氏注意的眼光,而予他以后所做作品丰富的材料";奥氏戏剧具有"开发平民的心灵,扬明俄国人民模范的特点"等。耿济之这篇对奥斯特洛夫斯基的总体介绍成为国内奥氏研究的基石,在当时具有较高水平。其他学者也发表了关于奥氏及其作品的评论,但多集中于对奥氏创作概况的介绍,以及对已译介作品的阅读感受。例如,在 1923 年奥斯特洛夫斯基诞辰 100 周年之际,《朝霞》(《新民意报》副刊)第 6 册刊载了几篇有关奥氏和他的作品的评论文章。赵景深撰写了两篇:一为《〈雷雨〉给我的启示》,另一为《读〈罪与愁〉》。另有焦菊隐和钱杏邨的两篇关于《贫非罪》的读后感想。这些文章都还停留于对作家和作品的简单介绍和感悟上,尚未进入更深的研究层次。

奥斯特洛夫斯基进入中国的最初十几年间,没有像其他俄罗斯作家一样受到较多的关注。他的作品只有 3 部被译介进来;对作家作品的研究也处于起步阶段,只是从文学反映人生这个角度来认识奥斯特洛夫斯基。

20 世纪 30 年代后期和 40 年代,《大雷雨》再次引起我国文艺界的关注。1937 年,耿济之的译本由长沙商务印书馆再版;同年,上海启明书局出版施瑛译述本《雷雨》。1944 年,上海世界书局将芳信译本《大雷雨》收入"俄国名著丛刊第 5 册"。该译本又分别于 1945 年由重庆灿烂书店收入"世界名剧选",1946 年由上海国民书店收入"世界名著丛刊"。除了代表作《大雷雨》,奥氏的其他作品也陆续被译介。1941 年,林陵译出《智者千虑必有一失》;1943 年,《苏联文艺》刊载 4 幕悲剧《没有陪嫁的女人》;1946 年,上海时代书报社出版白寒翻译的《没有陪嫁的女人》,同年,梁春也翻译了该剧;1948 年,上海时代书报社将梁春的译本收入《奥斯特洛夫斯基戏剧集:1》。

戏剧作为独特的艺术形式,能够通过舞台表演对观众产生最直接、生动的影响。因而在中国,《大雷雨》最受关注的就是它的舞台演出。1937 年,上海业余剧人协会首次演出这个戏,由章泯导演,蓝苹饰卡杰琳娜,赵丹饰奇虹,郑君里饰鲍里斯,舒秀文饰卡巴诺娃。此后,青岛剧社、留蓉剧人协会、留渝剧人协会、巡回戏剧教育队、国立戏剧学校、新中国剧社、演剧二队、演剧四队……都在各处不断演出,创造了当时外国古典名剧演出的最高纪录。

与之相应,40 年代我国的奥斯特洛夫斯基研究开始重新起步。由于《大雷雨》的广泛演出,当时研究中占据较大分量的就是对演出的探讨和评价。最早对演出关注的是杜列林在 1942 年 2 月 9 日的《新华日报》上发表的文章(离子翻译)①。但他并未直接对演出发表评论,而是在看完重庆舞台的演出后引出的对莫斯科艺术剧院演出的回忆,重点介绍两个演员扮演同一个角色的情景。同年 2 月 20 日,《新华日报》刊载的岱郁记的文章,第一次对演出本身发表了评论②。作者记述了在苏联观看过《大雷雨》演出的人对当时重庆演出中人物和语言的看法。他指出,重庆的演出能完整地把握原作的思想和内容,但在语言上却有差异。"奥氏在戏剧上的成功,可以说是语言上的成功。他底语言就是戏剧底语言,在他每一句对话里面都是含有深意的、极微妙的思想和剧情。奥氏的作品中并有他特殊的风格与艺术精神"。而演出却"失去原作味道,而且也不是完全代表原作的精神及在艺术上的价值"。作者从翻译学角度解释了在译作中语言及艺术价值不及原作的原因。这是因为作者与译者的水准不同,在艺术上的修养也不同。奥氏是戏剧巨匠,非普通戏剧工作者所及;同时,也因为各国各民族间文化生活及文字上存在巨大差异。另外,作者重点分析了重庆演出中各个角色的塑造。他评价卡巴诺娃的塑造是成功的,"特别是她那非常沉重的神气、态度,就正是 19 世纪俄国妇人的特点,给人以一种阴暗与可憎恨的印象"。张瑞芳扮演的卡杰琳娜也是成功的。她理解了原作者的精神,并从自己的实际生活中去体验,"把握住在那样一个悲惨时代里受压迫的妇女感情"。作者也指出张瑞芳在表演中的小失误。对于周峰君扮演的康力金和孙坚白扮演的奇虹,作者指出了他们对于人物性格处理的简单化。作者更是对瓦尔瓦拉的扮演者提出了批评:对于人物的情感变化、发展与外形、动作不调和。另外,作者还对演员的化妆、舞台布景都提出了自己的看法,称赞重庆舞台的演出具有俄国味道,是成功的。这是我国第一篇从专业角度评价舞台《大雷雨》演出的文章。

这一阶段,译介的苏联学者评论奥氏及其作品的文章,以及我国学者撰写的评论文章明显增多。1943 年是奥氏诞辰 120 周年,《苏联文艺》刊载两篇译介的评论文章予以纪念③。费里泊夫的《伟大的剧作家——纪念奥斯特洛夫斯基诞生 120 周年》一文盛赞奥氏的戏剧创作,给予奥氏在新时期(苏联)的崇高

---

① 杜列林著,离子译:《莫斯科艺术剧场演出的〈大雷雨〉中的卡特琳娜》,《新华日报》,1942 年 2 月 9 日。

② 岱郁记:《重庆舞台上的〈大雷雨〉底人物与语言》,《新华日报》,1942 年 2 月 20 日。

③ [苏]费里泊夫作,遇通译:《伟大的剧作家——纪念奥斯特洛夫斯基诞生 120 周年》,[苏]罗马索夫作,遇平译:《奥斯特洛夫斯基》,《苏联文艺》,1943 年第 5 期。

地位。文中用奥氏的剧本在苏联剧坛不断上演的事实,反驳所谓"奥氏的戏剧是属于过去的"言论。罗马索夫的《奥斯特洛夫斯基》一文详细介绍了奥氏创作的主题、思想、风格、手法等,称奥氏的剧本深刻反映了商人阶级的生活,"他是商人阶级思想和憧憬的表现者,他熟悉地知道商人阶级的心理和生活";奥氏在风格上属于写实主义,"他的锐敏的观察,他善于把生活现象概括化和典型的技能",使他"刻画出一长列明朗讽刺形象的画廊",其中尤为出色的是商人形象和妇女形象。作者认为,"深敬人的劳动,憎恨怠惰,憎恨寄生的主题是奥斯特洛夫斯基剧作最深刻的社会主题之一";"在创造巨大的人之个性方面,奥斯特洛夫斯基是一个大匠"。这些介绍对中国读者了解奥斯特洛夫斯基有一定的参考价值。

1946 年,卢式在《世界文艺季刊》第 1 卷第 3 期上发表文章《A. N. 奥斯特洛夫斯基的〈大雷雨〉》。文章从戏剧冲突、人物形象、创作手法 3 方面读解《大雷雨》。对于剧中的冲突,卢式提出"倘使要索求一个剧的真义,我们最好从它的冲突着手,去找出它所蕴涵的冲突,并且从这冲突,去体会作者所暗示的解决之途"。文章具体分析了卡巴诺娃与卡杰琳娜之间的冲突,并从时代、地方、环境出发分析了奥氏对人物角色的塑造。作者引用克鲁泡特金的评价来赞美奥氏的手法,"在他的(奥氏)戏剧之中,引入了俄罗斯生活的各个阶级中所取材的无限复杂的人物;但是,他却断然地把那种罗曼式的人类型之'善'与'恶'的分类完全抛弃了。在实际生活中,这两种东西本是混合在一处的,而且还互相浸入着的"。在创作手法上,作者从冲突的最高点——卡杰琳娜的死看奥氏的创作是否自然,以此判定奥氏写实手法运用的成功。卢式还认为奥氏的舞台经验丰富、手法高明,完全不亚于奥尼尔。这是我国研究者第一次对《大雷雨》作较为详细的分析,而且比较准确地指出了奥氏创作的主要特点。

但在同一期刊物上,有人对奥氏思想也提出了批评。李何林在《我们不能过分原谅作者的思想缺陷》一文中表示,"奥氏没有真正的民主主义思想,也未曾表现同时代的前卫青年们的进步倾向",只是"消极的暴露黑暗,同情于为社会所压碎的不幸的人物,因而引起疗救的注意"。但这"使他们看不见'真正的较好的分子'以及'胜利'和'希望'","是与陀斯妥耶夫斯基、托尔斯泰、契诃夫等人同类,不能原谅他们的不足"。在今天看来,这样的评价不免过于武断,过于机械地用现实来要求作者。但在当时,这也代表了相当一部分人的观点。

1948 年,奥斯特洛夫斯基诞辰 125 周年,我国研究界又掀起了一股热潮。

《中苏文化》在 19 卷的第 2、3 合期中出了"奥氏专题",刊载数篇有关奥氏文章予以纪念,将奥氏较完整地展现在中国读者面前。这些文章梳理了奥氏的生平和创作经历,指出奥氏在俄国戏剧史中的地位、对俄国戏剧的贡献、他的戏剧中广阔的现实生活题材、高超的现实主义手法和卓越的语言技巧,特别是深入分析了他的代表作《大雷雨》,包括介绍剧本的生活背景、结构和人物性格描写。对剧中的主要人物形象卡杰琳娜、提郭意、卡巴诺娃、奇虹和鲍里斯等都作了分析,对每个人物的特征都作了鲜明的概括,如称卡杰琳娜"是剧中的中心人物,有诗意空想,且有几分狂热的人";是空想、易感、天真的人;是特具"可爱的、理想的"性格的人;她怀着一颗炽热的心,敢作敢为,"黑暗王国"的环境与她的真情世界的冲突形成了她的悲剧。除了对作品本身的关注,这一专辑中更重要的就是对《大雷雨》在中国流传情况的整理。编者将 1937 年《大雷雨》在中国的首次上演至 1947 年间的演出情况整理列表如下:

演出团体	导演	年份	地点
业余剧人协会	章泯	1937	上海
留蓉剧人	瞿白音	1940	成都
留渝剧人	孙施谊	1941	重庆
新中国剧社	瞿白音	1942	桂林
新中国剧社	瞿白音	1943	衡阳、长沙、湘潭
新中国剧社	齐怀远	1945	昆明
演剧二队	李强麟	1947	北平
演剧四队	张客	1947	汉口
新中国剧社	严恭	1947	上海
演剧十二队	孙施谊	1947	重庆

这一整理为后来的研究留下了珍贵的资料。另外,该专题中还有两篇评论演出的文章,一为对苏联艺术剧场演出的评价,主要是谈论苏联演员的角色塑造;另一为新中国剧社在昆明公演后的演出座谈会。这次座谈会有包括田汉、李何林等众多戏剧界人士参加,他们从各个方面讨论了剧本和演出情况。李何林、田汉都谈及作品的主题,但观点并不一致。田汉指出,《大雷雨》的主题只有一个:新旧势力冲突,而不是李何林说的两个。接着,他重点分析了人物形象塑造对突出主题的作用。也有一些与会者对剧本提出了批评,如范启新、孟南等。

他们认为,奥氏受时代和自己阶级属性的局限,过于重视批判黑暗,缺少对光明的追求;视野不宽阔,对于知识分子的复杂生活和社会问题涉及的范围比较狭小。同时,也总结了奥氏的创作技巧有写实主义倾向,但对于通过角色的独白和第三者的介绍帮助人物个性的表现与剧情的发展这一手法却颇有微词。孟超对以上的批评意见持不同看法,他认为不要机械地为了配合今天的现实来评价奥氏,这才是更为客观的评价。文中还总结了《大雷雨》在中国受欢迎的原因是由于历史法则的一般性和艺术的世界性所致:19世纪俄国社会与中国的半殖民地半封建社会有许多共同点,只是中国却没有卡杰琳娜似的反抗女性。这些都体现了当时我国学者和戏剧工作者对《大雷雨》的理解。

这一阶段,奥氏研究专著在我国与读者见面。1948年,时代书报出版社出版了两本专著,一是由戈宝权、林陵编辑的《奥斯特洛夫斯基研究》,另一为史坦因著、蒋路翻译的《奥斯特洛夫斯基评传》。

二、20世纪50—70年代的研究

新中国成立初期,奥斯特洛夫斯基的《大雷雨》继续在全国各地上演。1959年是《大雷雨》在俄国首演100周年,各地又排演该剧纪念奥氏。其中引起较大轰动的是中央戏剧学院实验话剧院的演出。欧阳山尊、李健吾、马少波等分别在《光明日报》、《文汇报》和《中国青年报》上著文评价了这次演出。他们不仅称赞了实验话剧院的演出在"时代特征和人物性格"上非常成功,还从表演的角度对演出作了细致分析[①]。欧阳山尊在文中认为,"导演对全剧的处理非常细致精巧,富有诗意",但却"缺乏磅礴奔放的激情",从而无法体现《大雷雨》是"一篇向黑暗王国宣战的檄文";在剧情安排上,重点不够突出,节奏不够鲜明。对于几位主要角色的塑造,欧文也提出了详细的看法,认为这些演员从更深层次挖掘了人物心理,更好地展现了人物。李健吾的文章立足于奥氏在剧中运用的戏剧手法,说明此次演出的导演孙维世、耿良等人深入挖掘奥氏设立的对立面,并将其统一在演出上,从而上演了一场忠实于剧本的成功演出。这两篇文章都从表演角度对实验话剧院的演出作了非常专业的评论。同年,顾仲彝在《上海

---

① 欧阳山尊:《成就与不足(评实验话剧院演出的〈大雷雨〉)》,《光明日报》1959年7月17日;李健吾:《拉杂说〈大雷雨〉》,《文汇报》1959年8月2日;马少波:《雨过天晴云破处》(《大雷雨》观后),《中国青年报》,1959年7月17日。

戏剧》上著文,评价上海戏剧学院的演出①。他认为,此次演出具有"俄罗斯民歌色彩",体现在"人物性格的刻画、诗情画意的歌唱及布景上";对各位主要人物饰演者的表演也作了非常细致地分析,指出了个别饰演者的不足。这些对国人了解奥斯特洛夫斯基作品,推动我国舞台艺术的发展起了很好的作用。

这一年还出现了总结性的文章。闻津在 6 月 7 日的《北京日报》上发表了文章《〈大雷雨〉在中国》。文章虽然简短,却也回顾了我国的演出历史,曾经排演过《大雷雨》的剧团和演员。熊佛西在 10 月 19 日的《文汇报》上著文纪念《大雷雨》演出百年②。文中主要总结了《大雷雨》在中国受欢迎的原因,"作家的魅力"、"具有东方色彩"、"戏剧的主要矛盾——'黑暗王国'与自由光明的向往的斗争",而最后一点又是"具有世界普遍意义的"。正是这些,才使得《大雷雨》在各国不断上演,经久不衰。这两篇文章文字都较短小,却对我国一段时期内《大雷雨》的演出情况起了总结作用。

熊佛西的文章强调"各国演出有不同的处理,不同见解产生不同的艺术形象"。这就涉及了外来文学在传入过程中的接受角度问题。《大雷雨》在中国的不断上演,说明了我国对这一外来文学的广泛接受程度,同时我们也可以非常清晰地了解这一接受过程的倾向。《大雷雨》的上演情况和以上评论者们在观看后的评价角度,都反映了中国对《大雷雨》的接受角度主要是从"文学为人生"这一方面。国内的编演者希望通过《大雷雨》在中国的上演激励民众,拯救祖国。正是戏剧这一独特之处,使得我国的《大雷雨》研究较多地关注于舞台演出。

《大雷雨》研究的另一焦点就是剧中的主人公——卡杰琳娜。我国对卡杰琳娜的态度主要受杜勃罗留波夫的影响,多从社会学角度出发。评论谈及卡杰琳娜这一人物形象,都仅将其看做"黑暗王国的一线光明",未有更深层次的挖掘。在 1959 年,顾仲彝的文章里提出卡杰琳娜的性格具有两面性。他指出"卡杰琳娜的典型性格正是俄罗斯民族性格的代表:不顺从屈服,热爱自由,憎恨人对人的压迫和凌辱,为争取自己的权利而斗争"。同时他也指出"卡杰琳娜的性格有两方面:一方面有非凡的智慧,天真和深邃的对大自然的感受和她热爱自由的反抗性;另一方面又受宗法礼教的教养,受宗教熏陶",这就"加深了她性格

---

① 顾仲彝:《评"大雷雨"》,《上海戏剧》,1959 年第 2 期。
② 熊佛西:《〈大雷雨〉演出百年纪念》,《文汇报》,1959 年 10 月 19 日。

中国俄苏文学研究史论
История исследования русской и
советской литературы в Китае

内在的矛盾性"。

1957年,葛一虹在《俄罗斯、苏联戏剧在中国传播的三十年》中总结过俄苏戏剧对我国的影响①。他认为,"俄罗斯作家的剧本和苏联作家的剧本从来受着中国读者的欢迎,其中在中国舞台上演出过的,更受到广大观众的喜爱。中国人民热烈爱好俄罗斯、苏联戏剧,并深受其影响,学习到了许多有助于认识生活,有助于进行阶级斗争和生产斗争的宝贵的知识。对于中国戏剧工作者来说,其所产生的影响更是直接的、深刻的;在中国革命戏剧运动的发展上、演剧艺术的成长上,都占有十分重要的地位"。无疑,奥斯特洛夫斯基的《大雷雨》等剧作在这些俄苏戏剧中有着突出的地位。

解放后,芳信的《大雷雨》译本被多次出版:1950年上海海燕书店版,1954年作家出版社版,1959年人民文学出版社版。奥氏研究工作也继续展开,10多年的时间里,报刊就发表了十几篇研究文章,还翻译出版了多本评传性质的著作。如1953年,中国青年出版社出版温格洛夫、爱弗洛斯合著,孙广英翻译的《奥斯特洛夫斯基传》;1954年,四联出版社出版由顾巴颜编写的《奥斯特洛夫斯基》。

这一时期的研究文章,在数量上逐渐增多。但从对奥氏研究的成绩上而言,较前并未有所突破。首先,在作品研究上,范围仍未拓宽,视野仍局限于《大雷雨》;其次,就《大雷雨》研究而言,大都仍是对它演出的评论,运用的也仅仅是社会学批评。同时,仍有一些译介文章也见诸报端。在奥氏诞生120周年,黎星翻译了杜雷林的文章②,文中对奥氏创作情况作了总体分析,对奥氏的作品内容、作品中的人物形象都作了详细介绍。

60—70年代,与我国当时的国情有关,有关奥斯特洛夫斯基的译介和研究中断。直到1979年末,罗岭在《上海戏剧》发表文章《奥斯特洛夫斯基和他的〈大雷雨〉》,才打破了多年的沉寂③。

三、20世纪80年代以来的研究

80年代以后,中国的奥斯特洛夫斯基译介和研究出现了前所未有的局面。

----

① 葛一虹:《俄罗斯、苏联戏剧在中国传播的三十年》,《戏剧论丛》,1957年第4辑。
② 杜雷林著,黎星译:《伟大的俄罗斯作家亚·奥斯特洛夫斯基》,《文艺报》,1953年第7号。
③ 罗岭:《奥斯特洛夫斯基和他的〈大雷雨〉》,《上海戏剧》,1979年第5期。

就译介而言,一方面,《大雷雨》被多次出版①;另一方面,奥氏的其他剧作也被翻译进来。1987 年,人民文学出版社出版臧仲伦译的《亚·奥斯特洛夫斯基戏剧选》,其中收入了奥氏的代表剧作 5 部:《自家人好算账》、《大雷雨》、《森林》、《没有陪嫁的姑娘》、《名伶与捧角》。同时,一些苏联学者关于奥氏的文章和传记作品继续被介绍进来。研究方面,无论是数量(论文有近 40 篇)还是研究的广度和深度,都有很大的拓展。我国学者已不满足于奥斯特洛夫斯基的生平创作的泛泛介绍,而是较为深入地进行多角度的探讨。

首先,奥氏研究(主要是《大雷雨》)出现新的研究角度。更多的研究者从社会历史评价的角度深入到艺术层面研究范畴,对奥氏作品的人物形象、具体的艺术手法、戏剧创作风格等诸多方面进行探讨,表现出多元化趋势。也有研究者将奥氏的《大雷雨》放置在所属派别中加以观照②。

以卡杰琳娜形象的研究为例。80 年代以后,大部分的研究者不再单纯地用社会学的批评方法简单定论,而是更多地深入人物,探讨她的复杂性格。徐竹生在文章《〈大雷雨〉的戏剧冲突与人物形象》③中对这一人物进行了深层次分析。作者认为,卡杰琳娜具有"伟大历史转变时期的俄国社会的新人性格的复杂性",她"一方面有对自由幸福的热烈向往和大胆追求;另一方面她又有着对因袭传统和旧习惯势力的忍让与屈从","这两种对立的性格特点辩证地统一在卡杰琳娜,形成了她那既敢于反抗斗争,又有忍耐、顺从的复杂的内心世界"。但是,作者并未只停留在这一层面,他更深入分析了形成这种复杂性格的原因在于环境、教养和生活境遇的决定。而奥氏对这一人物塑造成功的原因在于"随着情节的发展,通过深入揭示其内心冲突而展示她性格发展的逻辑力量"。徐文对于作品里的其他人物也给予了新的定位。他将瓦尔瓦拉也定义为具有反抗性格的新人体系中的一员,这一反过去我国舞台上长期对其轻佻、风骚性格的定位。王建高、邵桂兰、荃里、王小瑛等人的文章都从卡杰琳娜的内心冲突

---

① 仅芳信译本就先后于 1980 年由湖南人民出版社收入《外国戏剧选》,1981 年上海文艺出版社收入《外国剧作选》,1987 年又由黄河文艺出版社收入《外国著名悲剧选》。除芳信译本外,1987 年臧仲伦等译本由人民文学出版社收入《亚·奥斯特洛夫斯基戏剧选》出版。

② 胡斌:《〈大雷雨〉与俄罗斯学派的戏剧艺术》,《俄苏文学》,1986 年第 3 期。

③ 徐竹生:《〈大雷雨〉的戏剧冲突与人物形象》,《南京大学学报》,1980 年第 3 期。

История исследования русской и
советской литературы в Китае

入手,分析人物的性格发展和剧情的发展①。另外,也有人从宗教角度分析了卡
杰琳娜的形象。綦立吾《关于〈大雷雨〉的一些异议》一文指出,杜勃罗留波夫
评价中忽视了宗教意识对卡杰琳娜的影响,未看到卡杰琳娜常用宗教来"拯救"
自己灵魂,简化了由社会性而产生的人物性格的复杂性②。木阳在文章中分析
了卡杰琳娜的悲剧,并解释这一悲剧的形成是建立在复杂的社会关系上的③。
杨艺的文章《"黑暗王国"的叛逆者——评〈大雷雨〉卡杰琳娜的艺术形象》揭示
了这一形象鲜活的个性特征和独特的人格魅力,以及给今天的人们带来的启
示。

其次,随着80年代比较文学在我国的发展,我国的奥氏研究也进入了新的
时期。这一时期,出现了许多比较研究的文章。袁寰的文章《〈雷雨〉与〈大雷
雨〉轮状戏剧结构比较》④开了我国奥氏比较研究的先河。文章以平行研究的视
点,用轮状分析法,对《大雷雨》和《雷雨》这两部东西方名剧的艺术结构的相似
性与相异性作了探索。文中先确定《雷雨》和《大雷雨》都是"家庭悲剧,错综复
杂的人物关系和主题的特殊性,决定了作品结构的特殊性"。由于"线索的多层
次",因而"两剧都有意无意地采取了轮状戏剧结构"。《雷雨》全剧"三条线索
都集辐于一个轴心结构人物周朴园身上,构成轮状结构的'Y'型骨干","辐上
除'Y'型骨干外,辋上还纠葛着主仆、夫妇、父子、父女、母女、兄妹、兄弟等错综
繁复的矛盾冲突,形成360°的环形冲突圈"。这样《雷雨》全剧就构成"一个有
轴心、有辐条、有辋圈的完整的轮状戏剧结构"。《大雷雨》的布局也是"围绕着
对专制野蛮扼杀一切生机的'黑暗王国'的强烈主题安排的",设置了1条明线、
3条暗线等矛盾纠葛,构成一个"轮状冲突网"。同时,作者指出二者在冲突线
的布局上的3个相异点。接着,作者又对二剧在结构人物关系上的相同点和区
别加以详细分析。文中还对两剧在人物心理冲突线、对轴心结构人物的刻画采
用的重场戏、偶然性与必然性统一的处理这三方面的异同作了比较。这篇文章
不仅深入到《大雷雨》的艺术层面,更掀开了《大雷雨》研究的崭新一页。

接着,国内出现了多篇这一类型的文章,主要是《大雷雨》和曹禺《雷雨》及

---

① 王建高、邵桂兰、荃里:《卡杰琳娜的内心冲突》,《戏剧丛刊》,1981年第2期;荃里:《〈大雷雨〉中
的人物形象》,《江苏戏剧》,1982年第6期;王小璜:《谈〈大雷雨〉中卡杰琳娜的形象》,《外国文学欣赏》,
1984年第2期;王建高、邵桂兰:《从〈大雷雨〉谈人物的内心描写》,《艺谭》,1986年第2期。
② 綦立吾:《关于〈大雷雨〉的一些异议》,《徐州师范学院学报》,1984年第1期。
③ 木阳:《略论"卡杰琳娜"》,《中文自学指导》,1990年第11期。
④ 袁寰:《〈雷雨〉与〈大雷雨〉轮状戏剧结构比较》,《求索》,1985年第6期。

《原野》的比较。余力的文章《曹禺和奥斯特洛夫斯基》先指出两剧在刻画"黑暗王国"上具有异曲同工之妙,接着对《大雷雨》和《原野》的主题、人物及某些表现手法进行了比较,作者用这些联系,引出"影响"存在的可能①。曾春和高建新的文章从创作手法和戏剧结构比较了两剧,从中体味两剧丰富的内涵和艺术个性。作者认为,两剧"同为现实主义优秀剧作",却有着"不同的戏剧结构":《雷雨》是"锁闭式",《大雷雨》是"开放式"②。也有通过两部作品来比较两位作家的。史锦秀从两剧的共同命名"雷雨"、由"雷雨"贯穿戏剧始终、以"雷雨"的艺术形象表达时代特征等共同点出发,探讨了两位作家的精神内涵③。也有将《大雷雨》和我国其他作品比较的,如《夏金桂与卡杰琳娜》一文从人性角度分析这两位女性形象,认为两者都是"人性的变态",卡杰琳娜是"病态的善",夏金桂是"病态的恶"。文章例举二者病态的特征,卡杰琳娜的"哭泣"和夏金桂的"狮吼",都是源自于压抑。而纲常和原罪致使二者要冲破压抑,迸发真性。两者所处环境的不同,又让她们遭受到了"嘲谑"与"同情"这两种截然不同的对待,而最终形成"大家末世的一个精怪"与"黑暗王国的一线光明"④。

再次,奥氏研究中出现用现代主义的批评方法解读作品的文章,如钱江的《伊甸园的酒神:〈大雷雨〉原型分析》一文,用原型批评理论对剧中主要人物的原型意义作了分析。通过作品与《圣经》故事的对照得出结论:瓦尔瓦拉的原型是蛇,卡巴诺娃的本质属性与神耶和华是一致的。按照这一推断,卡杰琳娜的原型就是夏娃。但作者从她行为的主动性上否定了这一结论,提出卡杰琳娜的原型是酒神狄俄尼索斯。作者将卡杰琳娜的悲剧命运归结为:"个人欲望被压抑乃至释放而最终导致个人毁灭的过程",这与"总是狂喜与痛苦交织的颠狂状态——酒神状态"是一致的。因此,卡杰琳娜"也成为酒神众多面具中的一个";"整出悲剧《大雷雨》,在原型的意义上也成为对酒神受难与死亡的祭祀仪式的模仿"。这篇文章给了读者一个新的视角审视《大雷雨》,使得《大雷雨》研究呈现出新的面貌⑤。李念的《〈大雷雨〉主题的解构与建构》一文,从女权主义角度说明这部戏剧在"解构男子中心文化的同时,又在暗暗建构一种男权主义秩

① 余力:《曹禺和奥斯特洛夫斯基》,《外国文学研究》,1991 年第 4 期。
② 曾春、高建新:《〈雷雨〉与〈大雷雨〉比较研究》,《齐鲁艺苑》,1996 年第 2 期。
③ 史锦秀:《从〈雷雨〉和〈大雷雨〉中看两位剧作家的"雷雨"精神》,《俄罗斯文艺》,2003 年第 2 期。
④ 张乘健:《夏金桂与卡杰琳娜》,《红楼梦学刊》,1996 年第 1 期。
⑤ 钱江:《伊甸园的酒神:〈大雷雨〉原型分析》,《中文自学指导》,1991 年第 9 期。

序",而这是"作家潜意识中男性文化作祟"。正是这种主观意识的介入,卡杰琳娜在激烈反抗黑暗王国后仍以悲剧告终①。这两篇文章给人耳目一新的感觉,并将《大雷雨》研究推向新的层面。

由此可见,近年来,我国在奥斯特洛夫斯基研究上取得了不少成绩,对于其创作的宏观研究和作品的微观研究都有很大进展。但是存在的问题也是明显的:研究方向过于集中,缺少对奥氏其他作品的研究;同时,集宏观与微观于一炉的奥斯特洛夫斯基总体研究的专著至今尚未出现。

[相关研究成果要目]

1. 耿济之:《阿史德洛夫斯基评传》,《小说月刊》,1923 年 14 卷第 7 号。

2. 赵景深:《雷雨给我的启示》,《朝霞》(《新民意报》副刊)第 6 册(1923)。

3. [苏]杜列林著,离子译:《莫斯科艺术剧场演出的〈大雷雨〉中的卡特琳娜》,《新华日报》1942 年 2 月 9 日。

4. 岱郁记:《重庆舞台上的〈大雷雨〉底人物与语言》,《新华日报》1942 年 2 月 20 日。

5. [苏]费里泊夫作,遇通译:《伟大的剧作家——纪念奥斯特洛夫斯基诞生 120 周年》,《苏联文艺》,1943 年第 5 期。

6. [苏]罗马索夫作,遇平译:《奥斯特洛夫斯基》,《苏联文艺》,1943 年第 5 期。

7. 卢式:《A. N. 奥斯特洛夫斯基的〈大雷雨〉》,《世界文艺季刊》,1946 年第 1 卷第 3 期。

8. 李何林:《我们不能过分原谅作者的思想缺陷——看〈大雷雨〉演出后》,《世界文艺季刊》,1946 年第 1 卷第 3 期。

9. 李何林、田汉等:《奥斯特洛夫斯基专题》,《中苏文化》,1948 年 19 卷第 2、3 合期。

10. 杜雷林著,黎星译:《伟大的俄罗斯作家亚·奥斯特洛夫斯基》,《文艺报》,1953 年第 7 号。

11. 葛一虹:《俄罗斯、苏联戏剧在中国传播的三十年》,《戏剧论丛》,1957 年第 4 辑。

---

① 李念:《〈大雷雨〉主题的解构与建构》,《中文自学指导》,1991 年第 10 期。

12. 顾仲彝:《评"大雷雨"》,《上海戏剧》,1959 年第 2 期。

13. 闻津:《〈大雷雨〉在中国》,《北京日报》,1959 年 6 月 7 日。

14. 欧阳山尊:《成就与不足(评实验话剧院演出的〈大雷雨〉)》,《光明日报》,1959 年 7 月 17 日。

15. 李健吾:《拉杂说〈大雷雨〉》,《文汇报》,1959 年 8 月 2 日。

16. 马少波:《雨过天晴云破处》(《大雷雨》观后),《中国青年报》,1959 年 7 月 17 日。

17. 熊佛西:《〈大雷雨〉演出百年纪念》,《文汇报》,1959 年 10 月 19 日。

18. 罗岭:《奥斯特洛夫斯基和他的〈大雷雨〉》,《上海戏剧》,1979 年第 5 期。

19. 白翎:《俄国批判主义的剧作家奥斯特洛夫斯基》,《北京文艺》,1981 年第 6 期。

20. 徐竹生:《〈大雷雨〉的戏剧冲突与人物形象》,《南京大学学报》,1980 年第 3 期。

21. 王建高、邵桂兰、荃里:《卡杰琳娜的内心冲突》,《戏剧丛刊》,1981 年第 2 期。

22. 荃里:《〈大雷雨〉中的人物形象》,《江苏戏剧》,1982 年第 6 期。

23. 綦立吾:《关于〈大雷雨〉的一些异议》,《徐州师范学院学报》,1984 年第 1 期。

24. 王小璜:《谈〈大雷雨〉中卡杰琳娜的形象》,《外国文学欣赏》,1984 年第 2 期。

25. 袁寰:《〈雷雨〉与〈大雷雨〉轮状戏剧结构比较》,《求索》,1985 年第 6 期。

26. 王建高、邵桂兰:《从〈大雷雨〉谈人物的内心描写》,《艺谭》,1986 年第 2 期。

27. 胡斌:《〈大雷雨〉与俄罗斯学派的戏剧艺术》,《俄苏文学》,1986 年第 3 期。

28. 木阳:《略论"卡杰琳娜"》,《中文自学指导》,1990 年第 11 期。

29. 余力:《曹禺和奥斯特洛夫斯基》,《外国文学研究》,1991 年第 4 期。

30. 钱江:《伊甸园的酒神:〈大雷雨〉原型分析》,《中文自学指导》,1991 年第 9 期。

31. 李念：《〈大雷雨〉主题的解构与建构》，《中文自学指导》，1991 年第 10 期。

32. 张乘健：《夏金桂与卡杰琳娜》，《红楼梦学刊》，1996 年第 1 期。

33. 曾春、高建新：《〈雷雨〉与〈大雷雨〉比较研究》，《齐鲁艺苑》，1996 年第 2 期。

34. 杨艺：《"黑暗王国"的叛逆者——评〈大雷雨〉卡杰琳娜的艺术形象》，《重庆大学学报》，2001 年第 3 期。

35. 史锦秀：《从〈雷雨〉和〈大雷雨〉中看两位剧作家的"雷雨"精神》，《俄罗斯文艺》，2003 年第 2 期。

第三十章
中国的托尔斯泰研究

托尔斯泰(Лев Николаевич Толстой,1828—1910),另有中译名都斯笃依、笃斯堆、托尔司泰、脱尔斯泰等。托尔斯泰是19世纪俄国文化的杰出代表,20世纪中国文坛曾受到他的巨大影响。在风风雨雨的一个世纪的岁月中,许多中国学者对托尔斯泰表现出浓厚的兴趣,展开过广泛的研究,并围绕着他的思想和作品进行过尖锐的争论。透过这些现象,时代的变迁和不同文化间的融汇与碰撞清晰可见。

一、初入中国的托翁

托尔斯泰被介绍到中国的时间较早。据苏联学者希夫曼在《托尔斯泰与东方》一书中提供的材料,中国人在19世纪末已对托尔斯泰不感陌生。目前能见到的中国正式介绍托尔斯泰的文字材料始于19世纪和20世纪之交。上海广学会校刊的《俄国政俗通考》(1900)一书中对这位作家作了如下描述:"俄国爵位刘(名)都斯笃依(姓),……幼年在加森(即喀山)大学肄业。1851年考取出学,时年二十三岁。投笔从戎,入卡利米亚(即克里米亚)军营效力。1856年,战争方止,离营返里,以著作自娱。生平得意之书,为《战和纪略》(即《战争与和平》)一编,备载1812年间拿破仑伐俄之事。俄人传颂之,纸为之贵。"这些文字译自英文。

出自中国人手笔的评价托尔斯泰的文字始于1902年。此年2月,梁启超在文章《论学术之势力左右世界》(载《新民丛刊》第1号)中以政治眼光审视托尔斯泰,并对其大加推崇。该文认为:托尔斯泰"以其诚恳之气,清高之思,美妙之文,能运他国文明新思想移植于本国,以造福于其同胞"。"托尔斯泰生于地球第一专制之国,而大倡人类同胞兼爱平等主义。其所论盖别有心得,非尽凭藉东欧诸贤之说者焉。其所著书,大率皆小说。思想高彻,文笔豪宕。故俄国全国之学界,为之一变。近年以来,各地学生咸不满于专制之政,屡屡结集,有所要求。政府捕之锢之逐之而不能禁。皆托尔斯泰之精神所鼓铸者也。……苟无此人,则其国或不得进步,即进步亦未必如是其骤也。"文中所用的"托尔斯泰"的译名后通用中国。梁启超在 1905 年俄国大革命爆发时写的《俄罗斯革命之影响》一文,再次提及托尔斯泰。文中称此次革命中"最力之一派,即所谓社会主义者之流",他们"以废土地私有权为第一目的","虽以托尔斯泰之老成持重,犹主张此义。其势力之大,可概见矣"[①]。

1904 年,福州的《福建日日新闻》上刊载了一篇名为《托尔斯泰略传及其思想》的文章,作者为寒泉子。文章简略介绍了托尔斯泰的生平,称其"辞大学从军,赴高加索地方。边塞天然之风景,生活之质朴,均有所感于心,而著诸小说。后有种种名作,士女争诵。"文章的重点是评价托尔斯泰的宗教思想,并在与中国古代哲学思想的比较中,从 6 个方面阐发其内在精神。文中写道:"托尔斯泰以爱为其精神,以世界人类永久之平和为其目的,以救世为其天职,以平等为平和之殿堂,以财产共通为进于平和之阶梯,故其对于社会理想之淳古粗朴,岂与初代期基督教徒相似而已,抑亦夺许之席而入庄周之室矣。"文章评价的立足点是中国传统的伦理道德思想,这颇为典型地反映了晚清中国学界对托尔斯泰的认识。这篇可以称之为中国"托学"开篇作的文章所涉及的关于托尔斯泰宗教思想领域,后来长时间少有人涉足[②]。

与这些早期的介绍性文字相似,中国最早译出的托尔斯泰作品也与作家的思想倾向有关。1906 年,由叶道胜(德)和麦梅生译出托尔斯泰宗教题材故事 6 篇,载上海《万国公报》、《中西教会报》。次年结集,并新增 6 篇,名为《托氏宗教小说》,由香港礼贤会出版。书前王炳堃的序言认为,俄国"亦有杰出之士,如托氏其人者";读所序之书"觉襟怀顿拓,逸趣横生,诚引人入胜之书。虽曰小说,实是大道也"。1907 年,王国维在其主编的《教育世界》上发表《脱尔斯泰传》,全文 13 章,近 2 万字,文字明晰到位,在中国首次较全面地介绍了托氏。文中涉及其文学活动的部分有 5 千字,对《战争与和平》等 3 部巨著评价甚高。1908 年,鲁迅以迅行的笔名在东京出版的《河南》月刊上发表了《破恶声论》一文,文中也对托尔斯泰的著作和思想发表了自己的见解。鲁迅既称赞了托尔斯泰著作系"伟哉其自忏之书,心声之洋溢者也",又指出其不抗恶的思想中包含

① 见《新民丛报》第 62 号,1905 年。
② 可参见本书第一章的有关介绍。

有不切合实际的成分："其所言,为理想诚善,而见诸事实乃佛庱初志远矣。"

辛亥革命前后至"五四"高潮时期,托尔斯泰的文学作品开始大量进入中国,陆续译出了《心狱》(即《复活》)和《婀娜小史》(即《安娜·卡列尼娜》)等重要作品,译介数量居外国名家之首。这些作品的出现引起了不少读者的注意。评论称:托氏作品"读之令人泪下而不能自知"。1910年底,托尔斯泰去世。当年,《神州日报》和《东方杂志》即作报道,称其为"学界伟人","世人崇仰"。次年,中国学界又有人写出长文《俄大文豪托尔斯泰小传》以追悼,称托尔斯泰对真理的探求令"世间思想界,多为所惊动,乃卢骚以来之一人也。今忽焉而逝,此足为世界人类痛惜者也"。文章分"修学时代"、"怀疑时代"、"文豪时代"三部分展开叙述,文中某些史实不甚确切。此外,在当时颇有影响的一些刊物上均出现了评价托尔斯泰的文章。此时,中国对托尔斯泰的介绍偏重于思想的一面。人们赞扬艺术家托尔斯泰的同时,似乎更重视的是思想家托尔斯泰的价值。

"五四"时期,中国学界在介绍托尔斯泰时开始涉及作家的人生观、艺术观、哲学观、教育观、妇女观和具体作品等诸多方面,不过比较受关注的还是作家的思想倾向,但研究水准有所提高。

这首先体现在一些综述性的文字,如文学史或文学思潮史这一类的著述中。在这一时期出现的田汉的《俄罗斯文学思潮之一瞥》(1919)、郑振铎的《俄国文学史略》(1924)和蒋光慈与瞿秋白的《俄罗斯文学》(1927)等著述中均有关于托尔斯泰的评述。这些著述对托尔斯泰的生平和创作一般均点到为止,不作大段的铺陈,叙述要言不繁。当然,作者对托尔斯泰认识上的差异还是存在的。如同样谈《战争与和平》中的主人公,郑著称"乃是一个朴讷的农人白拉顿(即普拉东)",而毫不提及彼埃尔、安德列、娜达莎这些人及其命运。而瞿著写的是"最可注意的便是这小说里的'幻想的哲学家'彼埃尔"。显然,郑著编译成分较多些,有些重要的作品作者本人尚未接触,故出现了一些不应有的错误。而瞿秋白本人通晓俄语,因此论述的准确性就比较强。

关于托尔斯泰的文字更多的是刊物上发表的专题性文章。值得一提的有:沈雁冰的《托尔斯泰与今日之俄罗斯》、《文学家的托尔斯泰》和《托尔思泰的文学》,天贶的《宗教改革伟人托尔斯泰之与马丁路得》,蒋梦麟的《托尔斯泰人生观》,陈复光的《托尔斯泰之人生观》,耿济之的《托尔斯泰的哲学》和《译〈黑暗之势力〉以后》,瞿秋白的《托尔斯泰的妇女观》,杨铨的《托尔斯泰与科学》,松山的《托尔斯泰与鲍尔希维主义》,张闻天的《托尔斯泰的艺术观》,薇生的《托尔斯泰的家庭观及妇女观》,佛航的《托尔斯泰的〈复活〉》,顾仲起的《托尔斯泰〈活尸〉漫谈》,刘大杰的《托尔斯泰的教育观》,甘蛰仙的《中国之托尔斯泰》,鲁迅的《〈奔流〉编校后记(七)》和顾均正的《托尔斯泰童话论》等①。

上述文章尽管角度不同,但对托尔斯泰评价都比较高。如耿济之在《俄国四大文学家合传》中称:"托尔斯泰富有伟大之天才,至高之独创性,不为旧说惯例所拘,运用其高超之哲学思想于文学作品中,以灌输于一般人民。他是俄国的国魂,他是俄国人民的代表,从他起我们才实认俄国文学是人生的文学,是世界的文学。"一些专论性的文章谈得也比较深入。如张闻天的文章对托尔斯泰的艺术观作了全面的介绍;瞿秋白的文章从妇女的职业、贞操和婚姻3个方面较系统地阐述了托尔斯泰的妇女观,认为托尔斯泰的妇女观基于他的哲学观和宗教观。

沈雁冰(茅盾)的几篇文章发表时间较早,涉及面也较广,尤其是《托尔斯泰与今日之俄罗斯》一文较为全面地分析了托尔斯泰的生平、思想和创作。作者认为:俄国文学在最近几十年里能"转世界文艺之视听","此惟托尔斯泰发其端";在俄国文学中"托尔斯泰为其最高峰也"。文章除了在"托尔斯泰主义"等章节中论及了托尔斯泰的思想外,还在最后一节"托尔斯泰之势力"中,从6个方面,即"社会公平"、"非战争将和平"、"'体刑'与'罚金'之批评"、"社会面目之清洁"、"简单生活"和"艺术之意见",谈到了托尔斯泰的思想将对20世纪人类社会产生的影响。沈雁冰在文中将托尔斯泰与俄国革命相联系(称其为"最初之动力")。甘蛰仙的《中国之托尔斯泰》从地域、性情、品格、嗜好、思想、艺术、境遇等方面对托尔斯泰与陶渊明作了比较研究。作者认为,这两位作家"其相殊异之点,诚不少",但"相类似的又岂不多?"这些类似之处中最本质的一点是,他们都具有伟大的人格;他们的文学都是人生的文学。这是国内最早的一篇对中俄作家进行比较研究的论文。

二、评价的分歧:崇拜与贬斥

"五四"以后,中国文坛对托尔斯泰的评价出现分歧。有的依然推崇备至,

---

① 此外,还有众多的译文,如鲁迅译的卢那察尔斯基的《托尔斯泰之死与少年欧罗巴》和《托尔斯泰和马克斯》、梁实秋译的古谢夫的《托尔斯泰与革命》、胡愈之译的罗曼·罗兰的《托尔斯泰与东方》和巴金译的托洛斯基的《托尔斯泰论》等。当时不少刊物还出过纪念托尔斯泰的专号。

有的则对其严加斥责。而分歧的依据仍然和托尔斯泰的思想有关。

20世纪20年代末,中国文坛出版过刘大杰的《托尔斯泰研究》(1928)、郎擎霄的《托尔斯泰生平及其学说》(1929)和汪倜然的《托尔斯泰生活》(1929)等多本专论托尔斯泰的书。这些书各有特色,其基调与以前中国文坛对托尔斯泰的评价没有根本的区别,只是有的从赞扬走向了崇拜,如郎擎霄的《托尔斯泰生平及其学说》。这本著述对托尔斯泰思想的评述颇为详尽。该书上编用不多的篇幅介绍了"托尔斯泰之生平及其事业";下编则重点介绍"托尔斯泰之学说",分托尔斯泰之哲学发凡、托尔斯泰之人生哲学、托尔斯泰之政治概观、托尔斯泰之经济哲学、托尔斯泰之教育思想、托尔斯泰之艺术观、托尔斯泰之宗教观、托尔斯泰之妇女问题和托尔斯泰之素食主义等9章。作者在"自序"中这样描述托尔斯泰在中国已广为人知的状况:"国人知托氏颇早,近十年来更为风行,刊其译传者有之,译其专著者有之,译其短篇者有之,其他零星迻译,或发为论述者,亦所在多有。"而"顾于托氏思想之全部的"介绍更有必要,因为托尔斯泰"诚世界之目标也"。"论其文学上之著述,宗教上之议论,以及对于科学、政治、社会;对于家庭、妇女各思想,皆绝大之贡献,足以蜚声于世界也。然托氏思想虽不无疵弊,实远非常人所能及,而大有研究之价值也。""托氏处十九世纪之时,生动乱新兴之俄国,异姿挺生,发其怀抱,在世八十一载,著述二百许种。凡各种学术,靡所不谈。不但蔚成俄国近代学术之盛,且影响全世界。考其承流之诸,观见论述之博,实近代思想界最重要之一人,而言文化者所不可不注意也。"作者进而表示:"且吾匪独信仰托氏之思想,而尤崇拜其为人,因其思想,足为改进世界之工具也。其为人诚有'爱人忘我'之真价也。是以其学说足以能拯救于现世,其道德足以为吾人之标准……"出于作者仰慕的心态,书中对托尔斯泰思想评价甚高,而对其中的局限面则缺少应有的分析。

而另一方面,随着中国左翼文艺运动的开展,中国理论界开始引入"科学底文艺论",但这些文论内容驳杂,既有马克思主义的著述,也有大量庸俗社会学的货色。一部分左翼作家缺少理论的准备和选择的眼力,致使一些以"左"的面目出现的主张颇受青睐。这一点在对托尔斯泰的评价上也显示了出来。

当时,中国文坛中有人公开指责托尔斯泰,称其为卑劣的说教者("卑污的说人")。他们只承认艺术家托尔斯泰,而否定思想家托尔斯泰,如克己在《托尔斯泰论》的译者序言中抨击了国内对托尔斯泰学说的热衷:"在我国,虽然没有什么'托尔斯泰协会'这一类的存在,可是,托尔斯泰著作的移植,似乎比任何古

中国俄苏文学研究史论
История исследования русской и
советской литературы в Китае

典文学的介绍还要多,专事研究托尔斯泰学说的书籍,在坊间也累见不鲜。然而这些研究,和各国的托尔斯泰宗徒一样,皆不出于想把托尔斯泰抬入圣庙的企图。"文章在指出盲目崇拜托尔斯泰和不加分析地全盘接受他的学说的不足取这一点上是有道理的,但作者将思想家托尔斯泰和艺术家断然割裂却又是一种极为错误的倾向。文章认为:"托尔斯泰的教义,是充满着概念的混乱与矛盾的","托尔斯泰之思想的内容,是反动家的蓝本,然而,伟大的天才作家所遗留下的文学上的肯定的财产,却是负历史使命的普罗列塔利亚(即无产阶级)作家所应宜继承发展的东西。"

一些思想敏锐的作家对此给予了批评,并指出中国文坛上出现的托尔斯泰评价上的这种错误倾向是从苏联(或转道日本)贩来中国。如鲁迅在《〈奔流〉编校后记(七)》(1928)中表示:"说他的哲学有妨革命,而技术却可推崇。……我想,自然也是依照'苏维埃艺术局'的纲领书的,……奖其技术,贬其思想,是一种从新估价运动,也是廓清运动",但"照此推论起来,技术的生命,长于内容,'为艺术而艺术',于此得到苏醒的消息。"巴金则在《〈脱洛斯基的托尔斯泰论〉译者前言》(1928)中辛辣地讽刺道:"据说近来在中国有所谓'革命文豪'从日本贩到了一句名言:'托尔斯泰者卑污的说人也'。好一句漂亮的话! 其实昆仑山之高,本用不着矮子来赞美,托尔斯泰的价值也用不着'革命文豪'来估定。"事实证明,鲁迅和巴金等人的看法是正确的。

随着中国左翼文学运动的开展,苏联文学在中国的整个俄苏文学的译介中所占的比重越来越大,但是以托尔斯泰为代表的俄国古典文学以其特有的思想内涵和艺术魅力,仍深深地吸引着无数的中国读者。这一时期,托尔斯泰主要作品基本上已译出,有的还有了多种译本,译作的水准明显提高。中国的托尔斯泰研究继续得到发展,学界在关注托尔斯泰的学说的同时,开始更多地关注他的文学创作。各刊物上发表的文章涉及的面比较广,其中对具体作品的评论占了相当的比例,这是过去不多见的。此外,还出现了几部翻译得很有分量的作家传记,如徐懋庸和傅雷分别译出的罗曼·罗兰(法)的《托尔斯泰传》、许天虹译出的茨威格(奥)的《托尔斯泰》、徐迟译出的莫德(英)的《托尔斯泰传》等。

30—40年代,中国作家还多次将托尔斯泰的小说《安娜·卡列尼娜》和《复活》改编成剧本。例如,1936年,田汉将《复活》改编成剧本;1943年,夏衍再次改编《复活》;1946年,端木蕻良将《安娜·卡列尼娜》改编成剧本。田汉和夏衍的改编本都是在原作基础上的再创造,充分体现了改编者自己的创作风格。这两部中国化了的《复活》先后在国内上演,尽管风格不一,但由于贴近国难当头的现实,均引起热烈反响。正如田汉在当时的"演出特刊"上所写的:"我们以为中国今日国难日亟,需要每个人拿出良心来救国,所以介绍俄国伟大的良心托尔斯泰此著不无意义。"夏衍后来在谈到他的改编感想时也写道:"读托尔斯泰的作品常常使我苦痛,在这次冒险过程中不知有几次使我掷笔欷歔!""对多难的人民生活没有'长太息以掩涕'的真情,那恐怕连对于托翁那种用全生精力来搏斗的努力,我们也只能'用头脑'来'理解',来'解释',来掩卷三叹吧。""再一次我在托翁的彩笔前面低头,再一次我在托翁的雄文前面顶礼,更重要的是再一次使我在托翁诚实的生活态度前面肃然起敬了。"称托尔斯泰为"俄国伟大的良心",赞托尔斯泰对生活的"真情",这些话很可以见出托尔斯泰在改编者心目中的地位以及托尔斯泰深邃的思想和精湛的艺术对中国作家的深刻影响。

50年代的托尔斯泰研究一开始就带有火药味。卢卡契和胡风曾撰文探讨过托尔斯泰的世界观和创作方法的关系。他们的观点遭到了批判,文坛称之为"创作方法和世界观分裂论"。当时出现的与这一主题相关的文章主要有:林希翎的《试论巴尔扎克和托尔斯泰的创作》、王智量的《列夫·托尔斯泰的世界观和创作方法》、张文勋的《关于古典作家的世界观和创作方法关系的一些问题》、钱学熙的《作家的世界观与创作方法问题》、卞之琳的《略论巴尔扎克和托尔斯泰创作的思想表现》、钱中文的《反对修正主义对托尔斯泰的歪曲》等[①]。这些文章有一定的学理分析成分,但思维模式显然无法摆脱当时的政治氛围的控制。

1960年前后,为纪念托尔斯泰逝世50周年,茅盾等人写过一些纪念性质的文章。这一时期,戈宝权的《托尔斯泰作品在中国》、倪蕊琴的《列夫·托尔斯泰在中国》、韩长经的《鲁迅论托尔斯泰》[②]等文章,开始关注托尔斯泰与中国的关系。

中国文坛的"左"的倾向依然存在,这种倾向严重影响干扰了人们对托尔斯泰的正确评价。50年代末,文坛曾发生过一场怎么评价托尔斯泰的尖锐论争,这场论争表明两种文艺思想的交锋相当激烈。1958年,谭微在《新民晚报》上发表了一篇题为《托尔斯泰没得用》的文章,称托尔斯泰"不会反映我们的时

---

① 分别载:《文艺报》,1955年第21期;《文学研究集刊》,1956年第4期;《云南大学学报》,1957年第2期;《北京大学学报》,1957年第3期;《文学评论》,1960年第3期;《文学评论》,1960年第6期。
② 倪蕊琴的文章载《新月刊》,1959年第9期;韩长经的文章载《文史哲》,1958年第11期。

代",他的"慢条斯理的写作方法""不能符合我们这个时代要求",作为贵族老爷的托尔斯泰"占了社会停滞的便宜"。张光年在《文艺报》上发表《谁说"托尔斯泰没得用"》予以反击。文章指出,托尔斯泰的长篇创作"看起来很像是'慢条斯理',其实都是呕心沥血的紧张的劳动";如果谭文的"结论可以成立",那么是否能因为"中国封建社会的长期停滞"而"得出结论,认为中国两千年来的许多杰出的文学家、艺术家(其中多数人的出身也是不大好的),也都可以随便加以'漠视'呢?"作者揭露了谭文的用心:"看来,不但死了的托尔斯泰必须'休息',而且活着的所有作家们也都只好'休息';不但'托尔斯泰没得用',而且立志为人民服务的所有作家们也都'没得用'了。"①谭文是极"左"思潮日益猖獗的信号。进入60年代中期后,迫于政治形势,类似张光年的评论文章无法出现。从"文革"开始到70年代末,托尔斯泰位于"封资修"作家之列,中国自然不可能出现有关这位作家的任何研究文字。

三、新时期以来的托尔斯泰研究

"文革"结束后,托尔斯泰很快又成为"赢得作家尊敬最多的一个作家"。他的作品译介总量仍居俄国作家之首,并大大超过历史上的任何一个时期。这一时期,先后出现了17卷本的《列夫·托尔斯泰文集》和12卷本《托尔斯泰文集》。这在中国托氏作品译介史上具有里程碑式的意义。

新时期中国对托氏的研究颇有成绩。在活跃的学术空气下,中国学者发表了大量的著述,对许多重要的问题进行了深入的研究。20世纪70年代末,中国报刊上开始零星地出现了一些关于托氏的研究文章。80年代,上海和杭州等地召开了纪念托氏的学术讨论会,并分别汇集出版了《托尔斯泰研究论文集》和《托尔斯泰论集》。90年代至今,虽然专题的学术会议没有召开,但学界仍关注托尔斯泰,新的研究成果不断涌现。在这20多年的时间里,中国学者发表了近千篇关于托尔斯泰的论文与译文,不少论文具有相当高的学术水准。同时,倪蕊琴编选的《俄国作家批评家论列夫·托尔斯泰》和陈燊编选的《欧美作家论列夫·托尔斯泰》极具学术价值,学界还先后推出了《列夫·托尔斯泰比较研究》(倪蕊琴主编)、《〈复活〉的复活》(王朝闻)、《托尔斯泰传》(陈建华)、《托尔斯泰的体悟与托尔斯泰的小说》(李正荣)和《洞烛心灵——列夫·托尔斯泰心理

---

① 张光年:《谁说"托尔斯泰没得用"》,《文艺报》,1959年第4期。

描写艺术新论》(王景生)、《托尔斯泰与中国古典文化思想》(吴泽霖)和《诗性启示:托尔斯泰小说诗学研究》(邱运华)等著作。托氏研究已不存在禁区,相关的重要领域几乎均有所触及。这里选择若干成果相对比较集中的方面做些介绍。

1. 托尔斯泰思想及相关问题研究

托氏的思想探索及其与创作的关系为研究者关注。陈建华认为:"托尔斯泰的人生与他的作品一样富有独特的色彩。屠格涅夫称其为'思想的艺术家',可谓一语中的。作为一个在新的时代生活的激波巨浪中紧张探索,并把自己的精神血肉深深地融入作品的艺术家,托尔斯泰是极富个性的。尽管他对人生真谛的追求中带有那个时代的烙印,但是在以往的文学家中恐怕很少有人能与托尔斯泰追求的真诚和执著并提。托尔斯泰认为:'我写的作品就是我的整个人。'艺术创作是他的人生追求的一部分。离开这一点,就很难理解托尔斯泰作品中强烈地表现出来的那种披肝沥胆的人生追求与呕心沥血的艺术探索相交融的倾向。"①

李正荣在《托尔斯泰的体悟与托尔斯泰的小说》一书中谈到"终极障碍超越"时认为,"托尔斯泰的小说,已不算是一个故事,不仅仅是一个供形式主义分析的文本,而是他的生命本身,他在'故事'中要超越的障碍,也是他生命要超越的障碍。"②蒋承勇则认为托氏的探索与奋斗精神不亚于堂吉诃德和不断推石上山的西西弗斯。他虽然没有堂吉诃德毫不动摇的坚定信念,却又不无追求理想的精神;他没有西西弗斯看破生活荒谬的冷漠和绝望,却又不无近乎绝望的悲观。"堂吉诃德和西西弗斯协调又不协调的奇异结合,正是处在旧文化价值体系行将崩溃,新文化体系尚未成型时代的托尔斯泰之文化人格的本质特征,也是他小说的文化结构的本质特征。这种奇异的结合,使托尔斯泰一只脚跨进了二十世纪现代文化大厦的门槛,而另一只脚始终陷于旧传统文化的土壤之中",透过托氏小说坚厚的传统文化外壳,可以看到他那痛苦而焦灼的灵魂③。

这一时期,有的研究者不同意将"托尔斯泰主义"看做"可笑的救世新术"。冷满冰认为,应该把它理解为一个文学家以终极价值为参照,对人生意义所作

① 陈建华:《托尔斯泰传》,台湾业强出版社 1994 年版,第 1—2 页。
② 李正荣:《托尔斯泰的体悟与托尔斯泰的小说》,北师大出版社 2001 年版,第 207 页。
③ 蒋承勇:《托尔斯泰:堂吉诃德与西西弗斯的融合——论托翁小说的双重文化结构》,《社会科学战线》,1993 年。

中国俄苏文学研究史论
История исследования русской и
советской литературы в Китае

的宗教思考的结果。宗教思维方法,是对人生宇宙的终极答案进行整体、直觉、统摄的思考,并加以象征性描述的方法。这种思维方式使托氏能够不局限于文学创作的现实意义,而始终关注那些超越历史观念,与人类精神的终极目标相连的因素,并在文学创作中将其表现出来,这是"托尔斯泰主义"的合理内涵①。林学锦在《托尔斯泰"道德自我完善"的重新评价》②一文中指出,"道德自我完善"是人类社会进步的标志,"托尔斯泰一生对'道德自我完善'的追求,实际上是对人的存在意义、人的价值的思考"。李晓卫的《简论列夫·托尔斯泰宗教思想与文学创作的关系》、杨西国的《完善的理想,残酷的现实:论托尔斯泰的宗教思想与文学创作》、刘倩的《托尔斯泰创作中的哲学思想》③等文章都延续了这个话题。刘倩认为,"托尔斯泰主义"的形成可分成 3 个阶段:写作《安娜·卡列尼娜》时,托尔斯泰通过肯定生命的意义来否定生命本身,道德原则的核心是"爱人";写作《克莱采奏鸣曲》时,从原来的相信人性本善转而相信人性本恶,道德原则的核心变成了"禁欲";写作《复活》时,开始用双重人格的观点看人,道德原则的核心发展为"勿以暴力抗恶"。许海燕关注托氏的宗教观,他认为,托氏从青年时代起就由信奉基督教转变为否定俄国官方教会,而他晚年最终形成的宗教思想实质上就是基督教的原始教义。托氏的宗教探索是对人类的一种终极关怀,他谴责官方教会的虚伪,倡导基督教原始教义中爱的精神。作者认为,托氏宗教探索的归宿不只是解决人生意义的问题,而是消除人世间的罪恶④。

金可溪探讨了托氏的伦理观,认为托氏在生命理论中揭示出人的生命的基本矛盾和人类意识的两重性,人必须让理性我战胜生物我,并信仰宗教;而他的非暴力抗恶伦理观的提出旨在维护生命的神圣价值⑤。《托尔斯泰的乌托邦思想》一文认为,托氏的乌托邦思想源于福音书中耶稣的教义,是该教义在历史和现实层面的延伸。这种思想表现为反抗暴力与奴役、反对土地私有制、反对崇

① 冷满冰:《关于"托尔斯泰主义"的重新思考》,《四川师范大学学报》(社科版),1997 年第 4 期;《"托尔斯泰主义"和托尔斯泰的文学创作》,《成都大学学报》,1997 年第 4 期。

② 《汕头大学学报》(社科版),2002 年 1 月。

③ 分别见《甘肃社会科学》1998 年第 5 期;《工会论坛》1999 年第 1 期;《国外文学》,1990 年第 3、4 期。

④ 《托尔斯泰的宗教探索及其对创作的影响》,《江苏社会科学》,2001 年 6 月。

⑤ 《列夫·托尔斯泰的人生哲学和非暴力抗恶伦理观》,《首都师范大学学报》(社科版),1997 年 5 期。

尚资本主义物质文明和"进化论",要求奉行合法的生活义务和合理的生命法则,回返健康的农耕生活,通过每个人的劳动和道德实践建立起一个充满兄弟情谊、平等、和谐、友爱的人间天国。"因为他的乌托邦思想建立在对现实全面批判的基础上,而这种批判与当代抗拒现代性的后现代理论竟有着某种契合。"①

李正荣在《癫僧传统与托尔斯泰小说的精神特质》②一文中认为,托氏博大无边的文学气度和浩瀚丰富的精神特质很大程度上来自俄罗斯的癫僧传统。两者的相似点在于苦行、信仰单纯和痴迷。此外,癫僧不断同世界、同自我进行搏斗,构成了托氏小说人物形象行为的重要轨迹。托氏身上癫僧式的真诚使他的作品永远保持独特。陈鹤鸣在《美好而难解的'小绿棒'情结》③中论述了托氏的痛苦意识,认为作者的痛苦意识来自于善的理想同恶的现实的尖锐冲突,进而使作者萌生了人生道德精神的探索,痛苦意识使他关注自己内在的精神生活,并且利用关注自己内心生活所获得的敏锐而深刻的洞察力去透视笔下人物的心灵。

不少文章是从具体作品分析入手来涉及托氏创作思想的。如刘建军的《〈克莱采奏鸣曲〉与托尔斯泰的性爱观》④一文认为,"托尔斯泰在其思想探索的过程中,性爱关系一直是他所关注的主题",他的世界观的转变,与其政治观、经济观、宗教观和性爱观都有联系。托尔斯泰主张健康的性爱观必须服从人类伟大的生活目的,以"生殖"为目的,以"节欲"为核心。论者对托氏的性爱观持批评态度,认为他"没有充分地注意到人类作为一种情感动物所具有的独特特征","是非科学的,其实质是违背人性的";托尔斯泰企图用"节欲"解决当时混乱的性爱关系是无力的。赵山奎从存在论的视野解读《伊凡·伊里奇之死》,认为该小说是作家通过一个濒死之人的心理历程来追问"生"的意义,伊凡的死被展现为颇有现代感的"个人之死";而另一方面,在死亡的威逼下,伊凡对生命意义的领悟却又呈现出传统文化语境下的"他人之爱"。传统文化与现代文化之间深深的矛盾与纠结构成了《伊凡·伊里奇之死》的深层文化结构⑤。

---

① 《河南大学学报》,2003 年第 1 期。
② 《俄罗斯文艺》,1996 年 5 月。
③ 《外国文学研究》,1997 年 3 期。
④ 《外国文学研究》,1990 年 1 期。
⑤ 《南京师大学报》,2002 年 3 月。

李正荣的《托尔斯泰与民族文学》一文论述了托氏痴迷民族文学的偶然与必然,并详细分析了托氏一生与民族文学的关系,以及民族文学对于托氏创作的影响。作者认为,民间民族文学是提醒托氏进入自己文学世界的契机,也是他发现以往文学迷途的关节,还是他从事自己独特创作的范式,也自然成为他文学世界的一个支架①。

托氏世界观和创作方法之间的矛盾历来是研究界颇有争议的一个问题。刘洪涛在《我国解放后托尔斯泰研究述评》②一文中梳理了1949年至80年代初中国学界,包括胡风、林希翎、王智量、卞之琳、马家骏、倪蕊琴、周敏显等人,就这一问题发表的主要见解和争论的基本情况。

2. 托尔斯泰创作的艺术性和小说诗学的研究

新时期以来,许多学者更注重对托氏创作的艺术分析。钱谷融写于1980年的《论托尔斯泰创作的具体性》③就是一篇很有特色的文章。文章深入探讨了托氏"作品的艺术魅力从何而来"的问题。作者认为,答案"就是它的描绘的具体性",并从5个方面对此作了很有说服力的论证。这一类文章的出现,对于扭转以往托氏研究中重思想性而轻艺术性的倾向是大有裨益的。

陈建华认为,托氏对读者的吸引除了其作品深刻的思想内涵外,还来自于他的作品的独特的审美风貌。他的作品,特别是他的小说,在艺术上超群出众。就他的3部长篇巨著而言,作品中那史诗式的生活涵盖面、探索型的人物、深沉的艺术思辨力量、纵向开放和横向拓宽的结构形态、动态的多重色彩的性格塑造,以及辩证的心理分析等一系列艺术要案相互影响,相互交织,以内在的有机联系构成了一个带有作家独特印记的艺术系统,从而较为充分和较为全面地发挥了长篇体裁从审美上大容量地把握现实的巨大可能性④。余绍裔和余一中探讨了作家"心灵辩证法"的艺术成就。他们认为,托氏心理描写的主要形式有间接描写、直接描写、交叉描写和衬托描写等4种,其心理描写具有真实性、复杂性和变化性等特点。论者强调,托氏心理描写的形式取决于人物的身份、教养和性格,丰富而富有变化⑤。王小瑛从人物性格的结构特征来分析托氏形象塑

---

① 《民族文学研究》,1996年第4期。
② 《外国文学研究》,1986年4月。
③ 载《托尔斯泰研究论文集》,上海译文出版社1983年版。有关该文的介绍可参见本书第5章。
④ 《主体参予与美学距离——也谈托尔斯泰长篇的形象塑造艺术》,《上海教育学院学报》,1986年第1期。
⑤ 《论列夫·托尔斯泰的心理描写艺术》,《南京大学学报》(社科版),1987年第2期。

造的艺术特色,认为托氏创作中性格塑造有如下特点:人物性格的复杂性、人物性格的流动性、人物性格的整一性①。

刘铁探讨了作家制作比喻的原则和选择喻体的严格倾向性,认为托氏制造比喻有三原则:贴切、朴实、鲜明。而作家使用比喻的原则是"不追求喻体与本体之间的形似,而抓住类比事物的内在联系,力求托出类比双方的神似"②。也有研究者关注托氏的讽刺艺术,"托尔斯泰的讽刺没有果戈理式的夸张成分、漫画笔法,更无谢德林式的幻想情节、奇特事物、怪诞形象,主要是对饱含讽刺意味的情节、场面和人物进行冷静、朴实、客观的描绘,展示其形式与内容、言论与行动、现象与本质的矛盾,获得讽刺效果"③。卢兆泉探讨了托氏长篇的结构艺术,认为安娜和列文不谋而合地提出了 3 个问题,它们的"核心是人生的目的和意义";"安娜的三个问题同列文的三个问题在情节上相呼应,内容上有联系,是'圆拱的拱顶',是两条独立情节线索的接标,其实质就是人生的目的和意义"④。

陈建华在谈到这一问题时认为,托尔斯泰的创作"与传统长篇的结构模式最醒目的区别表现在作家对长篇结构中心的独特处理",它"打破了传统长篇首尾封闭的形式",表现为"纵向开放和横向拓宽的形态"。"首先是纵向的开放,即情节发展象生活本身那样在时空上没有极限";"其次是横向的拓宽,即不是由一个人物,而是由主题凝聚的人物对映体来构成长篇的结构中心"⑤。李正荣认为,托翁小说中"多重主题共时并进","由于托尔斯泰的以无限小的史诗态度,使他对待一切'隆重'主题都采用了不断增头绪的特点,他必定要制造出一个场面宏大的'油画般'史诗全景,才觉得实现了'真实'"⑥。

李正荣列举了俄国批评家对托氏文体的看法。舍斯托夫在其中发现了最混乱、最无序的心理状态;巴赫金则认为托氏小说中永远有一个清晰的声音在独白,是一个完整的、没有疑惑、没有分裂的统一世界;柏林在托氏"独白"里发

---

① 王小璜:《论托尔斯泰创作中人物性格的结构特征》,《外国文学研究》,1997 年第 2 期。

②《托尔斯泰制作比喻的艺术》,《辽宁大学学报》, 1987 年第 1 期。

③ 胡书义:《苦笑·讥笑·冷笑——果戈理、谢德林和托尔斯泰讽刺艺术的比较》,《外国文学研究》1998 年第 4 期。

④《"圆拱"的"拱顶"在哪里?——〈安娜·卡列尼娜〉两条线索"内在联系"管窥》,《外国文学研究》,1985 年第 2 期。

⑤《列夫·托尔斯泰比较研究》,华东师范大学出版社 1989 年版,第 40 页。

⑥《托尔斯泰的小说与托尔斯泰的体悟》,北京师大出版社 2001 年版,第 162 页。

现了"对话",在托氏自认的刺猬人格中,发现狐狸的天性。作者就此作了分析,认为"在托尔斯泰那里,常常是深层对话,表面独白;人性对话,神性独白"①。程正民强调,托氏的世界观发生激变后,俄国农民心理对他的创作个性和艺术思维有着重要影响。他作品中真挚的情感和清醒的现实主义都来自于俄国农民心理。正是这种农民心理使作家面对黑暗现实,内心充满不安和愤怒,后期创作中艺术思维由客观型转向主观型,讽刺和政论的因素增多。"当然,主观性的加强决不等于说是客观性描写的削弱,而是说早期创作中那种内心不安、热情探索与从容不迫的史诗形式的结合已经不见了,代之的是解决社会问题和道德问题时的冷静同非常冲动的满怀激情的写作风格的结合。"②

邱运华的博士论文《诗性启示:托尔斯泰小说诗学研究》(2000)取文化诗学的研究思路,探讨了托尔斯泰小说诗学的启示特色,颇有新意。该书提出了"诗性启示"的命题,并将其主要内涵归结为超越现实的永恒道德、普世情感和终极价值观念,对现实物质世界的超越倾向成为托尔斯泰小说诗学的文化精神基础。"任何历史现实材料(包括宗教、哲学的启示),都必须以人为主体、站在人的立场上去处理;唯有以人的全部丰富性(人的情感、审美习惯和艺术趣味等)去观照它、审视它和把握它,使之人化,这样,自在的、不具任何情感形式的材料,才会具备情感形式,才会生动起来,才会变成艺术的内容。"人性力量是托氏宗教启示走向诗性启示的"中介"③。

如一些专家所言,该论文是中国托尔斯泰研究领域新的开拓和推进。其贡献主要表现在:一是总结了150年以来托尔斯泰研究的历史,揭示了当今托尔斯泰研究中呈现出的3种主要趋势,从而拓宽了论文课题的研究视野;二是通过对托尔斯泰的文学观和文学艺术作品的综合分析,集中论述了托尔斯泰诗性启示的特色,揭示了其语境、内涵、生成和表达,强调文化、现实和心理三者的相互影响,以及作家本人在文化传统中进行创作实践的主体性、个性特色;三是分析了形成托尔斯泰艺术风范的四个相辅相成的原因,即19世纪俄罗斯时代、俄罗斯民族的文化精神、俄罗斯哲学家对托尔斯泰诗学的影响、托氏本人的才气;

---

① 《狐狸、刺猬与对话、独白——"阿尔扎马斯之夜"与托尔斯泰小说文体》,《俄罗斯文艺》,1997年4月。

② 《托尔斯泰的艺术独创性与艺术思维的变化和俄国农民心理》,《北京师范大学学报》,1996年第2期。

③ 《诗性启示:列夫·托尔斯泰小说诗学的根本特征》,《国外文学》,2000年第3期。

四是在论述托尔斯泰小说诗学的同时,对托尔斯泰的思想和创作中的矛盾给予了足够的重视,作了进一步的分析以及在一个新的层面上阐释了列宁对托尔斯泰的研究①。在以往的研究中,研究者往往陷入"艺术家"托尔斯泰和"思想家"托尔斯泰之争。而本书的作者凭借"诗性启示"的概念将托翁的"现实批判"和"形而上思索"统一在他的小说诗学中,巧妙地解决了小说中经典的现实主义描写和抽象的道德说教相分离的难题,指出作家对现实激烈的严厉的批判同对人生终极价值的深沉思索是完全一致的。

3. 托尔斯泰比较研究

新时期,一部分研究者开始有意识地运用比较研究的方法来考查托氏及其创作。倪蕊琴主编的《列夫·托尔斯泰比较研究》(1989)无疑在 80 年代具有代表性。书中关于托氏与陀氏创作的比较、关于托氏传统在当代苏联文学中的发展、关于托氏与司各特、罗曼·罗兰和霍桑等欧美作家及其作品的比较、关于托氏与中国现代作家的关系的考察、关于托氏与中国古典哲学思想的沟联的研究等,基本上勾勒了新时期托氏比较研究的几个主要的方面。

第一,托尔斯泰与各国文学家的比较研究。

如托氏与陀氏比较,如季星星的《试论托尔斯泰和陀思妥耶夫斯基的叙事文风》、高鸿的《两种精神之光的照耀:托尔斯泰和陀思妥耶夫斯基创作探源》、严利群的《陀思妥耶夫斯基与托尔斯泰思想比较》、张胜难的《托尔斯泰与陀思妥耶夫斯基心理描写技法之比较》等。季文对巴赫金将陀氏小说归为复调小说,托氏小说则归为独白小说的观点提出了质疑,认为托氏小说中有复调、对话的因素,而陀氏小说也具有独白型的特征,并比较了两人的叙事结构,以及两人的叙述手法在人物塑造上的表现②。

托氏与屠格涅夫等的比较,如赵明的《托尔斯泰、屠格涅夫、契诃夫:20 世纪中国文学接受俄国文学的三种模式》、曹丹等的《两种不同的心理描写艺术:托尔斯泰、屠格涅夫心理分析方法之比较》、陈国君的《托尔斯泰、屠格涅夫心理分析方法之比较》等。赵文认为,与另两个作家相比,托氏主要是以一个思想家和道德伦理的批判者的身份为中国作家所接受的,他的文艺观虽然在中国影响巨

---

① 参见李兆林先生的评价,《诗性启示:托尔斯泰小说诗学研究》,学苑出版社 2000 年版,第 368 页。
② 季星星:《试论托尔斯泰和陀思妥耶夫斯基的叙事文风》,《俄罗斯文艺》,1996 年第 3 期。

中国俄苏文学研究史论
История исследования русской и
советской литературы в Китае

大,但他的创作本身的文学性却并没有得到很大的关注①。

此外,还有托氏与普希金、果戈理、车尔尼雪夫斯基、谢德林、但丁、歌德、巴尔扎克、海明威、鲁迅等作家的比较研究文章。

托氏与各国文学家的比较并不是一个轻松的课题。托尔斯泰本身已经是一个浩大的体系,而比较研究则需要对托氏与比较对象都有相当的熟悉和了解,因此需要这方面扎实的理论修养。

第二,托尔斯泰作品中的人物形象比较研究。

以安娜·卡列尼娜为例。80年代,托尔斯泰作品中的安娜、聂赫留朵夫和玛丝洛娃都是众人研究的热点。90年代以后,后两人渐渐从前台引退,而从一些新的角度研究安娜形象的论文却达40多篇②。这些论文中许多都运用了比较研究的方法,如将安娜与美狄亚、德·瑞那夫人、娜拉作比较,将安娜同劳伦斯小说《虹》中的女主人公厄秀拉作比较,将安娜与繁漪、子君作比较等。这种比较有的较有新意,有的则模式过于相近。《从原型批评看美狄亚、娜拉和安娜之形象》一文从原型出发,比较了美狄亚、娜拉和安娜这3个产生于不同时代、成长于3个不同国家中的西方妇女形象,发现她们的思维方式和行为模式在本质上是一致的,表现了同一神话原型的特征。

《试论中俄文学中两个妇女悲剧形象:繁漪和安娜之比较》一文认为,这两个形象不仅具有相似的命运,而且在所属时代、社会地位、性格气质方面也有很多共同特征。她们的命运反映出中西方女性在封建社会、资本主义社会里同处于受奴役的无权地位;同时,两人在处境上,在对待婚姻爱情的态度上表现出来的差异则显示了中西历史文化背景的差别③。从某一部作品入手,抓住某一点思维的火花,成就一篇自圆其说或颇有新意的论文,是某些研究托尔斯泰的"边缘学者"的选择。这个群体对托尔斯泰的了解,往往是从代表作开始的,而《安娜·卡列尼娜》成为他们首当其冲的选择。除了作品本身的艺术魅力外,也许是"家庭"的主题使人性在这部小说中得到了最大的张扬。正是在人性、爱情、责任等这些永恒的主题上,安娜·卡列尼娜形象与许多世界著名形象产生了可

---

① 赵明:《托尔斯泰、屠格涅夫、契诃夫:20世纪中国文学接受俄国文学的三种模式》,《外国文学评论》,1997年第1期。

② 可参见李国银的《20世纪90年代国内安娜形象研究述评》(《商丘师范学院学报》2002年第2期)。

③ 王小璜:《试论中俄文学中两个妇女悲剧形象:繁漪和安娜之比较》,《中国文学研究》,1997年第3期。

比性。

第三,托尔斯泰与中国古典文化的比较研究。

这方面的研究从 80 年代就开始了,戈宝权、倪蕊琴、金留春等进行了不少研究。90 年代以后,研究成果颇多。

李明滨撰文概括了托氏思想中的东西方成分,脉络清晰地描述了托氏翻译研究儒道著作的历史,回顾了托氏思想的三大要点(博爱、勿抗恶、道德上的自我完善),分析了托氏接受儒道思想的影响[①]。杨国章认为,托氏"在他的学说中,采用儒释道思想来做注脚,其实完全是他以我为主、为我所用的做法,如果不是有意的曲解,也是他片面地理解了中国古代哲学思想"。托氏的学说"每一条中都存在东方古典哲学、伦理与西方基督教教义之间的排斥与背离。托尔斯泰学说是东西方文化的矛盾混合体"。他的学说的形成不可单纯地归因于西方思想或中国古典哲学的影响,它是具体的俄罗斯当时社会历史的产物[②]。

谢南斗有不同观点,他认为:"托尔斯泰作为老子学说最忠诚最天才的倡导者和传通者,他不仅深得老子学说的精髓,而且将这一学说同现代精神相结合,从而开创了博大精深的托尔斯泰学说。老子的思想对托尔斯泰影响竟然如此之大,以致托尔斯泰成了一位典型的东方智者。"托氏的"勿以暴力抗恶"决非同暴力妥协,而是"以柔克刚,对统治者施行一次柔弱胜刚强的中国功夫"。托氏所说的"心灵的上帝"与其说是一个宗教概念,毋宁说是一个哲学概念,即老子生命哲学的最高原则"道"。"由此可见,托尔斯泰所说的上帝,无非是对老子的'道'的一种诠释与延伸,其基本内容和价值指向是大体上吻合的。"所以,托氏"无论在哲理层面、美学层面或者伦理层面,他都把老子学说发挥到了尽善尽美的地步",尤其是继承了老子的辩证思维和批判精神[③]。

周振美指出:"托尔斯泰是把我国的宗教思想视为'道义相符合'的统一的思想体系加以汲取的,并不是把它们视为派别分立的学说单独加以接纳。他采取的办法是广泛涉猎,各取所需,加以引申,为我所用。这样以来,各种本相对立的中国宗教思想在托尔斯泰的理解中却得以沟通并协和地成为建构托尔斯泰主义的一种有机成分。"[④]

---

① 《托尔斯泰与儒道学说》,《北京大学学报》,1997 年第 5 期。
② 《托尔斯泰学说对中国文化的消极取向》,《东方文化》,1998 年第 1 期。
③ 《老庄学说与托尔斯泰》,《俄罗斯文艺》,2000 年第 4 期。
④ 《托尔斯泰主义与中国的宗教思想》,《山东大学学报》(社科版),2000 年第 4 期。

吴泽霖致力于托氏与中国古典文化思想关系的研究,成果斐然。如论文《〈战争与和平〉中天道的显现:试谈托尔斯泰东方走向的精神探索》、《从托尔斯泰的上帝到中国的"天"》、《对研究托尔斯泰和中国古典文化思想关系问题的思考》等。这些文章提出不少重要的观点,如:(1)应该把文化的历史比较研究和影响联系研究相统一,既承认不同文化间的影响关系,又承认人类社会历史发展的共同过程具有一致性和规律性。对托氏和中国古典文化思想关系的研究,应该贯串到托氏一生的精神探索中,从而看到托氏整个精神探索历程的东方走向。(2)托氏并不是把东方文化思想作为派别分立的学说来分别加以接纳的,而是将其视为"道义相结合"的统一的东方思想体系来借鉴的。研究托氏和中国古典文化思想的关系,绝不能斤斤于与诸子言论的牵强比照,而应从整个中国古典文化思想体系的宏观角度进行综合性的研究。(3)这方面的诸多研究频频引述托氏的政论、书信、日记,极少涉及托氏的文学作品,这是不妥的。(4)应注意误读现象。托氏接受中国古典文化思想的主观视野,是和俄罗斯民族文化,和他早有蓝图的托尔斯泰主义紧紧联系在一起的。2000年,吴泽霖的《托尔斯泰与中国古典文化思想》出版,此书是对他以往研究成果的总结。

托尔斯泰的文学遗产和思想遗产博大精深,在20世纪中国的思想文化界和广大的读者中产生了持久而深刻的影响。中国的研究者已经作出的贡献是有目共睹的。当然,对于托尔斯泰这样的重要作家,目前的研究势头似乎有所减弱,这一点应该引起研究者的关注。其实,新世纪的中国学界在托尔斯泰研究方面还有许多工作可做,这里包括对传统的研究课题的更深层次的探索、对经典文本的现代阐述、"托学"史研究、世界"托学"研究成果的介绍,以及其他一些值得进一步开拓的领域。

[相关研究成果要目]

1. 闽中寒泉子:《托尔斯泰略传及其思想》,《福建日日新闻》(1904)。

2. 迅行(鲁迅):《破恶声论》,《河南月刊》(东京),第8期(1908)。

3. 佚名:《俄大文豪托尔斯泰小传》,《教育杂志》,第3卷第5号(1911)。

4. 佚名:《托斯道氏之人道主义》,载《之江日报》,《东方杂志》第10卷第12号(1914)转载。

5. 凌霜:《托尔斯泰之生平及其著作》,《新青年》,第3卷第4号(1917)。

6. 天贶:《宗教改革伟人托尔斯泰之与马丁路得》,《东方杂志》,第15卷第

6号(1918)。

7.封斗:《纪念托尔斯泰》,《东方杂志》,第15卷第6号(1918)。

8.沈雁冰:《托尔斯泰与今日之俄罗斯》,《学生杂志》,第6卷第4—6号(1919)。

9.蒋梦麟:《托尔斯泰人生观》,《新教育》,第2卷第1期(1919)。

10.陈复光:《托尔斯泰之人生观》,《东方杂志》,第16卷第9号(1919)。

11.沈雁冰:《托尔思泰的文学》,《改造》,第3卷第4期(1920)。

12.瞿秋白:《托尔斯泰的妇女观》,《妇女评论》,第2卷第2期(1920)。

13.郭沫若:《巨炮的教训》,《时事新报·学灯》,1920年4月27日。

14.杨铨:《托尔斯泰与科学》,《科学》,第5卷第5期(1920)。

15.济之:《托尔斯泰的哲学》,《改造》,第4卷第2期(1921)。

16.张闻天:《托尔斯泰的艺术观》,《小说月报》,第12卷号外(1921)。

17.甘蛰仙:《中国之托尔斯泰》,《晨报副镌》,1922年8月1—11日。

18.刘大杰:《托尔斯泰的教育观》,《中华教育界》,第13卷第4期(1926)。

19.陈叔铭:《托尔斯泰诞生百周年纪念》,《东方杂志》,第25卷第19号(1928)。

20.鲁迅:《〈奔流〉编校后记(七)》,《集外集》(1928)。

21.巴金:《〈脱洛斯基的托尔斯泰论〉译者前言》,《东方杂志》,第25卷第19号(1928)。

22.司君:《读托尔斯泰的〈复活〉》,《文学周报》,第7卷第8、9期(1928)。

23.郎擎霄:《托尔斯泰生平及其学说》,上海大东书局1929年版。

24.刘大杰:《活尸的死》,《现代学生》,第1卷第2期(1930)。

25.梁实秋:《耿济之译托尔斯泰的艺术论》,《图书评论》,第2卷第11号(1934)。

26.克己:《〈托尔斯泰论〉译者序言》,载《托尔斯泰论》,思潮出版社1934年版。

27.郭沫若:《序〈战争与和平〉》,《文学月报》,第1卷第2期(1940)。

28.夏衍:《我冒了一次大险——改编〈复活〉后记》,《新华日报》1943年4月28日。

29.以群:《托尔斯泰的心理描写》,《文学修养》,第2卷第3号(1944)。

30.方敬:《托尔斯泰的两个中篇》,《世界文艺季刊》,第1卷第1期

（1945）。

31. 端木蕻良:《安娜·卡列尼娜》,《文艺春秋》,第 4 卷第 2 期(1947)。

32. 林海:《〈子夜〉与〈战争与和平〉》,《时与文》,第 3 卷第 23 期(1948)。

33. 林希翎:《关于巴尔扎克和托尔斯泰的世界观和创作》,《文艺报》,1955
年第 11 期。

34. 王智量:《列夫·托尔斯泰的世界观和创作方法》,《文学研究集刊》,
1956 年第 4 集。

35. 文美惠:《从〈战争与和平〉看托尔斯泰的世界观和创作方法》,《文学研
究集刊》,1956 年第 4 集。

36. 高植:《列夫·托尔斯泰和他的作品》,《读书月报》,1956 年第 10 期。

37. 姚文元:《论托尔斯泰的世界观和创作方法》,《论文学上的修正主义思
潮》,新文艺出版社 1958 年版。

38. 程代熙:《托尔斯泰的〈艺术论〉》,《新建设》,1958 年第 6 期。

39. 倪蕊琴:《列夫·托尔斯泰在中国》,《学术月刊》,1959 年第 9 期。

40. 王西彦:《论安娜·卡列尼娜》,《文艺月报》,1959 年第 6 期。

41. 张光年:《谁说"托尔斯泰没得用"》,《文艺报》,1959 年第 4 期。

42. 茅盾:《激烈的抗议者,愤怒的揭发者,伟大的批判者列夫·托尔斯泰》,
《世界文学》,1960 年第 11 期。

43. 戈宝权:《托尔斯泰的作品在中国》,《世界文学》,1960 年第 11 期。

44. 何其芳:《托尔斯泰的作品仍然活着》,《文艺报》,1960 年第 23 期。

45. 张羽:《托尔斯泰——伟大的批判现实主义作家》,《文学评论》,1960 年
第 5 期。

46. 马文兵:《批判地继承托尔斯泰的艺术遗产》,《文艺报》,1960 年第 21
期。

47. 江林:《谈谈托尔斯泰的人道主义》,《江海学刊》,1960 年第 11 期。

48. 钱中文:《反对修正主义者对托尔斯泰的歪曲》,《文学评论》,1960 年
第 6 期。

49. 武汉大学中文系外国文学评论组:《没有不可超越的资产阶级文艺高
峰——论列夫·托尔斯泰的〈复活〉》,《长江》,1960 年第 11 期。

50. 廖世健:《试论安娜·卡列尼娜的形象》,《中山大学学报》,1962 年第 1
期。

51. 张颂南:《从〈复活〉看托尔斯泰思想的进步性和反动性》,《浙江学刊》,1963 年第 3 期。

52. 陆协新:《列宁论托尔斯泰》,《南京师范学院》,1964 年第 1 期。

53. 钱中文:《托尔斯泰创作思想浅谈》,《苏联文艺》,1980 年第 3 期。

54.《托尔斯泰论集》,浙江人民出版社 1982 年版。

55. 匡兴:《托尔斯泰和他的创作》,北京出版社 1982 年版。

56. 倪蕊琴编选:《俄国作家批评家论列夫·托尔斯泰》,中国社会科学出版社 1982 年版。

57. 陈燊编选:《欧美作家论列夫·托尔斯泰》,中国社会科学出版社 1983 年版。

58.《托尔斯泰研究论文集》,上海译文出版社,1983 年版。

59. 秦得儒编:《俄国著名文学家列夫托尔斯泰》,商务印书馆 1983 年版。

60. 刁绍华:《托尔斯泰的青少年时代》,黑龙江人民出版社 1984 年版。

61. 雷成德:《探索托尔斯泰创作的秘密》,《社会科学评论》,1985 年第 5 期。

62. 雷成德:《托尔斯泰作品研究》,陕西人民出版社 1985 年版。

63. 刘洪涛:《我国解放后托尔斯泰研究述评》,《外国文学研究》,1986 年第 4 期。

64. 刘铁:《托尔斯泰制作比喻的艺术》,《辽宁大学学报》,1987 年第 1 期。

65. 余绍裔、余一中:《论列夫·托尔斯泰的心理描写艺术》,《南京大学学报(社科版)》,1987 年第 2 期。

66. 叶水夫:《托尔斯泰与中国》,《外国文学研究》,1987 年第 4 期。

67. 倪蕊琴:《列夫·托尔斯泰比较研究》,华东师范大学出版社 1989 年版。

68. 刘建军:《〈克莱采奏鸣曲〉与托尔斯泰的性爱观》,《外国文学研究》,1990 年第 1 期。

69. 章海陵:《文学巨人托尔斯泰》,上海教育出版社 1990 年版。

70. 刘洪涛:《托尔斯泰在中国的历史命运》,《外国文学研究》,1992 年第 2 期。

71. 吴泽霖:《托尔斯泰主义和中国古典文化思想》,《苏联文学联刊》,1992 年第 4 期。

72. 王朝闻:《〈复活〉的复活》,首都师大出版社 1993 年版。

73. 陈建华:《托尔斯泰传》,台湾业强出版社 1994 年版。

74. 程正民:《托尔斯泰的艺术独创性与艺术思维的变化和俄国农民心理》,《北京师大学报》,1996 年第 2 期。

75. 季星星:《试论托尔斯泰和陀思妥耶夫斯基的叙事文风》,《俄罗斯文艺》,1996 年第 3 期。

76. 李秀龙:《在世纪之末,重读托尔斯泰》,《文艺理论研究》,1996 年 5 月。

77. 李正荣:《癫僧传统与托尔斯泰小说的精神特质》,《俄罗斯文艺》,1996 年第 5 期。

78. 王景生:《洞烛心灵——列夫·托尔斯泰心理描写艺术新论》,中央编译出版社 1996 年版。

79. 马万辉:《列夫·托尔斯泰》,北京国际文化出版公司 1996 年版。

80. 王小璜:《论托尔斯泰创作中人物性格的结构特征》,《外国文学研究》,1997 年第 2 期。

81. 蔡申、李正荣:《狐狸、刺猬与对话、独白》,《俄罗斯文艺》,1997 年第 4 期。

82. 陈鹤鸣:《美好而难解的"小绿棒"情结》,《外国文学研究》,1997 年第 3 期。

83. 李明滨:《托尔斯泰与儒道学说》,《外国文学研究》,1997 年第 5 期。

84. 吴泽霖:《对研究托尔斯泰和中国古典文化思想关系问题的思考》,《俄罗斯文艺》,1998 年第 4 期。

85. 邱运华:《托尔斯泰留下的诠释困境》,《外国文学评论》,1998 年第 4 期。

86. 吴泽霖:《从托尔斯泰的上帝到中国的"天"》,《外国文学评论》,1999 年第 1 期。

87. 谢南斗:《老庄学说与托尔斯泰》,《俄罗斯文艺》,2000 年第 4 期。

88. 周振美:《托尔斯泰主义与中国的宗教思想》,《山东大学学报》,2000 年第 4 期。

89. 邱运华:《诗性启示:列夫·托尔斯泰小说诗学的根本特征》,《国外文学》,2000 年第 3 期。

90. 邱运华:《诗性启示:托尔斯泰小说诗学研究》,学苑出版社 2000 年版。

91. 吴泽霖:《托尔斯泰与中国古典文化思想》,北京师大出版社 2000 年版。

92. 舒风:《托尔斯泰传》,中国少年儿童出版社 2000 年版。

93. 吴泽霖:《托尔斯泰进入 20 世纪中国所伴随的一场论争》,《北京社会科学》,2001 年 2 月。

94. 许海燕:《托尔斯泰的宗教探索及其对创作的影响》,《江苏社会科学》,2001 年 6 月。

95. 李明滨:《托尔斯泰及其创作》,辽宁大学出版社 2001 年版。

96. 李正荣:《托尔斯泰的体悟与托尔斯泰的小说》,北京师大出版社 2001 年版。

97. 张中锋:《试论托尔斯泰创作中的审丑意识》,《南京师大学报(社科版)》,2002 年 3 月。

98. 赵山奎:《存在论视野中的〈伊凡·伊里奇之死〉》,《南京师大学报(社科版)》,2002 年 3 月。

99. 赵宁:《托尔斯泰的乌托邦思想》,《河南大学学报(社科版)》,2003 年 1 月。

第三十一章
中国的契诃夫研究

契诃夫（Антон Павлович Чехов，1860—1904），另有中译名溪崖霍夫、柴霍甫、奇霍夫、契珂夫、柴霍夫等十来种。契诃夫是俄国 19 世纪和 20 世纪之交的一个杰出作家，也是 20 世纪初最早进入中国的俄国文学名家之一，时至今日仍对中国小说和戏剧创作具有重要影响。本章将对近一个世纪里中国对其所作研究的基本情况作一回顾和梳理。

一、20 世纪上半期的契诃夫研究

（一）初步介绍

1907 年，契诃夫的短篇小说《黑衣教士》①就以当时还不多见的白话译文"施施东来"。译文后附有日译者短跋："安敦·溪崖霍夫，与哥尔基（高尔基）齐名，为俄国文坛健将。其为小说，专以短篇著，世称俄国之毛拔森（莫泊桑）。文章简洁而犀利，尝喜抉人间之缺点，而描画形容之，以为此人间世界，毕竟不可挽救，不可改良，故以极冷淡之目，而观察社会云。"这一评价为后来中国的契诃夫研究埋下了伏笔：一是将高尔基和莫泊桑作为确立契诃夫文学地位的参照坐标；二是其风格"简洁而犀利"，其创作倾向是"以极冷淡之目"观察社会。

1909 年包天笑在《写真帖·序》②中说："俄国文豪祁赫夫，为小说家巨子。盖写实派也。其文多匣剑帷灯，含蓄，文情于言外"，指出了他的小说家身份和

---

① 系吴梼据薄田斩云的日译本译出，上海商务印书馆 1908 年版；独应（周作人）译、"契柯夫"著《庄中》，载《河南》，1909 年第 4 期；冷（陈景寒）译、"屈华夫"著《生计》，笑（包天笑）译、"祁赫夫"著《写真帖》，载《小说月报》，同年 2 月，周作人译《戚施》、《塞外》，载《域外小说集》第一册，著者译名第一次采用与现在通用译名一致的"契诃夫"；1910 年，天笑生（包天笑）译、"奇霍夫"著《六号室》，载《小说月报》，1916 年第 4 期；陈永麟、陈大镕据英译本转译的《风俗闲评》（上下册），由上海中华书局出版，共收入契诃夫的短篇小说 23 篇，其中有《一嚏致死》、《小介肴》（今译《万卡》）、《囊中人》等。可见，"五四"以前，契诃夫作品的汉译已小有规模。

② 《小说时报》，第 1 年第 2 号（1909）。

艺术特点。同年,鲁迅和周作人合译的《域外小说集》在日本东京出版。其中除收录契诃夫的两篇短篇小说外,并附《著者事略》。"其间虽不无可訾议之处",比如弄错了著者的生卒年代,但它毕竟丰富和修正了先前的认识,尤其是针对短跋提出了"唯契诃夫虽悲观现世,而于未来犹怀希望,非如自然派之人生观,以决定论为本也"的观点,还指出:"其文多慨贤者困顿,不适于生,而庸众反多得志",从而赢得了阿英的肯定:"然中国之有契诃夫的介绍,实自此始。"①而且,《著者事略》还提到了契诃夫的另一大成就——"著戏剧数种"。

1916 年,宋春舫在《世界新剧谭》一文中提到了欠壳夫(契诃夫)。1918 年,他还在《近世名戏百种》②中推荐了契诃夫的 4 个剧本——《海鸥》、《万尼亚舅舅》、《樱桃园》和《三姊妹》,并从世界文学的高度给予极高评价:"吾人读托尔斯泰、高尔基、陀斯妥耶夫斯基之著作,益信俄国文学堪为世界文学之泰斗。……俄国出版之小说及短篇小说,世界诸国无出其右者。然就剧本文学论之,则舍德乞戈甫(契诃夫)外,绝少著名之剧作家"。1919 年沈雁冰在《近代戏剧家传》③中更具体地描述了契诃夫戏剧的特点:"乞戈夫之戏曲有一特点,与普通戏剧家不同。此即伊之戏曲,只是平平淡淡写去,将一己所见的道理写出来给人看,并没有曲折,也不故作惊人的章法。他抱的是人道主义,所以他的戏曲,几乎全是说明这个道理。"

"五四"高潮期,刊登在当时有影响的刊物上的契诃夫作品(主要是短篇小说)被认为"实为社会小说之别开生面者"④,也被卷入到新文化运动中,成为论争的题材。1919 年,《新青年》第 6 卷第 2 号上刊载了契诃夫的短篇小说《可爱的人》,并附《Ljov Tolstoj 对于〈可爱的人〉的批评》。文中,托尔斯泰把契诃夫"想要咒诅的"奥莲卡作为女性的典范加以"祝福",这无疑是将契诃夫对于奥莲卡的态度与托尔斯泰自己对于安娜·卡列妮娜的态度等量齐观了。同期还刊登了周作人的《〈可爱的人〉[译后]》一文,其中表明了他对于托尔斯泰这种误读的态度:"所以译者对于这篇里《可爱的人》的态度,是与著者相同,以为他(女)单是可爱可怜,又该哀悼,并且咒诅造成这样的人的社会;希望将来的女子不复如此,成为刚健独立,知力发达,有人格,有自我的女人;能同男子一样,做

---

① 阿英:《翻译史话》,载阿英《小说闲谈四种》,上海古籍出版社 1985 年版。
②《新青年》,第 5 卷第 4 号。
③《学生杂志》,第 6 卷第 8 号。
④ 见 1916 年《小说时报》第 28 号上登载的推介契诃夫小说《六号室》的广告。

人类的事业，为自己及社会增进幸福。因为必须到这地步，才能洗净灰色的人生，真贯彻了人道主义。"他把奥莲卡作为了妇女解放的典型教材，又与批判和改造社会的时代语境结合了起来。这是中国研究者第一次从对契诃夫作品的评论中所收获的现实意义，以致在当时，有的人竟产生了让契诃夫的作品进中学、进教材的念头①。

(二)20 年代

20 年代是中国译介契诃夫的重要阶段。这 10 年间，在大量翻译介绍到中国来的俄国古典文学作品中，契诃夫的作品无论从数量和质量上，都占有极其重要的地位。小说方面，散见于各种期刊杂志和报纸上的就很多②。契诃夫戏剧作品的汉译也从无到有。1921 年，上海商务印书馆出版一套约 10 卷《俄国戏曲集》，其中第 6 卷至第 9 卷分别为契诃夫的《海鸥》、《伊凡诺夫》、《万尼亚叔叔》和《樱桃园》，第 10 卷中还附印有契诃夫的传记；1925 年，曹靖华译，上海商务印书馆出版《三姊妹》，书后附有译者长达 40 页的《柴霍甫评传》③。值得一提的还有 1929 年由章衣萍等译出的《契诃夫随笔》，系契诃夫 1892—1904 年间写的札记，书末附《短文、思想、杂记、断片》，卷首有衣萍的译者前记。随着契诃夫作品汉译的增多，国外许多有关契诃夫的评论文章也被翻译介绍进来，如 1926 年《小说月报》17 卷 10 期载陈著译《克鲁泡特金的柴霍甫论》；1928 年 9 月，《北新》载赵景深译米尔斯基《契诃夫小说的新认识》等。这些专论有助于

---

① "Secondly, it is hoped that the book may be used as a Reader in advanced classes in middle school."(Preface,载王靖《柴霍甫小说(汉英合璧)》,泰东图书局 1921 年版)。

② 1920 年前后，耿济之译出《波里西潘上尉》等 7 篇小说；1920 年至 1921 年期间，沈颖等人译出《老园丁的谈话》等十几个短篇；1921 年，王统照译出《异邦》和邓演存译出《一夕溪》两个短篇，该书正文前的插图中有 11 帧照片，其中一帧是"柴霍甫"，这是契诃夫本人第一次在中国读者面前"亮相"；1924 年，瞿秋白译出《好人》。这一时期还出版了许多单行本，其中个人作品集有：1923 年 1 月，耿济之、耿勉之合译的《柴霍甫短篇小说集》，收入《剧后》等 7 篇；同年，《近代俄国小说集》第 3 册中收入契诃夫的《阴雨》等 6 个短篇。1924 年，上海商务印书馆出版短篇小说集《犯罪》，内收《犯罪》等 5 篇。1926 年，张友松译出中篇小说《三年》。1927 年，张友松译出《契诃夫短篇小说集》(卷上)，内收《两出悲剧》等 4 篇；同年 6 月，赵景深译出《悒郁》(柴霍甫短篇小说集)，内收《在消夏别墅》等 15 篇。1929 年，王靖译出短篇小说集《柴霍甫小说》，收入《可爱的人》等 6 篇。1929 年，谢子敦译出短篇小说集《艺术家的故事》，收入《嫁裳》等 5 篇；同年，张友松等译出《决斗》，内收《猎人》等 6 个中短篇；同年，效洵译出短篇小说集《谜样的性情》，收入《一篇没有题目的故事》等 7 篇；同年，周瘦鹃译出《少少许集》，内收《顽劣的孩子》等 23 篇短篇。此外，还有收在多家小说合集中的作品等。

③ 零星见诸报刊的有：1920 年，耿济之译出《熊》；1923 年，曹靖华译出《蠢货》。作品集除上述的外还有：1929 年，曹靖华译出独幕喜剧集《蠢货》(外四篇)，除"杜介涅夫"(屠格涅夫)《在贵族长家里的早餐》1 篇外，其余 4 篇为"柴霍甫"的《纪念日》、《蠢货》、《求婚》和《婚礼》。

加深中国读者对契诃夫的认识,并在一定程度上"催化"出了中国学者的"契诃夫观"。

译介高潮之后,20 年代的评论高潮接踵而来。虽说未脱编译形迹,中国的研究者也开始尝试从自身的研读中来提炼契诃夫创作的特质。有人认为,契诃夫的首要成就在于他是俄国短篇小说的第一位大师,其文坛统治期在 1880 至 1890 年代;其次,"柴氏(契诃夫)底特质是人生的,心理的"①。也有人认为,契诃夫"不是要描写个性,他是要描写一类人底共通性。"②契诃夫最擅长的题材是时代生活。他的作品和市侩主义的时代、和现实生活相吻合,从而唤起读者的反省:"是这样!那又怎样办呢?"而且,他的作品还着力叙写人类天性在现代文明里的失败,尤其是知识阶级在日常生活面前的失败与破产。最后,他的作品里都含有一种轻笑,读者阅后也不禁要笑出来。但这笑中是有深意的,无论读者感知到的是人生的悲剧,是痛苦的忧郁,还是作家对于人生轻视和怜悯的态度。

对契诃夫的轻笑作进一步的阐释,就要揭示其背后作家真实的人生态度。评论者都承认其中同时有消极、颓丧和理想、希望存在,区别只是哪一成分在其创作中发挥主导作用。周氏兄弟的"唯契诃夫虽悲观现世,而于未来犹怀希望"③是当时主流的句式和观点。也有研究者跳出了这种二者取其一的选择。杨袁昌英发现,作者传达与读者接受已经在文本效果的领域内糅合在一起了。于是,他认为:"他(契呵夫)只描写而不定罪他所造的人物,但是他的描写本身就是判断。……在契呵夫的故事中,同情与憎恶很奇异的同时并行。"而且,"这是一个黑暗的世界,契诃夫引入阳光,使之焕然一新。世间的写家,能如此披露可憎的人物,而又不令人读之生气者,只有契呵夫一人。……他是抱悲观主义的,但是悲观而不怨恨"④。

王靖的《柴霍甫传略及其文学思想》⑤几乎通篇都充斥着对契诃夫与其他俄国作家的比较,从而为考察其创作的独特性带来了比较的视角。谢六逸在《柴霍甫生祭感言》⑥中又将视野扩大,以是否在作品中明确打出问题或主义的招牌

① 蒋启藩编译:《近代文学家》,上海泰东图书局 1923 年版。
② 汪倜然:《俄国文学 ABC》,世界书局 1929 年版。
③ 《戚施》和《塞外》后《著者事略》,载鲁迅、周作人译《域外小说集》,1909 年版。
④ 杨袁昌英:《短篇小说家契呵夫(Chekhov)》,《太平洋》,第 4 卷第 9 号(1924)。
⑤ 王靖译:《柴霍甫小说(汉英合璧)》,1921 年版。
⑥ 《时事新报·学灯》,1922 年 1 月 17 日。

中国俄苏文学研究史论
История исследования русской и
советской литературы в Китае

为界,将近代文学界分为易卜生和柴霍夫两类:"在柴霍夫的作品里面,我们得不着这种的理想与要求,觉得平淡无华;苦闷与忧郁。……但是仔细地把柴霍夫的作品玩味一过,也可以看出里面是隐有问题的。……这样的作品可使读者很有思考的余裕,可以使我们更能仔细地,咀嚼人生味。"赵景深在学习了勃兰兑斯、坪内逍遥的比较法①,并知道鲁迅承认"柴霍甫是我顶喜欢的作者"后②,他发现两者在生活、题材、思想和作风四个层面上的共通点。尽管比较显得粗疏,但作为中国研究者关于契诃夫对中国作家影响的第一次寻索仍颇有意义。此外,在郑振铎编的《俄国文学史略》、冯瘦菊编的《十九世纪俄罗斯文学家的传略和著作思想》、赵景深编译的《俄国三大文豪》等书中,都有专章论及契诃夫。

这一时期中国学者对契诃夫的研究中,最值得一提的是瞿秋白在《十月革命前的俄罗斯文学》中的有关评论。篇幅不过千余字,基本没有涉及契诃夫的生平,只从他与同时代作家的区别中指出其作品与现实的关系以及他为文的特点:"白白偻金(波波雷金)只有外表的描写,柴霍夫却弹出当代的'心曲'。读者遇着他的文境,总要沉着地细想方才觉得'时代的缺撼',……柴霍夫是'无时'时代的诗人,是'情绪的作家',正因为当时的情绪普及于人人:大家都觉着现实生活的尘俗,没有高尚的理想,还自以为尘俗生涯是当然的 。柴霍夫像歌歌里(果戈理),可是亦有很大的区别:歌歌里嘲笑,而柴霍夫使人家嘲笑,他不过写生罢了;然而读者也笑不出来,那'柴霍夫式的情绪'传染着人,只觉得沉闷,沉闷,要求个结论;再则歌歌里的文体是完全的,有起有收的,柴霍夫却是画龙点睛地从现实生活中截来一段。"瞿秋白把契诃夫的文学生涯分成 3 个时期,每个时期各有特点,从中可以看出契诃夫文学个性的发展轨迹:"第一期,他正在穷苦的时候,替各杂志做滑稽的短篇,写实的天才就已经特出,然而厌恶尘俗的情绪还没有十分发露。第二期,他独立地预备正经的文学创作,那时是他文中最开展的时期:现实生活的黯澹渐渐显露,所描写的题材也渐渐开广;……一种信仰人类进步的思想是第三期的柴霍夫的特征。可是那新生活究竟是怎样的,究竟怎样便能得到新生活,——柴霍夫却并没有明确的概念。"③很显然,瞿秋白的评论是建立在对整个俄罗斯文学和对契诃夫其人其文深刻理解的基础上的,因而能道时人之所未道,语言简洁、平实,见解敏锐、独到,从中能看出评

① 赵景深:《鲁迅与柴霍夫》,载《文学周报》1929 年第 19 期。
② Robert Merill Bartlett:《新中国的思想界的领袖》,载《当代》第一编,转引自《鲁迅与柴霍夫》。
③ 《瞿秋白文集》第 2 卷,人民文学出版社 1986 年版,第 203—205 页。

论者的才情,就是今天读来也觉得颇为透彻中肯。

(三)30—40 年代

30—40 年代是契诃夫作品汉译的重要时期,不仅在翻译量多面全,而且质量较高。小说方面,最引人注目的是 1930 年上海开明书店出版的 8 卷本《柴霍夫短篇杰作集》,共收入短篇小说 162 篇,由赵景深据英译本转译,每卷卷首分别附有库普林、蒲宁、米尔斯基等人对契诃夫的回忆和评论,第 8 卷还附有契诃夫的自传《作者的瞑目》一文①。"这一套短篇集的出版,在我国当时介绍契诃夫的小说作品方面,可说是一个较有系统的创举。"②作为契诃夫作品的忠实读者,鲁迅在这一时期也从德文翻译了契诃夫早期以"契洪特"为笔名发表的 8 篇幽默短篇,辑成《坏孩子和别的奇闻》一书,书中有木刻插画 8 幅,并附有译者前记和译者后记。他饶有意味地指出:"这些短篇,……一读自然往往会笑,不过笑后总还剩下些什么,——就是问题。……而笑时也知道:这可笑是因为他有病。这病能医不能医。这八篇里面,我以为没有一篇是可以一笑就了的。"③剧本方面,这一时期主要是重译。《海鸥》的重译本有 3 种、《伊凡诺夫》1 种、《万尼亚舅舅》2 种、《樱桃园》5 种,而且书中往往附有评价文章,如聂米洛维奇·丹钦科的《柴霍夫与〈海鸥〉》、译者《关于〈海鸥〉的几句话》、斯坦尼斯拉夫斯基《关于〈樱桃园〉》、米川正夫《关于柴霍夫的戏剧》、《关于〈樱桃园〉》(摘录契诃夫致友人信)和斯坦尼斯拉夫斯基关于该剧的评介以及译后记等④。

除上述带有研究性质的译文外,30 年代还出现了几本有关契诃夫研究的重要译著,如米哈·柴霍甫著《柴霍甫评传》、弗里采著《柴霍甫评传》、柏里华著《柴霍甫传》等。这一时期出版的一些俄苏文学史或文学思潮的译著中,也都有契诃夫的专章介绍。这些译文和译著对此后中国的相关研究产生了很大的影

① 此外,徐培仁译出中篇小说《厌倦的故事》;韦漱园译出契诃夫的《渴睡》等 3 篇;蓬子译出《接吻》;秋人译出《赌采》;赵景深译出《寒蝉》和《悒郁》;孟十还译出《头等车乘客》等 2 篇;效洵译出《盗马者》;蒯斯勋等译出《关于恋爱的话》(契可夫短篇小说集),内收 8 篇短篇;彭慧和金人分别译出中篇小说《草原》;华林一译出《吻》等 8 篇短篇;林焕平译出《红袜子》等。

② 戈宝权:《中外文学因缘》,第 140 页。

③ 鲁迅:《译文序跋集·〈坏孩子和别的奇闻〉前记》,载《鲁迅全集》第 10 卷,人民文学出版社 1981 年版,第 403 页。

④ 新译本有:1935 年何妨译的《未名剧本》(系契诃夫手稿里发现的一部无题的 4 幕剧);1948 年李健吾翻译的《契诃夫独幕剧集》,内收《大路上》等 9 个独幕剧,卷首有译者序,书末附有契诃夫自传。《万尼亚舅舅》、《求婚》、《蠢货》和《纪念日》等还被搬上了中国舞台。1931 年程万孚还译出《柴霍夫书信集》,收入契诃夫自 1876 年至 1904 年间写的书信百余封。

响。比如到了 40 年代,荃麟在《对于安东·柴霍夫的认识》①中,就分别介绍了升曙梦和费尔普司(W. L. Phlips) 对契诃夫的悲观、厌世所持的两种极端不同的见解,他自己的论述其实也没有逾越两者。许多相关论述还为中国的研究者所取,直接成为其编著的一部分。比如,伍蠡甫在《契诃夫的短篇小说》②中,对契诃夫作品中人物的归纳也与米川正夫的《俄国文学思潮》③中的相关内容一脉相承。

与这一时期契诃夫作品汉译的繁荣景象相对应,中国学者对契诃夫的研究也呈现出繁荣局面。《中苏季刊》1935 年 1 卷 4 期出了"柴霍甫(逝世)二十一周年纪念特辑"。1935 年 4 月,《新中华》第 3 卷第 9 期刊出的"短篇小说研究特辑",其中 3 篇都是以契诃夫的短篇小说为研究对象。由自身的阅读经验和艺术感觉出发,艾芜看重的"是他只把知识分子苦闷的脸子和灵魂,绘给知识分子看"④;周楞伽⑤则认为契诃夫作品的价值,是在这灰暗的人生中间有一点企求光明的热心;伍蠡甫将契诃夫称为印象主义的代表⑥。阿英的《柴霍夫的文学生活》和《柴霍夫的写景文》⑦则独辟蹊径,从契诃夫的书信出发探讨其文学观和创作方法。郁达夫较早就开始关注鲁迅对契诃夫的偏爱,只是他在《纪念柴霍夫》一文中对鲁迅所受契诃夫影响的评述着眼点主要不在文学,更在生平的似与不似的比较及生平影响在各自创作中的反映⑧。在文中,郁达夫还注意到契诃夫与当时国人现实的精神心理需求有着密切联系:"但从只在上海方面出版的刊物,纪念他的文字特多的一点来看,就可以看出,孤岛上的那些文人,正同十九世纪末年,俄皇高压下的俄国青年一样,在感到绝端的黑暗与苦闷。因为柴霍夫作品中的人物,正是这一时代在苦闷中的青年男女,和绝了望的无智的中老年人的写照。"在青年人的苦闷与中老年人的忧郁之间,中国的读者似乎更能领略后者。

1944 年契诃夫逝世 40 周年时,重庆等地举办过纪念活动。郭沫若发表《契

---

① 《青年文艺》第一卷第六期(1944),"柴霍夫逝世第四十年特辑"。
② 《新中华》第 3 卷第 7 期(1935)。
③ 任钧译,正中书局 1941 年版。
④ 艾芜:《屠格涅夫和契诃夫的短篇小说》,《新中华》,第 3 卷第 9 期(1935)。
⑤ 周楞伽:《契诃夫的短篇小说》,《新中华》,第 3 卷第 9 期(1935)。
⑥ 伍蠡甫:《契诃夫的短篇小说》,《新中华》,第 3 卷第 9 期(1935)。
⑦ 《青年界》,第 6 卷 1 期,1934 年。
⑧ 郁达夫:《纪念柴霍夫》,新加坡《星洲日报星期刊·文艺》,1939 年 8 月 13 日。

珂夫在东方》①—文以纪念,文章强调契诃夫在中国的影响,"他的作品无论在中国或日本差不多全部都被翻译了"。这一时期的契诃夫研究中开始出现了左翼批评的倾向。伍辛的《关于契诃夫》②把契诃夫定性为"一个伟大的布尔乔亚底现实主义的作家",作者之所以选择评论契诃夫是因为:"我觉得契诃夫底时代,……是太和今天的中国仿佛了。"契诃夫对其时代的现实主义的描绘与批判自然与对当时中国现状的描绘与批判联系起来。王西彦的《契诃夫和他的〈可爱的人〉》运用了经典的阶级论句式:"由于契诃夫没有看到当时逐渐高涨的工人阶级的革命运动,没有看到社会生活中真正的坚强的人和反抗者,也没有看到祖国所应走的道路,在他的世界观里存在一个极大的缺陷,使他的作品带有一种忧郁的悲哀的调子。③"

不过,郭沫若却发现了契诃夫作品中的诗性:"他的作品和作风很合乎东方人的口胃。东方人于文学喜欢抒情的东西,喜欢沉潜而有内涵的东西,但要不伤于凝重。……在我们看来他的东方成分似乎多过于西方的。他虽然不做诗,但他确实是一位诗人。他的小说是诗,他的戏曲也是诗。"④

对契诃夫与鲁迅的比较研究也更受重视。在影响研究方面,除了辨别生平的异同外,更多地进入创作层面进行比较。在深入发掘契诃夫的过程中,自然地发现了两者在创作各方面的相似性或共同点,比如同情普通人、深入挖掘民族性等等。1948 年,田禽的《论契诃夫》⑤对契诃夫作出了确切的历史定位:"契诃夫可以说是前代文学和现代文学的一座桥梁。……以写实作家而论,契诃夫是前代文学的最末一位作家,若从显示新散文的典型而论,他又是现代文学的开山祖。"

40 年代出现了中国学者肖赛评论契诃夫的两本专著:一本是 1947 年出版的《柴霍甫传》,一本是 1948 年 5 月出版的《柴霍甫的戏剧》。契诃夫的戏剧从最初被翻译成中文起,就有了零星的评点。到了 40 年代,焦菊隐的《柴霍甫与

① 《新华日报》1944 年 6 月 1 日;载《沫若文集(十三)·沸羹集》,人民文学出版社 1961 年版。
② 原是胡风译高尔基《同时代人底回忆》的一章,刊发在《译文》上,后经组织加工而成。引自荆凡编著《俄国七大文豪》,理知书局 1945 年版。
③ 王西彦:《契诃夫和他的〈可爱的人〉》,载王西彦《书和生活》,花城出版社 1981 年版。
④ 郭沫若:《契诃夫在东方》,《新华日报》1944 年 6 月 1 日。
⑤ 《文潮月刊》第 5 卷 4 期。

〈海鸥〉》①和《〈樱桃园〉译后记》②分别介绍了两部作品的创作过程、思想内容和
艺术特征。米川正夫的《关于柴霍甫的戏剧》的译出③,也为国人系统地介绍了
契诃夫的戏剧。不过,它所提出的时代象征剧和非琐屑主义等观点在当时并未
被中国戏剧工作者所接受,因为他们主要还是从自身对契诃夫戏剧的阅读乃至
表演的过程中来达到对其的理解的。在萧赛的《柴霍甫的戏剧》诞生之前,杨翰
笙就尝试着归纳出了契诃夫剧作的特征:"善于描绘琐屑的日常生活的悲喜
剧"、印象派手法和"抒情戏剧"④。萧赛的专著则更具里程碑意义,除了全面评
介契诃夫的戏剧外,书后还附录了契诃夫传记的中译本书目、未发表和未收入
全集的剧本及主要戏剧的目次,堪称当时国内译介和研究的集大成之作。

二、20 世纪 50—70 年代的契诃夫研究

1954 年,时值契诃夫逝世 50 周年,世界和平理事会将他列为当年要纪念的
四大文化名人之一。巴金等中国作家专程赴苏联参加纪念活动,中国各大城市
都举行了纪念活动,中央人民政府对外文化联络事务局和人民文学社分别出版
了《契诃夫逝世五十周年纪念》和《纪念契诃夫专刊》,纪念性论文也大量涌现。
这一年,契诃夫研究迎来了一个高潮⑤。

(一)关于契诃夫的创作基调的研究

这时,中国研究者几乎众口一词地赞颂契诃夫的作品对于时代的忠实反
映,"他留下来的是:19 世纪最后 20 年的俄国社会的缩图"⑥。对于契诃夫作品
内容的评价无一例外地都与对其创作基调的确认相联系。与 20 年代不同的
是,几乎所有人都反对谢斯托夫和米哈伊洛夫斯基的观点,即契诃夫是悲观的、
绝望的或冷血的。满涛反省以往在这个问题上犯的错误:"以为契诃夫描写这
些渺小而寂寞的灵魂,证明作者心里也怀着可怕的冰块……就对他盖棺论定,
武断地加以'悲观主义者'的谥号。"⑦今后,应当"主要得看他抱着什么态度去

---

① 《时与潮文艺》第 1 卷 2、3 期(1943)。
② 《焦菊隐文集》第 2 卷,文化艺术出版社 2005 年版,第 225 页。
③ 载芳信译:《樱桃园(四幕剧)》,世界书局 1944 年版。
④ 杨翰笙:《关于契诃夫的戏剧创作》,《中原》,第 2 卷第 1 期(1946)。
⑤ 这个高潮在 1960 年又出现过一次,因为这一年是契诃夫诞辰 100 周年,但纪念规模也开始缩小。
⑥ 巴金:《我们还需要契诃夫——纪念契诃夫逝世五十周年》(1954 年 6 月),载巴金《谈契诃夫》,
平明出版社 1957 年版。
⑦ 满涛:《读契诃夫的剧本》,《解放日报》1954 年 7 月 11 日。

写这些人物",将作家本人与作品中的人物区分开来对待。

当时的研究者大多倾向于从积极的方面来理解契诃夫的创作态度。巴金认为:"契诃夫写那种人物,写那种生活,写那种心情,写那种气氛,不是出于爱好,而是出于憎厌;不是为了欣赏,而是为了揭露;不是在原谅,而是在鞭挞。他写出丑恶的生活只是为了要人知道必须改变生活方式。"①丽尼认为,契诃夫只是一位为知识分子刻画他们自身的作家,"如果说契诃夫作品中也有着绝望的调子,那就是对于知识分子的绝望,而不是对于人民的绝望。……他也许怜悯他们(人民),也许同情他们,也许从他们身上看见了自己的某些方面,但是,他不能相信他们。"②他还注意到契诃夫作品中的绝望调子,在某种程度上与鲁迅对革命的失望情绪有可以参照之处,两位作家在作品中都反映出了知识分子问题的特殊性与复杂性。

张天翼的看法是:"我们中国读者很敏感地觉到了契呵夫作品里所写那灰溜溜的现实里,所透出来的那种乐观主义调子:作者分明在憧憬并且看见了——虽然他是带着忧郁的眼光在看的——美丽、光明、自由的远景。"③洪深认为:"重要的问题在于作家以什么态度来写这些东西,在于他是否能从丑恶中看出美的所在,即透过黑暗指示光明的道路。契诃夫的现实主义精神就在这里,他的伟大之处也在这里。"④汝龙比较关注契诃夫作品显示意义的独特方式:"他善于在同一件事情里面挖掘它的同时并存的、却又截然相反的两面——可笑的一面和可悲的一面。……作品在这里显出了深度:由可笑转入可悲的时候,正是事物的内在的社会意义透露出来的时候。"他甚至还用这种方式,从今天所谓读者接受的角度分析了"不能照这样下去"! 这一效果的产生,使"作品在读者心中激起对丑恶现实的强烈憎恶,对美好前途的深切渴望,因而取得了客观的革命意义。"⑤

(二)关于契诃夫与中国的研究

契诃夫与中国的关系也是研究者关注的。这一方面是相关纪念活动的需

---

① 巴金:《我们还需要契诃夫》,载巴金《谈契诃夫》,平明出版社 1957 年版。
② 丽尼:《契诃夫——伟大的现实主义作家——纪念契诃夫逝世五十周年》,《长江文艺》,1954 年 8 月。
③ 张天翼:《契呵夫的作品在中国——为苏联〈真理报〉写》,1954 年 7 月,《文学杂评》,人民文学出版社 1958 年版。
④ 洪深:《安东·契诃夫逝世五十周年纪念》,载《戏剧报》1954 年 6 期。
⑤ 汝龙:《关于契诃夫的小说》,《文艺报》,1954 年 13 期。

要,另一方面也是研究者对中国接受契诃夫的历史和现状的自觉反省。

许多作家强调契诃夫作品在中国是广受欢迎的:"在十九世纪俄罗斯现实主义作家中间,契诃夫是作品译成中文最多的一个。"①方隼在《纪念契诃夫》②中从鲁迅那里找到了根源:"宁可看契诃夫、高尔基的书,因为它更新,和我们的世界更接近",并且认为:"契诃夫使我们觉得接近,不仅是由于他在作品里所表现的十月革命前俄国社会和解放前中国旧社会有着类似之处,而且也是由于他在作品中所显示出来的对生活的'高度看法',用这看法'照亮了它的倦怠、它的愚蠢、它的挣扎、它整个的混乱'(高尔基语)。"

而在洪深笔下,这一历史过程是在内容与形式两个层面同时推进的:"正当不断深入的美国电影和受它影响的中国的所谓'鸳鸯蝴蝶派'小说中的矫揉、浮夸、虚妄之风开始向中国读者进袭的时候,契诃夫的作品接连着被介绍进来了。他的朴实无华的文笔,深刻地表现了不是'人为'造作的而是'现实中的戏剧',说出了他的憎恶与责难,或者信念与希望。……他这个独特的成就与作风,启发了当时中国的不少读者与作者,使他们知道在文学中另有一种端正、严肃而清新的境界。这对于他的作品广受欢迎一事也是很有关系的。"③

戈宝权的《契诃夫和中国》④也从读者接受的角度就译介热的成因作出分析:"中国的读者热爱契诃夫,因为他们曾经感觉到契诃夫的作品好像就是为他们写的,而且是描写他们中间发生的事情。……所以中国的读者曾经在契诃夫的作品中看到了他们自己,看到了他们的病症。中国的读者也听到了契诃夫的责斥的声音:'不能够再这样生活下去。'"这些理解较之郁达夫在 30 年代的看法——孤岛上的青年人的苦闷与中老年人的忧郁与契诃夫时代的近似——更为深入。也有人将契诃夫与鲁迅作了比较,认为"鲁迅的思想要比契诃夫高得多"⑤。日后这一类的文章基本上都是从鲁迅对契诃夫的评价和发现这样的角度,讨论两者在文学立场和创作内容等方面对现实主义文学的共同贡献,以及因时代性、民族性和个人因素所造就的特色和差异。

---

① 巴金:《向安东·契诃夫学习——在莫斯科契诃夫逝世五十周年纪念会上讲话》,1954 年 6 月;《谈契诃夫》,平明出版社 1957 年版。
② 载《文艺月报》1954 年 7 期。
③ 洪深:《安东·契诃夫逝世五十周年纪念》。
④《文学评论》,1960 年 1 月。
⑤ 苏以当:《关于鲁迅和契诃夫》,《山西师范学院学报》,1960 年 1 月。

茅盾在《契诃夫的时代意义》①中谈了阅读契诃夫作品时的个人体验:"契诃夫作品的艺术力量之所以不可抗,不仅在于它震撼你的灵魂,还在于它狠狠地刺你一下以后,你却忍俊不住,一定不肯不读它。"这种共鸣与读鲁迅的作品时的感受相仿佛。茅盾还指出契诃夫作品译介与中国文学思潮及文学运动存在互动关系,"他的作品的介绍和当时中国的进步文艺活动是分不开的。他的朴实无华的风格,深刻隽永的思想内容,对当时流行的浅薄、庸俗的所谓'鸳鸯蝴蝶派'小说给了严重的打击,同时提高了读者认识生活和批判旧社会的能力"②。茅盾肯定了契诃夫作品的时代意义:"我们应当从契诃夫的遗产中,去学习他那种锐敏的观察能力,那种高度集中概括的艺术表现能力和语言的精炼,来为我们今天的社会主义服务。"他也指出了他的局限:"这伟大的新时代应该是怎样的面貌,契诃夫却没有作过任何说明。契诃夫也没有告诉我们:为要使得这个伟大的时代到来,我们该走哪条路? 该怎样斗争?"茅盾的观点基本上代表了当时的主流意见。

这时期,苏联学者有代表性的研究成果,如叶尔米洛夫的《论契诃夫的戏剧创作》③、《契诃夫传》④和斯特罗耶娃的《契诃夫与艺术剧院》⑤等,翻译出版后,成为了中国研究者和戏剧工作者的重要理论资源。尽管这些著述有拔高契诃夫的倾向,但其对契诃夫作品的介绍,特别是对其戏剧美学的分析颇为精彩。

(三)关于短篇小说及人物形象的研究

这一时期,中国研究者比较关注契诃夫短篇小说。黄嘉德等称:"形式的与内容的深刻,这就是契诃夫的短篇小说的主要特点。"⑥汝龙认为,"在现实生活中,避开大喜剧和大悲剧,专门采取平凡的事物,把它们写成典型的、重大的事物"是契诃夫小说的一大特色⑦。凌柯是从"多余人"角度来界定契诃夫作品中的人物的,认为作家对他们持批判而非同情的态度⑧。而李炳土参则将契诃夫

---

① 《世界文学》,1960 年 1 月,"契诃夫诞生一百周年纪念"专栏。

② 茅盾:《伟大的现实主义者契诃夫——在首都各界纪念世界文化名人契诃夫大会上的讲话》,《戏剧报》1960 年 3 月。

③ 张守慎译,中国戏剧出版社 1957 年版。

④ 张守慎译,人民文学出版社 1960 年版。

⑤ 中国戏剧出版社 1960 年版。

⑥ 黄嘉德、曾宪溥:《契诃夫的思想和创作》,《文史哲》1954 年 7 月。

⑦ 汝龙:《关于契诃夫的小说》,《文艺报》,1954 年第 13 期。

⑧ 凌柯:《略论契诃夫的人物》,《解放》1960 年 3 月。凌柯的态度与周作人在《〈可爱的人〉[译后]》中的态度相类似,他们都强调了契诃夫的意图与托尔斯泰主义的距离。

笔下的人物归结为"小人物",并将其提升到了小说主题的层面①。今天看来,这两种定性显然都不够全面。

在经过十多年的沉默以后,70年代末的中国报刊又开始发表有关契诃夫小说的研究文章。这一时期的论文可以与研究者经历十年浩劫后群体性的心路历程相参照。如帅焕文在《一个官员的死》中读到了噤若寒蝉②;沙汀从《万卡》和《苦恼》中读到了"叫人不能不寄予浓厚同情的人物形象"③;李蟠从契诃夫的《套中人》、《醋栗》和《关于爱情》中读到了知识分子的命运④;潘照东和王金陵读罢《套中人》,自然而然地呼出:"再也不能照这样生活下去!"⑤康林读完《变色龙》后,认为"奥楚蔑洛夫这个变色龙的形象,在今天仍有现实意义。'四人帮'一伙就是危害党、危害国家和人民的变色龙"⑥。

三、20世纪80年代以来的契诃夫研究

(一)80年代研究的基本状况

进入80年代,随着12卷本译著《契诃夫文集》和中国第一部契诃夫研究论文集《契诃夫研究》⑦的出版,中国的契诃夫研究呈现全面繁荣的态势。这些成果多集中在综合研究、文体研究和多学科角度的研究。

1. 戏剧研究

这一时期开始出现对契诃夫戏剧进行全面深入的研究。叶乃芳对契诃夫戏剧最鲜明的特征——"潜流"作了如下界定:"用抒情、象征、暗示、以景喻情等含蓄手法来反映剧本的潜在主题、生活的内在规律和人物的内在隐秘,读者只能隐隐约约地心领神会。"⑧他还指出"潜流"的构成:隐晦的对比、哲理的概括、象征的暗示、情景的烘托、成熟的静场、细节的寓意和孕育着希望的尾声。受到

---

① 李炳土参:《从〈万卡〉谈契诃夫的创作意义——纪念契诃夫百年诞辰》,《合肥师范学院学报》1960年1月。
② 帅焕文:《写作的艺术就是提炼的艺术——读契诃夫的〈一个官员的死〉》,《星火》1979年3月。
③ 沙汀:《关于人物形象的塑造——谈契诃夫的短篇小说〈万卡〉和〈苦恼〉》,《上海文艺》1978年3月。
④ 李蟠:《试谈契诃夫小三部曲中三个故事讲述者的形象》,《外国文学研究》,1979年第2期。
⑤ 潘照东:《埋藏别里科夫的阴魂——重读〈套中人〉》,《包头文艺》1979年4月。王金陵:《现实主义的魅力——重读契诃夫的〈套中人〉》,《十月》,1979年第4期。
⑥ 康林:《谈契诃夫的〈变色龙〉》,《河北师院学报》,1979年第1期。
⑦ 徐祖武:《契诃夫研究》,河南大学出版社1987年版。
⑧ 叶乃方:《契诃夫戏剧中的"潜流"》,《俄苏文学》,1980年第4期。

金格曼(苏)《契诃夫剧本中的时间》①的启发,契诃夫剧作中的时空关系开始受到注意。张维嘉分析《樱桃园》时,注意到了象征时间感的空间意象,分别建构出从空间意象与人物的时间心理、人物的精神价值和人物的生活环境的关联这3个批评角度②。

许多研究者由个案研究出发,归纳契诃夫戏剧创作的主要特色。朱桂芳和符玲美认为,是悲喜剧的交织和映衬,在简单、平凡的情节中展现尖锐的戏剧冲突和含蓄、幽默的潜台词③;蓝泰凯认为,是通过日常琐屑的生活现象和朴实无华的艺术形式揭示重大的社会问题,由一系列连续的、一致的事件把剧情逐渐推向结局,抒情性和人物语言的真实性和个性化④;叶乃芳和陈云路归纳为:精练、客观、交织(深刻和浅薄,伟大和渺小,悲惨和可笑)和潜流⑤。

有人还对比契诃夫的戏剧与小说各自的艺术特色,考察两者的相互影响。王维国指出契诃夫运用独幕剧中的"明场"和"暗场"来写小说中"高潮"的技巧⑥。陈元恺还从排演实践的角度指出,"契诃夫戏剧在中国的成功演出,就是学习与讨论斯坦尼斯拉夫斯基演剧体系的实践。……由于学习与研究斯坦尼斯拉夫斯基的演剧体系,中国的戏剧工作者们更深刻地认识了契诃夫戏剧的特点:真实、朴素、抒情、含蓄、富有潜台词,在契诃夫戏剧中现实主义升华了"⑦。

2. 人物形象、创作手法和美学风格研究

契诃夫的小说仍是研究的一个重点,尤其是人物形象研究⑧。中国的研究者将这些人物主要划分为两大类:知识分子和病态人物。有人将知识分子细分

---

① 蔡时济译,《外国戏剧》,1980 年第 1、2、3 期。

② 张维嘉:《〈樱桃园〉中的空间》,《湘潭大学学报》,1984 年第 3 期。

③ 朱桂芳、符玲美:《从〈樱桃园〉看契诃夫戏剧创作的主要特色》,《华南师范大学学报》,1983 年第 4 期。

④ 蓝泰凯:《〈樱桃园〉艺术特色初探》,《贵阳师院学报》,1985 年第 1 期。

⑤ 叶乃芳、陈云路:《契诃夫小说的艺术特色》,《外国文学研究》,1980 年第 1 期。

⑥ 王维国:《略论契诃夫短篇小说的艺术特色——关于他的短篇作品的戏剧性》,《长城》,1981 年第 1 期。

⑦ 陈元恺:《俄罗斯戏剧与中国》,载陈元恺《二十世纪中国文学与世界》,陕西人民出版社 1987 年版。

⑧ 值得注意的是,在中国没有人提出与法捷耶夫、毛姆类似的观点:"连续阅读他(契诃夫)的作品是很乏味的事,因为他的人物千篇一律,没有兴味,很难令人喜爱。……契诃夫对知识分子的描写没有达到全人类性的高度(A. 法捷耶夫《关于契诃夫——〈新娘〉、〈草原〉、〈乏味的故事〉、〈决斗〉、〈庄稼汉〉》,君智译,载《苏联文艺》,1980 年 1 期)。""在他(契诃夫)写的一些小说中,相同的角色反复出现,只不过给改了改名,换了换景而已(王蜀摘译《毛姆论莫泊桑与契诃夫》,《文谭》,1983 年第 6 期)。"

中国俄苏文学研究史论
История исследования русской и
советской литературы в Китае

为庸俗的市侩、奴才与帮凶、民粹派分子及"小事"论者、苦闷、消沉的知识分子和新人①。马征则从对鲁迅与契诃夫的比较中发现:"第一,契诃夫和鲁迅都把在社会变动中比较敏感、活跃的知识分子的命运作为艺术表现的主要对象之一,以此作为作家探索社会问题,民族心理素质、文化构成的重要途径。……第二,契诃夫和鲁迅刻画知识分子悲剧心理时,都程度不同地反映了作家本身的精神苦闷。"②在病态人物方面,除了对于人物病症的一般描述,刘伯奎指出,别里科夫并不是"旧制度的卫道士",而只是一个可怜的受尽折磨的小人物;"罪责在'套子',不在'套中人'",文章试图揭示出其致病受苦的制度性因素③。

契诃夫的创作手法和艺术技巧也受到重视。张振忠从托尔斯泰的一段话引申出所谓"涂抹"的手法,并详细论述了涂抹的主体意识、创作过程、基本形式及其创作构成的基本条件④。陆人豪认为,"契诃夫对于未来抱有美好的希望,但是这种憧憬本身和走向未来的道路也都是不清晰的。……契诃夫的创作意识和创作心理某些方面的朦胧性,主要表现在一些通过象征形象和象征境界表达某种追求或生活哲理的作品中。"⑤这与卢那察尔斯基观点接近。对于契诃夫作品的现代性问题,研究者大多将他定位于"站在现代派门槛上",认为他对现代派有双重态度,称"契诃夫无疑是现实主义的卓越大师,但并非严格的现实主义大师",可把他的小说"当作现实主义和象征手法结合的作品来读"⑥。

不过,研究者对契诃夫作品有一种诗意、抒情的风格没有异议。左文华认为,契诃夫作品的内在抒情美首先来自悲喜交织的情节、作家描述时冷热交替的语调和虚实相生的人物语言;同时,"这种内在抒情美是与作品外在的客观冷

---

① 陈慧君:《谈契诃夫小说中的知识分子形象》,《济宁师专学报》,1980 年第 2 期。王远泽将新人单列,定义为新生活的探求者(见王远泽《论契诃夫创作中新生活探求者的形象》,《求索》,1982 年第 5 期)。

② 马征:《契诃夫和鲁迅对知识分子悲剧心理的艺术透视》,《现代人》,1987 年第 12 期。

③ 刘伯奎:《罪责在"套子",不在"套中人"——别里科夫形象意义之我见》,《外国文学欣赏》,1986 年第 4 期。

④ 张振忠:《论契诃夫"涂抹"的创作构成》,《沈阳师范学院学报》,1987 年第 3 期。

⑤ 陆人豪:《契诃夫创作美学断想》,《铁道师院学报》,1986 年第 3 期。

⑥ 如:穆树元:《契诃夫短篇讽刺小说的独特风格》,《东北师大学报》,1985 年第 3 期;杨江柱:《站在现代派门槛上的契诃夫》,《长江文艺》1981 年第 8 期;童道明:《从〈海鸥〉看契诃夫对现代派的双重态度》,《剧艺百家》,1985 年第 1 期,1981 年第 8 期;杨春南:《〈草原〉的象征手法初探》,《俄苏文学》,1984 年第 4 期。

静性互为表里,相互补充的"①。另有研究者指出,契诃夫的戏剧的抒情性的主要来源为人物语言的抒情色彩,以及大自然的景色和剧中音响效果的烘托和渲染;在抒情的主旋律下,契诃夫短篇小说的讽刺与幽默都是含蓄的②。随着对抒情构成的深入开掘,研究者也开始触及到了心理的维度,朱逸森称契诃夫小说为"抒情心理小说"③。不过,阿瑟·密勒的话值得重视:"尽管契诃夫是深透到他的人物的心理和精神生活中去的,但是他的远大的视觉并未闭塞在他们个人的心理之中。……换句话来说,这些剧本——不单纯是心理的画卷。"④

3. 比较研究

自契诃夫进入中国研究者的视野起,比较研究就成为重要的内容。中国比较文学的勃兴推动了契诃夫比较研究对象视域的拓宽。

早在20世纪初,就有人将契诃夫和莫泊桑相提并论⑤。叶灵凤在20年代也认为:"与他同时代的法国莫泊桑,虽然同样以短篇小说著名,但是在现实生活的反映和艺术成就上是及不上他的。""但是由于契诃夫的风格比较冷静朴实,没有莫泊桑那么轻松活泼,因此爱读莫泊桑短篇作品的人,比读契诃夫作品的人更多。"这种评价更多地是源自两人受读者欢迎程度的差异。因此,同期的"各有千秋"之说似更公允⑥。80年代后,在肯定契诃夫光明、乐观的创作基调的基础上,扬契抑莫的倾向占据了压倒优势⑦。

1985年,《走向世界文学——中国现代作家与外国文学》⑧一书使契诃夫与中国现代作家间的比较研究,由鲁迅扩展到巴金、废名、沈从文、艾芜、老舍、夏衍、张天翼、茅盾和曹禺等作家。由于立足于对中国现代作家的评介,研究者都不约而同地采用了影响研究的角度,更关注契诃夫对中国作家的共同、共通之处。王晓明认为:"艾芜一直深深喜爱契诃夫。……比起那个无情地讽刺庸俗

---

① 左文华:《客观的冷静性,内在的抒情美——从〈哀伤〉谈契诃夫作品的艺术风格》,《外国文学欣赏》,1984年第3期。

② 参见穆树元:《契诃夫短篇讽刺小说的独特风格》;蓝泰凯:《〈樱桃园〉艺术特色初探》。

③ 朱逸森:《短篇小说家契诃夫》,华东师大出版社1984年版。

④ 引自恬然摘译:《各国戏剧名家谈契诃夫》,《外国戏剧》,1985年第4期。

⑤ "论者比之摩波商(莫泊桑)"(《著者事略》,载鲁迅和周作人《域外小说集》,1909年)。

⑥ 叶灵凤:《契诃夫诞生一百周年》、《莫泊桑的短篇杰作》,《读书随笔》三联出版社1988年版。

⑦ 谷祥云:《莫泊桑和契诃夫》,《阜阳师范学院学报》,1982年第4版。

⑧ 曾小逸主编,湖南人民出版社1985年版,收入汪应果:《巴金:心在燃烧》、金宏达:《废名:从冲淡、古朴到晦涩、神秘》、凌宇:《沈从文:探索"生命"的底蕴》、王文英:《夏衍:别一种戏剧》、吴福辉:《张天翼:熔铸于英俄讽刺的交汇处》、叶子铭:《茅盾:创造新时代的文学》、朱栋森:《曹禺:自我突破中的完成》等。

的契诃夫,他更喜爱那个对灰色生活感到怀疑,极力想到现实当中寻找美好意义的契诃夫。"①宋永毅发现:"在整部《离婚》中,你很难指出张大哥、老李和契诃夫笔下哪一个被猥琐的生活钝化了心灵的小市民相仿,但你却能强烈地体味到契诃夫式的'近乎无事的悲剧'和那扑面而来的庸人气息。"②王德禄则从外在戏剧性向内在戏剧性的转化、直接写实与诗意象征的结合和悲剧性与喜剧性的交融三方面,找到了曹禺与契诃夫在风格方面的联系③。周绍曾指出:"曹禺感到契诃夫的剧作有一种毫无粉饰的真实,而这正是他已厌恶的《雷雨》所缺乏的。……由于契诃夫的启示,曹禺在戏剧结构上作了新的'试探',《日出》采用了'辐射式结构'以代替《雷雨》的'封闭式结构'。"④薛劫遗认为:"中国现代市民正剧成熟于三十年代中期是历史综合的必然,契诃夫起了推动作用。"⑤平行研究也被用于比较契诃夫与中国当代作家对类似的题材——比如"变色龙"的不同处理⑥,或他们都采用类似的美学原则,比如谌容与契诃夫就都被认为是描写日常生活的"真实"⑦。

鲁迅与契诃夫仍是比较研究的重点。陈元恺认为:契诃夫的憧憬是比较朦胧,鲁迅则"对人性怎样才算美好;人应该过什么样的生活;在怎样的合理制度下,人的个性和尊严才能得到发扬和保障等问题,作了毕生的探索"⑧。而王富仁比较后所得出结论:"把明确的创作目的性和鲜明的思想倾向性丝毫不露形迹地浸透、融化在对现实社会生活的完全的、高度的客观性描写之中,构成了契诃夫现实主义的最鲜明、最突出的特征。"⑨

(二)90 年代以来的基本研究状况

1999 年,上海译文出版社出版了迄今为止最为详尽的契诃夫作品集——16

---

① 王晓明:《艾芜:潜力的解放》,载《走向世界文学——中国现代作家与外国文学》,湖南人民出版社 1985 年版。

② 宋永毅:《老舍:纯民族传统作家——审美错觉》,湖南人民出版社 1985 年版。

③ 王德禄:《曹禺与契诃夫——艺术风格的联系和比较》,《贵州社会科学》,1988 年第 6 期。

④ 周绍曾:《曹禺戏剧艺术的发展与契诃夫的影响》,《河北大学学报》,1982 年第 3 期。

⑤ 薛劫遗:《曹禺和夏衍——对契诃夫正剧艺术不同向量的同化与顺应》,《辽宁师范大学学报》,1987 年第 6 期。

⑥ 田原:《不同时代的"变色龙"——试比较张洁的〈条件尚未成熟〉和契诃夫的〈变色龙〉》,《贵州社会科学》1988 年 8 期。

⑦ 陈元恺:《契诃夫与中国作家——纪念契诃夫逝世八十周年》,《外国文学欣赏》,1984 年第 3 期。

⑧ 陈元恺:《鲁迅小说与外国文学》,载陈元恺《二十世纪中国文学与世界》,陕西人民出版社 1987 年版。

⑨ 王富仁:《鲁迅前期小说与俄罗斯文学》,陕西人民出版社 1983 年版。

卷的《契诃夫文集》。90 年代以来,中国的契诃夫研究在数量上有所下降。不过,在小说艺术研究、戏剧美学研究和比较研究 3 个方面,研究在走向深入。

1. 小说艺术研究

研究者除对契诃夫小说艺术——以凡人小事为题材、擅长细节描写和心理刻画等等——作出总结之外,还从"知人论世"的角度对作家和作品作了整体研究。这方面的代表性著作有刘建中的《契诃夫小说新探》①。也有研究者从契诃夫作品中的材料组织、主题表达、人物刻画、审美效应和观点叙述等角度对其生活观念和世界观做了解析,并认为契诃夫"第一次将绝望和孤独的情绪引入文学中,并把它作为人物的质的规定性加以刻画,创造一种全新的俄罗斯知识分子形象"②。程正民则从作家的童年经验、创作的客观性和分析型艺术思维 3 个方面解释了契诃夫悲观和绝望的意识产生的根源,以及它如何融入其创作之中③。李辰民看到了契诃夫小说的"现代意识":世纪末知识分子的精神失落、新"多余人"的荒诞与虚无,以及作品主题与思想意义的模糊等,并且归结出契诃夫与 20 世纪现代小说产生内在联系的原因:"第一,契诃夫生活的时代和 20 世纪现代人生活的时代都具有动荡不安的特点,人的心灵也都具有苦闷、骚动、压抑的特点。……第二,契诃夫生活于 19 世纪末 20 世纪初,已接触到象征主义、自然主义、唯美主义等现代主义文学思潮。"④值得注意的是,在这一过程中,契诃夫的随笔、游记和日记等的文字以及有关的传记材料受到了比以往更多的关注。

2. 戏剧美学研究

研究者们发现,契诃夫戏剧具有特殊的品格:哲理性的寓意、象征性的暗示、散文式的结构、"契诃夫式情调"和"停顿手法"⑤等。从选取题材开始,契诃夫就要求避免人为的戏剧冲突,而聚焦所谓"对于平凡的普通人生活的时代性发现"或"社会历史嬗变的真正动因"。由契诃夫的戏剧美学观念("契诃夫从被以往忽视的平凡的普通人和日常生活里发现了社会历史嬗变的真正的动因,并用平淡、真实的手法表现它们。它不组织人为的冲突以推动剧情,而是主张

---

① 陕西人民出版社 1994 年版。
② 李嘉宝:《生活,是一曲绝望的悲歌——论契诃夫创作中的否定意识》,《外国文学知识》,1992 年第 4 期。
③ 程正民:《俄国作家创作心理研究》,百花文艺出版社 1990 年版。
④ 李辰民:《契诃夫小说的现代意识》,《外国文学评论》,1995 年第 1 期。
⑤ 邹元江:《论〈樱桃园〉中的"停顿"》,《外国文学评论》,1996 年第 3 期。

中国俄苏文学研究史论
История исследования русской и
советской литературы в Китае

戏剧就应当像生活中的一切那样自然、真实,戏在于人们的内心。"①)出发,刘
淑捷还尝试沿着契诃夫剧作的现代性或其与现代戏剧的关系作了一番探索:
"契诃夫的戏剧作品尽可能地反映人类平凡的日常生活,并特别注意用最大限
度的时间和空间挖掘人类日常行为中所隐藏的心理动机,以客观挖掘人类真实
状况。……他从多方面客观真实表现矛盾复杂的现代人,并深刻地挖掘他们复
杂的内心世界。……而这实际上正是进入了现代核心,探示自我存在的价值,
寻找生活的出路。"中国的戏剧工作者还嫁接创作了《三姊妹·等待戈多》,赋予
其后现代的意味。契诃夫的戏剧美学观念也影响到了他的小说创作。刘功成
在 80 年代相关研究的基础上,更加深入地从契诃夫小说的对白性、人物语言的
动作性和小说场景的舞台性 3 点上将契诃夫的小说与其戏剧联系起来②。

  3. 比较研究

    此时,有关契诃夫的比较研究已经蔚为大观。其中,在数量上占据绝对优
势的是作家、作品间的平行比较。王璞的《契诃夫与中国》和赵明的《托尔斯
泰·屠格涅夫·契诃夫——20 世纪中国文学接受俄国文学的三种模式》两篇文
章,从中俄文学关系的宏观视角考察契诃夫的影响,不仅从纵横两个维度总结
了契诃夫在中国的接受情况,而且深入研究了他对中国现代文学产生影响的社
会伦理、文化心理和美学的基础。文章认为,中国文学最初接受契诃夫的作品
是基于在社会政治心理和艺术成就这两个层面上的认同,而且主要是在社会政
治心理层面。"对于 60 年代以前的中国文学,契诃夫属于旧时代与新时代交接
处的一位人物。中国新文学对他的认识着眼于他的批判旧世界、面向新世界的
意义。"③契诃夫"正好满足了中国新文学和中国作家最基本、最合乎逻辑的心
理需求"④。"文学为人生"成为对契诃夫作品进行译介时越来越明确的指导思
想。契诃夫"无情地暴露旧社会"和"客观地解析人类灵魂"也成为他最主要的
思想成就。

    王璞针对这一影响模式,通过分析许多中国作家对契诃夫失败的模仿指
出:"一个作家对另一个作家的吸引或是影响往往并不是出于理智的思考。"而
且,她还对此前一些对于契诃夫与中国作家的比较提出了质疑:"比如巴金就认

---

① 刘淑捷:《契诃夫和现代戏剧》,《戏剧》,1994 年第 1 期。
② 刘功成:《浅论契诃夫小说的戏剧特点》,《辽宁师范大学学报》,1997 年第 5 期。
③ 载智量编《俄国文学与中国》,华东师大出版社 1991 年版。
④《外国文学评论》,1997 年第 1 期。

为:鲁迅的《孔乙己》、《明天》等作品,便是用契诃夫的笔法写成的。《明天》与契诃夫的《苦恼》极为相似等等。我倒认为:这两部作品除了外部的形似之外,并无内部的神似。我认为鲁迅在小说结构方法上与契诃夫最为神似的作品莫若《风波》和《在酒楼上》。"王璞的比较更强调作家间文学气质、感觉的接近:"我们宁可把张天翼的幽默与果戈理联系而无法把它与契诃夫的幽默拉到一起。……在中国现当代作家中,与契诃夫的忧郁气质最相接近的恐怕还是鲁迅和沈从文。"

赵明说:"我们习惯了文学在人生社会中明显感到的巨大作用,我们总希望在文学中得到人生的答案。"因此对于中国现代文学来说,是"社会学家的契诃夫掩盖了艺术家的契诃夫。"而在 90 年代的中国文学里,已经无法再梳理出一条清晰的社会政治意义上的主线,研究者对他的解读又"囿于文学的技术层面而未曾深入到其审美层面"。在他看来,是接受者所处的文化历史背景和社会政治环境对其的限制,造成了中国现当代文学接受契诃夫的影响始终停留在表层,并使当时的研究陷入困境、难以深入。

王璞和赵明都不约而同地从契诃夫在中国被接受的历史着手,试图从源头总结其在中国的接受状况,包括曾经的兴盛和当时的窘境,为进一步研究的深入提供启示。两者都强调让契诃夫研究回归文学研究,这在客观上反映了研究者从强调文学的认识功能到回归文学本体这一深刻的观念变革。

进入 21 世纪后,朱也旷在"契诃夫年"①高调地喊出了"先脱掉这件现实主义的外套"②。他的这种要求是基于对历史和现状的成因分析而产生的:"自 50 年代起,我们把'批判现实主义'的外衣套到了契诃夫身上,且把离脖子最近的那粒政治风纪扣扣得紧而又紧,这自然妨碍我们对他的理解;而到了改革开放的年代,他又被马尔克斯、博尔赫斯、乔伊斯等'斯'挤到了角落里。"此时,文学观念更新的速度更加日新月异。现代主义已不再是研究的禁区,新鲜的理论刚被引进就拿来在契诃夫身上试用。杰拉尔·热奈特的叙述学理论③、福柯的权

---

① 联合国教科文组织宣布 2004 年为"契诃夫年"。
② 朱也旷:《先脱掉这件现实主义的外套》,《南风窗》,2004 年第 14 期。
③ 王彬:《没意思的故事 有意味的叙述——契诃夫小说的叙事艺术》,《绵阳师范高等专科学校学报》,2000 年第 6 期。

力话语理论①和巴赫金的对话理论②都被搬来演绎契诃夫的文本,以此来构建一个"走出传统的契诃夫"③。在这股单纯的"技术研究"的潮流之外,更应被看重的是那些深入到契诃夫作品内部的体味。这里值得一提的是吴惠敏的《小说叙事——余华与契诃夫之比较》④将两者的比较由叙事方式、叙事结构深入到叙事风格,从而真正触摸到了问题的内核。在戏剧方面,2004 年中国国家话剧院主办的首届国际戏剧季就以"永远的契诃夫"为主题,演出了 5 台各具特色的契诃夫戏剧。《读书》也就此组织了讨论和笔谈,参与的导演与学者都强调,不论表演的形式存在多大的差异,在今天,排演契诃夫戏剧最重要的是要发掘其中历经时间永不磨灭的内涵与特质。胡静也指出:"从理解易卜生开始,我们才可能走向契诃夫,那是一座更高的山峰。当我们懂得欣赏'被冲破了的生活'之后,才能理解契诃夫式的'完整的生活'所蕴涵的残缺性。"⑤体味契诃夫作品中的情怀与意蕴,既包括了重估契诃夫式的主题("生活就是行将灭亡,就是希望的不断落空")⑥和人物("厌倦"人物和梦醒了无路可走的人)⑦,也包括了对其戏剧美学观念、审美视角和表现方式独特性的研究⑧。李嘉宝的论文集《现代文化视野中的契诃夫》⑨就是这方面的集大成之作。当我们的回顾将近尾声、同时期待着新一轮研究的深入展开之际,我们当然了解对契诃夫及其作品的再评价、再批评终是不可逆挡的历史趋势,但尤需谨记:这种再评价只有建立在扎实的接受史研究和文本分析的基础上才能经得起历史的检验。在这方面,刘研的《契诃夫与中国现代文学》(上海社会科学院出版社,2006)为我们提供了可供借鉴的经验。

---

① 李广宏:《契诃夫〈第六病室〉中的权力话语》,《广西社会科学》,2004 年第 8 期。
② 李志强:《灵魂的堕落,人性的悲哀——从对话理论看〈姚尼奇〉的创作》,《西南民族学院学报》,2002 年第 5 期。
③ 李嘉宝:《走出传统的契诃夫》,《中南民族大学学报》,2002 年第 4 期。
④ 《文艺研究》2002 年 3 期。
⑤ 胡静:《戏剧的灼伤——纪念契诃夫逝世一百周年》,《上海戏剧》,2004 年第 10 期。
⑥ 杨挺:《奥尼尔与契诃夫》,《海南大学学报》,2000 年第 1 期。
⑦ 李嘉宝:《论契诃夫作品中的"厌倦"人物》,《外国文学研究》,2002 年第 2 期;王雨海:《昏睡者和梦醒了无路可走者——鲁迅和契诃夫小说中的两类人形象比较》,《许昌学院学报》,2003 年第 1 期。
⑧ 黄爱华:《论易卜生、契诃夫对中国现实主义戏剧发展的影响》,《杭州师范学院学报》,2000 年第 2 期。
⑨ 吉林人民出版社 2001 年版。

[相关研究成果要目]

1.《戚施》和《塞外》后《著者事略》,鲁迅、周作人译《域外小说集》,1909年。

2.周作人:《〈可爱的人〉[译后]》,《新青年》第6卷第2号,1919年。

3.沈雁冰:《近代戏剧家传·乞戈夫》,《学生杂志》第6卷7、8期,1919年。

4.王靖:《柴霍甫小说(汉英合璧)》,泰东图书局1921年版。

5.谢六逸:《柴霍甫生祭感言》,《时事新报·学灯》1922年1月17日。

6.蒋启藩编译:《近代文学家》,上海泰东图书局1923年版。

7.郑振铎:《俄国文学史略》,商务印书馆1924年版。

8.杨袁昌英:《短篇小说家契呵夫(Chekhov)》,《太平洋》第4卷第9号,1924年。

9.赵景深:《鲁迅与柴霍夫》,《文学周报》,1929年第19期。

10.汪倜然:《俄国文学ABC》,世界书局1929年版。

11.阿英:《柴霍夫的文学生活》,《青年界》第6卷第1期,1934年。

12.阿英:《柴霍夫的写景文》,《青年界》第6卷第1期,1934年。

13.艾芜:《屠格涅夫和契诃夫的短篇小说》、周楞伽:《契诃夫的短篇小说》、伍蠡甫:《契诃夫的短篇小说》,《新中华》第3卷第9期,"短篇小说研究特辑",1935年4月。

14.郁达夫:《纪念柴霍夫》,新加坡《星洲日报星期刊·文艺》1939年8月13日。

15.焦菊隐:《柴霍甫与〈海鸥〉》,《时与潮文艺》第1卷2、3期,1943年。

16.郭沫若:《契珂夫在东方》,《新华日报》1944年6月1日。

17.荃麟:《对于安东·柴霍夫的认识》,《青年文艺》第1卷第6期,"柴霍夫逝世第四十年特辑",1944年7月。

18.伍辛:《关于契诃夫》,载荆凡编著的《俄国七大文豪》,理知1945年版(原是胡风译高尔基《同时代人底回忆》的一章,刊发在《译文》上,后经组织加工而成)。

19.杨翰笙:《关于契诃夫的戏剧创作》,《中原》第2卷第1期,1946年。

20.萧赛:《柴霍甫传》,文通书局1947年版。

21.萧赛:《柴霍甫的戏剧》,文艺丛书,文通书局1948年版。

22. 田禽:《论契诃夫》,《文潮月刊》第 5 卷 4 期,1948 年。

23. 罗果夫:《编者序》,罗果夫《鲁迅论俄罗斯文学》,时代出版社 1949 年版。

24. 张天翼:《契诃夫的作品在中国——为苏联〈真理报〉写》(1954 年 7 月),张天翼《文学杂评》,人民文学出版社 1958 年版。

25. 满涛:《读契诃夫的剧本》,《解放日报》1954 年 7 月 11 日。

26. 丽尼:《契诃夫——伟大的现实主义作家——纪念契诃夫逝世五十周年》,《长江文艺》,1954 年第 8 期。

27. 汝龙:《关于契诃夫的小说》,《文艺报》,1954 年第 13 期。

28. 骆宾基:《略谈契诃夫》,《人民文学》,1954 年第 7 期。

29. 方隼:《纪念契诃夫》,《文艺月报》,1954 年第 7 期。

30. 洪深:《安东·契诃夫逝世五十周年纪念》,《戏剧报》,1954 年第 6 期。

31. 何家槐:《纪念伟大的俄罗斯现实主义作家安东·契诃夫》,《人民日报》1954 年 7 月 15 日。

32. 焦菊隐:《契诃夫和我们的时代》,《北京日报》1954 年 7 月 15 日。

33. 焦菊隐:《契诃夫和莫斯科艺术剧院与史坦尼斯拉夫斯基》,《戏剧报》,1954 年第 8 期。

34. 方然:《论契诃夫作品中的思想性》,《新建设》,1954 年第 7 期。

35. 张白:《安东·契诃夫和他的作品》,《中国青年报》1954 年 7 月 15 日。

36. 王西彦:《读果戈理和契诃夫零札》,《从生活到创作》,新文艺出版社 1954 年版。

37. 唐湜:《谈契诃夫的"小形式"》,《剧本》,1954 年第 7、8 期。

38. 金人:《〈万尼亚舅舅〉的现实性》,《北京日报》1954 年 11 月 21 日。

39. 葛一虹:《契诃夫的戏剧在中国》,《戏剧报》,1954 年第 6 期。

40. 巴金:《谈契诃夫》,《解放日报》1955 年 1 月 29 日。

41. 柯岩:《谈〈万尼亚舅舅〉的演出》,《光明日报》1955 年 4 月 2 日。

42. 肖崎:《关于〈万尼亚舅舅〉的排演》,《戏剧报》,1955 年第 2 期。

43. 张白:《契诃夫的现实主义戏剧〈万尼亚舅舅〉的分析》,《光明日报》1955 年 2 月 26 日。

44. 王亦放:《〈万尼亚舅舅〉的魅力》,《戏剧报》,1955 年第 5 期。

45. 王安波:《〈万尼亚舅舅〉的魅力》,《戏剧报》,1955 年第 5 期。

46. 戈宝权:《契诃夫和中国》,《文学评论》,1960 年第 1 期。

47. 茅盾:《契诃夫的时代意义》,《世界文学》,1960 年第 1 期。

48. 戈宝权:《契诃夫的作品在中国》,《世界文学》,1960 年第 1 期。

49. 王西彦:《读契诃夫作品札记》,《新港》,1960 年第 1 期。

50. 林陵:《序》,载《契诃夫戏剧集》,人民文学出版社 1960 年版。

51. 林陵:《契诃夫戏剧创作的主题》,《文汇报》1960 年 2 月 12 日。

52. 林陵:《〈三姐妹〉及其他》,《戏剧报》,1960 年第 1 期。

53. 茅盾:《伟大的现实主义者契诃夫——在首都各界纪念世界文化名人契诃夫大会上的讲话》,《戏剧报》,1960 年第 3 期。

54. 沙汀:《关于人物形象的塑造——谈契诃夫的短篇小说〈万卡〉和〈苦恼〉》,《上海文艺》,1978 年第 3 期。

55. 陈元恺:《读〈套中人〉》,《语文学习》,1979 年第 2 期。

56. 汪靖洋:《焦点和焦点的转移》,《外国文学研究》,1979 年第 4 期。

57. 叶乃芳、陈云路:《契诃夫小说的艺术特色》,《外国文学研究》,1980 年第 1 期。

58. 焦菊隐:《〈樱桃园〉译后记》,《戏剧艺术》,1980 年第 3 期。

59. 叶乃芳:《契诃夫戏剧中的"潜流"》,《俄苏文学》,1980 年第 4 期。

60. 王西彦:《书和生活》,《随笔》,1980 年第 7 期。

61. 张华:《契诃夫和他的〈可爱的人〉》,王西彦《书和生活》,《随笔》丛书,花城出版社 1981 年版。

62. 张华:《鲁迅和契诃夫》,张华:《鲁迅和外国作家》,鲁迅研究丛书,陕西人民出版社 1981 年版。

63. 朱逸森:《走向成熟》,《书林》,1981 年第 4 期。

64. 马家骏:《一篇脍炙人口的短篇小说》,《外国文学作品选讲》,陕西人民出版社 1981 年版。

65. 王慧才:《"俄罗斯是一座大监狱"》,《世界文学名著选评》第三辑,江西人民出版社 1981 年版。

66. 华生:《告别过去,走向未来》,《江苏戏剧》,1981 年第 7 期。

67. 李辰民:《论俄罗斯作家笔下的小人物》,《苏州大学学报》,1982 年第 1 期。

68. 童道明:《契诃夫戏剧的现实主义特征》,《春风译丛》,1982 年第 1 期。

69. 贾植芳编译:《契诃夫手记》,浙江人民出版社 1982 年版。

70. 周绍曾:《曹禺戏剧艺术的发展与契诃夫的影响》,《河北大学学报》,1982 年第 3 期。

71. 王富仁:《鲁迅前期小说与俄罗斯文学》,陕西人民出版社 1983 年版。

72. 赵秋长:《契诃夫作品中病态人形象新探》,《北京师大学报》,1983 年第 3 期。

73. 朱栋霖:《曹禺戏剧与契诃夫》,《中国现代文学研究丛刊》,1983 年第 3 期。

74. 王思敏:《试论契诃夫笔下的"小人物"》,《安徽大学学报》,1984 年第 2 期。

75. 朱逸森:《契诃夫和他的〈第六号病室〉》,《外国文学名著欣赏》第 6 辑,黑龙江人民出版社 1984 年版。

76. 朱逸森:《短篇小说家契诃夫》,华东师大出版社 1984 年版。

77. 张维嘉:《〈樱桃园〉中的空间》,《湘潭大学学报》,1984 年第 3 期。

78. 陈元恺:《契诃夫与中国作家——纪念契诃夫逝世八十周年》,《外国文学欣赏》,1984 年第 3 期。

79. 杨春南:《〈草原〉的象征手法初探》,载《俄苏文学》,1984 年第 4 期。

80. 王雨玉:《鲁迅的〈狂人日记〉与契诃夫的〈第六病室〉》,《天津师专学报》,1984 年第 4 期。

81. 阿英:《翻译史话》,载阿英《小说闲谈四种》,上海古籍出版社 1985 年版。

82. 曾小逸主编:《走向世界文学——中国现代作家与外国文学》,湖南人民出版社 1985 年版。

83. 蓝泰凯:《〈樱桃园〉艺术特色初探》,《贵阳师院学报》,1985 年第 1 期。

84. 童道明:《从〈海鸥〉看契诃夫对现代派的双重态度》,《剧艺百家》,1985 年第 1 期。

85. 陆人豪:《契诃夫创作美学断想》,《铁道师院学报》,1986 年第 3 期。

86. 戴翊:《从不了解到热爱——巴金与契诃夫》,《社会科学》,1986 年第 4 期。

87. 王田葵:《象征与意境》,《外国文学欣赏》,1986 年第 1 期。

88. 徐志超:《试从〈日出〉与〈三姊妹〉的比较看曹禺对契诃夫戏剧的借鉴

与继承》,《江西大学学报》,1986 年第 1 期。

89. 王璞:《中国人视野里的契诃夫》,《外国文学欣赏》,1987 年第 4 期。

90. 陈元恺:《俄罗斯戏剧与中国》,陈元恺《二十世纪中国文学与世界》,陕西人民出版社 1987 年版。

91. 张振忠:《论契诃夫"涂抹"的创作构成》,《沈阳师范学院学报》,1987 年第 3 期。

92. 薛劫遗:《曹禺和夏衍——对契诃夫正剧艺术不同向量的同化与顺应》,《辽宁师范大学学报》,1987 年第 6 期。

93. 马征:《契诃夫和鲁迅对知识分子悲剧心理的艺术透视》,《现代人》,1987 年第 12 期。

94. 徐祖武主编:《契诃夫研究》(论文集),河南大学出版社 1987 年版。

95. 朱栋森:《论中国话剧对契诃夫的选择》,《戏剧艺术》,1988 年第 1 期。

96. 谷兴亚:《关于托尔斯泰对契诃夫的影响问题》,《河北大学学报》,1988 年第 3 期。

97. 叶乃芳等:《契诃夫抒情社会心理小说中的"潜流"》,《俄苏文学》,1988 年第 11 期。

98. 曾恬:《从〈变色龙〉谈重复手法的运用》,《北京师范大学学报》,1988 年第 1 期。

99. 龙飞等:《契诃夫传》,南开大学出版社 1988 年版。

100. 叶灵凤:《契诃夫诞生一百周年》,《读书随笔(二集)》,三联出版社 1988 年版。

101. 王德禄:《曹禺与契诃夫——艺术风格的联系和比较》,《贵州社会科学》,1988 年第 6 期。

102. 田原:《不同时代的"变色龙"——试比较张洁的〈条件尚未成熟〉和契诃夫的〈变色龙〉》,《贵州社会科学》,1988 年第 8 期。

103. 王璞:《契诃夫与中国戏剧的"非戏剧化倾向"》,《外国文学评论》,1989 年第 4 期。

104. 李辰民:《契诃夫小说中的变态心理学》,《外国文学研究》,1990 年第 4 期。

105. 李树凯:《用深刻的抒情方法把生活组织起来》,《西北师大学报》,1990 年第 2 期。

106. 程正民:《俄国作家创作心理研究》,百花文艺出版社 1990 年版。

107. 智量等:《俄国文学与中国》,华东师大出版社 1991 年版。

108. 曾恬:《漫话契诃夫情节淡化小说》,《苏联文学联刊》,1991 年第 4 期。

109. 童道明:《契诃夫与二十世纪现代戏剧》,《外国文学评论》,1992 年第 3 期。

110. 童宁:《〈樱桃园〉三题》,《戏剧》,1992 年第 3 期。

111. 李嘉宝:《生活,是一曲绝望的悲歌——论契诃夫创作中的否定意识》,《外国文学知识》,1992 年第 4 期。

112. 王远泽:《戏剧革新家契诃夫》,湖南师范大学出版社 1993 年版。

113. 刘淑捷:《契诃夫和现代戏剧》,《戏剧》,1994 年第 1 期。

114. 朱逸森:《契诃夫——人品·创作·艺术》,华东师范大学出版社 1994 年版。

115. 刘建中:《契诃夫小说新探》,陕西人民出版社 1994 年版。

116. 李辰民:《契诃夫小说的现代意识》,《外国文学评论》,1995 年第 1 期。

117. 童道明主编:《契诃夫名作欣赏》,中国和平出版社 1996 年版。

118. 石蔷编著:《契诃夫》,中国国际广播出版社 1996 年版。

119. 王丹:《鲁迅与契诃夫创作比较论》,《鲁迅研究月刊》,1996 年第 3 期。

120. 阮航:《沙汀、契诃夫小说比较》,《社会科学研究》,1996 年第 3 期。

121. 邹元江:《论〈樱桃园〉中的"停顿"》,《外国文学评论》,1996 年第 3 期。

122. 侯晓艳:《对国内契诃夫小说译介及研究的简单回顾》,《宜宾师专学报》,1996 年第 4 期。

123. 袁若娟:《论〈万尼亚舅舅〉中的停顿方法》,《河南大学学报》,1997 年第 3 期。

124. 李辰民:《80—90 年代俄国的"契诃夫学"》,《俄罗斯文艺》,1997 年第 2 期。

125. 刘功成:《浅论契诃夫小说的戏剧特点》,《辽宁师范大学学报》,1997 年第 5 期。

126. 赵明:《托尔斯泰·屠格涅夫·契诃夫——20 世纪中国文学接受俄国文学的 3 种模式》,《外国文学评论》,1997 年第 1 期。

127. 席亚斌:《契诃夫》,《国外文学》,1998 年第 1 期。

128. 李嘉宝:《沉闷与孤独》,《苏州师范学院学报》,1999 年第 6 期。

129. 苏玲:《契诃夫传统与二十世纪俄罗斯戏剧》(博士论文),1999 年中国社科院。

130. 杨挺:《奥尼尔与契诃夫》,《海南大学学报》,2000 年第 1 期。

131. 黄爱华:《论易卜生、契诃夫对中国现实主义戏剧发展的影响》,《杭州师范学院学报》,2000 年第 2 期。

132. 王彬:《没意思的故事 有意味的叙述——契诃夫小说的叙事艺术》,《绵阳师范高等专科学校学报》,2000 年第 6 期。

133. 侯晓艳:《20 世纪国内契诃夫小说译介及研究述评》,《四川师范大学学报》,2000 年第 5 期。

134. 李辰民:《契诃夫小说的文体和叙事结构》,《嘉应大学学报》,2001 年第 3 期。

135. 马卫红:《〈套中人〉与象征主义》,《辽宁师范大学学报》,2001 年第 5 期。

136. 李嘉宝:《现代文化视野中的契诃夫》,吉林人民出版社 2001 年版。

137. 李嘉宝:《论契诃夫作品中的"厌倦"人物》,《外国文学研究》,2002 年第 2 期。

138. 李志强:《灵魂的堕落,人性的悲哀——从对话理论看〈姚尼奇〉的创作》,《西南民族学院学报》,2002 年第 5 期。

139. 刘研:《彭家煌与"契诃夫风致"》,《东北师大学报》,2002 年第 2 期。

140. 吴惠敏:《小说叙事》,《文艺研究》,2002 年第 3 期。

141. 李辰民:《关于契诃夫的独幕剧》,《嘉应大学学报》,2002 年第 4 期。

142. 李嘉宝:《悲情女性》,《荆州师范大学学报》,2002 年第 4 期。

143. 李辰民:《契诃夫与托尔斯泰》,《俄罗斯文艺》,2002 年第 4 期。

144. 何成洲:《影响抑或互文性》,《外国文学研究》,2003 年第 2 期。

145. 张介明:《论契诃夫戏剧的叙述性》,《上海师范大学学报》,2003 年第 6 期。

146. 严前海:《契诃夫剧作中的喜剧风格》,《俄罗斯文艺》,2003 年第 6 期。

147. 吴惠敏:《试论契诃夫对凌叔华成名的助益》,《社会科学战线》,2003 年第 2 期。

148. 李辰民:《走进契诃夫的文学世界》,香港天马图书有限公司 2003 年

中国俄苏文学研究史论
История исследования русской и
советской литературы в Китае

版。

149. 李辰民:《〈三姊妹〉》,《嘉应学院学报》,2004 年第 2 期。

150. 周乔:《永远的契诃夫——"永远的契诃夫"戏剧节观剧札记》,《戏剧》,2004 年第 4 期。

151. 李今:《论三四十年代契诃夫的中译及其影响》,《俄罗斯文艺》,2004 年第 4 期。

152. 李辰民:《多元语境中的安东·契诃夫——"契诃夫学"百年回眸》,《俄罗斯文艺》,2004 年第 4 期。

153. 马家骏:《浅探契诃夫的戏剧艺术》,《当代戏剧》,2004 年第 4 期。

154. 李嘉宝:《论契诃夫抒情心理作品中的时间主题》,《外国文学研究》,2004 年第 5 期。

155. 李广宏:《契诃夫〈第六病室〉中的权力话语》,《广西社会科学》,2004 年第 8 期。

156. 胡静:《戏剧的灼伤——纪念契诃夫逝世一百周年》,《上海戏剧》,2004 年第 10 期。

157. 刘文飞等:《永远的契诃夫》,《读书》,2004 年第 12 期。

158. 童道明:《我爱这片天空:契诃夫评传》,中国文联出版社 2004 年版。

159. 刘研:《契诃夫与中国现代文学》,上海社会科学院出版社 2006 年版。

第六编

中国对俄苏现当代作家的研究

第三十二章
中国的高尔基研究

高尔基（Максим Горький，1868—1936），另有中译名郭尔奇、戈理基、高甘、戈厉机、高尔该等。在近百年来中国变幻着的文化语境中，高尔基等俄罗斯作家的命运也发生着大起大落的变化。这种变化起伏，不仅联系于作家本人思想与创作的矛盾性、复杂性，而且和中俄两国各自的历史以及两国之间关系的复杂变动紧密相关。中国有关高尔基的研究著述超过任何一位外国作家，从这些著述中可以映现出 20 世纪中国知识者心路历程的某些侧面。本章将对此作一个梳理，勾勒出一条较为清晰的轨迹[①]。

一、初识高尔基

中国读书界初识高尔基是在 20 世纪第一个 10 年中。1907 年，高尔基的作品《忧患余生》（即《该隐和阿尔乔姆》）即开始被介绍到我国来。1908 年，在我国留日学生出版的汉语杂志《粤西》第 4 期上，刊出了署名"天蜕"的译作《鹰歌》，即高尔基的短篇名作《鹰之歌》的中文节译。译文前附有一段百来字的译序，称该作为"廿世纪初幕大文豪俄人郭尔奇所作"，作者"比年以来，获名视托尔斯泰辈尤高"。这是我国学人对高尔基的最早的评介性文字。1917 年，周国贤（即周瘦鹃）从英文转译了高尔基《意大利童话》中的第 11 篇，收入中华书局版《欧美名家短篇小说丛刊》（下卷）。译文前附有"高甘小传"。上述两篇关于高尔基的最初介绍，突出了作家的坎坷经历和追求自由的品格，强调了作家与下层民众的紧密联系，认为他"居恒好杂处于俄罗斯贫民苦工及下流社会中，摭拾闻见，著为说部，故其所作，多为无告小民请命者"[②]。从这些文字中，可以

---

① 有关国内对高尔基文论和小说《母亲》的接受和研究，可参见本书第十五章和第二十章，这里不再涉及。

② 转引自罗果夫、戈宝权合编：《高尔基研究年刊》（1948），上海时代书报出版社 1948 年版，第344—345 页。

217

品味出中国学人开始认识高尔基时的特有眼光和心理体验,发现与那个时代的政治改良、文学改良运动的基本精神相贯通。

　　高尔基的作品愈来愈多地出现于中国读者面前。从"五四"到20世纪20年代末的10年中,我国读书界对高尔基的评介,较过去也有明显增加。这些评价显示出以下两大特点:

　　其一,评价者们所依据的主要是为数不多的一些外文资料,如苏联的德·米尔斯基、沃罗夫斯基、柯甘,法国的巴比塞,英国的查斯脱顿,日本的升曙梦等人的专论(这些专论当时已部分地被直接译介给中国读者)。这固然表明我国的高尔基研究还处于初始阶段,但由于外国研究者的研究成果本身就有不同观点的交叉,因而这个时期我国评论者对高尔基的评价,从总体上看又无意中避免了任何"一边倒"的偏差。这种情况有助于一般读者多方面地理解高尔基及其作品。

　　其二,这个时期已经出现了中国学者自己撰写的、远非一般介绍性的评论文章。从这些文章所选取的视角、所注重的内容来看,可以发现作者们力求通过自己的评论来宣扬各种不同的文学主张的鲜明意向。例如,作为文学研究会的重要成员,郑振铎对高尔基的评价,就体现出同他所倡导的"为人生"的文学主张的某种一致性。他肯定高尔基是个写实主义者,指出他笔下的人物都不是"英雄",而是"一切所谓下等的人";他所爱的人物是"反抗者",其作品的呼声是"反抗的呼声"①。这里显然有评论者本人倡导文学要反映人生、关心"被损害者与被侮辱者"这一内心意识的渗透。又如,我国高尔基作品的较早译介者瞿秋白,对高尔基的早期作品直到《母亲》均给以高度评价,而对《母亲》之后的大量作品却只字未提。这是因为在瞿秋白看来:后来的高尔基"渐渐离开'出脚汉'(即流浪汉——引注)而走进智识阶级"②。对于高尔基的这种评价,同苏联"无产阶级文化派"指责高尔基为"同路人"的观点很为接近,显示出作为政治家的瞿秋白在评判高尔基作品时所采取的特定取舍眼光。

　　曾一度良莠不分地把"无产阶级文化派"、"岗位派"的文学观点吸收过来的,还有创造社的成员们。这也反映在对高尔基的评价中。例如,蒋光慈曾经写道:"我很知道介绍新俄罗斯文学是必要的。对于杜格涅夫,朵斯脱也夫斯

---

　　① 郑振铎:《俄国文学史略》,第96页,上海商务印书馆1924年版。
　　②《瞿秋白文集·文学编》第2卷,人民文学出版社1986年版,第206页。

基,郭哥里,托尔斯太,柴合甫,或对于哥尔基①,大家都知道一个大概了,知道他们是俄罗斯的伟大的文学家;但是他们都早已死了,都成为过去的了,虽然哥尔基还生存着,还在继续着从事文学的著作,但是他已经老了,现在已经不是他的时代。"②又如,创造社成员李初梨曾翻译过绥拉菲莫维奇的《高尔基是同我们一道的吗》③一文。文中说:高尔基在黑暗年代呼唤斗争时,并不是呼唤工人农民,"只是漠然地呼唤着一切的人类",没有指明斗争的"阶级的意义";他所说的"人——骄傲的称号"是超阶级的东西。李初梨在译序中写道:这是一位"普罗列塔利亚作家"对高尔基的一个"正当的评价"。这种从极"左"的角度评判高尔基的观点,显然同创造社的文学观直接相关。

　　围绕高尔基诞辰60周年纪念日,1928年前后,在我国报刊上曾出现一批纪念性、评价性文章。其中,值得注意的是赵景深的《高尔基评传》和耿济之的《高尔基》。赵景深的文章说"高尔基早年的作品,在写实主义内,实还带了一点浪漫主义气氛";而到了创作回想录的后期,"才把他真正是个写实主义者显露出来"④。这一评价是符合高尔基的创作实际的。耿济之的文章则不仅述及高尔基的几乎所有重要作品,而且有许多即使在今天看来也甚为精辟的观点。例如,该文特别强调《母亲》发表以后高尔基一系列作品的巨大价值,指出在"奥库罗夫三部曲"和《童年》、《在人间》中,可以寻得"俄国人的民性的一切",《我的大学》、《日记片断》和1922至1924年的短篇小说等,"完全是真正俄国的写照";而作家的最后两部长篇作品《阿尔塔莫诺夫家的事业》和《克里姆·萨姆金的一生》,则是"观察50年来俄国生活所得的结晶品"。耿文最后写到:高尔基"35年来积成20巨册的文集内仅有一个总题目,那题目就是'俄国民族'。……高氏的全集简直可改称为'近代俄国的民族史'"⑤。耿济之本人是高尔基一系列重要作品的译者,可以说是真正了解高尔基,因此才有可能作出如此精彩而符合实际的评价。

　　以上史实表明,在中国新文学发展的第一个10年中,我国评论界对高尔基的评价,已呈现出不同意见的交叉共存,但是还没有哪一种观点绝对占上风。

----

① 以上作家今依次通译为屠格涅夫、陀思妥耶夫斯基、果戈理、托尔斯泰、契诃夫、高尔基。
② 《创造月刊》,第1卷第2期,1926年4月16日。
③ 译文载于《创造》月刊,第2卷第1期,1928年。
④ 赵景深:《高尔基评传》,《北新》半月刊,第3卷第1号,1929年1月1日。
⑤ 耿济之:《高尔基——为纪念他35年创作和60年生辰而作》,《东方杂志》,第25卷第8号,1928年4月25日。

这至少是有利于人们多方面、多角度地认识高尔基的。

二、20 世纪 30—40 年代的高尔基研究

20 世纪 30 - 40 年代,是中国新文学发展的重要时期。在这一时期内,我国文学界、翻译界在迻译、评介、研究高尔基作品方面,做了大量的工作,表现出了空前的热情。到 1949 年,高尔基的大部分作品都已有了中译本(文),中国人自己编选的高尔基作品集也有多种问世,包括鲁迅、茅盾、巴金等在内的现代文坛上许多成绩斐然的人物,都是高尔基作品的译者。高尔基的剧作以及中国作家根据其小说改变的剧本,多次在中国舞台演出,且深受欢迎。高尔基研究在这一时期内也获得了长足进展。据不完全统计,在这 20 年中,我国报刊发表的、由中国人撰写的有关高尔基的评介文章,共有约 140 篇。国外学者的高尔基研究成果,也被大量译介到我国来。我国正式出版的研究高尔基的专著、论文集和评传等书籍,有近 20 种之多。作为上海《时代》周刊之副刊的《高尔基研究》(1942—1947)、《高尔基研究年刊》(1947、1948)的出版,更为读书界所注目。

在上述所有高尔基研究论文中,纪念性、介绍性文章仍占绝大多数;而著作则大多根据苏联、日本等国学者的著作编译或改写。也许只有茅盾、胡风等人的文章程度不同地显示出自己的独到见解,这些为数不多的文章同鲁迅、巴金等高尔基著作的译者、编者所写的序跋类文字一起,成为那 20 年中我国高尔基研究的主要成果。从这些文字中,也可见出当时我国文学界看取高尔基的不同侧重。

早在 1920 年,茅盾就在《文学上的古典主义、浪漫主义和写实主义》一文中,把高尔基列入列夫·托尔斯泰、屠格涅夫、陀思妥耶夫斯基和契诃夫这一不朽名家的行列中,指出"这五位文学家,都是写实主义的作家"[①]。1930 年,茅盾又写了《关于高尔基》一文,分别以《母亲》和《童年》为界,划分出高尔基创作的 3 个阶段,并以简洁的语言概括了 3 个时期的不同成就与风格特色,认为其第一期的作品起到了"开风气、振人心"的作用,作为"社会主义者的高尔基"要到他第二期作品中去寻找,而"诗人的高尔基"则再明显不过地表现在第三期那些精妙的作品里。茅盾绝不否认高尔基任何一个时期创作的独特意义,而是肯定高

---

① 《学生杂志》,第 7 卷第 9 号,1920 年 9 月 5 日。

中国俄苏文学研究史论
История исследования русской и
советской литературы в Китае

尔基是"三重的天才"①。茅盾的文章显示出对高尔基创作道路和特色的整体把握。后来,茅盾还曾指出高尔基的影响是构成中国现实主义新文艺的重要因素,谈到高尔基"对现实的观察力"和"其特有的处置题材的手法"使自己受益匪浅。

高尔基也引起了巴金的注意,并给其以明显影响。1931年,巴金所译高尔基的短篇小说,以《草原故事》为题结集出版。后来,他又编选了5卷本《高尔基短篇小说集》,还翻译过高尔基的回忆录。巴金后来在谈起高尔基时说过:"我翻译他的早期作品的时候,刚开始写短篇小说,我那个时期的创作里就有他的影响。"②这种影响具体表现于:(1)巴金也像高尔基那样,愿为读者掏出自己"燃烧的心",或曰"把心交给读者",怀着真诚的善意和读者说话;(2)高尔基"写了不少用第一人称叙述故事的这种体裁的小说",巴金认为这也是最适宜表达自己思想情感的作品样式,于是便经常采用;(3)高尔基作品的"那种美丽的、充满了渴望的、忧郁的调子",也直接影响了巴金的语言风格。巴金之所以能对高尔基有以上发现并受其影响,最根本的原因在于他首先是高尔基作品的译者。除巴金外,如耿济之论《罗斯记游》和《阿尔塔莫诺夫家的事业》、丽尼论《蔚蓝的生活》、穆木天论《初恋》、冯雪峰论《夏天》、焦菊隐论高尔基的戏剧创作等,都显示出译者对原作的深刻的、时而是独到的见解。

与以上评价形成对照的是,另一些评论者在理解和接受高尔基时,仅仅抓住了作家浩繁创作中的少数几部作品,着力高扬作家的革命斗争意识,以一斑代全豹,导致对高尔基的认识产生了明显的片面性。这一方面的主要代表是瞿秋白。他强调高尔基"永久是在社会的阶级的战线上的",认为其创作"反映着空前的伟大的群众的战斗"。在邹韬奋根据美国学者康恩所著《高尔基和他的俄国》一书编译而成的《革命文豪高尔基》(1933)出版后,瞿秋白先是写了《关于高尔基的书》一文,在肯定高尔基"歌颂着洗刷着污浊世界的暴风雨"的功绩的同时,又批评他"对于'智识阶级'的信任心其实也许太大了"。针对书中关于《新生活报》停办后,"高尔基留在俄国的其余时间,都完全用于非政治性质的工作"这一其实是很客观的说法,瞿秋白又写了《"非政治化的"的高尔基》一文,进行驳斥,认为高尔基在十月革命后不久就坚决地担负了伟大的"政治工

---

① 此文署名"沈余",载《中学生》创刊号,1930年1月。
② 巴金:《燃烧的心——我从高尔基的短篇中所得到的》,《文艺报》,1956年第11期。

作",再次强调"高尔基的创作生活一直同广大的群众斗争联系着的"①。显然,瞿秋白在评价高尔基时,注目的是作家及其作品同现实政治革命的关系,突出的是作家的"政治性"。

作为革命家,瞿秋白力求从政治革命这一角度来把握文学,自有其必然性。30—40年代中国的社会情势,也决定了当时很多知识者不得不将文学活动与社会斗争直接联系起来。如高尔基《母亲》的第一个中译者夏衍就说过,他是抱着"用文字艺术来服务于国家民族的解放"这一明确目标投身于文学活动的,他翻译《母亲》时就具有通过文学活动参与现实政治斗争的自觉意识。因此,他们对高尔基作品的革命性、斗争性特别敏感,对他的那些显示出文学对于现实革命运动之直接作用的作品大加推崇。但是,他们往往忽略了高尔基创作的审美取向的嬗变和风格的多样性,也不能冷静地考察作家在其全部文学活动中所取得的多方面的成就,其结果不单自己以偏概全,而且也给广大读者以误导。

鲁迅对高尔基的评价,显示出力求以此引导中国文学健康发展的意向。他多次用高尔基的生活经历、创作实践和文学思想启示中国作家,特别是文学青年。他充分肯定高尔基对俄罗斯社会各阶层人们生活与心理的熟知,高扬其现实主义精神和平民意识,极有远见地指出高尔基的作品对于中国的长远意义。当众多的论者正热衷于评说高尔基的某些作品对于革命的直接意义时,鲁迅却独具慧眼,敏锐地发现了高尔基在揭示俄罗斯国民性方面的历史功绩。关于高尔基的《俄罗斯童话》,鲁迅曾写道:这部作品,"虽说'童话',其实是从各个方面描写俄罗斯国民性的种种相"。"短短的十六篇,用漫画的笔法,写出了老俄国人的生态与病情"②。《俄罗斯童话》(1911—1917)是高尔基的中期作品,这一时期,揭示民族性格和民族心理的基本特征,并致力于探索这些特征与民族历史发展之间的内在联系,占据了作家艺术视野的中心。由于种种原因,高尔基这一时期创作的重大意义,很少有研究者论及(除耿济之外),更不为一般读者所知晓。鲁迅也许没有涉猎高尔基这一时期的全部作品,但他却透过《俄罗斯童话》,以作家、批评家和高尔基作品译者的深邃目力,准确地把握到了高尔基这一时期艺术努力的基本指向。

和鲁迅一样,胡风也能够超越当时大量的浮泛见解,洞见高尔基的思想与

---

① 《瞿秋白文集·文学编》第2卷,人民文学出版社1986年版,第111、113页。
② 《鲁迅全集》第10卷,人民文学出版社1991年版,第399页;第8卷,第457页。

中国俄苏文学研究史论
История исследования русской и
советской литературы в Китае

创作的底蕴,发现那些处于深层次的、真正具有久远意义的宝藏。胡风多次强调文学艺术要揭示人民群众身上的"精神奴役创伤",致力于国民性改造。由此出发,胡风对高尔基的理解便与鲁迅接近起来。在论及高尔基时,胡风特别强调后者的人学思想,认为学习高尔基,就要像高尔基那样,肯定人的价值,改造人生,帮助人洗去"历史遗毒","追求'无限地爱人们和世界的',在至高的意义上说的'强的''善良的'的人"①。有感于当时我国文学界、评论界一部分人对高尔基文艺思想的片面理解和阐释,在高尔基逝世之际,胡风发出了这样的慨叹:"比较高尔基的艺术思想底海一样的内容,我们所接受的实在太少,比较我们所接受的,我们的误解或曲解还未免太多罢。"②胡风较早地洞察到我国文学界对高尔基的理解与作家的思想艺术实际之间的偏差,呼吁人们真正认识高尔基。但在30—40年代中国的特定文化语境中,他的声音却没有引起人们应有的重视。

从高尔基在当时中国文学生活中的实际影响上看,作家的带有传奇色彩的生活经历,给中国现代作家、特别是文学青年以莫大的精神鼓舞。高尔基的成功,和那些出身于书香门第、受过高等教育和专门训练的文人学者不同,是一种不依赖于任何外在的优越条件的奋斗者的成功。这一事实一下子就抓住了中国青年知识分子的心灵。他们在了解了作家的生平之后,感到高尔基好像为他们展示了敢于反抗现实、改变命运的光明前景,也为他们指出了一条执著进取的积极人生途径。于是,高尔基这一在苦难中崛起的坚强个性,便成为在茫茫黑夜中摸索前行的中国知识分子的一种榜样。对于那些追求文明与进步、却没有经过多少生活折磨、更具书卷气的中国知识者来说,高尔基的思想以及生活,也许是"工农化"的最好典范。30—40年代中国现实斗争的急风暴雨,难以容纳知识分子身上那种由高等文化培养起来的敏感、纤细和复杂。时代要求他们"工农化"。知识分子本身也有着追随革命、追随人民的真诚和紧迫感,这种自我改造意识在40年代以后更得到了理论与政策的规范和引导。中国知识者在一个长时间内的确曾虔诚地认为,只有像高尔基那样经过苦难的洗礼,才有可能把立足点真正移过来,才有可能跟上时代的节拍。郭沫若在1940年说过:中国文艺工作者从高尔基那里,"不仅可以知道应该如何去创作或创作些什么,而

① 胡风:《M·高尔基断片》,《胡风评论集》(上册),人民文学出版社1984年版,第330页。
② 胡风:《M·高尔基断片》,《胡风评论集》(上册),人民文学出版社1984年版,第334页。

且还学习了应该如何生活或成为一个怎样的人"①。这也许是确切地表达了当时中国知识分子的意愿。

在30—40年代中国的独特文化语境中,高尔基的平民意识及其作品的深刻的人民性,也引起了中国作家和一般知识分子的极大敬意。众所周知,鲁迅一贯反对知识分子以上等人自居,因此他对高尔基始终保持着平民意识极为赞赏,并多次以此告诫文学青年。在对比高尔基与章太炎两个人物时,鲁迅曾指出前者之所以获得青年们的热情欢迎,其根本原因在于"他的一身,就是大众的一体,喜怒哀乐,无不相通"②。茅盾也多次谈到,高尔基来自"社会的底层",对劳动者的痛苦有着深刻的感受,在他成功之后,他也绝不"觉得自己是'了不得的伟人'"。经由鲁迅、茅盾等人对高尔基平民意识的弘扬,中国现代作家有了具体的、可以学习借鉴的实际范例,这无疑成为人民性传统在文学中得以承续和强化的一个重要条件。在这方面,作家路翎的一段话是颇有代表性的:"高尔基的《在人间》、《草原故事》、《下层》,是使我感动的文学读物,影响了我的世界观。……他所描写的俄国沙皇制度下的痛苦,劳动者的正义,和流浪汉的忧郁的叹息,变成了我的日常观察事物的依据之一;……在我后来的作品里,描写下层人民,也相当多地描写流浪汉,其中的美学观点和感情、要求,多少受着高尔基的影响。"③高尔基及其作品的影响,使路翎从步入文坛之初,就带着清醒的平民意识,并使他得以成功地避免文学贵族化倾向。类似的情形也出现在艾芜、沙汀、张天翼等现代作家那里。路翎提及高尔基的早期流浪汉小说、剧本《底层》和自传体三部曲,这说明在30—40年代,高尔基究竟有哪些作品融入了中国的文学生活和文化语境,参与了这一文学和文化的创造。

给30—40年代中国读书界以深刻印象的高尔基作品,还有《克里姆·萨姆金的一生》。已故作家徐迟曾谈到,他在读这部长篇时,发现自己的精神危机及其种种症状都出现在作品中,好像"自己也很有可能步萨姆金的后尘";但在读完作品后,则"仿佛洗涤过身心一样,恢复了自己的信心"。徐迟认为,像他这样的知识分子,"都要碰到一次或多次魔鬼的试探",但高尔基的这部作品却"使我们平安通过那磨难"。徐迟因此而确认:这是"一部伟大的作品","洞烛这时

---

① 《沫若文集》第12卷,人民文学出版社1959年版,第22页。
② 《鲁迅全集》第6卷,人民文学出版社1991年版,第546页。
③ 路翎:《我与外国文学》,《外国文学研究》,1985年第2期。

中国俄苏文学研究史论
История исследования русской и
советской литературы в Китае

代的人类的灵魂"①。翻译家冯亦代在 80 年代末也曾回忆道:"苏联文学我最早接触的是高尔基,直到现在我还会沉湎于他写的《克里姆·萨姆金的一生》。萨姆金这一代帝俄知识分子的禀性和中国的知识分子有相似处也有不同处,很值得我们玩味。"②徐迟、冯亦代这一代知识分子从自身的阅读经验出发,发现了高尔基的晚期作品在揭示知识分子灵魂方面的艺术力量,为人们全面认识高尔基提供了别一种视角。

三、高尔基在建国后 17 年和"文革"中的命运

从 1949 年共和国成立到"文革"爆发前,高尔基在中国的命运发生着一些微妙的变化。在这 17 年中,高尔基作品的翻译出版工作有了明显的长进。许多原先没有中译本的高尔基各类作品,都陆续被迻译过来;一些过去从其他语种转译的作品,都有了直接译自俄文的译本。人民文学出版社编辑出版的 16 卷本《高尔基选集》(1956—1965),使高尔基的作品以较为完整的面貌呈现于中国读者面前。中国戏剧出版社出版的 3 卷本《高尔基剧作集》(1959)、人民文学出版社出版的 2 卷本《高尔基文学书简》(1962,1965)、中国青年出版社编选的《高尔基作品选》(1956)等,则满足了各类读者的不同需求。高尔基的《底层》等剧作,多次在我国舞台演出;一些根据高尔基作品改编的电影,也在我国城乡放映。另外,在高尔基逝世 15 周年(1951)、20 周年(1956)、25 周年(1961)和他的诞辰 90 周年(1958)之际,北京、上海等地还举行了纪念活动和学术活动。这一切,都显示出高尔基在我国受到特别的推崇。同一时期,任何一个外国作家在我国也没有得到类似于高尔基的殊荣。这一现象与当时(特别是 50 年代前半期)我国在外交上同苏联的友好关系,更同我们大力贯彻的文学为政治服务的方针有着密切的联系。

这一时期,我国评论界对高尔基作品的评介和研究,也有了进一步发展。17 年中,除了苏联研究者的论文、专著和研究资料等源源不断地被翻译介绍过来之外,我国评论者自己撰写的各类文章就近 400 篇。然而,在这些文章中,纪念性、介绍性和颂扬性的文字仍占绝对优势,其中有些文章内容空泛。所有这些文章的选题,存在着普遍的狭窄性。同时期出现的一些有关高尔基的小册子

① 徐迟:《友谊的导师的手是伸向我们的》,《高尔基研究年刊》(1947),第 63 页,时代书报出版社 1947 年版。
② 冯亦代:《荒漠中的摸索》,《外国文学评论》,1989 年第 3 期。

或专著,则绝大部分是翻译或编译苏联研究者的论著。

纵观 17 年中我国评论者撰写的几百篇评介高尔基的文字,可以看出,当时中国文学界对高尔基的理解与阐释,大致显示出两种基本思路。其一是沿着前一时期瞿秋白等人倡导和实践的路线前进,把注意力集中于高尔基的少数几部与俄国革命有紧密联系的作品上,突出强调作家的革命意识,并以此作为肯定作家功绩和地位的主要依据;另一种思路是充分重视高尔基的"人学"思想,力图把握高尔基思想与创作的内涵和特质,并引导读者舆论,接近前一时期鲁迅、胡风等人的观点。在当时中国的特定文化语境中,前一种思路十分自然地受到自觉或不自觉的广泛认同,后一种观点则在遭到批判后迅速归于沉寂。这种情况,是和当时全社会对"革命"的重视远远高于对"人"的重视这一时代氛围相适应的。

在当时占主导地位的评论中,论者们把目光集中于几个有限的论题上。首先是反复强调高尔基是"社会主义现实主义"的奠基人。这类文章总是以《母亲》为例进行对照检查式的"论证",同时避而不谈在《母亲》之后高尔基的大量作品。只有巴金、张天翼等少数论者,仍旧将高尔基归入"俄罗斯现实主义大师"的行列。另一类出现较多的文章,是"论证"高尔基如何以其作品服务于革命斗争。这类文章相当于按时间顺序检视作家各个时期的创作和与该时期俄国革命的关系,着意突出作家的革命意识及其作品的政治意义,但往往有意无意地忽略作家思想与创作的演变,造成对高尔基的一些重要作品的漠视或片面理解,甚至作出了一些错误的判断。还有一些文章力求突出高尔基歌颂革命、塑造"正面英雄人物"的功绩,明确号召中国作家以高尔基写《母亲》为榜样,"使文艺名副其实地成为阶级斗争的武器","'配合'当前的政治斗争"[①]。以上3 类文章的共同特点是:在进行有关"论证"时,总是以《母亲》、《海燕之歌》等少数几部作品为例。这样做自有其必然性,因为高尔基的其他作品不可能"支撑"文章作者的观点。

于是,在 17 年的中国文化语境中,高尔基在中国广大读者心目中的形象渐渐"定格"了:这是一位充分认识并严格遵循"文学为无产阶级政治斗争服务"的原则的作家;他运用他本人为之奠基的社会主义现实主义创作方法,塑造了一系列高大的革命英雄形象,热情歌颂了俄国革命和苏联社会主义建设;他正

---

① 夏衍:《从〈母亲〉谈作品的政治标准和艺术标准》,《文学知识》,1958 年 10 月创刊号。

是以此为无产阶级文学树立了榜样,这也正是他的功绩所在;而他的文艺思想,也就是他创作这些作品之经验的理论表述。这一形象其实是 17 年中我国评论者撰写的超常重叠的评介文章为广大读者描画出来的。这是一个显然被片面化、偶像化、典范化了的高尔基形象。

在"文革"前 17 年中,和上述占主导地位的评论不同的是,也有少数评论者特别强调高尔基的"人学"思想、人道主义精神,显示出对作家思想与创作之底蕴的准确把握。这里包括钱谷融的《论"文学是人学"》(1957)、丽尼的《人——骄傲的称号》(1956)、巴金的《燃烧的心》(1956)和萧三的《高尔基的美学观》(1959)等著述①。

与 17 年中高尔基作品在中国出版的盛况相比,中国作家实际接受高尔基的影响并不明显。这是因为,成为主导倾向的庸俗社会学评论对高尔基的片面阐释,使人们无法看清高尔基的完整面貌,无法认识其文学遗产的真正价值。只有那些不为庸俗社会学的评论所制约、直接到高尔基的作品中去汲取养分的作家们,才会有所受益。像高晓声、张贤亮等直到我国文学进入新时期后才获得极大成功的作家,在 17 年中就读过高尔基的作品。他们后来回忆起自己当年如饥似渴地阅读高尔基时的情景,都觉得终生难忘。高晓声后来谈到,他在自己的创作准备阶段,读得最多的是 3 位作家,"高尔基、契诃夫的作品,巴尔扎克的作品,凡有译本的我差不多都读过"②。但是高晓声等人从高尔基那里所接受的,恰恰不是对所谓"正面英雄人物"的塑造、对各式各样的革命的歌颂。人们倒是可以从高晓声对中国农民精神世界的艺术揭示中,从他对民族命运的历史思考中,见出高尔基作品的影响。贯穿于高尔基全部创作之始终的那种忧国忧民意识,也成为高晓声小说创作中具有稳定性的内在意蕴。

1966—1976 年的"十年浩劫"中,中国文化事业遭到空前的摧残,外国文学领域更是首当其冲。外国文学的翻译、出版和研究,几乎完全陷入停顿。无数令人景仰的外国著名作家和他们作品的中译者、研究者一起受到批判,连高尔基也未能幸免。"文革"刚开始,一位"大人物"就声称要把高尔基"倒过来看"。"文革"前期,高尔基作品事实上被禁读。直到 1972 年以后,才有高尔基的两部作品的译本重印出版:特写《一月九日》和小说《母亲》。这当然还是高

---

① 参见本书第十五章。
② 高晓声:《曲折的路》,《走向文学之路》,湖南人民出版社 1983 年版,第 230 页。

尔基全部作品中最"没有问题"的两部,而其出版也是我国社会政治生活中出现某种转机之后的事。

在这一特殊的历史时期,我国报刊上出现的涉及高尔基及其作品的"评论"文章,加起来还不足10篇,却似乎构成一幅令人发笑的漫画。拥有话语霸权的少数人物先是以"倒过来看"之说把高尔基的偶像给彻底颠覆了;后来,则利用高尔基评论为某种政治阴谋服务。自1974年起陆续刊出的为数不多的几篇评论文章,有的强调《海燕之歌》的主要意义就在于它热情歌颂了海燕那种"敢于反潮流的革命精神",而这种精神正可以激励人们"勇敢地迎着阶级斗争、路线斗争的大风大浪奋勇前进"[①];有的告诫人们要吸取高尔基由于受到"自由、平等、博爱"的资产阶级人性论的影响而犯错误的教训,搞清楚"对资产阶级实行全面专政"的问题,坚持为"新生事物的萌芽"大唱赞歌[②]。还有的文章在评《我的大学》时生拉硬扯,说"党内不肯改悔的走资派"反对教育革命,"其目的就是妄图把我们的大学重新恢复到文化大革命以前的老样子,甚至恢复成高尔基在《我的大学》中所描写的喀山大学、神学院那样的旧面貌",把学生"培养成他们复辟资本主义的工具"[③]。这类令人啼笑皆非的文字,在全部高尔基研究史、评论史上,恐怕都是绝无仅有的。这是在20世纪70年代中国的独特文化语境中出现的一种空前绝后的现象。

与上述情况形成鲜明对照的是,"文革"前半个多世纪在我国出版发行的高尔基作品的各种译本,却在民间、特别是在广大知青读者群中秘密流传。在那书荒严重的年代,高尔基的短篇小说、《俄罗斯浪游散记》(今译《罗斯记游》)、自传体三部曲等作品,以鲜明而真实的艺术画面,像清凉的雨露一样滋润着那无数被迫辍学的青少年们几近干涸的心田,引起了几乎是与共和国同时诞生的一代人极为强烈的共鸣。如作家乔良后来忆起自己在"文革"中偷读高尔基的情景:"最早给我留下深刻记忆、以致至今仍然无法淡忘的,恰恰是高尔基的两个短篇:《马卡尔·楚德拉》和《伊则吉尔老婆子》。"他说自己"至今都对高尔基怀着敬意,并且至今都以15岁的天真认为,没什么人写的短篇能比这两篇更为出色"[④]。

---

① 《北京师范大学学报》,1974年第2期。
② 《河北文艺》,1975年第10期;《光明日报》,1976年1月3日。
③ 《开封师范学院学报》,1976年第3期。
④ 乔良:《徜徉在这一片海洋》,《外国文学评论》,1987年第2期。

不知是因为历史在重复,还是由于有某种永恒的东西存在,那些当年曾有力地撼动过巴金、路翎、艾芜、张天翼等一代作家的高尔基作品,在"史无前例"的10年中,又同样有力地震撼着乔良和他的同时代人。当这一代青年在那疯狂的岁月里,不得不行走在一条充满泥泞、灾难和屈辱的人生之路上时,是高尔基给了他们生活下去的勇气,也给了他们文学的滋养。诚如诗人舒婷所说:"我要在那里上完高尔基的'大学'。……这个人间大学给予我的知识远远胜过任何挂匾的学院。"[①]她发誓要写一部受益于高尔基的像艾芜所写的《南行记》那样的作品,为被牺牲的整整一代人作证。不仅舒婷、乔良,还有梁晓声、叶辛、郑义……整整一代知青作家都有类似的情感体验。任何力量都无法阻止优秀的文学作品和伟大作家的人格对人的心灵的影响。高尔基的创作遗产和中外文学史上那些保持着恒久艺术魅力的作品一起,在1966—1976年中国的特殊文化语境中,无声地培养着将活跃于当代文坛的新一代知识者,为他们在历史新时期的崛起,作了思想上和美学上的准备。

四、新时期以来的高尔基研究

进入历史新时期,在我国思想界、文化界的活跃氛围中,外国文学领域也呈现出崭新的局面。高尔基著作的翻译出版,开始朝着系统化的方向发展。20卷《高尔基文集》(1981—1985)的问世,标志着高尔基作品在中国的传播进入了一个新阶段。在此前后,《高尔基论文学》(两卷)、《高尔基政论杂文集》等各类新编专集也陆续出版。这一切,都有助于我国读者从更完全的意义上了解高尔基。

自1977年起到80年代末,匆匆十几度春秋,我国报刊已发表高尔基研究论文300余篇,国内研究者撰写的研究著作纷纷出现。50年代中期以来苏联研究者撰写的高尔基研究专著和论文也有不少被译介到国内来。一些研究者注意介绍国外研究高尔基的动态,如谭得伶的《高尔基学简论》一文,较系统地描述了苏联高尔基研究的历史与现状;薛君智的《英美苏联文学研究》,介绍了西方学者(含外籍俄人)对高尔基的评价。这些成果,对于我国研究者和广大读者,无疑有着启发和参照作用。80年代中期以后,随着苏联社会政治生活和文学氛围的变化,一系列过去被封存的有关高尔基的文学史资料和文学档案陆续

---

① 舒婷:《生活、书籍与诗》,《走向文学之路》,湖南人民出版社1983年版,第283页。

公开发表出来,众多的苏联研究者推出了对高尔基的思想与创作进行重新考察和审视的论文和专著。我国报刊对以上新资料中的一部分作了较及时的简介,为停滞已久、刚刚复苏的高尔基研究提供了一些新信息。但是,这些新信息还难以在我国的高尔基研究工作中迅速引起反馈。

1981年6月在大连召开的高尔基学术讨论会,是建国以来我国高尔基研究中第一次专门性的大型学术会议。会议把高尔基的人道主义思想(包括文学是"人学"的思想)、高尔基关于创作方法的见解列为中心议题。这两个问题引起会议的重视,自有其必然性。它们既是深入研究高尔基所不可绕开的课题,也是这一研究摆脱极左思潮影响所必须解开的扭结。会议虽未能对这些问题展开更深入的讨论,但问题的提出本身即给人们以启示。会议开幕词中说:"高尔基研究虽然已有很长的历史,但是,由于各种原因,没有弄清楚的问题还是不少的。"这应该说是一种清醒的、实事求是的估计。遗憾的是,这种情况在一个长时间内并没有得到根本的改变。

1977—1989年,在我国报刊上出现的高尔基研究论文,有一些是颇有价值的。如由刘保端发起、李辉凡和吴元迈参与的关于高尔基文学是"人学"思想的讨论,张羽对高尔基"造神论"观点的研究,李树森对长篇巨著《克里姆·萨姆金的一生》的探讨,陆人豪对高尔基批判小市民习气的关注,章海陵对高尔基晚期短篇小说的重视,以及《论高尔基小说的心理现实主义特色》(1986)、《高尔基创作中审美取向的历史进程》(1988)等论文,均涉及我国过去的高尔基研究所未能注意或深究的问题。还有一些研究者开始注意到高尔基的创作实绩和某些传统结论之间的误差,呼吁人们重新认识高尔基。

然而,这类论文在这一时期的全部高尔基研究成果中毕竟只占很小一部分,而其余大量文章所评论的,依然是《母亲》、《海燕之歌》和剧本《底层》等高尔基的少数几部作品。这些文章虽然有的注意了高尔基作品的艺术特色,有的强调了作品的人性美,有的还运用了比较的方法,但由于选题老化,不能拓宽、更新我国读者对高尔基的认识。同样的问题也出现在某些研究著作上。如有的著作只是对50年代中期以前苏联研究者的一些基本观点作了归纳整理;有的论者在考察高尔基的美学思想时,回避了关于文学是"人学"这一根本问题。有的著作几乎完全忽视了高尔基在俄国两次革命之间的巨大创作成就,错误地断言作家这时期的创作"出现停顿"。这些现象表明,在当时我国不少研究者那里,对高尔基的认识只是顺着原来的思路"深化"。

中国俄苏文学研究史论
История исследования русской и
советской литературы в Китае

　　这个时期的中国文坛,正经历着"五四"以后的第二次中西文化和文学的碰撞。这其实是我们接受外国文学的又一绝好时机,但是高尔基在中国的命运却似乎并未变得更好一些。例如,有些高校教师在课堂上不愿讲高尔基;有的评论者在谈中国现代作家与外国文学的关系时,特意避开了高尔基,似乎怕沾染了某种不光彩。有位红极一时的文学评论家曾大讲"文学是人学",把这一命题当作文学"返回到自身"的口号与旗帜,却偏偏避而不谈正是高尔基提出这一命题的;另一位中国现代文学研究者在北京的一次"中青年文学评论家座谈会"上,说什么"高尔基阻碍了中国文学的发展";还有一位著名美学家在《文艺报》上发表文章,不顾常识和史实,说什么"拉普"提出的"辩证唯物主义创作方法","得到高尔基等人的认同"[①]。

　　这当中既有误解,也有武断和轻率,而其原因则是复杂的。在这一时期,对极"左"政治的激烈否定情绪投射到文学上来,就是对极"左"文艺路线的大力反拨。开始是对"阴谋文艺"的批判,对所谓"三突出"原则、"高大全"的形象和以阶级斗争为纲的否决,进而则逐渐涉及到文艺理论方面的一系列根本问题,如在社会主义条件下,作家是否都必须按照"社会主义现实主义"的定义和要求去创作? 题材是否都必须是"重大题材"? 作品的主要人物是否一定要是正面英雄典型? 作品的价值是否就取决于其配合当前政治任务的紧密程度和实际效应? 等等。问题的提出本身就说明了人们对以往一些陈规的怀疑与反感。而过去的庸俗社会学评论,恰恰把高尔基描画成了一个最符合极"左"文艺路线要求的典范。那个被偶像化了的高尔基形象给中国读者的印象实在太深了。于是,一些人对极"左"文艺路线和庸俗社会学的厌弃,就转移到高尔基身上来了。殊不知,高尔基本人就是极"左"文艺路线和庸俗社会学的最大受害者。由于我们的评论界未能引导读者把被片面化、偶像化了的高尔基形象同作家的完整、真实的本来面貌区别开来,甚至还在做着"深化性重复"的工作,这就不能不强化人们对于高尔基的片面认识,加大人们全面了解高尔基的心理障碍。

　　不过,活跃于新时期中国文坛的几代中国作家,有许多人还是常常真诚地谈到自己怎样受惠于这位伟大的俄罗斯作家。1982 年,巴金老人又一次说,他一生都在思索文学的作用和目的问题,漫长的创作生涯使他越来越理解高尔基

---

　　① 《现实主义在当代中国》,《文艺报》,1988 年 10 月 15 日。

的一句名言"一般人都承认文学的目的是要使人变得更好"①。女作家丁玲也将高尔基列为"真正使我受到影响的"②作家之一。路翎则确认高尔基的"现实主义的深刻性"、"现实主义的热情"和"现实主义的冷静"对自己的有力感染。张贤亮、鲍昌、高行健、高晓声等一代作家,在复苏的80年代,也都谈及高尔基的作品给自己留下的深刻印象。张贤亮注意到,高尔基的痛苦经历,使这位俄罗斯作家认识了更广阔的社会生活,更深刻地体验了人生;他本人的苦难历程及其间的种种情绪体验,也决定了他创作的选材、主旨和基调③。鲍昌说,高尔基的《童年》、《我的大学》和《蔚蓝的生活》等作品,曾使他"产生了非常亲切的心情","觉得是吸进了新鲜空气";他还写道:"高尔基的小说不是一般地使我佩服,而是引导我去思索小说以外的很多东西。"④知青一代作家在"十年内乱"中,就受到高尔基作品的滋养。他们崛起于文坛后,都曾深情地回忆起当年自己的感受,如上文已提及的舒婷、乔良等人。他们的同时代人梁晓声也曾写道:"我对俄罗斯文学怀有敬意。一大批俄国诗人和小说家使我崇拜。"他在列举了从普希金到高尔基等一大批作家的名字之后说:"我认为托尔斯泰和高尔基是俄国近代文学史上的两位现实主义之父,尽管他们也写过非现实主义的优秀的名篇。"⑤读者从《今夜有暴风雪》、《这是一片神奇的土地》等作品中,不难看出托尔斯泰和高尔基等俄罗斯作家对梁晓声的影响。

在我国新时期文学理论与批评领域,高尔基的影响同样存在。例如,新时期文学的起点是现实主义的回归和对"人"的重新发现。当代中国作家把"人"重新带进了文学领域。理论界重提文学是"人学"的命题,不仅是对1957年钱谷融文章的一种悠远的呼应,而且是确认了最先作出这一精辟概括的高尔基的文学思想。尽管某些研究者有意回避了高尔基的名字,但文学是"人学"这一命题的价值却无法否认。又如,中国现代文学研究者赵园发现,高尔基撰写的《俄国文学史》,是"以知识分子对人民的态度作为文学史的主线",她由此而获得启示,从中国现代知识分子的"思想体系"、知识者与人民的关系这一角度,来把握文学的发展进程,推出了《艰难的选择》等一系列有分量的研究成果,使中国现

---

① 《巴金选集》第10卷,四川人民出版社1982年版,第410—411页。
② 《丁玲研究资料》,天津人民出版社1982年版,第218页。
③ 参见张贤亮:《满纸荒唐言》,《走向文学之路》,湖南人民出版社1983年版,第136—137页。
④ 鲍昌:《他山之石》,《外国文学评论》,1987年第1期。
⑤ 梁晓声:《致友人》,《外国文学评论》,1989年第4期。

代文学史呈露出它的一个特殊的侧面。这一事实说明,在似乎"早已过时了"的高尔基那里,还有许多没有发掘出来的有价值的遗产,问题在于如何去发现。

20 世纪最后 10 年中,中国人看待一切文化和文学现象似乎都冷静得多了,这也许是在经历了一系列社会变动之后所特有的情况。外国文学理论和作品的大量引入,国内文学创作领域的某种繁荣,审美价值取向多元化格局的逐渐形成,使得这一时期任何一位中外作家都不可能赢得广大读者的一致关注,高尔基当然也不例外。1990—2000 年间,在我国数量惊人的各种报刊上出现的有关高尔基的评论文章,总计不过 50 篇。表面上的轰轰烈烈不见了,论文的质量却明显提高。可以说,这个时期发表的高尔基研究论文,大都是脚踏实地进行研究的成果。因为此时,任何空泛的议论或重复早已有之的套话,都已使人们厌烦;而试图通过撰写这一方面的论文而谋求学术之外的东西,也已成为不可能。于是,在 20 世纪末中国独特的文化氛围中,人们对高尔基的认识得到了明显的深化。

1996 年 10 月在北京大学召开的纪念高尔基逝世 60 周年学术讨论会,是在苏联解体、大量历史文献资料得以公开发表、俄罗斯国内对高尔基的评价出现重大变化的背景下举行的。如果说 15 年前的大连会议,是在"文革"结束后不久为推动几乎停滞的高尔基研究乃至整个苏联文学研究而召开的,那么,这次北大会议则是中国俄罗斯文学研究界在新的历史条件下总结高尔基研究的历史经验、探讨全面、公正地评价高尔基的路径的一次学术会议。与会代表在梳理国外近 10 年来新发表的高尔基研究资料的基础上,围绕重新认识高尔基、作家的思想发展和艺术贡献、《不合时宜的思想》的内容和价值、高尔基与同时代思想文化潮流的联系等问题,展开了热烈的讨论。不同的意见得到了较为充分的交流。会上宣读的主要论文,随即由《俄罗斯文艺》、《当代外国文学》和《文艺报》等报刊发表或摘登。

上述会议论文和会议前后陆续出现于国内其他期刊的高尔基研究方面的文章,显示出我国学者对于高尔基的认识大大地深化了一步。其中,张羽关于重新评价高尔基的思考,蓝英年对高尔基出国和回国前后的一系列史实的分析,汪介之对于高尔基在俄国两次革命之间的思想、晚期思想的探讨,韦建国就作家的创作方法和代表作等问题所进行的系列研究,郑体武对高尔基与尼采之关系的考察,余一中关于"我们应当怎样接受高尔基"的思索,都涉及高尔基研究中的一些关键问题。这些研究成果发表后,在广大读者中引起了较为强烈的反响。

新时期出现的几本著作也产生了积极的影响,这些著作是《高尔基及其创作》(谭得伶,1982)、《高尔基美学思想论稿》(陈寿朋,1982)、《高尔基创作论稿》(陈寿朋,1985)、《高尔基研究》(王远泽,1988)、《高尔基晚节及其他》[①](陈寿朋,1991)、《文学·人学——高尔基的创作及文艺思想论集》(李辉凡,1993)、《俄罗斯命运的回声——高尔基的思想与艺术探索》(汪介之,1993)、《高尔基再认识论》(韦建国,1999)等。《高尔基及其创作》是新时期第一本高尔基研究专著,全书重在对高尔基生平及主要创作给予知识性推介,书的最后一章阐述了高尔基的世界影响,特别是与中国的关系。《高尔基美学思想论稿》系统研究其美学思想,内容包括高尔基美学思想的发展、无产阶级文学创作中的真善美问题、劳动的美学观、文学典型的塑造等。有些观点在今天看来,显得滞后。20 年后,该书作了全面修订,更名为《高尔基美学思想研究》(2002),基本观点变化不大,但在分析的深度和广度上有提升。《高尔基创作论稿》详尽地分析了高尔基的主要作品,全书观点鲜明,材料翔实。《高尔基研究》比较全面地介绍了高尔基文艺创作及其文艺思想,注意从文学发展史的角度,联系广阔的社会文化背景加以研究和评述。《高尔基晚节及其他》以第一手资料和认真的梳理,为读者介绍了高尔基晚年的思想情感脉络及境遇。《文学·人学——高尔基的创作及文艺思想论集》是一本论文集,收录了作者自 60 年代以来撰写的十几篇论文。内容包括高尔基作品研究与高尔基的文艺思想研究两个方面,分析有独到之处。《俄罗斯命运的回声——高尔基的思想与艺术探索》从高尔基作品的实际出发,以俄罗斯历史文化为背景,对以往诸多"定论"提出了自己的新见解。该书还揭示了高尔基思想深处的矛盾与痛苦,探讨了高尔基与俄罗斯作家的关系,提供了他抵制苏联文学中极"左"思潮的鲜活史料。该书显示了独到的学术眼光和重艺术分析的特色。《高尔基再认识论》也是一本论文集。作者就高尔基研究中敏感的热点问题和再研究中出现的一些现象阐释了自己的看法,史料翔实,角度新颖。这些论著尽管观点上各有见解,但它们的集中出现,显示了我国高尔基研究的实绩。

除了著作以外,新时期发表了大量的高尔基研究论文,涉及了高尔基学的

---

① 此书于 1998 年 9 月再版时,更名为《步入高尔基的情感深处》,并附上了《不合时宜的思想》的译文。

方方面面:(1)关注高尔基早期作品,如张羽的《高尔基早期创作特点浅谈》、谢南斗的《高尔基早期创作中的象征机制》、甘雨泽的《高尔基早期创作的艺术风格》、李树榕的《对人类悲剧的多角度透视——论高尔基早期创作的审美倾向》、陈熙汉的《高尔基早期作品中的"流浪汉小说"》等;(2)关注高尔基笔下的人物形象,如叶乃方的《人的赞歌——试论高尔基探索英雄人物的过程》、马晓华的《沉浮的世界——高尔基小说中底层女性形象的美学意蕴》、聂正刚的《高尔基对市侩的剖析和鞭挞》等;(3)关注高尔基创作的分期,如汪介之等人在自己的著述中对此所作的深入探讨;(4)关注高尔基的戏剧创作和诗歌创作,如任何的《高尔基的戏剧创作》、陈学迅的《高尔基和诗歌》等;(5)关注高尔基的重要作品,如李树森的《俄国资本主义发展的真实图景——评长篇小说〈阿尔达莫诺夫家的事业〉》、陈寿朋的《俄国社会生活的生动图景——评高尔基三部自传体小说》;(6)关注高尔基的思想发展,如方坪的《高尔基早期作品与尼采》、汪介之的《高尔基晚期思想初探》和《继承与批判:高尔基与俄罗斯社会思想》;(7)关注高尔基与其他作家的关系,如《谈高尔基与列夫·托尔斯泰》、《蒲宁的"乡村"系列小说与高尔基》、《高尔基与鲁迅》等;(8)关注高尔基的现代性,如谢昌余的《高尔基的现代意义》、倪蕊琴的《高尔基论资产阶级文学主人公发展趋向的现实意义》、林精华的《作为人文主义者的高尔基》等。研究者从各个不同的角度探讨了高尔基创作的特色和思想的发展,研究颇有成效。

所有这些论文和著作的作者都一致认为高尔基是一位伟大的作家,但是,对于一些敏感问题,人们的回答却是不同的。譬如,有人认为,《不合时宜的思想》"是高尔基整个创作中的败笔","集中反映了作家的错误思想和立场"[①];有人则认为,高尔基的这一组"关于革命与文化的札记"具有巨大的价值,"不仅显示出一种思想家的目力,而且具有显而易见的现代意义"[②]。又如,有人提出高尔基的"晚节"问题,说作家在终于对个人崇拜时期"汹涌而来的灾难有了直接感受的时候",仍然说了一些不切实际的、违心的话,这是作家"在强权之下硬装出来的一种'姿态'"。也有人指出,高尔基晚年"一直始终不渝地致力于国家社会政治生活的民主化,特别是大力保护知识分子,这些努力也取得了一定的效果;但是,高尔基个人的力量毕竟有限,他不可能从根本上阻止斯大林个人崇

---

① 陈寿朋:《高尔基晚节及其他》,内蒙古大学出版社1991年版,第135页。
② 汪介之:《关于高尔基的几点再认识》,《俄罗斯文艺》,1997年第4期。

拜的蔓延,更无力拯救所有受到不公正对待、遭到非法镇压的人们"①。这些不同的评价表明,我国评论者对高尔基的认识,尽管已进一步深入,但仍然存在着很大区别。

如果说上述不同见解主要存在于俄罗斯文学研究者的范围内,那么在这个圈子之外,国内读书界的观点更有所不同。罗曼·罗兰的《莫斯科日记》在国内的翻译出版,《不合时宜的思想》中译本在国内的首次问世,索尔仁尼琴的《古拉格群岛》的公开发行,在读书界引起了较为强烈的震动。一些有机会接触西方国家出版物的读者,也开始对西方的高尔基研究有所了解。这些读者对高尔基的某些新认识,很快就通过报刊反映出来。例如,有人承认《不合时宜的思想》"展现了正直的文化人和知识者的心灵历程与情感轨迹",是一部"讴歌人道主义"的惊世杰作,但又认为高尔基"最终三缄其口,接受'招安',成全了教科书中一段佳话",甚至"堕落成了斯大林的一个帮闲文人"②。有人断言:高尔基在20世纪30年代成了斯大林体制的吹鼓手,"上了斯大林的贼船",他的种种所作所为,"一劳永逸地把他和叶若夫、雅戈达、贝利亚之流捆在了一起"③。还有人把高尔基列为那种"按照领袖的意志写作"的"御用文人","在天堂里抒写天堂的快乐"④。由于持这些看法的人们,几乎完全不了解高尔基晚年(1928—1936)同斯大林个人崇拜和极"左"路线所进行的斗争,不知道高尔基当时的所有不符合(更不用说反对了)官方要求的言论已不可能发表,因此他们对于高尔基"晚节"的评判,都只能是一种没有根据的主观推测。至于有人把转述(充满知识性错误的转述)西方某一本片面评价高尔基的书当作自己的新发现⑤,那就更有些轻率了。

与上述这些过于主观的评判不同,认真阅读高尔基作品的人们却往往会得出另一种的结论。这当中就包括我国当代作家张炜。他曾谈到:很多人对高尔基的前后变化悬殊的态度,会使我们"误解了文学本身"。张炜说,他仍然十分喜欢高尔基的作品,认为高尔基是一位当之无愧的、跨越两个时代的大师,做这样的大师"不仅需要才华,而且更需要人格力量"。其实,当代中国读者从张炜

---

① 汪介之:《高尔基晚期思想初探》,《当代外国文学》,1997年第3期。
② 参见:《文汇读书周报》,1998年12月5日;《中华读书报》,1999年2月3日。
③ 程映红:《为什么封存五十年》,《方法》,1998年第3期。
④ 余杰:《你从古拉格归来》,《作品与争鸣》,1999年第3期。
⑤ 卢岚:《是"海燕"还是"金丝雀"》,《文汇读书周报》,1998年5月2日。

中国俄苏文学研究史论
История исследования русской и
советской литературы в Китае

作品中的那种对乡土的亲切依恋之情，那种对民族文化心理的关注、对民族命运的忧思，那种忧患意识和责任感中，已十分清楚地发现了高尔基的作品和精神对这位中国当代作家的影响。

　　同样，在 20 世纪末的广大中国读者中，仍然可以感受到高尔基的人格与作品的巨大影响力的存在。许多读者在谈起对自己影响最大的书籍时，往往要提到高尔基的作品。有的读者谈到《在人间》对自己的深刻影响，说"高尔基在苦难中锻造自己的英勇与悲怆，震撼着我灵魂深处的卑微与平庸，驱散了浮躁与阴霾，使我仿佛领受了某种神谕，得到了一次灵魂的洗礼"。有的读者说，《我的大学》"是我生命夜空上的一颗明亮的星辰"，它"伴我度过了无数迷茫失望的日夜"。还有位大学生谈到自己曾经有过的对高尔基的错觉以及后来的认识变化："我曾经因为高尔基的'无产阶级文学奠基人'的头衔便武断地认为，他的作品必定是口号式的、图解政治的、充满高大全式人物的毫无文采的一类。这种偏见差点儿使我与这位大师擦肩而过，失去结识与交谈的机会（足见偏见比无知更可怕）。……在我欣赏了他充满音乐感、色彩感、立体感的饱含激情的文字，领略了他的不同凡响的魅力之后，我不禁脱口而出：'久违了，现实主义！'"①

　　前不久，中国社会科学院外国文学研究所的一位研究员，就与诺贝尔文学奖的评奖活动相关的问题，在我国读者中进行了范围广泛的调查。调查对象包括翻译家、学者、作家、教师、研究生和大学生等。调查结果显示：高尔基和列夫·托尔斯泰、鲁迅等大作家一起，被认为是"诺贝尔文学奖错失的 20 位大师"之一；高尔基等 20 位具有巨大文学贡献的作家未能获奖，被认为是诺贝尔文学奖"永久的遗憾"②。此项调查有力地说明了，高尔基在我国广大读者心目中依然享有崇高的声誉，这种声誉不会随着岁月的流逝而消失。

　　回望过去一个世纪中高尔基在我国的命运之变化，不免令人感慨万端。除了时代风云变幻、文化氛围转换、社会心理演变等诸多原因制约着这种变化外，一个值得注意的现象是，对高尔基的评价变化最大的，是各个不同时代的评论家，特别是那些并未读过高尔基的几部作品、而只看过别人的一些文章的评论者；此外则是一些连别人的研究成果也很少涉猎，仅凭某种时潮和感觉而发言

---

　　① 转引自汪介之：《俄罗斯命运的回声——高尔基的思想与艺术探索》一书"跋语"，漓江出版社1993 年版，第 314 页。
　　② 参见：《文汇读书周报》，2001 年 7 月 28 日。

的评论家。他们的评说往往远离高尔基的思想和创作实际。与此相反,高尔基作品的译者(如鲁迅、巴金、耿济之等)、20世纪不同时期内活跃于我国文坛的作家们(如茅盾、张天翼、艾芜、路翎、胡风、高晓声、张贤亮、舒婷、梁晓声、乔良、张炜等),甚至广大普通读者,则往往准确把握到了高尔基作品的精髓。

在我国高等院校的课堂教学中,对高尔基的讲解尤其显得落后,其内容至今还是基本照搬20世纪50年代中期以前苏联教科书的观点。这种片面的讲解不断传播着对高尔基的片面认识。这种状况,使我们想起1968年高尔基诞辰100周年之际,一些当代俄罗斯作家在回答《文学问题》编辑部的征询意见时所说过的话。尤·特里丰诺夫说:"庸俗社会学的观点使高尔基受到的损害比任何人都更严重。高尔基像一座森林,那里有野兽,也有飞鸟,有野果,也有蘑菇。可是我们从这座森林里只采了蘑菇。"[1]这种"蘑菇"与"森林"之间的反差,不仅存在于20世纪60年代的苏联,也存在于我们对高尔基的理解与接受的整个历史中,而且情况更为严重。

然而,我们也高兴地看到,在我国,从20世纪80年代后半期、特别是90年代以来,脚踏实地的俄罗斯文学研究者们已经开始通过不懈的努力,帮助人们全面、深入地认识高尔基。这种努力的成果,也已经通过各种途径进入高校课堂教学中。我们由衷地相信,只要高尔基真正是一种"万人景仰的巨大存在"(巴金语),他的完整面貌、他的思想和创作的真正价值,就终归会为人们所认识。我们所面对的,就将不再是几个蘑菇,而是一片拥有富藏的森林。

[相关研究成果要目][2]

1. 耿济之:《高尔基——为纪念他35年创作和60年生辰而作》,《东方杂志》,第25卷第8期(1928)。

2. 赵景深:《高尔基评传》,《北新》,第3卷第1期(1929年)。

3. 靖华:《高尔基的创作经验》,《文学》,第3卷第1期(1932年)。

4. 沈端先:《高尔基评传》,良友出版公司1932年版。

5. 周扬:《高尔基的浪漫主义》,《文学》,第4卷第1期(1933年)。

6. 萧三:《高尔基的社会主义美学观》,《中国文化》,第1卷第1期(1940

---

[1] 《文学问题》(俄),第16页,1968年第3期。
[2] 中国高尔基研究的部分成果可参见本书第十一章。

中国俄苏文学研究史论
История исследования русской и
советской литературы в Китае

年）。

7. 臧云远：《战斗的美学观》，《新华日报》1940 年 6 月 18 日。

8. 陈北鸥：《高尔基的写作技巧》，《东方杂志》，第 39 卷第 16 期（1943 年）。

9. 唐弢：《高尔基的作品在中国》，《文艺月报》，1953 年第 4 期。

10. 仲持：《读〈二十六个和一个〉》，《文艺学习》，1954 年第 2 期。

11. 王亦放：《看"小市民"随笔》，《人民文学》，1956 年第 12 期。

12. 巴金：《燃烧的心——我从高尔基的短篇中所得到的》，《文艺报》，1956 年第 11 号。

13. 钱谷融：《论"文学是人学"》，《文艺月报》，1957 年第 5 期。

14. 欧阳文彬：《福玛·高捷耶夫》，《文艺月报》，1958 年第 1 期。

15. 王燎：《试论〈丹柯的心〉》，《外语教学与研究》，1963 年第 3 期。

16. 陈寿朋：《俄国社会生活的生动图景——评高尔基三部自传体小说》，《内蒙古大学学报》，1977 年第 5 期。

17. 李树森：《俄国资本主义发展的真实图景——评长篇小说〈阿尔达莫诺夫家的事业〉》，《吉林大学社科学报》，1980 年第 3 期。

18. 刘保端：《高尔基如是说》，《新文艺论丛》，1980 年第 1 期。

19. 李辉凡：《我国高尔基文艺思想研究中的几个问题》，《俄苏文学》，1981 年第 3 期。

20. 甘雨泽：《高尔基早期创作的艺术风格》，《北方论丛》，1981 年第 6 期。

21. 张羽：《高尔基早期创作特点浅谈》，《苏联文学》，1981 年第 3 期。

22. 李辉凡：《高尔基短篇小说的思想艺术特色》，《当代外国文学》，1981 年第 3 期。

23. 谭得伶：《高尔基及其创作》，北京出版社 1982 年版。

24. 陈寿朋：《高尔基美学思想论稿》，陕西人民出版社 1982 年版。

25. 任何：《高尔基的戏剧创作》，《戏剧艺术》，1982 年第 3 期。

26. 尚知行：《〈马卡尔·楚德拉〉在高尔基创作中的地位》，《外国文学研究》，1984 年第 4 期。

27. 胡风：《M·高尔基断片》，《胡风评论集》（上册），人民文学出版社 1984 年版。

28. 李树森等著：《高尔基》，辽宁人民出版社 1984 年版。

29. 陈寿朋：《高尔基创作论稿》，内蒙古教育出版社 1985 年版。

30.冷旭光:《也谈〈马卡尔·楚德拉〉在高尔基创作中的地位》,《外国文学研究》,1985 年第 3 期。

31.叶乃方:《人的赞歌——试论高尔基探索英雄人物的过程》,《俄苏文学》,1986 年第 3 期。

32.陈熙汉:《高尔基早期作品中的"流浪汉小说"》,《扬州师院学报》,1986 年第 4 期。

33.许茜:《关于〈马卡尔·楚德拉〉在高尔基创作中的地位之管见》,《外国文学欣赏》,1987 年第 2 期。

34.王远泽:《高尔基研究》,湖南教育出版社 1988 年版。

35.李树森等著:《高尔基》,辽宁人民出版社 1988 年版。

36.马家骏等:《高尔基创作研究》,陕西人民出版社 1989 年版。

37.李辉凡:《文学·人学——高尔基的创作及文艺思想论集》,重庆出版社 1993 年版。

38.汪介之:《俄罗斯命运的回声:高尔基的思想与艺术探索》,漓江出版社 1993 年版。

39.李志斌:《高尔基对欧洲流浪汉文学艺术的贡献》,《湖北大学学报》,1995 年第 3 期。

40.黎皓智:《高尔基与十月革命——评析高尔基的革命与文化观》,《文艺理论批评》,1997 年第 1 期。

41.李树榕:《对人类悲剧的多角度透视——论高尔基早期创作的审美倾向》,《内蒙古师大学报》,1997 年第 6 期。

42.马晓华:《沉浮的世界——高尔基小说中底层女性形象的美学意蕴》,《内蒙古师大学报》,1997 年第 6 期。

43.陈寿朋、孟苏荣:《步入高尔基的情感深处》,新华出版社 1998 年版。

44.韦建国:《高尔基再认识论——"新浪漫主义者"的"心灵评判"创作模式》,《陕西师范大学学报》,1999 年第 2 期。

45.韦建国:《高尔基再认识论》,陕西师范大学出版社 1999 年版。

46.陈晓明:《打开生动而沉重的历史之门》,《文艺报》2001 年 3 月 27 日。

47.黎皓智:《高尔基》,四川人民出版社 2001 年版。

48.汪介之:《高尔基:"社会主义现实主义"的奠基人》,《译林》,2002 年第 6 期。

49. 陈寿朋:《高尔基美学思想研究》,新华出版社 2002 年版。

50. 陈寿朋:《高尔基创作研究》,内蒙古人民出版社 2002 年版。

第三十三章
中国的蒲宁研究

蒲宁(Иван Алексеевич Бунин, 1870—1953),另有中译名蒲英、浦宁、布林、布宁等。在俄罗斯众多闻名遐迩的文学大家中,蒲宁[①]始终是一个独特的名字。可以毫不夸张地说,他对生活深刻的思考、对现实真实的反映和对俄罗斯语言精妙的运用,都为丰富俄罗斯文学宝库作出了巨大贡献。蒲宁富于个性的创作吸引了世界各国读者的浓厚兴趣,这其中也包括中国读者。本文将回顾蒲宁研究在中国所走过的历程。

一、初入中国:边缘地带的蒲宁

蒲宁的作品于1921年传入中国。该年9月,《小说月报》12卷号外《俄罗斯文学研究》上刊登了由沈泽民翻译的蒲英(即蒲宁)的《旧金山来的绅士》;同时,在由茅盾撰写的《近代俄国文学家三十八人合传》一文中还对蒲宁进行了介绍。这是中国有关蒲宁的最早的介绍文字。当时,茅盾已看到了蒲宁风格的独特之处,文中写道:"蒲英……和巴尔芒(即巴尔蒙特)等的新派不同,和高尔该一派更不同。在现代俄国诸作家中,蒲英真是个特异的人物。他的散文就是诗,诗就是散文。"尽管这是仅约800字的简介,但文字几乎涵盖了蒲宁创作的最主要的几个方面,如蒲宁作品体裁的多样和主题的变化:"蒲英擅长于短篇小说、诗和纪事体的短篇。他的诗多描写自然,他的小说多描写旧日的繁华与现代的寂寞与悲哀。他又曾游历东方、埃及、土耳其小亚细亚各地,看了古代人类的文化遗迹,愈觉得现代人的寂寞;他的那一卷《太阳的宫殿》(现译《太阳神庙》)诗集便是怀古悲今的作品[②]。蒲英也做农民生活的小说,但是他的农民小

---

① 作家在中国有约定俗成的两个译名"蒲宁"和"布宁",本文采用"蒲宁"译名。
② 1907年,蒲宁以《太阳神庙》为题创作了一首诗歌,1909年,作家又以此题创作了一篇游记。这里评论家指的是1917年彼得格勒(现圣彼得堡)出版的蒲宁的诗歌集《太阳神庙》。

说和俄国其余作家的农民小说又自不同。他不是农民中人,也不曾在农民队中生活,不曾受过农民所受的痛苦。他只是一个游历者、观览者,把他游历时观览时所得的印象写出来罢了。他的农民生活短篇集《乡村》(1910)便是如此。在这里虽然描写了农民的困苦,一个兵灾过后所受的创痛与虐辱,但是也不过是旅行人所见的印象罢了,决不是身受者的喊声。"由此,茅盾认为:"蒲英的作品不能在俄国思想界发生一点影响,也是千真万真的;他只是一个文学的游戏者罢了。"

和其在俄罗斯国内的文学声望相近似,蒲宁在进入中国的最初几年中并不属于中国文学评论家"热衷"的作家,读者只能在为数不多的刊物上见到他的名字。如在郑振铎编写的《俄国文学史略》(1924年,商务印书馆)的第13章中提到了蒲宁,但作者基本上重复了茅盾的诸观点,并未进行深入的挖掘。1926年《小说月报》第17卷第10期上发表了蒲宁撰写、赵景深翻译的《柴霍甫》,在该期的扉页上首次刊出了蒲宁的肖像。1927年,在蒋光慈编撰的《俄罗斯文学》(创造社出版社1927年)的扉页上也刊出了蒲宁的肖像,名字译为"布林",但在行文中却使用了"蒲宁",译名前后还出现了差异。1929年,在汪倜然撰写的《俄国文学ABC》(世界书局1929年)中,作者对蒲宁进行了极其简短的介绍,同样是重复了前人的观点,并没有什么新意。

1929年,上海北新书局出版了蒲宁作品的单行本《张的梦》①,这是我国最早发行的蒲宁作品的单行本。书中包括《张的梦》(即《阿强的梦》)、《轻微的欷歔》(即《轻轻的呼吸》)和《儿子》3部短篇,译者为韦丛芜。在书前的"小引"中,译者谈到:"伊凡·蒲宁是……近代少有的短篇小说大家。……他的作品充满了回忆的魅力与凄凉,他是旧的斯拉夫灵魂的恋慕者,但也是不得已于情的恋慕而已。"译者还指出了十月革命对蒲宁产生的影响:"1917年的十月革命,革掉了他的贵族的地位,革掉了他的田产和乡庄,并革掉了他的版税,甚至还革掉了他的俄国读者,甚至还革掉了他的创作力,因为革命以后,我们就没有看见过他的惹人注意的作品出现。"译者的观点尽管与事实有出入,但如此认为情有可原,因为在蒲宁的创作经历中,1917—1920年的确是他一生创作的最低谷,其原因与其说是十月革命,不如说是由各派力量的争斗所带来的社会动荡造成的。作家在流亡期间,创作力又一次爆发,其代表作《米佳的爱情》、《中暑》、

---

① 上海,北新书局1929年3月版。

《骑兵少尉叶拉金案件》等作品均创作于该时期,但当时中国学界对此鲜有了解。

问题是译者对蒲宁作品的理解出现了严重偏差。在"小引"的后半部,译者对3篇作品的内容分别做了介绍。译者这样介绍《轻微的欷歔》,此作"叙述一个最美貌最活泼的中学女生,因一旦受诱失身,遂加入了秘密党,伪嫁给一个军官,以至牺牲性命。最后叙她的一个中学教师,并且是她的同志,每个礼拜到墓地去哭她,可以看出俄国帝制时代的妇女革命之一般,即使是经过文人渲染以后。"这样的理解显然与作者的创作意图南辕北辙。蒲宁对革命的态度是众所周知的,他为此还付出了永别祖国的沉重代价,他的笔下从来没有所谓的革命者或反革命者,他的主人公永远只是面对生活和世界的人——男人和女人。在这篇作品中,作家表达的是青春、美与生活的悖谬之间激烈的冲突,展示了人们对生命战胜死亡的诗意向往。如帕乌斯托夫斯基所说:"它不是小说,而是启迪,是充满怕和爱的生活本身,是作家悲哀而又平静的沉思,是对少女美的墓志铭。"①

纵观蒲宁在中国最初的经历,我们不难得出这样的结论,蒲宁的作品显然不是关注的焦点,和当时对屠格涅夫、果戈理、托尔斯泰,甚至是安德列耶夫、柯罗连科等作家作品的译介相比,蒲宁只是一个处于边缘地带的作家。最初的文章往往只是只言片语,简单介绍,且多带贬意。这是因为在当时,人们需要的主要是能够推动新民主主义革命进程的俄苏作品,而不是"怀古悲今"的蒲宁。但可喜的是,在中国早期的蒲宁研究中,其最大的成果就是揭示了作家创作的多样性,肯定了作家对各流派特点的融会贯通,而没有将其仅仅定位在某某流派上。

二、骤然升温:获诺奖后的蒲宁

1933 年,蒲宁获得诺贝尔文学奖,授奖仪式是在该年 12 月举行的,但蒲宁获奖的消息早在 11 月就传遍了世界。中国文学界以极快的速度对此做出了反应。11 月和 12 月,茅盾分别在《申报·自由谈》和《文学》杂志上两次撰文介绍

---

① "Золотая роза", К. Паустовский, Санкт – Петербург 1995г. c. 362

蒲宁,第一篇为《蒲宁与诺贝尔文艺奖》①,另一篇是《1933 年诺贝尔文艺奖金》②。在这两篇文章中,时任左联领导人的茅盾毫不掩饰自己对此次授奖的不屑,认为"白色的"蒲宁是"勉强"得奖,是政治因素在起作用,行文也颇有讽刺小品的味道。他说:"今年的诺贝尔文艺奖忽然与蒲宁发生关系,可说是一件意外的事。""这回诺贝尔文学奖金委员会大概是很痛心于俄苏文学中的'新趋势'而企图挽救,于是'不采用俄国文学中新趋势,能保持旧有作风'的蒲宁就中选了。"瑞典科学院青睐的是那些富有"理想主义"的作家,而他们眼中的"所谓'理想主义'只是粉饰主义或装金主义罢了"。尽管蒲宁在流亡之前创作了许多"颇不理想"的作品,他的《乡村》"并没把旧俄的农奴生活加以美的'理想化'","他的诗大都描写旧俄乡绅阶级的崩溃;即如他那篇最得英美人传诵的《旧金山来的绅士》也写了'文明'的空虚和'无常'之威胁与不可免。"但茅盾猜想,"也许 1925 年以后,布宁做过些'理想主义'的作品,可惜我们不知道,无从介绍,真是不胜遗憾。"茅盾认为,正是这些所谓"理想主义"的、"在这破烂的旧世界脸上装金"的作品,成为蒲宁获得诺奖的真正原因。

同年 12 月,钱歌川在《新中华》杂志上发表题为《本年度诺贝尔文学奖金的得奖者布宁》③一文介绍蒲宁,文后还刊有桐君翻译的小说《日射病》(即《中暑》)④。文章开篇指出,尽管中国对蒲宁了解甚少,尽管诺奖既未授予众望所归的已故的托尔斯泰,也未授予健在的高尔基,但我们不能认为蒲宁就不该获得,因为"他在俄国的文学史上自然也有他很重要的地位"。在谈及蒲宁的创作风格时,作者认为,"布宁虽被列入 19 世纪末及 20 世纪初的俄国现代主义作家之中,但现代主义一语及其宽泛,内部又分有无数的派别,而布宁却不属于其中的任何一派。他与当时很有势力的象征派不同,描写社会的世态及其心理,用笔极其细腻,而有写实主义的手腕。他与高尔基一流的社会主义的作家又不同,对于所描写的现象是极端的个人主义,对于从现实中所取来的各种形象之解释,则是强烈的唯美主义。由这两个特点结合起来,便成为布宁独有的写实主义,即所谓新写实主义。"这一观点对后来的评论无疑具有很大的引导作用,并

---

① 本篇发表于 1933 年 11 月 15 日《申报·自由谈》,署名仲芳;又见《茅盾文集》(33 卷,外国文论 5 辑),第 303 页,人民文学出版社 2001 年版。
② 本篇发表于 1933 年 12 月 1 日《文学》第 1 卷第 6 号;又见《茅盾文集》(33 卷,外国文论 5 辑),第 305 页,人民文学出版社 2001 年版。
③《新中华》第 1 卷,第 53—54 页,1933 年第 24 期。
④ 桐君的这篇译文还刊登在 1935 年新中华书局出版的同名小说集《日射病》中。

在后人的评论中得到拓展和深化。该文介绍尽管简略,但更加客观,观点也更加独到。

1934 年,《清华周刊》第 42 卷第 1 期上发表了一篇《伊凡·蒲宁论》①的长篇文章,作者为郑林宽,文后还附印了郑桂泉翻译的蒲宁的小说《儿子》。这是国内第一篇客观的、完全从文学价值的角度对蒲宁进行评价的文章,作者对蒲宁作品的内容了解透彻,对其创作方法分析精当,文中的许多观点即使对于今天的研究者来说也很有参考价值。可以毫不夸张地说,这篇文章堪称解放前中国蒲宁学研究领域最重要的一篇文章,极具学术价值。

在这篇 8 千字的文章中,作者最鞭辟入里之处就在于揭示了蒲宁艺术风格的复杂性,观点新颖,无流俗之嫌,而且每个论点均有翔实的论据予以支持。作者认为,从创作的风格来看,尽管蒲宁的艺术"受到了屠格涅夫、阿克萨珂夫、柴霍夫,在某一限度内又相当受过托尔斯泰的影响",并在 20 世纪初"与高尔基写实主义之群有点近乎",但"他的艺术是按照他自己的道路发展,并且在 20 世纪最初 25 年间,他在俄罗斯文坛保持他个人的优越地位。"从作品的体裁上看,与上述这些作家相比,蒲宁不仅"是一个天才的诗人",其诗风既承普希金诗歌之神韵,又不乏现代主义诗歌创作的韵味;同时也是一位"伟大的"小说家,堪与屠格涅夫、契诃夫、别雷并列。蒲宁总的特色就表现在"他并不创造一个'逸世而独立'的超人生的新世界,他并不像其他作家那样俨然如创造者似的立在外界来说话。蒲宁不将现实变形而成为一种仿佛身外之物,在他的作品中永远可以找到他的。在这一意义上,蒲宁不妨被称为'主观'作家"。这个判断是准确的,主观性与写实性相结合的确是蒲宁区别于同时代作家的最大的特征。

在具体分析作家的"主观性"特征时,作者指出了其三大表现:

一是作品中情节的淡化:"情节、描述的意味、动作的展开,姑无论其或有或无,在大多数蒲宁的作品中都是立于次要地位,尤其在他长篇的作品中更缺乏上述元素。"有鉴于此,《乡村》、《旱峪》以及《阿尔谢尼耶夫的一生》都不能称其为小说。

二是写作视角的独特:蒲宁在作品中从来都不是一个全知全能的叙述者,而是作品中的角色,他常常"将注意力贯注在一个人物身上,别的人物都从主角的眼中表现给我们看"。如此写法是与托尔斯泰和陀斯妥耶夫斯基那样的直接

----

① 本篇发表于《清华周刊》,第 61—67 页,1934 年第 42 卷(总期 590 卷)第 1 期。

的、写实的心理描写相悖的,人物往往不是靠直接的"心灵之描述"展示出来,而是"藉外在的事物,周围的空气烘托出来的",作者称之为"衬托法"。这种方法在《乡村》、《旱峪》,特别是流亡期间创作的爱情小说中表现得更为突出。如作者指出,在小说《中暑》中,"主人公的旅伴仅用淡淡的几笔,给人留下似罩上神秘的黑纱的暗影。注意力的焦点是在主人公和他的情感上,在他迷漫的爱情中。"

三是在指出作家现代主义特征的同时,作者也客观地分析了作家的写实主义风格。文章指出,"蒲宁又不失为一位写实作家,他的眼光不仅仅只是向内看,……他的眼光还向开阔的世界展望。"这一特点集中体现在蒲宁以变化万千的丰富语言"入细入微,恰到好处"地对大自然所进行的描写。针对某些俄国评论家认为蒲宁"是冷漠的、无情的",他的描写也是"过度的写实主义,处处显得累赘"的观点,文章进行了反驳:"若把蒲宁视为'流水账'式的写实主义者"那是"大谬不然的",蒲宁的写实主义是含有诗的性质。"作家罗列事实,看似累赘,实则是诗人气质以及诗歌的创作方法使然。作者说,蒲宁面对世界,"表面上看来丝毫不动情",但他绝不是一位"说实的安然的作家,他实际上是并不安然的,他能够使我们不安静","能够激发我们内心深处的感情,拨动我们的心弦",而这一切的秘密就在于他描写的"具体与不落虚空"。

作者还精辟地分析了作家主观性创作风格的形成原因,他认为:"蒲宁的这种方法可从他确信人类灵魂的不可侵犯性及神秘性这件事找到相当的解释。""这是蒲宁作品中的哲学以及心理的关键。""他的作品全浸着一种神秘的追求。最令人不可解的是世界上所发生的事物,我们那可怜的人类理智被它们困惑得无以自拔啊!"可贵的是,评论家在论述了蒲宁创作的风格等诸多方面后,又回到了主题上来。他指出,蒲宁喜以爱与死为资料,但他的死绝不是一味悲观绝望的死,"蒲宁这种死的感觉为另外一种生之感觉所包,这种感觉与那对世界魅力神奇的感觉是一样的敏锐。这是生之喜悦及死之恐怖的混合品,诗篇的精神盖过传道书,悲观主义找不到立足的地方"。如此观点已触及到了作家心灵的深处。

1935 年《世界文学》第 1 卷第 3 期特辟了"Pirandello① 与 Bunin 特辑"②,其

---

① 皮兰德娄,意大利剧作家、小说家。
② 以下的英文均为原文标识。

中,刊登了蒲宁的小说《中暑》、《一个陌生的朋友》和回忆录《托尔斯泰会晤记》,译者分别为陶映霞和毕树棠;同时附有一篇对蒲宁的介绍文章——《关于Ivan Bunin》,没什么新观点。同年《世界文库》第6期上发表了茅盾译自英文的《忆契柯夫》,次年该译文收入了生活书店出版的《回忆·书简·杂记》一书。

40年代,随着"二战"的爆发,中国的俄罗斯文学译介工作的重心转向了反法西斯文学,蒲宁又一次淡出了人们的视线。我们仅能在不多见的几本书中找到他的名字,如李林从英文转译的小说集《伊达》(文化生活出版社)中收录了蒲宁的同名小说;在出版于1947年米川正夫的《俄国文学思潮》(任钧译,正中书局)和1948年季莫菲耶夫著的《苏联文学史》(上册,水夫译,海燕书店)中看到蒲宁的名字。

20世纪50年代—70年代末,蒲宁在众所周知的大气候下在中国销声匿迹了。

三、重新聚焦:新时期以来的蒲宁研究

尽管从20世纪50年代初开始,苏联文坛对蒲宁重新评价的呼声日益高涨,并在六七十年代有了卓有成效的行动,但在中国文坛,蒲宁却经历了更长久的不公正的待遇。直到1978年12月,党的十一届三中全会纠正了"十年浩劫"的错误,中国文坛终于迎来了真正的春天,蒲宁的作品也在这股强劲春风的吹拂下又一次回到了中国读者的案台上。

1978年7月《外国文艺》杂志创刊。创刊号"外国文艺资料"的专栏上刊登了一篇《诺贝尔文学奖金及获奖者》的文章,在这里,蒲宁的名字在沉寂了近30年后又一次出现在了中国读者的视野中。未署名的作者简洁、客观地介绍了作家的主要作品,并指出"高尔基称他为'语言的巨匠',授奖是'因为他严谨的艺术才能,使俄罗斯传统观点在散文中得以继承'"。这之后,在全国的许多杂志上,读者陆陆续续地读到了蒲宁创作于各个时期的优秀作品。1979年6月,《外国文艺》该年第3期上发表了蒲宁后期创作的短篇小说六篇:《完了》、《中暑》、《幽暗的林间小径》、《乌鸦》、《在巴黎》、《三个卢布》,引起了广大读者极大的兴趣;两个月之后的8月,《百花洲》第1期上又刊登了《从旧金山来的先生》。上述译作全系上海译文出版社戴骢所译,戴骢是新时期最早译介蒲宁作品且翻译总量最大的翻译家。1991年,戴骢在百花文艺出版社出版的《蒲宁散文选》"译后漫笔"中写道:"屈指算来,我与蒲宁的'文字之交'已有了18个年头了。18

中国俄苏文学研究史论
История исследования русской и
советской литературы в Китае

年前偶得蒲宁短篇小说集《从旧金山来的先生》,是苏联在 50 年代出版的,虽薄薄的一本,只收了四五个短篇,可在当时的处境下,读后已大有偷食禁果的喜悦。随后想方设法,借到了 9 卷本《蒲宁文集》的 6 卷,不觉技痒,断断续续地开始翻译,……久而久之,翻译蒲宁的作品成了我业余爱好的重要内容之一。"①

20 世纪 80 年代,蒲宁作品在中国的译介进入了继作家获得诺贝尔奖后的第二个高潮。1980 年,《苏联文学》杂志第 3 期刊登了蒲宁的短篇小说《末日》(陈馥译)和《忧虑》(冯春译)。1981 年可称得上是中国俄罗斯文学翻译史中的"蒲宁年"。这一年的 4 月,上海译文出版社翻译出版了《蒲宁短篇小说集》(戴骢译),同月,外国文学出版社推出了《布宁中短篇小说选》(陈馥译);9 月,外语教学与研究出版社的《米佳的爱情》(郑海陵译)面世;12 月,四川人民出版社出版了蒲宁中短篇小说选《故园》(赵洵译)。这 4 本书共收蒲宁作品 35 篇(不计重复的译作),一年的翻译量远远超过了过去 60 年翻译的总量。在这之后,两卷本《蒲宁选集》(安徽人民出版社,戴骢和任重译)、蒲宁的中篇《乡村》(云南人民出版社,叶冬心译)和《阿尔谢尼耶夫的一生》(长江文艺出版社,章其译)②陆续面世。1985 年 3 月,四川文艺出版社推出了蒲宁在中国的第一本译诗集《夏夜集:蒲宁抒情诗选》(赵洵译)。另外,在一些集子和刊物中收有蒲宁的作品,如《俄罗斯中篇小说集》(山西人民出版社 1983 年版)中收录了《米佳的爱情》(姜明河译)、《飞天》1983 年第 5 期刊登了《轻轻的呼吸》(冯玉律译)、《俄国短篇小说选》(中国青年出版社 1984 年版)中收录了《旧金山来的先生》(陈馥译)、《苏联文学》1988 年第 6 期刊有亢甫翻译的作家游记《鸟影》等。另,《外国文艺》1983 年第 4 期刊有戴骢翻译的帕乌斯托夫斯基的名篇《伊凡·蒲宁》。

相对于翻译界,我国的文学研究界此时对蒲宁的评价还是极其谨慎的。这一阶段的评论文章有一个非常鲜明的特征,那就是研究者多数都充分肯定蒲宁作品的艺术特色和十月革命前创作的作品的社会价值,但却否定作家的世界观和流亡期间作品的思想内容。不少评论在指出蒲宁具有独具一格的创作风格(如现实主义的创作原则与平淡的情节、开放式的散文结构、写意的人物描绘、

---

① 《蒲宁散文选》,第 267 页,百花文艺出版社 1991 年版。
② 该译本是根据 1961 年莫斯科工人出版社出版的《伊·阿·蒲宁中篇小说、短篇小说、回忆录》一书翻译的,苏版就不完整,因此译本较蒲宁的原作少了许多章节,保留部分也有些删节。

精当的细节描写和极具音乐美的语言等完美结合①)的同时,往往不忘以对待
"十月革命"的态度为尺度指出蒲宁思想的阶级性和局限性,或站在社会分析的
角度否定蒲宁作品的思想内容,但观点多因循苏联评论界的老套路,对蒲宁个
人及其创作并未进行新的有价值的再挖掘。如许多文章都强调了蒲宁"没有预
见到历史的发展","堕落到反对革命的立场上",原因是因为作家是"贵族老
爷","蒲宁头脑中根深蒂固的贵族阶级思想"。对作品的评价有的也欠公允。
有的研究者认为,蒲宁流亡期间"因断绝了与祖国人民生活的联系,创作源泉日
趋枯竭,写出的多是抚今追昔,怀念旧俄的作品,失去了以往的思想艺术的深度
和力量"②。有的研究者认为,蒲宁的名篇《米佳的爱情》和《阿尔谢尼耶夫的一
生》等作品仅仅是"尚有一定的文学价值"③。

　　有篇文章对蒲宁的爱情题材的小说几乎是进行了彻底的否定,认为蒲宁写
于不同时期的有代表性的爱情小说"具有不同程度的畸形性质",表现为它们
"翻来复去总跳不出这样一个程式:始则男女艳遇,美色醉人,一见钟情;继则感
情勃发,情欲亢进,接着是他所谓的'性的弥撒';结果不是庸俗平淡,无聊腻味,
就是生离死别,自杀惨死之类。这一程式如果用一个简单的公式来表述的话,
就是'爱情加死亡'。"作者认为,这一切都源于作家阶级的局限、视野的偏见和
生活圈子的狭窄。没有先进的思想作为指导,导致了蒲宁"在观察世界、描写爱
情,分析生活时,常常带着破落贵族的悲观态度、阴暗心理和没落情绪,使得他
面对人心浇薄、物欲横流时代众多的爱情丑剧和悲剧时,不能正确地透视社会
现象,把握时代潮流,分析事物本质",因此作家一生虽则"塑造了数以百计的人
物形象,特别是妇女形象,竟没有为俄国文学的传统画廊提供一个像普希金笔
下的塔吉雅娜、屠格涅夫笔下的叶莲娜、车尔尼雪夫斯基笔下的薇拉和托尔斯
泰笔下的娜塔莎等那样具有典型性和时代意义的'俄罗斯文学中最迷人的俄罗
斯妇女形象'"。因此,如果将蒲宁与俄罗斯其他文学大师进行横向比较的话,
那么蒲宁就"显得特别欠缺俄罗斯文学史上经典作家那种博大的胸怀、深刻的

---

① 这几个特点在下列文章中均有表述:《"散点"与"透视"——蒲宁中篇小说〈乡村〉思想艺术浅
析》(张杰,《外国文学欣赏》,1986 年第 4 期,第 68—71 页),《一部具有"头等的艺术价值"的中篇小
说——评蒲宁的早期代表作〈乡村〉的艺术技巧》(钱善行,《外国文学研究》,1986 年第 3 期,第 45—53
页),《蒲宁和他的散文体小说》(郑海凌,《苏联文学》,1988 年第 6 期,第 87—91 页)。
② 张羽、陈燊编选《俄国短篇小说选》,第 661 页,中国青年出版社 1984 年版,此观点源于特瓦尔多
夫斯基,见 Бунин И. А. Собр. Соч. в 9 т. М. , 1966. Т. 1. С.41。
③ 杨茂祥、俎浚编写:《诺贝尔奖金获得者辞典》,1987 年版,第 213 页。

思想、敏锐的远见和把握时代潮流的腕力"。若将蒲宁不同时期的作品做纵向比较的话，那么"流亡期间的创作较之这之前的成就，那是不可同日而语的"。作者认为，这不仅是因为"由于脱离了人民与故土，灵感枯竭，再也写不出像《乡村》那样的杰作来，只有搜肠刮肚，发掘记忆"，还因为蒲宁在迎合"冥顽下流、不务正业，成天津津乐道往日的欢乐和失去天堂"的白俄读者的低级趣味，也多少是受到了西方颓废文学的影响①。

80年代的如此状况显示了中国的蒲宁学研究尚不够成熟。这种状况在90年代得到了极大的改观。

20世纪90年代，蒲宁作品的翻译取得了新的突破，更多的出版社加入了出版蒲宁作品的行列，名篇不断有新译出现，同时又有更多的作品被译介进中国。译文集主要有1991年漓江出版社的《米佳的爱情》（王庚年等译）、1997年人民日报出版社出版的《蒲宁散文精选》（戴骢译）、1997年辽宁教育出版社的《最后一次幽会：伊万·布宁散文集》（陈馥译），而散见于各类报刊杂志上的译文则数量更多②。1998年，戴骢翻译的3卷本的《蒲宁文集》由安徽文艺出版社出版③。3卷中共收录了小说84篇、诗歌140首、人物特写6篇以及散记3篇，总字数达到105万字，时至今日，这套文集依然是国内囊括蒲宁作品数量最多的"重量级"出版物。至此，蒲宁一生中最重要的、最为读者耳熟能详的作品已基本被译介到了中国。戴骢在文集第1卷的"译后漫笔"中写道："本卷所收140首诗，虽仅是蒲宁诗海中之一瓢，却多少反映了蒲宁诗歌的总貌。"④这句话尽管是针对诗歌而言的，但笔者认为，它用在整部文集中也是适合的。

相对于20世纪80年代中国的蒲宁研究，90年代应该说是更加深入，研究的视野也拓宽了许多，更重要的是对蒲宁的评价更加客观和公正，以真正的文学价值为标准。这一阶段的研究者已意识到了前一时期"某些人揪住布宁对十月革命缺乏认识……不放，只讲布宁在十月革命前的文学活动，而对他在国外写的文学作品避而不谈或一笔带过的做法"的片面性，提出了"对布宁的全部文学遗产认真研讨，探索其创作分期和特点，借鉴其表现手法和写作技巧，汲取丰

① 杨通荣《试析布宁小说中的"爱与死"主题》，《贵州师范大学学报》（社科版），1986年第3期。
② 如《白天的星星》（1994年）中收录了《秋》、《雾》和《静》，译者为戴骢；《世界文学名著故事集》（1998年，重庆出版社）收录了《三个卢布》（未注明译者）；《外国文艺》（1995年第4期）刊登了蒲宁的诗歌，译者为戴骢；《俄罗斯文艺》（1997年第1期）刊登了《一夜霞光》，译者为贾放等。
③ 第一卷的诗歌是戴骢先生和娄自良教授合译的。
④ 《蒲宁文集》（第1卷，诗歌散文卷），安徽文艺出版社1998年版，第356页。

富的营养,以利自己的研究和创作"的说法①。无疑,这是一个具有重大意义的倡议,也是中国的蒲宁研究走向成熟的标志。这个倡议首先得到了许多翻译家的响应,如《蒲宁文集》的第 3 卷收录的就基本上是蒲宁流亡国外时创作的作品。对于那些曾经被认为是"文思枯竭、搜肠刮肚"之后才创作的作品,该卷"译后漫笔"认为:"甘于清贫的蒲宁,常年寓居法国小镇,潜心写作,对生与死、爱与恨这两对永恒的矛盾作了洞幽烛微的探究,创作了一系列具有强烈艺术感染力的小说,如《中暑》、《伊达》、《米佳的爱情》、《三个卢布》,长篇小说《阿尔谢尼耶夫的一生·青春》及小说集《林荫幽径》等。"同时,译者还特别指出了"《米佳的爱情》是极富独创意义的小说,结构严谨,语言洗练,心理描写细腻传神,景物描写生动如画,处处寓情于景,达到了情景交融的境界"②。

1996 年,《俄罗斯文艺》第 2 期刊登了孟秀云编写的《俄国的布宁研究综述》一文,文中作者将俄国国内蒲宁研究分为由浅入深的 4 个阶段,即十月革命前、十月革命后到蒲宁逝世、20 世纪50—80 年代中期以及 80 年代末以后,并详细介绍了各个阶段富有代表性的蒲宁学研究著作。无疑,它为中国的蒲宁研究者以及爱好者提供了许多实质性的帮助。

20 世纪 90 年代中国蒲宁研究领域的一件大事是,上海外语教育出版社出版了冯玉律撰写的国内第一本系统地研究蒲宁的专著《跨越与回归——论伊凡·蒲宁》。作者不仅回顾了蒲宁一生的生活经历,而且细致地梳理了蒲宁不同时期的创作特点,揭示了蒲宁不以流派作茧自缚的复杂且极具特色的美学原则,以及其风格特征的演化过程。

这本专著最有新意之处在于,作者本着科学的态度,矫正了仿佛已"盖棺定论"了的蒲宁与十月革命之间的关系,深刻挖掘了表面现象背后隐藏着的真实原因,而不是人云亦云地"扣大帽子"。作者认为,蒲宁是站在一个人道主义者的角度看待革命的,"蒲宁是个人道主义者。他目睹了资本主义制度的弊病和旧俄社会的黑暗,便想从人性、道德等方面来为种种危机寻找根源。这位作家曾经追随过托尔斯泰,也受到东方哲学,特别是佛教思想的熏陶。他反对暴力,幻想用文化、用精神、用'上帝的法则'、用'美'来拯救俄罗斯,而把阶级斗争视为全民族的灾难。风起云涌的俄国革命使他陷入了极度的苦恼和惶惑之中;面

---

① 《米佳的爱情》,王庚年译,漓江文艺出版社 1991 年版,第 3 页。
② 《蒲宁文集》(第 3 卷,中短篇小说散文卷),安徽文艺出版社 1998 年版,第 459—460 页。

对战乱、破坏和饥荒，他感到绝望。蒲宁离开祖国本出于无奈，结果酿成了他一生中最大的悲剧"①。这一观点对后来的研究者起到了重要的引导作用，开拓了一条新的思考途径。另外，还应强调的一点是，在解读作家、揭示其作品真正的人文价值的过程中，作者绝不泛泛而谈，而是对作品的文本进行了具体而精细的艺术分析，全书仅小说就提到了近百篇，足见作者对蒲宁作品的谙熟程度之深。因此，该专著一经面世便成为了蒲宁研究者必备的参考书。

新世纪之交，无论是俄罗斯还是中国国内，蒲宁作品的出版和蒲宁研究都掀开了新的一页。1999 年，在莫斯科大学举办的"俄罗斯文学回顾与展望"国际研讨会上，俄罗斯学术界提出了 21 世纪最具研究价值的 5 位作家名单，蒲宁名列榜首。在我国，作家更多的作品被译介成中文，这里的"作品"不仅仅只是诗歌和小说，而是包括更多的内容。1999 年，辽宁教育出版社出版了蒲宁的专著《托尔斯泰的解脱》(陈馥译)；2001 年，上海文化出版社推出以《耶利哥的玫瑰》(冯玉律译)命名的蒲宁创作于各个时期的游记随笔集；2002 年，东方出版社推出《蒲宁回忆录》(李辉凡译)。有译者恰如其分地指出了译介这些作品的意义："过去，我国只出版了蒲宁的作品，只看到他创作的一面。这本书出来后，我们可以对他的生平、政见、世界观等诸多方面有所了解。"②；2004 年，上海译文出版社出版了蒲宁作品选集，名为《耶利哥的玫瑰》(冯玉律、冯春译)，其中相当一部分译文是首次与中国读者见面，如《圆耳朵》、《夜航途中》、《理性女神》、《晚间的时候》等；同年，译林出版社出版了由靳戈译的全本《阿尔谢尼耶夫的一生》。这些作品在中国的问世无疑是中国蒲宁研究事业的幸事，为中国的研究者更全面更客观地了解蒲宁提供了丰富的资料来源。

新世纪，一批成熟且成果丰硕的青年研究者进入了国内蒲宁研究的领域，平静、客观地分析蒲宁丰富的艺术和精神世界是他们的准则。在新世纪的各类学术刊物上，可以看到《诗意的隐喻 无言的启迪——蒲宁小说〈轻盈的气息〉的叙事方式》、《现实主义创作艺术的拓展——重读布宁中篇小说〈乡村〉》、《蒲宁与现代主义》、《转向主体情感世界的艺术创作——蒲宁小说创作中的现代意识探索》、《从归纳走向解构——蒲宁创作艺术的再认识》以及《蒲宁小说文体解

---

① 冯玉律著：《跨越与回归——论伊凡·蒲宁》，上海外语教育出版社 1998 年版，第 2 页。
② 蒲宁著、李辉凡译：《蒲宁回忆录》，东方出版社 2002 年 1 月版，第 7 页。

析》等文章①,更有数篇大部头的博士论文以蒲宁为研究对象,如北京大学温仙哲的《布宁与张爱玲小说的类型学比较》,北京师范大学刘贵友《伊凡·布宁小说创作研究》以及上海外国语大学叶红的《永不枯竭的心灵之泉——论伊凡·蒲宁小说创作中的"永恒主题"及风格特征》等。研究者都选取了新的视角,发表了新的见解,努力对蒲宁进行全方位的、更深层次的揭示。

叶红在博士论文中提出了如下两个观点:(1)蒲宁构建其艺术世界的基础在于世界普遍存在的"不变与多变"的矛盾以及其各种变体。而这种对世界两极性的理解源于作家内心深厚的宗教情结,但它不仅仅是基督教式的,而是对造物主创造之美的狂喜、面对世界的困惑和脱离世界的恐惧紧密联合的产物。因此,在蒲宁的世界中,矛盾的表现既不是宗教的天堂与地狱、灵魂与肉体,也不是社会政治运动中的正义与邪恶,而是体现在更广阔的人类生存的坐标中,扩展到本位论层面上的"人与世界"的冲突,表现为生与死、幸福与痛苦、狂喜与恐惧等人类生存的永恒的困惑,所有这一切正成就了蒲宁笔下的"永恒主题"的作品。(2)蒲宁对矛盾的揭示始终是在具有普遍意义的精神范畴,即自然、死亡、爱情和记忆中进行的。对于蒲宁来说,生理的死亡是不可避免的,但却可以在自然、爱情与记忆创造的精神境域中超越时空,战胜死亡。

时光荏苒,日月穿梭。屈指算来,蒲宁在中国已走过了80余年的历程,正如上文所说,这一历程并不平坦,而是充满了冷漠、贬谪和误解,但更多的却是真诚的探索和科学的态度。在一代又一代的翻译家和研究者的努力之下,蒲宁作品中所蕴涵的客观真理、生活经验、审美价值以及作家对生活的深刻思考不仅没有随着它们产生时代的逝去和作家生命的消逝而失去生命力;相反,它们就像陈年的醇酒,历久弥香,在一代一代的读者心中获得了永久的魅力。

[相关研究成果要目]

1. 茅盾(署名仲芳):《蒲宁与诺贝尔文艺奖》《申报·自由谈》,1933年11月15日。

2. 茅盾:《一九三三年诺贝尔文艺奖金》,《文学》,1933年12月1日第1卷

---

① 此处提到的文章的作者和发表刊物分别为:曹而云:《名作欣赏》,2001年第3期,第47—51页;刘炜:《俄罗斯文艺》,2002年第1期,第37—38页、第70页;叶红:《俄罗斯文艺》,2002年第3期,第26—32页;管海莹:《俄罗斯文艺》,2002年第6期,第82—85页;张祎:《俄罗斯文艺》,2002年第6期,第86—89页,《外国文学研究》,2003年第4期,第92—95页。

第 6 号。

3. 钱歌川:《本年度诺贝尔文学奖金的得奖者布宁》,《新中华》,1933 年第 1 卷第 24 期。

4. 郑林宽 :《伊凡·蒲宁论》,《清华周刊》,1934 年第 42 卷第 1 期。

5. 张杰:《"散点"与"透视"——蒲宁中篇小说〈乡村〉思想艺术浅析》,《外国文学欣赏》,1986 年第 4 期。

6. 钱善行:《一部具有"头等的艺术价值"的中篇小说——评蒲宁的早期代表作〈乡村〉的艺术技巧》,《外国文学研究》, 1986 年第 3 期。

7. 郑海凌:《蒲宁和他的散文体小说》,《苏联文学》,1988 年第 6 期。

8. 杨通荣:《试析布宁小说中的"爱与死"主题》,《贵州师范大学学报》,1986 年第 3 期。

9. 孟秀云:《俄国的布宁研究综述》,《俄罗斯文艺》,1996 年第 2 期。

10. 冯玉律:《跨越与回归——论伊凡·蒲宁》,上海外语教育出版社 1998 年版。

11. 曹而云:《诗意的隐喻 无言的启迪——蒲宁小说〈轻盈的气息〉的叙事方式》,《名作欣赏》,2001 年第 3 期。

12. 刘炜:《现实主义创作艺术的拓展——重读布宁中篇小说〈乡村〉》,《俄罗斯文艺》,2002 年第 1 期。

13. 叶红:《蒲宁与现代主义》,《俄罗斯文艺》,2002 年第 3 期。

14. 管海莹:《转向主体情感世界的艺术创作——蒲宁小说创作中的现代意识探索》,《俄罗斯文艺》,2002 年第 6 期。

15. 张祎:《从归纳走向解构——蒲宁创作艺术的再认识》,《俄罗斯文艺》,2002 年第 6 期。

16. 张祎 :《蒲宁小说文体解析》,《外国文学研究》,2003 年第 4 期。

17. 刘贵友:《伊万·布宁小说创作研究》,知识产权出版社 2004 年版。

第三十四章
中国的马雅可夫斯基研究

马雅可夫斯基(Владимир Владимирович Маяковский,1893—1930),另有中译名马霞夸夫斯基、梅耶谷夫斯基、马耶阔夫斯基、马亚柯夫斯基、马耶可夫斯基等 20 来种。马雅可夫斯基是 20 世纪俄苏文坛影响深远的诗人。近一个世纪来,中国学界对诗人及其作品进行了相当广泛和深入的研究,这种研究主要从思想性和文学性两大因素交织展开。本章将对此作一梳理。

一、20 世纪上半期研究的基本面貌

我国对马雅可夫斯基的译介肇始于上世纪 20 年代①,1921 年 2 月 14 日,瞿秋白作为北京《晨报》的特派记者,在莫斯科访问了马雅可夫斯基,"前日,我由友人介绍,见将来派名诗家马霞夸夫斯基。他殷勤问及中国文学,赠我一本诗集《人》。"6 月,《东方杂志》刊登署名化鲁的文章《俄国的自由诗》②,其中提到"俄国革命后,已产生了一群新诗人,……最受俄国人崇敬的,便是梅耶谷夫斯基了"。1922 年,沈雁冰在《未来派文学之趋势》③一文中写道:"革命以后,未来派突然得势,在诗方面是全靠了天才的玛以柯夫斯基。玛氏现在不过 30 岁,是个特出的天才。……1917 年,他和同志加入了布尔塞维克党,自此以后,他的一支锋利的笔就全为布党效力了。他最近出版得一本小册子,是一篇长诗,名曰《150,000,000》,为抗议俄国封锁而作的。……这小册诗能以出版,是以亿兆人的足踵为印机,以延街的石板为纸的。"这一段介绍文字显现,马雅可夫斯基早期是以未来派诗人和革命鼓动者的双重身份被介绍进我国的。

接下来的两三年中,《小说月报》连续跟踪报道了诗人的消息,比较重要的

---

① 戈宝权:《马雅可夫斯基和中国》,《武汉大学学报》,1980 年第 3 期。
② 化鲁:《俄国的自由诗》,《东方杂志》,第 18 卷第 11 期,1921 年 6 月。
③ 沈雁冰:《未来派文学之趋势》,《小说月报》,第 13 卷第 10 期,1922 年 10 月。

256

中国俄苏文学研究史论
История исследования русской и
советской литературы в Китае

有:耿济之翻译的俄国诗人布柳索夫的论文《俄国诗坛的昨日今日和明日》、沈雁冰撰写的《海外文坛消息》①等。1924 年,茅盾又以玄珠的笔名,在《文学周报》上发表了题为《苏维埃俄罗斯的革命诗人玛霞考夫斯基》的译介文章。诗人在中国的影响也随之日益扩大。

这一阶段的文学史著作中,也开始介绍马雅可夫斯基。1923 年 8 月,瞿秋白为郑振铎编著的《俄国文学史略》写了《劳农俄国的新作家》一文作为全书的第 14 章,其中写道:"马霞夸夫斯基是革命后五年中未来主义的健将,很多诗人之中只有他能完全迎受'革命';……然而他的作品并不充满革命的口头禅。他在 20 世纪初期已经露头角于俄国诗坛,革命以后他的作品方才成就他的天才。……他有簇新的人生观,……马霞夸夫斯基是唯物派,——是积极的唯物派,并不是消极的定命主义的唯物派。……他的诗才,真足以在俄国革命后的文学史上占一很重要的地位。"1927 年底,蒋光慈编写的《俄罗斯文学》出版,上卷中有关于诗人的专章评介《未来主义与马雅可夫斯基》,文中写道:"无论谁个都不能不说马雅可夫斯基是一个伟大的天才的诗人。……十月革命涌现出很多天才的诗人,而马雅可夫斯基恐怕要算这些诗人中最伟大,最有收获,最有成就的一个了。"在最初的译介中,评论界对诗人未来主义健将的身份给以正面评价,并强调了十月革命对于他的意义:革命催生了诗人,并且成就了他的天才。

相比来说,马雅可夫斯基的诗歌作品被翻译成中文则要晚一些,而且最初是从英文和世界语转译的。1929 年,上海光华书局出版了 L. (李一氓) 翻译、郭沫若校阅的《新俄诗选》,其中从英文翻译了马雅可夫斯基的《我们的进行曲》等 3 首作品。1937 年,上海 Motor(马达) 出版社出版了万湜思根据马雅可夫斯基诗集"per voe o Plena"(《放开喉咙歌唱》)的世界语版本转译的《呐喊》诗集。译者在后记中写道:"作者的姓名,我们已如此熟悉,而他底诗作,我们却如此生疏。实在是不很爽气的事。"这本诗集选译了 20 首诗,它是马雅可夫斯基作品第一次以单行本形式在我国出版,王任书为诗集作序。

正当国人对诗人日益熟悉的时候,1930 年 4 月,马雅可夫斯基在莫斯科寓所自杀身亡,传奇地结束了自己年轻的生命。这一事件扩大了诗人在我国的影响,也成为日后研究的一个重要课题。《大公报》在 6 月报道了诗人去世的消

---

① 《俄国诗坛的昨日今日和明日》,《小说月报》,第 14 卷第 7 期,1923 年 7 月出版;《海外文坛消息》将诗人称为"一个伟大的天才",《小说月报》,第 15 卷第 4 期,1924 年 4 月出版。

息,戴望舒也在《小说月报》上及时发表了《马雅可夫斯基之死》的文章以示纪念。

同年 10 月,《现代文学》集中组织了一系列相关译介研究文章,发表了"玛耶阔夫司基纪念特载"①,包括诗人的作品、外国学者的评论以及国内的评论文章。陆立之的《玛耶阔夫司基底诗》按题材分类详细介绍了诗人的作品,并将写战争题材的诗人称为"官样的";评价其创作革命题材作品用力过度:该说的时候用喊,该喊的时候却哑了;其讽刺作品新奇却浅薄;以《裤中之云》(《穿裤子的云》)和《关于这个》为代表的早期和晚期爱情题材作品才是他最精彩的创作。作者认为,诗人患"左倾幼稚病",但他的个人主义的狂热却不被革命融合。杨昌溪的《玛耶阔夫司基论》指出,未来派是俄国旧时代的文学向普罗列塔利亚(无产者)文学过渡的桥梁,而马雅可夫斯基作为未来派的主将,成为这桥梁的支柱。总结诗人一生的创作,是"从旧时代的艺术而到狂放之士的未来派的时代,更由衰落的未来派而到列夫派:在 12 年来他都在文坛上不绝的实验他的艺术,这次的自杀便是他以身殉艺术的表征"。在"纪念特载"中,还发表了赵景深翻译的俄国学者拉莎洛夫(Alexander I. Nazaroff)的文章《玛耶阔夫司基的自杀》。作者认为,诗人"发狂一般"的要求政府使他和未来主义者们成为俄国文学上的"狄克推多"——专制者,而苏维埃官方对他的态度却大不如以前,这应该是诗人自杀的重要原因之一。此外还有署名谷非(应为胡风的笔名)的短文《玛耶阔夫司基死了以后》,该文引述列·托洛茨基的观点,认为诗人的天才在歌颂革命的《一亿五千万》之后便走向了衰弱,并不无深意地指出:虽然日本诗人生田春月站在文学的立场说玛耶阔夫司基的死是一个问题,不过对于"抗闵主义者"(共产主义者)来说,这并不成为问题。

1938 年 4 月,在茅盾主编的《文艺阵地》的创刊号上刊载了香港作家李育中的纪念文章《玛耶阔夫斯基 8 年忌》,并配发了诗人的照片。文章鲜明地提出"欢迎诗人"的口号,表明中国欢迎和需要马雅可夫斯基,对诗人的需要来自两方面:一是文学需求,"因为中国诗歌里正缺少未来主义爆炸性的力和新形式的美",诗人不知疲倦的创造力可以鼓舞和矫正当时只会堆砌的"未来派"的中国追随者们;二是政治需求,"因为这是在抗战的炮火中纪念他。他是在炮火中来去过的,今天中国许多诗人,也在炮火中孕育着、歌唱着,我们少不了一个可以

---

① 即 1930 年 10 月上海北新书局主办的《现代文学》,第 1 卷第 4 期。

中国俄苏文学研究史论
История исследования русской и
советской литературы в Китае

成为我们规范的人物,我们就是选中了他"。

到了 1940 年,即诗人逝世 10 周年前后,不少报刊杂志开辟专门的版面,集中出了一批纪念专辑。《新华日报》在 4 月 14 日拿出一整版的篇幅,介绍、推广、纪念诗人,其中有戈茅的《纪念玛雅可夫斯基》。文章将诗人称为"新世界的革命的诗人",说他属于新世界,因为他打破了古典的旧的传统规律,创造了崭新的豪放的诗的形式,并且丰富和发展了大众的语言;说他是革命的,因为他的诗是强烈的音响和激烈的鼓励,那绝不是摆在屋子里面的东西,而是立在大街上、广场上和群众中,大声地呼喊和非常感动地歌唱的诗。这些文章和消息都显示出,不论在文学上还是在对革命的鼓舞中,诗人对我国的影响已经日益增强。

在整个从抗日战争到新中国成立前的艰难时期,出于文学的以及政治的目的,译介马雅可夫斯基的工作始终继续着。1938 年,晋察冀边区的"铁流社"曾油印出版了诗人的《呐喊》诗集。萧三从俄文直接翻译了《左翼进行曲》、《最好的诗》、《与列宁同志谈话》等诗,1940 年发表在延安出版的《大众文艺》上,诗人的革命精神通过这些诗歌继续鼓舞着我国的仁人志士。抗日战争结束前后的 1945 年 6—8 月,郭沫若应邀前往苏联访问,在参观了马雅可夫斯基博物馆后,他仿"楼梯式"诗型写下了这样赞美的诗句:"革命的/诗人,/'进攻阶级的'/儿子。/你的时代/是/永远的世纪!"直截了当地表明了中国研究者当时对诗人的景仰之情。1949 年,上海时代出版社出版了庄寿慈翻译的诗人的自传《我自己》,从单纯对零星作品的译介延伸到了对诗人本人经历的研究。

二、解放初期到"文革"时期的研究状况

新中国成立以后,由于中苏关系的密切,马雅可夫斯基在俄国的定位——"过去是现在仍然是我们苏维埃时代最优秀的、最有才华的诗人"[①]被无条件地移植到国内,并生根发芽。作为被广泛接受的标志,其作品也被大量翻译过来。研究诗人诗作时也多采取仰视为主的态度,内容上依然重视其对革命的积极因素,而且往往在诗人诞辰或忌辰纪念日的重要年份会出现研究的高潮。

此时,马雅可夫斯基的作品不仅被大量翻译,甚至一部作品有多种译本。

----

① 语出 1935 年斯大林对马雅可夫斯基的情妇莉莉娅·布里克来信的批示。蓝英年:《马雅可夫斯基是怎样被偶像化的》,《俄罗斯文艺》,1996 年第 3 期。

如长诗《列宁》和《好!》,不仅有了全译,而且前者有赵瑞蕻、余振和飞白等的不同译本①,后者则有余振和飞白等人的不同译本②。与此同时,诗人文集的编辑出版工作也被提上了议事日程。建国初期,赵瑞蕻着手编3卷本的选集,最后只完成了一本《列宁》和由他本人辑译的《马雅可夫斯基研究》。从1955年开始,人民文学出版社组织集体力量编译5卷本《马雅可夫斯基选集》,1957—1961年陆续出完整。这套选集是我国第一次对诗人的作品作比较全面的介绍③。1958—1959年,出版了戈宝权编的《马雅可夫斯基诗选》(《文学小丛书》本);1960年,又出版了卢永编的《马雅可夫斯基论美国》组诗;1950年,时代出版社编辑出版了诗集《给孩子们》;1959年,中国青年出版社出版过《给青年》。

新中国文坛多次掀起了对马雅可夫斯基的"学习"热潮。在纪念诗人诞辰60周年的1953年7月,《马雅可夫斯基是我们诗人的榜样》④、《向马雅可夫斯基学习》⑤等相关纪念文章集中发表,其中夏衍的《向马雅柯夫斯基学习》、袁水拍的《中国诗人,学习马雅可夫斯基》两文影响较大,两篇文章分别发表于1953年7月21日的《解放日报》和《人民日报》。夏衍在文中批评了当时文坛"远远落后于现实要求"的创作状况,提倡学习马雅可夫斯基崇高的爱国主义、国际主义精神、对资本主义的战斗精神和为人民服务的精神。袁水拍的文章则在提倡学习诗人的革命精神外,还强调了要学习诗人讽刺的才能,提高国内诗歌创作的质量,继承本民族传统和民间文艺因素等内容;强调学习不仅是形式上的模仿,而且不能脱离中国的实际。

1955年4月是诗人逝世25周年纪念,又出现了不少这一类的文章。余振的《从马雅可夫斯基的诗篇吸取建设社会主义的力量》⑥一文具体分析了诗人的爱国主义的创作主题。1960年4月14日,《解放日报》刊登了诗人芦芒的《纪念无产阶级的伟大诗人马雅可夫斯基》的文章,认为其诗歌最鲜明的特点在于坚决站在无产阶级的立场,坚持诗歌为政治服务。其间还有《马雅可夫斯基诗歌的教育与鼓舞作用》、《我们需要马雅可夫斯基》、《学习马雅可夫斯基坚定的

---

① 赵瑞蕻译本,上海正风出版社1951年版;余振译本,人民文学出版社1953年版;飞白译本,上海文艺出版社1961年版。

② 余振译本,人民文学出版社1955年版;飞白译本,上海文艺出版社1961年版。

③ 1984年,这套选集又由余振负责主持,重新编为3卷本,由人民文学出版社出版。

④ 王亚平作,《北京日报》1953年7月18日。

⑤ 李华飞作,《新华日报》1953年7月18日。

⑥ 《人民日报》1955年4月14日。

中国俄苏文学研究史论
История исследования русской и
советской литературы в Китае

共产主义世界观》《学习马雅可夫斯基的诗》①等文章,这一系列主要以当时重要报纸为载体的文章专注于诗人作品的革命性,几乎每篇文章都以斯大林对诗人的评语作为开头,将诗人视作最好的榜样,多谈诗人的革命精神和爱国主义精神。也有文章涉及了诗人创作的艺术形式等内容。1956 年 11 月第 21 期《文艺报》发表了诗人田间的《海燕颂——永远向马雅柯夫斯基学习吧》一文,文中除以抒情诗的笔调将诗人比作暴风雨中的海燕外,田间强调诗歌创作要注意韵律、使用口语,并对"楼梯式"提出自己的看法:由于它的节奏过于跳动了,变化过于繁复了,不像民歌那样平易近人。作者号召诗人们攀登马雅可夫斯基的"梯子",倾听人民的呼声,在前人的基础上创造我们自己新的民族诗歌。郭沫若也从政治与文学相结合的角度阐发了观点。他在 1959 年 1 月提出,马雅可夫斯基的某些诗是发展革命的现实主义和革命的浪漫主义相结合的创作思想时必须学习和借鉴的②。

20 世纪 60 年代初期"研究"(或者说评价)的重点由"学习"发展成了"战斗",全国各地发表了大量文章,且都以"战斗"、"革命"的标题,将诗人塑造成一个无产阶级的伟大革命者和鼓动者,如《为无产阶级革命事业而战斗的伟大歌手》、《要像马雅可夫斯基那样战斗》、《革命诗人的战斗足迹》、《做无产阶级革命的歌手》、《"旗帜"与"炸弹"》③等,这一次高潮的出现与诗人诞生 70 周年有关。这些文章介绍诗人,对内全身心投入"罗斯塔之窗"工作,写讽刺诗篇针砭时弊;对外毫不留情地创作抨击资本主义和敌对势力的诗作,为巩固无产阶级革命的成果,与国内外的反动与落后势力作斗争。诗人徐迟 1963 年在《诗刊》第 7 期上发表文章《三八线上的马雅可夫斯基纪念会》,语句颇为典型:"反对帝国主义的斗争,世界无产者的革命斗争还没有过去。东风正劲。全世界人民正在团结起来进行斗争,在斗争中,马雅可夫斯基宏大而坚定的声音,将永远鼓舞着我们。"④

---

① 4 篇文章依次为:张铁弦作,《光明日报》1955 年 4 月 14 日;小康作,《处女地》,1957 年第 4 期;飞白作,《羊城晚报》1960 年 4 月 14 日;方东作,《广西文艺》,1961 年 1—4 期。

② 邱宗功:《郭沫若前后译介马雅可夫斯基史实述评》,《郭沫若学刊》,1998 年第 1 期。

③ 5 篇文章依次为:臧克家作,《诗刊》,1963 年第 7 期;陈守成作,《武汉晚报》,1963 年 4 月 4 日;马家骏作,《延河》,1963 年第 7 期;钟神作,《山花》,1963 年第 7 期;李旦初作,《新疆文学》,1963 年第 9 期。

④ 革命与斗争的论题一直延续到 20 世纪 80 年代初,杨小岩的《论马雅可夫斯基诗歌的战斗风格》就比较细致地分析了诗人作品战斗风格的一些特点:热情的讴歌革命;努力为现实斗争服务;大胆地干预生活,辛辣地讽刺敌人。作者最后号召学习继承诗人的革命战斗风格,以此促进社会主义建设的发展。

不过,对诗人的评价也受到了中苏关系变化的影响。1962 年 3 月,郭沫若在广州的一次关于诗歌的讲话中分析了马雅可夫斯基"楼梯式"的诗型,认为楼梯的形式既可能"上了天",也可能"下了地"——评论本身并非不客观,不过比起他四五十年代的语调来,显然降了温①。随着对斯大林评价的变化,马雅可夫斯基的地位也人为地跟着发生了变化,不论是在苏联还是中国。

"文革"中,和对其他俄苏作家的命运相仿,我国对马雅可夫斯基的译介陷入停滞状态。

三、新时期以来的研究状况

"文革"结束后,中国对马雅可夫斯基及其作品的研究重新开始。1979 年,广东人民出版社出版了飞白译的讽刺诗集《开会迷》;1981 年,上海译文出版社出版了飞白编的两卷本《马雅可夫斯基诗选》。国内学界的研究方向发生了明显变化,80 年代以后,对诗人已不再是一味高唱赞歌,而是客观评价并注重作品的文学性研究。当然,马雅可夫斯基与革命仍是重要话题。1982 年出版的《中国大百科全书》中,"马雅可夫斯基"条目写道:"马雅可夫斯基的思想和创作道路比较复杂。早期小资产阶级的无政府主义倾向比较严重,后来才认识到无产阶级有组织的自觉斗争的必要;艺术观点上从虚无主义转变为批判继承,并力求创新;风格上从矫揉造作到朴素自然,从粗俗化的单调到多样化;语言上从晦涩难解到简练有力,经历了一条不断探索、不断发展的道路,为发展无产阶级革命诗歌作出了重要贡献。"②

"文革"后对诗人的第一次研究高潮出现在 1980 年,即诗人逝世 50 周年之际。这一年 4 月,中国第一次全国性的马雅可夫斯基学术研讨会在武汉大学召开。会议吸引了不少作家和学者参加。会后,成立了马雅可夫斯基研究机构和编辑出版了《马雅可夫斯基研究》一书(作为武汉大学哲学社会科学论丛第二辑出版)。该书分为诗人与中国及中国新诗的关系、对诗人的全面研究、诗人与未来主义、诗人自身的悲剧、诗人的美学观点和创作风格、诗人与其他作家的关系、诗人作品的分析等几部分。同年发表的陈守成的《我国马雅可夫斯基研究中的几个问题》③一文宏观地归纳了当时我国研究中关于马雅可夫斯基和未来

① 邱宗功:《郭沫若前后译介马雅可夫斯基史实述评》,《郭沫若学刊》,1998 年第 1 期。
②《中国大百科全书》(外国文学 I),中国大百科全书出版社 1982 年版,第 669—670 页。
③ 该文发表于 1980 年第 1 期的《俄苏文学》。

中国俄苏文学研究史论
История исследования русской и
советской литературы в Китае

主义、马雅可夫斯基自身的悲剧、马雅可夫斯基和中国新诗的关系这 3 个主要
问题与分歧,并就分歧产生的原因进行了初步分析,文章尽量从文学的眼光分
析问题,这为后来的研究工作开创了新的思路。这次会议和陈守成的文章所涉
及的问题,其实也是新时期中国马雅可夫斯基研究所反复探讨的问题。下面分
别就此作些介绍。

(一)对诗人的综合研究

新时期有不少文章对诗人作了多侧面的综合研究。诗人早期深受未来主
义影响,诗人与未来主义成了马雅可夫斯基研究首先面临的一个问题。汤毓强
的《论未来主义诗人马雅科夫斯基》,将诗人定位为反资本主义的俄国未来主义
者,并批评了把以诗人为代表的俄国未来派犯下的错误都留给未来主义、而把
他们的成绩划归诗人在世时连名称都还不存在的社会主义现实主义的现象。
翟厚隆的《马雅可夫斯基与未来主义》认为,马雅可夫斯基在革命前是一个"立
体派"未来主义者,在革命后是一个"共产主义的"未来主义者,当他的诗歌创作
进入成熟期以后,他仍然没有放弃未来主义的名称,只不过他已经不是原来意
义或一般概念上的未来主义者了。这一点在何茂正的《马雅可夫斯基和未来主
义》中表达得更明白直接:诗人是属于未来派的,更重要的是他改造了未来主
义,并在此基础上创立了崭新的诗派。吕进的《论马雅可夫斯基与未来主义》也
表达了类似的观点,认为诗人完成了从未来主义向社会主义现实主义的飞跃。
而傅克、陈守成的文章《马雅可夫斯基与未来主义》则认为诗人确实长期受未来
派影响,但他逐渐摆脱了这种影响,他的转变不是未来派的大发展,而是无产阶
级诗人的新阶段。

《镭的提炼及其他》是汪飞白的《马雅可夫斯基诗选》[①]的译者序。文章由
诗人的名句"做诗——和镭的提炼一样"切入,从诗人作品的锤炼音韵、创新形
象、楼梯诗的形式、与未来派的关系、诗人坎坷的一生等方面对诗人进行了全方
位的研究,最后还从翻译的角度,提出要尽量减少语言转换之间的意境、音韵的
损耗。文章对诗人的创新意识大加褒扬,对于他的悲剧也报以深切同情,但有
些评价显得不够客观。1980 年第 3 期的《外国文学研究》为马雅可夫斯基出了
纪念专辑。杨平的《旗帜、良药、炸弹》一文称马氏为"天才的、狂飙般的、多产
的"诗人,从整体上将其作品比作坚持党性的"旗帜",挽救道德沦丧的"良药"

----

① 上海译文出版社 1982 年,3 卷本版。

和打击帝国主义和各类敌人的"炸弹"。翟厚隆《独特的诗人》一文以长诗《好!》为例,分析指出诗人将未来主义的思想观点和艺术手法糅进了他的现实主义的宏伟巨著中,是标社会主义之新、立无产阶级之异的独特的诗人。

有人研究了马雅可夫斯基的美学观点。江文琦的《马雅可夫斯基的美学观点》一文对诗人马克思主义美学观的形成过程和具体内涵进行了探讨。文章对诗人的创作历程、创作主张和创作特点进行了分析,以此证明诗人的成就是其革命人生观不断深化和马克思主义美学观不断发展的结果。王智量的《马雅可夫斯基怎样对待古典遗产》也从一个侧面分析了诗人的美学观念。作者以诗人纪念普希金的作品《纪念日的诗》为纲,强调了诗人对古典文学的尊重和热爱,并肯定了诗人对古典遗产批判继承的正确态度。陈守成的《马雅可夫斯基创作中的人道主义》一文称诗人富有人道主义精神,他的人道主义思想的发展过程就是他与人民和党逐步结合的过程,也是他世界观改造的过程[1]。

有人对马雅可夫斯基和苏俄其他文学家作了比较研究。魏荒弩的《涅克拉索夫与马雅可夫斯基》[2]分析了两位诗人创作上的异同和传承关系。作者认为,马雅可夫斯基多方面地继承发展了涅克拉索夫的传统,并形成自己独树一帜的诗风。他的创作风格更接近涅克拉索夫,而非普希金。孙尚文的《马雅可夫斯基与普希金》一文则认为,有人认为马雅可夫斯基曾否定普希金,这是错误的。他们都是"战斗的诗人",都在诗歌发展和语言运用上大胆拓荒,所以他们虽然道路不一,但却一脉相承。娄力、陈守成谈到了高尔基与马雅可夫斯基的分歧,认为二者在特定的时代各有缺点错误,两位作家对一系列原则问题的严肃争论反映了各自政治观点、文艺思想等方面的不同。《马雅可夫斯基与果戈理》[3]是一篇编译的文章。此文认为,马雅可夫斯基对果戈理有着多方面的继承,不论是极度的夸张、强烈的对比、还是充分地面向未来。马雅可夫斯基与叶赛宁的关系因为同处一个时代,又有相似的结局,似乎更受比较者关注。杜家驹的《马雅可夫斯基与叶赛宁》列数了二者尖锐的对立与分歧,但还是找到了他们的共同点。文章指出,文艺创作方法的派别之争不应归结为政治,文艺的风格应该多样化,诗坛上既需要马雅可夫斯基,也需要叶赛宁。

----

[1]《外国文学研究》,1980 年第 3 期。
[2]《外国文学研究》,1979 年第 3 期。
[3] 1984 年第 3 期《俄苏文学》刊载了赵秋长根据《俄罗斯语言》1983 年第 4 期库兹明《马雅可夫斯基与果戈理》一文编译的同名文章。

中国俄苏文学研究史论
История исследования русской и
советской литературы в Китае

1994 年,马雅可夫斯基诞辰 100 周年之际,《国外文学》发表了岳凤麟的纪念文章《时代的歌手 诗坛的巨匠》。作者认为,马雅可夫斯基的历史地位已由他的生平业绩和艺术成就决定。文章主要围绕如何评价诗人的创作成就和历史地位这一中心问题展开,并将马雅可夫斯基思想与艺术特点归纳为:"爱国主义精神和共产主义理想","热情的歌颂与辛辣的讽刺","个人与集体、英雄与群众","革命的思想内容和独创的艺术形式"等方面。文章在分析了其不足与局限时指出,因为时代及诗人性格的影响,其作品往往在文艺和政治、宣传之间游走,而文学一旦成为政治或宣传的工具,那将失去其生命力。由于这个原因,诗人的创作从美学鉴赏的角度看,显出题材单一、表现过于直露的缺陷。

(二)对艺术风格的研究

汤毓强在为汪飞白 1979 年翻译出版的讽刺诗集《开会迷》所写的序中认为,从诗人的作品里,读者看到的不是冷冰冰的嘲笑,而是一颗热诚的心。但是光有这颗心是不够的,他的讽刺诗,既继承了果戈理、萨尔蒂柯夫·谢德林等人讽刺文学的传统,又有自己的大胆创新。诗人采用了种种匠心独运的艺术手段:奇特的夸张的形象、巧妙的比喻、人物的内心独白、鲜明的对比等。诗作用群众的口语写成,力避风雅,而不避俚俗;用押韵的音乐效果来突出诗句的主要含义。这些艺术追求与形成的风格成为他实现自己目标的保障。

陈守成的《马雅可夫斯基的梯式分行》[①]一文针对国内某些否定梯式诗体的观点,分析了诗人创作这一形式的原因:不仅在于视觉,更重于听觉,便于朗诵,在朗诵时也可以临时改变分行。同时,分行跟诗人高度精练的语言有关,加强了诗的表现力。作者最后指出,模仿或者反对,关键要看形式和内容是否能统一。

良化的《读马雅可夫斯基〈列宁〉诗的断想》[②]强调诗人在领袖形象塑造方面的成功,关键是摒弃了宗教式的"天才"论点。娄力比较了两篇同名作品——高尔基的特写和马雅可夫斯基的长诗:特写重的是"人",而长诗重的是"事";特写细腻地刻画了栩栩如生的人物,长诗渲染了整个时代的磅礴气势;特写通过列宁这一人物实现为政治服务的目的,长诗将艺术与政治斗争直接结合起来。两者不同的特色可以互补,成为纪念列宁的"最出类拔萃的"作品。

- -

① 《外国文学研究》,1980 年第 1 期。
② 《读书》,1979 年第 1 期。

　　章廷桦的《马雅可夫斯基的讽刺艺术》①一文认为,诗人的讽刺艺术的发展与他整个创作的发展同步,也可分为 3 个时期。十月革命前,讽刺沙皇制度等,讽刺作品比同期的其他作品少未来主义的痕迹;十月革命阶段,诗人走上街头,为革命服务,"罗斯塔讽刺之窗"可谓其讽刺作品的代表;1924—1930,鞭挞官僚主义的诗歌及戏剧,达到讽刺创作的新高度。文章分析了诗人讽刺作品的特色:诗人做到了同社会的完全融合,所以能敏锐地发现社会生活中的一切丑恶现象;诗人将歌颂和暴露辩证地统一起来,他的讽刺喜剧中就很好地结合了批判性的讽刺主题和歌颂性的英雄主题;诗人从新旧、美丑的强烈对比中实现了理想与现实的结合,在否定旧与丑的同时总是肯定新与美。在诠释诗人所说的"最大限度地传神"时,文章抓住形象这一核心概念,指出诗人创造出的是新颖、奇特、强烈的讽刺形象。作者把诗人的讽刺手法归纳为 3 类:夸张和怪诞、反常和归谬、类比和比喻。诗人的讽刺艺术是一个完整的体系,各种手法之间彼此联系,互为补充,而且手法尽管不同,但任务是一致的。文章还指出,马雅可夫斯基的讽刺艺术继承和发扬了俄国经典作家的批判传统,诗人的讽刺艺术是"世界文学宝库中一颗璀璨的明珠"。

　　王远泽、张铁夫的《论马雅可夫斯基的讽刺喜剧》②分析了诗人两部重要的讽刺喜剧《臭虫》和《澡堂》。文章通过与契诃夫、果戈理等人的比较,认为诗人在继承俄国文学讽刺传统的同时形成了自己独特的风格:浪漫情景和现实描写的交织,批判性的讽刺主题与歌颂性的英雄主题有机结合,富于神话色彩的幻想情节和漫画化的夸张描绘,加上政治评论性、宣传鼓动性和一些杂剧因素。同时诗人的作品也存在一些诸如早期的形式主义、硬邦邦的政论性等偏向。

　　章廷桦的《马雅可夫斯基创作中几个值得重视的艺术问题》③一文,从一些以前不为人注意的艺术问题入手,对马雅可夫斯基的作品进行了分析:(1)绘画艺术与诗人的诗歌创作的关系。文章认为,马雅可夫斯基受绘画界"诗画一律"理论的影响,善于通过文字把生动的形象和鲜明的色彩描绘出来,使读者获得立体的、有深度的空间感。(2)关于诗人爱情诗中的"语言错乱"。文章以《穿裤子的云》为例,认为诗歌中出现的近乎反常的语言错乱,真实地反映了抒情主人公内心的癫狂,"是诗人意识之流纵横涌现达到极致的表现",这种错乱"加强

①《苏联文学》,1983 年 3 月。
②《外国文学研究》1980 年第 3 期。
③《苏联文学》,1990 年第 3 期。

了审美主题的探究心理,推进其再造想象,使诗歌获得独特的美感效应"。(3)其对戏剧形式的改革——舞台开放。章廷桦此前曾发表《马雅可夫斯基的〈澡堂〉和戏剧舞台的开放》①一文作过专门的探讨。文章以《澡堂》的第三幕的开放式结构为例,从接受美学的角度,详细分析了作为剧作家的马雅可夫斯基如何试图突破斯坦尼斯拉夫斯基戏剧理论中的"第四堵墙",扩大舞台的思维空间,将舞台视作观众席的延伸,将演员和观众密切联系起来,使他们互相感染、互相交流。

冯玉芝的《马雅可夫斯基:讽刺喜剧与精神悲剧》②一文分析了诗人对现实的批判性讽刺的艺术特色,认为讽刺喜剧升华了马雅可夫斯基的艺术理想,但却使他那协调革命理想与现实的期望破灭,直接造成了他的命运悲剧。

(三)对诗人自身的悲剧的研究

不少文章围绕着对诗人自杀事件原因的探究展开。在前文所提《马雅可夫斯基研究》一书中的多篇文章探讨了这一问题。章廷桦认为,其自杀与爱情上的挫折有联系,但主要原因应该是与 20 年代苏联文坛的斗争有关。车成安、李青则认为,各种主客观原因综合起来造成诗人的悲剧,没有必要分主次。余振详细解读了诗人的绝命书《给大家》,将信中通常被翻译为"爱情的小舟"的概念的外延进行扩大,将其理解为整个社会的爱与感情,正是由于这种感情的缺乏造成了诗人的悲剧,文章最后得出这样的结论:马雅可夫斯基不是自杀的,是市侩主义借诗人的手把最优秀、最有才华的诗人杀死了!

到了 90 年代,国内有人继续探讨诗人自杀之谜。蓝英年的《被现实撞碎的生命之舟》③一文首先驳斥了俄国当时流传的诗人是被谋杀的消息,接着以大量史料为依据,分析了 1929 年秋天到 1930 年中诗人受到的一连串打击,包括 20 年创作展的失败、话剧演出的不成功、与"拉普"人员的矛盾以及两次爱情的失意等。文章认为,这些打击合在一起杀害了"骄傲、敏感、自尊心强的诗人"。

作为更深层的分析,诗人的悲剧不应只停留在自杀事件的分析。1990 年 5 月,《苏联文学》为纪念诗人逝世 60 周年,刊出一组专题文章。火明的《关于马雅可夫斯基的一场争论》和周成堰翻译的帕斯捷尔纳克的《马雅可夫斯基在我的一生中》也都涉及到诗人的悲剧命运。火明的文章介绍了 1988 年前后,发生

---

① 《外国文学研究》,1986 年第 4 期。
② 《福建外语》,2001 年第 4 期。
③ 《读书》,1996 年第 3 期。

在苏联《莫斯科画报》、《星火》杂志、《文学报》之间的关于重新评价马雅可夫斯基的文学地位的争议,这一争议最初来自于政治而非文学,争议得以成立的原因不得不说也是诗人整个人生悲剧的一部分。帕斯捷尔纳克的文章是他在1933 年莫斯科大学纪念诗人逝世 3 周年晚会上即席讲话的笔录。他认为,马雅可夫斯基作为一个诗人其本质就是革命的,然而这并不表现为政治纲领,而是表现在文学才能上,所以这种才能实质上就是悲剧性的。这从后来他本人所受到的相似的悲剧性命运中同样得到了验证。忆陵的文章《是耶非耶谈马雅可夫斯基》①回顾了俄苏文学界对诗人及其作品起伏不定的评价历程,面对越来越多偏激而有失公允的评价,文章作者引用了帕斯捷尔纳克自传体随笔《人与事》中的话,说马雅可夫斯基"开始被强行推广,就如同叶卡捷琳娜时代推广马铃薯一样。这是他的第二次死亡,但他与此毫无关联"。如此看来,诗人实际上也是一个受害者,他的悲剧命运一直延续至今。他生前的悲剧也许更多是由他的性格决定的;而在生后,在他自己不能左右的时候,他的作品甚至他本人还被继续推到风口浪尖,被当作一个工具使用,并被打上了深深的政治烙印——这也和他的作品特质紧密结合,这时候他就成了时代的牺牲品。

(四)诗人与中国关系的研究

马雅可夫斯基关注中国,用自己的诗歌支持中国的革命,同时他的作品也对中国的新诗发展起了推波助澜的作用。

关于诗人与我国的交往关系。戈宝权的《马雅可夫斯基与中国》一文介绍了诗人关于中国题材的作品,如《最好的诗》、《致中国的照会》等,对中国革命的支持与劳动人民的同情,并详细回顾了中国最初对诗人的译介情况。

关于马雅可夫斯基对我国新诗的影响。徐绍建的《马雅可夫斯基与郭小川》一文,从诗作的时代精神、艺术形式、现实效用等方面比较了两位诗人的作品,介绍了后者对前者的吸收以及超越。陈守成的《论马雅可夫斯基对贺敬之诗歌创作的影响》②一文,从诗歌中感情的深刻与崇高、想象的运用与特色、对前人的学习与创新等方面入手,通过具体作品,既分析了两位诗人创作上的相似之处,也指出了两人的差异,得出虽然贺敬之在某些方面不如马雅可夫斯基,但他不是简单模仿后者,而是发扬了后者的传统,成为出色的革新家。但郑传寅

① 《外国文学》,1994 年第 4 期。
② 《武汉大学学报》(哲学社会科学版),1980 年第 1 期。

中国俄苏文学研究史论
История исследования русской и
советской литературы в Китае

的《也谈马雅可夫斯基与贺敬之》①一文对此提出商榷,认为陈的文章并没有分析清楚"最深刻的影响"从何而来、到底起了什么作用。郑文认为,陈文提到的两人诗歌中的很多相似性特征并不是马氏独创,在我国古典文学中就有丰富的表现,而且仅从一两篇作品的比附,仅用诗所具备的一般特征及某种形式上的联系,都不足以证明贺敬之是模仿马氏,说深受其影响是难以令人信服的。文章还对陈文将马氏作为标尺,并用他的所长衡量贺敬之的所短提出了质疑。

常文昌的《马雅可夫斯基对中国新诗的影响》②一文,较为全面的勾勒出诗人对我国新诗的正负两方面的影响。文章将诗人称为我国诗坛的"发酵剂",田间、贺敬之、郭小川等一大批诗人都受到过其影响。马雅可夫斯基诗歌中的公民意识,对诗歌语言、形式方面突破性的创造力都从正面推进了我国新诗的发展;而他过分强调诗歌的功利性,即宣传鼓动作用,则因为特殊的时代背景,其片面性对我国新诗产生了负面的影响。犹家仲的《从马雅可夫斯基到贺敬之》③一文对我国五六十年代以贺敬之为代表的当代楼梯诗进行了一次全面考察,"到 60 年代,诗不仅早已告别了古老的传统,而且已经从现代及当代意蕴中脱离出来,诗的指涉变成了政治抒情诗。……60 年代是政治抒情诗的年代,是郭小川和贺敬之的时代"。作者最后的结论是:我国五六十年代的诗歌,只是模仿了马雅可夫斯基诗歌的表现形式,却无法从气质上接受马雅可夫斯基诗歌那种对生活的热情和对现实的批判,这种接受关系中,除了显示出一般文学的接受关系特征外,还显示出特殊的政治特征。

目前,马雅可夫斯基已不为主流评论所关注,国内关于马雅可夫斯基及其作品的研究也随之步入低谷。但是,可以相信,这位曾经对中国文坛产生过重要影响的风格特异的诗人所具有的研究价值,将使他继续频频出现在中国俄苏文学研究者的视野中。

[相关研究成果要目]

1. 化鲁:《俄国的自由诗》,《东方杂志》,第 18 卷第 11 期,1921 年 6 月。

2. 沈雁冰:《未来派文学之趋势》,《小说月报》,第 13 卷第 10 期,1922 年 10 月。

----

① 《武汉大学学报》(哲学社会科学版),1980 年第 6 期。
② 《兰州大学学报》(社科版),1996 年第 4 期。
③ 《四川外语学院学报》,2002 年 11 月。

3. [苏]布柳索夫著、耿济之译:《俄国诗坛的昨日今日和明日》,《小说月报》,第 14 卷第 7 期(1923)。

4. 沈雁冰:《海外文坛消息》,《小说月报》,第 15 卷第 4 期(1924)。

5. 瞿秋白:《劳农俄国的新作家》,郑振铎编著《俄国文学史略》,商务印书馆 1924 年版。

6. 蒋光慈:《未来主义与马雅可夫斯基》,《俄罗斯文学》,创造社出版部 1927 年版。

7. L(李一氓)译,郭沫若校阅:《新俄诗选》,上海光华书局 1929 年版。

8. "玛耶阔夫司基纪念特载",载陆立之的《玛耶阔夫司基底诗》、杨昌溪的《玛耶阔夫司基论》、谷非(胡风)的《玛耶阔夫司基死了以后》等文,《现代文学》,第 1 卷第 4 期(1930 年 10 月),上海北新书局。

9. 万湜思译:《呐喊》(《放开喉咙歌唱》),上海 Motor(马达)出版社 1937 年版。

10. 李育中:《玛耶阔夫斯基 8 年忌》,《文艺阵地》创刊号,1938 年 4 月。

11. 戈茅:《纪念玛雅可夫斯基》,《新华日报》1940 年 4 月 14 日。

12. 夏衍:《向马雅柯夫斯基学习》,《解放日报》1953 年 7 月 21 日。

13. 袁水拍:《中国诗人,学习马雅可夫斯基》,《人民日报》1953 年 7 月 21 日。

14. 余振:《从马雅可夫斯基的诗篇吸取建设社会主义的力量》《人民日报》,1955 年 4 月 14 日。

15. 田间:《海燕颂——永远向马雅柯夫斯基学习吧》,《文艺报》,第 21 期(1956 年 11 月)。

16. 臧克家:《为无产阶级革命事业而战斗的伟大歌手》,《诗刊》,1963 年第 7 期。

17. 徐迟:《三八线上的马雅可夫斯基纪念会》,《诗刊》,1963 年第 7 期。

18. 良化:《读马雅可夫斯基〈列宁〉诗的断想》,《读书》,1979 年第 1 期。

19. 魏荒弩:《涅克拉索夫与马雅可夫斯基》,《外国文学研究》,1979 年第 3 期。

20. 陈守成:《我国马雅可夫斯基研究中的几个问题》,《俄苏文学》,1980 年第 1 期。

21. 陈守成:《马雅可夫斯基的梯式分行》,《外国文学研究》,1980 年第 1 期。

22. 戈宝权:《马雅可夫斯基和中国》,《武汉大学学报》,1980 年第 3 期。

23. 王远泽,张铁夫:《论马雅可夫斯基的讽刺喜剧》,《外国文学研究》,1980 年第 3 期。

24. 翟厚隆:《独特的诗人》,《外国文学研究》,1980 年第 3 期。

25. 陈守成:《马雅可夫斯基创作中的人道主义》,《外国文学研究》,1980 年第 3 期。

26. 戈宝权主编:《马雅可夫斯基研究》,《武汉大学哲学社会科学论丛》第 2 辑,1980 年。

27. 陈守成、张铁夫:《马雅可夫斯基》,辽宁人民出版社 1983 年版。

28. 章廷桦:《马雅可夫斯基的讽刺艺术》,《苏联文学》,1983 年 3 月。

29. 赵秋长编译:《马雅可夫斯基与果戈理》,《俄苏文学》,1984(3)。

30. 陈先元:《马雅可夫斯基的爱情长诗〈关于这个〉》,《外国文学研究》,1984 年第 4 期。

31. 浦立民、张文峥:《评爱德华·布朗论马雅可夫斯基》,《俄苏文学》,1984 年第 3 期。

32. 陈守成:《马雅可夫斯基的比喻》,《外国文学欣赏》,1984 年第 4 期。

33. 章廷桦:《马雅可夫斯基创作中几个值得重视的艺术问题》,《苏联文学》,1990 年第 3 期。

34. 火 明:《关于马雅可夫斯基的一场论争》,《苏联文学》,1990 年第 3 期。

35. 帕斯捷尔纳克著、周成堰译:《马雅可夫斯基在我的一生中》,《苏联文艺》,1990 年第 3 期。

36. 陈世雄:《马雅可夫斯基与现代戏剧》,《文艺研究》,1992 年第 4 期。

37. 高 莽:《历史将为他定位:马雅可夫斯基探》,《文艺报》,1993 年第 10 期。

38. 刘文飞:《马雅可夫斯基又与我们相遇》,《文艺报》,1993 年第 10 期。

39. 岳凤麟:《时代的歌手 诗坛的巨匠》,《国外文学》,1994 年第 2 期。

40. 忆 陵:《是耶非耶谈马雅可夫斯基》,《外国文学》,1994 年第 4 期。

41. 蓝英年:《马雅可夫斯基何以被偶像化》,《俄罗斯文艺》,1996 年第 3 期。

42. 蓝英年:《被现实撞碎的生命之舟》,《读书》,1996 年第 10 期。

43. 常文昌:《马雅可夫斯基对中国新诗的影响》,《兰州大学学报》(社科版),1996 年第 4 期。

44. 邱宗功:《郭沫若前后译介马雅可夫斯基史实述评》,《郭沫若学刊》,1998 年第 4 期。

45. 冯玉芝:《马雅可夫斯基:讽刺喜剧与悲剧精神》,《福建外语》,2001 年第 4 期。

46. 犹家仲:《从马雅可夫斯基到贺敬之》,《四川外语学院学报》,2002 年第 6 期。

第三十五章
中国的叶赛宁研究

叶赛宁（Сергей Александрович Есенин，1895—1925），另有中译名耶森宁、叶贤林、叶遂宁、叶塞宁等。叶赛宁是俄罗斯杰出的诗人，在 20 世纪 20 年代与马雅可夫斯基齐名。由于他的复杂和丰富，对他曾经有过不同的评价。但时间是公正的，最终检验了他的诗歌魅力。本章将对中国学界对叶赛宁的研究状况作一梳理。

一、20 世纪上半期的叶赛宁研究

中国从 20 世纪 20 年代开始介绍叶赛宁，尽管对他的研究远逊于马雅可夫斯基。寻找在中国评介叶赛宁的踪迹，可以看到 1922 年《东方杂志》上，愈之著文提到过"想像派诗人耶森宁《Pugalshov》"，认为想象派诗人耶森宁（即叶赛宁）的《普加乔夫》是属于"非个人主义的作品"，是"表现群合的精神和民众的行动的作品"。这是叶赛宁的名字在中国的最早出现。1927—1930 年间，鲁迅在自己的讲话和杂文中曾 5 次提到过叶赛宁，仅 1927 年他几乎连续 3 次谈到"叶遂宁"的自杀，可见这一事件对鲁迅印象之深。可以说，鲁迅是对叶赛宁自杀作出最多且最早反应的一位中国作家。

鲁迅的这 5 处文字涉及到诗人自身、革命本身、二者之间的关系，以及诗人与政治、与现实的种种关联。现将其 5 次论述在此略作归纳和分析：

第一，诗人不等于革命人。鲁迅对诗人（文人、或文学家）有着充分的认识。他结合 1927 年中国的情况，有感于自称革命文学家的人太多，"革命文学家风起云涌的所在，其实是并没有革命的"。而从叶赛宁和梭波里的自杀中有所联想，倘是革命人才能写革命文学，"但'革命人'就希有"。"叶遂宁和梭波里终于不是革命文学家。为什么呢,因为俄国是实在在革命。"①文学家有自身的弱点,所以承受不起真正的革命。

第二,革命是严酷的。鲁迅对此比一般文人认识得更清楚。革命并不如文学家想象的那么美好,而是极为严峻残酷的。在没有接触革命实际时,文人可以言说为革命出力,但一碰到严酷的革命现实,则发现革命之艰难。"现实的革命倘不粉碎了这类诗人的幻想或理想,则这革命也还是布告上的空谈。"②"在革命时代有大叫'活不下去了'的勇气,才可以做革命文学。"③也就是说,若活得挺滋润,那只是空喊革命,是做不出革命文学的。

第三,诗人的理想与现实存在矛盾。鲁迅提到,"苏俄革命以前,有两个文学家,叶遂宁和梭波里,他们都讴歌过革命,直到后来,他们还是碰死在自己所讴歌希望的现实碑上,那时,苏维埃是成立了!"④,他认为"对于革命抱着浪漫谛克的幻想的人,一和革命接近,一到革命进行,便容易失望"⑤,"凡有革命以前的幻想或理想的革命诗人,很可有碰死在自己所讴歌希望的现实上的运命;……但叶遂宁和梭波里是未可厚非的,他们先后给自己唱了挽歌,他们有真实。他们以自己的沉没,证明革命的前行。他们到底不是旁观者"⑥。讴歌革命的诗人有其自身的幻想和理想,却不切实际,在没有接触实际革命时,诗人可以为革命出力,但一碰到实在的革命,就可能无法接受,因为现实并不如他所幻想的那么美妙。但鲁迅还是肯定叶赛宁他们有真实,既然无法跟上革命,只有以自戕反证革命的前行和发展,由此断言他们不是旁观者,否则无须乎自杀。"空想被击碎了,人也就活不下去"⑦。文学家的运命就是理想与现实矛盾。

第四,文学与革命的关系。鲁迅对这方面的思考至少有3层含义:(1)"我以为革命不能和文学连在一块儿,虽然文学中也有文学革命。但做文学的人总

①《革命文学》(1927年10月21日),《而已集》,《鲁迅全集》第3卷,鲁迅全集出版社1938年版,第526页。

②《在钟楼上——夜记之二》(1927年12月17日),《三闲集》,《鲁迅全集》第4卷,鲁迅全集出版社1938年版,第49页。

③《革命文学》,《而已集》,《鲁迅全集》第3卷,鲁迅全集出版社1938年版,第526页。

④《文艺与政治的歧途》(1927年12月27日),《集外集》,《鲁迅全集》第7卷,第478页。

⑤《对于左翼作家联盟的意见》(1930年3月2日),《二心集》,《鲁迅全集》第4卷,第237页。

⑥《在钟楼上——夜记之二》(1927年12月17日),《三闲集》,《鲁迅全集》第4卷,第49页,鲁迅全集出版社1938年版。

⑦《现今的新文学的概观》(1929年5月22日),《三闲集》,《鲁迅全集》第4卷,鲁迅全集出版社1938年版,第145页。

得闲定一点,正在革命中,那有功夫做文学"。(2)他还是看到两者之间有共同点——即文学与革命在本质上有相通之处,"所谓革命,那不安于现在,不满意于现状的都是。文艺催促旧的渐渐消灭的也是革命(旧的消灭,新的才能产生)",所以文学家会欢迎革命。(3)革命胜利后,文艺家的敏感使他仍然要求不安于现状,不断创新变革,这就可能引来杀身之祸。在鲁迅看来,"革命成功以后,闲空了一点;有人恭维革命,有人颂扬革命,这已不是革命文学。恭维革命颂扬革命,就是颂扬有权力者,和革命有什么关系"?且文艺与政治时时在冲突中,因为政治是要维持现状的,对文艺家不安于现状的处置最好的方法就是"割掉他的头,前面我讲过,那是顶好的法子咾,——从19世纪到现在,世界文艺的趋势,大都如此"①。

鲁迅在远离俄罗斯的中国,凭着他对做文学的人的真切了解、对世事的清明洞察,并从世界文学的范围着眼,他的话语还是颇具警示作用的。诗人自身的敏感与弱点、理想与现实的矛盾,文艺与政治的冲突,原有文化与新来文化的对立,几乎每一代人里都会产生"生存还是毁灭"的思考与选择。叶赛宁的死因自有其复杂性,情感的原因、疾病的原因,而鲁迅所分析的原因也是其中之一。从有些国度里的文学家遭遇的种种幸与不幸,都可见出鲁迅对人性的探究、对社会的评判、对历史的总结和对未来的预见。

1928年2月《创造月刊》上发表蒋光慈《十月革命与俄罗斯文学》的第5部分"叶贤林"②,比较系统地介绍了他,被看做是"我国评论叶赛宁的第一篇文章"③。蒋光慈对叶赛宁两年多前的弃世表示悲悼,提供了这样的信息:"他死了之后,无怪乎全欧的文坛抱着深切的惋惜,也无怪乎俄国革命的领袖,如脱洛斯基,也为文追悼他。"文章列出一般人猜度叶赛宁自杀的原因,系出于与美国女演员邓肯的恋爱悲剧、又为肺部疾病所苦痛,及对革命的态度等感情、肉体、精神诸多因素。蒋文对叶赛宁评价甚高,认为叶氏是"天才的诗人",他"诗中所含蓄的浓厚的、令人十分感动的情绪,及他所用的语句的自然与美丽……这一切一切,真要令我们感觉普希金以后,他算是第一人了";叶氏又是"时代的产儿",

---

① 《文艺与政治的歧途》,《集外集》,《鲁迅全集》第7卷,鲁迅全集出版社1938年版,第476—477页。

② 《创造月刊》第1卷第8期,1928年2月。

③ 阮积灿编:《叶赛宁研究资料索引》,《叶赛宁研究论文集》,北京大学出版社1987年版,第307页。

表达时代的情绪更为深切而真挚,是对"旧的留恋和新的企望"的两重性最明显的表现者。当然,他还指出叶氏是农民诗人,他的作品充满俄国乡村的情绪,是乡村俄罗斯的歌者,同时认为他"不仅仅是一个柔顺的,美婉的夜莺,而且是一个激烈的暴徒"。文中更为准确地点出,叶氏回国后,对城市文化的接受是理智的接受,而不是情绪的接受。

同年,《文学周报》第 5 卷上有孙衣我的文章《介绍苏俄诗人叶赛宁》,并有这位诗人的半身照片。文中赞誉叶赛宁是文坛上有名的最同情于农民的青年诗人,指出他的诗给我们许多趣味和贵重的东西,充满着灵感、田园风景、农间的劳作;诗里处处用救世主、预言,或圣父和祖父的信仰作主体。这些简要的提示让我们了解叶赛宁诗作涵盖的不同方面。文中还摘译了《叶赛宁小传》。《语丝》杂志则发表了日本人茂森唯林《叶赛宁倾向清算》的译文。1929 年出版的《新俄诗选》(郭沫若译)中收入李一氓译的叶赛宁诗《变形·第三部》,在"作者传略"中有对叶赛宁的简介。

1930 年,戴望舒著文《马雅可夫斯基之死》[1],在详细分析马雅可夫斯基自杀原因之前,提到叶赛宁的死,认为"叶赛宁是'最后的田园诗人',他知道自己的诗歌是没有什么可以送给新时代的,于是他便和他所憧憬着的古旧的、青色的、忧郁的俄罗斯和一切旧的事物,因着'铁的生客的出现',同时灭亡了。这自杀我可以拿旧传统和新生活的冲突之下的逃世来解释。"

20 世纪 30 年代对叶赛宁的介绍以翻译为主,一些有影响的作家翻译有关叶赛宁的国外评论和资料[2],如冯雪峰以画室为笔名,翻译了日本升曙梦《无产阶级诗人和农民诗人》、藏原惟人《诗人叶赛宁的死》等文,戴望舒译法国本则明·高列里的《叶赛宁与俄国意象诗派》(戴望舒也翻译过叶赛宁的诗作)、胡风译高尔基著《回忆叶赛宁》、施蛰存译 C. A. 曼宁文章《叶赛宁的悲剧》等。在这些译文中,有从苏联转来的观点;也有体现西方人的观点,如曼宁一文指出,叶赛宁身上有着文化冲突,病态的都市和康健的乡村、旧时代与新时代、宗教与反宗教等;他童年的生活,粗野,没教养,对城市文化的繁复丰富不能习惯,宗教信仰崩溃;他之所以不写农民的辛苦,是因为他们习惯于艰辛,并从中找到乐趣;他对自我沦丧的清醒意识,对普加乔夫内心的揭示,表达了他所看到的和所

---

① 《小说月报》,1930 年 12 期。
② 详见阮积灿编:《叶赛宁研究资料索引》,《叶赛宁研究论文集》,北京大学出版社 1987 年版,第306 页。

了解的生活。

过了将近 10 年,1945 年,重庆《诗文学》丛刊第 2 辑上有黎央撰万余字的长文《论叶赛宁及其诗》,分 7 个部分加以探讨,比蒋光慈的文章更全面地论述评价了叶赛宁,有些观点似乎可以看到诗人故国批评的回音,但评论者还是从真切理解诗人的角度去阐释之。全文结合诗人的生平和抒情诗,认为:(1)叶赛宁是伟大诗人之一,但不是战士的诗人;(2)他是最后的田园诗人,真切地吟哦着俄罗斯的烦恼;(3)诗中洋溢着热爱乡土、热爱自然的感情,其实也就是热爱祖国的感情;(4)指出他没有暴露农民的痛苦、没有向专制的统治者叫出反抗的呼声,但他是一个作为诗人的诗人,一个强烈的人格的表现;(5)他始终处在理想与现实的极端矛盾之中,曾想用醉酒和音乐麻醉自己,忧郁、绝望与幻灭是他必然要遭遇的命运,"对于既失去了生活的信念,同时又不能无目的地生活下去的人,只有死是最干净的解脱,最彻底的逃避";(6)而他的诗歌表现手法是自然朴素优美、清新淡泊悠远,以美和崇高感动了读者;(7)最后介绍按一般人所说,在时代意义上,他作了无谓的牺牲,但在结语中精彩地评价道:"我们只要相信产生艺术的是爱,而值得可贵的是真实,那末,叶赛宁实在已经在他痛苦与孤独中完成了自己的任务,因为叶赛宁的一生就是一首充满了爱与真实的诗。"这里提到的"爱与真实",在过了半个多世纪的今天仍然是我们解读叶赛宁诗歌的核心钥匙。该辑中还有黎央译《叶赛宁诗抄》6 首。在 1947 年《苏联文艺》上,有葆荃译《叶赛宁自传》、戈宝权译《叶赛宁抒情诗十章》及李海译苏联尤里·尤什金编辑的《勃洛克和叶赛宁》一文。

综上所述,从 20 世纪 20—40 年代,中国关于叶赛宁研究的文章不多,以生平介绍、译作为主。中国人撰写有分量的专文仅两三篇,但却很有特色,注重叶赛宁诗歌艺术和诗人气质,同时也看到其中蕴涵的新旧、城乡、信仰等文化冲突,对诗人的理解体悟比较到位,没有苏联式批评的教条气。

二、20 世纪 50—80 年代的叶赛宁研究

20 世纪 50 年代在我国几乎没有看到对叶赛宁的重要评介,只有在 1957 年的《译文》杂志上发表了孙玮的一些译诗。直到文学复苏的 80 年代,我国开始进入全面评介叶赛宁的时期。

最早出现的论文是《春风》译丛 1980 年第 1 期于韦的《试论叶赛宁及其抒情诗》。文章比较详细地介绍了叶赛宁的生平,分析了他的抒情诗特点在于感情真挚、含蓄、深沉,联想大胆,比喻形象,运用色彩的象征来表达自己的情感。该篇论文比较可贵的是,在中国刚刚结束一场僵化浩劫、乍暖还寒的气候里,却对《酒馆莫斯科》这类一向被视为颓废的诗作也还能作出客观的评价,认为"他抒写的也依然是自己的真实的内心感受","他任何时候,或'醒'或'醉',总是袒露自己的胸怀"。这篇文章是叶赛宁在中国长久缺席后的第一次比较正式的露面。当然,个别之处的评价还可更全面些,如认为长诗《安娜·斯涅金娜》(1925)里,诗人展示了农村革命斗争的广阔画面,塑造了为新生活而斗争的战士们的英雄形象。其实,长诗未必是这样单方面的刻画,而是包容了那个时代农村的方方面面,诗人还展现了女主人公形象和她富有家庭的遭遇,否则就不会用她的名字作诗题,而诗人的妹妹在回忆中提到安娜·斯涅金娜的原型也说明了这点[1];几年后出现的有关论文中更准确地把握了长诗的精髓:"它讲到农村的革命斗争,也抒写了诗人的恋情,后者构成了长诗的灵魂"[2]。

刘湛秋是中国80年代最早出版的《叶赛宁抒情诗选》(上海译文出版社,1982)的译者,作为诗人译诗,他主要选择翻译了叶赛宁的抒情诗,译作具有诗意和诗情。在这本诗选问世之前,他发表了《从大自然中流出的爱的旋律》[3]一文,从中可见他比较好地理解叶赛宁诗歌艺术,指出叶氏的诗美表现来自浓郁饱满的生活气息、创造美的意境、美丽清新的语言和诗句高度的音乐感等。值得注意的是,他引用叶赛宁《在农舍》一诗的开头为例:"松软的烤饼散发着香味,/成桶的克瓦斯摆在门坎边,/在那锈蚀了的小铁炉上,/一只只蟑螂正往细缝里钻。"以此说明:"寥寥四句,典型的俄罗斯农家历历在目。蟑螂往缝里钻这一特定的描写不仅没破坏农村的田园风光,反而给人带来美感。这就是艺术真实所产生的魅力。"在这里,其实提出一个美学问题,即生活中不美的现象,经过艺术中介的展示,转化为艺术的真实,而具有了审美价值。若以此观点来看待叶赛宁受批判的中晚期一些诗作,是否会有另一番评价? 文章最后对叶赛宁在艺术上的探索,包括参加意象派及意象主义对他诗歌的影响,给予了简要的分析肯定,而不是僵化机械地一棍子打死。

以后叶赛宁诗作的翻译选本有蓝曼、傅克、陈守成译《叶赛宁诗选》(漓江出版社,1983),收入抒情诗70首,1910—1919年35首,1923年2首,1924—1925

---

① 叶赛宁娜:《回忆叶赛宁》,《文化译丛》,1984年第4期。
② 杜嘉蓁:《试论叶赛宁的代表作〈安娜·斯涅金娜〉》,《上海师大学报》,1986年第1期。
③《外国文学研究》,1981年第1期。

中国俄苏文学研究史论
История исследования русской и
советской литературы в Китае

年 33 首;另有叙事诗 2 首《伟大的进军之歌》和《三十六个》。到 90 年代,还有
顾蕴璞译本《叶赛宁诗选》(浙江文艺出版社,1990)①,这一选本最为齐全,有抒
情诗 123 首,其中组诗《波斯抒情》全部收入,其他选本很少选入的组诗《莫斯科
酒馆之音》与《无赖汉之恋》也分别选了若干首。另有小叙事诗 16 首,如《约旦
河的鸽子》、《天上的鼓手》、《四旬祭》、《苏维埃罗斯》等;长诗 3 首有《列宁》
(《风滚草》片断)、《安娜·斯涅金娜》、《黑影人》;诗剧 1 部《普加乔夫》,可以
说比较全面地展示了叶赛宁诗歌的风貌。译作尽可能贴近俄语原文,以格律诗
译格律诗为主,以传达意境、不损害诗美为度,入选诗篇比较有代表性,但汉语
诗味略嫌不足。另有丁鲁译《叶赛宁诗选》(湖南文艺出版社,1991),译者"希
望介绍给读者一个更美的叶赛宁",所以比较多地选择了"一些较早或较晚的作
品,对他消沉期的作品则作了控制"②,早期诗作有 67 首之多、中期 33 首、晚期
53 首(含《波斯组曲》13 首),正因为如此,我们得以看到叶赛宁早期不少优美的
诗作,当然,这一选本也就不如顾译本那样能展示叶赛宁的全貌,而译者"想以
此作为白话格律诗的一种尝试",还是达到了效果,在兼顾俄语格律的同时,更
具有汉语表达的诗意。4 种译本各有特点和侧重,中国读者若想对叶赛宁有比
较全面的了解,不妨参照着阅读。

作为译文资料汇集的《叶赛宁评介及诗选》(北京大学俄语系俄苏文学研究
室编译,顾蕴璞编选,北京大学出版社,1983)除了译介诗人叶赛宁的文章外,主
要介绍前苏联对叶赛宁评价的变化和发展,以及西方评论界的观点。从中可见
叶赛宁诗歌命运在他祖国的起伏,也可以看到对叶赛宁诗歌的不同评价。

自 20 世纪 80 年代初叶赛宁在中国重新出现,到 80 年代中期召开叶赛宁学
术讨论会,再到 80 年代后期《叶赛宁研究论文集》③出版,加上未收入论文集、发
表在各类期刊上的中国人所撰文章,总共有 50 篇左右,比较广泛地反映了我国
80 年代研究叶赛宁的情况。似可将这些文章细分成几类。

一类是史料介绍与综合评价的文章,有诗人、翻译家艾青④、楼肇明⑤、孙玮⑥

---

① 本文所引用的诗作基本以该译本为主,下文凡引用该译本的不再另加注。
② 丁鲁:《叶赛宁抒情诗选·译后记》,湖南文艺出版社 1991 年版,第 301 页。
③ 岳凤麟、顾蕴璞编选《叶赛宁研究论文集》收有 19 篇文章和叶赛宁研究资料索引。北京大学出版
社 1987 年版。
④ 艾青:《关于叶赛宁》,《海韵》,1982 年第 1 期。
⑤ 楼肇明:《读〈叶赛宁抒情诗选〉断想》,《读书》,1982 年第 11 期。
⑥ 孙玮:《关于叶赛宁的断想》,《叶赛宁研究论文集》,北京大学出版社 1987 年版,第 8 页。

等以断想的形式谈及这位俄罗斯诗人;而比较全面介绍叶赛宁的有《谈谈叶赛宁和他的抒情诗》①、《叶赛宁生平与创作》②等;还有从某个角度来展示叶赛宁,如《高尔基与叶赛宁》和《叶赛宁之死》③等,对叶赛宁感到陌生的中国读者可以从中了解叶赛宁生活和创作的不少重要史实。一般将他的创作分为 3 期:早期为 1910—1916 年;中期为 1917—1923 年,其中参加意象派期限是 1919—1923 年,此间创作的作品大多受到批判;晚期为 1924—1925 年,被认为是他创作的高潮,数量繁多,比较肯定他歌抒革命和苏维埃的叙事长诗,而对他表达最后心迹的一些抒情诗则有批评。叶赛宁短短的一生,创作颇丰,早期、中期和晚期的创作各有特点,在肯定他诗美的同时,评价他诗歌的尺度有时以宗教、道德或政治标准来衡量而有所区分。

一类是专题论文,在 1985 年召开叶赛宁学术研讨会前后论文较为集中地出现,研讨会之后《叶赛宁研究论文集》的出版更是展现了我国 80 年代研究叶赛宁的主要成果,除了收有上述艾青、孙玮、刘湛秋、顾蕴璞、王守仁等文章外,还有论文 15 篇(含下文的赏析文章),与散见于各类刊物上的专题论文汇总起来,涉及论题广泛,有叶赛宁总论,探讨叶赛宁与革命、城市、时代的关系,揭示其中蕴涵他的思想矛盾;有分析他的诗歌艺术;有将他与马雅可夫斯基或与中国王维加以比较等。这些论文从抒情方式、诗歌语言、色彩运用、心理特征等多方面展示叶赛宁诗歌创作的成就,还有介绍苏联评价叶赛宁的变化及提供叶赛宁研究资料索引等。其中比较有特色的论文如岳凤麟《时代的风云和叶赛宁的诗神》、顾蕴璞《思想矛盾和艺术魅力》、黄正义的《论叶赛宁诗歌的抒情方式》、张学增《从叶赛宁的诗歌语言看他的艺术成就》、王守仁《叶赛宁与当代苏联诗歌》等。

还有一类是赏析文章,这类具体细致地解读诗歌文本的文章不太多见,仅有三四篇,如顾蕴璞分析《波斯抒情》组诗、杜嘉蓁分析长篇叙事诗《安娜·斯涅金娜》等,所选的这些作品是以前中国很少介绍的叶赛宁的杰作。另外,在苏联曾备受批判的诗集《莫斯科酒馆之音》中顾蕴璞选择了一首《我不叹惋、呼唤和哭泣……》,作出深入的阐释,对进一步理解叶赛宁这一类诗歌做了必要的铺

---

① 顾蕴璞:《谈谈叶赛宁和他的抒情诗》,《苏联文艺》,1980 年第 3 期。
② 李视岐:《叶赛宁生平与创作》,《名作欣赏》,1981 年第 4 期。
③ 王守仁:《高尔基与叶赛宁》,《苏联文艺》1981 年第 6 期;《叶赛宁之死》,《苏联文艺》,1983 年第 6 期。

垫。

可以看到,无论哪一类文章的作者都是热爱叶赛宁诗歌的读者,其中有不少人能直接阅读叶赛宁的俄语原作,为译介他的诗歌付出了极大的心血和努力,并竭力挣脱极"左"带来的僵化观点,尽可能地从思想和艺术的角度肯定叶赛宁和他的诗歌。但是,思想的禁锢是一点点打开的,观念的转变也是一步步开启的。在一些比较关键性的问题上,对叶赛宁的批评还是不可避免地留有过去时代的某些痕迹,尤其仍然受到前苏联传统的批评观点影响。如对叶赛宁介绍中往往以他对十月革命和苏维埃社会的态度作为判断他艺术的标准,认为他是以农民的倾向来理解革命,批评他对城乡变革的看法不正确;对他中期创作的评价不高,批评有颓废情绪;大多否定他与意象派的关系,甚至认为是被某些意象派诗人带坏了等等。当然,20 世纪 80 年代中后期的有些论文已开始对他诗歌中的意象体系进行比较具体的分析①。

三、20 世纪 90 年代至今的叶赛宁研究

20 世纪 90 年代—2004 年是我国深入研究叶赛宁时期,有关叶赛宁的文章比 80 年代略少一些,但也有 40 多篇,涉及的论题既延续 80 年代的探讨,又有所变化。有一些比较重要的学术论文,以总体性的评论为主,以其诗歌艺术为重点,具有一定的理论深度和学术视野,不拘泥于传统观点,探讨叶赛宁诗歌的意象、哲理、风格等特征,如吴泽霖《叶赛宁和俄国意象派关系的再思考》、范一的《叶赛宁诗歌的哲理》、曾思艺的《原始思维与现代观念的融合——叶赛宁诗歌风格探源》等;顾蕴璞、王守仁等学者继续研究叶赛宁,细读品味他的诗作②,赏析文章在 80 年代的基础上有所扩展;而诗艺方面的探讨八九十年代各具特色;另有对叶赛宁死亡之谜提供新的资料③。总的来看,行文已脱去过去时代的痕迹,有些观点颇有突破性发展。在此试将这一时期与上一时期某些观点作一些比较,必要时结合我们的观点略作分析论述。

---

① 顾蕴璞:《浅论叶赛宁的艺术风格》,《扬州师院学报》,1985 年第 1 期。

② 王守仁:《爱能使心灵纯洁——叶赛宁组诗〈无赖汉之恋〉浅析》,《苏联文学》,1991 年第 5 期;《璀璨的珠串——试析叶赛宁组诗〈波斯情诗〉》,《外国文学评论》,1992 年第 3 期。顾蕴璞所译《叶赛宁诗选》中每一首诗均有题解,同时还有《情到深处伴愧疚——叶赛宁抒情诗〈给母亲的信〉赏析》,《名作欣赏》,1997 年第 5 期等。

③ 袁振武:《自杀还是他杀》,《俄罗斯文艺》1996 年第 6 期;《叶赛宁并非自缢身亡》,《俄罗斯文艺》,1998 年第 3 期。

（一）叶赛宁与意象派

80 年代的研究中，除少数文章外，大多否定叶赛宁与意象派的关系，实际上是受苏联研究观点的影响，而在 90 年代有几篇论文①都涉及这一问题，却大多持有肯定的看法，并从这一角度将意象艺术作为叶赛宁诗歌的主要特征。当然，在把俄国意象派放置于 20 世纪的文学思潮中加以探讨、在看到其与英美意象派某些契合之处的同时，仍然看到叶赛宁的意象艺术与他们的不同，及他与俄国意象派同行们最终走向分裂的原因。

其中，吴泽霖作为叶赛宁重要文学论文《玛丽亚的钥匙》②的译者，在译者序和自己的论文中更为集中探讨叶赛宁与意象派的关系，认为这是诗人探索独特的创作个性和艺术道路的例证，在他的生活体验和诗歌创作中对意象主义所注重的形象的问题早就酝酿已久。针对苏联一些否定性评论及其对我国的叶赛宁研究也有影响的观点，如"意象主义对叶赛宁的毁灭性是无疑的"、"意象派只是从叶赛宁身上夺取而没有相应地给他一点有用的东西"；甚至把叶赛宁在这一时期心灵痛苦的歌吟和放浪的行径都归咎于意象派对他的恶劣影响；或为诗人辩解而强调"意象派成为横亘在叶赛宁和进步的、革命的文学之间的障壁"、"意象主义未能动摇他的基础，未能伤害他的根本"，等等，吴文提出，令人再思考的第一个问题叶赛宁是俄国意象主义的创始人，还是受意象派思潮裹挟的附庸者？以诗人自己的文学论文《玛丽亚的钥匙》、《生活与艺术》等为例，揭示他从古罗斯文化和所有民族优秀作品所表达出来的意象中汲取形象的灵感，及其与缺乏文化根基的另一些意象主义文人的根本分歧，以形成他自身诗歌艺术的意象特色。吴文的第二个问题是叶赛宁的放浪行径和痛苦歌吟是受意象派扭曲的结果，还是更有深层的社会历史原因？经过一番分析探究后认为，是那个阵痛的时代给了叶赛宁放浪和痛苦的灵魂，而意象派的文人无行只是给他提供了一种宣泄心灵的方式。

确实，在叶赛宁的创作中，意象艺术可以说是贯串整个过程的。

（二）叶赛宁与乡村、自然、俄罗斯

叶赛宁对故乡的热爱是与大自然、与俄罗斯联系在一起的，这一直是中国

---

① 王川：《叶赛宁的意象艺术与诗剧〈普加乔夫〉》，《外国文学研究》，1991 年第 4 期；赵东方：《论叶赛宁诗歌的意象艺术》，《国外文学》，1990 年第 3—4 期合刊；吴泽霖：《叶赛宁和俄国意象派关系的再思考》，《俄罗斯文艺》，2001 年第 4 期。

② 谢·叶赛宁：《玛丽亚的钥匙》（吴泽霖译），东方出版社 2000 年版。

中国俄苏文学研究史论
История исследования русской и
советской литературы в Китае

评论者所关注并高度评价的,也是在叶赛宁诗歌中强烈表现出来的。那些与俄罗斯血肉相连的艺术表现随处可见:"我多么想把我的两只手臂,/嫁接上柳树的木头大腿"(1917,《我踏着初雪信步前行……》);具有现代意味的诗句"镰刀把沉甸甸的麦穗割下,/像从喉管割断天鹅的头部"在诗篇首段和末段重复,让人们真切地感受到作为自然之一的"麦秸也是一具肉体!"他对祖国的爱更是深入骨髓、贯彻始终的:"啊,罗斯,绛红的田地,/和那倒映在水的蓝天。/我爱你湖泊的满腔忧郁,/爱得我心里又疼又喜欢。//冷峻的灾难无法可估计,/你在蒙蒙的雾岸锁着眉。/但要不爱你和不信任你——/我却无论如何学不会"(1916,《平板大车嘎嘎地唱起歌……》)。即使在生命的最后半年里,他还是执著于此:"纵然受到新东西的排挤,/我仍能深情地唱出一句:/让我在亲爱的祖国土地,/爱着你安安详详地死去"(1925年6月,《针茅草睡了,原野一片情……》)。读着这样的诗句,你会和作者一样"心里又疼又欢喜"。

80年代的评论大都看到这一特点,并说明叶赛宁何以是一位农村诗人。90年代继续肯定了这一方面的成就,有探讨叶赛宁诗歌的自然主题,更有从自然哲学的角度来加以探讨,将论题上升到形而上的高度,一方面体现在人与自然的和谐上,在他的诗歌中,对俄罗斯自然、乡村、动物的抒写,自然像人,人像自然,融为一体;另一方面,表现为自然与文明的矛盾,二者的对立和冲突,中期诗作《四旬斋》中的活马和铁马是这二者意象的代表,尽管后期的诗作中在一定程度上接受了城市工业文明,但"并不说明他彻底改变了'自然与文明'冲突的哲学"[1]。这与20年代蒋光慈文章中的观点有某种程度的相衔接:叶氏回国后,对城市文化的接受是理智的接受,而不是情绪的接受。从叶赛宁的诗中也可见他始终眷恋的还是自然和乡村:"如今生活以新的光芒,/已经触及了我的命运,/不管怎样,我依旧是/歌唱金色圆木屋的诗人。"[2]而在今日之俄罗斯及我国甚至将他看做是"绿色诗圣"、"保护自然的先知"[3]。当然,也有观点认为,不要拔高地赋予叶赛宁诗歌的环保意义。但叶赛宁出于对生命的热爱而深爱着故乡、大自然和俄罗斯,也就不能将他仅仅看成是一位农村诗人,所以,他在20世纪后半期赢得了民族诗人和现代诗人的称号。

① 范一的:《叶赛宁诗歌的哲理》,《福建师范大学学报》,1990年第4期。
② 《针茅草睡了,原野一片情……》(1925年6月)《叶赛宁诗选》,顾蕴璞译,浙江文艺出版社1990年版,第206页。
③ 见顾蕴璞:《我们时代需要叶赛宁》,《国外文学》,1995年第3期。

（三）叶赛宁与自我

如果说，上一节中提到叶赛宁脍炙人口的作品中充满了爱的话，那么在他的诗歌中同样完整地表现了"自我"的真。在他去世前两个多月，即 1925 年 10 月所写的自传文章《自叙》中，谈到他的童年生活、如何步入诗坛、所受影响、简要经历等，文章最后写道："至于我的生平的其他情况，我的诗歌中全部都写到了。"①确实，诗人的情感和心声流露在他的诗作中，他与作品的抒情主人公几乎重叠在一起，诗歌真实坦诚地画出了他的短暂而丰富的人生轨迹。可以看到他从一个深爱着大自然的诗人一步步走向最后的生命终点。介绍与评价他作品中所表现的"自我"的丰富性在 80 和 90 年代存在着广度和深度的区别。对他前期作品中那些散发着俄罗斯乡村大自然清新质朴气息的抒情诗几乎没有异议；对他的矛盾心理、个性特征在八九十年代也都有论文探析；而对那些有着圣经形象的诗作在 80 年代有关生平介绍中是作为带有宗教神秘主义色彩而略加批评的，在 90 年代以后中国评论很少涉及，只有在 21 世纪翻译出版的俄罗斯教科书《20 世纪俄罗斯文学》②中有了更公允的介绍，指出这类诗"刻画了一个复杂的抒情主人公'我'的形象：他同时既是朝圣者，又是修士和流浪汉，'没有朋友也没有敌人'，经历了一切，也接受了一切"，而且认为"这是叶赛宁'双重观点'的时期。他的世界观既是神话的诗化的，又是基督教与多神教的，也是泛神论与爱国的，因为上帝、农村风景和故乡全融为一体。"

叶赛宁后期一些歌颂苏维埃、改变对"钢铁"为象征的工业和城市看法的诗歌大多受到肯定，也是中国评论者大力介绍的。而另一类中晚期作品，如组诗《莫斯科酒馆之音》在 20 年代的苏联曾受到严厉批判，指责他美化酒鬼、无赖汉、妓女等，"叶赛宁情调"③一时成为贬义词，等同于悲观和颓废的情绪。80 年代，在中国也很少介绍叶赛宁这类遭受批判的诗歌，刘译本、蓝译本和丁译本均未选入，只有作为内部发行的《叶赛宁评介及诗选》中选有 6 首中的 4 首（顾蕴璞译）《我不再欺骗自己……》、《啊，如今一切都已定了……》、《这里人们又在纵酒、打架》、《唱吧，唱吧，你的手指跳动着……》。1990 年出版的顾译本《叶赛

---

① ［苏］叶赛宁：《自叙》，李毓榛译，《叶赛宁评介及诗选》，北京大学出版社 1983 年版，第 5 页。

② ［俄］符·维·阿格诺索夫主编：《20 世纪俄罗斯文学》（凌建侯等译），中国人民大学出版社 2001 年版，第 172 页。

③ ［苏］卢那察尔斯基：《青年中的颓废情绪（叶赛宁情调）》，见冯加译：《叶赛宁评介及诗选》，北京大学出版社 1983 年版，第 20 页。

中国俄苏文学研究史论
История исследования русской и
советской литературы в Китае

宁诗选》也选了 4 首,有 3 首相同,只是在文字上略有改动:《啊,如今事情已经定了……》《这里又酗酒、殴打和哭泣》《唱吧,唱吧,伴着该死的吉他……》《弹吧,手风琴,无聊,无聊,无聊……》等。顾蕴璞在为《啊,如今事情已经定了……》一诗所作的题解提供了一些背景材料和评价观点:"由于组诗(或诗集)主要倾泄了叶赛宁在因对城乡关系一时迷误而产生的'精神危机'期间的苦闷、不安和抗争的声音,在他逝世后的第二年,《莫斯科酒馆之音》即受到评论界的批判。在研究家们探讨叶赛宁思想和艺术的发展时,往往把《莫斯科酒馆之音》作为集诗人创作的消极方面之大成的代表作看待,并常将它和诗人思想转变后写的杰作《波斯抒情》作对照。在这首诗中,诗人的音调是低沉的,情绪是颓丧的,但诗的字里行间又不时响起不甘沉沦的声音,他把酒馆称作'可怕的巢穴',把里面的人视为'不可救药',这预示着误落这巢穴的抒情主人公身上正在萌生一股急于从它里面跳出来的力量。"

其实,读这些诗歌以及后期的《给一个女人的信》(1924)、《也许已晚,也许还太早……》(1925)你可以看到一个一脉相承的是自我审视、自我忏悔、自我谴责的清醒形象,并不回避沉溺于小酒馆时的自我丑陋和一时堕落,这不是每个诗人都有这样直面自我的坦白和勇气的,一颗孤寂痛苦而备受折磨的心跃然诗中,一如蟑螂在现实生活中之肮脏令人恶心,但在叶赛宁诗中的农舍里出现,却平添了农家生活的温馨与可爱。生活中酒鬼酗酒闹事是令人厌恶的,但丑陋的现象经诗人的艺术中介和真情实感的注入,上升为艺术作品,产生距离感,从而具有了艺术审美价值。若能接受波特莱尔和一些现代派的诗歌,再读叶赛宁的这类诗,则更能够欣赏并理解丑学意义上的诗美。诗人恰恰是因为在人生道路中为寻找出路,有所追求、有所思考而深感迷茫和煎熬:"一片烟雾使得我扑朔迷离/风暴使我的生活翻转了天地,/我痛苦极了,/因为我不明白/不详的事变要把我引向哪里。"如果他不去思考这些让他不明白的事件或道理,也许他的痛苦会减少,甚至可以没有痛苦地活着,但他不能。在这类晚期作品中依然可以看到他娴熟地使用含蓄的意象说明那个时代人们所走过的生活历程:"我们中有谁在大船的甲板上/没有跌倒,没有呕吐,没有骂娘?"为了不看人们的呕吐,他自己走下了"大船的底舱",用自我麻痹来解脱痛苦:"这个底舱就是/俄罗斯酒馆。/我俯身在杯子上边,/为着对谁也不眷恋,在纵酒烂醉当中/将自身断送。"他正是通过诗歌中这样的自省自忏来达到他的自救和自赎。

90年代中国注重"叶赛宁与自我"这一命题,有论文①从"自我与时代的二元对立"角度加以分析。另外,还表现在他的一组诗歌《无赖汉之恋》受到更为切实的介绍,顾译本中选择3首(译题为《无赖汉的爱情》),而乌兰汗则将该组诗7首全部翻译了出来,题为《一个流氓的爱情》②。王守仁译为《无赖汉之恋》,并对7首诗逐一作出解读,认为组诗"正是叶赛宁爱情生活中的一段'心灵历程'的记录,它对了解诗人的生活经历和思想感情具有特殊的意义"③。而诗人自杀前写的长诗《黑影人》和最后的绝笔诗则充满了展示真实自我的悲剧感。到90年代,绝笔诗《再见,我的朋友……》也得到了赏析④。

所有这些不同的诗作都是诗人不同时期内心的真诚展现,让读者看到一个有激情、有血泪、有忏悔、有向往的立体的诗人自我形象。

(四)叶赛宁与诗人

曾思艺的论文《原始思维与现代观念的融合》是从诗人的创作思维来加以探讨的。从叶赛宁的诗歌中看到原始思维和现代观念的有机融合,并从内容上归纳为:强烈的生命意识、突出的宇宙意识、浓厚的公民意识;从形式上归纳为:鲜明的直觉性、复杂的形象性、独特的情感性。论文的角度颇有新意,观点独到,行文清晰,但将内容和形式分别论述,也略带来教科书式的将二者机械割裂之不足。

叶赛宁有比较自觉的诗人意识,在他的诗里有多处抒发诗人的责任。早在1912年他踏上诗坛不久,就以《诗人》为题发表看法,到1925年继续写下《做一个诗人,就该这样追求》,他不断地发出诗人的誓言:"真理就是他生身的母亲"。可以看到,在他短暂的创作一生,始终保持了作为诗人认识真理、歌唱自由的独立性,坚持展现生活的真实,决不做重复别人声音的金丝雀,哪怕走弯路、受攻击,付出健康和生命的代价。在一个从众划一的时代,这样特立独行的做法会给他带来怎样的遭遇,是可想而知的。同时,他对自己的诗人才华始终自信得很,即使他在自贬为"无赖汉"时,仍对自己的诗才充满骄傲:"我的罗斯,木头的罗斯啊!/我是你唯一的代言人和歌手。"他甚至在诗中将自己与有些诗人相比较:"我是诗人!/且远不是杰米扬之流所可比,/尽管有时我糊涂烂醉,/但

---

① 周卫忠:《论叶赛宁诗歌的二元对立》,《齐齐哈尔大学学报》,1999年第4期。
②《苏联文学》,1990年第1期。
③《苏联文学》,1991年第5期。
④ 高低:《绝望的真情——叶赛宁"绝笔诗"赏谈》,《名作欣赏》,1993年第3期。

中国俄苏文学研究史论
История исследования русской и
советской литературы в Китае

在我的眼里,／闪烁豁然省悟的奇辉。"杰米扬·别德内依是苏联无产阶级诗人,有观点认为①,诗中对苏联诗人别德内依的攻击,纯属全诗的一处败笔;叶赛宁之所以批评别德内依,是因为对以别德内依为首的"同志审决会"对他和他朋友的酗酒肇事所提的警告一直耿耿于怀,因而借题发挥。如果就诗论诗的话,叶赛宁对别德内依的批评似乎并不全是出于个人的怨愤。对后者诗歌的宣传鼓动作用,在叶赛宁的另一首诗中可见:"从山上走下一群农民共青团员,／拉着手风琴一个劲地高唱／杰米扬·别德内依的鼓动传单,／他们那欢快的喊叫把山谷震响。"他因此悲哀地感到:"这里已不再需要我的诗歌,／也许我自己在这里也无人需要。"但即便如此,他仍然自视不低:"竖琴把声音只托付给我一人,／只为我一人唱出柔情的歌曲。"作为诗人的叶赛宁更看重的是独创性的诗艺诗情,即便对马雅可夫斯基这样有着大才情的诗人,叶赛宁同样有褒扬有批评,"我珍视诗中的俄罗斯热情",但对那类"把穆绥里普罗姆(莫斯科农工产品加工联合企业的缩写)的软木塞歌咏"的做法,他并不苟同。这些看法倒是从侧面体现了叶赛宁的诗观,对诗歌艺术永恒的追求。

当然,叶赛宁也有一些写得不够艺术、过于直白的诗篇。就拿常为人引用、以此表明叶赛宁革命态度的一些诗句来说:"当叶赛宁涉及这场在人类历史上划时代的革命的本质时,就往往激情泛滥、思想苍白,如'万岁! 天上和地上的革命!'(《天上鼓手》)'天是钟,／月是舌,／我的母亲是故乡,／我是布尔什维克'(《圣水河的鸽子》)这类诗句,给予人的感受或多或少存在着一种搔挠不着痛处的隔膜之感。"②其实,将天空看做是一口钟,月亮是钟舌,这样的意象还是比较新奇的,只是某些直露胸臆的宣言式表白缺少了艺术的提炼和升华。但叶赛宁的创作少有当时苏联普遍存在的将诗歌作为一种工具使用之功利主义弊病,而是"剖开自己柔嫩的皮肉,／用情感的血液抚慰他人心房",将自己的心灵诗情那样坦诚地自然流露,所以他的真情能够打动几代读者。而对他诗歌抒情方式和诗歌语言等方面的专论,80 年代的评论仍然颇有特色③。

叶赛宁被介绍到中国来已有 80 余年,对他的研究大致可分为 20 世纪 20—

---

① 见《叶赛宁诗选》题解(顾蕴璞),浙江文艺出版社 1990 年版,第 338 页。
② 楼肇明:《读〈叶赛宁抒情诗选〉断想》,《读书》,1982 年第 11 期。
③ 黄正义:《论叶赛宁诗歌的抒情方式》、张学增:《从叶赛宁的诗歌语言看他的艺术成就》等,收入《叶赛宁研究论文集》,北京大学出版社 1987 年版。

40年代、80年代、90年代至今3个时期。一个有意思的现象令人注意,在中国,与一些外国作家受到大起大落的评价有所不同,对叶赛宁的理解始终比较温情。在传来叶赛宁去世消息二三十年代,中国并没有加入当时苏联的大批判合唱;在极"左"思潮横行的年代,叶赛宁也没被开刀示众;在重新关注叶赛宁的八九十年代,对他的分析和阐释还是比较客观深入的。因此,中国的叶赛宁研究尽管规模不大,却比较扎实地展开,最终对他诗歌中深广的爱、坦诚的真实和丰赡的诗美,作出了比较全面的评价。

究其原因,似有以下几点:(1)时空的错位。20世纪二三十年代苏联进入社会主义时期,尽管给中国送来了马克思主义,但中国所处的时代社会体制与苏联不同,感受空间的氛围与之也不同,即便有译文介绍了一些苏联批判叶赛宁的观点,但中国的研究者还是凭借着自己对叶赛宁诗歌的热爱和理解加以撰文,给予很高的评价。(2)禁区的形成。20世纪40年代末中国与苏联同为一条战壕的战友,苏联"老大哥"批判的对象是"颓废诗人","美化宗法制的旧俄罗斯农村",那么,在社会主义的中国不多介绍、不予研究也是很正常的;50年代后半期苏联恢复他的诗名,中国有关通讯译文透漏了这一重要的信息,但中苏在意识形态上的分歧,使中国不会亦步亦趋地跟着发生转变,而对已形成的禁区来说,不介入也许是最好的选择。(3)思想的解放。80年代中国历经磨难迎来改革开放的春天,具备了重新研究叶赛宁的活跃条件,尽管仍有苏联过去批判观点的影响,尽管中国自身也刚刚走出极"左"笼罩的阴影,但学者们还是尽力为介绍他们所喜爱的叶赛宁付出诸多的心血和努力。而90年代以后,研究者们更多地摆脱了外在和内在的无形束缚,注重自己对叶赛宁诗思诗艺的真正理解,叶赛宁研究也就向纵深发展。

当然,这一领域还有进一步拓展的空间,如果要充分了解并研究叶赛宁全貌的话,那么组诗《莫斯科酒馆之音》、《一个无赖汉的自白》、诗集《莫斯科酒馆之音》等等还需要悉数翻译出来,甚至《叶赛宁全集》的翻译出版也可以作为中国出版社考虑的选题,而研究课题也可以由此拓宽,以往没有完全展开或涉及的专题,包括叶赛宁与自我或叶赛宁诗歌中的无赖汉形象、叶赛宁与宗教或叶赛宁诗歌中的圣经人物形象等,都可以不受限制地进入研究者的视野。2005年,适逢叶赛宁诞辰110周年、逝世80周年,相信叶赛宁研究的新课题和新成果仍会不断出现,因为叶赛宁诗歌的魅力是永存的。

[相关研究成果要目]

1. 愈之:《俄国新文学一斑》,《东方杂志》,第 19 卷第 4 号(1922 年 2 月)。

2. 鲁迅:《革命文学》(1927 年 10 月 21 日),《鲁迅全集》第 3 卷,第 526 页;《在钟楼上——夜记之二》(1927 年 12 月 17 日),《鲁迅全集》第 4 卷第 49 页;《文艺与政治的歧途》(1927 年 12 月 27 日),《鲁迅全集》第 7 卷第 478 页;《现今的新文学的概观》(1929 年 5 月 22 日),《鲁迅全集》第 4 卷第 145 页;《对于左翼作家联盟的意见》(1930 年 3 月 2 日),《鲁迅全集》第 4 卷第 237 页,鲁迅全集出版社 1938 年版。

3. 蒋光慈:《十月革命与俄罗斯文学》的第 5 部分"叶贤林",《创造月刊》,第 1 卷第 8 期(1928 年 2 月)。

4. 戴望舒:《马雅可夫斯基之死》,《小说月报》,1930 年 12 期。

5. 黎央:《论叶赛宁及其诗》,重庆《诗文学》丛刊,第 2 辑(1945 年 5 月)。

6. 于韦:《试论叶赛宁及其抒情诗》,《春风》译丛,1980 年第 1 期。

7. 顾蕴璞:《谈谈叶赛宁和他的抒情诗》,《苏联文艺》,1980 年第 3 期。

8. 杜家驹:《马雅可夫斯基与叶赛宁》,《马雅可夫斯基研究》,《武汉大学哲学社会科学论丛》第 2 辑(1980 年 8 月)。

9. 王守仁:《叶赛宁》,《外国名作家传》(下),中国社会科学出版社 1980 年 12 月版。

10. 刘湛秋:《从大自然中流出的爱的旋律》,《外国文学研究》,1981 年第 1 期。

11. 王燎:《布哈林和苏联文学》,《苏联文艺》,1981 年第 3 期。

12. 顾蕴璞:《苏联对叶赛宁的评价》,《国外文学》,1981 年第 3 期。

13. 李视岐:《叶赛宁生平与创作》,《名作欣赏》,1981 年第 4 期。

14. 王守仁:《高尔基与叶赛宁》,《苏联文艺》,1981 年第 6 期。

15. 王守仁:《苏联诗歌的传统与革新》,《外国文学动态》,1981 年第 11 期。

16. 艾青:《关于叶赛宁》,《海韵》,1982 年第 1 期。

17. 王守仁:《谢尔盖·叶赛宁》,《苏联文学史论文集》,外语教学与研究出版社 1982 年版。

18. 王守仁:《叶赛宁,C. A.》,《中国大百科全书·外国文学卷 II》。

19. 楼肇明:《读〈叶赛宁抒情诗选〉断想》,《读书》,1982 年第 11 期。

20. 顾蕴璞:《幻境构奇思,真景寓深情——试论组诗〈波斯抒情〉的艺术特色》,《外国文学研究》,1983 年第 3 期。

21. 顾蕴璞编选:《叶赛宁评介及诗选》,北京大学出版社 1983 年版。

22. 王守仁:《叶赛宁之死》,《苏联文艺》,1983 年第 6 期。

23. 黄正义:《论叶赛宁诗歌的抒情方式》,《湘潭大学学报》,1985 年第 3 期。

24. 顾蕴璞:《浅论叶赛宁的艺术风格》,《扬州师院学报》,1985 年第 1 期。

25. 岳凤麟、顾蕴璞编《叶赛宁研究论文集》,北京大学出版社 1987 年版。

26. 杜嘉蓁:《试论叶赛宁的代表作〈安娜·斯涅金娜〉》,《上海师大学报》,1986 年第 1 期。

27. 顾蕴璞:《思想矛盾初探》,《俄苏文学》,1986 年第 2 期。

28. 原学会:《浅谈叶赛宁与革命》,《东北师大学报》,1986 年第 4 期。

29. 王守仁:《叶赛宁与当代苏联诗歌》,《苏联文学》,1987 年第 3 期。

30. 范一的:《叶赛宁诗歌的哲理》,《福建师范大学学报》,1990 年第 4 期。

31. 赵东方:《论叶赛宁诗歌的意象艺术》,《国外文学》,1990 年第 3—4 期合刊。

32. 丁鲁:《叶赛宁抒情诗选·译后记》,湖南文艺出版社 1991 年版。

33. 王川:《叶赛宁的意象艺术与诗剧〈普加乔夫〉》,《外国文学研究》,1991 年第 4 期。

34. 王守仁:《爱能使心灵纯洁——叶赛宁组诗〈无赖汉之恋浅析〉》,《苏联文学》,1991 年第 5 期。

35. 王守仁:《璀璨的珠串——试析叶赛宁组诗〈波斯抒情〉》,《外国文学评论》,1992 年第 3 期。

36. 高低:《绝望的真情——叶赛宁"绝笔诗"赏谈》,《名作欣赏》,1993 年第 3 期。

37. 王守仁:《天国之门——叶赛宁传》,湖南文艺出版社 1995 年版。

38. 顾蕴璞:《我们时代需要叶赛宁》,《国外文学》,1995 年第 3 期。

39. 袁振武:《自杀还是他杀》,《俄罗斯文艺》,1996 年第 6 期。

40. 文俊、文清编著:《叶赛宁传》,长江文艺出版社 1997 年版。

41. 哈米:《叶赛宁:月光抚摩着忧伤》,远方出版社 1997 年版。

42. 顾蕴璞:《情到深处伴愧疚——叶赛宁抒情诗〈给母亲的信〉赏析》,《名

作欣赏》,1997 年第 5 期;《叶赛宁并非自缢身亡》,《俄罗斯文艺》,1998 年第 3
期。

43. 郭洪体:《悲歌与狂舞:叶赛宁与邓肯》,社会科学文献出版社 1998 年
版。

44. 曾思艺:《原始思维与现代观念的融合》,《湘潭大学学报》,1998 年第 6
期。

45. 王守仁编著:《叶赛宁》,辽海出版社 1998 年版。

46. 吴泽霖:《叶赛宁评传》,浙江文艺出版社 1999 年版。

47. 周卫忠:《论叶赛宁诗歌的二元对立》,《齐齐哈尔大学学报》,1999 年第
4 期。

48. 吴泽霖:《叶赛宁和俄国意象派关系的再思考》,《俄罗斯文艺》,2001 年
第 4 期。

49. 金陵:《全俄叶赛宁节及叶赛宁研讨会》,《俄罗斯文艺》,2001 年第 4
期。

50. 颜同林:《在乡村和城市之间——叶赛宁与臧克家的城乡观比较》,《柳
州师专学报》,2003 年第 2 期。

51. 陆永昌:《真实自然 情浓意深——读叶赛宁短篇小说〈白水湖畔〉及其
他》,《名作欣赏》,2003 年第 2 期。

52. 杨雷:《俄罗斯民间短歌四句头对叶赛宁创作的影响》,《俄罗斯文艺》,
2004 年第 3 期。

53. 张成军:《借题发挥——叶赛宁:一颗星的陨落》,《语文学刊》,2004 年
第 5 期。

54. 顾蕴璞:《诗国寻美——俄罗斯诗歌艺术研究》,北京大学出版社 2004
年版。

第三十六章
中国的布尔加科夫研究

布尔加科夫（Михаил Афанасьевич Булгаков,1891—1940）在中国受到的关注是迟到的。尽管早在20世纪40年代,周扬已在文章中提到过他,但真正的研究一直到20世纪80年代才展开。从1982年荣如德翻译其剧本《图尔宾一家的日子》①和童道明发表相关的研究论文至今,布尔加科夫研究在中国走过了20多个年头。由于布尔加科夫不仅在20世纪文学中占有重要地位,而且他在严酷的政治体制中体现出的独特的思考方式,使之除文学成就之外更有人格上的"范型"意义。

作为俄罗斯文学史上的大师级人物,布尔加科夫一直是文学界研究的重点,"布尔加科夫研究"已成为专门的研究方向。对布尔加科夫的研究已经越过了冷热不均的读者反应式的批评阶段,进入冷静严肃的体制化阶段,一批有影响力的专著深入探究了布氏小说的审美、传记层次以及对于历史元叙事的反思等内在结构问题,其方法吸收了学术界最新的批评方向。如在俄罗斯,20世纪80年代以来,关于布尔加科夫的学术研讨会接连召开。莫斯科"语篇"出版社出版了亚历山大·泽尔卡洛夫的著作《米哈伊尔·布尔加科夫的福音书》②,作者从哲学思想的角度分析《大师与玛格丽特》,探讨布尔加科夫内心的睿智与天真。鲍里斯·索科洛夫的《布尔加科夫百科全书》也再版发行。该书较为详尽地记述了作家生活和创作的大事,是布氏研究者不可多得的资料。与1998年第一版相比,再版的《布尔加科夫百科全书》不仅增补了数张布氏的照片及其20世纪20年代创作的讽刺小品文的有关资料,而且还收入了1993—1995年间,俄罗斯图拉州两位作者为《大师与玛格丽特》创作的续集。巴黎大学教授玛丽安娜·古拉在《〈大师和玛格丽特〉:长篇小说和它的世界》中,娴熟地运用了

---

① 《外国文艺》1982年第4期,原译名为《屠尔宾一家》。
② 此书以前曾在美国和南斯拉夫出版。

中国俄苏文学研究史论
История исследования русской и
советской литературы в Китае

比较文学的方法。她认为,布尔加科夫作为"白银时代"的人物,与20世纪初的源于法国的颓废派和象征派运动有关。古拉分析了《大师和玛格丽特》和巴赫金的狂欢化,和俄罗斯古典文学、传统象征主义传统,和霍夫曼、歌德等德国浪漫派在创作方面的关系,还分析了作家从浪漫主义构思向戏剧形式的转变、对时空关系的复杂运用、依靠神话因素获得了丰富哲理内涵的结构等等。

一、布尔加科夫研究在中国的兴起

而在中国,20多年里,布尔加科夫在中国的文学声誉在众声喧哗之中稳定增长,在多个理论层面的阐释中经历了漫长的成长期。

布尔加科夫在中国的研究始于20世纪80年代初,除上述荣如德的翻译外,1982年外语教学与研究出版社出版的《苏联文学史论文集》收录了童道明的论文《布尔加科夫及其创作》,为了让读者了解布尔加科夫,他花了不少笔墨介绍了布氏的生平和创作情况。1985年,钱诚节选翻译的《大师与玛格丽塔》发表在《苏联文学》第5—6期上,其单行本于1987年由外国文学出版社出版(1999年由浙江文艺出版社再版)。1985年,臧传真等翻译了《莫里哀传》(南开大学出版社)。1987年,钱诚翻译了《狗心》;同年,童道明翻译了弗·拉申科的《布尔加科夫现象》,发表在《星火》上。《大师和玛格丽特》的其他译本还有1987年徐昌翰译的《莫斯科鬼影》(春风文艺出版社),这个译本附有西蒙诺夫为《莫斯科》杂志写的序言。

1991年是布尔加科夫诞辰100周年。在这一年,钱诚和吴泽霖翻译了《不祥之蛋》;《世界文学》刊登了布尔加科夫早期的9部中短篇作品(1991年第4期)。1992年,花城出版社出版了理然、王燎译的《袖口手记——魂断高加索》。1996年,王振忠译的《大师和马格丽达》由中央民族大学出版社出版。1998年,作家出版社出版了由石枕川、曹国维和戴骢、许贤绪翻译的《布尔加科夫文集》(共4卷),其中包括《剧院情史》、《白卫军》、《狗心》、《大师和玛格丽特》、《红岛》、《恶魔纪》、《献给秘密的朋友》、《不祥之蛋》、《年轻医生手记》和一些早期的散文,这是迄今为止国内最系统地展现布尔加科夫作品全貌的译本;同年面世的还有寒青的将标题改为《撒旦起舞》(作家出版社)的译本、辽宁教育出版社出版的徐昌汉译《莫斯科:时空变化的万花筒》(其中包括布尔加科夫写于20年代的一些散文)。1999年,解放军文艺出版社出版了周启超翻译的《孽卵》(其中包括《孽卵》、《魔障》、《吗啡》3部作品)。

雷成德主编的《苏联文学史》(辽宁人民出版社,1988)洋洋洒洒63万字,却仅仅在最后的"作家及作品名字"里提及"布尔加科夫"和"大师和玛格丽特"。彭克巽著的《苏联小说史》(北京十月文艺出版社,1988)认为,《大师和玛格丽特》具有"批判现实主义特色","对苏联30年代后期肃反扩大化的批判,具有十分重要的意义"[1]。江文琦著的《苏联20年代文学概论》(1990年)、曹靖华主编的《俄苏文学史》(河南教育出版社,1992)、欧茵西的《新编俄国文学史》(1993年)均提及布尔加科夫。叶水夫主编的《苏联文学史》(3卷)(中国社会科学出版社,1994)第3卷"作家论"中收入了近10页的"布尔加科夫"条目。刘亚丁著的《苏联文学沉思录》(1996年),李明滨主编的《俄罗斯20世纪非主潮文学》(北岳文艺出版社,1998),李辉凡、张捷著的《20世纪俄罗斯文学史》(青岛出版社,1998),李毓榛主编的《20世纪俄罗斯文学史》(北京大学出版社,2000),谭得伶、吴泽霖著的《解冻文学和回归文学》(北京师范大学出版社,2001)等著作,对布尔加科夫作了客观的评价和定位。2001年,华夏出版社出版了[英]莱斯莉·米尔恩(Lesley Milne)著、杜文娟等翻译的《布尔加科夫评传》。2004年,陈世雄、周湘鲁翻译的《逃亡:布尔加科夫剧作三种》,作为"厦门大学戏剧影视丛书"由厦门大学出版社出版,其中收录了布尔加科夫《逃亡》、《图尔宾一家的日子》和《伪善者的奴隶》3个剧本,以陈世雄论文总论布尔加科夫的时代、生平和戏剧成就的《布尔加科夫戏剧的历史命运》为前言,每个剧本后又另附有一篇译者的论文,分别为陈世雄的《关于〈逃亡〉的札记》、周湘鲁的《在历史的断裂处——评〈图尔宾一家的日子〉》和《大师与暴政的对话》。

除了文学史和概述性的专著对布尔加科夫进行评价定位以外,各种报纸期刊也不断地发表对布尔加科夫的评论性文章。这些文章对《大师和玛格丽特》的研究从一开始就呈现出多视点的面貌,刘亚丁、刘锟、吴泽林、唐逸红等学者纷纷对它的构思、寓意、结构和怪诞技巧等各个方面作出了富于创见的阐释。如吴泽林在1987年接连发表两篇文章,分别从道德失落的重建和公猫的笑声来阐述《大师和玛格丽特》的主题意义及艺术风格。以及周成堰的《〈大师和马加丽塔〉简析》、刘亚丁的《谈米·布尔加科夫的〈大师和玛格丽特〉》、余华的《布尔加科夫与〈大师和玛格丽特〉》、唐逸红的《论布尔加科夫〈大师和玛格丽特〉的艺术特色》、余华的《布尔加科夫与〈大师和玛格丽特〉》、曾予平的《论布

---

[1] 彭克巽:《苏联小说史》第122页,十月文艺出版社1988年版。

尔加科夫的讽刺艺术》、陈代文的《M.布尔加科夫长篇小说中人名的讽刺性运用》、潘华琴的《〈大师与玛格丽特〉和〈断头台〉中宗教题材的运用》、陈世雄的《布尔加科夫戏剧的历史命运》等。正如同"100个人有100个人的哈姆雷特"，布尔加科夫文思奇崛，其作品往往同时蕴涵经验与超验、过去与现在、文本与现实等各个看上去无法并存的时空，这种包容性赋予了其广阔的释义空间，其内质的丰富性较之古代的经典也毫不逊色。随着对布尔加科夫认识的加深，他也成为高校的硕、博士论文选题，如北京大学的曾予平以《布尔加科夫的讽刺艺术》为题、北京师范大学的唐逸红以《〈大师和玛格丽特〉的艺术世界》为题撰写的博士论文，南京师范大学的朱建刚以《米·布尔加科夫及其小说思想》为题撰写的硕士论文等。

由于意识形态方面的影响，在初期，布氏过多地被视为一个类似于左琴科式的"解冻"作家，他采用的讽刺手法被过分地夸大。而在90年代以后，随着各种新兴理论的介入，布氏的内涵丰富的小说文本又成为各种理论话语竞显身手的试验场所，以致我们很难对他作出全貌的了解，也缺乏平心静气、梳理思路的严谨批评。布尔加科夫的中国的研究者较多从两个方向进入他的艺术世界：

一是作为独立思想者的布尔加科夫身上的"反乌托邦"精神，将其视作斯大林主义时代能够保持"自由"、"理性"和"良心"的自由思考者，如《中华读书报》1998年4月刊载了余杰的文章《俄罗斯之狼》。时隔6年之后，该报又登出了嘉男的《布尔加科夫：寂寞的文学之狼》。这两篇同样称布氏为"狼"的文字语出他的一段话："在苏俄文学广阔的天地里我是一只——唯一的一只——文学之狼，有的人劝我把毛染一染，我却认为大谬不然。狼染得再美，也不会变成卷毛狗。"[①]两文都同样从社会政治层面对布氏在斯大林时代所持的人格立场表示最大的敬意，认为他能够在宏大的历史潮流之外保持一种冷眼旁观的个人叙事，无异于一只离群索居的狼。余杰还将布氏称为"俄罗斯的鲁迅"："他是在绝望中为绝望而写作，在灾难中为灾难而写作，在痛苦中为痛苦而写作。"这其实勾勒出了国内布氏研究现状之一种，过分强调他和苏联政治气候的密切联系，以致完全将其作品当作"政治寓言"或者"民族寓言"看待。布尔加科夫最让人津津乐道的，恰恰是他直面黑暗的那些"良心"，这也是文化的显性层面上他最为大众接受的部分。但是在笔者看来，布尔加科夫的写作无论如何都是书斋式

---

① 余杰：《俄罗斯之狼》，《中华读书报》，1998年8月19日。

的、精英式的,在为抽屉写作的时代,布尔加科夫不会想到他的作品在解冻后的畅销,他奇异的想象,飞扬的文字构造出的,决不仅仅只是一个反乌托邦的故事,他所指涉的当然有具体的苏联历史,但绝不限于此。他是对自古皆然的权力之轮,是对暴力与反暴力、严肃与戏谑、拯救与堕落的思索。他所面对的,除了暴力与禁令之外,还有"无害"的人的贪欲、对于合法的暴力的目击,及其带来的难以承受的心灵忏悔。在其小说不断的颠覆、亵渎、反讽和戏拟中,我们看到的是历史"合法性"的图景纷纷裂为碎片,他的狂欢场景严酷而又酣畅淋漓,实则隐藏着颠覆文化秩序的野心。

二是布尔加科夫作品的"魔幻"特质。作为第三世界的中国意识到欧洲中心主义的局限后,开始把关注的目光投向拉美等国充满神秘意味的写作,而布氏小说中大量的有关联想、暗示、梦幻的描述显然投合了国人的口味。余杰认为:"早在 20 年代,布尔加科夫就开始了魔幻的、黑色幽默的写作,比拉美的作家们早了数十年。就艺术成就和思想深度而言,在我看来,他的作品也比风靡中国的拉美作家要高。马尔克斯的《百年孤独》侧重表现一个地区历史文化的命运,而布尔加科夫的《大师和玛格丽特》则对整个人类历史中的善恶之争进行了深刻的反思,因而更具有超越性。"

夏晓方的《俄罗斯"完整世界观"与布尔加科夫》则谈到:"作为第一代具有独立思想的俄国哲学家,基列耶夫斯基'试图在对基督教进行俄国式的解释的基础上推翻德国式的思维方式',其世界观的基本原则是'整体性观念'也就是'通过把各种精神力量(理性、感性、审美涵义、爱、良心和对真理的无私追求)结合为一个和谐的整体,人就能获得进行神秘直觉和直观的能力,这些东西将使他有可能通过关于上帝及其与世界关系的超理性的真理。'这就是说,追求宗教真理,在认识论上强调整体性,既重视感性的经验形式,又不排斥理性思维,构成了俄国哲学的主要特征。"①而布尔加科夫本人是继承了这种"整体世界观"的"神秘主义"作家,他的作品体现了"果戈理式的怪诞的幻想风格和神秘色彩"。魔幻和神秘的风格,固然是布尔加科夫文本不可忽视之处,但是布氏文本复杂的精神脉络和阐释可能,却不是标签式的对号入座可以完成的,作为自由的独立写作者,布尔加科夫的思想是不能完全用"俄罗斯思想"的理想框架来规范的。除了宗教、哲学方面的原因,布尔加科夫所强调的,是文本自身的愉悦与

---

① 《浙江工商职业技术学院学报》,2003 年第 3 期。

颠覆。我们从他的文本中读到的,与其说是严肃的哲学、宗教思考,不如说是狂欢;与其说是神秘剧,不如说是滑稽剧,就像苏联学者米·彼得罗夫斯基说的,布尔加科夫它"把对末日审判的恐惧与纵欲享乐的欢娱,把高尚与最卑微,把崇拜与亵渎,把历史的广袤和日常的庸碌,把永存不朽与转瞬即逝,把认真严肃与粗俗可笑统统融合在一起,编织为一体"①。

近年来,随着国内对俄罗斯文学"白银时代"研究热潮的兴起,布尔加科夫得以在一个更加具体的文化框架中受到审视,评论家们充分注意到了"白银时代"的诗学模式的整体变更对布尔加科夫的创作的影响,这一时期对《大师和玛格丽特》的研究呈现出更具探索精神和理论深度的态势。

二、破译结构的迷宫

众所公认,布尔加科夫很大程度上是个文体大师,他的视线总是不断在多个时空与叙事层面上游走,风格诡异多变,肆意抹杀传统文学中习见的文本边界,这既造成了亦真亦幻的阅读效果,也给形式结构方面的阐释留下了广阔的空间。形式批评开创了布氏研究中的美学与元文学模式,从词语、技法、结构等方面入手,揭示了布尔加科夫的个性化的创作风格。

《苏联文学》1988 年第 2 期刊载了苏联学者米·彼得罗夫斯基评述布尔加科夫和马雅可夫斯基的《两位大师》一文。文中精辟地将布尔加科夫充满不确定性的文体总结为"滑稽剧式的神秘剧"②。彼得罗夫斯基的权威论断是中国学者展开独立思索的起点。唐逸红、徐笑一的论文《〈大师和玛格丽特〉的体载特点》③将彼得罗夫斯基的研究进一步深化,指出"滑稽剧式的神秘剧"在渊源上是古希腊、罗马盛行的梅尼普体的一种变体。布尔加科夫运用幻想、神话传说、梦幻和怪诞等假定性手法实现了梅尼普体的现代嬗变。唐逸红发表的另一论文《论布尔加科夫〈大师和玛格丽特〉的艺术特色》仍是从美学形式方面入手,论述布尔加科夫在广泛吸收现代艺术的新方法后所做的形式革新,如复合式的时空体结构、历史与现实的重叠等,可惜思考力度欠缺,文气屡弱。王剑青的《〈大师和玛格丽特〉与狂欢化》同样以对梅尼普体的阐释作为自己的理论脉络,虽然作者引用了巴赫金有关"狂欢化"的一些论述,但却浅尝辄止。巴赫金

---

① 《两位大师》,《苏联文学》,1988 年第 2 期。
② 《苏联文学》,1988 年第 2 期。
③ 《辽宁师范大学学报》,2001 年第 2 期。

"狂欢"诗学以肉体性的下部形象开发出人的"公共性",以积极和更新的肉体下部颠覆人的私欲和占有,达到一种宇宙论式的创造性。这一点作者似未能深刻把握,仅仅列举了梅尼普体的天堂—人间—地狱式的时空结构、其对非常态的精神心理状态的描述,以及狂欢体裁不可或缺的傻瓜、骗子、小丑的形象。这样的论述基本上是流于浮面的,令人遗憾。

余华的文章《布尔加科夫与〈大师和玛格丽特〉》以一个作家的视点对这部作品作出了富于灵性的把握。他认为,布尔加科夫在丰富的表达欲望和叙述的控制之间选择了前者,而大师和玛格丽特之间虚幻和抽象的爱情使作品有了结构,"正是这爱情篇章的简短,这样也就一目了然,使结构在叙述中浮现了出来,让叙述在快速奔跑的时候有了回首一望,这回首一望恰到好处地拉住了快要迷途不返的叙述"。余华在文中还认为,布尔加科夫在其创作中加入了大量的幽默笑谑元素,这是他既不愿意和现实妥协,也不愿陷入到一种剑拔弩张的对抗时的必然选择。布尔加科夫对幽默的选择不是出于修辞的需要,"在这里,幽默成为了结构,成为了叙述中控制得恰如其分的态度,也就是说幽默使布尔加科夫找到了与世界打交道的最好方式"①。该文从形式分析入手,却又入而能出,将布氏的语言策略有机地和他观照世界的方式相结合。的确,在权利的触角无处可逃时,布氏作品中人物发出的阵阵怪诞的笑声实则拆解了统治者冀求的镇压/反抗模式:主动地接受统治者的逻辑并将其推演到极致,使这场权力游戏变得名副其实而且有趣。张敏的文章《雄浑·精警·怪异·谐谑——试论〈大师和玛格丽特〉的艺术风格》将作品的成功归因于在结构上融和了多种风格特质,而每一种风格特质都因为其他质素的映衬获得了新的意义,构成了《大师和玛格丽特》多样性统一的艺术风格。

赵晓彬的《俄罗斯文学的装饰风格初探》②以"装饰风格"分析了布尔加科夫的小说《白卫军》,赵晓彬认为,布尔加科夫受到了当时 20 世纪俄罗斯散文作家追求鲜明有力的表现手法的影响,在创作上刻意使得修辞格无限的扩大,造成一种极富于张力的诗意化效果,这就是符号学意义上的"装饰风格";而"装饰风格"的聚合形成了"装饰场",亦即各种修辞手段的聚合,由此达成了语义结构的延续,不断构建出新的主题和新的意象,颠覆了线性叙事的霸权地位,最终使

---

① 《读书》,1996 年第 11 期。
② 《俄罗斯文学的装饰风格初探——布尔加科夫的小说〈白卫军〉装饰风格浅析》,《俄罗斯文艺》2002 年第 5 期。

中国俄苏文学研究史论
История исследования русской и
советской литературы в Китае

散文的单一语义结构向象征的多义结构转化。

随着现代文学理论的"语言学转向",越来越多的学者注意到了文学批评与文本的内部话语分析之间的联系。这方面,巴赫金的文本对话理论为后来者提供了一个很好的理论杠杆。刘锟的《〈大师和玛格丽特〉的叙事话语分析》[①]一文便是运用巴赫金理论的范例,刘文认为,布尔加科夫解构了以叙述者为中心的叙事行为,大量地插入评说时态,依靠"作者介入"打乱叙事架构,把读者导入到布氏精心创造的超验文本世界之中。而小说的对话性则体现在布尔加科夫总是在构建一个多语的情景,如模仿他人的声音制造非叙述性主体的声音,造成强烈的反讽效果。

而王希悦的《论〈大师和玛格丽特〉的叙事特点》[②],则是以热奈特的叙事理论,从叙述结构、叙述语态、叙述语式 3 个方面对《大师和玛格丽特》进行了剖析,如在"叙述语式"中,作者认为布氏运用重叠的修辞手法,使叙述达到一环扣一环,同时首尾联结形成一个大的时空环状结构,以此将小说的 3 个时空层面(神话、现实、历史)衔接起来。曾予平在《论布尔加科夫的讽刺艺术》一文中以俄国形式主义批评方法审视布氏的小说,提出"布尔加科夫在文学创作上突出地贡献之一,就在于他把奇异化手法创造性地运用于讽刺艺术"[③],如《狗心》通过流浪狗沙里克的视野,迫使读者以一个全新的角度去看原本熟知的世界,重新得到了对世界的敏锐的感觉;另一方面,布尔加科夫还灵活运用整体荒诞而细节真实、在悖谬的极端情景中烘托讽刺效果等手段丰富自己的讽刺艺术。温玉霞的《荒诞的戏仿,辛辣的讽刺—— 布尔加科夫〈狗心〉解读》将《狗心》的审美形式归纳为 3 个特点:虚幻与现实奇妙的结合,荒诞形态的成功创造,以夸张、悖谬、改换视角、命名隐喻手法实现辛辣的讽刺。

形式批评多数继承了现代西方叙事学的研究成果,将布尔加科夫作品内容的创造过程视为各种艺术手段的表现过程,大多数此类文章的概括是准确的,对于布氏创造的形式迷宫的破译也是我们开展进一步研究的出发点。

但是,形式批评的模式也蕴涵了危险,那就是过多地强调布尔加科夫的形式意义,把作家丰富的艺术世界简单化,以致有时让我们误以为布氏只是一个玩弄词语技法的作家。如戴静的《论〈大师和玛格丽特〉的空间结构及其意

① 《外语学刊》,2000 年第 4 期。
② 《辽宁师范大学学报》(社会科学版),2004 年第 4 期。
③ 《国外文学》,1997 年第 4 期。

义》,划分了《大师与玛格丽特》各层空间之间的关系,即显性空间与隐性空间之间的对应,以及多层空间的套叠交叉。作者认为,以往的布学研究过多地注意作品和外部世界的关系,却忽视了对作品的空间叙事构造的探讨,进而指出:"《大师和玛格丽特》文本中存在复杂的空间叙事结构,并在空间层次的转换过程中传递作品的思想内涵。洛特曼曾经说过,作品的思想要通过艺术结构来表现……因此,超越结构的艺术思想是不可思议的。他进一步说,结构的改变将给读者和观众传递另外一种思想。"①这一说法本身并不算错,但过于表面化。事实上,布尔加科夫戏谑中带沉痛、现实中带虚幻的风格化创作仍然要靠苏联20世纪初期的社会、政治语境来定义,但这并非意味着他仅仅是一个反体制的存在,布尔加科夫身上纯正的人文精神和对人文事业的执著使他在根本上超越了压迫—反抗的二元模式,从而树立起一个自在的诗意创造的空间。这种浮士德式的、永远朝向未知的精神之旅可以看做是人文智慧本身的愿望,而布尔加科夫对语言的高度敏感和小说叙事技法的炉火纯青也正在于透过这样的语言创造,他可以得到巨大的智慧欢愉,以此达到对苦难中的苏联的境况的洞悉和反思,这已经远非是"形式"与"内容"(或"内部世界"与"外部世界")的二分法所能规定的。

三、对精神伦理意蕴的挖掘

夏晓方的《俄罗斯"完整世界观"与布尔加科夫》里说:布尔加科夫已被认为是最具当代精神的作家之一。对这种"当代精神"的理解,也许可以从拉斯普京2001年访谈录中获得:"最重要的是宗教从精神上拯救人,赋予人生活的意义,使之成为'非市场的'而是历史的俄罗斯的公民。'与上帝同在我们会战胜一切'——这是我们古老的真理'。这就是说,尽管遭到了近代西方科学和哲学否定的'宗教世界观',或者说几度经历时代变化的宗教观念,在人们的心中和日常生活里并未消亡,尤其对于俄罗斯民族而言。"②这在某种意义上标志着布尔加科夫研究的另一种方向。在形式研究的同时,布氏明显的伦理与形而上学诉求使评论者不得不追溯俄罗斯的精神之源。《白卫军》、《狗心》、《大师和玛格丽特》、《图尔宾一家的日子》所凸现的终极人文关怀,被政治体制压抑的宗教

---

① 《俄罗斯文艺》,2002年第6期。
② 《浙江工商职业技术学院学报》,2003年第3期。

中国俄苏文学研究史论
История исследования русской и
советской литературы в Китае

文化潜流,神秘主义的因子……都使得这些作品成为古老的、崇尚信仰的俄罗斯之灵的现代化身,引得大量评论者纷纷叩响灵魂之环,从精神伦理角度来解读它的底蕴。

夏晓方的另一论文《〈大师和玛格丽特〉与俄国宗教哲学思想》仍然试图揭示布尔加科夫小说中富于形而上学意义的"彼岸价值",他具有说服力地阐释了布尔加科夫与陀思妥耶夫斯基以及其他俄国白银时代宗教哲学的关系。文中指出,布尔加科夫自始至终"把人、人的道义、生活的道德因素置于关注的中心,始终真正地走自己的道路。自然,在自己的这些追求中,他能够依赖的主要还是俄国哲学思想的传统,这一传统正是面向这些问题并对它们进行详细研究的"①。从这个视点看去,《大师和玛格丽特》是一部宗教小说,至少也是为宗教哲学辩护的小说。《大师和玛格丽特》里的耶稣形象,以及善与恶、生与死之间的复杂纠葛,无不显示出作家强烈的道德关注。作为典型的白银时代作家,布尔加科夫像同时代的其他思想家一样唾弃东方式的虚无思想,展现出为信仰而生的积极态度。在他的头脑里,有着俄罗斯思想中坚定不移的"基督·真理"的二位一体,陀思妥耶夫斯基式的"个人不死"、"灵魂不灭";在历史哲学上,布氏反对黑格尔的进步观的"宇宙理念",而关心能够区分善恶的个人良心问题。布尔加科夫有着强烈的道德责任感,把对基督的信念作为其历史哲学的主题,正因为如此,布尔加科夫成为了"白银时代"少有的继承了果戈理、托尔斯泰、陀思妥耶夫斯基等 19 世纪俄国文学大师的人。他没有变成在强权意识形态的统治下充满机巧和诡诈的"艺术家",反而继续以惊人的"真挚和直率",思考和捍卫真理,继承"白银时代"俄国宗教哲学的思想传统。

丁海丽的《精神苦旅:从马克思主义到唯心主义再到宗教——布尔加科夫思想转变原因初探》②则完全从哲学的角度梳理了布尔加科夫思想转变的轨迹。文中分析布尔加科夫脱离马克思主义走向宗教神秘主义的原因:一方面,他无法认同马克思关于精神仅仅是物质对应物的观念;另一方面,马克思人类整体解放的目标无形中造成了对个体人性的压制,而布氏认为人的个性是人与上帝相关联的部分,是绝不可以祛除的。因之,布氏由马克思到康德再到索洛维约夫,他身上强烈的弥赛亚救赎情结使他最后超越了具体的哲学学说,走向完整

---

① 《俄罗斯文艺》,2002 年第 5 期。
② 《哈尔滨学院学报》,2005 年第 2 期。

的"基督教世界观"。

刘锟的论文《〈大师和玛格丽特〉的宗教思想浅析》列举了这部作品在几个方面表现出的宗教观念,从人物形象、哲学基础、末世论、善恶依存和仁爱等角度,对《大师和玛格丽特》的宗教主题做了全息式的综览。潘华琴的《〈大师和玛格丽特〉和〈断头台〉中宗教题材的运用》,对《大师和玛格丽特》如何在现代生活的线索中呈现宗教主题进行了分析,认为《大师和玛格丽特》是耶稣受难史的一个现代阐释,布尔加科夫一方面似乎抛弃了一切时空的概念,历史、现在与未来在宇庙的反复循环中只是一个静止的点,整部作品的心理时间犹如定格在耶稣受难的特定历史时刻;另一方面,布尔加科夫通过现实中事件的发展显示出客观时间的流动,这种时间处理方式既使作品在风格上保持了现实主义的传统,又使得基督教故事穿越时空的限制,在作品中成为人类命运的象征。

四、主题和形象研究

《大师和玛格丽特》在主题和形象的创造上无疑是苏联文学中的一个异类。作为一部涉及恶魔、宗教、民间传说等多个边缘领域的小说,它题材的大胆和形象的逾矩,几乎无人能出其右,作家超乎常人的想象力在这方面得到了全面的体现。近年来,对主题和形象的探询逐渐成为布尔加科夫研究的新热点。

赵宁的文章《恶魔主题在俄国文学中的嬗变》[1]将《大师和玛格丽特》中的恶魔放在了俄国文学史的大背景中进行了考察,提出恶魔沃兰德的出现是俄罗斯文学走上神话复归之路的一个标志,恶的化身被转化为善的护卫者这一事实达到了把现实生活中人们熟视无睹的丑恶荒诞化的效果,是把圣经神话魔幻现实主义化的成功探索。而唐逸红的《布尔加科夫笔下的魔鬼形象》一文则关注于魔王沃兰德与歌德的《浮士德》中梅菲斯特的关系,认为二者既有相似之处,在精神实质上又有区别。布尔加科夫塑造的这个形象是他对立统一哲学观的产物,对沃兰德来说,恶只是一种手段,其目的是惩恶扬善。

康澄的论文《对20世纪前叶俄国文学中的基督形象的解析》[2]考察的是布尔加科夫对圣经传说的天才重构。他指出,布尔加科夫是从人的角度来刻画耶舒阿的,只有当这个人物逐渐发展、逐渐丰满后,读者才能在其身上看到救世主

---

① 《河南大学学报》,2001年第3期。
② 《外国文学研究》,2000年第4期。

中国俄苏文学研究史论
История исследования русской и
советской литературы в Китае

的轮廓。唐逸红的《〈大师和玛格丽特〉中的小丑形象》①则把目光投向了魔王的几个随从的身上,认为他们不同于生活中的小丑,而是被脱冕的小丑,他们同狂欢节上加冕与脱冕两种仪式紧密联系,具有小丑－傻瓜－骗子－魔术师等多种功能,既是讽刺揭露者,又是恶作剧者;同时,小丑参与的活动有一种游戏性质,小丑的世界有其特殊的审美标准。吴泽霖在《公猫——布尔加科夫的笑声》②一文中,从公猫别格莫特的形象入手,剖析了这部作品独具特色的"笑声",在布尔加科夫笔下的正反两个世界的荒诞结合点上发现了破解这种风格的钥匙——笑声,认为笑声是在悖谬世界的巅峰与谷底间展开的。

布尔加科夫的写作具有极强的狂欢戏谑性质,从形式上看,是对于官方体制世界的瓦解,这使评论家很容易将他与巴赫金的狂欢诗学联系起来。谢周的论文《对话精神的缺失——试评〈大师与玛格丽特〉的人物塑造》③运用巴赫金的理论研究布尔加科夫,认为布氏只是在表象上做到了狂欢,内在精神却仍然是独语性质的,狂欢对话要求的是个人意识的交迭,是话语和观点的不局限于自身;但《大师与玛格丽特》里的人物只是作者话语的传声装置,布氏从未放弃过话语主宰者的地位。该文将巴赫金理论悬置,外在于文本为截然的评判标准,以对巴氏理论的复合程度定夺作品的优劣,这一做法本身就有"独语"之嫌。

王宏起的《〈白卫军〉中的梦幻解析》对国内的布学片面强调主题研究,而忽视了布氏作品中频频出现的梦幻意象深表不满,他说:"那以一个个梦幻为中心弥漫开来的挥之不去的朦胧雾色,既准确生动地描绘了时代的特征,又深刻细腻地揭示了主人公的内心世界,还微妙地表达了作者的思想理念。所以说,对梦幻的全方位运用是这部小说最大的艺术特色";"《白卫军》中的梦幻不仅与小说的结构有一定的关系,而且对小说的主题同样起着揭示和升华作用。"④《白卫军》里有"城市之梦"、"天堂之梦"、大大小小的白日梦和幻象,还有梦中套梦。这些梦出现在小说描写的第一次世界大战末期的基辅那个混乱纷扰的城市,表明了作家希图在幻觉情景中把握比现实更为本真的本质真实,还可利用梦的预言性融入更多的想象和虚构,深入地表达作家自己的思想理念。在梦幻里,人世间的苦难、流血、饥饿都将失去自己的地位,人们可以有更多的机会

① 《辽宁师范大学学报》,1999 年第 2 期。
② 《苏联文学》,1988 年第 2 期。
③ 《四川外国语学院学报》,2005 年第 1 期。
④ 《四川外国语学院学报》,2003 年第 6 期。

反省自己,把目光投向灿烂的群星。

五、历史文化底蕴的诠释

从研究者的视角看,中国的布尔加科夫研究尚不如人意,但是其倾向仍然是按照学术正规化的细化和泛化方面发展,对布尔加科夫的单篇小说进行细读研究的论文日渐增多,学者们的视野也不断扩大,布尔加科夫与俄国历史文化以及与其他艺术门类的关系也成为学者们关注的焦点。

刘亚丁在其《苏联文学沉思录》一书有关《大师和玛格丽特》的章节中认为:布尔加科夫的艺术世界是一个无组织的世界,这是作家本人的理想世界。布尔加科夫皈依了俄罗斯的农民和传统的知识分子共有的否认任何国家或政权形式的思想传统。许志强在 2005 年发表的论文《布尔加科夫与果戈理:文学史的对话》试图揭示布尔加科夫与俄罗斯文学的"果戈理传统"之间的关系,将两位文学大师放在了"施问者"和"答问者"的同一问题平台上加以审视,认为"果戈理所未能解决的难题像是棋谱上的残局,留给了另一个作家去解决"①。作为讽刺文学,《死魂灵》中乞乞科夫和《大师和玛格丽特》中的沃兰德都是叙事上的主角,通过造访者的陌生化身份形成对世界的讽刺戏剧性的观感。但是,这类角色立足于对世界统一性的瓦解,是生活的演员而非参与者,身份的不能自足使得他们缺乏长篇小说主人公所要求的完整和丰满。这也是《死魂灵》第二部失败的原因。布尔加科夫正是看到了这点,才在小说的第 13 章中宣布"主角登场",明示主角是大师,而不是着笔更多的沃兰德。果戈理给布尔加科夫提供了写作的样式,也正是有了他的前车之鉴,布尔加科夫的作品才避免沦于过分的笑剧化,得以和具体的社会生活结合起来,有了现实主义的纵深感。

祖国颂的论文《现实、神话、历史——〈大师和玛格丽特〉的文本解读》认为,布尔加科夫迎合了 20 世纪西方文学神话主义复活的浪潮,由于神话的存在,"现实与历史从对应走向融合,从分裂走向整一,最后驶向统一的无限时空。在这个世界里,现实被神话化,神话被历史化,历史被现实化,三者既水乳交融难以分割,又经纬有序界限分明"②。同时,布尔加科夫运用神话叙事方式的用意并不单单是一种故事的表述方式,布尔加科夫利用神话向我们展示了一种与

---

① 《外国文学评论》,2005 年第 1 期。
② 《俄罗斯文艺》,2002 年第 5 期。

中国俄苏文学研究史论
История исследования русской и
советской литературы в Китае

科学、逻辑等理性思维相背离的幻想世界,所以,叙述话语充满了荒诞和非理性的特点,其实表达的是作家对苏联庸俗现实主义艺术观的质疑和反驳。

王先晋在《布尔加科夫艺术世界文体结构探》①里虽然进行的是形式分析,但却能更进一步,从文本之外的文化传统的视角切入到叙述结构当中,旨在表明布尔加科夫与经典的俄国文学的血肉关系。作者提到,布尔加科夫总是把多个故事纳入到一个框架中,追求结构上的多层次的对位和主题内容最大限度的扩展。为此,布氏往往在作品中吸纳俄罗斯经典文学的传统结构,形成文本内部结构与文本外部结构的对位,如果戈理讽刺作品首尾衔接的框架、陀思妥耶夫斯基在浓缩的时间中迅速展开一系列事件的"危机小说"处理方式等……

除了小说和戏剧创作,布尔加科夫在其他文学体裁上的成就也引起了中国学者的注意,叶丽娜的《布尔加科夫的杂文创作简析》②就是把研究视角伸向了布氏杂文这一很少被人涉及的领域。叶文认为,布尔加科夫正是在任何真正的讽刺在苏联都成为不可思议的时候成了讽刺作家,布尔加科夫的讽刺指向的是社会的根源,恶的普遍性引起他深切的忧虑。与同时代其他(如左琴科)讽刺作家相比,日常生活在布尔加科夫笔下带有不可思议的鬼魅气息,浸透了神秘主义的黑色色调,其哲理性和抨击社会的尖刻程度都更胜一筹。此外,布尔加科夫的讽刺杂文受到果戈理"彼得堡随笔"的直接影响,突出体现在随意打破日常生活的因果规律,加入怪诞幻想的情节和意象,使现实生活变得一团混沌,不可思议。

布尔加科夫作品的具体文学背景也是学者们关注的对象。梁坤的《布尔加科夫的家园之旅》③回顾了作者本人在莫斯科时沿着《大师和玛格丽特》的线索对布尔加科夫的一次心灵追踪,从牧首湖到花园大街10号,最后是布尔加科夫故居,在这里回顾了布尔加科夫一生的创作。唐逸红的《布尔加科夫和斯大林》④考察了布尔加科夫的个人命运和斯大林之间的关系,证实正是斯大林本人的干涉,布尔加科夫作品的出版和演出才没有遭受到更加悲惨的命运,使得《莫里哀》、《图尔宾一家的日子》能够在莫斯科艺术剧院上演。但是,布尔加科夫并未因此放弃立场,而是永远忠于自己的创作个性。陈世雄的《布尔加科夫戏剧

---

① 《俄罗斯文艺》,2002 年第 5 期。
② 《俄罗斯文艺》,2004 年第 3 期。
③ 《俄罗斯文艺》,2002 年第 4 期。
④ 《俄罗斯文艺》,1999 年第 3 期。

的历史命运》①回顾了布尔加科夫的戏剧作品在各个历史时期的遭遇,作者态度严谨,占有的资料详尽翔实。在精确地复制布尔加科夫戏剧命运的同时,还阐释了这些外部力量对布氏剧本中的宗教、哲学、美学内容的影响。作者熟悉布尔加科夫所处的历史文化环境,论述精细入微,有相当的说服力。

最后,值得一提的是唐逸红的博士论文《布尔加科夫小说的艺术世界》(辽宁师范大学出版社,2004 年)。该文分别从体裁诗学、结构诗学和人物体系角度来解读《大师与玛格丽特》。作者将小说定为假定性的讽刺小说———一种基于梅尼普体的体裁,通过对该体裁溯源与分析,阐述了它的特点与创新,指出它对俄苏文学发展产生的重要影响。在分析小说的结构时,作者指出小说运用了别具一格的审美时空和审美对称法,进一步分析布尔加科夫独特的叙事风格和模式,总结出布尔加科夫在该小说中打破了传统小说单一的、固定不变的叙述视点,使小说叙述趋于多元。在分析小说中的代表性人物时,作者主要运用巴赫金的狂欢节理论分析魔鬼和小丑形象,并将彼拉多的形象分析与小说叙述风格上的多样化联系起来。此书分析细致,视角独到,是目前中国国内第一部布尔加科夫的研究专著。

布尔加科夫是一位具有广博内心世界和深远洞察力的伟大作家,他的《大师和玛格丽特》等作品具有丰富的内涵,已经为评论者从多个理论层面进行诠释提供了充分的空间。但是,国内目前对这些作品的认识与其在世界文学史中的地位尚不相称,我们期待着更多的有影响力和锐气的研究成果的出现。

[相关研究成果要目]

1. 童道明:《布尔加科夫及其创作》,载《苏联文学史论文集》,外语教学与研究出版社 1982 年版。

2. [俄]弗·拉克申:《布尔加科夫现象》,童道明译,《星火》,1987 年第 35 期。

3. [俄]米·彼得罗夫斯基:《两位大师》,《苏联文学》,1988 年第 2 期。

4. 吴泽霖:《公猫———布尔加科夫的笑声》,《苏联文学》,1988 年第 2 期。

5. 潘华琴:《〈大师和玛格丽特〉和〈断头台〉中宗教题材的运用》,《苏州大学学报》,1991 年第 1 期。

----

① 《外国文学》,1998 年第 1 期。

6. 余华：《布尔加科夫与〈大师和玛格丽特〉》，《读书》，1996 年第 11 期。

7. 曾予平：《论布尔加科夫的讽刺艺术》，《国外文学》，1997 年第 4 期。

8. 陈世雄：《布尔加科夫戏剧的历史命运》，《外国文学》，1998 年第 1 期。

9. 谢有顺：《小说的可能性之十五——我们的怯懦与贫困》，《小说评论》，1998 年第 1 期。

10. 李辉凡、张捷：《20 世纪俄罗斯文学史》，青岛出版社 1998 年版。

11. 唐逸红：《〈大师和玛格丽特〉中的小丑形象》，《辽宁师范大学学报》，1999 年第 2 期。

12. 唐逸红、徐笑一：《论〈大师和玛格丽特〉的体裁特点》，《辽宁师范大学学报》，2001 年第 2 期。

13. 李明滨(主编)：《俄罗斯 20 世纪非主潮文学》，北岳文艺出版社 1998 年版。

14. 余杰：《俄罗斯之狼》，《中华读书报》，1998 年 8 月 19 日。

15. 唐逸红：《布尔加科夫和斯大林》，《俄罗斯文艺》，1999 年第 3 期。

16. 温玉霞：《惩恶扬善的魔鬼——沃兰德》，《外语教学》，2000 年第 2 期。

17. 张杰：《白银时代俄罗斯宗教文化批评理论研究》，《外国文学研究》，2000 年第 2 期。

18. 刘锟：《〈大师和玛格丽特〉的叙事话语分析》，《外语学刊》2000 年第 4 期。

19. 康澄：《对 20 世纪前叶俄国文学中的基督形象的解析》，《外国文学研究》，2000 年第 4 期。

20. 李毓榛主编：《20 世纪俄罗斯文学史》，北京大学出版社 2000 年版。

21. 李琳：《米·阿·布尔加科夫》，《俄语学习》，2001 年第 2 期。

22. 谭得伶、吴泽霖：《解冻文学和回归文学》，北京师范大学出版社 2001 年版。

23. [英]莱斯莉·米尔恩：《布尔加科夫评传》，华夏出版社 2001 年版。

24. 林精华编：《西方视野中的白银时代》(上、下)，东方出版社 2001 年版。

25. 赵宁：《恶魔主题在俄国文学中的嬗变》，《河南大学学报》，2001 年第 3 期。

26. 李小桃：《求索与碰撞——20 世纪初俄国寻神运动的社会根源浅析》，《四川外语学院学报》，2002 年第 1 期。

27. 王宏起:《天国的向往——布尔加科夫的宗教思想探析》,《俄罗斯研究》,2002 年第 2 期。

28. 梁坤:《布尔加科夫的家园之旅》,《俄罗斯文艺》,2002 年第 4 期。

29. 赵晓彬:《俄罗斯文学的装饰风格初探——布尔加科夫的小说〈白卫军〉装饰风格浅析》,《俄罗斯文艺》,2002 年第 5 期。

30. 祖国颂:《现实、神话、历史——〈大师和玛格丽特〉的文本解读》,《俄罗斯文艺》,2002 年第 5 期。

31. 王先晋:《布尔加科夫艺术世界文体结构探》,《俄罗斯文艺》,2002 年第 5 期。

32. 夏晓方:《〈大师和玛格丽特〉与俄国宗教哲学思想》,《俄罗斯文艺》,2002 年第 5 期。

33. 戴静:《论〈大师和玛格丽特〉的空间结构及其意义》,《俄罗斯文艺》,2002 年第 6 期。

34. 耿海英:《〈大师和玛格丽特〉与〈圣经〉》,《天津外国语学院学报》,2003 年第 2 期。

35. 王宏起:《他为明天而存在——20 世纪布尔加科夫研究综述》,《国外文学》,2003 年第 2 期。

36. 夏晓方:《俄罗斯"完整世界观"与布尔加科夫》,《浙江工商职业技术学院学报》,2003 年第 3 期。

37. 王宏起:《〈魔障〉:怪诞小说的精品》,《外国文学评论》,2003 年第 3 期。

38. 王宏起:《〈白卫军〉中的梦幻解析》,《四川外国语学院学报》,2003 年第 6 期。

39. 王剑青:《〈大师和玛格丽特〉与狂欢化》,《俄罗斯文艺》,2003 年第 6 期。

40. 邱艳萍、林晓华:《天才与时代的矛盾——论布尔加科夫的中篇小说〈狗心〉》,《楚雄师范学院学报》,2003 年第 6 期。

41. 余自游:《人类救赎之路——论〈大师和玛格丽特〉》,《乐山师范学院学报》,2004 年第 1 期。

42. 陈世雄、周湘鲁译:《逃亡:布尔加科夫剧作三种》,厦门大学出版社 2004 年版。

43. 叶丽娜:《布尔加科夫的杂文创作简析》,《俄罗斯文艺》,2004 年第 3

期。

44. 王希悦:《论〈大师和玛格丽特〉的叙事特点》,《辽宁师范大学学报》(社会科学版),2004 年第 4 期。

45. 王宏起:《论〈大师和玛格丽特〉显性和隐性音乐成分》,《黑龙江社会科学》,2004 年第 5 期。

46. 唐逸红:《布尔加科夫小说的艺术世界》,辽宁师范大学出版社 2004 年版。

47. 谢周:《对话精神的缺失——试评〈大师和玛格丽特〉的人物塑造》,《四川外国语学院学报》,2005 年第 1 期。

48. 许志强:《布尔加科夫与果戈理:文学史的对话》,《外国文学评论》,2005 年第 1 期。

49. 丁海丽:《精神苦旅:从马克思主义到唯心主义再到宗教——布尔加科夫思想转变原因初探》,《哈尔滨学院学报》,2005 年第 2 期。

第三十七章
中国的茨维塔耶娃研究

茨维塔耶娃（Марина Ивановна Цветаева，1892—1941）是俄罗斯白银时代登上诗坛的杰出女诗人。早在 20 世纪 20 年代，我国学界就注意到了茨维塔耶娃，但后来茨氏在苏联的遭遇使她逐步淡出了中国学界的视野。从 20 世纪 80 年代开始，中国对茨氏及其作品的译介和研究才真正起步。

一、20 世纪 80—90 年代的研究面貌

1982 年 2 月，标明"内部发行"的《西方论苏联当代文学》论文集中有 3 篇文章谈及女诗人茨维塔耶娃。然而，该论文集本身不是一种公开的亮相，茨氏的身影在其中显得比较模糊。1982 年第 5 期《外国文艺》中，娄自良译出《茨维塔耶娃诗辑》，收录了诗人不同时期的 8 首诗歌。此后，茨氏的诗歌开始被陆续译出，1985 年还出现过茨氏诗歌译介的一个小高潮①。国内的茨氏研究也开始展开，最初的译者往往也是中国前期茨氏研究的中坚力量。

20 世纪 80 年代茨维塔耶娃在中国的"重新发现"，是当时中国学界重构自己的苏俄文学史观的一部分。同时期对被解禁的作家的译介中，有 3 篇重要的文章与茨氏研究有关，它们分别是帕斯捷尔纳克的《人与事》、爱伦堡的《玛琳娜·茨维塔耶娃的诗歌》和叶弗图申科的《诗歌，决不能没有家》②。帕斯捷尔纳克高度评价了诗人的作品，并预言："我认为，茨维塔耶娃有待于彻底地重新认识，等待她的将是最高的荣誉。"爱伦堡认为决不能以"艰深费解"来解释女诗

---

① 1984 年第 2 期《俄苏文学》，陈耀球译《茨维塔耶娃诗一束》，录诗歌 5 首；1985 第 2 期《苏联文学》，苏杭译《女诗人作品集锦》，录茨氏诗作两首。1985 年，乌兰汗主编的《苏联女诗人抒情诗选》收录了她的 16 首作品；同年出版的《苏联三女诗人选集》一书则选取了诗人 40 余篇诗作，里面完整收录了著名的组诗《献给捷克》和长诗《山之歌》。1988 年第 2 期《译林》，顾蕴璞译《茨维塔耶娃诗三首》。上面的译介虽有重合，但总体以推荐新译为主。

② 分别载于《世界文学》，1985 年第 5 期；乌兰汗主编：《苏联女诗人抒情诗选》，《世界文学》，1989 年第 4 期。

人的作品和她所受的冷落,并分析了诗人特有的生命体验与她诗歌中的俄罗斯
性格密不可分。叶弗图申科则主要从茨氏"仇恨家园"的诗句入手,解读出其中
包含着的诗人对祖国"撕心裂肺"的热爱;作者还论述了茨氏的性格和诗作的独
特气质。

20 世纪 80 年代国内译介的美籍俄裔学者马克·斯洛宁撰写的《苏维埃俄
罗斯文学(1917—1977)》有独特的意义,该书有专章论及包括茨氏在内的 3 位
诗人。作者十分推崇茨氏的长诗及诗体故事,并着力从诗歌语言内部揭示诗人
作品的独特魅力:她"往往省略了短语之间的语法连接,不断破坏了词语的连
贯";"她喜欢采用追溯词根的方法。她通过去掉前缀,改变词尾及一、二个元音
或辅音而成功地揭示各种词语的原始意义"。诸如此类的评论显示了作者对诗
歌写作语言的精通和敏感。作者还指出茨氏的非诗歌作品也具有高度的文学
价值,并强调和认同茨氏诗歌的非政治性。

20 世纪 80 年代国内相关评论和研究的主要形式是译者前言。1982 年娄
自良写的茨维塔耶娃生平简介与后来国内出现的相当一部分类似的文字基本
观点相近,其中与斯洛宁叙述一致的部分是作家的童年生活、流亡国外的孤独
困窘与回国后的悲惨遭遇,而有争议的地方则大致包括:茨氏对十月革命的态
度是否前后有转变、她对马雅可夫斯基等苏维埃诗人的高度评价、拒绝出版早
年写的倾向白军的《天鹅营》诗集的行为该如何理解等。斯洛宁和中国学者对
诗人政治态度解释上的"出入",实质上都是从各自立场出发,为诗人在艺术上
的地位谋求政治合法性的策略表现。这些策略也贯穿在译介者的相关评论中,
体现了当时通用的文学批评方法和文学接受惯性。例如,娄自良对茨氏诗歌艺
术特点的分析:她的"诗歌基调灰色、苍白、孤寂,主要写死亡、爱情、艺术,偶尔
涉及历史题材,也流露出她错误的历史观。她的艺术观接近于自白派,主张自
我表现"。"她在法西斯德国侵占捷克斯洛伐克时期,曾写过一些以反希特勒为
主题的比较积极、健康的诗作。"乌兰汗的概评是,虽然早年对十月革命不理解,
甚至抵制,但她是正直善良的艺术家,肯于寻求真理,也勇于面对现实,经过漫
长的坎坷、曲折的路程,终于对新生活有了新的认识。顾蕴璞则认为她是"由于
受丈夫的影响,对十月革命不能理解"。同样的策略也决定了译介者在翻译诗
作时的选择,在上面提到的 7 次茨氏诗歌刊登和出版中,有 5 次都选取了表现
宏大主题的《祖国》或《献给捷克》。此外,娄自良的简述中还介绍了苏联自 20
世纪 60 年代起对作家重新评价的情况,凸显了茨氏在"近年来"苏联文学研究

界的地位。

刊登在《俄苏文学》1984 年第 4 期的王守仁的《茨维塔耶娃及其诗歌创作》，是中国茨氏研究的发轫之作。论文结合较为翔实的史料和茨氏的作品，分 4 个部分，分别探讨了诗人的性格特征与坎坷人生之间的关系、诗人"不问政治"的态度与"政治诗人"的实质、诗人的诗歌特点和文学遗产，以及如何评价诗人在文学史中的地位等问题。文章认为，诗人反对"十月革命"的实质是她"任何时候都反对暴力。她视十月革命为'暴力'而远远逃离它。30 年代德国法西斯用暴力开始蹂躏欧洲时，她同样诅咒"。此外，"她爱祖国，爱俄罗斯，但这还不等于爱苏维埃"。值得注意的是，作者认为茨维塔耶娃实质上是"不问政治的'政治诗人'"。虽然她一直宣称自己对任何政治都不感兴趣，根本不懂也不想弄懂政治，"尽管她的诗歌作品歌颂反革命多于赞扬革命"，但"她后期的诗思想性很强，洋溢着对侵略者的恨和对被侵略国家的人民的爱"。作者认为，真正的艺术家永远也不会脱离时代，"不问政治"本身就代表一种政治立场和思想观点。关于《天鹅营》，作者写道，诗人在其中中伤红军，但也同时反映了"对脑满肠肥的贵族资产阶级的厌恶与憎恨"，"可见，她曾试图站在'不偏不倚'的立场上去评判社会的基本矛盾"。作者还为茨氏诗歌中突出的"死亡主题"进行了辩解，认为这是一种时代风潮和个人浪漫气质共同作用的结果，有其现实意义，所以不能因此将她归于"颓废派"。

在艺术特点上，文章论及了茨氏诗歌跳跃性很大的节奏感，"对话"式的抒情独白和独特的譬喻。作者还较早认识到作为文艺理论家和批评家的茨氏的价值。作者认为，茨氏的作品，不论从思想性还是从艺术性来看，都很不平衡，因而只有充分肯定其优秀作品和诗歌艺术上的成就，正视其诗歌中的糟粕和诗歌创作中的颓废因素，才能在历史上还她一个公正的位置。这种态度较为客观和理性。80 年代中国的茨维塔耶娃研究仍处于相对沉寂的阶段，它的主要意义在于为后来研究的展开奠定了一个基础。

1984 年，陈耀球在《茨维塔耶娃诗一束》的译者序中提到：茨氏"生前出版的 13 本书和死后出版的 3 本书，只收集了一小部分作品，许多诗篇由于没有出版而散失了，现在，在苏联报刊上往往能够看到新发现的茨维塔耶娃的诗作"。

90 年代头两年,两本诗人的选集分别出版,就收录了不少新的译作①。两本诗选最大的意义在于明确了学界对诗人独特地位和价值的认识,使之不必再附庸于其他名目下的合集,或只在杂志上留给读者惊鸿一瞥式的片断印象。

20 世纪 90 年代的开初和尾声,茨氏还分别入选了两本合集。前者是 1992 年出版的《俄罗斯抒情诗选》,后者是 1998 年出版的《俄罗斯白银时代诗选》,耐人寻味的是茨维塔耶娃被划归的群体名称的变化,其背后是数年来中国俄苏文学史界反思、重写文学史所凝结的成果:俄国现代派诗歌的艺术价值被重新发掘,"白银时代"和"侨民文学"成为学术热点。伴随着诗人所处"时代"历史的重写,茨维塔耶娃的名字已无法回避。这一时期,诗人重要的非诗歌类作品和传记也得以译介出版②。

《复活的圣火》一书中选录了约·布罗茨基重要的评论文章《诗人与散文》。作者以在艺术的"等级体系中,诗歌高于散文,诗人在原则上也高于散文家"为前提,深入茨氏的作品内部,通过自身作为诗人丰富的诗歌经验和对语言技巧特有的敏锐,探究茨氏为什么要转向散文写作,而这种写作和她的诗歌又有怎样的联系。这篇文章在中国学者视野内首开茨氏散文研究的范例,也提示了对其非诗歌作品的研究的重要意义。1998 年出版的《十月革命前后苏联文学流派(下编)》中,收录了当时的文坛领导人 B. 勃柳索夫的《俄罗斯诗歌的昨天、今天和明天》一文,其中否定了茨的诗集《里程碑》的价值,虽然提及她作品的话不多,但勾勒出了诗人所处时代的文学主流空气。

与 80 年代相比,诗集《温柔的幻影》译者前言对诗人的生平介绍有所扩充,在作家经历的叙述上与以前基本一致,并且继续肯定了女诗人在流亡后期思想上的转变。值得一提的是娄自良在文末附上了自己对茨维塔耶娃诗歌的个人感受,并以分析《失眠》组诗中的一首为例,强调了茨氏的诗歌特别需要"思索",需要精读的特点,并呼唤读者将对诗人作品的鉴赏推进到更高的审美层次。这一举动可看做主张研究茨维塔耶娃作品应从其艺术价值入手的先声。苏杭在译者序里则提到了一个颇有意义的信息:"1992 年将是茨维塔耶娃诞辰

---

① 娄自良译:《温柔的幻影——茨维塔耶娃诗选》,上海译文出版社 1990 年版;苏杭译:《致 100 年以后的你(茨维塔耶娃诗选)》,外国文学出版社 1991 年版。

② [俄]尼·古米廖夫等著、王守仁编选:《复活的圣火——俄罗斯文学大师开禁文选》,广州出版社 1996 年版;[俄]茨维塔耶娃、[俄]帕斯捷尔纳克、[奥]里尔克著,刘文飞译:《三诗人书简》,中央编译出版社 1999 年 1 月版;阿·茨维塔耶娃著、陈耀球译:《自杀的女诗人——回忆茨维塔耶娃》,漓江出版社 1991 年版。

100 周年,茨维塔耶娃一生中不胜翘企的读者如今正追随着她的踪迹。"上述两本诗集便似乎具有了某种献礼意味。

楼肇明在《复活的圣火》中名为《启示录时代的启示》的序言里阐明,译介和了解曾被"活埋"的历史对中国具有重大的启示意义。他还简论了茨氏的不可重复性、她寻求精神家园的左冲右突的焦虑等等。作者认为,其全部作品"有一种火山熔岩般的壮丽气象和连同她自己也会焚毁殆尽的悲怆",其精神世界"将女诗人们为自我定位的自我意识提升到了一个前所未有的层次"。刘文飞则在《心笺·情书·诗简——〈三诗人书简〉译后》中,精细地梳理了茨维塔耶娃、里尔克(奥)和帕斯捷尔纳克(俄)3 位诗人的交往历程,爱和诗是他们信中的两大主题,那"是一种在相互敬慕的基础上升华出的柏拉图式的精神恋爱,或曰,是一阵骤然在爱情上找到喷发口的澎湃诗情"。3 人的通信对各自的文学创作都产生了重要的影响,同时它们倾注了 3 位大诗人的情思与诗性,也是世界文学的宝贵遗产。

1990 年,王守仁撰写的《苏联诗坛探幽》对其曾写文章专门论述过的茨维塔耶娃仅几笔带过,但这样的叙述已比此前文学史的漠视态度好了许多。而茨氏之所以未能像阿赫玛托娃那样得到专节论述,其原因大约为:诗人主要活动时期还游离于当时学界关注之外。1998 年,李辉凡、张捷编著的《20 世纪俄罗斯文学史》在"侨民文学"的小节标题下,用 11 行文字简述了诗人的生平经历和代表作品,虽篇幅不长,也没有任何凸显其地位的评价,但毕竟是诗人在中国学者编写的俄罗斯文学史中被首次正式介绍(而非在概述文学事件时一笔带过)。同时,该书将茨氏划归入特定群落的叙事策略说明,中国学界惯以历史发展为经、以某种主义和流派为纬,书写关注重大事件的文学史,这必然使得经历极具特殊性的茨维塔耶娃(独立于当时各种文学流派,离世于"解冻文学"时期以前)在传统的文学史中难以被"安置"。茨氏在文学史中地位的改变可能必须依靠文学史书写方式的转变。这种转变之一就是许贤绪著述的《20 世纪俄罗斯诗歌史》,在独立的文学体裁史脉流中,诗人的地位被前所未有地凸现出来,作者还结合作品、分析了诗人不同时期不同的创作主题(例如流亡期间的三大题材是:"生离死别、与祖国的距离、谴责资产阶级市侩")及其艺术特点。应该说,该书的相关评论主要借鉴了前人的研究成果,研究方法上的突破和创见都有限,但它仍是至今中国学者编写的文学史中关于茨氏篇幅最长的评介。

1993 年,《国外文学》刊登了顾蕴璞的文章《命运·个性·风格:阿赫玛托

中国俄苏文学研究史论
История исследования русской и
советской литературы в Китае

娃与茨维塔耶娃》。作者对比了两位女诗人相似又相异的人生经历,认为她们的"艺术个性是径相对峙的,但同时也是互相补充的"。"阿赫玛托娃毕生追求完美的和谐,侧重在继承俄罗斯现实主义诗歌以至现实主义小说的传统";茨氏则"孜孜以求艺术上的独立不羁,是对俄罗斯诗歌传统从形式到内容的公然反叛"。前者的诗给人"委婉蕴藉"之感,多半充满阴柔之美;而后者却是"痛快淋漓"的,"往往阴柔与阳刚之美兼而有之"等等。作者以两人在各自讴歌祖国的诗篇中对爱的抒发为例,论证了上述观点,并认为从艺术角度上看,两者的政治诗均不如其抒情诗出色。将这两位具有可比性的诗人进行比较,有利于凸显其各自风格上的特点。而文章以研究诗歌的艺术特征为主,并肯定抒情诗的艺术价值高于政治诗,则折射出中国诗歌研究思路和方法上的改变。1994 年,王守仁的《苦涩美的由来》就是与这种改变呼应的赏析式解读之范例。

值得一提的还有蓝英年的《性格的悲剧》(1995),此文将国内的诗人研究往前推进了一步。作者结合翔实的第一手资料①,试图对茨氏悲剧之谜作出解释。传统认为,是归国后精神和物质上所受的沉重压力使诗人不堪重负,选择了自缢。而诗人此前之所以流亡,后来又回国,主要是为了追随丈夫埃夫伦。茨氏的女儿阿利娅也这样将悲剧归咎于父亲:"妈妈两次为爸爸毁掉自己的生活。第一次是离开俄罗斯寻找他,第二次是跟他返回俄罗斯。"中国学者基本沿用类似的描述,还有论者认为诗人反对十月革命也是受丈夫影响。这在某种程度上使诗人的形象单一化,成为爱的自我牺牲的象征。蓝英年突破了"为尊者讳"的评论模式,细梳诗人婚前婚后数段激情澎湃的罗曼史,认为她对爱奔放、无节制的追求,"没头没脑地投入感情风暴"的"绝对需要",是一点一点促成悲剧的重要原因。另外,将诗人赞扬马雅可夫斯基视为其转变了政治态度的传统观点也受到了冲击,作者列举了相关诗作和茨氏感到自己这句话被曲解后的反应,较为可信。

1999 年,《西安外国语学院学报》刊登了焦晨的《孤独的玛·茨维塔耶娃》。文章是从"孤独"这样一条贯穿诗人一生的精神线索入手,发掘诗人创作的基本主题、思想观点以及风格特征。关于后期从抒情诗转向长篇叙事诗的创作,作者认为"描述的不仅仅是'低级的日常琐事',而是'生命的存在'"。文章还略述了诗人以希腊神话为基础创作的戏剧三部曲等。同年,查晓燕在论述普希金

------

① 见《青山遮不住》作者前言,青岛出版社 1998 年 12 月版。

作为俄罗斯"动态的经典"的文章中,兼议了茨维塔耶娃在普希金身上寄托的"对俄罗斯文化之源、世界文明之根的不可动摇的依恋与仰望"。这两篇文章表明,一批新的研究者正在开始关注茨氏的研究,并积极尝试将研究扩展到新的领域。

综观 20 世纪 90 年代茨氏在中国的接受与研究,诗人的诗歌作品已被结集出版,书信等非诗歌类作品也陆续被译介,加上对其传记和评论的积极引进,中国对诗人研究的基本条件趋向成熟。在学界重新发掘、评价"白银时代"等思潮的影响下,对诗人的研究悄悄经历着由"政治倾向论"到"美学价值论"的转变,中国学者们越来越注重从诗歌本身的艺术价值、作者的美学思想等方面来判断和寻找诗人在文学史中位置;随着史料的积累,对诗人的评价也趋向理性。虽然受到中国文学史传统书写惯例的制约,但茨维塔耶娃终于被写进了俄罗斯文学史,并在专门的体裁史中占有毋庸置疑的重要地位。90 年代是诗人研究在中国的一个稳健的准备阶段,随之出现的将是新世纪以来中国茨氏接受与研究的第一个小高潮。

二、新世纪以来的研究面貌

21 世纪初,茨氏的诗作入选了两本分别以"白银时代"和"流亡诗"为主题的诗歌选集,其文论《诗人与时代》也在 2001 年《俄罗斯文艺》上单独被译出。这一时期最重要的译介活动首先是文集《老皮缅处的宅子》的出版,它首次在中国集中翻译了作者的 6 篇自传性散文、1 篇对同时代人的回忆和 29 封书简,它不仅是两年后 5 卷本文集出版的序幕,同时书简编录的角度与后者可以互补。

在 2002 年出版的帕乌斯托夫斯基《文学肖像》一书中,作家提到了诗人和他的父亲:"玛丽娜以自己的全部身心,深入了解俄罗斯民间智慧那深刻而又鲜明的内涵,她是俄罗斯女性内在美的化身,但不是讲究的女知识分子的美,而是农妇和普通女性的美","在自己的诗歌本质方面与涅克拉索夫最为接近,具有丘特切夫式的深度和力度的诗句,像饱满的谷粒一样生动而又沉甸甸的俄语"。美国学者苏姗·桑塔格在文集《重点所在》中特别谈及茨氏。《诗人的散文》一文应该受到了布罗茨基《诗人和散文》的影响。作者以推崇诗歌具有最高的艺术价值为基点,提出了"诗人的散文"这一概念。她认为"诗人的散文"作为一个特殊种类的散文的演化,是 20 世纪文学的伟大事件之一。茨氏的散文则是"诗人的散文"的"更纯粹的范例",其在文学史上的地位并不亚于她的诗作。

2001 年,林精华主编的《西方视野中的白银时代(下)》中,首次出现了国外学者关于诗人的专题论文:莉莎·克纳普的《茨维塔耶娃与两个娜塔利娅·冈察诺娃:双重生活》。题目中的"两个娜塔利娅·冈察诺娃"分别指普希金的妻子和诗人熟知的艺术家,后者与普妻同名且有一定的亲友关系。该文引用相关作品,试图通过心理分析和神话原型分析等方法,探询茨维塔耶娃对普希金又一精神传统的领会和继承,即如何面对诗人生活的双重性,讨论精神生活和世俗生活的关系。

　　2001 年,两本新译介的俄罗斯文学史出版,它们不仅表明怎样的文学史书写方式更有利于为诗人找回在历史中的位置,更证明在良好的专业素养的把握下,文学史不单是叙述性的、基本事实和概述的有机串联,同时也可以是研究性的,体现较高水平研究成果的学术专著。弗·阿格诺索夫主编的《白银时代俄国文学》在各文学流派之外,将茨维塔耶娃归入"文学团体之外者"进行评述。作者揭示了诗人在俄罗斯境内创作的几部诗集里中心主题、抒情女主人公形象和意识的变迁,通过对隐喻的解读,破译了诗人对诗歌境界不断变化的追求,在自我创作哲学上的逐渐深化,并从几部诗集的内在发展逻辑中透视诗人怎样将古老的宗教信仰"无意识地、但十分准确地改造"并融入自己的创作当中,而其特有的神话和象征体系又是怎样逐步形成的。文末还列举了 5 本国外茨氏研究著作,并附有作者简评,有利于国内研究者参考借鉴。符·维·阿格诺索夫的《20 世纪俄罗斯文学》则打破流派的界限,以对个别作家的评述为纬进行文学史写作,所以同样给茨维塔耶娃留出了相应充分的评论空间。该书对茨氏的解读从 3 个角度切入:(1)不合时宜的天才女诗人;(2)悲剧性矛盾的自我揭示;(3)自由不羁的心灵。第一、三部分分别简述了诗人生平,总结了诗人在作品中主要的语言修辞特征;而第二部分则浓墨重彩,因为正是诗人显著的自我特征决定了她对自己艺术生命及现实生活的选择和铸造,决定了一切。

　　这两部文学史译本的重要意义还体现在批评方法的使用上,它们的评论总是直接依托于对诗作的语言、修辞、结构等内在因素的分析,相对于国内主要使用的"知人论世"的批评方法,这种"新批评式"研究更能从诗歌本身为自我证明。如同语言是诗歌的基石,语言研究也应该是诗歌研究的基石,在此基础上,"知人论世"的批评方法应该也能发挥出更大的作用。从后文中可以看到,后期茨氏研究中较有价值的成果,都是在这些方面取得的。

汪剑钊在《驶向不朽的火车——关于〈茨维塔耶娃文集〉》[①]一文中介绍了作者编选 5 卷本的起因与经过。文章不仅提到了朦胧派诗人对茨氏价值较早的认识,还从侧面揭示了茨氏中国研究之所以无法成为热点的原因:"主要原因恐怕是两个,一个是茨维塔耶娃的作品在阅读和理解上难度较大,从事俄罗斯文学的研究者大多有翻译上的畏惧心理,不太敢碰触这一雷区;另一个原因则是出版社觉得这样的文集属于阳春白雪之类的,读者面较窄,不会有太大的市场,经济利润不会太高,因此也不太愿意投资。"此外,作者在谈到选诗标准时体现了 20 年来国内文学接受与研究思路的深刻变化:"在文集的编译过程中,我们奉行的原则是,艺术性为第一标准,兼顾文学史的定位,对那些文学性元素不够的作品,即便在各类著作中有很高的评价,也不予收入。例如,文集不曾收入她的组诗《捷克诗章》,我的想法是,虽然有很多批评家对它给予了高度的评价,而之所以如此,更多地与人们看重它的政治和伦理的元素有关,而并非它在艺术上有突出的成就;况且,这个组诗已有数种中译文,倘若读者觉得我的判断有误,也不难从其他途径找到它。"与 80 年代形成了较鲜明的对比。

在 2004 年出版的《罔两编》里,止庵先生对诗人的推崇代表了文坛对诗人的某种关注现状。茨维塔耶娃的名字在不同的 4 篇文章中被提起,而且都被给予至高评价。作者写道:"如果说阿赫玛托娃写的是痛苦的记忆状态,茨维塔耶娃写的就是痛苦的当下状态;所以前者更深沉,后者更强烈。"作者用"迷乱"来形容茨氏的作品,虽付诸感性,但洞察敏锐。而在后序里,茨氏被比喻为文学界里的凡高,"与其说创造力从属于他们,不如说他们从属于创造力"。2003 年,林精华的《想象俄罗斯》一书中,在"散文随笔:把俄国现代性问题公共化的修辞策略"的标题下,作者叙述:"作为诗人的茨维塔耶娃和作为散文家的茨维塔耶娃是一体的,共同构成了一个更加丰富多彩的女性散文家形象。"这里是把茨氏的身份作为散文家进行论述的,并把其散文写作放在更广阔的时代空间中。当时,散文实际上成为了一种被诗人、学者普遍使用的公共文体,这里偏重的是诗人散文的文化功用。

值得强调的是,在《老皮缅处的宅子》译者序中苏杭对诗人生平研究的新贡献。结合最新的相关资料,作者对诗人进行了更为深刻细致的分析:"想要展示全部的美,自然是按照茨维塔耶娃的方式,不加伪装,不饰虚假。而这种愿望必

---

① 《北京日报》2003 年 6 月 8 日。

中国俄苏文学研究史论
История исследования русской и
советской литературы в Китае

然超出了某种界限。……(她)总是超越界线,她'超越了边界',于是陷入了孤独。"同时,作者比蓝英年更为系统详细地梳理了诗人与若干男女的亲密交往史,将在茨氏创作中占重要部分的献诗各对象——厘清,诗人一生对爱情幻象不倦追求的形象得到凸现。在诗人自杀的谜团上,作者更提出了一个全新的解释:"据俄罗斯联邦安全部一位不愿透露姓名的高层官员证实,档案中存有文件,证明一个肃反工作人员在茨维塔耶娃死前一天,曾找她谈话,让她自裁。"此外,作为国内最早的茨维塔耶娃研究者之一,作者还全面地介绍并论述了诗人的各类作品及其艺术价值,文章是作者多年来对诗人作品深刻感悟和理解的积淀。2000 年,李毓榛主编的《20 世纪俄罗斯文学史》出版,首次在国内的同类文学史中将诗人的两首诗作穿插在对其简要的生平叙述间,以体现诗人诗歌中"以豪放的激情歌唱爱情、赞美生命"及"幽幽的思乡之情"等特点。在一定空间内的有限截取虽然有将诗人特性片面化、空泛化之嫌,但其评估态度仍具有突破价值。

需要注意的还有两部非国别文学史对诗人的重视态度。李赋宁总主编的《欧洲文学史第三卷(上)》不仅针对《祖国》一诗进行了艺术分析,而且对茨氏的介绍和评论都比前一本书更为详尽,它提纲挈领地概述了现实世界与精神世界的矛盾在她创作中的重要地位、她刚柔相济的独特诗风、对普希金诗歌传统的继承和对民间文学、古代神话的广泛吸收等重要内容,并指出茨氏的创作是"不可多得的瑰宝。目前,对这位女诗人的研究方兴未艾。"另一本是 2003 年出版的汪介之主编的《20 世纪欧美文学史》。该书中,茨维塔耶娃被置于"侨民文学第一浪潮"的小节标题下,作者将其人生历程与诗歌创作交织介绍,使之相互映衬,并对其不同时期某些代表作品的风格进行了简要的评述,例如《山岳之歌》的艺术特点等。茨维塔耶娃在整个欧洲文学史中地位的恢复乃是实至名归,数年来中国学界文学史重写运动的成果在这两本书中得以体现。

2000 年以来,茨维塔耶娃中国研究迎来了一个小高潮,中国期刊网收录的诗人专论共 11 篇,刊载在其他书刊中的专论和相关论文有 5 篇,远远超过了前 20 年中研究文章数量的总和。同时,茨氏的关注者中新人辈出,诗人研究主题的广度和深度也在不断推进中。例如对其诗歌中祖国主题的探讨、对其抒情诗审美情感的分析。但这类文章主要还是对前期译介研究成果的消化和吸收,突破性不大。张念的《不是女人,是魂灵:关于茨维塔耶娃》实际上是对诗人生命体验形而上的亲近和领悟。李锡胤则首次研究了茨维塔耶娃的翻译作品——法国诗人波特莱尔的《航海》，根据茨氏译作字面上的特点（增添词语、删减词语、改变原作中的词语），分析了诗人在文化情结上的特点，包括神话情结，俄罗斯民间文学情结、宗教文化情结、死亡情结、个人友谊情结等。在研究主题、方法上都令人耳目一新。

这一时期荣洁对茨氏的集中研究值得关注，她撰写的 6 篇诗人及其作品专论大多见解独到。6 篇文章可分为 3 类，其一是资料汇集：《茨维塔耶娃创作研究的历史及现状》作为对西方斯拉夫文学研究界相关研究状况的首次综述，开拓了中国学界的视野，是非常宝贵和及时的研究参考资料。其二是对茨氏在文学史中位置的考察：在《茨维塔耶娃及其作品》里，作者总结了茨氏创作的各种倾向后得出结论："如果与高尔基、奥斯特洛夫斯基、马雅柯夫斯基等作家和诗人的艺术观相比，茨维塔耶娃的艺术观实属颓废的另类艺术观之列。"其引人注目的不在于结论，而是对探究历史定论背后内涵的问题意识和比较的思路。第三类主要是从神话、原型学说解读诗人创作主题和诗学特征的系列文章。《走近茨维塔耶娃》虽然也结合诗人身世评述其作品，但在眼界上有不少超越，如她的创作与俄国的、外国的、古代的、现代的、多神教的、基督教的文化有着密切的联系；她熟谙神话故事和民间文学，对世界充满神话诗学的认识，她常使民间文学中的、古老的、多神教的原型在其诗作中"复活"；她的诗歌充满了民间文学色彩等。与张坤合作撰写的《茨维塔耶娃与〈捕鼠者〉》一文紧承上文的观点，作者选择了茨氏根据民间童话素材创作而成的《捕鼠者》一诗，分析她如何将这些原型在诗作中"复活"，以反映她对现实的态度，同时标上她无法磨灭的个人色彩。这样的分析恰建立在对该诗语言的种种梳理与分析之上，令人信服。《走进茨维塔耶娃的抒情诗世界》"力图以神话视觉来把握其'诗的宇宙'及诗中建构的宇宙模式，以理解其诗歌创作全貌，尤其是抒情诗创作"。《数字——一种特殊的文化记忆方式——茨维塔耶娃诗歌世界中的数字》也是从神话学、文化学角度发掘诗作中的神秘"数字在揭示其作品主题方面起着重要的作用"。作者研究的突出特点在于其视野较为开阔、对新理论批评方法能熟练掌握及准确运用、研究的系统性和持续性，以及以语言修辞作为诗歌研究根本切入点的指导思想。

此外，汪介之在《认识 20 世纪俄罗斯文学理论与批评的整体成就》里肯定了茨维塔耶娃的《诗人与时代》、《在良心光照下的艺术》等文论的意义。张捷则在《20 世纪俄罗斯文学回顾》中认为，俄罗斯对阿赫玛托娃和茨维塔耶娃可

中国俄苏文学研究史论
История исследования русской и
советской литературы в Китае

能进行了意气用事的评价,这是在"翻案风"为过去被打倒的平反、纠偏下的结果,导致了对"回归"的作家"进行胡乱的吹捧"。作者主张参考曼德尔斯塔姆的夫人的观点:"可怕的是昙花一现的诗人。万一我们的人——安纽塔、玛琳娜、奥西亚、鲍里斯(分别为阿赫玛托娃、茨维塔耶娃、曼德尔斯塔姆、帕斯捷尔纳克)也都这样呢?要知道同时代人是看不出什么的。"伟大的诗人需经得住时间的考验。虽然上述4位诗人的地位已经得到了全世界普遍的承认,但这篇文章所提倡的反对跟风与盲目崇拜,理性、客观的研究态度对学界进行诗人研究大有裨益。

2000年以来,茨维塔耶娃的中国接受与研究取得了可喜的进展。2003年,汪剑钊主编的《茨维塔耶娃文集》5卷本(包括诗歌、回忆录、散文随笔、书信、小说戏剧)由东方出版社出版,这是中国译介茨氏作品的重要收获。新时期以来,中国对这位诗人的研究也逐渐增多,出现了若干较有价值和新意的文章,2002年,还有了关于她的博士论文①。诗人的各类作品在国内已经都有一定数量的代表,研究其生平的相关资料搜集稳步进行,诗人在文学史中的地位已经基本得到公认与彰显,前20年中译介资料多、本国研究实践成果少的尴尬状况也正在逐步扭转。这一切得益于前人辛勤开垦的良好基础,而新人的加入将给茨氏研究注入新鲜的活力。但对比西方的研究成果,差距还是明显的,例如研究视野的狭隘、理论和批评方法运用上的僵滞呆板、对诗歌原文的语言修辞研究的忽视等等。关于茨氏的大部分研究仍然未能深入,一些课题并没有被开掘出来。我们应该大胆地引进并借鉴国外的研究成果,学习并吸收其研究方法的精髓,以形成有独特风格的中国学派为追求,将茨维塔耶娃在中国的研究不断推进。

[相关研究成果要目]

1. 王守仁:《茨维塔耶娃及其诗歌创作》,《俄苏文学》,1984年第4期。

2. 李万春:《我国新时期俄苏文学翻译评述》,《外国文学研究》,1988年第2期。

3. 顾蕴璞:《命运·个性·风格:阿赫玛托娃与茨维塔耶娃》,《国外文学》,1993年第3期;同时收录于顾蕴璞:《诗国寻美——俄罗斯诗歌艺术研究》,北

① 荣洁:《茨维塔耶娃创作的主题和诗学特征》(博士论文,未发表),黑龙江大学,2002年。

京大学出版社 2004 年版。

　　4. 王守仁:《苦涩美的由来:读茨维塔耶娃的〈给 100 年之后的你〉》,《名作欣赏》,1994 年第 2 期。

　　5. 蓝英年:《性格的悲剧——俄国女诗人茨维塔耶娃之死》,《俄罗斯文艺》,1995 年第 2 期;同时收录于蓝英年:《青山遮不住》,青岛出版社 1998 年 12 月版。

　　6. 焦晨:《孤独的玛·茨维塔耶娃》,《西安外国语学院学报》,1999 年第 2 期。

　　7. 查晓燕:《普希金:"动态的经典"——兼议"诗学流亡"中的阿赫玛托娃、茨维塔耶娃和曼德尔施塔姆》,《北京大学学报》,1999 年 S1 期。

　　8. 杨芳:《茨维塔耶娃诗歌中的祖国主题:纪念诗人毅然回国 60 周年》,《黄河科技大学学报》,2000 年第 1 期。

　　9. 斯耶:《她呼唤真诚与执着——浅析茨维塔耶娃抒情诗的审美情感》,《俄罗斯文艺》,2000 年第 2 期。

　　10. 张宏莉:《论诗人 M. 茨维塔耶娃及其创作》,《兰州大学学报》,2000 年 S1 期。

　　11. 莉莎·克纳普:《茨维塔耶娃与两个娜塔利娅·冈察诺娃:双重生活》选自林精华主编:《西方视野中的白银时代》(下),东方出版社 2001 年 2 月版。

　　12. 张捷:《20 世纪俄罗斯文学回顾》,选自《热点追踪——20 世纪俄罗斯文学研究》,人民文学出版社 2003 年版。

　　13. 荣洁:《走近茨维塔耶娃》,《俄罗斯文艺》,2001 年第 2 期。

　　14. 荣洁:《茨维塔耶娃及其作品》,《西伯利亚研究》,2001 年第 6 期。

　　15. 荣洁、张坤:《茨维塔耶娃与〈捕鼠者〉》,《齐齐哈尔大学学报》,2001 年第 6 期。

　　16. 荣洁:《数字——一种特殊的文化记忆方式——茨维塔耶娃诗歌世界中的数字》,《中国俄语教学》,2002 年第 3 期。

　　17. 荣洁:《走近茨维塔耶娃的抒情诗世界》,《解放军外国语学院学报》,2002 年第 4 期。

　　18. 荣洁:《茨维塔耶娃创作研究的历史及现状》,《俄罗斯文艺》,2002 年第 4 期。

　　19. 余献勤:《"假如心灵生出翅膀"——茨维塔耶娃抒情诗简论》,《俄罗斯文艺》,2002 年第 6 期。

20. 张念:《不是女人,是魂灵:关于茨维塔耶娃》,《东方》,2002 年第 9 期。

21. 龙飞:《女诗人茨维塔耶娃》,《俄语学习》,2003 年第 6 期。

22. 李锡胤:《茨维塔耶娃的译诗〈航海〉》,选自《俄语语言文学研究(文学卷第 2 辑)》,人民文学出版社 2003 年 9 月版。

23. 汪剑钊主编:《茨维塔耶娃文集》(包括诗歌、回忆录、散文随笔、书信、小说戏剧,共 5 卷),东方出版社 2003 年版。

第三十八章
中国的阿赫玛托娃研究

阿赫玛托娃(Анна Андреевна Ахматова,1889—1966),另有中译名阿克马托瓦等。阿赫玛托娃是 20 世纪杰出的俄罗斯女诗人,曾被誉为"俄罗斯诗歌的月亮"。她一生命运多舛,但其诗歌所具有的撼人的艺术魅力为她赢得了广大的读者。

一、初识阿赫玛托娃

阿赫玛托娃的作品于 1929 年正式传入中国。该年 8 月,上海光华书局出版了李一氓、郭沫若据英译本转译的《新俄诗选》,里面收录了她的两首诗(《完全卖了,完全失了》和《而且他是公正的……》)。1931 年第 1 期《妇女杂志》(第 17 卷第 1 号)赵景深的《现代世界女文学家概观》中介绍了阿赫玛托娃:"阿克马托瓦(Anna Akhmatova,1889 年生)是女诗人葛兰珂(Anna Andreyevna Gorenko)的笔名。传记与译诗二首见《新俄诗选》(光华版)。"这是中国读者初次与阿赫玛托娃相遇。由于阿赫玛托娃在苏联 20 世纪 30—40 年代遭遇打压,当时的中国学界只能从译介过来的批判文字中见到她的名字。直到 70 年代末,中国进入新的历史时期,阿赫玛托娃及其诗作真正为中国学界和读者所了解。

1979 年 2 月《外国文艺》刊登了阿赫玛托娃的诗辑,并附有劳戈译《我的小传》。译者介绍,这篇自传是 1961 年苏联文学出版社出版《安娜·阿赫玛托娃诗集》时,诗人写了这篇《我的小传》,作为代序。后该社多次再版她的诗集,此文也作了增补。这篇译文乃是根据 1965 年最后一次增补的原文译出。

1980 年,王守仁在中国社会科学出版社出版《外国名作家传》中为阿赫玛托娃写的传记,是国内第一篇系统介绍诗人生平和创作的文章。王把阿诗引人注目的特点归结为"以短小精致的形式袒露复杂的内心矛盾"的"室内抒情诗",并将阿赫玛托娃的创作生涯分成 5 个部分来介绍。第一个时期为 1907 年阿赫玛托娃在巴黎出版的俄文杂志《天狼星》上发表第一篇作品到十月革命的

中国俄苏文学研究史论
История исследования русской и
советской литературы в Китае

爆发；第二个时期为十月革命胜利到列宁格勒被围之前；第三个时期是列宁格勒被德国侵略者围困时期；第四个时期是 1946 年以后受到日丹诺夫严厉批评的时期；最后一个时期为 50 年代后期至去世。

1982 年 9 月出版的《苏联文学史论文集》①中，王守仁为阿赫玛托娃写的专题论文，不仅充实了作者在前一篇文章中曾对女诗人的生平与创作的总体介绍，并且仔细分析与探讨了阿赫玛托娃诗歌的特点，以及她的影响和苏联对她的评价。作者在前言中谈到，阿赫玛托娃一生中受到两种截然不同的待遇，她和她的作品是苏联文学史上的一个复杂现象。"迄今，苏联一些阐述文学发展史或诗歌发展史的著作，对她的评价和对她的作品的分析仍有着很大的差异。"作者力图做到"客观地介绍她的生平与作品、她的影响和苏联对她的评价，并就其诗歌创作的特点谈一些粗浅的看法。"王守仁对阿赫玛托娃诗歌特点的专题阐释是国内学者中最早的。作者首先梳理了阿赫玛托娃的创作与阿克梅派的渊源，"她曾试图摆脱象征主义诗歌的神秘主义和虚无主义，主张书写人的具体的隐秘的内心活动、情感冲突，主张对细节的精心描绘，要求雕塑式的艺术形象和预言式的诗歌语言，要求诗歌形式的完美和诗句的简洁、凝练，节奏匀称"。这既是阿赫玛托娃遵循的创作原则，也是阿克梅派所宣布的美学主张。她的诗不写象征主义的玄妙莫测、捕风捉影，而写自己真实的"情感"；不迷恋神秘的"来世"，而是注意日常生活中个人的事情，并且写得异常细腻而具体。阿赫玛托娃因其早期的爱情抒情诗被称为"俄罗斯的萨福"。她的爱情诗一般不写圆满的爱情，因而读者在她的作品中看到的常常是一个孤独的女性，以及她复杂的内心斗争。她的诗"在吐露女性内心活动和思想情绪方面，是颇为大胆的"。她的风景抒情诗擅长选取通俗易懂、又不落陈套的形象和贴切的比喻，即使是在叙事诗中也运用比喻和象征的手法。她诗歌的艺术特色之一是"构思的别致，形式的奇巧"，她诗歌的语言精练，追求日常生活中通俗、朴素、散文式的语言。

文章关于"阿赫玛托娃的影响和苏联对她的评价"部分的文字，反映了国内学术界日益宽松的学术氛围，以及开始从文学而非阶级的角度来评价文学现象的这一趋势。作者介绍了苏联国内一些著名的作家和学者对于阿赫玛托娃的高度评价。比如著名诗人叶夫图申科在《缅怀阿赫玛托娃》一诗中，把普希金比

---

① 外语教育与研究出版社 1982 年 9 月出版。

作俄罗斯诗歌的"太阳",而把阿赫玛托娃比作俄罗斯诗歌的"月亮",两位大师分别主宰着俄罗斯诗歌的乾坤,照亮了俄罗斯的诗坛。作者认为,无论是40年代的压制和打击,还是50年代末以来的一概的肯定和赞美,都是走极端的现象,不是历史唯物主义的态度。作者认为"阿赫玛托娃的诗无论是前期的还是后期的,就其思想性和艺术性来说,都是很不平衡的,我们只有采取历史主义的态度,实事求是地对其每一时期每一作品具体的分析,才能作出正确的评价"。

1984年,道远的《我从未停止过写诗》①一文是从诗人所受到的不公正的待遇切入的。作者用"一道沉重、厚实的帷幕"来比喻文化上的专制,在这期间"人们只能知道降下这道帷幕的导演愿意让观众知道和需要让观众知道的东西。"原因之一,是"她在苏联卫国战争期间写了一首诗,描写自己不得不和一只黑猫分担的孤独"。于是,遭日丹诺夫批评:"阿赫玛托娃在1909年就描写过黑猫。这种与苏联文学绝缘的孤独和绝望的情绪,贯穿着阿赫玛托娃'创作'的全部历史过程","这些作品只能使人们意志消沉,精神颓丧,产生悲观主义","除了害处,什么也没有"。然而,时光消释了"一切人工编织的帷幕",诗人的价值终于为世人所认识。作者认为"贯穿着阿赫玛托娃创作的全部历史过程的与其说是黑猫,还不如说是爱国主义的深情"。文章列举了这样的事实,即早在十月革命之初,白俄文人不断从国外写信给她,怂恿她投奔所谓"自由世界",但是诗人公开回绝了这类"居心卑劣的怂恿"。在1917年写的一首无题诗中说:"为什么要丢下友人,扔下头发卷曲的婴孩,离开我所爱的城市和我亲爱的祖国,沦落为一个肮脏的女丐,去异国的首都行乞?"而这篇文章的题目正是引自女诗人的自传中的一段话:"我从未停止过写诗。对我来说,诗歌是我和时代,和人民的新生活联系的纽带。我在写诗的时候,萦回在我耳际的是响彻在祖国英勇历史上的旋律。我生活在英勇的年代,恭逢了许多盛事,我感到幸福。"

王璞的《寂静:阿赫玛托娃诗里的一个主导意象——〈没有主人公的歌〉品析》②是国内第一篇就诗人的单部作品作学术上分析的理论文章。作者首先认为,《没》具有现代派朦胧诗的种种特点,并由此联想到艾略特的《荒原》。"疯狂"是作者从《荒原》中读出的主导意象。在"四月是最残忍的月份,哺育着/丁香"一句中的"最残忍"这一词,作者认为"绝不是一个简单的形容词,而是一种

---

① 《新民晚报》,1984年10月11日。
② 《外国文学评论》,1987年2月。

中国俄苏文学研究史论
История исследования русской и
советской литературы в Китае

诗的真,一种变了形的现实,一种作者对于外部事物的情感反应,一种具有生命和情感的意象"。因此,用纯理性无法解释诗人这首神秘而复杂的《没》。作者通过将诗中的意象根据视觉、听觉分类列表,发现诗中那些神秘莫测的字句,"其实从头到尾被一条内在的逻辑线牵扯着,这条内在的线,或者说这个主导意象,就是寂静,就是在这一平如水的寂静中升华而起的沉默"。从视觉意象上来分析,作者认为视觉意象多半是从词汇以及词汇所表达的外部世界中产生的意象。通过分析长诗的《献词》,"全部是一些暗示寂静的意象,从色彩上看,有:浓黑、绿色、雪花(白色)、海(蓝色)、坟墓(黑色);从动态上看是:沁沁流淌、漠然融化,微风轻拂。此外,从物象上看则有:坟墓、哀乐……"。作者抓住"寂静的视觉意象"这一线索带我们走过了长诗的主要场景,并得出这样的结论:"一些个别地看上去并没有什么特别含义的意象,经过作者有意识的排列、组合,便形成了一种既清晰又缥缈的意境。"诗人不是"想要表现上述词语的个别性质,而是这些意象组成的整体"。从听觉意象上来分析,作为一个受"阿克梅"派艺术思想洗礼并把毕生心血倾注于诗歌中的语言大师,音乐美是阿赫玛托娃诗歌艺术的一个显著特点。作者分别从节奏、韵律、音响效果分析了长诗。文章的最后,作者引用了朱光潜和苏珊·朗格关于意象的论述得出这样的结论:现代诸诗歌流派,象征派、意象派或者阿克梅派,在形式上对诗歌所作的一个最大胆的革新是将"意象"从单纯的视觉意象中解放出来,从格律、节奏、音响效果等许多方面将"意象"的作用推广,不仅以意象的千变万化的排列组合,而且以视觉意象和听觉意象的有机融合来表现主观情感,造成诗人孜孜以求的那种意境。

对《没有主人公的叙事诗》进行研究的还有康澄和张冰,这两位学者分别从《没》与勃洛克创作的关系和《没》作为"白银时代"挽歌这两个角度著文。《阿赫玛托娃的〈没有主人公的叙事诗〉与勃洛克的创作》[1]一文认为,阿赫玛托娃的创作深受勃洛克的影响,并通过勃洛克的作品与《没》的比较来揭示两者的共性与渊源。可惜,全文在方法论上存在问题,比较显得有些牵强,让人有现象罗列的感觉。《白银挽歌——安·阿赫玛托娃〈没有主人公的叙事诗〉简析》[2]一文将素以晦涩难解著称的长诗的主题思想归结为"白银时代"、彼得堡文化及世界文化的一首挽歌,是从特定历史语境出发对文化及其命运的一种反思。长诗

[1]《俄罗斯文艺》,2000年第4期。
[2]《当代外国文学》,2002年第1期。

分主题——回忆、良心、叹惋等——从不同角度进行了深化。在诗学特征方面，作者认为，诗人采用了文本间多重话语的对话形式，并通过暗示及隐喻，有机融合了古希腊悲剧及梅尼普讽刺体的诗学要素，从而使长诗成为内容与形式浑然一体、不可分割的整体。此外就阿赫玛托娃的个别作品进行赏析的文章还有唐晓渡的《在阳光的尘雾里沉浮——阿赫玛托娃的〈沃罗涅什〉》①、王圣思的《读安·安·阿赫玛托娃的〈安魂曲〉》②以及王以培的《冬天的月亮——阿赫玛托娃五首诗赏析》③和黄玫的《一个始末未明的爱情悲剧——浅析阿赫玛托娃抒情诗〈诀别的歌〉》④。

二、阿赫玛托娃研究的新气象

随着 20 世纪 90 年代中国学术界对俄国"白银时代"文学研究热潮的到来，对于阿赫玛托娃的研究也出现了相对繁荣的景象，这种繁荣主要体现在两个方面：论文数量的增多和文学史教材中开始出现阿赫玛托娃的专章。

90 年代较早专题对阿赫玛托娃的艺术风格进行研究的论文是王加兴的《阿赫玛托娃艺术风格探幽》⑤。作者认为，阿赫玛托娃诗歌的艺术风格是相对稳定的，"有些特点较为鲜明地贯穿于诗人的整个创作历程"，因而"并不存在早期的阿赫玛托娃"。这些特点可概括为：独特的景物描写；明显的小说特征；简洁、准确、新颖、富有浓郁的民间文学特色的诗歌语言。在其艺术风格形成的原因的探讨方面，作者罗列了以下几个因素：阿克梅派所提出的一系列文学主张；普希金、安年斯基等人对女诗人的影响；俄罗斯的小说传统对女诗人的影响等。此外，这一时期，对阿赫玛托娃诗歌创作和风格进行研究的论文还有：孙超的《俄罗斯诗坛上的萨福——阿赫玛托娃诗歌初探》、郑体武的《阿赫玛托娃早期创作》、张冰的《阿赫玛托娃和她的创作》、吴静的《略论阿赫玛托娃的诗歌创作风格》、曾思艺的《爱情诗艺术手法的创新——试论阿赫玛托娃的早期诗歌》、邱静

---

① 《名作欣赏》，1992 年第 5 期。
② 《静水流深》，上海教育出版社 2002 年版。
③ 《阅读与欣赏》，1996 年第 3 期。
④ 《俄语学习》，1999 年第 4 期。
⑤ 《当代外国文学》，1995 年 1 月。

娟的《阿赫玛托娃和她的诗歌创作》等①。

把阿赫玛托娃作为"白银时代"诗人这一特定群体中不可或缺的一部分来诠释时,有几个学者不约而同地想到了"普希金"。在《普希金:"动态的经典"——兼议"诗学流亡"中的阿赫玛托娃、茨维塔耶娃和曼德尔施塔姆》②一文中,查晓燕写道:"普希金属于不同时代的不同语境。普希金一直存在于'长远时间'里。"在普希金身上寄托着这三位诗人"对俄罗斯文化之源、世界文明之根的不可动摇的依恋与仰望"。庞培的《俄国的"四重奏"》③中,则在"白银时代"的众多诗人中选择了阿赫玛托娃、茨维塔耶娃、帕斯捷尔纳克和曼德尔施塔姆。其原因归结为"他们仿佛在俄国大地的某处事先用灵魂约好了;他们的联络暗号是'……普希金!'"作者将阿赫玛托娃的《安魂曲》视作"4 个人的奥秘的钥匙"。"读罢此诗,整个 20 世纪俄国诗歌的阴霾都会在天空散去! 一切苦难、罪孽、判决和杀戮的乌云顷刻间都变成了阳光,化作了泪水般的柔情——在曼德尔施塔姆倒下的地方站起了茨维塔耶娃;在茨维塔耶娃倒下的地方站起了阿赫玛托娃……然后是《雨霁》——《日瓦戈医生》的作者!"而王挺的《探寻俄罗斯诗歌之魂——从普希金到阿赫玛托娃》④则从皇村——诗人共同的精神母国这点着手,探讨了普希金与阿赫玛托娃在不同的时代和个人经历之下,却共同表现的神人交汇的宗教意识,是他们有了相似的文化特质,并在艺术创造过程中迸射异彩,使俄罗斯诗坛呈现了日月同辉的盛况。

顾蕴璞的《命运·个性·风格——阿赫玛托娃与茨维塔耶娃》⑤以及张冰的《古米廖夫和阿赫玛托娃》⑥,分别将阿赫玛托娃和"白银时代"的另两位诗人做了比较。前者分析了两位天才女诗人在创作乃至命运上的异同得出这样的结论:"同是俄罗斯妇女要求摆脱男子的控制,在爱情中实现妇女的自我价值的历史潮流的心理写照,具有永恒的价值和独特的意义。"后者用历史的方式呈现了同时是爱人夫妻,又是个体独立的诗人的古米廖夫与阿赫玛托娃,阿赫玛托娃

---

① 上述论文分别载:《求是学刊》1998 年第 2 期、《国外文学》1999 年第 2 期、《俄罗斯文艺》2000 年第 4 期、《黑龙江教育学院学报》2000 年第 1 期、《邵阳师范高等专科学校学报》2001 年第 4 期、《俄语学习》2003 年第 1 期。

② 《北京大学学报》,哲学社会科学版,1999 年 S1 期。

③ 《世界文学》,2000 年 3 月。

④ 《浙江社会科学》,2003 年第 3 期。

⑤ 《国外文学》,1993 年 3 月。

⑥ 《俄罗斯文艺》,1997 年第 1 期。

的妻子身份与天生诗人命运的剧烈冲突。阿赫玛托娃和古米廖夫的婚姻虽然无疾而终了,可是俄罗斯文学史上的杰出女诗人就此脱颖。这篇文章为我们理解阿赫玛托娃的诗人命运给出了独特的视角。

由赵永穆编选的《费德林集》中收录了《安娜·阿赫玛托娃与中国诗歌传统》一文,这是研究阿赫玛托娃翻译屈原《离骚》的第一手材料。文章详细回忆了这次合作翻译的整个过程,揭示了阿赫玛托娃对诗歌再创作的一些奥秘。在作者看来,"屈原满腔深厚的热情也正是她——阿赫玛托娃——的深厚热情,也正是她真正创造性心灵惊人的特性。他们二人都有能够极其简约而准确地表达思想的禀赋,来描述自然界中的美好事物、人的情感、精神世界"。作者希望能够写下同阿赫玛托娃会见与交往中有重要意义的东西。在作者看来"阿赫玛托娃在我国诗歌文化和生活中的作用是太伟大了,以至于我们不能不尽我们所肩负的义务"。

汪介之的《心仪诗国:阿赫玛托娃等诗人与中国诗歌文化》①一文,从影响研究的角度,对阿赫玛托娃翻译《离骚》、李商隐的无题诗的过程中对她自己的诗歌创作的潜移默化的影响作了阐述。作者以阿赫玛托娃晚年的组诗《子夜诗抄》(1963—1965)与李商隐的《无题》(即"相见时难别亦难"一诗)比较,发现前者从艺术构思到意象创造都有后者影响的痕迹。作者指出:"善于表现离别相思之情且往往别有寄托,是李商隐无题诗的重要特色之一,这一特色与阿赫玛托娃的诗情颇为契合。这就使得阿赫玛托娃在她所了解的中国诗歌中很容易领受李商隐的诗歌精神,成为一种必然。"还有一些学者从平行研究的角度,将阿赫玛托娃和我国的女作家比较。如杨雷的《浅谈李清照和安娜·阿赫玛托娃的创作道路》和王挺的《试论萧红和阿赫玛托娃相似的艺术风格》等。

[相关研究成果目录]

1. 赵景深:《现代世界女文学家概观》,《妇女杂志》第 17 卷第 1 号(1931)。

2. 王守仁:《阿赫玛托娃》,《外国名作家传》,中国社会科学出版社 1980 年版。

3. 王守仁:《阿赫玛托娃》,《苏联文学史论文集》,外语教育与研究出版社 1982 年 9 月版。

---

① 《悠远的回响——俄罗斯作家与中国文化》,宁夏人民出版社 2002 年版。

4. 道远:《我从未停止过写诗》,《新民晚报》1984 年 10 月 11 日。

5. 王璞:《寂静:阿赫玛托娃诗里的一个主导意象——〈没有主人公的歌〉品析》,《外国文学评论》,1987 年 2 月。

6. 王挺:《试论萧红和阿赫玛托娃相似的艺术风格》,《绍兴师专学报》,1989 年第 2 期。

7. 唐晓渡:《在阳光的尘雾里沉浮——阿赫玛托娃的〈沃罗涅什〉》,《名作欣赏》,1992 年第 5 期。

8. 顾蕴璞:《命运·个性·风格——阿赫玛托娃与茨维塔耶娃》,《国外文学》,1993 年 3 月。

9. 王加兴:《阿赫玛托娃艺术风格探幽》,《当代外国文学》,1995 年 1 月。

10. 王以培:《冬天的月亮——阿赫玛托娃 5 首诗赏析》,《阅读与欣赏》,1996 年第 3 期。

11. 张冰:《古米廖夫和阿赫玛托娃》,《俄罗斯文艺》,1997 年第 1 期。

12. 孙超:《俄罗斯诗坛上的萨福——阿赫玛托娃诗歌初探》,《求是学刊》,1998 年第 2 期。

13. 郑体武:《阿赫玛托娃早期创作》,《国外文学》,1999 年第 2 期。

14. 查晓燕:《普希金:"动态的经典"——兼议"诗学流亡"中的阿赫玛托娃、茨维塔耶娃和曼德尔施塔姆》,《北京大学学报》(哲学社会科学版),1999 年 S1 期。

15. 黄玫:《一个始末未明的爱情悲剧——浅析阿赫玛托娃抒情诗〈诀别的歌〉》,《俄语学习》,1999 年第 4 期。

16. 康澄:《阿赫玛托娃的〈没有主人公的叙事诗〉与勃洛克的创作》,《俄罗斯文艺》,2000 年第 4 期。

17. 王圣思:《读安·安·阿赫玛托娃的〈安魂曲〉》,《静水流深》,上海教育出版社 2002 年版。

18. 张冰:《阿赫玛托娃和她的创作》,《俄罗斯文艺》,2000 年第 4 期。

19. 庞培:《俄国的"四重奏"》,《世界文学》,2000 年 3 月。

20. 吴静:《略论阿赫玛托娃的诗歌创作风格》,《黑龙江教育学院学报》,2000 年第 1 期。

21. 曾思艺:《爱情诗艺术手法的创新——试论阿赫玛托娃的早期诗歌》,《邵阳师范高等专科学校学报》,2001 年第 4 期。

22. 辛守魁:《阿赫玛托娃》,四川人民出版社 2001 年版。

23. 汪介之:《心仪诗国:阿赫玛托娃等诗人与中国诗歌文化》《悠远的回响——俄罗斯作家与中国文化》,宁夏人民出版社 2002 年版。

24. 张冰:《白银挽歌——安·阿赫玛托娃〈没有主人公的叙事诗〉简析》,《当代外国文学》,2002 年第 1 期。

25. 杨雷:《浅谈李清照和安娜·阿赫玛托娃的创作道路》,《齐齐哈尔大学学报》(哲学社会科学版),2002 年第 3 期。

26. 邱静娟:《阿赫玛托娃和她的诗歌创作》,《俄语学习》,2003 年第 1 期。

第三十九章
中国的帕斯捷尔纳克研究

帕斯捷尔纳克(Борис Леонидович Пастернак,1890—1960)是20世纪俄罗斯一位伟大的作家,他以"在现代抒情诗和伟大俄罗斯叙事文学传统领域所取得的重大成就"而获得1958年诺贝尔文学奖。尽管帕氏在获奖之前就成就卓著,但中国学界对帕斯捷尔纳克及其作品的真正研究则是从80年代才开始的。

一、中国帕斯捷尔纳克研究的基本面貌

中国报刊上集中出现帕斯捷尔纳克的名字是在1958年。这一年,帕氏获得诺贝尔文学奖。当时的苏联将此视作"国际反动势力一次挑衅性出击"①。在50年代中苏关系的大背景下,中国关于帕氏的批评基本上跟着苏联的步调走。1958年《文艺报》第21期发表华夫的《杜勒斯看中了〈日瓦戈医生〉》和重玉的《诺贝尔奖金是怎样授予帕斯捷尔纳克的》两文。华文认为,《日瓦戈医生》一书是被西方利用来攻击苏联的一部"政治作品",一株应当大张挞伐的"毒草"。而重文也认为帕氏是仇视革命、仇视新制度的旧俄资产阶级知识分子,《日瓦戈医生》完全是西方的政治工具。1959年第1期《世界文学》发表的《市侩、叛徒日瓦戈医生和他的"创造者"帕斯捷尔纳克》和《痈疽·宝贝——诺贝尔奖金为什么要送给帕斯捷尔纳克》两篇文章,均对帕氏及《日瓦戈医生》进行了批判,不仅从政治上全盘否定《日瓦戈医生》,且从艺术上也斥之为毫无可取之处。不过,也有例外。"左联"时期踏上文坛的老作家蒋锡金50年代在东北师大任教,他从内部出版物中获得《日瓦戈医生》一书,并在大学文艺理论课堂上加以引证,对这部作品中的人性描写予以大胆的评述②。可惜这种现象在当时是颇为

---

① 1958年10月23日帕斯捷尔纳克获奖。同年10月25日,苏联《文学报》就发表《国际反动势力一次挑衅性出击》一文,指出"反动的资产阶级用诺贝尔奖金奖赏的不是诗人帕斯捷尔纳克,也不是作家帕斯捷尔纳克,而是社会主义革命的污蔑者和苏联人民的诽谤者帕斯捷尔纳克"。

② 参见陈建华:《二十世纪中俄文学关系》,第184页,高等教育出版社2002年新版。

罕见的。随着批判浪潮过去,帕氏再次淡出国人的视野。

20多年以后,经历过"文革"以后的中国重新向世界开放。1978年,在《外国文艺》上出现了一条《有关帕斯捷尔纳克的回忆在美国出版》的消息。1979年,中国社会科学出版社3卷本《外国名作家传》中册收入帕斯捷尔纳克评传一篇。这篇评传可说是我国大陆出版物中首次出现的关于这位作家的正式评介。撰稿者靳戈虽然仍坚持帕氏是那些"长期坚持资产阶级的思想和艺术立场","始终与苏联人民格格不入,最后被人民所唾弃"的旧文人的代表,《日瓦戈医生》"结构混乱,内容既反动又露骨"①等旧说,但毕竟帕氏已作为"名作家"登上了中国的出版物。

1982年出版的《中国大百科全书·外国文学》卷中,帕斯捷尔纳克条目称帕氏"反对以暴力实现革命的目的","表现出对十月革命和苏联社会的怀疑和反感",希望"不受蒙蔽"地观察国家生活,认识它的未来。评价已相对中性,这似乎预示着帕氏在中国的命运将发生根本的变化。1982年,张秉衡翻译的帕氏诗作在《世界文学》上刊出,译者选译了《日瓦戈医生》最后一章《尤里·日瓦戈的诗作》中的若干首,这应当是中国大陆首次向大众正式介绍帕斯捷尔纳克的作品②。1983年,美籍俄裔学者马克·斯洛宁撰写的《苏维埃俄罗斯文学史》在我国翻译出版。该书单辟一章,以《鲍里斯·帕:另一个俄罗斯的代言人》为题,综论这位作家的生平与创作。这也是第一次把一个较为真实的帕斯捷尔纳克呈现在国人面前。乌兰汗(高莽)翻译的帕氏的诗歌和自传性随笔《人与事》等作品,陆续出现在我国的《世界文学》、《外国文艺》等期刊上;由这位翻译家所编选的《苏联当代诗选》③也收入了帕氏的诗作。多年来蒙在帕氏头上的面纱被小心翼翼地揭开了。

1986年第5期《当代苏联文学》刊登了蓝英年写的关于《日瓦戈医生》故事评介的文章,作者用简练篇幅较为客观地介绍了小说的主要内容和艺术价值,只是该文介绍性内容居多而分析性内容偏少。1986年12月,力冈、冀刚翻译的中文全译本由漓江出版社推出,这部长篇小说首次出现于中国大陆读者面前。接着,1987年1月,蓝英年、张秉衡合译的译本由外国文学出版社出版;同年,湖南人民出版社推出由顾亚玲、白春仁翻译的又一译本。1987年《外国文学研

---

① 张英伦等主编:《外国名作家传》(中册),第218、221页,中国社会科学出版社1979年版。
② 港台在60年代已有《日瓦戈医生》的中译本。
③ 该书于1984年由外国文学出版社出版。

究》第 4 期发表了薛君智的长篇评论《帕斯捷尔纳克的生活与创作道路:兼论〈日瓦戈医生〉》。该文是当时重要的研究文章,在很多方面都具有开创性的意义。而 1989 年出版的薛君智的《回归——苏联开禁作家五论》与 1999 年出版的高莽的《帕斯捷尔纳克——历经沧桑的诗人》这两部专著,则给我们提供了对于帕斯捷尔纳克和他创作的较为完整、系统的认识。当然,此期更大量的还是各种研究性论文不断涌现。经过众多学者的不断推介,帕氏才真正开始走进中国读者的视野。

在力冈、冀刚的译本中,薛君智写了题为《反思历史,呼唤人性》的序言,序言较为全面地介绍了帕氏一生的风风雨雨和该小说的主要内容。她说:"经过三十年的风风雨雨,无论是西方的宣扬,或者是苏联的贬斥,都未能使广大读者很好地理解和正确评价帕斯捷尔纳克的这部名作。""我们该如何看待这部闻名世界的作品呢? 我想,首先应当摒弃过去围绕小说所进行的非文学色彩的冷战思维的影响,而对小说本身及其创作背景进行认真严肃实事求是的分析。"[①]实事求是地对待《日瓦戈医生》,也就意味着实事求是地认识帕氏。因此,此书的翻译和此文的发表,可以视作中国开始全面译介和深入研究帕氏的开端。

随着帕氏在中国的升温,北大等高校的师生围绕这部作品及作家展开了热烈的讨论。《国外文学》1989 年第 1 期刊登了北京大学世界文学专业的研究生关于《日瓦戈医生》的专题讨论文章 6 篇。在《俄罗斯文艺》的"我心目中的 20世纪俄罗斯文学经典"专栏中,《日瓦戈医生》被评论者公认为是 20 世纪俄罗斯文学中的一部经典作品。1999 年,《中华读书报》组织一次面向全国读者的"我心目中的 20 世纪文学经典"的问卷调查,在入选的 5 部俄罗斯文学作品中,《日瓦戈医生》位居第一。从 20 世纪末期至今,网上关于帕氏的评论也呈现出百花齐放的局面,研究者从作家的创作状况、革命、战争、历史、宗教、生命、哲学、人道、心理等各个角度探讨了帕氏及其作品。归纳起来,这时期的研究有 3 个特点。

第一,全面介绍帕斯捷尔纳克的创作情况。除前文介绍的几本译著外,80年代末到 90 年代,《苏联文学》、《世界文学》、《外国文艺》、《作品与争鸣》上不断出现帕氏的诗歌、短篇小说、随笔、回忆录、书信等。此外,出版的还有力冈、

---

① 薛君智:《反思历史,呼唤人性》,参见力冈、冀刚译《日瓦戈医生·序言》,漓江出版社 1986 年版。

吴笛合译的《含泪的圆舞曲》①,安然、高韧合译的《追寻》②,乌兰汗、桴鸣译的《人与事》③,毛信仁译的《帕斯捷尔纳克诗选》④。国人对帕氏其人其作有了较全面的了解,这也为更客观公正地评价提供了可能。

第二,对帕斯捷尔纳克及其作品的评价日高,分析日深。国内学者肯定了帕氏在 50 年代对历史的回顾与反思的积极意义。俞中青在《诚实的历史反思:读〈日瓦戈医生〉梗概》⑤一文中说道:"通过蓝文,使读者对这位生前落寞的孤独者的人格与品行有了一定的了解。蓝文一洗过去惯见的那种宗教裁判式的专横,字里行间流露出对作家的理解、同情与惋惜。这些都足以让人感到一种欢悦——时代与思维毕竟都已向前迈进了。"如果说开始还是正名的话,随着时间的推移,"20 世纪一部启示录"⑥、"一部真正的、严格意义上的经典"⑦等光环渐渐罩在了《日瓦戈医生》头上。此外,一些以往较少涉及的领域,也逐渐成为众人研究的对象。新时期的不少学者不断挖掘其诗歌的艺术魅力,认为帕氏的诗歌不仅能准确逼真写日常生活、大自然,使人与自然融为一体,通过对大自然的描写表现内心世界独特复杂感受,而且能逐步摆脱个人的小天地,把笔墨触及到重大的社会生活⑧,以一个独立的声部标新立异于当时苏联诗坛的合唱⑨,而《日瓦戈医生》在一定意义上其实就是一部"抒情诗"⑩。虽然与《日瓦戈医生》的研究相比,帕氏诗歌的研究数量要少得多,但国内研究者对其诗歌也给予了一定程度的关注。不管是对帕氏本人的评价还是对其作品的分析,本时期国内的研究都表现出了对传统观点的反思。

第三,对《日瓦戈医生》的评述乃重中之重。如前文所述,虽然帕氏诗歌成就斐然,但他引起世人争议的主要原因还是他的小说《日瓦戈医生》,学者们把目光主要集中于此是很自然的事。国内学者不断地从各种角度来分析该小说,

① 该书于 1988 年由浙江文艺出版社出版。
② 该书于 1988 年由花城出版社作为"流亡者译丛"之一出版。
③ 该书包含有回忆录、书信、随笔,于 1991 年由三联书店作为"文化生活译丛"之一出版。
④ 该书于 1992 年由上海译文出版社出版。
⑤《当代苏联文学》,1987 年第 2 期。
⑥ 何云波:《20 世纪启示录:〈日瓦戈医生〉的文化阐释》,《国外文学》,1995 年第 1 期。
⑦ 董晓:《〈日瓦戈医生〉:我心目中的经典》,《俄罗斯文艺》,2000 年第 4 期。
⑧ 杨开显:《若即若离于时代的大自然的歌手:帕斯捷尔纳克及其未来主义诗选简论》,《四川外语学院学报》,1993 年第 1 期。
⑨ 于璋毅:《谈帕斯捷尔纳克的诗歌创作》,《黑龙江教育学院学报》,1994 年第 2 期。
⑩ 董晓:《日瓦戈医生的艺术世界》,《艺术广角》,1998 年第 2 期。

取得了不少成果,这些成果也体现了中国帕斯捷尔纳克研究的主要成绩。

二、《日瓦戈医生》研究

帕斯捷尔纳克在中国的研究,很大程度上就是《日瓦戈医生》在中国的研究。学者们对小说的研究主要涉及人物、主题、艺术手法等方面。

(一)人物形象研究

日瓦戈是研究者最为关注的对象。早期研究中,研究者新旧思维交错的痕迹明显,如薛君智在《苏联作家帕斯捷尔纳克与他的〈日瓦戈医生〉》①中就认为,日瓦戈不理解革命暴力是不可避免的,他没有用阶级分析的观点看问题,封闭地以自我为中心,而终于遭致社会的淘汰,小说在客观上产生了不良的政治效果,造成瓦解斗志。在研究者的潜意识中,阶级立场仍是分析判断的重要标准。

不少研究者把日瓦戈同过去的"多余人"进行比较分析。在力冈、冀刚译本的序言中,薛君智就认为日瓦戈是俄罗斯文学传统中的又一个小人物,一个可悲的"多余人"。何满子、耿庸两人在《关于日瓦戈的对话》②中则不同意这种说法。何满子认为,从历史、从人类心灵发展的远景来说,可以称日瓦戈为大人物,为必要的人,为积极因素。古渐似乎欲中和两家之说,他一方面坚持日瓦戈是俄国文学中传统多余人的形象,另一方面则否定日瓦戈作为"多余人"的消极性保守性和落后性③。把日瓦戈当做"多余人"来分析,显然是受俄国传统文学的影响。研究者认为日瓦戈脱离于当时的时代主流,没有充分地融入于轰轰烈烈的无产阶级革命中去,从本质上说,这还是用阶级分析法来看待小说中人物形象。

挣脱了阶级论和"多余人"的框架后,随着国内思想的不断解放,众人的目光才开始真正地转向过去被打上阶级烙印的人道人性问题,从人道、人性角度来分析人物形象。李华在《历史与人性的冲突》④一文中说得很透彻:80年代国内出版中译本时,所附介绍性文字中,竭力寻找日瓦戈拥护社会主义的蛛丝马

---

① 《文艺报》,1987年10月24日。
② 何满子、耿庸:《关于日瓦戈的对话》,《外国文学评论》,1988年第2期。
③ 古渐:《日瓦戈:苏联文学中的"多余人"——兼与俄国文学中"多余人"形象比较》,《四川教育学院学报》,1999年第3期。
④ 《社会科学战线》,1998年2期。

迹,企图以这种方式为之正名。对这部小说的认识,如果仅仅是社会主义本位的或者资本主义本位的,未免肤浅。日瓦戈一生都在解决自我与现实的紧张关系,生活的苦难和精神的折磨未能摧毁他,任何恶劣的环境未能改变他对自我的保持。他的个性不曾被扭曲,思想不曾受各种思潮影响,他身上体现着人性的尊严。日瓦戈是知识分子的典型,更是人性的象征。因此,日瓦戈的悲剧,绝不是人物性格的悲剧,它是历史的悲剧。李华显然试图还原帕氏创作该小说的本来面目,用客观的无偏见的眼光审视小说中的人物及内涵。

思维的禁锢一旦被打破,人们的视野就会顿时豁然开朗起来。国内学界不再满足于过去的传统视野,而是见仁见智,从不同角度,或拓宽或深入地探讨《日瓦戈医生》中的人物形象及其内涵。有的结合中国知识分子曾经的遭遇,从知识分子角度探讨以日瓦戈医生为代表的一类知识分子在当时社会的命运,如易漱泉的《一代知识分子的命运:评〈日瓦戈医生〉》①,认为日瓦戈是躲在岩石下的企鹅般地只关心个人幸福反对暴力革命知识分子;有的结合帕斯捷尔纳克的身世,从自传性角度分析日瓦戈这一人物形象,如童真的《论〈日瓦戈医生〉的自传性》②,通过比较作者与主人公日瓦戈的政治观、历史观、人生观、艺术观以及两人的性格特点,认为帕氏就是现实生活中的日瓦戈;有的从象征角度来分析人物形象,如刘士林的《生命:沉重的象征:读帕斯捷尔纳克的长篇小说〈日瓦戈医生〉》③,认为帕氏表达了人类精神的一种崇高追求,他给芸芸众生带来了生存下去和生存得更美的信念;还有的从宗教角度来探寻人物形象的深层内涵,如康澄的《对二十世纪前叶俄国文学中基督形象的解析》④,文中作者在《十二个》、《大师与玛丽特》、《日瓦戈医生》之间,寻找他们之中基督的身影。尽管他们各执一说,观点或有偏颇,但这些探讨却不断地丰富着人们对日瓦戈这一形象的认识。

除探讨日瓦戈这一人物形象之外,小说中的其他人物形象也受到研究者的关注。如易漱泉的文章在重点分析日瓦戈的基础上,同时把其他人物与之进行了比较分析。作者认为,科马罗夫斯基是知识分子中的败类;拉拉则是与日瓦戈个人趣味臭味相投的情人知己;戈尔东、杜多罗夫、帕沙是为人民解放事业愿

---

① 《理论与创作》,1989 年第 4 期。
② 《四川师范大学学报》(社会科学版),2000 年第 1 期。
③ 《郑州大学学报》,1990 年第 4 期 。
④ 《外国文学研究》,2000 年第 4 期。

中国俄苏文学研究史论
История исследования русской и
советской литературы в Китае

献出一切的知识分子中的精英①。薛君智 1987 年发表的那篇长篇评论与易漱泉观点相比，对人物的评价显然更公允些。除了对主人公的评价与易大相径庭外，对其他人物的看法也很不一致。薛认为，科马罗夫斯基是个实用主义投机分子；拉拉是个具有坚韧精神力量和内在心灵美、追求个性自我完善的女性；戈尔东与杜多罗夫则是效忠苏维埃知识分子，但失去独立思考能力，体验不了日瓦戈的内心自由和个性尊严②。李华在把日瓦戈当做人性的象征的基础上，继续以人性为标准来看待其他人物形象。他认为安季波夫出身社会底层，聪明过人，可惜最终却被革命吞噬；戈尔东与杜多罗夫都是不会自由思考和按照自己意志驾驭生活的人，人性里自然的东西在这些人身上消失殆尽③。赵山奎则把笔墨集中到拉拉身上，认为小说通过拉拉这一反抗卑贱命运的形象，反映了那个时代的深刻的焦虑与莫名的恐惧；卑贱是一种异己性的力量，是人的心灵异化之源，正是它使拉拉不能按自己的意志成为"她自己"④。作者从异化的哲学高度，把拉拉的形象同"世界末日"的焦虑与恐惧结合起来，使得文章更见深刻，对拉拉形象的认识也与众不同。

除了小说内部人物的分析外，也有研究者将视野扩大，用不同的方法将小说中的人物形象与其他作品人物进行比较分析。

有用原型批评方法的，如赵一凡的《埃德蒙·威尔逊的俄国之恋：评〈日瓦戈医生〉及其美国批评家》⑤。作者比较分析了帕氏与威尔逊的生活道路，探讨这一对被美苏两国公认的具有"民族良心"的作家之间的内在联系，特别是比较分析《日瓦戈医生》中的拉拉和威尔逊《想念戴茜》中的戴茜之间的关系。作者从两位作家对祖国文化的形象思维图腾的角度，指出拉拉与戴茜这一对形象体现的都是文化恋母情结，拉拉是俄国文化女神，戴茜则是美国的文化女神。这篇文章也是国内关于《日瓦戈医生》的首次比较研究。冯博的《论帕斯捷尔纳克的"哈姆雷特"》⑥则把日瓦戈医生的原型追溯到哈姆雷特身上，认为《日瓦戈医

---

① 易漱泉：《一代知识分子的命运：评〈日瓦戈医生〉》，《理论与创作》，1989 年第 4 期。

② 薛君智：《帕斯捷尔纳克的生活与创作道路：兼论〈日瓦戈医生〉》《外国文学研究》，1987 年第 4 期。

③ 李华：《历史与人性的冲突》，《社会科学战线》，1998 年第 2 期。

④ 赵山奎：《拉拉：反抗卑贱——析〈日瓦戈医生〉中的拉拉》，《俄罗斯文艺》，2002 年第 5 期。

⑤ 赵一凡：《埃德蒙·威尔逊的俄国之恋：评〈日瓦戈医生〉及其美国批评家》，《读书》，1987 年第 4 期。

⑥ 《俄罗斯文艺》，2002 年第 4 期。

生》中的《哈姆雷特》一诗中扮演哈姆雷特的演员无疑就是日瓦戈的写照。在哈姆雷特时代,哈姆雷特的意识总是在超越社会现实层面,日瓦戈同样拒绝与一切政治和社会意识形态和解,并且用终极的生命价值检验和衡量所有人所代表的各自的意识形态。两个主人公在能力与责任、思想和行动之间苦思冥想,饱受精神折磨的状态的相似性,确证了一种伟大的文学传统的延续性及其跨越时代和地域的创新。何云波的《基督教〈圣经〉与〈日瓦戈医生〉》[①]则把原型推到更远的基督,分析了基督教《圣经》与《日瓦戈医生》的种种同构关系,认为永恒之"道"的不懈探求者日瓦戈与为传福音受苦受难人子耶稣的实质是一样的:如果说耶稣基督正是以其救赎、殉难、自我牺牲赢得了大众的敬佩的话,日瓦戈则在"有所不为"的同时,以其对上帝之道、"永恒的真理"、人的终极价值的苦苦寻求之中,获得了生命的价值。这些原型式的批评都从一个特定的角度对人物形象进行了解读。

也有从小说主人公命运角度进行比较研究的。在苏联文学史上,不管是从作家本身还是从作品角度来说,肖洛霍夫和他的《静静的顿河》与帕氏和他的《日瓦戈医生》之间的确有许多可比之处。郭小宪的《从格利高里到日瓦戈:〈静静的顿河〉和〈日瓦戈医生〉主人公之比较》[②]一文,即从作家及其塑造的人物的经历、人生结局出发,从心理层次上剖析格利高里与日瓦戈各自悲惨结局后面起作用的东西——各自固有的心理文化结构、世界观的形成以及深层的心理结构。陈晓春的《三支不同曲调的歌》[③]则把《日瓦戈医生》、《苦难的历程》、《静静的顿河》3部小说进行比较,分析其中人物在不同时期不同环境的异同。不过,该文没有仅局限于人物分析,而是从风格、革命态度、历史高度等角度作了较为全面的比照,体现了作者眼界的开阔。只是文中阶级论痕迹较为明显。

(二) 小说主题研究

对人物主题的解读同人物形象的分析一样,也会随着时代的发展而渐渐发生变化。在 50 年代政治主题观的审视下,国人对《日瓦戈医生》的认识自然是"污蔑否定十月革命"和"反社会主义"的了。而随着社会思想开始解禁,对其主题的认识也出现相应的变化。

---

① 《俄罗斯文艺》,1999 年第 3 期。

② 《西北大学学报》(哲社版),1988 年第 3 期。

③ 《国外文学》,1989 年第 1 期。

中国俄苏文学研究史论
История исследования русской и
советской литературы в Китае

1. 关于知识分子的命运问题

日瓦戈医生的一个基本形象就是当时的一个知识分子。众所周知,俄苏思想对我国现当代影响巨大,中俄两国知识分子由于传统和现实的原因既有许多相似之处,经历"文革"后的中国知识分子显然更能真切地体会到帕氏的痛苦,也更能真切地理解其作品特别是《日瓦戈医生》的真正内涵。汪介之等著的《悠远的回响——俄罗斯作家与中国文化》一书中,专辟一节,除简要介绍帕氏在中国的接受过程外,还深入探讨了帕氏与中国知识者的精神关联。作者不仅从评论家对帕氏的接受角度来谈帕氏及其作品对中国知识分子的影响,还从以王家新为代表的文学家的作品中,深入发掘中国知识分子同帕氏及其日瓦戈在"灵魂上的无言的亲近",认为王家新写下的《瓦雷金诺叙事曲》、《帕斯捷尔纳克》等深沉思考的诗篇,既是"对诗人帕斯捷尔纳克的讴歌,也是他对自己作为诗人的'审判'和'检验',更是对中国知识分子'承担'意识的呼唤"①。王路的《魂归何处:浅析〈日瓦戈医生〉》②、宋卫琴的《呼唤人性尊严——俄罗斯知识分子的悲剧命运,日瓦戈形象分析》③等文,都是从这一角度进行了探索。

2. 关于人道人性和生存的意义

人道、人性是帕氏评判历史的尺子,他是在继承俄国知识分子传统的"社会良心"和独立精神的基础上来审视当时的社会的。国人对人道、人性主题的热衷正是社会渐趋正常,人性、人道渐趋恢复的表现。当薛君智首先站出来,郑重地"反思历史,呼唤人性"之时,也就意味着国内学者开始光明正大地研究帕氏作品中的人道、人性问题了。蓝英年、张秉衡译本序言对此主题也给予了充分的肯定。此后,相关的文章不断涌现,且不断深入。把人道、人性问题挖掘得更深的是程洁的《生·死·生存——〈日瓦戈医生〉解读》④。该文在探索小说人道主义内涵的基础上,更多的是以基督教思想为切入点,探讨小说中的生死主题,认为帕氏如此大量地描写有关生和死的意象,这是他探索终极真理的体现,而人类探索终极真理,其目的最终是为了弄清楚生与死之间的这段过程,即人生存的意义。还有刘佳林、严长春的《慌乱的敲门声——论〈日瓦戈医生〉中的

---

① 参见该书第六章《渗透与回响——中国文化语境中的 20 世纪俄罗斯作家》的第二节,宁夏人民出版社 2002 年版。

② 《聊城师范学院学报》(哲社版),1997 年第 3 期。

③ 《河南教育学院学报》(哲学社会科学版),1998 年第 2 期。

④ 《苏州铁道师范学院学报》(社会科学版),2000 年第 2 期。

生活思想》①一文,作者则从一个更平凡的角度——生活来切入。作者认为,该小说是作家所理解的生活断面的记录和生活本质的揭示,是生活的文本而非爱情的文本。在高度意识形态化和政治化的社会里,帕氏在小说中力图唤醒人们的生活意识。由此我们可以说,研究者对《日瓦戈医生》主题的研究已逐渐上升到从宗教和哲学的高度探讨个人与整个人类的普遍生存与命运问题了。这正是对小说主题探讨不断深化的表现。

3. 关于小说主题的比较研究

关于小说的主题思想的研究也出现了比较分析的文章。湖晴的《人道主义的三座丰碑》②把狄更斯、雨果、帕斯捷尔纳克 3 个作家的人道主义进行了比较,认为三者塑造了 3 种不同类别的主动承受苦难的英雄人物形象,同中有异。这是因为三者的出发点不一。狄更斯是温和的人道主义;雨果是革命的人道主义,他捍卫解放民众的革命,但还认为"绝对正确的革命之上还有一个绝对正确的人道主义","革命即人道,人道即革命";帕氏对待革命的态度与狄更斯相近,但在对 20 世纪反历史的典型时代征候强有力的批判上,具有时代的尖端性。三者都具有博大的胸怀和负载人类命运的伟力,他们都凭良心与道义,维护人类基本价值。而张永伟的《视点重组:历史理性的突破和超越——〈日瓦戈医生〉和〈白鹿原〉人文关怀的比较研究》③则把比较的视角转到国内。作者认为,《日瓦戈医生》和《白鹿原》通过对一系列女性的命运悲剧的"变焦",呈示赞扬革命而否定非理性暴力的价值取向。两部作品中都以人性的浮沉、重塑、觉醒和复归自我为核心。

对《日瓦戈医生》主题的不同解读虽然同一定的时代有关,但从另一角度来说,却也体现了小说内涵的丰富性,这正是伟大作品所必备的因素之一。小说的主题从"反十月革命"、"反社会主义"到"反暴力",再到"人性、人道主义精神"直至"探索人的生存和人类的命运"的演变过程,就生动形象地说明了这一点。

(三)艺术特色研究

随着政治意识的淡化,《日瓦戈医生》的艺术价值被真正发掘出来。小说中的自然景物描写、浓郁的诗情、象征的手法等,显然是研究初期大家关注的焦

① 《扬州大学学报》(人文社会科学版),1998 年第 4 期。
② 《南京高师学报》,1998 年第 2 期。
③ 《黑龙江社会科学》,2001 年第 5 期。

点。这也正符合由未来派诗人转向小说家的帕氏的实际情况和特点。如薛君智就认为,帕氏作品的自然风景描写具有印象主义色彩,人物生活中的一切变动都和带有一定象征意义的自然现象联系在一起,语言结构和用词手法新颖独特①。董玥则评说小说的整个结构、人物形象的塑造、重要意象的选取以及对大自然的描写都倾注作家的苦心,洋溢着浓重的诗意②。另外,《俄苏文学》译载当年曾和其他编委一起决定不发表《日瓦戈医生》的《新世界》主编康·西蒙诺夫的一封信中的回忆,也提到了该小说有细腻心理描写和出色的自然景物描写③。

这些对《日瓦戈医生》艺术特色的研究还是零星而不成系统的,开始集中全面而深入地探讨帕斯捷尔纳克的作品的艺术特色还是在90年代之后。

首先是表现在出现了一批专门探讨其艺术特色的文章上。如鲁有周的《〈日瓦戈医生〉艺术魅力浅探》④一文,就较为全面地分析了小说艺术特色。作者认为,小说的获奖不乏政治原因,但主要还是内在价值,表现在其史诗般的规模、"圆"的人物典范(人物的多面性、丰富性、复杂性)、"现代派"色彩(战争浪潮"严酷的真实","末日悲哀"的情调,下意识、梦境幻境)等方面。董晓的《〈日瓦戈医生〉的艺术世界》⑤则把重点放在对《日瓦戈医生》诗化特质的探讨上。文章认为,小说具有浓郁的抒情诗的色彩与韵味,是"非政治"的。艺术家对生活、对历史的把握、理解与感悟达到了艺术化、哲理化的诗意的境界,而不是停留在单纯的政治激情的层面。他摒弃肤浅的政治狂躁,以一种不朽的人性、一种永恒的善的人本主义思想来观照审视历史的运动与变迁。这些研究能把小说研究同诗歌结合起来,分析深入而透彻,也给帕氏研究提供了一个良好的方向。

其次,艺术特色探讨的全面与深刻还表现在对其象征手法等现代派特色的挖掘上。帕斯捷尔纳克诗歌深受西方现代派的影响,现代派的表现手法也就自然地体现在其小说之中,象征手法的运用则是其中特别引人注目之处。钱华的《混沌世界与澄澈心灵:〈日瓦戈医生〉象征手法浅释》⑥就是从这方面入手加以

---

① 薛君智:《帕斯捷尔纳克的生活与创作道路:兼论〈日瓦戈医生〉》《外国文学研究》,1987年第4期。

② 董玥:《〈日瓦戈医生〉浅析》,《国外文学》,1989年第1期。

③ 李之基译:《康·西蒙诺夫谈鲍·帕斯捷尔纳克和〈日瓦戈医生〉》,《俄苏文学》,1986年第3期。

④ 《江淮论坛》,1995年第3期。

⑤ 《艺术广角》,1998年第2期。

⑥ 《语文学刊》,2001年第6期。

分析的。文章认为，在《日瓦戈医生》中，作者采用象征手法，娴熟地把诗歌创作技巧运用到小说创作中，使我们在关注整部作品时，既有深厚的情爱意境，又有深邃的理性意境，具象与意象的完美结合，使得我们眼前的世界展现绚丽多姿的色彩。而李建军的《论〈白鹿原〉与〈日瓦戈医生〉中的象征》①则把《白鹿原》与《日瓦戈医生》的象征意义进行对比，显得视野更为开阔。文章认为，两者在对人物象征意味（人物象征某种伦理倾向）的注重、对严整的两极对照的象喻（用象征来喻示，而不是直接用议论来揭示主题）体系的营构等方面，表现出高度相似性或共同倾向，而在景物象征、表达象征的构语模式、文体形式上，则显出迥异的外貌：一为明喻式象征，用简短的陈述式；一为隐喻式象征，用细致的描述。

　　第三，从比较的角度来分析评价也反映了艺术特色探讨的不断拓展。如果说上述的李建军的文章只是从象征这一独特角度对两部作品进行比较的话，冯玉芝与薛兴国的《帕斯捷尔纳克与肖洛霍夫小说艺术比较》②一文则较为详细而全面地比较分析了《日瓦戈医生》与《静静的顿河》的艺术特色。首先，从时空角度出发，作者认为，肖洛霍夫的现实时空中包含历史时空，帕氏的特定时空却隐含彼岸时空。在历史和现实的对比中，对命运的悲剧性体验和沉溺于历史的羁绊而无法自拔，是格利高里·麦列霍夫精神痛苦的原因；而帕氏考虑到了时间的另一方面——现在与未来的关系，主人公日瓦戈医生完全生活在对未来的恐惧、疑虑、悬念和希望中，他不断思考未来，并在意识中生活在未来，寻找通向另一个世界的出路。其次，从多余人的角度出发，作者认为，格利高里与日瓦戈自我意识的矛盾与分裂不是消极的，而是紧张地探索、极度地焦虑和孤独地寻求对话的结果。他们遇到同样的问题，即生存与超越不能同一。最后，从人的现实存在与心理存在角度出发，作者认为，肖洛霍夫的创作遵循亚里士多德的模仿说和古典叙事的"荷马方式"；而帕氏的创作遵从的是建立在象征和意识的流动上的具有现代文学特点的叙事方式。冯玉芝与薛兴国的探讨显得大气而有深度。

　　总之，对《日瓦戈医生》艺术特色的探索分析，实际上是一个不断深入的过程。国内研究者在摒弃旧的思维之后，大都十分注意帕氏作为一名诗人兼小说

---

① 《唐都学刊》，1998 年第 1 期。
② 《俄罗斯文艺》，2002 年第 1 期。

中国俄苏文学研究史论
История исследования русской и
советской литературы в Китае

家在创作中所呈现出来的特色,尽力挖掘其中现代派的特色与诗的韵味。

除了上述以论文的形式出现的各种专题研究之外,关于《日瓦戈医生》的综合研究也有不少。除了几本俄国文学史中的帕斯捷尔纳克专题之外,2001 年 9 月,云南人民出版社出版了包国红的《风风雨雨日瓦戈——日瓦戈医生》一书。虽然该书属于一部普及性读本,很多观点属于吸收借鉴性质而不能像专门论文那样深入,但书中对帕斯捷尔纳克的生平、《日瓦戈医生》的成书经过、小说的主题、人物形象特征、小说的艺术特色、宗教意义等作了介绍,为读者认识帕氏及其《日瓦戈医生》提供了一个较为全面而客观的基本面貌。此外,该书还提供了帕氏在当时政治环境中的一些生活资料,分析了帕氏与列宁,特别是斯大林的微妙关系。这些对认识帕氏与《日瓦戈医生》也是很有帮助的。

帕斯捷尔纳克在中国的接受已有 40 多年的历史了。从整体上说,国内的研究还主要集中在小说《日瓦戈医生》上,对他的诗歌、短篇小说、随笔、回忆录、书信等方面的研究尚待展开,对作家作品的综合研究也有较大的空间。

[相关研究成果要目]

1. 华夫:《杜勒斯看中了〈日瓦戈医生〉》,《文艺报》,1958 年第 21 期。

2. 重玉:《诺贝尔奖金是怎样授予帕斯捷尔纳克的》,1958 年第 21 期。

3. 刘宁:《市侩、叛徒日瓦戈医生和他的“创造者”帕斯捷尔纳克》,《世界文学》,1959 年第 1 期。

4. 臧克家:《痈疽·宝贝——诺贝尔奖金为什么要送给帕斯捷尔纳克》,《世界文学》,1959 年第 1 期。

5. 张英伦等主编:《外国名作家传》(中册),中国社会科学出版社 1979 年版。

6. [美]马克·斯洛宁著,蒲立民译:《苏维埃俄罗斯文学》,上海译文出版社 1983 年版。

7. 李之基译:《康·西蒙诺夫谈鲍·帕斯捷尔纳克和〈日瓦戈医生〉》,《俄苏文学》,1986 年第 3 期。

8. 俞中青:《诚实的历史反思:读〈日瓦戈医生〉梗概》,《当代苏联文学》,1987 年第 2 期。

9. 薛君智:《苏联作家帕斯捷尔纳克与他的〈日瓦戈医生〉》,《文艺报》,1987 年 10 月 24 日。

10. 赵一凡:《埃德蒙·威尔逊的俄国之恋:评〈日瓦戈医生〉及其美国批评家》,《读书》,1987 年第 4 期。

11. 薛君智:《帕斯捷尔纳克的生活与创作道路:兼论〈日瓦戈医生〉》,《外国文学研究》,1987 年第 4 期。

12. 何满子、耿庸:《关于日瓦戈的对话》,《外国文学评论》,1988 年第 2 期。

13. 郭小宪:《从格利高里到日瓦戈:〈静静的顿河〉和〈日瓦戈医生〉主人公之比较》,《西北大学学报》(哲社版),1988 年第 3 期。

14. 张冰:《一部出色的心理自传》,《国外文学》,1989 年第 1 期。

15. 董玥:《〈日瓦戈医生〉浅析》,《国外文学》,1989 年第 1 期。

16. 张沁:《帕斯捷尔纳克和〈日瓦戈医生〉》,1989 年第 1 期。

17. 张哲俊:《日瓦戈医生行为驱力的聚合与耗散》,1989 年第 1 期。

18. 陈晓春:《三支不同曲调的歌》,《国外文学》,1989 年 1 期。

19. 易漱泉:《一代知识分子的命运:评〈日瓦戈医生〉》,《理论与创作》,1989 年第 4 期。

20. 薛君智:《回归——苏联开禁作家五论》,社会科学文献出版社 1989 年版。

21. 刘士林:《生命:沉重的象征:读帕斯捷尔纳克的长篇小说〈日瓦戈医生〉》,《郑州大学学报》,1990 年第 4 期 。

22. 刁在飞:《反思历史,展望未来:评〈日瓦戈医生〉的思想倾向》,《兰州大学学报》,1991 年第 3 期。

23. 杨开显:《若即若离于时代的大自然的歌手:帕斯捷尔纳克及其未来主义诗选简论》,《四川外语学院学报》,1993 年第 1 期。

24. 于璟毅:《谈帕斯捷尔纳克的诗歌创作》,《黑龙江教育学院学报》,1994 年第 2 期。

25. 何云波:《20 世纪启示录:〈日瓦戈医生〉的文化阐释》,《国外文学》,1995 年第 1 期。

26. 鲁有周:《〈日瓦戈医生〉艺术魅力浅探》,《江淮论坛》,1995 年第 3 期。

27. 王路:《魂归何处:浅析〈日瓦戈医生〉》,《聊城师范学院学报》(哲社版),1997 年第 3 期。

28. 李建军:《论〈白鹿原〉与〈日瓦戈医生〉中的象征》,《唐都学刊》,1998 年第 1 期。

29. 董晓:《〈日瓦戈医生〉的艺术世界》,《艺术广角》,1998 年第 2 期。

30. 李华:《历史与人性的冲突》,《社会科学战线》,1998 年第 2 期。

31. 宋卫琴:《呼唤人性尊严——俄罗斯知识分子的悲剧命运,日瓦戈形象分析》,《河南教育学院学报》(哲学社会科学版)),1998 年第 2 期。

32. 湖晴:《人道主义的三座丰碑》,《南京高师学报》,1998 年第 2 期。

33. 刘佳林、严长春:《慌乱的敲门声——论〈日瓦戈医生〉中的生活思想》,《扬州大学学报》(人文社会科学版),1998 年第 4 期。

34. 高莽:《帕斯捷尔纳克——历尽沧桑的诗人》,长春出版社 1998 年版。

35. 何云波:《基督教〈圣经〉与〈日瓦戈医生〉》,《俄罗斯文艺》,1999 年第 3 期。

36. 古渐:《日瓦戈:苏联文学中的"多余人"——兼与俄国文学中"多余人"形象比较》,《四川教育学院学报》,1999 年第 3 期。

37. 龙怀珠:《时代落伍者的悲歌:谈〈日瓦戈医生〉中的主人公形象》,《宝鸡师院学报》,1999 年第 4 期。

38. 童真:《论〈日瓦戈医生〉的自传性》,《四川师范大学学报》(社会科学版),2000 年第 1 期。

39. 程洁:《生・死・生存 ——〈日瓦戈医生〉解读》,《苏州铁道师范学院学报》(社会科学版),2000 年第 2 期。

40. 董晓:《〈日瓦戈医生〉:我心目中的经典》,《俄罗斯文艺》,2000 年第 4 期。

41. 康澄:《对二十世纪前叶俄国文学中基督形象的解析》,《外国文学研究》,2000 年第 4 期。

42. 张永伟:《视点重组:历史理性的突破和超越——〈日瓦戈医生〉和〈白鹿原〉人文关怀的比较研究》,《黑龙江社会科学》,2001 年第 5 期。

43. 钱华:《混沌世界与澄澈心灵:〈日瓦戈医生〉象征手法浅释》,《语文学刊》,2001 年第 6 期。

44. 包国红:《风风雨雨日瓦戈——日瓦戈医生》,云南人民出版社 2001 年版。

45. 冯玉芝、薛兴国:《帕斯捷尔纳克与肖洛霍夫小说艺术比较》,《俄罗斯文艺》,2002 年第 1 期。

46. 冯博:《论帕斯捷尔纳克的"哈姆雷特"》,《俄罗斯文艺》,2002 年第 4

期。

47. 谢周：《论〈日瓦戈医生〉的悲剧精神》，《四川外语学院学报》，2002 年第 4 期。

48. 赵山奎：《拉拉：反抗卑贱——析〈日瓦戈医生〉中的拉拉》，《俄罗斯文艺》，2002 年第 5 期。

49. 张晓东：《日瓦戈医生的诗作〈哈姆莱特〉的阐释》，《俄罗斯文艺》，2002 年第 6 期。

第四十章
中国的纳博科夫研究

纳博科夫（Владимир Владимирович Набоков，1899—1977）出身俄国贵族家庭，后入美国籍，是一个能用俄语、英语和法语写作的多语作家。他成名于20世纪50年代晚期，在他那争议颇多的长篇小说《洛丽塔》出版之后。国际学界的纳博科夫研究由此开始，且规模不断扩大。1978年，在堪萨斯大学成立了纳博科夫学会，出版《纳博科夫研究者》（半年刊）。1995年，由耶鲁大学斯拉夫系主任弗·亚历山大洛夫教授主编的由9个国家42位知名学者合作写成的《纳博科夫大全》，可谓集西方纳学之大成。与国际纳学相比，中国大陆的纳博科夫研究起步较晚。作为与西方有着不同语言、文化传统的中国，其对纳博科夫的接受有其自身存在的价值，值得我们关注。

中国大陆对纳博科夫的译介始于1981年。此年，上海译文出版社出版了由梅绍武译的《普宁》①。从1987年至今，国内出版了不少的纳博科夫作品的中译本②。在此期间，出现过两次译介高潮。一次是在1989年，这一年可称做是《洛丽塔》译介年，一年之内，就出版了不同译者、不同出版社的《洛丽塔》的4个译本③。另一次则是在1999年前后，这一次可称做是时代文艺出版社的纳博科夫译介高峰。时代文艺出版社以大手笔之气魄，分两辑译介出版了纳博科夫小说全集，包括纳博科夫的9部小说共12卷。此外，该社还在1998年2月出版了由潘小松翻译的《纳博科夫访谈录》、陈东飚译的《说吧，记忆》等等。1991年，申慧辉等人翻译的《文学讲稿》出版④，该书为我们研究纳博科夫文学思想提供

---

① 台湾在20世纪60年代就有赵尔心的《洛丽塔》译本。

② 如1987年3月漓江出版社出版龚文庠译的《黑暗中的笑声》，1987年5月《世界文学》刊载梅绍武选译的《微暗的火》，1991年花城出版社出版由杨青译的《讲吧，记忆》，2003年浙江文艺出版社出版石枕川、于晓丹译的纳博科夫短篇小说集《菲雅尔塔的春天》等等。

③ 分别是浙江文艺出版社的彭晓丰、孙小炯译本，漓江出版社出版的黄建人译本，河北人民出版社出版的华明译本以及江苏文艺出版社出版的于晓丹译本。

④ 该书由生活·读书·新知三联书店1991年10月出版。

了最直接的参考,是国内纳博科夫研究者不可不读的材料。综观所有的译本,数量最多的仍数《洛丽塔》。从 1989 年至今,据笔者统计,有 9 种之多,其中包括有不同译者、不同出版社,也包括相同译者、不同出版社的不同版本。然而,最早出现在国人面前的纳博科夫的作品却并不是《洛丽塔》,而是趣味性颇强的《普宁》。看来,《洛丽塔》这位异邦"性感少女"一直徘徊在中国传统古国的大门之外,直到《普宁》等陆续为她铺垫、蓄势,她才一跃而入,并迅速走红。

与西方评论界一样,在国内也同样是《洛丽塔》拉开了中国纳博科夫研究的序幕。1988 年 10 月,《读书》上发表董鼎山的《洛丽塔四十二岁了》。该文可谓是我国纳博科夫研究的先声。此后,研究论文则呈现逐年增多的趋势,而尤以 1999 年之后更为突出。从 1988 年到 1999 年,相关文章每年平均不过一两篇,而在 1999 年,在纳博科夫的百年诞辰、《洛丽塔》出版 45 周年之际,国际学界纷纷发起了多种学术研讨和纪念活动,纳博科夫在国际上的声誉日渐增高。也正是在这一股浪潮的推动之下,国内研究论文也相应增多起来。从笔者收集到的论文资料来看,从 1999 年到 2003 年,每年平均达到八九篇之多。这个数目虽然相对于其他热点文学研究问题来说,不过是区区小数,但却仍然能有效地反映出纳博科夫研究在国内已渐趋热。尤其是 2000 年之后,还出现了研究纳博科夫的博士论文 3 篇①。除此之外,还有各地为数不少的硕士论文。

国内对纳博科夫关注的趋热,还表现在作品的译介上,近年来新出现了石枕川和于晓丹译的短篇小说集《菲雅尔塔的春天》(浙江文艺出版社,2003)、朱建迅和王骏译的小说《天赋》(译林出版社,2004),以及主万译的全译注释本《洛丽塔》(上海译文出版社,2006)。

国内纳博科夫研究有综合述评和专题研究两大类。事实上,综合述评研究目前仅有刘佳林的《纳博科夫研究及翻译述评》②和戴晓燕的《纳博科夫在中国》③两篇。戴文是按时间梳理和评点了纳博科夫研究在中国从 1981 年以来的 20 余年的情况。刘文主要概述的是西方对纳博科夫研究 80 多年的研究历史,提炼出西方的形式研究和文本以外的意义研究的两大方向,并指出西方研究的细化和泛化的两种发展趋向;文中关于纳博科夫研究在俄苏的状况的归纳,发

---

① 分别是 2000 年邓理明著《纳博科夫俄语时期创作研究》、2002 年刘佳林著《纳博科夫小说的诗性世界》、2004 年李小均著《纳博科夫:那双眼睛,那个微笑》。

② 《外国文学评论》,2004 年第 2 期。

③ 《南京晓庄学院学报》,2005 年第 3 期。

前人之所未发,具有极其重要的资料价值;而对于国内的评论研究,该文涉及不多,仅简单介绍了国内的纳博科夫译介状况。除了少数译家和评论家之外,刘佳林对国内的译介者基本持不满和否定的态度。他用大量误译的实例,严肃批评了译者态度的不够严谨和翻译水平的参差不齐,并认为正是这个原因导致了中国纳博科夫研究的滞后。这些反映出作者严谨的治学态度和作为一个文学研究者的忧虑。总的来说,这篇文章介绍的是国外的研究状况和国内的翻译情况。

国内的纳博科夫研究,按专题可归纳为如下 4 个方面。

一、《洛丽塔》研究①

1. 是色情小说还是独具文学价值的艺术作品

《洛丽塔》出版之初,西方当时的书评大都集中于洛丽塔事件纠纷上,争论这部书是不是淫书、是不是具有文学价值。中国研究者引入纳博科夫之时,一开始也同样把目光集中在这些最敏感的问题上。然而,中国引入纳博科夫的《洛丽塔》的时间已是 20 世纪 80 年代末期,这时,西方在这个问题基本上已有比较一致的看法,都认同了该书所具有的非商业化的独特的文学价值。所以,国内受其影响,很快就以认同的姿态接受《洛丽塔》。国内最早的纳博科夫研究文章——董鼎山的《洛丽塔四十二岁了》,就已将纳博科夫作品中的性与色情小说区分开来。除此之外,该文还介绍了《洛丽塔》在国外辗转出版的过程,以及《洛丽塔》题材在纳博科夫创作中的延续:1939 年在巴黎出版的俄文版《魅人者》(The Enchanter)是《洛丽塔》的前身,甚至早在《魅人者》出版之前,纳博科夫在其俄文自传性小说《天资》中就已经提到一个与《洛丽塔》相似的童女恋故事。但文章仅止于此,并未进一步就小说本身分析其艺术价值。

此后的相关论文进一步地肯定了该小说。杨昊成在《〈洛丽塔〉——一个哀伤的故事》中评说道:"在许多随意的读者看到小说表面的淫意淫词的同时,一些独具慧眼的读者却看到《洛丽塔》背后的博大精深。"②不过,这篇文章也仍是停留在泛泛的评述上。而于晓丹的《〈洛丽塔〉,你说什么就是什么》③则是一篇

---

① 要说明的是,国内的纳博科夫研究涉及《洛丽塔》的评论占了近二分之一。这里谈的主要是关于《洛丽塔》的道德主题的一些争论。有关《洛丽塔》的其他论题,将穿插在其他的几个部分中处理。

② 《外国文学研究》,1999 年第 1 期。

③ 《外国文学研究》,1995 年第 1 期。

对《洛丽塔》进行较全面而深刻探讨的文章。作者在文中强调了想象力在小说中的重要性,认为是想象力使得小说具有百科全书式的丰富性和多层次性;表现在风格上,小说中强烈的喜剧性与悲剧性并存,并时有显现闹剧的成分;在文体上,传记、游记、侦探小说等多文体杂糅;涉及的领域包罗昆虫学、极地探险、戏剧、女性等等。评论显示国内研究界对《洛丽塔》认识正在逐渐深化。

2.道德与非道德

虽然《洛丽塔》是不是色情小说已有定论,但由于小说中违反伦常的畸型恋情以及作品的道德观、社会责任问题,还是引起了很多研究者的争论。这种争论可以黄铁池的《"玻璃彩球中的蝶线"——纳博科夫及其〈洛丽塔〉解读》①和刘小丰的《〈洛丽塔〉:一部被欲望烧灼的伤心史》②为代表。

黄文从纳博科夫的世界观、审美观、道德观等方面探讨小说,指出亨伯特的病态心理最后毁了别人也毁了自己,小说具有一定的道德价值。作者还进一步分析说,一方面,亨伯特有特殊嗜好,这一点是要否定的;但另一方面,亨伯特也并非毫无心肝,他也有坦诚的一面。黄文在此给了人物一个中允全面的道德观照。而刘文跳出了道德与非道德的局限,作者借纳博科夫自己的阐述说道:"他不喜欢别人叫他'道德讽刺家',他一再宣称:我没什么社会性目的,没有道德信息,我也没有什么总的思想要去开拓。""在《洛丽塔》的世界里,艺术已超过了道德的界限,它不是'不道德'的,而是'非道德'的。"刘文代表了后来国内的一部分研究者对《洛丽塔》价值判断的方向。

二、艺术形式与艺术风格的演变传承研究

西方评论界对纳博科夫作品的形式与风格评价不一,或贬或赞。有的说他作品空洞,晦涩,难以卒读,矫揉造作;有的说其作品将过往与现实、梦幻与事实、诗与散文巧妙融合;有的说纳博科夫是福克纳以来美国最重要的一位作家,乔伊斯以来最有风格,最具独创性的作家;而美国评论家伊哈布·哈桑则说他是"二战"后"美国实验小说中一位最具影响的先驱"③。国内学者关于纳博科夫的作品艺术形式与风格的探讨也相当活跃,出现了不少相关论文,虽然见仁见智,但总的来说赞多贬少。与此同时,研究者还注意到,纳博科夫作品的艺术

---

① 《外国文学评论》,2002 年第 2 期。
② 《当代文坛》,2001 年第 2 期。
③ 梅绍武:《纳博科夫和文学翻译》,《文艺报》,1993 年 3 月 20 日。

风格是复杂的,其前后期(以到美国为界)的创作表现出不同的特色。

1. 叙事艺术

探讨纳博科夫小说的叙事艺术的论文相对于其他方面来说是很多的,尤其是近几年来显得更加集中。不少论文的研究很有创见,但也有不少只是在前人基础上的变样重复。对叙事艺术探讨的热烈一方面与国内学界"叙事学"热有关,另一方面也从一定程度上反映了纳博科夫小说在这一方面的突出成就。

肖谊的《论纳博科夫〈梦锁危情〉的叙事艺术》①一文认为,《梦锁危情》中虚构 R 先生这样一位叙述者增加神秘感,并引入 R 的小说《隐喻》,使之具有后现代派"元小说"特点。另外,纳博科夫还通过重排时间顺序和插叙,分散了叙述内容,把故事情节中的真实世界"虚幻化",从而建构起一个虚境。在实实虚虚的叙述中,纳博科夫把握到人类悲观、虚无的复杂命运的本质。

陈榕的《评纳博科夫的〈洛丽塔〉》②分析纳博科夫如何运用叙述策略,使读者改变立场,不知不觉地将同情予以本该受到谴责的摧残幼女的亨伯特。这些叙述策略包括:作家在亨伯特的头顶放置的爱与艺术的光环,获取读者同情;分析亨伯特的双重叙述视角(叙述自我和经验自我的视角)与纳博科夫作为隐在作者的视角;读者角度多层面的叙述(包括亨伯特、约翰·雷和纳本人的小说后记)等。在这些策略之下,读者似被催眠一般,在不知不觉中放弃了自己的道德判断。

张鹤的《"一条复杂的小蛇"——简析纳博科夫的小说〈普宁〉的叙述结构》③是从叙事结构角度进行探讨的文章。作者根据法国叙述学家热拉尔·热奈特为叙述层次下的定义,把故事分为"故事内"、"故事外"两层叙事,按叙述者所处的故事层(故事内或故事外)和他与故事的关系(异故事或同故事)来确定叙述者在叙事中的位置。由此,作者指出,《普宁》中"我"的叙事位置是不确定的,纳博科夫让"我"在叙述层次界限内自由活动形成大小盒子"套盒式结构",两个故事时而重合,时而分离,产生似真似幻的感觉。

同张鹤一样,王青松在《论〈普宁〉的内在有机结构》④中也将目光投射到小说结构上。这一点并非偶然,因为长期以来,小说结构就一直是《普宁》争议的

---

① 《外国文学研究》,2002 年第 4 期。
② 《河南科技大学学报》(社会科学版),2003 年第 2 期。
③ 《当代外国文学》,2004 年第 1 期。
④ 《外国文学评论》,2004 年第 2 期。

焦点。文章从巴拉塔罗关于小说环形结构的论述出发,从章节内的主题意象重复和跨章节的情感在基调重复这两个维度上建构了普宁的生命宇宙,使看上去杂乱的小说在主题、情调、哲学等多重层面上形成应和关系,成为一个有机和谐的整体。作者还提出了跨章节的重复性意象应归咎于纳博科夫的螺旋形的结构意图,不仅如此,作者的创见更在于进一步用纳博科夫对时间问题的阐释、通过展示散落在文本中的 5 处螺旋现象,来解释小说的螺旋形结构意图。王青松从巴拉塔罗的环形结构基础上得出的螺旋结构不仅不是简单地形式分析的模仿,而且事实上他避免了巴拉塔罗仅凭每章开头与结尾出现的相似意象所作的简单推导,并深入地通过小说的内在的肌理和纹路,严密地分析出作品的结构的有机性。

此外,张薇的《〈洛丽塔〉的叙事奥秘》①也从这方面进行了探讨。作者把小说的叙事奥秘概括为 4 点:一是假托的叙事法,即让约翰·雷博士叙述文稿的来历,产生多重叙述的声音,让读者和手稿保持审美距离;二是第一人称饱含叙事,有时又将第一人称"第三人称化",扩大叙事距离,产生奇特阅读感觉;三是叙述时间含混,小说在故事的时间与现实的时间中来回穿梭;四是小说对奎尔蒂的叙述先隐后显,显示了其神秘性。

除了上述对纳博科夫小说叙述艺术进行研究之外,杨振宇的《善良的上帝在细节中——试论纳博科夫的小说〈洛丽塔〉》②还探讨了作品中的细节描写问题。作者从《洛丽塔》国内的几个译本及据其改编的电影中的"狗"的形象切入,分析了"细节"所体现的特定的象征性,指出细节构成了作品富有写实性和诗意性的双重效果。杨文角度的选取巧妙,从小说最富写实性的细节后见出其梦幻般的诗意性的效果。

2. 形式中的精神内涵

纳博科夫并不是一个为形式而形式的作家,其小说形式的外衣折射出来的是作者深沉的思索,不少研究者都注意到了纳博科夫小说的这一特点。

柏彬的《论纳博科夫和戏拟》③是一篇探讨纳博科夫小说戏拟手法的文章。作者首先试着区分戏拟、讽刺、反讽 3 个概念不同的范畴,认为把戏拟绝对归入讽刺、反讽都是片面的,因为讽刺通常的咄咄逼人和道德倾向与纳博科夫绝对

---

① 《当代外国文学》,2004 年第 1 期。
② 《外国文学研究》,2002 年第 2 期。
③ 《当代外国文学》,2002 年第 1 期。

中国俄苏文学研究史论
История исследования русской и
советской литературы в Китае

自由主义的品性不和,从而突出了纳博科夫戏拟手法的独特性。接着,作者从形式、内容两方面具体分析纳博科夫小说中的戏拟。作者认为,小说在形式上主要是对文体的戏拟,包括对书信体、日记体、文学传记、诗作、戏剧、"评注"、罗曼蒂克小说、忏悔录文体,侦探小说等的戏拟;在内容上则列举了纳博科夫对一些思想、理论、风俗、流行事物等的嘲弄戏拟,如弗洛伊德学说、陀氏小说等等。当然,文章并不止于列举戏拟的文字事实,而是更进一步分析了影响纳博科夫戏拟成就的两个因素:一是独特人生经历;二是内在的天赋。由此推演出文字戏拟后面更重要的是纳博科夫的富有艺术独创性的精神戏拟,这种精神戏拟表现出自觉解构、颠覆和反叛等精神特征。这些分析显示了作者可贵的洞察力。

易丹的《〈洛丽塔〉眩目的语词魔术》①是从叙述词语文字角度切入的。该文考察了小说中人名的文字游戏、人物身份交错幻影的互换关系、叙述中各种各样的人为安排的巧合(如人名、场所名之间的巧合)等等,然后从中进一步挖掘纳博科夫语词形式的"意味"。作者发现,作家在玩弄花招的同时,又提供了"绝对真实"的文本。她把这一技巧比喻为在魔术师的魔术中,道具是绝对真实性的,同时戏法又是绝对欺伪的。由此,作者指出小说的核心意义,是把玩"感觉的不可靠"和"感觉的真实"之间的微妙张力。

3. 时空艺术

纳博科夫小说对时空的特殊处理也引起了研究者的相当兴趣。这方面的研究也是在近几年来才得到长足的发展。第一篇系统地分析其时间观的是王卫东的《论纳博科夫的时间观》②。王文从纳博科夫时间观的 3 个来源入手,指出作家发展了柏格森绵延时间观念,摆脱了机械的时间观;接受普鲁斯特"艺术作品是人们在精神上重现往事的唯一手段"的观念;吸收了乔伊斯关于时间相对性的思想。上述三者,尤其是后两者启发作家深入思考时间本质,并将之与人的生存联系起来,得出作家个人独特的思考,即认为"未来不存在",排除未来对人的生存意义,又排除过去意识只对现在存在依赖性。纳博科夫把这一时间观念汇入作品实践中,表现为小说人物总在现在、过去之间挣扎,过去总是美的,现在总是糟糕的,他们于是借助某物以超越现在,回归过去,但均未战胜时间,都以悲剧告终。作者还结合具体的作品详加阐释,例如,《洛丽塔》的亨伯特

---

① 《读书》,2003 年第 2 期。
② 《国外文学》,2001 年第 1 期。

借助记忆,结果死了;《普宁》中的普宁借助幻觉,结果出走了;《微暗的火》的金博特借助艺术,结果疯了。这使得作者的观点有了更强的说服力。

黄铁池、赵槟的《囚禁与抗争——试论纳博科夫的时间观》[①]的观点与王卫东基本相同,只是他们更加明确地将纳博科夫小说中人与时间的相互关系描述为"囚禁与抗争"的关系,认为时间是互相联系的,"现在"站在过去与未来之间,人则被囚禁在现在。文中简单分析纳博科夫早期作品中的作为与生存意义相关联的时间因素,重点评析《洛丽塔》的时间观,即时间对亨伯特的囚禁及亨伯特的抗争:亨伯特想将短暂瞬间变成永恒,想从时间奴役下解放,但其愿望落空了,最终失去了洛丽塔。

如果说王卫东和黄铁池、赵槟都侧重于考察纳博科夫的时间观里过去—现在—未来这样一个线性的流程的话,刘佳林在《时间与现代自传的叙事策略》[②]中则看到了纳博科夫对传统线性时间叙事的重大突破。作者认为,纳博科夫的自传《说吧,记忆》强调的是各部分之间的非线性关系,每个主题之下的事件排列打破了时间规律,遵循的是生活片断之间的内在逻辑和记忆的自身规律,这样结构就更加缜密,从而彻底取消了时间,众多的生活碎片在想象的坩埚里融化成非时间的情境或观念。需要强调的是,该文谈的是时间与现代自传的问题,并未仅限于纳博科夫的自传《说吧,记忆》。与此同时,文章还论及了萨特的《词语》和伍尔芙的《存在的瞬间》。萨特的《词语》以词语为核心来组合童年事件,线性时间遭到漠视;伍尔芙的《存在的瞬间》将现在与过去交织成一幅特殊的时间图案,在复制过去的同时,借助现在加深了对过去的了解,并使自传写作成为写作者当下的安慰。该文通过三者的比较分析,论证了现代自传转向表现自传主的心理真实,以及传统的时间因此遭遇了新的艺术处理的特点,这样就使纳博科夫研究之景深得以扩展,论文显得更有分量。

时间与空间是无法分割的。就在纳博科夫小说中人物总在现在过去之间挣扎、在时间的碎片中徜徉时,小说的空间也就相应地得以展开。而这种展开往往是同"流亡"结合在一起的。刘佳林的《论纳博科夫的小说主题》在此方面已有论及。而张鹤的《寻找—幻灭—超越——纳博科夫小说主题探微》[③]和李小

---

① 《常德师范学院学报》(社会科学版),2003 年第 3 期。
② 《扬州大学学报》(人文社会科学版),2001 年第 5 期。
③ 《哈尔滨工业大学学报》(社会科学版),2001 年第 4 期。

中国俄苏文学研究史论
История исследования русской и
советской литературы в Китае

均的《流亡者永在旅途——评纳博科夫的杰作〈洛丽塔〉》①也是通过"流亡"这一主题,来探讨纳博科夫小说中的时空变换的,其中以张文尤为出色。李文以亨伯特的流亡生活为中心,通过描述主人公没有终点也没有结果的寻找的回忆,突出了他同时间的抗争。而张文则选取了 3 部具有明显流亡色彩的小说《玛丽》、《塞》、《普宁》,从中理出其共有的一条动态发展主线:寻找—幻灭—超越。作者认为,这 3 部小说实际上是寻找、幻灭、超越这 3 点构成的主线的不同变体。在这条主线上,点与点之间的横向进展使我们较为清晰地观察到纳博科夫对"流亡"这一特别行为的思考;而每一相同点于纵向深延时又都以物质→物质/ 精神→精神的方式层层递进,从渴望回归故国到渴望确认自我、再到渴望文化精神的融合,从超越国界到超越生死之界、再到超越真幻之界,寻找、幻灭、超越在 3 部作品中不断地向内在精神掘进,纳博科夫式的主人公们正是从寻找回归故国,到精神几近幻灭,最终超脱在精神国界里而得到重生。刘佳林在《论纳博科夫的小说主题》中不仅把握住了小说外在的时空,更注重挖掘人物内在的精神时空。

4. 前后期作品风格

在分析纳博科夫前后期不同之风格的文章中,于晓丹的《纳博科夫其人及其短篇小说》②是最为突出的一篇。作者认为,纳博科夫前期的创作使读者感觉到作者是"一个对真实生活怀有温暖记忆的人,一个对世事怀有朴素感情的人,一个不大过分喜欢揶揄讽喻的人,一个不十分沉醉于自己的想象和虚构的魔术师般才华的人";而后期的作者让人感觉像是"具有亨伯特那种聪明兼冷漠气质的人","具有普宁那种沉闷笨拙性格的人"。早期作品所表现出的深刻背景在读者心中建立的是一种亲切的关系,是可交流的,可感知的,也就是无距离的;而后期小说更多的是"建立在文本基础上的虚构","它是个人化的,主观化的,超现实的,它是对普通读者想象能力的挑战,这种挑战本身便是冰冷的,甚至是残酷的"。此外,该文还探究了纳博科夫前后期风格变化的原因,认为是由于纳博科夫前后期生活环境的变化以及其创作上追求新局面所致。

风格上的前后期变化不仅表现在其创作的作品上,作为一位名翻译家,翻译是纳博科夫一生中十分重要的一部分,其翻译的风格也经过了一个变化的过

---

① 《四川外语学院学报》,2001 年第 6 期。
② 《外国文学》,1995 年第 2 期。

程。李小均的《纳博科夫翻译观的嬗变》①和梅绍武的《纳博科夫和文学翻译》②就是为数不多的研究纳博科夫的翻译状况的文章。梅文重在对纳博科夫前后期译作、纳博科夫译者理论的介绍,对其前后翻译风格没有深入分析。而李文则对其翻译风格的演变做了较为详细的论述,梳理了纳博科夫毕生的翻译活动,追溯其翻译策略的嬗变,并按其嬗变的情况将其分为 3 个时期:早期采取极端意译,大胆归化翻译法;中期辗转流亡到美国,开始使用极端直译,如《奥涅金》的翻译;晚期倾向重写,创造性叛逆。同时,作者还指出,尽管纳博科夫的翻译观不断发展变化,但始终统一于作家对俄罗斯文化的忠诚。

5. 传统的继承与创新

纳博科夫那冗长难懂、"编织得迷津一般的小说",是创作上"继承了俄罗斯和欧洲文学传统,在形式、技巧、语言等方面大胆探索"的结果。他"文笔幽默诙谐,描绘细致,作品扑朔迷离,晦涩难懂"。关于纳博科夫创作风格的传统与创新问题,如果说梅绍武最早在《纳博科夫和文学翻译》里所作的评论还是总纲式的话,那么,后来这一总纲式的评论得到了研究者们从各个不同的角度进行的声援和诠释。

在这些声援和诠释中,张鹤的《大师的高傲——走近纳博科夫》③和刘佳林的《果戈理的另一幅肖像——纳博科夫〈尼古拉·果戈理〉述评》④是直接从纳博科夫的文学批评中来寻找蛛丝马迹的。张鹤从纳博科夫的《文学讲稿》中理出其文学批评观,认为纳博科夫毫不留情地批驳了一大批功成名就的作家的平庸、低俗,毫不妥协地坚持自己的文学趣味和评判标准,即要"具有异常的复杂性和迷惑性"。纳博科夫推崇乔伊斯《尤里西斯》、卡夫卡《变形记》、别雷《彼得堡》及普鲁斯特《追忆似水年华》第一部分,还有塞林格、厄普代克等近代优秀艺术家,以及当代的罗布·格里叶和博尔赫斯。这便非常具体地为我们寻到作家创作中欧洲文学传统的根。而刘佳林则透过纳博科夫对果戈理独特的分析(纳博科夫认为果戈理不是喜剧作家,而是纯粹感伤性作家,是世界文学上一个最伟大的非现实主义作家,果戈理的文学属于梦幻文学),认为纳博科夫在将果戈理从社会历史批评模式中解放出来并发现小说家永恒意义的同时,又不自觉地

① 《解放军外国语学院学报》,2003 年第 2 期。
② 《文艺报》,1993 年 3 月 20 日。
③ 《文艺报》,1999 年 9 月 23 日。
④ 《扬州大学学报》(人文社会科学版),2002 年第 3 期。

将之纳博科夫化了。纳博科夫抹杀了果戈理作品中大量内容,但作为一种个性化的评论,又帮助我们发现了其作品中许多易被忽视的内容。另外,刘佳林的《论纳博科夫的文学观》①还直接分析了纳博科夫的"文学即童话"的观点,并从普希金、果戈理等人身上追溯这一文学观的俄罗斯文学传统之根。

从纳博科夫的文学批评中直接寻找其作品的传统性与创新性固然不失为一种好方法,但更重要的还是结合作品本身进行分析,让作品自己说话。刘佳林的《纳博科夫与堂吉诃德》②和于明清的《纳博科夫作品中的普希金传统》③两篇论文在这方面颇有代表性。在刘文中,作者认为,虽然纳博科夫在课堂上当众撕毁《堂吉诃德》,但他不满的仅是塞万提斯把堂吉诃德的痛苦当笑柄的"残忍",对堂吉诃德这一形象,他则给予毫无保留的道德与审美同情。文章还结合纳博科夫的作品,分析堂吉诃德在其作品中留下的踪迹:首先,堂吉诃德式的奇情异想成了纳博科夫小说的情节展开的第一推动力和形象建构重要基石;其次,纳博科夫的许多人物演绎了像堂吉诃德一样的荒诞性格,最终成为模仿与欲望的牺牲品;最后,《洛丽塔》、《普宁》也采用了流浪冒险的叙事图式,通过堂吉诃德式性格的主人公,揭示出人类生活中的痛苦问题。纳博科夫同情、热爱堂吉诃德,体味其痛苦,又塑造否定性的堂吉诃德式人物,这矛盾说明纳博科夫始终在与塞万提斯和他的人物进行双重对话。于明清的《纳博科夫作品中的普希金传统》则注意到大量出现在纳博科夫的创作中(包括英文和俄文的作品)的普希金的东西,如或隐或显的引文、主题、联想、题词,以及迂回法和讽刺模拟作品、艺术手法上对传统的继承和发展等。同时,作者还比较分析了普希金作品的人物、主题及引文在纳博科夫笔下的演绎前后期的不同,认为前期是戏剧化的,后期则被怪诞手法和讽刺喜剧所替代。但作者认为,纳博科夫在自己作品中没有把普希金篡改得面目全非,而是延续其传统,向西方介绍了普希金的真谛。

张鹤等人从文学批评入手与刘佳林等人从文本研究入手对研究纳博科夫小说对传统的继承与创新都是很有启示意义的,如果能把两者结合起来,将会把研究推向更深更广的境界。

---

① 《扬州大学学报》(人文社会科学版),2004年第6期。
② 《外国文学评论》,2001年第4期。
③ 《俄语语言文学研究·文学卷》(第二辑),人民文学出版社2003年版。

三、作品的后现代性问题研究

1. 多维性与多元化

纳博科夫作品的后现代性是研究者关注的焦点之一。前面谈到的其小说的叙事艺术与时空艺术在很大程度上就体现出了后现代主义的特点。而其小说的多维性和多元化则使得后现代性显得更加突出。

高尚认为,《洛丽塔》是有着"高贵气质"的、建在高处的多窗的房子①;于晓丹的《〈洛丽塔〉,你说什么就是什么》则强调多角度读解《洛丽塔》的可能;肖谊也形象地将《洛丽塔》的表现艺术的多维性比作是"水晶宫"②;唐岫敏则将之比喻为迷宫,是一座"也许是淫书,也许是道德小说,也许是侦探小说,也许是象征"的现代迷宫,是作者与读者之间的挑战③;牟百冶的论文《读者的迷宫——〈洛丽塔〉之个人阅读经验解析》④从读者反应的角度考察读者在小说中的地位,并反观作家写作目的,认为把纳博科夫小说艺术的成功首先归功于形式而非内容是片面的,正是内容多义性使之成为一个能包容读者的文本。纳博科夫制造种种不确定性误导读者,引导读者进入迷宫,使之迷失在他的迷宫中,并让其成为"第二文本"再创作重要因素,也就是说,是文本隐晦将读者阅读演绎为迷宫再创造,使其间再生无穷尽的"第二文本"。

比较而言,刘佳林的《论纳博科夫的小说主题》⑤在探讨纳博科夫作品主题的多维性方面较为突出。他以纳博科夫流亡身份、流亡生活情境为线,点出与之内在契合相互交织的三大主题:流亡主题、时间主题和自由主题。流亡主题主要是俄语小说时期中演绎的"剪不断的乡愁";时间主题指在现实生存体验与常识时间观谋求共存的努力下,却发现时间原来是令人绝望的"走不出的牢笼";自由主题则是通过审美狂喜,瓦解主体与客体、现象与本质、物质与精神、过去现在与未来之间的坚壁,从而把艺术活动的主体(写作者、读者)带进自由的天地。刘佳林的归纳对揭示纳博科夫作品内涵和艺术旨趣有着积极的意义。

---

① 高尚:《一幢造在高处的多窗的房间:纳博科夫及其〈洛丽塔〉》,《外国文学评论》,1991 年第 3 期。

② 肖谊:《水晶宫、梦境与现实——论〈洛丽塔〉的表现艺术》,《四川外语学院学报》,1999 年第 2 期。

③ 唐岫敏:《走出迷宫——解读洛丽塔》,《文艺报》,1999 年 9 月 23 日。

④ 牟百冶:《广西师范大学学报》(哲学社会科学版),2002 年第 3 期。

⑤ 《扬州大学学报》(人文社会科学版),1997 年第 1 期。

2. 后现代主义与现实主义

虽然把纳博科夫归入后现代作家群中引起争议，但其小说的多元多维性以及不确定性确实体现了后现代主义的特征。不少文章就此进行了深入探讨。

袁洪庚在《"寻觅"母题的无限延伸——对〈塞巴斯蒂安·奈特〉的一种解读》①中指出，纳博科夫的这部以传记形式写出的玄学侦探小说是后现代主义的先声。小说从 V 对塞生平的调查开始，最终却以 V 对自己的身份的质疑为结果，叙述了一个现代版本的俄狄浦斯的神话，表现纳博科夫对自我的迷失的思考，这是"寻觅"、"认识自己"等传统母题的延伸。另外，小说文体游离于实（传记类写作）与虚（侦探故事）之间，摒弃真与假的二元对立，其关于真实与非真实之间的说不清、道不明的联系，使之迈进了后现代主义本体思辨的范畴。

陈平在《火焰为何微暗——纳博科夫小说〈微暗的火〉评析》②一文中指出，该小说中的"微暗的火"一词实际上是关于现代文本和创作活动的隐喻，现代文本容纳多种声音，具有复调性、差异性、自娱性，也具有一种"可写"的不确定性。文中所分析的这些特点也正是后现代主义的典型特征。

孙靖的《〈洛丽塔〉的后现代阐释》③从小说的多义性角度解读《洛丽塔》的后现代主义特征。作者认为，小说中主人公之间象征式的结构、对传统价值观念时间观念的怀疑和否定、自我指涉和自我相悖式的情节与结构、机智幽默而多义的语言等等，都表现出一种后现代文学的精神特征。小说中的奎尔蒂，仿佛是另一个亨伯特，他的出现，使故事的可信度动摇，由此改变了小说的现实主义常规结构，使之成为一个远离现实的虚构，使小说的怀疑与否定倾向指向小说之外，成为对文学本体的反思，独特地实现了后现代的"颠覆"或称"解构"的功能。

除了上述对单篇小说的具体的后现代性的读解之外，郎晓玲的《魔法师的游戏——纳博科夫小说的后现代性》④试图从纳博科夫小说的整体总结其后现代性，但一定程度上反映出作者的力不从心。作者认为，作家的后现代性表现在如下两个方面：一是强烈的自我意识和自我指涉性（叙述者超出叙事文本的束缚，打断叙事结构的连续性，直接对叙述本身评论）；二是互文性和相互指涉

---

① 《国外文学》，2000 年第 4 期。
② 《外国文学评论》，2000 年第 4 期。
③ 《齐齐哈尔学报》，2000 年第 11 期。
④ 《艺术广角》，2001 年第 1 期。

性,体现在用大量的戏仿颠覆传统文本的形式和意义(从陈腐思想到一成不变的文体,从程式化的情节结构到人云亦云的文学技巧等,都是纳博科夫戏仿的对象);此外,还体现在大量典故的使用上。郎晓玲的这些分析使具有驳杂特征的后现代性只表现在叙事指向上,这种归纳显然有失片面。

在学界几乎众口一词地认同纳博科夫作品的后现代性的同时,也有少数研究者另辟蹊径,着眼于发掘其作品的现实主义因素。如王青松的《回归现实主义——〈洛丽塔〉的一种解读》①就认为,该小说对美国当今社会生活各方面的精确描绘与讽刺,其实是《洛丽塔》的重要主题之一。这其中包括汽车旅馆的粗陋、美国人实用主义教育方式、美国社会庸俗气息和大众消费文化等社会现实。王青松的这些分析都能言之成理,但他同时又不得不面对纳博科夫小说中直接描写现实生活的作品十分少的现实,在解决这个矛盾时,作者未能做令人信服的解释,只是引用威尔逊写给纳博科夫的一句话,说小说中"有太多背景,太多地点描写"来支持自己的观点,论证显得过于单薄,似乎难以自圆其说。

四、跨文化、跨民族性问题研究

1. 俄国作家与美国作家

纳博科夫到底是俄国作家还是美国作家,这是西方和俄罗斯每个研究者都感兴趣且不断争论的问题。这个问题在国内同样受到关注,国内虽然对之直接讨论的不多,但却也间接地表达出各自的立场。

梅绍武的《纳博科夫前半生的创作》②介绍分析了纳博科夫前期主要的俄文创作,显然是把纳博科夫当做俄国侨民作家来看待的。但文章却发表在《美国研究参考资料》中,这暗含了一定的矛盾性。而国内研究者开始一般是把纳博科夫当做美国作家看待的,我国近十多年以来的《美国文学史》或是介绍20世纪美国小说经典之类的书,都把纳博科夫纳入其视野之中。如黄铁池的《美国当代小说》③中就专辟一节,介绍纳博科夫的创作情况,并附一篇评论《洛丽塔》的《绝望的自白,真实的悲剧》文章。随着研究的不断发展,纳博科夫作为俄罗斯流亡作家的特殊性越来越受到重视,不仅英美文学研究者关注,俄罗斯文学研究者也开始涉足。如《俄语学习》2003年第2期发表储诚意的《弗·纳博科

---

① 《上海师范大学学报》(哲学社会科学版),2003年第2期。
② 梅绍武这篇论文分(上)、(下)两篇,分别发表在《美国研究参考资料》1992年11、12期。
③ 黄铁池:《美国当代小说》,学林出版社2000年版。

夫》一文,该文放在"俄罗斯名作家专栏"之下,突出强调纳博科夫的俄语创作在俄罗斯侨民文学界的巨大影响,表明了国内部分研究者对作家身份归属的立场。

之所以会出现这种转折,是与纳博科夫在俄罗斯被接受有关。长期以来,俄罗斯仅把他视为国外侨民作家,80年代中期以后,纳博科夫曾被禁止发表的作品在俄罗斯陆续问世,近年来还出版了《思想家与学者心目中的纳博科夫》、《文学界论纳博科夫》等著作,纳博科夫又逐渐回归俄罗斯本土。国内的研究者正是在这种大环境的影响下也逐渐让纳博科夫向俄罗斯作家方向复归。然而,按纳博科夫本人的观点,对一个作家来说,民族归属是次要的事情。因此,纳博科夫的创作可视作俄美文坛的共同财富。

2. 俄语写作研究与英语写作研究

国内对于纳博科夫俄文写作阶段的研究相对较少,因此,梅绍武的《纳博科夫前半生的创作》在国内的纳博科夫研究中有着十分重要的地位。文章概述了作家前期主要创作,包括文学讲稿、自传、早期译作、果戈理研究专著等,并重点介绍了其9部俄语长篇,分别是《玛丽》、《防守》、《绝望》、《斩首的邀请》、《天赋》、《贵人、女人、小人》、《眼睛》、《光荣》、《黑暗中的笑声》等。文章认为,综观纳博科夫前半生创作,他通过揶揄模拟,已经摆脱因袭思维模式、旧概念、旧题材,冲击了小说传统壁垒,形成其独特风格。此外,梅绍武还分析纳博科夫前期作品译成英文却不太吸引美国读者的原因,认为那是因为美国读者对俄国流亡者在欧洲的古怪生活陌生之缘故。

国内绝大多数文章皆从纳博科夫的英语写作研究入手,因此在此不作详述。

3. 双语文本与跨文化语境的互动互生

纳博科夫经历过用俄语写作的俄国文化语境和用英语写作的美国文化语境。寇才军的《飘洋过海的俄罗斯蝴蝶——纳博科夫和俄罗斯白银时代》①和张冰的《纳博科夫和白银时代俄国文化精神》②,考察了纳博科夫创作的俄罗斯"白银时代"文化根基。寇文是国内探讨俄罗斯文化语境与纳博科夫文学创作文本之间关系的一个较早尝试。文章认为,俄罗斯文化是纳博科夫文学艺术的

---

① 《四川大学学报》(哲学社会科学版),1999年S1期。
② 《外国文学研究》,2005年第3期。

根,并探讨"白银时代"俄罗斯象征派文学在哪些方面塑造了纳博科夫的精神世界,又怎样影响了其后来的文学创作,以及和后来的《洛丽塔》的联系。而张文的分析相比寇文要更清晰,分流派评析了"白银时代"现实主义美学、象征派和阿克梅派给纳博科夫创作留下的烙印。

王青松的《〈洛丽塔〉与梦幻人生》①关注的是美国文化语境对纳博科夫的影响及其在《洛丽塔》中的反映。作者分析说,亨伯特对洛丽塔的理想主义是纳博科夫自己对美国理想的象征,而后来亨伯特的梦想由可望可及到成泡影的过程,也是纳博科夫自己对美国梦想破碎的过程。

如果说,寇文关注的是纳博科夫的俄罗斯文化与文本的关系,王文关注的是美国文化语境与纳博科夫创作之间的关系的话,那么,周启超的《独特的文化身份与"独特的彩色纹理"——双语作家纳博科夫文学世界的跨文化特征》②一文,则对作家双民族文化背景加以考察,显示了学术视野的不断扩大。文章述评了近年来纳博科夫分别在美国和俄罗斯的研究状况,并分别总结英美学界和俄罗斯文学评论者的研究局限,认为英美文艺批评界对纳博科夫的批评仅限于对语言、文本、叙事技巧等的批评,将其定位为"20世纪杰出的文体学家";俄罗斯的局限在于俄批评界,尤其是乌托邦色彩较浓的第一代批评家批评纳博科夫毫无"俄罗斯骨血",缺乏俄罗斯传统,从而忽略掉纳博科夫其他一些重要的东西。在此基础上,作者更准确地评价了纳博科夫小说的双层面的意义,认为其一方面是对19世纪俄古典传统的断裂,另一方面又是对现代文学到后现代文学的革新。

周文的价值更重要的是体现在他对纳博科夫独特性的提炼和讨论上,文章认为作家的独特性在于他的跨文化性和他的双语创作这一点上。纳博科夫带有宿命色彩的"彼岸世界"理念、"形而上"的美学观,及其作为双语作家、跨文化的生存方式,促成了他对"时空交错"的直觉体验,使之得以用艺术记忆超越时间之链,这正是纳博科夫文学世界深层的美学旨趣所在。周文的可贵还在于比前面多角度解读纳博科夫的文章更进了一步,从文化根源上思考了纳博科夫作品之所以能够多角度解读的原因。文章指出,是纳博科夫作为多语作家跨文化写作的独特身份以及其小说文本与文本语境的互动互生,造成了《洛丽塔》和

①《洛阳师范学院学报》,2000年第1期。
②《外国文学评论》,2003年第4期。

中国俄苏文学研究史论
История исследования русской и
советской литературы в Китае

《斩首的邀请》多角度解读的可能。

综观国内的纳博科夫研究,国外集中论述的焦点问题虽多有涉及,但在很大程度上仍受外来研究的影响,开创性不够;纳博科夫的部分作品还有待译介,如《尼古拉·果戈理》、《阿达》、《光荣》、《瞧那些小丑》,还有包括《俄罗斯美妇人》等在内的几部短篇小说集;有些领域尚待开拓,如纳博科夫的自译作品与翻译他人作品之间的翻译比较等;此外,国内至今仍没有一部系统深入地研究纳博科夫的专著。这些都有赖于国内研究者的进一步填补和完善。

[相关研究成果要目]

1. 董鼎山:《洛丽塔四十二岁了》,《读书》,1988 年第 10 期。

2. 高尚:《一幢造在高处的多窗的房间:纳博科夫及其〈洛丽塔〉》,《外国文学评论》,1991 年第 3 期。

3. 梅绍武:《纳博科夫前半生的创作》,《美国研究参考资料》,1992 年第 11、12 期。

4. 梅绍武:《纳博科夫和文学翻译》,《文艺报》,1993 年 3 月 20 日。

5. 于晓丹:《〈洛丽塔〉,你说什么就是什么》,《外国文学研究》,1995 年第 1 期。

6. 于晓丹:《纳博科夫其人及其短篇小说》,《外国文学》,1995 年第 2 期。

7. 刘佳林:《论纳博科夫的小说主题》,《扬州大学学报》(人文社会科学版),1997 年第 1 期。

8. 寇才军:《飘洋过海的俄罗斯蝴蝶——纳博科夫和俄罗斯白银时代》,《四川大学学报》(哲学社会科学版),1999 年第 1 期。

9. 杨昊成:《〈洛丽塔〉——一个哀伤的故事》,《外国文学研究》,1999 年第 1 期。

10. 肖谊:《水晶官、梦境与现实——论〈洛丽塔〉的表现艺术》,《四川外语学院学报》,1999 年第 2 期。

11. 张鹤:《大师的高傲——走近纳博科夫》,《文艺报》1999 年 9 月 23 日。

12. 唐岫敏:《走出迷宫——解读洛丽塔》,《文艺报》1999 年 9 月 23 日。

13. 王青松:《〈洛丽塔〉与梦幻人生》,《洛阳师范学院学报》,2000 年第 1 期。

14. 袁洪庚:《"寻觅"母题的无限延伸——对〈塞巴斯蒂安·奈特〉的一种

解读》,《国外文学》,2000 年第 4 期。

15. 陈平:《火焰为何微暗——纳博科夫小说〈微暗的火〉评析》,《外国文学评论》,2000 年第 4 期。

16. 孙靖:《〈洛丽塔〉的后现代阐释》,《齐齐哈尔学报》,2000 年第 11 期。

17. 黄铁池:《美国当代小说》,学林出版社 2000 年版。

18. 郎晓玲:《魔法师的游戏——纳博科夫小说的后现代性》,《艺术广角》,2001 年第 1 期。

19. 王卫东:《论纳博科夫的时间观》,《国外文学》,2001 年第 1 期。

20. 刘小丰:《〈洛丽塔〉:一部被欲望烧灼的伤心史》,《当代文坛》,2001 年第 2 期。

21. 张鹤:《寻找—幻灭—超越——纳博科夫小说主题探微》,《哈尔滨工业大学学报》(社会科学版),2001 年第 4 期。

22. 刘佳林:《纳博科夫与堂吉诃德》,《外国文学评论》,2001 年第 4 期。

23. 刘佳林:《时间与现代自传的叙事策略》,《扬州大学学报》,2001 年第 5 期。

24. 李小均:《流亡者永在旅途——评纳博科夫的杰作〈洛丽塔〉》,《四川外语学院学报》,2001 年第 6 期。

25. 柏彬:《论纳博科夫和戏拟》,《当代外国文学》,2002 年第 1 期。

26. 黄铁池:《"玻璃彩球中的蝶线"——纳博科夫及其〈洛丽塔〉解读》,《外国文学评论》,2002 年第 2 期。

27. 杨振宇:《善良的上帝在细节中——试论纳博科夫的小说〈洛丽塔〉》,《外国文学研究》,2002 年第 2 期。

28. 刘佳林:《果戈理的另一幅肖像——纳博科夫〈尼古拉·果戈理〉述评》,《扬州大学学报》(人文社会科学版),2002 年第 3 期。

29. 牟百冶:《读者的迷宫——〈洛丽塔〉之个人阅读经验解析》,《广西师范大学学报》(哲学社会科学版),2002 年第 3 期。

30. 肖谊:《论纳博科夫〈梦锁危情〉的叙事艺术》,《外国文学研究》,2002 年第 4 期。

31. 王青松:《回归现实主义——〈洛丽塔〉的一种解读》,《上海师范大学学报》,2003 年第 2 期。

32. 陈榕:《评纳博科夫的〈洛丽塔〉》,《河南科技大学学报》(社会科学版),

2003 年第 2 期。

33.于明清:《纳博科夫作品中的普希金传统》,收入《俄语语言文学研究·文学卷》(第二辑),人民文学出版社 2003 年版。

34.易丹:《〈洛丽塔〉眩目的语词魔术》,《读书》,2003 年第 2 期。

35.李小均:《纳博科夫翻译观的嬗变》,《解放军外国语学院学报》,2003 年第 2 期。

36.黄铁池、赵槟:《囚禁与抗争——试论纳博科夫的时间观》,《常德师范学院学报》(社会科学版),2003 年第 3 期。

37.周启超:《独特的文化身份与"独特的彩色纹理"——双语作家纳博科夫文学世界的跨文化特征》,《外国文学评论》,2003 年第 4 期。

38.张鹤:《"一条复杂的小蛇"——简析纳博科夫的小说〈普宁〉的叙述结构》,《当代外国文学》,2004 年第 1 期。

39.张薇:《〈洛丽塔〉的叙事奥秘》,《当代外国文学》,2004 年第 1 期。

40.刘佳林:《纳博科夫研究及翻译述评》,《外国文学评论》,2004 年第 2 期。

41.王青松:《论〈普宁〉的内在有机结构》,《外国文学评论》,2004 年第 2 期。

42.刘佳林:《论纳博科夫的文学观》,《扬州大学学报》,2004 年第 6 期。

43.张冰:《纳博科夫和白银时代俄国文化精神》,《外国文学研究》,2005 年第 3 期。

44.戴晓燕:《纳博科夫在中国》,《南京晓庄学院学报》,2005 年第 3 期。

第四十一章
中国的肖洛霍夫研究

肖洛霍夫（Михаил Александрович Шолохов，1905—1984），另有中译名邵洛霍夫、梭罗河夫、硕洛霍夫、唆罗河夫、萧洛霍夫等。中国读者对肖洛霍夫是不陌生的。20 世纪 30 年代以来，肖洛霍夫及其作品就已被介绍到中国，并成为中国学界密切关注的对象。本文将 70 多年来国内对肖洛霍夫及其作品研究的基本面貌作一梳理①。

一、20 世纪 30—70 年代后期研究的基本面貌

肖洛霍夫的作品在中国的译介始于 20 世纪 30 年代，鲁迅是先导者。他在 1930 年 9 月 16 日的日记中写道："夜雨。为广湘校《静静的顿河》毕。"②鲁迅先生还亲自翻译了肖洛霍夫的短篇小说《父亲》(即《有家庭的人》)，将其收入他编选的苏联作家作品集《一天的工作中》。除了《静静的顿河》和《被开垦的处女地》外，30—40 年代，肖洛霍夫的一些短篇作品(包括在卫国战争期间写的特写、随笔等)也被陆续译介到我国，或发表在报刊杂志上，或被收入国内学人编选的文集中。

我国对肖洛霍夫及其作品的评论最早散见于其作品中译本的序言及后记中，如鲁迅的《〈静静的顿河〉的后记》。鲁迅在其翻译的《父亲》的"后记"中指出，这一短篇"所描写的也是内战时期，一个哥萨克老人的处境非常之难，为了小儿女而杀较长的两男，但又为小儿女所憎恨的悲剧。和果戈理、托尔斯泰所描写的哥萨克已经很不同，倒令人仿佛看见了戈理基(即高尔基)初期作品中有

---

① 本书第 20 章对《静静的顿河》和《被开垦的处女地》的研究状况有专题讨论，前述内容本文不重复。

② 《鲁迅全集》，第 14 卷，人民文学出版社 1991 年版，第 838 页。赵广湘(即贺非)是《静静的顿河》最早的译者。《静静的顿河》和《被开垦的处女地》早期的译介情况可参见本书第 20 章。

中国俄苏文学研究史论
История исследования русской и
советской литературы в Китае

时出现的人物。契诃夫写到农民的短篇,也有近于这一类的东西"①。三四十年代,我国报刊上刊登的有关肖洛霍夫的研究文章多为译文,而且不少是苏联作家或记者等根据对肖洛霍夫的访问而撰写的作家介绍和作品评论,比较简略。我国当时对肖洛霍夫的研究还处在起步阶段,独立研究的成果较少,且基本上集中在对《静静的顿河》和《被开垦的处女地》两部作品的评价上。

新中国成立以后至60年代中期,肖洛霍夫的主要作品,如《顿河故事》、《静静的顿河》、《被开垦的处女地》、《他们为祖国而战》等,几乎全被译介到中国,而且译介更加及时。1957年元旦,肖洛霍夫发表《一个人的遭遇》,当年3月就出现了正文译、戈宝权校的译作,4月出现了草婴的译作。

肖洛霍夫研究也出现了新的气象。这一阶段,国内报刊共发表了40余篇评介肖洛霍夫的文章,这些文章中既有对肖洛霍夫及其作品的整体评论,也有单篇作品或单个人物的分析。总的说来,评论仍主要集中于《静静的顿河》和《被开垦的处女地》,主要关注的还是它们的思想性和现实教育意义。

《一个人的遭遇》发表后,苏联文坛有较大反响,中国评论界也很快给予了回应。1957年3月16日,《光明日报》刊登了张立云的《读肖洛霍夫的新作——〈一个人的遭遇〉》。文中写道:"小说深刻地写了战争在善良人们的心上留下的难以弥补的创伤,它极为典型地表现出侵略战争对人类和平幸福生活的残酷的、无耻的破坏;小说呼唤一切战争受害者和爱好和平的人们,不要忘记法西斯侵略者在人类面前所犯下的滔天罪行。它对侵略战争和战争贩子提出了有力的控诉和警告。"文章还高度肯定了主人公索科洛夫,"这个形象是整个苏维埃人的形象,是整个社会主义和新人的形象。"同年3月21日,《中国青年报》房树民的《俄罗斯性格的赞美——读肖洛霍夫〈一个人的遭遇〉》和《文艺学习》第5期村黎均的《论〈一个人的遭遇〉的创作特色》等文章,都对这部作品发表了自己的看法。评论大多认为这是一部"迷人的作品",是"洋溢着火热的思想光芒的诗"、"燃烧着生活激情的诗"。同时,它在创作上也具有鲜明的特色:将人物的个人命运和时代精神结合起来,选取最富有特征的艺术细节来表现人物的精神面貌和性格,根据作品内容的需要选取谨严朴素的结构等。

这时期有几篇有关《顿河故事》的评论文章。有的文章以后记的形式出现,如曹靖华的《死后》译后记、草婴的《顿河故事》编后记和译后记。草婴的《顿河

---

① 《鲁迅全集》第10卷,人民文学出版社1991年版,第373页。

草原上的花朵——介绍〈顿河故事〉》一文系统介绍了这部作品集的二十几个短篇,认为这部作品描写了"十月革命和国内战争的风暴,怎么摧毁了顿河两岸的古老生活方式,加剧了他们的阶级分化;哥萨克中的上层反动分子,怎样死抱住自己的特权和地位,对革命展开疯狂的顽抗;哥萨克中的雇农和年轻一代,怎样经过曲折的斗争,走上革命道路,并且对革命事业显示出无限忠诚,以及苏维埃政权怎样通过尖锐复杂的斗争在顿河两岸确立起来"①。陈聪的《读〈顿河故事〉》一文认为,在这部作品中"肖洛霍夫一方面忠于他自己写作的信条,不粉饰现实,不回避矛盾,本着高度党性的精神,大胆地写出革命斗争的尖锐性和复杂性;一方面又处处透露出革命乐观主义的精神"②。

此时,也出现了一些从整体上评论肖洛霍夫的创作及其作品的文章。有的评论认为,"肖洛霍夫刻画出苏维埃人的发展,刻画出他们所具有的典型的特征。肖洛霍夫笔下的英雄,是极其朴实的普通人们,是参加劳动和战斗的人们,劳动和战斗给予他们以欢乐和生活的意义"③。有的评论概括了肖洛霍夫作品中的风景描写的特征:作为环境出现,用以说明时间和地点;烘托人物矛盾复杂,变化着的心情;用作事件的暗示和预兆;推动故事情节的发展。文章并提到中国作家刘绍棠对肖洛霍夫的作品及其风景描写的评价④。有评论介绍了肖洛霍夫创作农村生活题材的作品的经验,以及对中国文学的看法⑤,主要包括关于描写农村集体化运动的作品的创作经验、关于作家下乡、关于青年文艺工作者的修养、关于对中国文学的看法等。

60 年代初至"文革"前,中国对肖洛霍夫的态度已开始出现明显变化。我国内部出版了肖洛霍夫《被开垦的处女地》(第 2 部)和评论集《关于〈被开垦的处女地〉第 2 部》。"文革"前夕和"文革"时期,文坛对肖洛霍夫极尽批判之能事。《人民日报》1966 年 5 月 13 日和 7 月 9 日两次以整版的篇幅刊登批判肖洛霍夫的文章⑥。《福建师范大学学报》则在 1975 年的第 2 期上集中发表了 4 篇署名为"外语系大批判组"的批判文章。这些文章全面否定肖洛霍夫其人其作,

---

① 草婴:《顿河草原上的花朵——介绍〈顿河故事〉》,《读书》,1959 年第 16 期。

② 陈聪:《读〈顿河故事〉》,《世界文学》,1959 年第 4 期。

③ 辛垦:《萧洛霍夫笔下的苏维埃人——纪念萧洛霍夫 46 岁诞辰》,《大公报》1951 年 6 月 5 日。

④ 谷祥云:《试论萧洛霍夫的自然描写》,《人文杂志》,1959 年第 3 期。

⑤ 《肖洛霍夫谈农村生活的创作经验》,《光明日报》1956 年 1 月 14 日。此文是中国新闻工作者代表团应苏联《真理报》的邀请在苏联参观,并访问肖洛霍夫后写的一篇专访。

⑥ 这种"殊荣"前所未有,以前报纸上从未以整版篇幅刊登有关肖洛霍夫的评论。

中国俄苏文学研究史论
История исследования русской и
советской литературы в Китае

如《肖洛霍夫的叛徒真面目》、《肖洛霍夫与苏联的资本主义复辟》等。除了他的《静静的顿河》和《被开垦的处女地》成为众矢之的外,他的其他作品也未能幸免,如出现了《〈一个人的命运〉——现代修正主义文艺黑旗》、《修正主义叛徒集团吹鼓手——评〈一个人的遭遇〉》、《为帝国主义政策效劳的叛徒嘴脸》、《叛徒的冒险精神和"英雄主义"——评〈一个人的遭遇〉》、《为社会帝国主义效劳的黑标本——评〈他们为祖国而战〉》、《肖洛霍夫在教唆什么——评〈他们在为祖国而战〉》、《叛徒的诅咒怎能遮住卫国战争的正义光辉——评〈他们为祖国而战〉》等批判文章。"黑书"、"货色"、"炮制"、"标榜"、"叫嚣"、"修正主义"、"大毒草"、"招摇撞骗"、"恬不知耻"等词语随处可见,代之以前高度肯定和赞扬的话语的是:"作为现代修正主义文艺鼻祖的肖洛霍夫充当了资产阶级利用文艺阵地颠覆无产阶级专政的重要角色,走的是一条复辟资本主义的道路"[1];"在《一个人的遭遇》里,肖洛霍夫通过突出渲染卫国战争中索科洛夫的非人遭遇,疯狂地夸大反法西斯战争破坏了人民的'和平幸福'生活,造成了人间的生离死别"[2];"《他们为祖国而战》中,肖洛霍夫通过主人公所在团队的'节节溃败'的战斗经历,描绘一幅战争恐怖图,鼓吹战争毁灭一切的反动谬论"[3]等等。批判文章的主要观点是指责肖洛霍夫的作品诅咒革命战争,散布战争恐怖论,宣扬了"活命哲学"、"投降主义",是"叛徒文学"和"修正主义文学";攻击苏联的卫国战争,鼓吹"赫鲁晓夫投降主义……极力渲染战争的残酷和恐怖"[4];"散布和平主义、鼓吹追求性欲、吃喝玩乐得过且过的腐朽人生观"。有人称肖洛霍夫获得诺贝尔文学奖是叛徒行径的有力证明:"西方资产阶级'十分赏识'地把保留给西方作家和东方叛徒的诺贝尔文学奖金扔给了他。"[5]

尽管"文革"时期仍有一些肖洛霍夫作品的译本出现,但这些译本是内部发行的仅供批判的反面材料。1973 年 7 月,上海人民出版社出版了史刃译的《他们为祖国而战》,前面有这样一个《译者说明》:"作者在这部作品中,以极其阴暗的笔调描写了苏军 1942 年夏季在顿河草原上的保卫战。……作者炮制了红军'节节败退'、溃不成军的场面,……他妄图通过歪曲苏联卫国战争的手法,来

① 蔡辉:《肖洛霍夫的叛徒真面目》,《人民日报》1966 年 5 月 13 日。
② 齐学东、郑机兵:《〈一个人的命运〉——现代修正主义文艺黑旗》,《人民日报》1966 年 5 月 13 日。
③ 严文:《肖洛霍夫在教唆什么——评〈他们在为祖国而战〉》,《南京大学学报》,1975 年第 3 期。
④ 广军:《修正主义叛徒集团吹鼓手——评〈一个人的遭遇〉》,《人民日报》1966 年 7 月 9 日。
⑤ 洪诚:《肖洛霍夫与苏联的资本主义复辟》,《解放军文艺》,1975 年第 4 期。

达到否定一切革命和正义战争的目的。此书不仅思想内容反动,艺术上也趣味低级、极其拙劣。我们翻译和出版此书的目的,是为了给大家在批判肖洛霍夫时提供一点资料。"苏联作家肖洛霍夫不幸成为了中国这场荒唐的政治斗争的牺牲品。

二、20 世纪 70 年代末至今研究的基本面貌

"文革"结束后,1979 年 9 月,在哈尔滨召开了"当代苏联文学讨论会",肖洛霍夫成为会上讨论的一个重要内容,这次会议被视作重新评价苏联文学及肖洛霍夫研究的报春花。1984 年 9 月,中国首届"肖洛霍夫创作研讨会"在吉林省举行。1987 年(长春)、1990 年(北京)、1993 年(贵阳)、1995 年(北京)又连续召开了 4 次全国性的肖洛霍夫学术讨论会。肖洛霍夫再次在中国获得了其他外国作家难以获得的殊荣。

80 年代以来,不仅以前少数未译成中文的肖洛霍夫的早期作品及一些随笔等被陆续译成中文,而且他的代表作不断重版,并有新译本出现。最值得一提的是,2000 年,人民文学出版社出版了草婴翻译的《肖洛霍夫文集》8 卷。这是中国肖洛霍夫作品译介的重大收获。与此同时,我国学者对肖洛霍夫展开了多层面、多角度的研究。这些研究成果在研究广度和深度上都有长足进步。近年来,相继出版的多本肖洛霍夫研究专著,发掘新材料,提出新观点,进行了全面的总结性研究。新时期以来,中国的肖洛霍夫研究涉及面很广,这里稍作归纳。

(一) 作家研究

1. 作家的阶级属性

我国新时期早期的肖洛霍夫研究中,许多人关心作家的阶级属性问题,并展开了争鸣。有的评论者认为,肖洛霍夫是"苏维埃时期农民思想情绪的表达者"、"小资产阶级的代言人"和"苏维埃时期的列夫·托尔斯泰"。"他反对阶级敌人,也不喜欢无产阶级;他歌颂和同情的是中农。他反映的是动摇于资产阶级与无产阶级之间的小资产阶级的思想情绪。"但是更多的评论者坚持认为肖洛霍夫是一位"无产阶级作家",是"一位社会主义现实主义的经典作家","不应低估他在文学史上的地位,更不能用'农民作家','哥萨克的代言人'来评价他"[①]。另有论者提出了一种折中的观点,"总体而言,肖洛霍夫是无产阶级

---

① 张达明、杨申:《〈静静的顿河〉与哥萨克》,《社会科学战线》,1990 年第 4 期。

中国俄苏文学研究史论
История исследования русской и
советской литературы в Китае

作家;具体而言,肖洛霍夫是农民思想情绪的表达者,或者哥萨克农民的代言人。他们不是对立的,既是领属关系,又互相渗透"①。

2. 关于肖洛霍夫的文艺观

李树森在《论肖洛霍夫的文艺观及其创作》一文中指出,肖洛霍夫主张写真实,反对理想化。肖洛霍夫的真实观是与无产阶级文化协会和"拉普"的文艺观针锋相对的,对"无冲突论"也是一种强有力的抵制。同时他认为,肖洛霍夫由反对粉饰生活、掩盖矛盾得出"实际生活中根本没有用钢铁铸成的人"、"没有战场上不害怕的人"的武断结论。从艺术理论和美学的角度看,肖洛霍夫只强调事物的客观性,而忽略了艺术家的主观性是不对的。钱善行认为,"肖洛霍夫有时拘泥于局部的史实,夸大了革命的某些消极方面,流露出伤感的情调,这是一个严重的不足"②。刘铁也在《肖洛霍夫写实的得与失》中指出:在描写某些细节、表现男女性爱和正面人物理想时,有舍本求末、以末代本、未表现事物本质的偏颇。钱晓文的《论肖洛霍夫的创作个性及其形成》则认为,"肖洛霍夫创作的本质特色就是'严酷的真实'",反对粉饰生活。文章认为,肖洛霍夫创作中的真实表现为挖掘悲剧中的真实,"他以无比的胆识和勇气写社会主义时代的悲剧。他的整个创作都着眼于发掘和传达时代与社会的悲剧性内容。他笔下的人物很少不是悲剧性结局"③。詹志和则提出了肖洛霍夫悲剧艺术的三重美学品格:冲突——立足于唯物史观,以社会历史必然性为基础;情节——着眼于普通人的家庭离乱,强化"怜悯"与"恐惧"的情感效应;形象——着力赞颂人性中坚贞美好的一面,体现出"悲剧不是悲观的艺术"。冯玉芝的《生命的回溯意识——论肖洛霍夫小说独特的悲剧超越方法》一文提出了"生命的回溯意识,即'孩童情结'"的观点,以此对肖洛霍夫笔下的悲剧情节与人物做出了全新的解读。

3. 关于肖洛霍夫的创作个性和艺术风格

倪蕊琴提出了"生活源泉说"、"人的魅力说"和"现代史诗说"。刘铁概括了5个方面:从现实的延伸发展中描写历史;在人性与阶级性的锐烈冲突中表现人的魅力与阶级斗争;以强烈的悲剧意识观照历史转折关头的普通人命运;追求表达倾向的"莎士比亚"化;直面人生,书写"严峻的真实"。其中第四点又

① 孙美玲:《在历史面前——〈静静的顿河〉第三部发表史片断》,《外国文学研究》,1990 年第 4 期。
② 钱善行:《"横看成岭侧成峰"——谈肖洛霍夫和他的创作》,《文学报》1983 年 10 月 27 日。
③ 钱晓文:《论肖洛霍夫的创作个性及其形成》,《外国文学研究》,1997 年第 3 期。

具体表现为:制造通感效果,淡化叙事主体的存在;以周围人物的感受刻画这一人物的外貌;无规则地使用反常的喻体等。钱晓文则从4个角度论述了其创作个性形成的原因:独特的生活感受、审美倾向与强烈的忧患意识;对"无冲突论"的反拨;人道主义思潮的影响;对古典现实主义文学的继承和发扬。《肖洛霍夫艺术风格管窥》、《肖洛霍夫风格初探》、《浅论肖洛霍夫的创作特色》是3篇从总体上研究肖洛霍夫的艺术风格及创作特色的论文,主要观点有"肖洛霍夫并非自然主义作家,现实主义、浪漫主义依然是他作品的主旋律。但肖洛霍夫并没有排斥正统的自然主义"[1];"他往往将人的行为、思想、发生于生活中的真实事件,赤裸裸地移进作品中,这就是肖洛霍夫的自然主义式的忠实";"革命的人道主义";"肖洛霍夫的语言特色突出"等[2]。具体研究则涉及了肖洛霍夫的幽默风格、自然主义及象征主义等方面。

陈守成在《当代杰出的笑的艺术大师肖洛霍夫》中认为,肖洛霍夫笔下的人物用笑来与过去告别,用笑来表达对未来、对幸福的向往,这些笑中既有心灵美丽的笑,也有发自丑恶心灵的笑。"肖洛霍夫笔下的笑不仅有巨大的认识价值,而且也富有个性特征……肖洛霍夫的笑对正面事物表现出同情和赞赏,对反面事物却表现出轻蔑和反感,他的笑含有对社会现象的评价"[3]。陈孝英的《论肖洛霍夫创作的幽默风格》一文指出,幽默风格是贯穿肖洛霍夫60年创作的稳定色调。肖洛霍夫将幽默与喜剧的其他各种样式以及喜剧以外的各种美范畴相结合,创造出形形色色的复合的审美形态。

对于肖洛霍夫笔下的自然主义描写一直有不同的看法。詹志和认为,肖洛霍夫作品中的确有自然主义的描写,但这也是他的人道主义的激情的逆反表现。人道主义的激情促使作家对他认为非人道的丑恶现象给予无情的暴露。此处的自然主义描写不同于自然主义倡导的描写方式。他不是以罗列丑恶、扫荡理想为快事,而是因痛恨丑恶、追求理想而罗列;他不是为了贬低人类而玷污艺术,而是为了使世界变得更美好而扫荡肮脏。在另一篇文章中,作者指出,肖洛霍夫的自然主义手法在反映真实、丰富人物性格、遵循"历史具体性"原则等方面有积极意义,但有时对生活真实缺少必要的艺术提炼。李毓榛的《肖洛霍夫的小说诗学及其在俄罗斯当代文学中的影响》认为,肖洛霍夫对俄罗斯当代

① 林一民:《浅论肖洛霍夫的创作特色》,《江西大学学报》,1984年第4期。
② 倪蕊琴:《肖洛霍夫风格初探》,《华东师大学报》,1985年第1期。
③ 陈守成:《当代杰出的笑的艺术大师肖洛霍夫》,《武汉大学学报》,1983年第5期。

中国俄苏文学研究史论
История исследования русской и
советской литературы в Китае

文学的影响表现在:(1)认识现实的悲剧意识和对现实的史诗性概括;(2)坚持艺术描写的真实性,大胆揭露生活的矛盾和冲突;(3)塑造生动的俄罗斯人民性格;(4)深刻细腻的心理分析;(5)情景交融的自然描写。梁兰的文章谈了肖洛霍夫与莱蒙托夫及托尔斯泰在心理描写手法上的继承关系,并认为肖洛霍夫有所发展,"就是列夫·托尔斯泰也没有像肖洛霍夫以这样的力量深入到个人与社会相互影响的辩证法中去"[①]。

(二)作品研究

《静静的顿河》与《被开垦的处女地》仍旧是评论界讨论得最多的作品。此外,《一个人的遭遇》也受到评论界关注。评论界的基本观点是充分肯定,认为在该作品中,肖洛霍夫将精深的思想内容和高超的艺术技巧相结合,在战争题材方面作了新的尝试,索科洛夫形象"是一个民族的遭遇的艺术缩影",甚至有人称这部作品是肖洛霍夫写得最出色的作品。

徐家荣在《短篇小说的艺术魅力——论〈一个人的遭遇〉》一文中认为,此作是高度思想性和卓越艺术性相结合的佳作。这篇短小的作品结构独特,容量巨大,艺术高超,具有史诗性主题。作品讲的是平凡故事,但主人公的遭遇概括了经过战争的整整一代人的"共同命运"。作家善于烘托故事背景,借景抒情,情景交融,使这一短篇产生了经久不衰的艺术魅力和深远影响。何茂正认为,小说具有高超的艺术结构,即作者和主人公两个叙述人构成的故事套故事的独特结构。李萌认为,该小说标志着以表现士兵和下级军官在战争中的命运为特征的苏联军事文学"第二个浪潮"的开始。戴屏吉等人肯定了小说在战争题材开拓上的重大意义,成功地塑造了一个普通人形象,但认为小说"过多地看到的是战争对人的损害,有时模糊了正义战争和非正义战争的界限,在小说中表现出一定的否定一切战争的和平主义倾向"[②]。李嘉宝的《论〈一个人的遭遇〉的人性美》,分析了主人公索科洛夫表现出的人性美:有一颗爱心,有着丰富而朴实的内心世界,这种人性美在普通生活中得以表现,在苦难的命运中得以升华。有的评论者称《一个人的遭遇》是一篇回味战争的小说,是一篇战争沉思录,如孙美玲的《关于战争的回味和思考——评〈一个人的遭遇〉》。有的学者认为,"作者有意要去掉小说情景中应该有的一些东西,力图使自己的作品概括更大

---

① 梁兰:《肖洛霍夫与莱蒙托夫及托尔斯泰:谈肖洛霍夫作品中的心理描写》,《贵州大学学报》,1987年第2期。
② 戴屏吉、张志忠:《论〈一个人的遭遇〉的成败得失》,《山西大学学报》,1982年第3期。

的时间和空间,以便获得更大的普遍性,这样,它就难免使自己的真实性受到损害"①。也有学者认为,作品的不足表现为——"我"没能适度控制自己主观感情的宣泄,没有以自己的理智给主人公巨大的悲痛造成一个背景;结尾处的抒情独白哲理意味占据优势,使小说带上了说教的色彩。

围绕着《一个人的遭遇》,还出现了多篇比较研究的文章。

谭素钦、邓年刚的文章比较了肖洛霍夫的《一个人的遭遇》和日本作家大冈升平的《俘虏记》。作者认为,两位作家都对战争题材进行了开拓,他们以内涵不同的人道主义思想,观照了人在战争中的悲剧性命运及其因果关系。索科洛夫是积极、自觉的参战意识的化身,《俘虏记》中的"我",就是那些陷在罪恶的侵略战争深渊中的士兵们反战厌战情绪的代言人。通过两个精神性格鲜明对比的普通士兵形象,肖洛霍夫和大冈升平分别从不同的角度揭示了人心的向背得失在战争进程中的决定作用,各自谱写了一曲正义之战必然胜利的热情颂歌和侵略战争终将失败的哀怨挽歌②。

《〈老人与海〉和〈一个人的遭遇〉》一文比较了二者的相似之处:不同时空下的硬汉形象和两个象征人类的未来、生命的延续的孩子形象及主题深刻、情节单纯、人物有限的艺术特色。不过,《老人与海》的主题是"人生是一场孤独的斗争";而《一个人的遭遇》的主题是"道路曲折,前途光明"。在艺术风格上,海明威表现为重象征、重表现;简练、粗犷;肖洛霍夫则表现为重写实、重再现;细腻、风趣。

《人生无家别 何以为蒸黎——杜甫〈三吏〉、〈三别〉与肖洛霍夫〈人的命运〉之比较》一文指出,两部作品虽然写作年代相距甚远,内容、体裁也大相径庭,但在思想倾向、艺术手法等方面,却异中有同,颇有相通之处。在思想倾向上,两者都是憎恶战争,渴望和平的人道主义;在叙述角度上,两者都有两个叙述人;在悲剧冲突上,表现的都是个体与社会现实的对立,即普通人民与战争的对立。

《军事文学领域的新拓展——〈一个人的命运〉和〈西线轶事〉》认为,两部作品在以下4个方面表现出了共性:突破传统军事文学的审美视角、新的审美理想的独特追求、审美方式上的悲剧风格、时代和历史背景的类似;差异性则同

---

① 白照芹:《简论肖洛霍夫的〈一个人的遭遇〉》,《松辽学刊》,1985年第4期。
② 《战争与命运的交响和变奏——〈一个人的遭遇〉与〈俘虏记〉的比较批评》,《湖北民族学院学报》,1997年第4期。

中国俄苏文学研究史论
История исследования русской и
советской литературы в Китае

样表现在主题上:《一个人的命运》中人是命运的主宰者,《西线轶事》则是揭示"十年动乱"给一代青年留下的心灵创伤,并艺术地告诫人们如何看待这些受伤青年。

新时期也有少量的对肖洛霍夫早期短篇的研究,如《通向成功的台阶:读肖洛霍夫的〈胎场〉》、《爱国激情和哲理的结晶》、《顿河草原的鲜花:评肖洛霍夫的〈顿河故事〉》等。

（三）综合研究

这一时期还有些综合性的研究著述。孙美玲的《肖洛霍夫和中国》一文详细介绍了肖洛霍夫的作品在中国的译介情况,并谈到了肖洛霍夫对中国的关注和对中国人民的热爱。李万春、何茂正的《肖洛霍夫研究综述》认为,我国新时期肖洛霍夫研究中争议较大的问题包括作家的阶级属性问题,肖洛霍夫的创作风格问题,关于《静静的顿河》、《被开垦的处女地》及《一个人的遭遇》的研究。刘亚丁的《人的命运——葛利高里评论史》则是葛利高里这一形象在前苏联的评论史综述。李树森撰文讨论了国外肖洛霍夫研究的状况,指出虽然西方的肖洛霍夫研究不能与苏联国内的研究同日而语,有些观点甚至是错误的、反动的,但是有些观点却有独到之处,为我们研究肖洛霍夫提供了一个新的参照[1]。

80年代以来,国内还出现了一些较有影响的肖洛霍夫研究著作。孙美玲选编的《肖洛霍夫研究》是最早的一部肖洛霍夫研究资料汇编,主要收集了苏联和外国作家评论家对肖洛霍夫的评论;肖洛霍夫谈自己和自己的创作的书信、言论等材料。孙美玲还著有《肖洛霍夫》和《肖洛霍夫的艺术世界》两部专著。前者分为"作家生平与创作"、"主要作品介绍"、"肖洛霍夫创作的艺术特色"3个部分,以一般介绍为主;后者则是一部深入探讨肖洛霍夫艺术世界的学术专著。该书全面系统地论述了肖洛霍夫的创作道路及其在艺术上的多方面探索。李树森的《肖洛霍夫的思想与艺术》一书提出了一些颇具个性的观点,如把肖洛霍夫称做苏维埃时期农民思想情绪的表达者——新的历史条件下的列夫·托尔斯泰等。1996年,兰州大学出版社出版了徐家荣的《肖洛霍夫的创作研究》。该书对肖洛霍夫的生平与创作道路,重要作品和艺术成就,以及苏联、西方、中国的肖洛霍夫研究情况作了相当仔细的评析;书末还附有肖洛霍夫研究的主要中文资料索引。

----

[1] 李树森:《他山之石,可以攻玉——评西方论肖洛霍夫》,《外国文学研究》,1987年第2期。

2000 年以来,又出现了多部研究专著和译著。何云波的《肖洛霍夫》一书既有传统的生平介绍,也有对作品的分析。该书还对肖洛霍夫作品的发表风波、修改情况等相关问题进行了评述,对肖洛霍夫在西方及在中国的研究情况做了大致的梳理。刘亚丁的《顿河激流——解读肖洛霍夫》一书,通过阅读感悟肖洛霍夫的作品,重新塑造肖洛霍夫的形象,重新确立其作品的价值。该书通过还原肖洛霍夫的"生态环境",考察作家对时代作出的反映,在摈弃神化和妖魔化偏向的基础上,纠正了一些不确实的材料,澄清了一些不妥当的观点,融传记与评论为一体,资料翔实。冯玉芝的《肖洛霍夫小说诗学研究》一书也具有开拓性,从 3 个方面阐述了肖洛霍夫小说的艺术形态,特别是剖析了肖洛霍夫小说艺术形态整合的文本表现:史诗的小说本体化、小说悲剧的现代生成、小说本体表现等。

几部译著①也受到注意。《作家与领袖》一书收录了 1931—1950 年间肖洛霍夫与斯大林的通信 17 封。这些信件主要涉及农业集体化、肃反运动,以及有关肖洛霍夫受陷害的问题和《静静的顿河》的著作权问题。作者还对这些档案资料或诠评,或解释,或补充说明,帮助读者更好地理解这些档案资料的价值,也更全面地了解肖洛霍夫。《肖洛霍夫的秘密生平》同诋毁肖洛霍夫的人们展开激烈论争,驳斥了《静静的顿河》剽窃说。

近年来,国内的肖洛霍夫研究取得了颇为丰硕的成果,研究的领域大大拓宽,以往不受重视的作品也纳入了研究范围,学者们多角度、多层面地把握其作品的意义及艺术特征,以现代的学术眼光客观地分析肖洛霍夫的创作道路,密切关注当下俄罗斯及西方肖洛霍夫研究的动态。肖洛霍夫及其创作是一个极为广阔的研究领域,尚有许多可开拓的空间,相信随着研究的进一步深入,中国的肖洛霍夫研究会取得更加令人瞩目的成果。

[相关研究成果要目]②

1. 鲁迅:《〈静静的顿河〉(第一卷)后记》,贺非译,上海神州国光社 1931 年版。

---

① 译著有:孙凌齐译,瓦·李维诺夫著的《肖洛霍夫评传》,中央编译出版社 2002 年版;刘亚丁、涂尚银、李志强译,瓦·奥西波夫著的《肖洛霍夫的秘密生平》,四川人民出版社 2001 年版;孙美玲编译的《作家与领袖》,北京大学出版社 2000 年版。

② 中国肖洛霍夫研究的部分研究成果可参见本书第十一章。

中国俄苏文学研究史论
История исследования русской и
советской литературы в Китае

2. 黄一然:《〈静静的顿河(第一卷)序〉》,赵洵、黄一然合译,上海光明书局
1939年版。

3. 戈宝权:《肖洛霍夫及其〈静静的顿河〉》,《文学月报》,第2卷第5期
(1940)。

4. 戈宝权:《25年来的苏联文学》,《文艺阵地》,1942年第6期。

5. TS:《静静的顿河》,《新华日报》,1942年11月21日。

6. 司马文森:《向静静的顿河学习些什么》,《艺丛》,第1卷第2期(1943)。

7. 梅莎:《葛利高里的毁灭——读〈静静的顿河〉有感》,《新华日报》1943年
10月18日。

8. 辛垦:《萧洛霍夫笔下的苏维埃人——纪念萧洛霍夫四十六岁诞辰》,《大
公报》1951年6月5日。

9. 毕政:《必须耐心地教育农民——影片〈被开垦的处女地〉给我的教育》,
《大众电影》,1953年第19期。

10. 施官:《反对官僚主义、反对强迫命令——看苏联影片〈被开垦的处女
地〉的一点体会》,《北京日报》1953年6月6日。

11. 草婴译:《肖洛霍夫谈文学》,《文汇报》1958年4月23日。

12. 谷祥云:《试论萧洛霍夫的自然描写》,《人文杂志》,1959年第3期。

13. 草婴:《顿河草原上的花朵——介绍〈顿河故事〉》,《读书》,1959年第
16期。

14. 陈聪:《读〈顿河故事〉》,《世界文学》,1959年第4期。

15. 孟舸:《肖洛霍夫艺术风格管窥》,《外国问题》,1982年第2期。

16. 戴屏吉、张志忠:《论〈一个人的遭遇〉的成败得失》,《山西大学学报》,
1982年第3期。

17. 孙美玲选编《肖洛霍夫研究》,外语教学与研究出版社1982年版。

18. 陈守成:《当代杰出的笑的艺术大师肖洛霍夫》,《武汉大学学报》,1983
年第5期。

19. 钱善行:《"横看成岭侧成峰"——谈肖洛霍夫和他的创作》,《文学报》
1983年10月27日。

20. 孙美玲:《肖洛霍夫和中国》,《苏联文艺》,1985年第4期。

21. 林一民:《浅论肖洛霍夫的创作特色》,《江西大学学报》,1984年第4
期。

22. 倪蕊琴:《肖洛霍夫风格初探》,《华东师大学报》,1985 年第 1 期。

23. 白照芹:《简论肖洛霍夫的〈一个人的遭遇〉》,《松辽学刊》,1985 年第 4 期。

24. 陈孝英:《论肖洛霍夫创作的幽默风格》,《外国文学研究》,1985 年第 1 期。

25. 何茂正:《爱国激情和哲理的结晶:评肖洛霍夫的〈话说祖国〉》,《俄苏文学》,1985 年第 1 期。

26. 孙美玲:《肖洛霍夫》,辽宁人民出版社 1985 年版。

27. 张一东:《海明威与肖洛霍夫战争观的简略比较》,《绥化师专学报》,1986 年第 1 期。

28. 刘铁:《肖洛霍夫写真实的得与失》,《社会科学战线》,1986 年第 2 期。

29. 赵剑平:《评肖洛霍夫的〈一个人的遭遇〉》,《松辽学刊》,1987 年第 3 期。

30. 李树森:《他山之石,可以攻玉——评西方论肖洛霍夫》,《外国文学研究》,1987 年第 2 期。

31. 李树森:《肖洛霍夫的思想与艺术》,吉林大学出版社 1987 年版。

32. 王国华:《军事文学领域的新拓展:〈一个人的遭遇〉和〈西线轶事〉之比较》,《外国文学研究》,1987 年第 2 期。

33. 梁兰:《肖洛霍夫与莱蒙托夫及托尔斯泰:谈肖洛霍夫作品中的心理描写》,《贵州大学学报》,1987 年第 2 期。

34. 李毓榛:《肖洛霍夫现实主义的若干特征》,《国外文学》,1988 年第 3 期。

35. 王蒙:《从实招来》,《外国文学评论》,1988 年第 3 期。

36. 戴经纶:《关于肖洛霍夫作品的浅见》,《外国文学研究》,1989 年第 4 期。

37. 宋寅展:《全国第三届肖洛霍夫学术研讨会综述》,《外国文学研究》,1990 年第 2 期。

38. 徐家荣:《顿河草原的鲜花:评肖洛霍夫的〈顿河故事〉》,《兰州大学学报》,1990 年第 3 期。

39. 孙美玲:《在历史面前——〈静静的顿河〉第三部发表史片断》,《外国文学研究》,1990 年第 4 期。

40.詹志和:《肖洛霍夫创作中的自然主义问题刍议》,《外国文学研究》,
1990 年第 3 期。

41.李毓榛:《肖洛霍夫和曹雪芹写作手法之比较》,《贵州大学学报》,1991
年第 1 期。

42.郑恩波:《刘绍棠与肖洛霍夫》,《文艺理论与批评》,1995 年第 5 期。

43.钱晓文:《论肖洛霍夫的创作个性及其形成》,《外国文学研究》,1997 年
第 3 期。

44.谭素钦、邓年刚:《战争与命运的交响和变奏——〈一个人的遭遇〉与
〈俘虏记〉的比较批评》,《湖北民族学院学报》,1997 年第 4 期。

45.李嘉宝:《论〈一个人的遭遇〉的人性美》,《荆州师专学报》,1998 年第 6
期。

46.徐家荣:《短篇小说的艺术魅力——论〈一个人的遭遇〉》,《兰州大学学
报》,2000 年第 2 期。

47.冯玉芝:《生命的回溯意识——论肖洛霍夫小说独特的悲剧超越方式》,
《贵州大学学报》,2000 年第 5 期。

48.冯玉芝:《肖洛霍夫小说诗学研究》,山西人民出版社 2001 年版。

49.刘亚丁:《顿河激流:解读肖洛霍夫》,四川教育出版社 2001 年版。

50.范会芝:《简析〈一个人的遭遇〉主人公的典型化》,《西安石油学院学
报》,2001 年第 2 期。

51.萧英:《肖洛霍夫创作的美学品格》,《井冈山师范学院学报》,2002 年第
4 期。

第四十二章
中国的索尔仁尼琴研究

索尔仁尼琴(Александр Исаевич Солженицын,1918—),另有中译名索尔尼尼津。中国的索尔仁尼琴研究起步较晚,由于索氏大部分作品的反苏反共立场,出于意识形态方面的考虑,这一研究在改革开放以前是不可想象的。中国早在 1963 年已知索尔仁尼琴其人,是年,中国内部出版了索尔仁尼琴的《伊凡·杰尼索维奇的一天》;1964 年,又内部出版了《索尔仁尼琴短篇小说集》。

20 世纪 80 年代以来,索氏更多的作品逐渐被译介过来。一开始,也仅限于内部发行,如外文出版局 1980 年出版的寒薇译《给苏联领袖们的一封信》、群众出版社 1982 年出版的田大畏等译《古拉格群岛》等。上海译文出版社 1980 年出版的荣如德译《癌病房》是最早公开发行的索氏著作。此后,索氏的不少著名作品有了相应的中译本①。中国大陆的索尔仁尼琴研究始于 80 年代中期,长春出版社 1996 年出版的张晓强的《索尔仁尼琴——回归故里的流亡者》,是迄今为止在中国大陆出版的研究索氏的唯一著作。在一些中国学者有关俄罗斯文学的专著中,对索氏的生平和创作有不同程度的评介,但专门的索尔仁尼琴研究论文不多,报刊上主要是报道和介绍索氏的社会活动和创作活动情况②。由于索氏作品大多卷帙浩繁,且多为令人压抑的劳改营题材,使不少读者望而却步,这就造成了在中国谈论索氏作品的人不少、真正理解和研究索氏作品的人不多的尴尬局面。索氏在中国的接受过程经历了完全否定和基本否定与基本肯定并行的两个阶段。本章从作品研究和作家研究两个方面对上述阶段加以梳理,以勾勒中国对索氏研究的基本状况。

----

① 中国台湾也出版了索尔仁尼琴的作品;而且,在台湾出版的苏联作家当中,以翻译"索忍尼辛"(台湾的译名)的著作最多。专著有王兆徽介绍作家生平、经历的《索忍尼辛的声音回响》、《索忍尼辛及其访华始末》等书。可参见本书第十九章。

② 参见任光宣:《索尔仁尼琴现象:综合的经验——记"A.索尔仁尼琴:艺术创作诸问题"国际学术研讨会》,《国外文学》,2004 年第 2 期。

中国俄苏文学研究史论
История исследования русской и
советской литературы в Китае

一、索尔仁尼琴作品研究

为方便起见,这里按照题材把索氏作品分为劳改营文学和非劳改营文学。

（一）关于劳改营文学

索氏的劳改营文学,由于其鲜明的政治性和强烈的暴露性,受到我国一些学者的指责,也有一些学者则给予不同程度的肯定。

1.《伊万·杰尼索维奇的一天》

80 年代初期和中期,中国学界在评价《伊万·杰尼索维奇的一天》(以下简称《一天》)时一般用这样的口吻:这是"攻击无产阶级革命、否定无产阶级专政的作品"①。随着研究的深入,学者们逐渐开始在一个更加理性的层面探讨《一天》的得失。吴泽霖的看法比较公允,也较有代表性,他认为,《一天》"还只是对苏联整个确实存在的庞大的集中营现象的揭露,并未表现出对苏联整个的社会制度的攻击和否定"②。关于小说的主题,有以下几种观点。许贤绪认为,是"好人受难"③,无辜的政治犯因莫须有的罪名而被捕判刑;施秀娟认为,"作者对苏联肃反扩大化的做法表示了极大的愤慨",小说抨击了残酷的看守制度,鞭挞了凶狠的管理人员,对蒙冤的舒霍夫及其难友表示同情④;李辉凡、张捷认为,是"反对个人崇拜","在苏联的社会制度下,人们的人身自由和生活权利毫无保障"⑤。董晓认为,小说"表达了斯大林个人迷信时期的痛苦与黑暗的本质",其"艺术感染力植根于作者高度的人道主义思想"⑥,这种人道主义体现在作者揭示了劳改营里犯人的自由被剥夺、尊严遭践踏的严重程度以及对犯人的极不信任而造成的痛苦与不幸。

大多数论者都肯定《一天》高超的写作技巧。李辉凡、张捷说,《一天》是索氏"少数几部比较有艺术性的作品之一"⑦。董晓说,"这是一部内涵厚实的佳作,体现出作者对历史的坦诚的反思"⑧。张晓强注意到小说高度浓缩的艺术特

---

① 孟庆枢:《苏联当代文学述评》,《社会科学战线》,1985 年第 4 期。
② 谭得伶、吴泽霖等:《解冻文学和回归文学》,北京师范大学出版社 2001 年版,第 190 页。
③ 许贤绪:《当代苏联小说史》,上海外语教育出版社 1991 年版,第 201 页。
④ 《河池师专学报》,1995 年第 1 期。
⑤ 李辉凡、张捷:《20 世纪俄罗斯文学史》,青岛出版社 1998 年版,第 442 页。
⑥ 谭得伶、吴泽霖等:《解冻文学和回归文学》,北京师范大学出版社 2001 年版,第 119 页。
⑦ 李辉凡、张捷:《20 世纪俄罗斯文学史》,青岛出版社 1998 年版,第 442 页。
⑧ 谭得伶、吴泽霖等:《解冻文学和回归文学》,北京师范大学出版社 2001 年版,第 122 页。

点,时间压缩在一天之内,人物集中在舒霍夫身上,具有典型性;小说的象征意味也很明显,劳改营的"一天",是 10 年牢狱生涯的一个缩影,是展现舒霍夫苦难一生的一个焦点,也是反映过去时代的一面明镜;小说叙述高度细节化,语言富有个性化;小说节奏的舒缓自如恰与犯人的痛苦心态及劳改营的紧张气氛形成鲜明的对比①。林建华认为,《一天》有两点值得肯定:一是创作题材上起到打破禁区的作用;二是有许多创新之处:既写实又不同于一般的写实,寓意深刻,劳改营象征残酷的刑事制度,通过发出两种不同声音的叙述人展开故事情节。总之,它不是意识形态的武器,而是真正的艺术品②。施秀娟除了提到《一天》善于截取生活的横断面外,还认为《一天》在人物塑造上,既采用了真实性、典型化的现实主义手法,又借鉴了现代派"非英雄化"的处理方式③。单之旭认为,小说的叙述角度令人称道,小说虽以第三人称写成,但却以舒霍夫作为视角人物来观察劳改营里的世界④。

比较起来,周文斑的《是政治状子还是呼唤人性的文本——兼论〈伊万·杰尼索维奇的一天〉》对《一天》的解读颇有新意。他认为,批评界往往将《一天》泛政治化,不管是反面定性还是正面褒扬,都没有超越政治的层面。其实,作品昭示的乃是超阶级层面的永恒主题:对道德、人性沉沦的拷问,呼唤至善人性的回归。这是因为:(1)《一天》关注的焦点是"人",索氏并不刻意去展现政治黑幕材料,作品着重表现侵害人性的具象和深厚人性在普通人身上的张扬这两个极面;(2)索氏是凭良知而写作,追求的是真理与道义;(3)《一天》的艺术成就是文学界所一致推崇的⑤,所以,解读《一天》还是应该回到文学的层面。

2.《第一圈》

国内评论认为,《第一圈》中,作家试图揭露极权主义的残暴和对人才的摧残,作品刻画的斯大林形象是暴君的形象。对这些描写,中国学者基本持否定态度。"作者在其中把攻击矛头直接指向苏联最高当局和斯大林本人。这些写斯大林的章节,用西蒙诺夫的话来说,是'带着盲目的愤恨'写成的,因此写得最

---

① 张晓强:《索尔仁尼琴——回归故里的流亡者》,长春出版社 1996 年版,第200—201 页。

② 《湖北民族学院学报》(哲社版),2004 年第 1 期。

③ 《河池师专学报》,1995 年第 1 期。

④ 李毓榛主编:《20 世纪俄罗斯文学史》第 391 页,其中第 20 章"索尔仁尼琴的创作"由单之旭撰写,北京大学出版社 2000 年版。

⑤ 《华南师范大学学报》(社会科学版),2004 年第 1 期。

差"[1];"《第一圈》描绘的苏联社会是一个颠倒了的世界,作者对监狱生活的暴露和对斯大林的讽刺已经走向极端……让后者直接作为作品人物登场,并将后者丑化"[2];"接见内务部长阿巴库莫夫一段,写得更为尖刻些"[3]。

对小说的写作技巧,一般论者提到两点:(1)具有时空超浓缩性。这部中文版长达 900 余页的庞大作品,其所述事件却集中发生在 1949 年底的 4 天时间里,用极短的时间展现出众多人物的命运,而且大部分场景发生在玛尔非诺特种监狱里,这似乎表明作家试图严格遵循古典作品的三一律;(2)采用多声部的手法,小说的每一章都有自己的中心人物,但全书没有独一无二的主角,作者说他的作品"趋向比较复杂的结构,有众多的人物,但是其中并没有中心人物",因为他想"突出历史动向或者社会生活的诸多阶段"[4]。

单之旭对小说技巧作了进一步的探讨。他认为,小说中存在着两组人物形象系列,由 50 名看守监管的 281 名囚犯代表着监狱世界,上至斯大林下至囚犯家属的人物长廊则代表着大墙之外的世界,这两个本来相互隔绝的世界在小说一开始通过一件偶然事件连接起来:外交部二等秘书沃罗金警告一位著名医学教授不要与西方国家的同行分享自己研究成果的匿名电话被监听和录音,国家安全部责成玛尔非诺特种监狱的科学家研制一种语音识别系统,以便从 3 名嫌疑人中找出真正的罪犯。文章分析了数学家涅尔仁、语言学家鲁宾、工程师索洛格金、画家伊万诺夫等犯人形象,肯定了他们的高尚人格;又分析了铁丝网外的自由人,如特种研究所所长、国家安全部部长阿巴库莫夫及斯大林等,认为索氏"在斯大林的形象上颇费心机,竭尽全力将其刻画为步入暮年、来日无多的暴君形象"。

其次,文章指出,小说使用了对比的手法展示了两个世界之间的天壤之别,这一点在两个聚会的描写上最为突出。在特种监狱里,朋友们为涅尔仁庆贺生日的寒碜与检察长马卡雷金家为庆祝主人获得第二枚列宁勋章而举行的家宴的奢华形成鲜明的对照,而特种监狱里朋友们的真诚也恰与检察长家客人们的虚伪形成强烈的反衬。

---

① 李辉凡、张捷:《20 世纪俄罗斯文学史》,青岛出版社 1998 年版,第 445 页。
② 李明滨主编:《二十世纪欧美文学史》第三卷,北京大学出版社 1999 年版,第 332—333 页。其中,"索尔仁尼琴"部分由黄伟撰写。
③ 张晓强:《索尔仁尼琴——回归故里的流亡者》,长春出版社 1996 年版,第 218 页。
④ 李毓榛主编:《20 世纪俄罗斯文学史》,北京大学出版社 2000 年版,第 401 页。

再次,文章认为,索氏在某些片段中使用了卡夫卡式的荒诞手法来讽刺、抨击苏联社会现实。如犯人波塔波夫讲述的布蒂尔卡监狱为了蒙骗前来检查联合国救济物品使用情况的美国贵宾而制造的"胡笑"闹剧;囚犯们模仿苏联法庭的审判方法,将俄国历史上曾当过战俘的伊戈尔大公宣判有罪的喜剧表演等①。

3.《古拉格群岛》

我国学者一般对《古拉格群岛》持不同程度的否定态度。田大畏、陈汉章等在主题思想上把它定性为"一部反苏反共的代表作","索尔仁尼琴的政治立场和世界观都是反动的,这充分表现在本书的大量议论中"。但对其写作手法作了客观的介绍:(1)根据不同的描写对象采用不同的写法,有讲述个人经历的自传,也有描写真人真事的报告文学;有历史事实的考证,也有法律条文的诠释;有个人的随想,也有见闻实录,作品体裁难以归类,故名之曰"文艺性调查"。(2)通过"多声部"或"复调音乐"的手法,让许多声音同时围绕一个问题讲话,从而使被谈论的问题更加深化。(3)运用生动的比喻、辛辣的讽刺、幽默的笔调、尖刻的对话或明显的反语来加强表达的效果。(4)大量使用俗语、谚语、古旧俄语、宗教语言及劳改营语言、黑话、脏话等,语言上有独到之处。(5)反映的时空跨度大,有别于之前那些时空高度浓缩的作品,时间长达 40 年,地点几乎遍布苏联全境,人物多达数百。(6)有内容上的某些重复、结构上的比较松散以及文字上有时佶屈聱牙的缺点②。

这些客观介绍在单之旭等人的论述中得到进一步的发挥。张捷在《苏联的"回归文学"》中说,这部别具一格的作品包含着丰富的实际材料,但其中所说的东西我们远不能表示同意③。在 1994 年的著作中,张捷进一步认为它"从头至尾贯穿着对革命、对社会主义制度的彻底否定"。张文指出,索氏在书中任意歪曲和夸大事实,一是索氏夸大苏联对内镇压活动的规模,说苏联从十月革命后到 1959 年一共死了 6 600 万人,同一时间内在劳改营服刑的人数约为 1 200 万人。但据公布的档案材料,肃反高潮时期的 1937 年和 1938 年,被关押的人数才分别为 82 万人和 99 万余人。二是索氏对劳改营中关押的形形色色的刑事犯罪分子、反革命分子和破坏分子表示深切同情,而对真正的受害者,对无辜被

---

① 李毓榛主编:《20 世纪俄罗斯文学史》,北京大学出版社 2000 年版,第 398—401 页。
② [俄]索尔仁尼琴著,田大畏、陈汉章译,田大畏校:《古拉格群岛》(上册),群众出版社 1982 年版,"译者的话"第 1—4 页。
③《苏联文学》,1990 年第 1 期。

中国俄苏文学研究史论
История исследования русской и
советской литературы в Китае

关押的老革命家、老党员和老干部充满幸灾乐祸的敌意①。在李辉凡、张捷合著的《20世纪俄罗斯文学史》中，再次援引权威资料指出索氏的夸大不实，但该书承认《古拉格群岛》"毕竟还是反映了苏联实行的惩罚制度和劳改营生活的部分真实，说明在不同时期法制曾遭到不同程度的破坏"②。吴泽霖说这部书的矛头"直指十月革命和苏联社会主义制度"，"成为西方反苏反世界共产主义运动的工具"，虽对斯大林极权主义下的社会现实不乏蓄意歪曲和言过其实之处，但又"不能不承认它毕竟揭发了斯大林制度下苏联社会中严重存在的重大问题"③。这样看来，他们对《古拉格群岛》已作了有所保留的部分肯定。

许贤绪在他的《当代苏联小说史》中，对《古拉格群岛》基本持一种不偏不倚的态度，他认为"其中心思想还是冤狱，即无罪受罚和轻罪重罚……其实《古拉格群岛》不过是《伊万·杰尼索维奇的一天》的放大而已"④；而余杰、李文思、林建华和王丽欣等人则对《古拉格群岛》一书给予高度评价。

余杰在《你从古拉格归来——致索尔仁尼琴》和《人之子——再致索尔仁尼琴》中说，《古拉格群岛》"是一部关于人类善与恶战斗的史诗"，"是20世纪最悲怆的史诗"，索氏从中体现出"作为斗士的勇敢和气魄"。余杰认为，索氏在《古拉格群岛》中毫不留情地剖析了自己的灵魂，发现自己身上也有跟迫害自己的凶手们相通之处，害人者也是由被害者们共同造就的；索氏的另一天才发现是极权主义的工具和走狗所具备的起码条件乃是无知。余杰还指出，《古拉格群岛》是"发射式的写法"⑤。李文思的《索尔仁尼琴及其创作》一文高度赞扬《古拉格群岛》是文学更是历史，索氏借助此书真实再现了斯大林大清洗时期颠倒黑白、人伦丧失的状况，集中体现了索氏反强权、反暴力、追求真理的思想⑥。应该说，索氏再现的不仅仅是斯大林大清洗时期的状况，他反映的时间跨度长达40年。林建华的《索尔仁尼琴：一个永远持不同政见的作家》对《古拉格群岛》推崇备至，认为它是索氏的扛鼎之作，是其文学的最高成就，即使索氏"有生之年不再创作其他作品，后人也会因这一部著作而永远纪念他"；认为"《古拉格群岛》是作家在历史考察方面的杰作"，"小说创作的目的就在于消除笼罩在自

---

① 张捷：《苏联文学的最后七年》，社会科学文献出版社1994年版，第235页。
② 李辉凡、张捷：《20世纪俄罗斯文学史》，青岛出版社1998年版，第447页。
③ 谭得伶、吴泽霖等：《解冻文学和回归文学》，北京师范大学出版社2001年版，第193—194页。
④ 许贤绪：《当代苏联小说史》，上海外语教育出版社1991年版，第203页。
⑤ 《方法》，1998年第10期，1998年第12期。
⑥ 《俄罗斯文艺》，2003年第6期。

己国家头上不真实的神话和虚假印象"①。王丽欣的《索尔仁尼琴及其〈古拉格群岛〉的创作风格》提到作家的人性思想和宗教意识,并重点阐述了《古拉格群岛》的创作风格:(1)具有一种索尔仁尼琴式的混合性体裁特征;(2)俄罗斯式的嘲讽和幽默;(3)作家所创造的一个新的俄罗斯小说体系——发散式的写作手法;(4)让相同的人物重复出现,将一条明确的线索贯穿始终②。

（二）关于其他作品

索氏有影响的作品除上述 3 部劳改营题材之外,还有《癌病房》和《红轮》等,索氏在其中表达的对人生、对社会、对历史的批判和反思则是一以贯之的。

1.《癌病房》

应该说,《癌病房》是一部在中国受到广泛研究的索氏作品。如陈建华认为它是"艺术上属上乘的特定时代的反思录"③;施秀娟认为《癌病房》"审视现实,针砭时弊,解剖社会,反思历史"④;肖韦宏认为它是一部"呼唤人性、剖析社会'毒瘤'、反思时代和历史的作品"⑤;李辉凡、张捷指出"这部表面上只写癌病房生活的小说充满着社会政治批判的激情"⑥;黄伟谈到小说批判了"个人崇拜"造成的不可挽回的后果,但并未因之否定社会主义制度,且小说中的舒路宾对社会主义充满信心,小说基调健康,其关于生活意义的探讨可说是探讨什么是真正的社会主义这一重大课题的尝试,小说艺术上有相当水平,结构严谨,语言流畅,表现出"多声部"的特点⑦;单之旭说它是一部"渗透着作者的痛苦思索与探索的作品"⑧。

陈建华是国内较早对《癌病房》作出全面评价的学者,他在 20 世纪 80 年代后期发表在《外国文学评论》上的文章《特定时代的反思录——评索尔仁尼琴的〈癌病房〉》一文,实事求是地分析了《癌病房》的得失,认为它有理由在当代苏联文学中获得应有的地位。他指出,《癌病房》的反思在于两个方面:一是揭示

①《湖北民族学院学报》(哲社版),2004 年第 1 期。
②《北方论丛》,2004 年第 2 期。
③《外国文学评论》,1989 年第 3 期。
④《河池师专学报》,1995 年第 1 期。
⑤《名作欣赏》,1996 年第 5 期。
⑥ 李辉凡、张捷:《20 世纪俄罗斯文学史》,青岛出版社 1998 年版,第 445 页。
⑦ 李明滨主编:《二十世纪欧美文学史》第三卷,北京大学出版社 1999 年版,第 331 页。其中"索尔仁尼琴"部分由黄伟撰写。。
⑧ 李毓榛主编:《20 世纪俄罗斯文学史》,北京大学出版社 2000 年版,第 395 页。其中,第 20 章"索尔仁尼琴的创作"由单之旭撰写。

了极"左"路线对人性的深度摧残,其恶果是人性的极大扭曲,如个人迷信和极"左"路线的受害者科斯托格洛托夫、推波助澜者卢萨科夫、盲从者瓦吉姆、虽清醒但却违心者舒路宾等人的心灵都是扭曲的;二是对斯大林个人迷信时期的种种社会现象进行充满政治色彩的严峻审视,如肃反扩大化现象、人治代替法治问题、信仰危机以及官僚主义问题等等,努力探究时代悲剧的成因。他也指出了小说的不足之处:在抨击个人迷信和极"左"路线时分寸失当、推崇错误的人生哲学等。他认为,《癌病房》是一部结构严谨的社会心理小说,特别与陀思妥耶夫斯基和托尔斯泰的创作联系紧密,充分显示了索氏小说的艺术特色:时空高度浓缩且十分注意选择观察点;不注重叙事但着眼于人物心灵震颤的描摹;抒一己之情,辩兴亡之理,政论色彩鲜明;基本写实,间或插入虚幻情景的描写及象征、比喻、讽刺等多种艺术手法[1]。在后来出版的《当代苏俄文学史纲》中,陈建华进一步强调索氏在《癌病房》中的反思不仅仅停留在历史悲剧本身,而且从历史悲剧深入到人物性格悲剧,进而推进到俄罗斯民族性格中盲从、偷安和媚俗的深层次悲剧中[2]。

肖韦宏、张晓强、单之旭等人都提及《癌病房》的象征和隐喻艺术。肖韦宏认为,梦境、幻觉以及本能的冲动等下意识活动在小说中占有一定的比重,加上作者采用了自由联想和内心独白等手法,使小说带有某种程度的"意识流"特色。张晓强、单之旭都论及小说高超的浓缩时空的技巧以及政论性与抒情性相结合的特色。单之旭还认为,小说视角多变具有"多声部"的特点。张晓强则把小说人物分为癌症病人和医护人员两个形象体系等。

刘亚丁对《癌病房》艺术性的解读更加深入:(1)他指出,索氏继承了俄国文学对人物进行道德评判的传统,索氏扮演了与陀氏相似的角色,即把人物推到精神崩溃的边缘加以拷问;(2)他认为,索氏关于人物活法的价值取向在于把中心文学曾经弘扬的崇高的理想主义,降调为世俗的人生,理想主义和英雄主义只是意识形态的神话,只有人的本能和良知才是真实的;(3)他通过对《癌病房》和《钢铁是怎样炼成的》的比较,得出的结论是:索氏戏拟了保尔·柯察金的崇高的价值观念,将保尔·柯察金的悲壮化为喜剧;(4)他称扬索氏是个讲故事的高手,善于讲述多个人物的命运,叙述方式和叙述视角都较为自由,集中体现

① 《外国文学评论》,1989年第3期。
② 陈建华、倪蕊琴:《当代苏俄文学史纲》,辽宁教育出版社1997年版,第291—295页。

了小说叙事对生活细节的注重①。

2.《红轮》

鉴于《红轮》的卷帙浩繁及其中译本未全部面世,在我国,对于《红轮》的研究和评价仅局限在少数几位专家、学者之间。

严永兴是我国大陆最早介绍《红轮》的学者,他把《红轮》译为《红色车轮》。在《"索尔仁尼琴热"·〈红色车轮〉及其他》一文中,他首先概述索氏创作《红色车轮》的总构想:是一套卷帙浩繁的历史巨著的总标题,索氏想把它如巴尔扎克的《人间喜剧》那样构成一个整体以重现"整个 20 世纪俄国和苏联的历史";并根据索氏答法国《读书》杂志编辑问,解释了取名《红色车轮》的含义:它象征着永不停息地旋转的历史车轮,象征俄国历史上唐吉诃德式的人物与之搏斗的风车,象征列宁在瑞士流亡期间所憧憬的"革命的火车头",也象征着命运之神的光环、先知以西结头上的光环和熊熊燃烧的烈火的光环。然后,他分别介绍了《1914 年 8 月》、《1916 年 10 月》、《1917 年 3 月》的主要内容、主题思想以及写作手法:《1914 年 8 月》写斯托雷平的改革、失宠和遇刺,从而改变了俄国的历史进程,引发了十月革命,造成了一场疯狂的持久的破坏;《1916 年 10 月》没有完整的人物形象,但加大了政论成分,重弹了索氏宗教拯救世界和回到宗法制俄国的老调;《1917 年 3 月》以俄国二月革命的爆发、取胜为主线,集小说、日记、速写、学术论文、政论之大成,欢呼二月革命,否定十月革命②。

张捷认为,《红色车轮》在叙事结构方面自有特点,作者运用数学中画曲线的方法,从 20 世纪俄国历史中寻找"结点",然后连成这一历史时期的曲线,索氏已完成的是两"幕"四"结":第一"幕"《革命》包括 3 个"结"《1914 年 8 月》、《1916 年 10 月》、《1917 年 3 月》;第二"幕"《民权》只有一个"结"《1917 年 4 月》③。随后,张捷又提到《红色车轮》内容庞杂,并引用侨民作家马克西莫夫的评语,断言《红色车轮》是"致命的失败",充塞着作者对历史事件和历史人物的主观的、甚至是随心所欲的解释和评价。张捷认为,索氏在书中制造了一系列神话,包括斯托雷平是具有远见的改革家和俄罗斯的希望的神话,以及 1910—1913 年俄国经济出现高涨的神话。他还指出,索氏不仅否定十月革命,也否定

---

① 刘亚丁:《苏联文学沉思录》,四川大学出版社 1996 年版,第 141—156 页。
②《文艺报》,1992 年 5 月 9 日。
③ 张捷:《苏联文学的最后七年》,社会科学文献出版社 1994 年版,第 236 页。

二月革命①；刀绍华说，《红轮》"通过对二月革命的否定而彻底否定了十月革命"②。张晓强在其关于索尔仁尼琴的专著中介绍《红轮》：全书共分 5 个"主情节"，每个"主情节"包括 4 个"板块"，每个板块都是对历史的浓缩，描述 10 余天到 20 余天发生的事件；索氏已完成的第一个"主情节"题名为"革命"，包括《1914 年 8 月》、《1916 年 10 月》、《1917 年 3 月》和《1917 年 4 月》4 个板块。张文还对前 3 个板块作了概略的介绍③。另外，孟冰纯也谈到《1914 年 8 月》内容杂乱，结构松散，是对"多斯·帕索斯式现代主义技巧的拙劣套用"④。

何茂正是《红轮》第一、二、三集共 8 部书的 9 位中译者之一。他在《〈红轮〉及其作者索尔仁尼琴》中对《红轮》有较深入的介绍。从小说内容来说，《红轮》是一部鸿篇巨制，也是到目前为止，世界文学中篇幅最宏大、卷帙最浩繁、所反映的历史事件时间跨度最长的一部小说，这 3 集 8 部书写的是第一个大事件：革命。第一集《1914 年 8 月》，写革命前俄国处于山雨欲来风满楼的形势；第二集《1916 年 10 月》，写俄国革命气息越来越浓，革命的暴风雨越来越逼近；第三集《1917 年 3 月》，详细描写俄国二月资产阶级革命。从小说形式来说，《红轮》属于多元小说，或多声部小说，或多主角小说，或无主角小说，因为小说中只有众多的局部主角，而没有贯穿整部书的主角。从小说主题来说，《红轮》力求多方面、多层次、多方位地反映历史现实，构成一部俄罗斯生活的百科全书，表现的是人文主义思想，其核心是人类的爱。何文总结道：有人认为《红轮》反映了历史真实，有人认为《红轮》歪曲了历史真实，但却众口一词承认《红轮》是一部奇书⑤。

（三）关于索氏作品的传承和创新

诺贝尔奖获奖评语称索氏获奖是"由于他在追求俄罗斯文学不可或缺的传统中所具有的道义力量"，点明了索氏与俄罗斯文学传统的渊源关系。我国学者关于索氏作品传承与创新的论述极少，大多数仅偶有涉及，较为全面论述的有施秀娟的《融古典与现代于一炉——试析索尔仁尼琴创作中的继承与创新》⑥

---

① 李辉凡、张捷：《20 世纪俄罗斯文学史》，青岛出版社 1998 年版，第 450—451 页。
② 刀绍华：《二十世纪俄罗斯文学词典》，北方文艺出版社 2000 年版，第 641 页。
③ 张晓强：《索尔仁尼琴——回归故里的流亡者》，长春出版社 1996 年版，第 232—238 页。
④ 《文艺报》，1999 年 7 月 1 日。
⑤ 《俄罗斯文艺》，2002 年第 3 期。
⑥ 《河池师专学报》，1995 年第 1 期。

和季明举的《索尔仁尼琴与俄罗斯文学传统》[1]。

施文指出,索氏摆脱了苏联文学所倡导的社会主义现实主义的束缚,继承了 19 世纪俄国批判现实主义的传统和人道主义思想,索氏的《一天》和《癌病房》几乎具有批判现实主义大师们所有的特点:他像果戈理,洞幽烛微,在平凡琐屑中揭示人生和社会的本质;又像托尔斯泰,让人物经历濒临死亡、肉体康复、人性复活的苦难历程;更与陀斯妥耶夫斯基接近,取材亦有惊人的相似。刘亚丁也指出,索氏在《癌病房》中效法陀斯妥耶夫斯基拷打人物灵魂。刘涛的《索尔仁尼琴 90 年代文学创作述评》论及索氏 90 年代创作的短篇小说像契诃夫一样保持冷静客观的叙述,行文不动声色,而人物形象自能激发读者强烈的爱憎[2]。施文还指出,索氏创作艺术上兼收并蓄,集古典传统与现代技巧于一身,塑造出熟悉而又陌生的人物形象;一是索氏所塑造的人物近似批判现实主义作家笔下的"小人物",二是与现代派文学中的人物形象有某种相似;三是索氏毕竟不自觉地接受了苏联社会主义现实主义的影响。因此,从本质上看,他塑造的还是苏维埃人的形象。总之,索氏继承了俄罗斯古典文学传统,也汲取了苏联社会主义文学精华,又融会了现代派文学技巧,形成了自己深沉、凝重、悲怆、冷峻的独特风格。

季文结合索氏的大部分文学作品和作家生平,在一个更为广阔的文学背景下考察索氏与俄罗斯文学传统的渊源流变。索氏具有典型的俄罗斯传统文化个性:即具有叛逆激情的浪漫主义文化精神和弥赛亚救世主义的启蒙与使命意识。关于后一点,刘亚丁在谈到苏联文学的拯救功能时有所触及。他说,索氏"在新的历史条件下,继承了陀斯妥耶夫斯基的文学观'美一定能拯救世界'。在索氏的独特语境里,文学是与宗教和真理相联系的"。季文以小说《玛特辽娜的家》为例,强调索氏在小说结尾用"没有正直的人,就没有村庄"这一民谚来赞美玛特辽娜,表现出对传统文化的信守。

无独有偶,刘涛和谢春艳均对索氏执著于宗教母题和俄罗斯民族精神的挖掘有所阐发。刘涛提出,贯穿索氏创作的两条主线一是作品中蕴涵的宗教思想和宗教母题,二是对俄罗斯国家和民族命运的思索。而这两条主线也正是陀氏和托翁的创作要义。刘文还论及《玛特辽娜的家》为读者塑造了一个民间"圣

---

① 《外国文学动态》,2001 年第 3 期。
② 《外国文学动态》,2004 年第 2 期。

中国俄苏文学研究史论
История исследования русской и
советской литературы в Китае

徒"的高大形象,并认为宗教母题在索氏 90 年代的新作《娜斯坚卡》的第一部分表现得格外突出。谢春艳的《俄罗斯民族精神复活的希望——评〈玛特辽娜的家〉和〈最后的期限〉中的女性形象》则通过对两部当代作品中女主人公形象的分析,"寻找失落的根",揭示出女主人公那种源于内心深处亘古不变的俄罗斯民族精神,预示着俄罗斯古典文学作品中担负着拯救俄罗斯使命的女性形象的复归①。而更早些时候,何云波、张铁夫的《寻根,回到人本身》就已涉及索氏皈依他自己所认定的传统的问题:"特别是像索尔仁尼琴的'回到俄罗斯的本源'的理想,他的农村浪漫主义,复活宗教、土地、祖国三位一体的神圣俄罗斯的迷梦,已经更多地带有陀思妥耶夫斯基式的大俄罗斯民族主义。"②

季文认为,索氏小说创作基本采取俄国经典小说模式,继承了现实主义文学传统。从精神品格上看,索氏作品具有 19 世纪俄国社会小说的强烈政论批判性、历史预言性、丰富的人民性和使命感,延承了"提问题"的批判现实主义的态度,如《一天》、《第一圈》、《癌病房》、《古拉格群岛》、《红轮》等披露苏联社会问题之多、涵盖范围之广、历史思考之深,都堪称一绝。其偏差是走向政论化、纪实化和概念化。从表现手法上看,索氏小说采取近似古典"三一律"的方法,在高度浓缩的时空里叙述人物的紧张生活,类似陀氏的创作;拷打灵魂也深得陀氏"复调小说"之真传;《一天》中小处见大的细节描写也非常符合古典主义在场景刻画上的范式;《红轮》网络纷呈而又疏而不漏的驾驭能力可与《战争与和平》的作者媲美。从艺术形式上看,索氏在一定程度上继承了车尔尼雪夫斯基的政论激情表达、陀氏小说时空浓缩的方法和托尔斯泰从容不迫的叙述基调。季文也概括了索氏作品对传统的突破和创新的一面:《癌病房》、《第一圈》等具有非凡独特的直觉和想象力,许多章节充满意识流展示,对某些人物的刻画具有当代小说的隐喻特征;大部头作品具有多层次的"复式"结构、性格命运的史诗性和人物形象的群体性特点;擅长将各种不同的文学体裁进行艺术剪贴,尝试构建一种各类文体杂交的小说新体裁。当然,索氏所谓的文体杂交也受到我国一些学者的诟病。

二、作家研究:几种评说

索尔仁尼琴是一位备受争议的作家,评论界对他褒贬不一。我国研究者观

---

① 《俄语语言文学研究》,2004 年第 2 期。
② 《外国文学研究》,1989 年第 3 期。

点和看法也迥然有别,任光宣的《索尔仁尼琴现象:综合的经验——记"A. 索尔仁尼琴:艺术创作诸问题"国际学术研讨会》对此作了归纳:一种是基本否定索氏的个性及其创作,以李辉凡、张捷的《20 世纪俄罗斯文学史》和张捷的《俄罗斯作家的昨天和今天》为代表;另一种是基本肯定索氏的个性及其创作,以刘亚丁、单之旭、张建华等人的论著为代表。争论的焦点在于:索氏的创作究竟是政治诉状、发泄私愤的偏激之词还是真正的艺术精品;索氏究竟是政治投机分子,还是永远的持不同政见者和文学大家。

(一)投机分子说

黄伟虽肯定索氏创作曾经继承了 19 世纪社会政治小说的某些传统,第一次把鲜为人知的劳改营生活题材引进文学作品,拓宽了苏联文坛的视野,但索氏之所以著名,与其说是因为他在文学创作上取得卓越成就,不如说是他的政治倾向迎合了西方反社会主义阵营的目的[1]。刁绍华的《二十世纪俄罗斯文学词典》"索尔仁尼琴"条,对索氏作品的艺术手法较为欣赏,肯定其语言凝练含蓄,但指出索氏对苏联的整个社会制度持激烈否定的态度。闻一的《谁放逐了索尔仁尼琴》在叙述了索氏被逐的过程之后,得出了索氏不是属于文学而是属于历史的结论[2]。在该文中,闻一认为,赫鲁晓夫、勃列日涅夫们有自己的圈子,而索尔仁尼琴也有自己的圈子,这两个圈子永远不可能重叠,但它们偶尔会相交。赫氏为了自己的政治利益利用索氏,索氏对此心知肚明。而索氏在赫氏当政时,十分期望得到赫氏最高的也是最后的庇护,索氏曾通过列别杰夫向赫氏效忠;但赫氏下台后,他又庆幸不必再对赫氏和列别杰夫感恩戴德。这说明索氏为了某种利益曾对赫氏等毕恭毕敬,即使这种恭敬是虚假的。闻一还通过解密档案指出,索氏曾想和勃列日涅夫有某种好于赫鲁晓夫的关系,只是未能如愿而已[3]。这些都明示了索氏的政治投机性。

(二)人格缺陷说

发泄私愤说主要源于张捷《回国后的索尔仁尼琴》一文。张文指出,索氏反共和仇视社会主义制度有其心理原因,8 年的监狱和劳改营生活使他的思想和心理发生很大变化。索氏在监狱里形成一种为了求得生存和进行报复而不顾一切、蛮不讲理的心理,这种不惜牺牲一切的复仇心理使人失去理智,为了达到

---

① 李明滨主编:《二十世纪欧美文学史》第 3 卷,北京大学出版社 1999 年版,第 334 页、第 325 页。
②《社会科学论坛》,2000 年第 10 期。
③《社会科学论坛》,2000 年第 8 期。

目的可能采取最极端的行动:无视明显事实、任意制造神话、借助外国势力等,或拿任何人垫背,破坏任何东西,直至搞垮自己的国家①。在《"六十年代人"拉克申的变化》一文中,张捷再次提及索氏的习惯是苦役犯、劳改犯的习惯,为了保全自己和达到目的,简直无所不用其极②。也就是说,索氏创作大多是为了发泄私愤。

关于人格缺陷,李辉凡、张捷、林建华、凌建侯均曾提及。李、张的《20世纪俄罗斯文学史》中认为,索氏忘恩负义,言行不一,善于见风使舵。索氏指责恩人特瓦尔多夫斯基胆小怕事、酗酒成癖和高傲;批评《新世界》杂志不敢地下出版物,嘲笑它的编委被解除职务时不敢反抗,这使得《新世界》杂志前编委拉克申愤而著文反驳;索氏不但不感谢安德列耶夫的孙女奥莉加为出版他的书而奔走,反而说她自私和不热心,遂使后者状告索氏损害名誉;索氏责怪前妻列舍托夫斯卡娅伪造证据诬陷他,全然不顾前妻曾在他被关押期间接济他,之后又帮助他的恩情。该文说,索氏教导人们"不要靠谎言生活",但他自己却在一生中制造了大量的谎言;索氏提倡"自我克制",但他自己却毫无克制地进行反对共产主义的宣称和颠覆苏维埃制度的活动;索氏号召大家"悔过",倒是他自己应该身体力行反思己过③。对于索氏拒领圣安德列勋章,张捷的《索尔仁尼琴八十岁前后》援引马克西莫夫"不仅善于根据时间和地点说相宜的话,而且也能及时地和适当地进行推托"的评论,认为索氏行事圆滑④。林建华的《索尔仁尼琴:一个永远持不同政见的作家》对索氏的个人道德修养提出3点缺陷:一是患有夸大狂,二是因报复而诽谤肖洛霍夫不是《静静的顿河》的作者,三是对中国极不友好。凌建侯的《功勋与神话——"索尔仁尼琴创作问题国际学术研讨会"侧记》援引沙尔古诺夫和沙伊塔诺夫的观点,虽承认索氏在20世纪俄罗斯文化史上功勋卓著,但认为索氏的出现带有很浓的神话色彩,索氏似乎过于夸大自己的伟人和先知形象⑤。刘文飞的《老作家点评索尔仁尼琴》,通过介绍俄国老作家沃伊诺维奇的《神话背景下的肖像》,也点明了索氏作为一个历史人物有被逐渐神化的嫌疑,应否定这种新的偶像崇拜⑥。总之,索氏有自己的个性,但也有

---

① 张捷:《俄罗斯作家的昨天和今天》,中国文联出版社2000年版,第12页。
② 张捷:《俄罗斯作家的昨天和今天》,中国文联出版社2000年版,第87页。
③ 李辉凡、张捷:《20世纪俄罗斯文学史》,青岛出版社1998年版,第451—453页。
④ 《外国文学动态》,1999年第2期。
⑤ 《外国文学动态》,2004年第2期。
⑥ 《环球时报》,2002年8月29日。

人格缺陷。

（三）不同政见者说

针对政治诉状和发泄私愤的说法，一些研究者表示反对，并认为这种解读是索氏的悲哀亦是文学的悲哀。施秀娟认为，索氏是有世界性影响的作家，但其本人屡被视为政治标识，其作品屡被视为政治工具，却罕见有人从文学角度加以研究，既是索氏的悲剧，亦是 20 世纪文学批评史上一大失误①。周文斑提倡对文学作品的观照应以文本的艺术具象为依据，应在文学艺术的框架下作出价值判断，而任何使文学无限上纲，并人为地将其政治化的做法，只能给文学带来悲剧性的后果②。中国学界评价索氏有两个出发点，一从政治出发，一从艺术出发。这从下面关于评价索氏 1990 年代以来文学创作的两位学者文中可以窥斑知豹。

张捷提及索氏 1994 年回国后陆续发表了 10 多篇短篇小说，只有《在转折处》引起批评界重视。张捷认为，它从艺术角度来说并无独到之处，引人注意的是它通过一位红色厂长在苏维埃时代的经历和感受，肯定战后恢复国民经济方面取得的巨大成绩，肯定斯大林对国家的发展所起的历史作用，肯定共产党的作用，从而修正了索氏自己对苏维埃时代的看法③。张捷完全是从政治倾向的角度对《在转折处》给予分析，而刘涛则更多地从艺术处理的角度加以分析。刘涛的《索尔仁尼琴 90 年代文学创作述评》认为，索氏回国后，写出了一系列形式新颖的"两部分小说"（包括《在转折处》等 8 篇），它由两部分组成，每部分都是一篇相对独立的短篇小说，合起来又构成一个小说统一体。它像中国的太极图，组成整篇小说的两个故事是太极图的阴鱼和阳鱼，阴中有阳，阳中有阴，互化互根，相辅相成。刘文认为，《在转折处》的两位主人公在国家和民族处于历史性大转折的危急关头，发扬永不服输的精神，行动起来，自我拯救，最终达到复兴国家的目标④。

严永兴、宏亮、张建华、李文思、林建华等认为索氏创作属于文学精品，索氏是文学大家。严永兴认为，我们也许不得不承认索氏是位大作家，"因为他是举世公认的世界级最高奖——诺贝尔文学奖自 1901 年颁奖以来至 1991 年这 91

---

① 《河池师专学报》，1995 年第 1 期。
② 《华南师范大学学报》（社会科学版），2004 年第 1 期。
③ 张捷：《俄罗斯作家的昨天和今天》，中国文联出版社 2000 年版，第 6—10 页。
④ 《外国文学动态》，2004 年第 2 期。

中国俄苏文学研究史论
История исследования русской и
советской литературы в Китае

年间,世界上仅有的 88 位获奖者之王",虽然授奖并非不带丝毫感情色彩或政治因素①。针对索氏是"美国荣誉公民的意识形态的武器"的说法,宏亮撰文《也谈索尔仁尼琴》予以反驳。宏文说,索氏对所描绘的现象,经常从历史和哲学的角度进行剖析,更增加了作品耐人寻味的哲理性,他在突出人物、人物语言性格化等方面都有不少突破②。张建华认为,索氏是一位命途多舛、独具一格的作家和思想家,在索氏的个性和创作中,反映出 20 世纪俄罗斯历史上最具有悲剧性的篇章,说出和思索俄罗斯民族中最具悲剧性的和被禁的真实,成为索氏的全部生活和创作的目的和意义③。李文思的《索尔仁尼琴及其创作》高度评价索氏始终以一个作家的良心来进行写作,从未放弃反抗暴力、追求真理的理想,索氏深刻理解文学的价值与意义:文学是生命、心灵之间的交流,不是政治家的工具,更不是低俗的生活消遣品,文学理应反映生活中真正的状态。他认为,索氏是蜚声国际文坛的作家,以其作品中所具有的深刻思想内涵及人道主义情怀而受到读者尊敬,索氏的创作表达了俄罗斯人民对自由与真理的向往④。林建华认为,《一天》不是意识形态的武器,而是真正的艺术品;《癌病房》效法托尔斯泰对人物进行道德审判,继承和发扬了以托尔斯泰和陀氏为代表的俄罗斯文学传统;《古拉格群岛》是历史考察方面的杰作。如果按文学创作的质和量排队,俄国 5 个获诺贝尔文学奖作家中,索尔仁尼琴应排第二位,仅次于肖洛霍夫。但肖氏 1965 年获奖后几无新作,而索氏获奖后精品接踵而出,索氏是俄罗斯迄今在世的最伟大的作家⑤。

应该特别指出的是,索氏对中国和中国人民极不友好。李辉凡、张捷的《20世纪俄罗斯文学史》索氏专节对此有所论述。索氏伤害中国的言论主要有以下几点:把社会主义中国与法西斯德国相提并论;责备苏联过去的领导人支持中国革命,责备斯大林培养毛泽东来代替爱好和平的蒋介石;诬蔑中国是军国主义,有扩张野心,妄图侵占整个西伯利亚,警告苏联领导人要预见到与中国进行的可怕的战争;1980 年为中国台湾出版的《古拉格群岛》中文本所作的序言谩骂共产主义中国是可怕的不人道的国家,中国的"古拉格群岛"与苏联的"古拉

① 《文艺报》,1992 年 5 月 9 日。
② 《俄罗斯文艺》,1994 年第 3 期。
③ 转摘自任光宣:《索尔仁尼琴现象:综合的经验——记"A. 索尔仁尼琴:艺术创作诸问题"国际学术研讨会》,《国外文学》,2004 年第 2 期。
④ 《俄罗斯文艺》,2003 年第 6 期。
⑤ 《湖北民族学院学报》(哲社版),2004 年第 1 期。

格群岛"在受害者人数和无限的残酷性方面展开竞赛,并在这两方面都超过了苏联;1982 年访日时告诫日本人不要受到能与中国和苏联政府建立和睦关系的诱惑,访台湾地区时还劝说西方不要与中国做朋友,因为这是一种极不明智的自杀政策①。

李敖写于 1982 年 11 月 11 日索氏访台结束时的《索尔仁尼琴错在哪儿》②一文,对索氏为台湾出版的《古拉格群岛》中文本所作的序言及访台时的荒谬言论作了有力的批判。李敖认为,索氏出于对苏共政权的憎恶,促使索氏误以为反共是可以不择手段、不讲原则的,而且误以为凡是反共的政权都是可取的政权,这是极幼稚的;索氏在台湾不去参观台湾的监狱,不探望台湾的"古拉格群岛"的兄弟,却大骂中国大陆上有许多"古拉格群岛"的囚犯饱受苦难,这是极媚俗的。于是,李敖将他与写《我控诉》的法国作家左拉和拒绝到任何有极权政权统治的地方去演奏的西班牙大提琴家卡沙斯相比,指出左拉、卡沙斯才是第一流的仁人志士,而索氏是使正义蒙羞、使真理破相的二流货。李敖的批评可谓一针见血,入木三分。

任光宣的《索尔仁尼琴现象:综合的经验——记"A. 索尔仁尼琴:艺术创作诸问题"国际学术研讨会》指出有两个索尔仁尼琴,一个是作为政治活动家的索尔仁尼琴,一个是作为作家的索尔仁尼琴。任文主张,对政治活动家的索尔仁尼琴的所作所为要有所甄别,对其错误言行要深入批判;对作家索尔仁尼琴的文学创作要给予极大关注,并认真研读他的每部作品。应该基于这样的立场和态度,去研究索氏在其创作中反映出的 20 世纪整个俄罗斯乃至世界的复杂性、悲剧性和矛盾性的异常鲜明的、复杂的充满矛盾的创作个性③。任光宣的总结,应该说是目前中国的索尔仁尼琴研究的一个比较正确的出发点。

总之,我国的索尔仁尼琴研究还有不少亟待开拓的空间。索氏最大的著作《红轮》还未全部译成中文并出版;目前,为数不多的有关索氏研究集中于《一天》和《癌病房》,且多未深入艺术层面;对国外的索氏研究也很少予以译介。对于 20 世纪下半叶文艺界最为复杂的索氏现象,需要学界进行更加全面和深入的研究。

----

① 李辉凡、张捷:《20 世纪俄罗斯文学史》,青岛出版社 1998 年版,第448—449 页。
② 李敖:《李敖诺贝尔奖提名文选》,中国友谊出版公司 2005 年版,第165—171 页。
③《国外文学》,2004 年第 2 期。

[相关研究成果要目]

1. 张捷:《苏联文学的最后七年》,社会科学文献出版社 1994 年版。

2. 张晓强:《索尔仁尼琴——回归故里的流亡者》,长春出版社 1996 年版。

3. 李辉凡、张捷:《20 世纪俄罗斯文学史》,青岛出版社 1998 年版。

4. 李明滨主编:《二十世纪欧美文学史》第 3 卷,北京大学出版社 1999 年版。

5. 李毓榛主编:《20 世纪俄罗斯文学史》,北京大学出版社 2000 年版。

6. 张捷:《俄罗斯作家的昨天和今天》,中国文联出版社 2000 年版。

7. 谭得伶、吴泽霖等:《解冻文学和回归文学》,北京师范大学出版社 2001 年版。

8. 何云波、张铁夫:《寻根,回到人本身》,《外国文学研究》,1989 年第 3 期。

9. 陈建华:《特定时代的反思录——评索尔仁尼琴的〈癌病房〉》,《外国文学评论》,1989 年第 3 期。

10. 严永兴:《"索尔仁尼琴热"·〈红色车轮〉及其他》,《文艺报》,1992 年 5 月 9 日。

11. 施秀娟:《融古典与现代于一炉——试析索尔仁尼琴创作中的继承与创新》,《河池师专学报》,1995 年第 1 期。

12. 刘文飞:《索尔仁尼琴八十岁》,《读书》,1999 年第 4 期。

13. 季明举:《索尔仁尼琴与俄罗斯文学传统》,《外国文学动态》,2001 年第 3 期。

14. 何茂正:《〈红轮〉及其作者索尔仁尼琴》,《俄罗斯文艺》,2002 年第 3 期。

15. 刘文飞:《老作家点评索尔仁尼琴》,《环球时报》,2002 年 8 月 29 日。

16. 李文思:《索尔仁尼琴及其创作》,《俄罗斯文艺》,2003 年第 6 期。

17. 周次斑:《是政治状子还是呼唤人性的文本——兼论〈伊万·杰尼索维奇的一天〉》,《华南师范大学学报》(社会科学版),2004 年第 1 期。

18. 王丽欣:《索尔仁尼琴及其〈古拉格群岛〉的创作风格》,《北方论丛》,2004 年第 2 期。

19. 林建华:《索尔仁尼琴:一个永远持不同政见的作家》,《湖北民族学院学报》(哲社版),2004 年第 1 期。

20. 刘涛:《索尔仁尼琴 90 年代文学创作述评》,《外国文学动态》,2004 年第 2 期。

21. 谢春艳:《俄罗斯民族精神复活的希望——评〈玛特辽娜的家〉和〈最后的期限〉中的女性形象》,《俄语语言文学研究》,2004 年第 2 期。

22. 任光宣:《索尔仁尼琴现象:综合的经验——记"A. 索尔仁尼琴:艺术创作诸问题"国际学术研讨会》,《国外文学》,2004 年第 2 期。

第四十三章
中国的艾特玛托夫研究

艾特玛托夫（Чигиз Айтматов, 1928— ）, 另有中译名艾特马托夫。艾特玛托夫是吉尔吉斯作家, 他在苏联当代文坛曾具有广泛的影响, 并引起我国学界和文坛的热切关注。本章将对国内学界对艾特玛托夫及其作品的研究状况作一梳理。

一、中国艾特玛托夫研究的基本面貌

国内对于艾特玛托夫的介绍始于 20 世纪 60 年代。1961 年第 10 期的《世界文学》刊登了力冈翻译的艾特玛托夫的成名作《查密莉雅》, 编者在小说的后面有一个简单的说明。首先对作家的经历与创作情况作了概要的介绍, 称他的作品主要发表在 "《新世界》、《十月》、《公民友谊》以及吉尔吉斯地方刊物《阿拉—塔奥》等杂志上", 1958 年两本小说集分别以俄文和吉尔吉斯文出版, 而《查密莉雅》在 1959 与 1960 年分别由苏联《真理报》出版社和国家文学出版社出版了单行本, 作家今年 "又在《民族友谊》和《新世界》杂志上相继发表了中篇小说《我的系红头巾的小白杨》和短篇小说《骆驼眼睛》等"。这是中国最早介绍艾特玛托夫的文字, 且相当及时和准确。

"文革" 期间, 上海人民出版社在 1973 年 7 月内部发行了雷延中翻译的艾特玛托夫的《白轮船》。译本前, 有任犊写的题为《在 '善' 与 '恶' 的背后》的批判性的前言。前言写道: "小说通过一个男孩和他外公悲惨的生活遭遇, 宣扬了资产阶级人性论和人道主义, 其集中表现, 就是抽象的所谓 '善' 与 '恶' 的斗争。" "小说一再提到吉尔吉斯人的一个关于长角鹿母的传说, ……《白轮船》的作者, 就是根据这个抽象的善恶观念, 写出了作品的小主人公和他的外公莫蒙以及阿洛斯古尔等一系列人物。" "阿洛斯古尔对森林中树木的盗窃, 就好比一个人把自己家里的东西随意卖掉一样, 有一种完全的支配权。……就像资本主义国家的农场主、工厂主对自己的企业拥有所有权一样, 两者之间是完全可以

画上等号的。"因此,"《白轮船》里所描写的,是今天苏修社会的一面镜子。通过阿洛斯古尔,我们看到了勃列日涅夫一伙的丑恶嘴脸。通过护林所,我们看到了今天苏修的整个社会","在'善'与'恶'的背后,却看到了苏修社会的极其尖锐的阶级矛盾和阶级斗争",而"要解决护林所内外如此尖锐的阶级矛盾,必须彻底打倒勃列日涅夫所宣扬的'共同体',即社会帝国主义"。

任犊的批判文字无疑是一种政治图解,其荒唐之处一目了然。不过,也许是歪打正着,下面这些文字如去除其批判的外壳,它对莫蒙的诠释不无道理:"作者笔下的莫蒙老人,如同《黑奴吁天录》中汤姆叔叔这个老黑奴的形象一样,尽管阿洛斯古尔对他非常凶暴,但他还是原谅忍让,最后不得不在'恶'的面前屈服。作者塑造这个人物,不仅为了进一步暴露阿洛斯古尔的'以恶报善'的可恶,更主要的是为了突出他所极力颂扬的小主人公以'最不妥协的形式抵制恶'的可爱。"

中国对艾特玛托夫的真正的研究是从 20 世纪 80 年代开始的。1980 年第 3 期的《苏联文学》刊登了粟周熊翻译的艾特玛托夫中篇小说《面对面》,编者极其简要地分析了该作品的主题和艺术特点,并认为艾氏的"作品大多以爱情和善与恶的斗争为题材,在不同程度上触及了苏联社会各个阶段的现实问题和矛盾","作品描写细腻,感情真挚,同时注意吸收神话传说和民歌等民间创作养分,以对社会生活矛盾的多方面的现实主义描写和对人物心理细致的刻画为基础,形成一种富于强烈浪漫主义激情和抒情传奇色彩的独特艺术风格。"这些意见准确概括了艾氏 80 年代以前创作的基本特点。不过,编者又指出,艾氏作品中"存在着宣扬抽象道德观念的倾向"。当时类似的或详或略的文字还有:《中国大百科全书》(1982)和《苏联文学词典》(1984)中的相关条目、《俄苏文学》1982 年第 4 期上的艾氏介绍、1980 年《外国名作家传》中的艾氏传略,以及美国学者约瑟夫·莫佐尔的文章《艾特玛托夫——社会主义现实主义美学的变革者》①。

曹国维的文章《艾特玛托夫》②是国内学术界早期艾氏研究中比较深入的一篇。文章分析了艾氏从《查密莉雅》到《花狗崖》的几部作品,认为艾氏小说"注意的中心是人,他的着眼点不在于事件,也不在于人物的命运,而是通过事件和

---

① 《外国文学动态》,1983 年第 10 期。
② 见吴元迈、张捷编辑的《论苏联当代作家》,外语教学与研究出版社 1982 年版。

命运,从哲理高度,写出人的品质和道德,展现人性的美和丑",并赋予道德探索以时代感。作品具有下列特点:(1)理想主义的色彩;(2)塑造形形色色的人物,开掘人物的内心世界;(3)中篇结构巧妙,布局新颖;(4)以情动人;(5)民族风格。

张捷的《近年来的苏联长篇小说》①一文在谈到苏联当代长篇小说艺术手法发展时,对艾氏《一日长于百年》有所涉及。文章认为,该小说标志着作家创作道路上的明显转折,其突出特点是作品政论因素的增多和哲理性的加强;小说在描绘一个普通铁路工人的生活道路的同时,涉及了反对"个人崇拜"的主题,而且着重提出了人类的前途问题;小说把现实生活与历史结合起来,且具有全球视野;小说的艺术手法相当丰富。这些评论很有见地,对作品的把握到位。

冯加的论文《艾特玛托夫的〈永别了,古利萨雷〉》②认为,古利萨雷"与屠格涅夫笔下的木木、托尔斯泰笔下的霍斯密托尔相比,是毫不逊色的","形象带有寓意性,古利萨雷的一生可以说是塔纳巴伊一生的缩影","古利萨雷的形象在全书结构上起了联系人物的纽带作用";小说"自如地运用并发展了他在早期作品中所惯用的艺术手法,把对现实生活的逼真描写,同优美的抒情和谐地结合在一起,同时广泛地运用民间文学的创作手法,形成了一种独特的创作风格";该小说还"广泛地采用了人物的回忆、内心独白、想象联想、梦幻的手法,尽情地抒发主人公的内心感受,充分展示人物丰富的精神世界,表现人物的性格"。

80 年代前期,国内在翻译艾氏作品的同时,作家研究也是较有收获的,对80 年代以前的重点作品都予以了关注;对作家的新作也有所关注。

80 年代中后期,研究艾氏的文章大量增加,大致有两类,一类是综合性的评论文章,主要探讨了作家创作的重要特点;另一类是关于作家单篇作品的研究。

在综合性的论文中,较多文章都关注艾氏作品中神话、寓言、幻想、传说等象征性、想象性成分的大量运用,这使艾氏作品呈现出一种新的创作风格。这些文章还涉及了有关艾氏作品的现实主义风格、悲剧因素、理想主义的表现方法等诸多方面的内容。浦立民以《严格的现实主义——谈艾特玛托夫的创作特点》③为题,分析了作家的创作风格。作者认为,艾氏的创作可以视为现实主义创作方法范畴中的一种新的流派。理由是:(1)作品以严肃的现实生活为基础,

---

① 《苏联文学》,1982 年第 5 期。
② 《外国文学研究》,1984 年第 2 期。
③ 《苏联文学》,1985 年第 4 期。

在思想内容上具有深厚的现实主义精神,对"善"与"恶"爱憎分明;(2)当代神话的艺术理解与古代神话的形式融为一体,神话、传说的运用,起到了折射或隐喻现实生活的作用,赋予小说以深厚的哲理意蕴;(3)神话等象征性成分的加入,使作品具有"立体感",能够多主题、多层次、立体式地描写生活;(4)在俄罗斯与吉尔吉斯文学传统结合的基础上吸取西方作家的创作经验,并在此基础上,形成了"严格的现实主义"的风格①。於国治在《试论艾特玛托夫的悲剧性小说》②一文中探讨了艾氏的悲剧风格问题,文章将作家前期的作品按题材内容和矛盾冲突分为战争悲剧、社会悲剧、婚姻悲剧、自然悲剧和性格悲剧5类,并指出了艾氏悲剧性小说在思想意义和社会价值方面的成就。车成安的《论艾特玛托夫创作的理想美》③也是关于这一问题的代表性的论文。

在研究单篇小说的论文中,更多是关注80年代的作家创作,论文大多是关于长篇小说《一日长于百年》和《断头台》的评论,其中又以研究《断头台》的文章居多④,论文从不同的角度进行了评论,或是肯定作品的思想内容和艺术形式,或是对作家的救世良方提出了质疑。《苏联当代文学概观》⑤一书分析了艾氏的代表作,并指出艾氏的"独创性",还对《永别了,古利萨雷》做了详尽分析。这是国内最早涉及艾氏创作的文学史著作,有关评论也代表了当时国内论者对作家创作发展和变化的观点。

90年代,国内对于作家的研究进一步加强,作品分析探讨的角度更为新颖,更加深入。这一时期,《断头台》受到国内学者关注,作家宗教观的研究成为作品研究的重点,如任光宣的《从〈断头台〉到〈卡桑德拉印记〉》、陈慧君的《荒谬的"宗教济世"》等,都评论了作家宗教观在创作中的得失,并对此持批评态度。但也有论者从作家的责任感和创作思想的角度,肯定了其成就,以王文平的《人类崇高职责的艺术体现》和车成安的《20世纪的警世篇》为代表。张捷在《苏联

---

① 许多研究者都肯定艾氏的创新,认为这种艺术手法开拓了现实主义的表现范围。如陆人豪的《艾特玛托夫小说中的虚与实》、赵宁的《艾特玛托夫新艺术思维初探》、曹国维的《走向现实美和幻想美的结合》、杨和斌的《艾特玛托夫小说中的象征意象》及林达的《试论艾特玛托夫的创作特色》等都论及了这一特点。

② 《外国文学研究》,1989年第4期。

③ 中国人民大学《外国文学研究》,1986年第1期。

④ 如石南征的《存在还是毁灭》、曹国维的《从"星球思维"到"冰川时期"》、陆人豪的《人对人是……狼》、何云波的《〈断头台〉:艾特玛托夫的困境》、易漱泉的《论〈死刑台〉的思想内容和艺术技巧》等论文。

⑤ 李明滨、李毓榛主编,北京大学出版社1988年版。

文学的最后七年》①一书中,对《断头台》也作了详细评论,指出艾氏"通过人性
化的狼和兽性化的人的对照,无情地揭露了人身上的恶","小说对社会生活中
的丑恶现象和生产管理制度中的种种弊端的揭露是大胆而有力的";但作品中
关于耶稣与彼拉多的描写有模仿布尔加科夫之嫌,而且作品又有鼓吹阶级观点
过时论的表现。

此外,这一时期对于作家创作作总体研究的论文较多,研究更加深入,视角
也有拓宽。

在小说结构研究方面,阎保平的《论艾特玛托夫的"星系结构"》②是较有新
意的一篇文章。作者认为,艾氏小说情节的独特形式导致了他小说艺术结构上
的重大变化。小说艺术构思的出发点是"地球人时空观念中的各自相异的'世
界'。'世界'是他小说结构里情节存在的基本形式,……打破了一部作品构成
一个完整世界的结构模式,创造出了独特的容纳众多世界的结构模式",即为
"星系结构"。作者认为,从《白轮船》始,作家就致力于从不同而又相关的世
界——现实的、神话的乃至于科幻的世界——去反映生活,建立了既"互相独
立,互为存在",又具有"无限时空"的小说结构,从而扩大了作品表现的范围,为
读者"提供了人类社会历史的、现实的、超现实的生活背景,提供了极为丰富的
思想源泉和审美内容"。

艾氏小说的民族性也成为这一时期研究的热点。有论者认为,强烈的民族
色彩是艾氏小说的一大特色。作家对民间文学(神话、传说、民谣等)的引用具
有从简单浅显到复杂深奥的特点,五六十年代仅仅起到一种烘托气氛、抒发感
情的作用;70年代,民间文学与作品的主题、情节自然和谐地融为一体,并具有
了高度的哲理性和寓意;80年代,其与作品的主题、人物、结构联结得更加紧密,
或者成为了作品多重主题之一,或者成为塑造人物、丰富主题的重要的表现手
法,使作品具有了更加深远的哲理性和象征性。这一变化与作家的整个创作由
主题单纯到具有高度哲理性和象征性的发展趋势相一致。也有论者指出,强烈
的民族色彩之所以能够为作家赢得世界性的影响,主要在于艾氏"在创作中将
触目惊心的现实与历史传说结合起来,从而使民族性内容获得了新的现代文化
启示","作家的可贵之处就在于他没有囿于民族文化的框框里,……他从当代

---

① 社会科学文献出版社1994年版。
② 《外国文学评论》,1991年第1期。

思维的广度出发,拓宽了民族意识的疆域,突出强调了神话与传说对人的训诫、劝善作用",使作品具有了广泛的意义。何云波在《论艾特玛托夫小说的神话模式》①中指出,神话、传说构成了小说神话模式的表面结构,而由于作家对于人的精神世界与全人类处境的深切关注,使神话传说与小说的文本在更深的层次上实现了对话和共鸣、共振,从而使作家的艺术探索呈现出独特的品格,呈现出历史与现实在神话传说的延续中达到水乳交融的境界。应该说,这些观点很有眼光,非常深刻地剖析了作家的民族性与现代性、世界性的有机联系。

曾庆林的《论艾特玛托夫悲剧意识的思想内涵》②一文继续讨论悲剧性问题。作者指出,艾氏的悲剧意识主要源于作家的思想矛盾:在希望之光与悲剧阴影之间的徘徊,是一种理想主义者的痛苦;在人道主义两极(对人的本能欲望的同情和克己博爱的肯定)之间的踯躅,是一种人道主义思想的"二律背反"造成的痛苦;在高蹈古风和宗教布道两个方向上为世人寻找出路时的失败的双重懊恼,是一种愤世嫉俗者的孤独感和积极求世者的失望感的叠加。

许贤绪的《当代苏联小说史》③在"'普里什文传统'的发展——当代自然哲理小说"一章中,将作家的创作归类为"人与自然"的小说,认为"小说的别开生面之处,是把神话引进小说后又立即与关于现实生活的情节紧密结合起来,神话是小说的中心,没有大角鹿母的神话,《白轮船》就失去了广度和深度"。艾氏作品是对普里什文传统的继承和发展,"把保护自然题材与善恶斗争结合起来,与传统的道德题材挂起了钩"。钱善行在《当代苏联小说的嬗变》④一书中,论述了艾氏的创作特点和在苏联文学发展中的地位。作者认为,艾氏的创作属于以肖洛霍夫为代表的苏联人道主义文学的范畴之中,艾氏"把人放到了特别突出主宰地位……从哲理的高度写出了人的品质和道德,揭示出人性的美与丑"。艾氏的成就在于"借艺术假定性给自己的形象画面以更深邃、广阔的内涵和更强烈、浓厚的悲剧诗意"。80 年代中期以来,"作者正在努力进一步摆脱单一的政治和阶级及民族和国家利益等传统观念的框式,试图从社会复杂进程的更深层和更高角度出发,从人性和全人类的角度出发去把握和发掘生活,描写人物和事件,从而使自己的形象画面具有更丰满、更深邃的人道主义风格"。

---

① 《外国文学评论》,1994 年第 4 期。
② 《外国文学研究》,1993 年第 4 期。
③ 上海外语教育出版社 1991 年版。
④ 社会科学文献出版社 1994 年版。

中国俄苏文学研究史论
История исследования русской и
советской литературы в Китае

21 世纪以来,中国的艾氏研究就著述的总量而言有所减少,但探讨的问题进一步深入,涉及的主要是作家 80 年代以后的作品。如何云波的《〈断头台〉:一个现代宗教神话》,在某种程度上修正了作者以前的观点;周明燕的《艾特玛托夫的〈断头台〉与俄国东正教文化》,进一步研究作家的宗教观念与俄国传统宗教思想的联系。一些论者从新的角度评论艾氏及其创作,如《试论艾特玛托夫的使命文学观》、《一切关系到大家——从〈白轮船〉到〈卡珊德拉印记〉》、《论艾特玛托夫创作的伊斯兰文化渊源》。

2000 年,北京大学出版社出版的《20 世纪俄罗斯文学史》一书分析了艾氏的主要作品,肯定了作家的创新,认为《别了,古利萨雷》标志着艾氏创作步入新的阶段:"叙事风格的改变,客观叙事性代替了以往作品的自白叙事性,同时加强了心理分析的因素";"注重对民间文学的诗意挖掘,……由此构成作家日后创作中将民间文学融入小说创作的独特风格"。该书对作家 90 年代的两部新作《成吉思汗的白云》和《卡桑德拉印记》也作了简单介绍。

2000 年,张捷在《被称为"忘本的钦吉斯"的艾特玛托夫》[①]一文中,对艾氏后期的言行及某些作品给予了否定性评论。文章第一部分指出,艾氏之所以在苏维埃时代飞黄腾达,一方面是因为他确实有文学才能,写出了一批肯定现实、表现了普通人的优秀品质和高尚情操的作品;另一方面,也是由于他政治表现较好,拥护苏维埃政权和社会主义制度。然而,作家很快地变化了,背叛了党和人民给予他的荣誉。论文援用了艾氏的作品和言论,认为作家的背叛早在 1980 年之前,在《与察达依的会见》[②]中已表现出作家反对马克思主义关于阶级和阶级斗争的学说,作家"把矛头对准了斯大林,……把斯大林与希特勒相提并论,说他们是'两位一体'的,……诅咒了'世界革命的思想和建立全球苏维埃共和国的计划'。可见他已开始歪曲和否定他曾发誓要颂扬的十月革命了"。张捷认为,作家在"改革"前期的表现还是"比较讲究分寸,那么到苏联社会已陷入一片混乱时便不那么客气了",公然地"把苏联几十年的历史说成是'人民默然无言'",把西方发达国家看做社会主义的典范,并为苏共自行解散而兴高采烈。张捷因此认为,作家在苏联解体前后的言行完全违背了一个共产党人应有的党性,是对作家过去的背叛,是对人民和国家的背叛。在文章的第二部分,张捷对

---

① 张捷:《俄罗斯作家的昨天和今天》,中国文联出版社 2000 年版。
② 这部分作家 1980 年发表《一日长于百年》时曾被抽掉。

作家后期创作予以否定,指出《卡珊德拉印记》就思想而言是浅陋的,"作者通过主人公之口,又一次把斯大林和希特勒等同起来,……进一步把矛头指向了列宁。……这种荒唐的捏造是对革命领袖的极大亵渎和对他的事业的彻底否定"。小说并且"在拐弯抹角地歌颂德国法西斯发动的这场侵略战争"。张捷的评论指出了作家在思想和创作上的变化,不过艾氏(以及与艾氏相似的作家)的这种变化极为复杂,难以用简单的"背叛"或"忘本"来加以概括。

此外,国内的作家也从自己的创作经验出发,谈及自己阅读和研究的感受。比较有代表性的是张承志和张炜。张承志被认为是受艾氏影响最大的国内作家,张承志自己也说"苏联的吉尔吉斯族(这个民族就是我国新疆的柯尔克孜族)作家艾特玛托夫的作品给了我关键的影响和启示,……我希望能写一些篇幅大些的作品,这些作品能容纳多一些的感受、知识和风情"①。张炜在《域外作家小记》中说,"他是这些年在中国影响最大的苏联作家。他的那些好作品会长久地让中国读者记住。……我特别重视的是他的《白轮船》之前的作品。那些中短篇使作者耗去了心力,使用了更真实的情感",并认为艾特玛托夫的《断头台》是"在宗教观念的大世界挣扎"②。

二、关于《一日长于百年》和《断头台》的研究

(一)关于《一日长于百年》的研究

1981 年,《外国文学动态》第 3 期上发表石南征的文章《苏联作家艾特玛托夫的长篇小说〈一日长于百年〉》,当是国内对此作的最早的介绍。文章介绍了小说的主要内容,并指出小说"结构新颖,线索繁多,今与昔,虚与实,偏远小地的日常生活与全球性、宇宙性事件相互交衬"。作者特别指出,艾氏在"作者前言"中有攻击我国的言论。

1982 年和 1986 年,该小说有两个中译本问世③。

1982 年译本的"出版说明"指出,与作家"以往作品不同的是,这部小说第一次引进了科学幻想情节。……小说的构思和手法都有一些独特之处,反映了作者的写作风格和技巧"。编者对小说的科学幻想情节进行了评论,认为艾氏

---

① 张承志:《诉说——踏入文学之门》,载《踏入文学之门》,中国文联出版社 1986 年版。
② 《张炜自选集》:《融入野地》和《葡萄园畅谈录》,作家出版社 1996 年版。
③ 1982 年 5 月,新华出版社出版了该小说,由张会森等翻译。1986 年,湖南人民出版社出版了由高山等翻译的、以《布兰雷小站》作为书名的译本。

编造这个幻想情节的用意"作者在前言中或明或暗地作了交代。一方面,'作者前言'指责'帝国主义的、霸权主义的贪求'总是伴有'剥夺人的个性的企图',使得人类无限的天才不可能转化为现实(作者还借机指名攻击中国推行'霸权政策',反映了他对中国的不友好态度);另一方面,'作者前言'又着力渲染'人类如果不学会和平共处,它就会灭亡'。显而易见,作者虚构科学幻想故事的意图,不过是在'合作''共处'的外衣下,配合苏联霸权主义的外交路线"。这篇"出版说明"也客观地指出了艾氏攻击中国的言论,但文章对小说科学幻想情节的分析显然仍用政治思维方式诠释文学作品,或多或少存在着对小说的故意的误读。

随着国内学术研究步入健康的轨道,对于该作品的研究也渐渐摆脱了先前的误区。在 1986 年译本的导言中,编者指出,小说有两条平行线索,地上的线索所反映的生活"是近几十年来苏联社会生活的一面镜子";而天上的线索,作家是想借此"提醒人们记住人类对地球的命运所承担的责任","作者认为,在 20 世纪的今天,人类最大悲剧性的矛盾在于人类的无限智慧却由于帝国主义制度所导致的政治、思想、种族的障碍而得不到充分的发挥。在今天的条件下,不仅出现了迈向宇宙的可能性,而且人类经济和生态的需要也迫切地要求将这一可能性转化为现实。这就必须实现持久性的安定和和平。各民族间,国与国之间的那种无尽无休的争吵不能再继续下去了!假如人类不能和睦相处,那么就会导致灭亡"。应该说,这种评价已接近作家的创作思想。

此后,国内学界对于《一日长于百年》的思想内容和艺术成就基本持肯定的态度,认为该小说是作家创作历程中的重大的发展,对其结构创新、主题的复杂性、多重的象征意象、作家的创作思想与作品之间的联系等问题均比较关注。

陆人豪认为,该小说的虚构成分远远超出作家以往的作品,阿纳贝特墓地的古老的传说是统领全书的总纲,是作家借以阐发道德理想的依据,也是两条主要情节线索(叶吉盖为卡赞加普送葬、科学幻想情节)的交接点,现实情节与科幻情节在阿纳贝特墓地交叉。通向林海星的路是通向未来的路,通向阿纳贝特墓地的路是通向过去的路,割断历史,抛弃传统,人类在道德上就处于极为脆弱的地位。艾氏正是从人类的过去、现在和未来的角度尖锐地提出道德问题,并通过古老的传说告诫人们,人类不能丧失历史记忆,不能把人变成曼库特[①]。

[①]《艾特玛托夫小说的虚与实》,《当代苏联文学》,1985 年第 2 期。

温祖荫也认为,小说"有两条齐头并进的线索:现实生活的流程与科幻的太空事件。两条线索演化出 3 组人物的命运"①。曹国维的《一位大师的足迹——试论艾特玛托夫艺术思维的发展》②、赵宁的《艾特玛托夫新艺术思维初探》③等文章尽管阐述角度有变化,但对这一问题的看法比较接近。

也有论者对小说结构提出了不同的看法,认为小说由 4 个既独立又相互联系的"世界"组成。阎保平认为,《一日长于百年》的结构是一个"星系结构",这个复杂的世界"依照叶吉盖的心理时间被安排在了 4 个不同的空间层次上。第一个层次是中心层次,包括了叶吉盖的世界、会让站工人卡赞加普的世界、阿布塔利普的世界和存在于他们集体意识里的'柔然人'的世界、赖马雷与白吉梅的世界,以及动物世界(骆驼的世界);第二个层次是会让站以外的现代生活世界,它的消息主要通过第一个层次里几个世界的运动(遭遇)来透露,只给人一个总体印象,然而它却反映了 30 年间苏联和国际的重大事件,揭示了这些重大事件背后普通人的悲剧命运;第三个层次是建立在世界现代生活基础上的、掌握着现代科学尖端技术和社会最高权力的、被萨比特让称为'我们的神'的世界,这个世界最让叶吉盖感到激动和不安;第四个层次是作者虚构的,存在于叶吉盖在潜意识中的河外文明——'林海人'的世界,叶吉盖对这个世界一无所知,但这个世界里'林海人'的社会和他的理想社会互相吻合"。"作品的全部结构都统一在叶吉盖和他周围客体的联系之中,他成了这一庞大复杂的'星系结构'里的'太阳'","通过众多'世界'的互相映照为我们提供了人类社会历史的、现实的、超现实的生活背景,提供了极为丰富的思想源泉和审美内容"④。

金琼从作家的创作思想这一层面对其与小说结构的关系进行了分析,认为小说主要表现了作家的当代意识和历史意识。当代意识分 3 个层面:(1)主体意识,即作家将追求真、善、美作为自己艺术的目的,以艺术上的革新为己任;(2)使命意识,即作家主动承担社会、民众所赋予的社会责任与历史使命的一种创作意识,作品弥漫着强烈的历史使命感;(3)哲学意识,即作家的"全球性思维",作家的人道主义思想已经超越了国家民族的域限,作家所关怀的是整个人类的和平幸福。历史意识则体现在作家将历史传说和神话糅合,表现出历史的

---

① 《名家作品鉴赏——从高尔基到艾特玛托夫》,福建教育出版社 1992 年版。
② 《苏联文学》,1986 年第 5 期。
③ 《河南大学学报》,1989 年第 2 期。
④ 《论艾特玛托夫小说的"星系结构"》,《外国文学评论》,1991 年第 1 期。

纵深感,通过"3 个家庭的悲欢喜乐,将肃反扩大化、卫国战争、个人崇拜、人民的灾难、平反昭雪等等历史上的大事都糅合进去,成为苏联几十年历史的缩影"①。

这些评论都注意到了《一日长于百年》在结构与主题上的多重性与复杂性,注意到作家在 80 年代前后创作思想的发展给小说所带来的巨大变化。论者几乎一致认为,这种情节与结构上的复杂性,源于作家的"全球性思维"的创作理念;并肯定作品中虚构因素的价值,"如果排除幻想,囿于生活,小说便将失去恢弘磅礴的宇宙气势,失去纵贯历史的哲理力量";肯定小说对苏联传统小说模式的突破。

(二)关于《断头台》的研究

冯加发表在 1987 年第 3 期的《当代苏联文学》的《艾特玛托夫的新作〈断头台〉》,是国内最早介绍该小说的文章。20 世纪 80 年代末—90 年代初,《断头台》一度成为俄苏文学界研究的一个热点。

评论者在某些观点上基本形成共识,如小说"以 3 部、3 条故事线索描绘的 3 个世界构筑全篇,艺术地展现人类的崇高职责和历史使命。这里有精神世界中的阿夫季,现实世界中的鲍斯顿,动物世界中的阿克巴拉、塔什柴纳尔。在 3 个世界中,以阿夫季作为主线,以动物线索贯穿始终。作者以此塑造形象,表现人与人、人与自然、人与宗教、人与动物、人与社会罪恶的冲突"②。小说揭示了崇高理想的丧失、愈益膨胀的消费主义心理、犬儒主义和厚颜无耻的穷奢极欲、社会风气的败坏、人对自己的生活环境的肆意破坏,以及核灾难的危险等等③。但对于小说中所涉及到的宗教题材和阿夫季形象的评论却存在分歧。1989 年《苏联文学》第 3 期同时刊登了 3 篇评论《断头台》的论文④,论者从各自的角度评价了小说,褒贬态度不一。

陆人豪认为,阿夫季的拯救人类的思想是小说的结构中心。"阿夫季领悟到基督教的隐秘的宗旨是仁爱的思想,是人道主义思想","阿夫季想要寻找一个现代的、具有现代形式的上帝,……上帝其实就是人性,只有每个人心中有自己的上帝,社会弊端才能根除,人类才能得救。"至于宗教题材,作者认为,《断头

---

① 《试论艾特玛托夫的当代意识与历史意识——重读〈风雪小站〉》,《外国文学研究》,1996 年第 4 期。

② 王文平:《人类崇高职责的艺术体现》,《外国文学研究》,1995 年第 1 期。

③ 车成安:《20 世纪的警世篇》见《吉林大学社会科学学报》,1991 年第 4 期。

④ 3 篇论文分别是:何云波的《〈断头台〉:艾特玛托夫的困境》,曹国维的《从"星球思维"到"冰川时期"》,陆人豪的《人对人是……狼》。

台》中耶稣和本丢·彼拉多的故事是经过作家改造的,其中两者关于基督复活问题的对话,其实质是作家关于人性的回归、理性回归的思考和呼唤。作家一方面寄希望于善对恶的感化,呼吁人性和人道主义在现实中的回归;另一方面又深感恶的强大,善在现实生活中的难以作为,这种矛盾实际上也反映了作家思想上的困惑。

曹国维认为,该小说是艾氏创作中"最大胆、最复杂的作品",小说高度发展了对位艺术。"阿夫季对报纸编辑原则的怀疑,与波士顿反对科奇科尔巴耶夫的教条对位,两者都代表进步;阿夫季劝导大麻贩子忏悔和波士顿杀死巴扎尔拜对位,两者在人性层次上便分出高低;阿夫季死于坎达洛夫的残暴,而不是阿克巴拉的利齿,凸现'敌人不投降,就叫他死亡'之类幌子下的人性的可怕;阿夫季对狼崽的爱怜和巴扎尔拜掏走狼崽对位,强调人和自然的和谐,反对人对自然的掠夺;阿夫季和格里尚的争论与耶稣和彼拉多的谈话对位,喻示人的思想的自由腾飞及与现实碰撞中的毁灭,然而阿夫季的信仰基督,又反过来证实了耶稣通过他的苦难必定在后人身上复活的预言。5次对位从社会、生态、道德、哲学等各个方面表达了作家对人生价值的理解和对弘扬人性的未来的渴望。"对位同样存在于波士顿与其他形象——阿夫季、野狼、桑德罗的关系中,作品"出现了一条首尾衔接的联想链:耶稣——阿夫季——波士顿——桑德罗——耶稣,从耶稣出发,最后复又回归耶稣。……就是耶稣体现的人的本性——爱,一种超越阶级、民族、国家和地域的全人类的爱"。作者最后总结道,"20世纪各种极致的方法实验似乎穷尽了一切传达心灵的途径,艾特玛托夫却在现实主义古老的土地上开拓出一片新的领域"。

国内不少论者与上述两文观点接近,认为宗教题材的运用使作品具有了"怪诞、深邃、新颖、奥博"艺术韵味。阿夫季这一人物形象乃是作家全新的尝试,作家试图寻找到一个基点,一个把历史与现实连接起来,又通向永恒的人类根深蒂固的特性——爱①。小说"为我们再现了忠于自己的崇高信仰而甘于牺牲的耶稣形象。而最后阿夫季被坎达洛夫之流吊在盐木上的景象,又自然令人想起被钉上十字架的耶稣,作者的用意显然是借耶稣的形象褒扬主人公阿夫季与恶作斗争的不屈气节和为正义和信仰不惜受难的高尚精神。……作者正是通过耶稣的形象,使人明白,阿夫季的精神是强大的、不朽的,人们将从他的受

---

① 严永兴:《深邃·怪诞·新颖·奥博》,见《断头台》,重庆出版社1988年版。

苦受难中领悟到正义和真理,从而唤起更多的人为了善而与恶作斗争"①。

何云波则对《断头台》提出质疑。作者认为,由于艾氏过于执著于自己的救世使命的布道者的形象,过于执著于抽象的善恶道德的探索,以至于他的创作,不管题材、人物怎样千变万化,都始终难以摆脱一个因循的模式,创作因而变成了单调的重复。作家在小说中,通过耶稣向当代人述说的许多"隐秘"的东西,无非是他在过去创作中探索而不得的东西,《断头台》或许是作家在创作上的一次突破与超越,然而作家在不懈地追求人的出路的过程中,却不知不觉地走向了上帝,落入了一个更大的陷阱——新寻神主义,即向俄罗斯文学的宗教意识的认同与回归。作者指出,小说中关于人性善恶的认识,对爱、宽恕、以善救恶的赞美等,与陀氏小说有着惊人的相似。诚然,艾氏所要宣扬的是人的宗教,而非神的宗教,是想借助于道德化的、人道化的变异的宗教,实现其在现实生活中无法实现的济世救人的目的罢了。

陈慧君的观点更为激烈。她在《荒谬的"宗教济世"》②一文中认为,作家"企图通过他所创造的'现代基督',用宗教道德说教,以感化贩毒团伙、偷猎者、官僚主义者、贪求金钱而身心堕落者……的方式,去求得社会罪恶的解决,却是脱离现实的荒谬的幻想。'现代基督'就是《断头台》的主人公阿夫季,他是作者宗教济世思想的化身,……他的宗教说教构成了小说的主旋律"。阿夫季的宗教信仰"实际上是俄罗斯东正教固有的分裂派中多个教派的大杂烩:反教堂派、救世主派、云游派、信基督派等等集于一身","艾特玛托夫鼓吹的'现代基督'的'宗教济世'良方,就是对基督教——俄罗斯东正教教义的信仰,……它展示了前苏联崩解过程中的'文化总状态的征兆';社会主义文化让位于基督教传统文化。因此《断头台》和主人公阿夫季鼓吹的'宗教济世',是荒谬的,是有害的,必须加以批判"。

进入 21 世纪,关于《断头台》中的宗教题材和阿夫季形象的讨论仍在继续。论者更着重于对作品所表现的文化底蕴进行探索,力图从民族文化和民族精神的角度去理解作品,并作出自己的评价。

周明燕在《艾特玛托夫的〈断头台〉与俄国东正教文化》③一文中认为,艾氏在《断头台》中引入宗教问题有其社会思想基础和现实生活依据。首先,这与

---

① 石国雄:《从〈断头台〉看艾特玛托夫的创作意识》,《南京大学学报》,1991 年第 1 期。

② 《四川师范大学学报》,1992 年第 4 期。

③ 《外国文学研究》,《中国人民大学学报》,2003 年第 7 期。

20 世纪 80 年代中期俄罗斯东正教在现实生活中重新活跃,引起作家的关注与思考有关;其次,俄罗斯文化中的宗教因素早就在精神上影响了艾氏,他在作品中表现的寻找当代上帝的"寻神"思想,其实与俄罗斯历史上果戈理和陀氏等知识分子的"寻神"思想是一脉相承的,都在寻找生命的目的和意义。

金亚娜在《现代耶稣的呼告》①一文中对此作了更深入的分析。文章指出,20 世纪科学技术的进步使人类生活发生了许多重大的变化,同时战争也使人类生存状态的和谐受到威胁和破坏,社会道德问题作为一个普遍命题被严肃地提出来,并被哲学家和知识分子加以探讨,《断头台》就是在这样的背景下产生的。《断头台》的书名具有深刻的象征意义,"两种善——理性上的善和伦理上的善在人类敌对和仇视中,在和恶的对抗中最终走向断头台,就像圣子耶稣为了替人类赎罪而受难和牺牲一样,作者企图以这一人类文化中最大的悲剧形式的重现来引起人们认真而严肃的思考"。作者进一步指出,作家在道德问题探索上所表现出的矛盾,其实来自于俄罗斯知识分子固有的性格特征,即宗教情绪和虚无主义情绪的矛盾。"虽然如艾特玛托夫自己所说,他这种对'宗教的喜好'完全是出于'非宗教目的和思想',但这毕竟代表了俄罗斯文学作品反映宗教意识的一种可资分析的方式。作品的整个哲学思考以基督教的概念作为载体,表现出新的社会历史现实中的宗教探索精神"。作家在小说中着力地刻画了一个"现代基督"的形象,其用意是显而易见的:不仅仅将爱视为基督教的本质精神,而是将"救世理想当做当代基督教的神圣使命,想通过他的宗教探索,一劳永逸地解决人类所面临的危机"。文章认为,阿夫季对生命理性的思考超越了东正教的概念,带有强烈的人道主义色彩,"在阿夫季那里,上帝代表一种思想,它可以通过语言的强大逻辑得到彰显。他把某种道德标准体系等同于上帝,实际上这些道德标准的确立是以人类精神领域中正义的实现,即人道主义为价值趋向的";而"把改造社会的理想寄托于宗教精神中——这是俄罗斯无神论者的典型特征",艾特玛托夫的《断头台》就完全可以从这种意义上去理解。

[相关研究成果要目]

1. 任犊:《在"善"与"恶"的背后》,雷延中译《白轮船》,上海人民出版社1973 年版。

----

① 《充盈的虚无》,人民文学出版社 2003 年版。

2. 石南征：《苏联作家艾特玛托夫的长篇小说〈一日长于百年〉》，《外国文学动态》，1981 年第 3 期。

3. 曹国维：《艾特玛托夫》，载《论苏联当代作家》，外语教学与研究出版社1982 年版。

4. 浦立民：《严格的现实主义——谈艾特玛托夫的创作特点》，《苏联文学》，1985 年第 4 期。

5. 严永兴：《深邃·怪诞·新颖·奥博》，见《断头台》，重庆出版社 1988 年版。

6. 李明滨、李毓榛主编：《苏联当代文学概观》，北京大学出版社 1988 年版。

7. 於国治：《试论艾特玛托夫的悲剧性小说》，《外国文学研究》，1989 年第 4 期。

8. 赵宁：《艾特玛托夫新艺术思维初探》，《河南大学学报》，1989 年第 2 期。

9. 曹国维：《从"星球思维"到"冰川时期"》，《苏联文学》，1989 年第 3 期。

10. 何云波：《〈断头台〉：艾特玛托夫的困境》，《苏联文学》，1989 年第 3 期。

11. 陆人豪：《人对人是……狼》，《苏联文学》，1989 年第 3 期。

12. 何云波：《论艾特玛托夫小说的神话模式》，《外国文学评论》，1994 年第 4 期。

13. 阎保平：《论艾特玛托夫的"星系结构"》，《外国文学评论》，1991 年第 1 期。

14. 陈慧君：《荒谬的"宗教济世"》，《四川师范大学学报》，1992 年第 4 期。

15. 钱善行：《当代苏联小说的嬗变》，社会科学文献出版社 1994 年版。

16. 金琼：《试论艾特玛托夫的当代意识与历史意识——重读〈风雪小站〉》，《外国文学研究》，1996 年第 4 期。

17. 张捷：《被称为"忘本的钦吉斯"的艾特玛托夫》，载《俄罗斯作家的昨天和今天》，中国文联出版社 2000 年版。

18. 韩捷进：《艾特玛托夫》，四川人民出版社 2001 年版。

19. 金亚娜：《充盈的虚无》，人民文学出版社 2003 年版。

第四十四章
中国的拉斯普京研究

拉斯普京(Валентин Григорьевич Распутин,1937—　　)是当代苏联和俄罗斯文坛一位思想敏锐、风格独特的小说家。从新时期开始,我国学者对拉斯普京及其作品一直比较关注,对拉氏作品的译介和研究也始于新时期初,并持续至今。

一、20 世纪 70—80 年代中国对拉斯普京的关注和研究

中国的"文革"结束以后,苏联当代文学重新受到国内俄苏文学研究界和翻译界的关注。一批活跃在苏联当代文坛的优秀作家的作品陆续被译介进来。其中,拉斯普京是最早引起国内译界和学界重视的苏联当代作家之一。

拉斯普京首次进入中国的作品是作家创作于 1974 年、1977 年获得苏联国家奖金的小说《活着,可要记住》。《外国文艺》在 1978 年创刊伊始,就在当年第 2 期至次年第 1 期以 3 期连载的方式加以全文刊出①。几乎与此同时,该小说的两部单行本也在中国问世:1978 年,中国社会科学出版社出版了由李廉恕、任达萼译的《活着,可要记住》;1979 年,上海译文出版社出版了由丰一吟等译的《活下去,并且要记住》。

拉斯普京的名字及其相关的评价在中国的刊物中出现得更早,在 20 世纪 70 年代末已有多篇报道和评论。不过,当时国内评论界对这位作家的创作和一般情况的报道比较及时,而评价却多为负面。

《外国文学动态》在 1977 年第 7 期上刊载了以《苏联畅销小说〈活着,可要记住〉及其作者拉斯普京》为题的评介文章,与这部小说获得苏联国家奖金的时间几乎同步。该刊于 1979 年第 3 期又刊载了《关于拉斯普京创作的一次讨论会》,报道了 1976 年 12 月 17 日在莫斯科大学召开的拉斯普京创作讨论会。但

---

① 当时的译名为《活下去,并且要记住》,译者为丰一吟等。

中国俄苏文学研究史论
История исследования русской и
советской литературы в Китае

是,在 1978 年中国社会科学出版社出版的单行本的序言中,我们见到的却是批判性的评论文字。译者在序言中指出:拉斯普京是当前苏联文坛的活跃人物和评论界注意的中心。《活着,可要记住》揭露了开小差的逃兵,但对支持逃兵的女主人公却持同情态度,而在描写女主人公复杂、痛苦的心理过程时又充满了浓厚的"人情味",小说实际上宣扬了和平主义和人性论。同时,译者也认为,拉氏之所以成为当今苏联文学界的红人,一方面可能是由于他的作品情节比较动人,人物性格塑造得比较真实并具有一定的艺术技巧;另一方面,是因为他以道德为主题的作品,符合了苏修领导集团培养所谓具有"积极的生活态度和对待社会主义的自觉态度"的"个人的崇高品质"的要求,得到了官方赏识的缘故。小说译介的目的,是"供研究、批判用"。

在 1979 年上海译文版的《活下去,并且要记住》中,译者也作了相似的评价:拉氏通过这部小说企图告诉人们,所谓好与坏、善与恶并不是绝对的。外界的因素可以迫使一个善良的人抱着无可非议的善良意图,走上为社会、为国法所不容的犯罪道路,也就是说,拉氏是曲意为小说主人公安德烈逃离战场开脱。译者还提到了拉氏这部作品在苏联评论界所引起的争论以及最终获得的一致赞赏。译介此书的目的也是"供我国读者了解、研究和批判"。

从上述文字中可以见到,当时的中国文坛"文革"遗风犹存,对"苏修文艺"心有余悸。应该说,有些评论确受当时意识形态的控制和影响,对拉氏的作品抱有偏见;但有些译者和研究者却已意识到作品的价值,但在当时的形势下,高调批判仍不失为一种保护译者自身的良策。

这种情况在十一届三中全会以后已全然改观。80 年代,中国译介当代苏联优秀的文学作品形成了一股不小的热潮。拉氏的作品就在此时被越来越多地译介到了中国。《苏联文艺》、《当代苏联文学》、《世界文学》、《外国文艺》等刊物是当时译介拉氏作品的主要阵地。如《苏联文艺》1981 年第 3 期刊登了拉斯普京 1967 年创作的另一部重要的中篇小说《为玛丽娅借钱》(原译名为《冷暖人情——为玛丽娅借钱的故事》)。1983 年,该刊第 2 期又刊登了拉氏 1982 年创作的两篇短篇小说《娜塔莎》和《"我受不了啊……"》。《当代苏联文学》1985 年第 3 期刊登了拉氏 1965 年创作的短篇小说《鲁道费奥》。《世界文学》在 1986 年第 4 期上刊载了拉氏的特写《贝加尔湖啊,贝加尔湖》。《外国文艺》1987 年第 4 期刊载了拉氏 1985 年创作、1986 年获苏联国家奖金的中篇小说《火灾》(又作《失火记》)。此后,拉斯普京的几乎所有的重要作品,如《最后的期限》和《告别马焦拉》等,在国内都有了译本,有的甚至有多种译本。由此可见,国内译界对拉斯普京及其作品相当重视。

国内学术界对于拉斯普京作品的评论和研究也开始展开。当然,初期国内的研究主要是在译介苏联学者对拉氏评论的基础上进行的。国内的苏联文学研究刊物上陆续出现了不少苏联学者评介拉斯普京及其作品的论文以及拉氏本人谈创作这样的文章。如《外国文学报道》1980 年第 6 期译介了作家华西里·罗斯利亚科夫在自己的小说《另起一行》中对《活着,可要记住》的评论。1981 年该刊第 5 期又译介了作家谢·扎雷金的《评拉斯普京的中篇小说》(文章主要评论的是小说《最后的期限》、《活着,可要记住》和《告别马焦拉》)。1983 年该刊第 6 期再次刊登了根据扎雷金、拉斯普京、阿斯塔菲耶夫在莫斯科奥斯塔电影制片厂举行的电视座谈会上讲话而提炼的《扎雷金和拉斯普京等谈创作》一文。《苏联当代作家谈创作》①一书也收录了包括《要有自己独特的风格》等 4 篇对拉斯普京的采访录。可以说,苏联评论者对于拉氏及其作品的某些见解对我国初期的拉氏研究产生过较大的影响。

80 年代,我国对拉氏的评论和研究主要围绕着他的《为玛丽娅借钱》、《最后的期限》、《活着,可要记住》、《告别马焦拉》以及《火灾》等几部重要的中篇作品展开。石南征称拉氏为"真正的语言大师",并以严谨和客观的态度分析了拉氏的作品。他在《拉斯普京和他的成名作》②一文中指出,虽然拉斯普京一般被看成农村题材作家,但就作品中提出问题的深度和广度而言,他已远远超出"农村"的范围。拉斯普京在观察纷纭繁复的现实生活时,总是把注意力首先集中在事物的精神道德方面,使之成为整个创作的中心问题,人与土地的关系、人的公民责任、如何对待道德传统、如何造就有道德的人等,都是他在作品中反复触及的问题。而《为玛丽娅借钱》这部成名作虽然篇幅不长,却在相当大的范围内展示了现实生活中人与人之间的道德关系,表现了作者对于善,对于一种相互理解、相互尊重、真诚相爱、患难与共的理想的道德关系的寻求。之后,在《论苏联当代作家》③一书中,石南征继续强调拉氏作品中的道德主题。同时,他分析了作品的艺术特色,认为拉氏作品已经具备了独特的风貌——强烈的现实性、丰富的道德内容、深刻的哲理意义、深度蕴藉的叙事手法、细致入微的内心剖

---

① 北京师范大学出版社 1984 年版。
② 《苏联文艺》,1981 年第 3 期。
③ 吴元迈、张捷编,外语教学与研究出版社 1982 年版。

中国俄苏文学研究史论
История исследования русской и
советской литературы в Китае

露、浓厚的西伯利亚乡土气息以及优美而富抒情色彩的语言。他也指出,拉氏的《为玛丽娅借钱》在艺术处理上尚存一些不足之处,比如玛丽娅的形象显得比较单薄,库兹马在旅途中的遭遇和见闻着笔过多,作品结构也嫌松散。

关于拉斯普京作品中的道德探索倾向,是我国研究者所热衷于探讨的问题。林明虎在《拉斯普京创作中的情感教育和艺术风格》①一文中,通过对拉氏的《为玛丽娅借钱》、《最后的期限》、《告别马焦拉》、《活着,可要记住》等4部主要作品的详尽分析后指出,拉氏作品中道德探索的倾向十分突出。这种道德主题除了道德继承性这一方面以外,又与时代的迫切性和尖锐性、与科学技术进步所带来的精神不良后果有着密切的关系。拉氏在观察纷纭复杂的现实生活时,注意力总是集中在人物和事件的精神道德方面,他的创作总是透过日常平凡生活的表象,竭力发掘道德审美的价值,并由此提出他所提倡的情感教育——对爱、对故土家园、传统习俗、乃至对国家、对民族的情感道德教育。拉氏着眼于农村,发掘宝贵的道德财富,并通过浓厚的抒情色彩、细腻的心理描写激化矛盾,使人物在矛盾冲突中接受考验,从而形成了独特的拉斯普京式的艺术风格。

周振美在《评拉斯普京的道德探索》②一文中,对拉氏的道德探索倾向作出了更为详尽的解读。他指出,拉氏是在传统生产方式、文化道德、价值观念面临巨大考验之时登上文坛的,一开始就肩负起了培养人的"善良的、纯洁的、高尚的情感,医治精神上的冷漠"的使命,致力于健全、完善人的精神道德的探索。他详尽剖析了拉氏道德探索的3条道路:(1)从人与历史的关系这一哲理高度寻找传统美德消亡的根源——每一代人只有继承前辈积累的精神文化财富,才能把人类的精神道德水准提高一步;如果人丧失了历史的记忆,忘记了过去,就会变得精神空虚,无情无义,甚至变成罪人。(2)从人与自然、土地的关系方面寻找道德衰败、世风日下的原因。人只有与大自然和谐相处才能达到心灵的和谐平衡和精神上的净化,保持内心的真善美;而在掠夺蹂躏大自然、破坏自然界的美的过程中,自私、贪婪、冷酷、残忍、势利习气、掠夺心理就会恶性膨胀,导致人的本质的蜕变和精神上的毁灭。(3)从政治与经济的关系,从社会方面寻找社会风气衰败和道德水准下降的原因,指出在搞经济建设的同时必须加强思想

①《社会科学战线》,1985年第4期。
②《文史哲》,1991年第4期。

教育,教育人们树立正确的人生观,必须面对现实,针砭时弊,匡正世风,必须防止各种消极因素沉渣泛起,救人于沉沦之中,让那些道德沦丧的人"醒悟过来",让受到腐蚀的思想"恢复健康"。文章的作者也指出,由于拉氏的道德探索过于迫切,因而在他的作品中已有了一定道德说教的迹象,这就削弱了作品的艺术感染力。

也有不少学者或从更为广阔的苏联历史和文学背景出发阐释拉氏作品的文本,或对拉氏作品作出综合性的研究与评论。张建华在《60年代的苏联小说》①一文中,从60年代苏联农村题材小说这一主题,进一步分析拉斯普京的小说《为玛丽娅借钱》和《最后的期限》。作者指出,60年代苏联科学技术的进步和经济的发展导致了社会中新的"道德气候"的出现和人们从思想意识到心理的变化,苏联文学顺应社会生活的这一变化,发生了文学作品的思想主题向精神道德探索方面的偏倾。而60年代道德题材小说的兴起是从农村题材开始的。这不仅因为农村集结着社会上的各种矛盾冲突,而且还由于社会的进步和科学的发展使现代农村中出现的一系列问题既关系到农民的命运,还牵动着全体苏联人民的心。60年代道德题材文学的注意力集中于探讨人道主义在人民中的渊源、民族精神文化的继承、现代的城乡关系、和谐个性的形成等内容。而作为其中的一个突出代表,拉氏始终把农村作为他对全社会进行精神探索的窗口。通过《为玛丽娅借钱》,拉氏生动地揭示了现实生活中人与人关系的冷漠。而在《最后的期限》中,拉氏向人们展示了一个母亲的灵魂,一个默默地承受人生重担、平凡而又高尚的母亲的灵魂。与此同时,他又对安娜那几个儿女的自私、冷酷、无仁无义进行了冷峻的道德指责,他们敷衍欺哄的言行和卑琐低下的精神世界与安娜美好的心灵形成鲜明的对照。拉氏不仅是在促进两代和睦,增进家庭温馨,更是在呼吁年轻一代继承老一代的美德,改善社会风尚。

同样,林明虎的《70年代的苏联小说》②一文则通过对70年代苏联文学这一特定主题研究,指出70年代苏联小说创作最明显的特征之一,是对道德问题、当代人的精神面貌问题以及对家庭、爱情、日常生活问题的兴趣急剧增长。相比60年代,70年代似乎在要求作家们更加广泛地探索人的内心世界,对日常生活中各种道德问题作出形象而深刻的回答。在农村,一方面,由于农业得到

---

① 《当代苏联文学》,1985年第2—3期。
② 《当代苏联文学》,1985年第4—6期。

大量投资,农村经济有了一定的发展;另一方面,又形成了一股股抛弃故土家园的潮流,千百年来传统的俄罗斯农村文化、风俗习惯、道德传统正面临灭迹。包括拉氏在内的一批作家的作品中响起了与昔日农村"告别"的主调,他们以抒情加怀旧的手法,把俄罗斯农村中的大自然、木屋村舍、风俗习惯、农村淳朴的精神写得极为动人,使人留恋不已。作家们还塑造了一系列老人的形象,在他们身上体现了作家的爱和信念,以及作家对人民崇高心灵和道德传统的理解;同时,作家还通过这些老人对土地、传统道德和习俗的深厚感情,对比了一些年轻人对土地、家园的无情与冷漠。拉氏的《告别马焦拉》正是其中的突出代表。作者通过马焦拉村(它既象征着整个旧式俄国农村,又象征着世世代代养育人民的母亲—土地)即将沉入人工湖底的故事,向全社会发出了旧式农村将陷入灭顶之灾的警告。小说的结尾则寓意着两代人对待生活的看法存在着很大的差距,而且还找不到一种办法能把两代人的思想沟通起来。在《苏联当代文学概观》①一书中,由林明虎执笔的的相关部分,他再次重申了上述观点。

　　拉氏 1986 年再获苏联国家奖金的作品《火灾》也引起了国内研究者的关注。徐振亚在《烈火中的迷惘和醒悟——读拉斯普京的新作〈火灾〉》②一文中指出,《火灾》从人物和情节而论如同《告别马焦拉》的姊妹篇,但在主题上又有新的开掘。如果说《告别马焦拉》旨在唤起人们对土地和传统的热爱和尊重,那么《火灾》主要着眼于表现人们抛弃故土、背叛传统后精神上的蜕化和道德上的堕落,字里行间透露出作家对于世风日下的深切忧虑,通篇回荡着对于良心复归的热烈呼唤。作为一部新作,《火灾》在结构上有其新颖独到之处,描述令人窒息的浓烟烈火的场面与展示主人公内心的回忆、联想和紧张思索构成了两条平行的线索,利用电影蒙太奇的闪回、叠印和交错,巧妙地构成了有机的艺术整体。同时,拉斯普京也在小说中广泛应用了整体性象征,熊熊烈火是自然力的表征,也是一股吞噬人心灵、败坏道德、毁灭传统的邪恶力量,也是主人公内心感受和情绪的外化,更可以理解为是使人摆脱困惑、获得精神上新生的神圣之火,小说因此也获得了更广阔、深刻的审美意蕴。然而,文章作者在指出《火灾》是一部具有迫切现实意义和认识价值、令人战栗的警世之作的同时,认为拉氏存在着思想上的局限性。在时代潮流猛烈冲击下的社会转型期间,拉氏将所有

① 李明滨、李毓榛主编,北京大学出版社 1988 年版。
②《当代苏联文学》,1987 年第 1 期。

弊端一味归咎于对传统的背叛,过分执著于对传统美德的肯定,作品因此对已经消亡的旧农村隐隐流露出一股不必要的感伤情调。此外,拉氏所宣扬的大自然神圣不可侵犯的主张也有其偏颇之处。立足于人类的生存与发展,对大自然合理科学的开发和利用也是必须的。此外,拉氏出于对现实问题的紧迫感危机感而在小说中有大段直抒胸臆的议论,这种直接干预赋予了小说浓烈的政论色彩,但在一定程度上也削弱了作品的艺术表现力和感染力。

二、20世纪90年代以来的研究面貌

进入90年代,国内对拉斯普京及其作品的研究一方面延续了80年代研究的基本走向,另一方面又随着拉斯普京沉默后的复出而重点转向对其新作的研究。

许贤绪在《当代苏联小说史》①一书中关于拉斯普京的研究分析的是其80年代以前的创作。作者指出,在拉斯普京的《为玛丽娅借钱》中,库兹马一家的生活理想是过平平稳稳的、满足于温饱的生活。拉斯普京认为,这种脚踏实地、与世无争的人生观或处世态度正是农民的精神世界中首先和主要应该保存的东西。《告别马焦拉》则进一步发展了拉氏创作中的这一"保存"主题——人类不仅应当把生命世世代代传下去,不仅应当把优良的道德传统世世代代传下去,而且应当把从上一代继承过来的土地保护好,世世代代传下去。许文还提出一个见解,即拉氏小说实质上并非如部分评论家认为的是面向过去、美化宗法制的农村,而恰恰是一部面向将来的作品。无论作家的观点正确与否,拉氏都是在为世界的未来担忧。

王培青则在《试论拉斯普京的创作》②一文中对拉氏90年代之前的创作过程及作品风格作了综合性的评述。他指出,拉氏的创作真实地反映了西伯利亚的农村生活,描绘了60年代中期以来苏联农村演变发展的模型;道德探索的主题体现了不同时期的时代意识;在小说的现实意义中突出了文学的情感教育,把对人与土地关系的思考上升至对祖国和人民发自内心的、满怀真诚的责任感;着力表现了普通劳动者特别是劳动妇女"内心的美和魅力",将他们视作俄罗斯民族精神的脊梁。拉斯普京的作品表现了一个特定历史时代和特定社会

① 上海外语教育出版社1991年版。
②《西北师范大学学报》,1993年第1期。

中一位现实主义作家的困惑感和忧患意识，作家一再探索解决社会矛盾的途径，一再呼唤人的良心复归，激发人们重建道德信念。

钱善行更多地结合苏联政治经济文化主潮对拉氏的作品进行阐释。他在《当代苏联小说的嬗变——主要倾向、流派及其他》①一书中认为，拉斯普京是在60年代末—80年代初苏联文学道德题材或道德暴露小说创作中引人注目的一位作家。从当代苏联农村的现实出发，在新旧两种生活交替的矛盾冲突中，努力发掘农村传统道德中诸如爱土地、爱家乡、扶老爱幼、对集体对社会的责任感和自我牺牲精神等等美好的敬意，谴责只顾自己一时的利益和对人对事的狭隘、近亲态度，以期树立正义、善良的道德规范等等，这也就是拉氏道德探索和道德暴露小说在同时代作家创作中的独到之处。他还指出，在80年代中期苏联的社会改革运动中，拉氏的《火灾》是应运而生的一部具有相当分量的暴露性作品。由仓库领导失职、官僚主义、人际关系的冷漠残酷一直引向深入、触及现实社会的最要害处，拉氏正是借西伯利亚一个小镇的衰败及供应处仓库失火向读者表明：这个镇，这个社会，这个国家尽管拥有巨大的潜力，但它确实已经到了危机的边缘，非来一番彻底的改革不可。《火灾》虽然是一部道德暴露小说，但是它暴露的内容已远远超出了道德问题，而是通过对道德问题的深入发掘，提出了国家社会的根本改革问题。

张捷从研究苏联农村散文的角度切入分析拉氏的作品。他在《20世纪俄罗斯文学史》②一书中认为，苏联农村散文蕴涵着丰富的历史内容和人生哲理，并且反映了作家们对俄罗斯发展的方向的深沉思考。按照拉氏的说法，社会道德水平的下降以及人们在精神上和道德上的蜕化，主要是由于离开了土地、抛弃了祖祖辈辈在日常的劳动生活中养成的传统和美德造成的。这种看法和写法，对传统作家来说具有一定的代表性。"农村散文"的总的特点是面向过去。以前的农村题材作品在写新与旧、革新与保守的冲突时，作者的同情常常在新和革新的一边，而"农村散文"的作者们往往站在维护旧的秩序的立场上，由于这个原因，他们往往不能对过去的东西采取分析的态度，把带有宗法制色彩的旧习一概加以肯定和宣扬，有的作家自觉不自觉地把城市和农村对立起来，只看到城市生活对人的精神世界和道德面貌产生的消极影响，这无疑有其不够全面

---

① 社会科学文献出版社1994年版。
② 李辉凡、张捷著，青岛出版社1998年版。

第六编
中国对俄苏现当代作家的研究

之处。

石国雄则在《告别马焦拉》①的译文前言中指出,拉氏作品中的妇女形象既继承了过去妇女形象的传统特征,又赋予了独特的时代特征。拉氏选择在农村土生土长的老妇作为作品的主人公,用以象征"农村母亲"、"土地母亲",通过她们来表达对农村土地的赤子之爱。拉氏的作品也以深邃的哲理思考和隽永深沉的风格见长。在他的作品中,几乎处处都可听到一种"活着,可要记住"的声音:活着,要记住人与人之间应该互相关心帮助,互相信任依赖;活着,要记住热爱农村,热爱土地;活着,要记住承担公民的义务,与祖国、与人民共命运;活着,要记住前辈留下的优良传统和可贵的精神遗产。此外,在写作技巧上,拉氏的几部小说在情境设置上有个共同的特点,那就是"最后的期限"。它使主人公始终处于紧迫的焦虑的状态,形成一种悲剧性的沉重氛围,使读者深深地关切主人公的命运和事态的发展;而且,这种悲剧性的情境往往又是用非常简洁而又含蓄的结尾来完成。拉氏也十分重视和擅长心理描写。在他的作品中,心理描写占有很大比重,或是主人公大段的内心独白,或是作者对主人公内心世界淋漓尽致的抒发,或是笔墨酣畅的抒情插话,以多种手段充分展示了主人公最隐秘的内心世界和对事物的深刻理解。

由于苏联社会政局的变动,80年代后半期—90年代上半期,拉斯普京处于一种精神休克状态,鲜有小说作品问世,反而催生出了一系列特写与政论文。90年代中期以来,拉氏的文学创作热情再次高涨,发表了一系列新作。与此同时,中国学界对拉氏的研究开始主要面向拉斯普京新发表的作品。

《世界文学》于1996年第6期刊载了拉氏的《下葬》。《外国文艺》于1997年第5期刊载了他的《在医院里》等短篇小说。《俄罗斯文艺》在2000年第1期上除了刊登了拉氏的最新作品《新职业》外,还配发了任光宣的《"一个新的拉斯普京出现了":拉斯普京近年小说创作述评》。

任光宣指出,拉氏的几部新作篇幅较短,是因为作家把长篇小说的容量压缩成为短篇小说,是一种"浓缩性"小说。拉氏在坚持俄罗斯现实主义文学传统,继承"农村题材"文学的特征的同时,在小说创作上又有了某些方面的创新,并引用俄罗斯文学评论家卡金采夫的话说,"一个新的拉斯普京出现了"。任文进一步指出,如果说拉氏过去的作品是对苏联社会的某些弊端、某些不良现象

---

① 董立武等译,外国文学出版社1999年版,收入《活着,可要记住》和《告别马焦拉》。

424

进行局部性的暴露和批判的话，那么他的 90 年代后半期的小说——包括《下葬》、《在医院》、《完全出乎意料》、《傍晚》、《新职业》等等——对俄罗斯社会体制的批判则是彻底的、全方位的。作家用"灾难性思维"看待当今的俄罗斯社会和俄罗斯当局，对俄罗斯社会现实的否定构成了拉氏 90 年代小说的基调和激情，也充分显示出作家过人的胆略和超凡的勇气。而拉氏小说的另一主题——人与生存环境的关系问题，在他 90 年代后半期小说创作中得到了进一步的接续和深化。通过《火灾》、《木舍》等小说，作家再次呼吁"要注意人类存在的根基"。任文同时指出，虽然在 80 年代俄罗斯宗教复兴风潮中拉氏并没有卷入其中，其笔下的主人公也很少有宗教的信仰和情绪，但在 90 年代后期的作品中，他的思想却急剧地向宗教靠拢，宗教思想和情绪在许多场合下变成拉氏的作品的思想契机和主人公的精神归宿。同时，拉氏在 90 年代后半期的新作还表明作家的创作视野有了进一步的拓展，作家在继续关注俄罗斯农民和俄罗斯农村生活的同时，也开始关注俄罗斯社会转型期的城市普通人的生活状况和城市的生存环境，他笔下的主人公也已扩展到俄罗斯社会的其他阶层的人们，尤其是关注知识分子的命运。总而言之，揭示光明和黑暗、善与恶、真与假、美与丑、人性与兽性、和谐与混乱在当代俄罗斯社会的对立和斗争，是拉氏在 90 年代后半期的小说创作的永恒主题。

　　陈建华在《别样的风景与别样的心态——谈 20 世纪 90 年代的俄罗斯文学创作》[①]一文中也谈到了拉斯普京，并重点分析了他的小说《下葬》。文章写道：从 90 年代中期开始，拉斯普京发表了一系列反映现实生活的优秀作品，这些作品风格洗练，充满对当下现实的批判激情，其中《下葬》又是最具代表性的一部。主人公巴舒达在"改革"年代的窘迫和无奈在作家笔下一览无余。但是，这部作品的意义并非仅限于此，它在不长的篇幅里包含了相当可观的生活容量。作家通过小说中的人物及其活动的环境，全方位地展示了俄罗斯城乡的现实生活，这里既有对历史的反思，更有对祖国前途和人民命运的深深忧虑。在作品中，可以看到普通人苦涩的命运和内心的期待。巴舒达的朋友斯塔思愤怒地谴责那些以有文化人士面目（"这些人——是教授！院士！人道主义者！哈佛大学毕业生！"）出现的毁坏俄罗斯的人，因为没有"任何比文化畸形更可怕、更恶劣的东西"。巴舒达和斯塔思都相信，"强有力的人被杀害了，强有力的人变成了酒鬼",但"总有人剩下来","征服所有的人,那是不可能的!"小说结尾处,斯塔思的那个"不自然的悲哀笑容""又奇怪又可怕",它像梦魇一样深深地烙上了读者的心头;而巴舒达"第一次独自站在圣像下,吃力地举起一只手画十字"的情景,也不让读者感到轻松。

张捷则在他的《俄罗斯作家的昨天和今天》①一书中详细梳理了拉斯普京在1985年后的思想发展变化过程,以及相关的活动与言论。张捷指出,作为传统派的主将之一,拉氏对于改革、对于苏联的解体都是有着复杂的思想感情;而对于新生的俄罗斯,他又保有了一个知识分子迫切的忧患意识和道德责任感,强调文学的社会作用、社会效果和文学的民族性。同时,拉氏也一直在强调农村在俄罗斯新历史发展中的重要作用,始终关注着农村的命运,把农村视作俄罗斯民族的根柢:毁掉了农村,也就是玷污和毁掉了人民;另一方面,他也同其他传统派作家一样,在一定程度上把农村和城市对立了起来。

杨广华的博士论文《拉斯普京小说的人物形象研究——对俄罗斯民族性格的探讨》②是中国关于拉斯普京及其作品的第一篇长篇专论,也是中国拉斯普京研究的新近成果,很值得重视。该文从拉斯普京创作具有的鲜明民族性入手,认为民族性的最重要表现就是对民族性格的揭示和塑造。文章将拉斯普京的创作分为3个阶段,从中分析、归纳了他笔下的4种俄罗斯民族性格类型:(1)寄托作者理想的俄罗斯女性,主要是老太太们的形象;(2)各方面都与之完全对立的"秕糠"的形象;(3)既感到与祖辈的联系又感到自身分裂的"百分之百拉斯普京式的人物";(4)一个以"谢尼亚"命名的善良、智慧又有点幼稚好笑的俄罗斯农民形象。这4种性格类型既与俄罗斯文学和哲学思想中体现的民族性格有紧密的继承关系,又反映了科技革命、改革和苏联解体之后的私有化时期在人物身上发生的深刻变化,从中得到对俄罗斯以及我国现在发展的启示。文章也涉及了苏联解体后拉斯普京发表的新作中的一些具有代表性的人物。作者认为,《下葬》描写了解体后的俄罗斯对人的异化以及巴舒达向俄罗斯古老传统的回归。《农家木屋》中的阿加菲娅尽管丧失部分女性特征,以此来适应解体后的生活,但依然保持着和谐相融的人性;而作为在新时期寻找真理的农民形象谢尼亚,虽然有着种种缺点,反抗也是无力的,但他善于思索,有着一

---

① 中国文联出版社2000年版。
② 杨广华博士论文,北京师范大学,2004年版。

种朴素而准确的判断力,这对于解体后的俄罗斯是必需的,是缺乏自由意志的俄罗斯觉醒的开始。

我国学者对于拉斯普京及其作品的研究已取得了不少的成果,许多文章见解独到,分析精辟。但同时也应看到,研究中重复现象还比较常见,较少学术争鸣,著述的理论水准有待提高,研究的角度和方向还应有所拓宽。相信,这些问题都会在将来的研究中逐步得到解决。

[相关研究成果要目]

1.《关于拉斯普京创作的一次讨论会》,《外国文学动态》,1979 年第 3 期。

2.《苏联畅销小说〈活着,可要记住〉及其作者拉斯普京》,《外国文学动态》,1977 年第 7 期。

3. 石南征:《拉斯普京和他的成名作》,《苏联文艺》,1981 年第 3 期;《扎雷金和拉斯普京等谈创作》,《外国文学报道》,1983 年第 6 期。

4. 林明虎:《拉斯普京创作中的情感教育和艺术风格》,《社会科学战线》,1985 年第 4 期。

5. 周振美:《评拉斯普京的道德探索》,《文史哲》,1991 年第 4 期。

6. 张建华:《60 年代的苏联小说》,《当代苏联文学》,1985 年第 2—3 期。

7. 林明虎:《70 年代的苏联小说》,《当代苏联文学》,1985 年第 4—6 期。

8. 徐振亚:《烈火中的迷惘和醒悟——读拉斯普京的新作〈火灾〉》,《当代苏联文学》,1987 年第 1 期。

9. 许贤绪:《当代苏联小说史》,上海外语教育出版社 1991 年版。

10. 王培青:《试论拉斯普京的创作》,《西北师范大学学报》,1993 年第 1 期。

11. 钱善行:《当代苏联小说的嬗变——主要倾向、流派及其他》,社会科学文献出版社 1994 年版。

12. 李辉凡、张捷:《20 世纪俄罗斯文学史》,青岛出版社 1998 年版。

13. 任光宣:《"一个新的拉斯普京出现了":拉斯普京近年小说创作述评》,《俄罗斯文艺》,2000 年第 1 期。

14. 张捷:《传统的主将拉斯普京》,载《俄罗斯作家的昨天和今天》,中国文联出版社 2000 年版。

15. 夏忠宪:《B. 拉斯普京访谈录》,《俄罗斯文艺》,2001 年第 3 期。

16. 陈建华:《别样的风景与别样的心态——谈 20 世纪 90 年代的俄罗斯文学创作》:《华东师大学报》,2003 年第 1 期。

17. 杨桦:《拉斯普京小说〈木房〉的主人公形象分析》,载《中外文化与文论》第 12 辑,四川大学出版社 2005 年版。

18. 杨广华:《对俄罗斯民族性格的探讨——拉斯普京小说的人物形象研究》(博士论文),北京师范大学出版社 2004 年版。